NADi

ullstein

Das Buch

1437. Nach Jahren im Kloster, in das sie nach dem Tod der Mutter gebracht wurde, kehrt Bella von Katzenburg auf das Weingut des Vaters im Rheingau zurück. Der verwitwete Graf, der zuletzt im Weinbau nur mäßig erfolgreich war und der um die Existenz des Guts kämpfen muss, möchte seine Tochter gewinnbringend mit dem viele Jahre älteren Roland von Hohenstein verheiraten. Bella ist zwar nicht glücklich über die Wahl des Vaters, sie willigt angesichts der Zwangslage jedoch ein.

Doch das Schicksal hält ein anderes Leben für Bella bereit. Während die Hochzeitsvorbereitungen laufen, kommt ein neuer Knecht an den Hof. Bella und Martin fühlen sich sogleich zueinander hingezogen. Gegen alle Widerstände kämpfen sie für ihre Liebe und das Überleben des Weinguts. Doch Martin hat ein Geheimnis, das ihre Liebe und ihr Leben in große Gefahr bringt.

Die Autorin

Corinna Neuendorf ist das Pseudonym einer erfolgreichen Autorin, die bereits zahlreiche historische Romane veröffentlicht hat. Sie lebt und arbeitet in Berlin.

Corinna Neuendorf

Die Rebenprinzessin

Historischer Roman

Ullstein

Besuchen Sie uns im Internet:
www.ullstein-taschenbuch.de

Mix
Produktgruppe aus vorbildlich bewirtschafteten Wäldern und anderen kontrollierten Herkünften
FSC
www.fsc.org Zert.-Nr. GFA-COC-001278
© 1996 Forest Stewardship Council

Dieses Taschenbuch wurde auf FSC-zertifiziertem Papier gedruckt. FSC (Forest Stewardship Council) ist eine nichtstaatliche, gemeinnützige Organisation, die sich für eine ökologische und sozialverantwortliche Nutzung der Wälder unserer Erde einsetzt.

Originalausgabe im Ullstein Taschenbuch
1. Auflage September 2010

Umschlaggestaltung: HildenDesign, München
Titelabbildung: Frau: © Woman with a Glass of Wine, Philippe Mercier/Musée des Beaux-Arts, Beziers, France/Lauros/ Giraudon/The Bridgeman Art Library;
Landschaft: © akg-images
Satz: LVD GmbH, Berlin
Gesetzt aus der Sabon
Papier: Pamo Super von Arctic Paper Mochenwangen GmbH
Druck und Bindearbeiten: CPI – Ebner & Spiegel, Ulm
Printed in Germany
ISBN 978-3-548-28171-1

Es waren zwei Königskinder,
Die hatten einander so lieb,
Sie konnten zusammen nicht kommen,
Das Wasser war viel zu tief.

(Volkslied)

Prolog

Katzenburg im Einrich, Sommer 1429

Der Sturm zerrte wie ein Ungeheuer an den Fensterläden ihrer Kammer. Blitze zuckten, Donner grollte, und der Regen peitschte die Mauern der Burg wie ein gnadenloser Herr seine ungehorsamen Diener. Unten auf dem Hof warfen sich die Hunde bellend gegen ihren Zwinger, als könnten sie das Unwetter dadurch vertreiben.

All diese Eindrücke strömten Angst einflößend auf Bella von Katzenburg ein, während sie zusammengekauert auf ihrem Schlaflager hockte. Das lockige hellbraune Haar fiel ihr lose über die Schultern, die sie mit einem wollenen Tuch bedeckt hatte. Auf dem Arm, fest an ihren Körper geschmiegt, hielt sie ihren gestreiften Kater.

Die Zehnjährige liebte das Tier mit dem weichen Fell und den grünen Augen, die den ihren ähnlich sahen. Ihr Vater hatte es ihr zum achten Geburtstag geschenkt, und seitdem war es ihr treuer Begleiter.

»Fürchte dich nicht, Peterle, Gott wird uns beschützen«, raunte sie ihm zu und schmiegte ihre Wange an seinen Rücken, worauf der Kater zu schnurren begann. Wenn überhaupt, merkte man ihm seine Angst nur an, da er bei einem neuerlichen Donnergrollen zusammenzuckte. Doch ebenso schnell, wie der Schreck bei ihm kam, verging er auch wieder. Die Worte, mit denen Bella ihren kleinen Freund beruhigen wollte, waren eher an sie selbst gerichtet, denn sie fürchtete das Gewitter.

Es war noch nicht lange her, dass der Blitz in eine der Scheunen nahe der Burg eingeschlagen hatte. Helles Feuer war sogleich aus dem Dachstuhl gelodert, und nur mit Mühe hatten es die Knechte geschafft, die Pferde nach draußen zu treiben. Einige der Männer waren dabei von herabfallendem Reisig und Holz verletzt worden, und der alte Friedrich, der trotz seiner schlechten Beine gewagt hatte, den Jungen zu Hilfe zu kommen, war noch immer nicht wieder genesen.

Auch für den Weinberg war das Unwetter gefährlich. Der Regen benetzte zwar die Blätter, dennoch konnte das Holz der Rebstöcke durch einen Blitzschlag in Brand geraten – vor allem zu dieser Jahreszeit.

Obwohl sie noch jung war, wusste Bella nur zu gut, dass alles, was sie besaßen und waren, vom Weinberg abhing. Der Weinberg bestimmte ihr Leben, der Weinberg füllte ihre Truhen und Scheunen. Wenn ihm etwas geschah, geschah es gleichzeitig ihrer Familie.

Doch an diesem Abend war es nicht allein das Unwetter, das Bella beunruhigte. Normalerweise war ihre Kinderfrau Katrina hier, bis sie eingeschlafen war, und in Nächten wie dieser holte ihre Mutter sie manchmal zu sich in ihre Kemenate. Heute dagegen war alles anders, und dafür gab es einen Grund. Heute, in dieser unheilvollen Gewitternacht, sollte ihr Bruder oder ihre Schwester geboren werden.

Es war Brauch, dass bei einer Geburt sämtliche Frauen eines Haushalts der Gebärenden beistanden. Auch Katrina, Bellas Kinderfrau, war dabei und half so gut sie konnte.

Noch bevor es dunkel wurde und der Sturm aufzog,

war die Hebamme gekommen, ein krummgezogenes altes Weib mit grauen Haaren, die Bella an eine Hexe erinnerte. Vielleicht war sie auch eine. Das Mädchen hatte gesehen, wie Katrina sich bekreuzigt hatte, bevor sie die Kammer der Gebärenden betreten hatte. Aber die Alte stand in dem Ruf, selbst dann noch helfen zu können, wenn es ein Arzt nicht mehr vermochte.

Nur zu gern wäre sie selbst bei der Geburt ihres Geschwisterchens dabei gewesen, doch das durfte sie nicht. Ihr Vater hatte sie auf seine starken Arme gehoben und in ihre Kammer getragen.

»Sei schön brav«, hatte er gesagt und ihr übers Haar gestrichen. »Ich komme zu dir, sobald das Kind geboren ist. Dann kannst du es dir anschauen.«

Bella hatte genickt, und nachdem er gegangen war, hatte sie ihre Gedanken schweifen lassen, zurück zu dem Tag, als ihr Vater verkündet hatte, dass sein Weib guter Hoffnung sei. In den vergangenen Monaten hatte sich der Leib ihrer Mutter gerundet, und ihr Vater hatte immer wieder davon gesprochen, dass sie bald schon einen Bruder oder eine Schwester haben würde. In Momenten, in denen er sich unbeobachtet gewähnt hatte, hatte der Graf seiner Frau liebevoll den Bauch gestreichelt, und sie hatten darüber gestritten, wie das Kind heißen sollte. Ihr Vater wünschte sich mehr als alles andere einen Sohn, einen Stammhalter, der eines Tages den Weinberg übernehmen würde. Bella gefiel das nicht so recht, immerhin war sie die Älteste. Aber sie war ein Mädchen, und schon oft hatte sie erfahren müssen, dass Mädchen nicht dasselbe wie Jungen durften. Wenn sie auf Bäume kletterte, sagte man ihr, dass es sich nicht gehöre. Aus der Kelterei ihres Vaters schickte man sie fort, ebenfalls mit der Begründung, dass dies kein geeigneter Ort für Mädchen sei. Wenn sie dann einen finsteren Blick aufsetzte, lachten die Erwachsenen über sie. Manchmal hatte sie das Gefühl, dass niemand sie hier ernst nahm. Nur dem Kater schien es gleichgültig zu sein, ob sie ein Junge oder ein Mädchen war.

Vielleicht schenkt Gott mir ja eine Schwester, dachte sie. Eine, mit der ich im Weinberg Verstecken spielen und die ich mit Schleifen und Bändern schmücken kann.

Ein markerschütternder, beinahe verzweifelt klingender Schrei übertönte plötzlich sogar das Gewittergetöse. Bella zuckte zusammen. Der Kater auf ihrem Arm stieß ein Maunzen aus, doch wie schon bei den Donnerschlägen beruhigte er sich sofort wieder. Bella griff ein wenig fester in sein Fell und fragte: »Was meinst du, ob es jetzt da ist?«

Der Kater antwortete darauf mit einem Schnurren und schloss langsam die Augen. Es war ihm offenbar egal.

Noch zweimal ertönte das Geschrei, dazwischen gingen erneut Blitze nieder, die für einen kurzen Moment schauerliche Schatten auf den Wandteppich zeichneten, der neben Bellas Bett hing. Die Szene zeigte einen Affen und einen Bären und war eigentlich ganz putzig, aber nun hatte sie das Gefühl, als hätten die Augen des Bären zu leuchten begonnen wie die Augen eines Dämons.

Die Angst überkam sie mit einem Mal noch heftiger, so dass sogar ihre Zähne zu klappern begannen. Das Mädchen hoffte inständig, dass sein Vater bald kommen möge. Wenn nicht er, dann wenigstens Katrina. Sobald das Kind aus dem Leib ihrer Mutter heraus war, brauchte man sie doch nicht mehr!

Die Augenblicke bangen Wartens zogen sich zäh dahin, und Bellas Ungeduld wurde immer größer. Schließlich wollte sie schon aufspringen und ihre Kammer verlassen, um nachzusehen, warum denn niemand kam.

Da hörte sie plötzlich schwere Schritte, die sich ihrer Tür näherten. War das ihr Vater? Kam er, um ihr von dem Geschwisterchen zu berichten?

Eigentlich hätte Bella längst schlafen sollen, aber ihr Vater verstand sicher, dass sie es nicht konnte. Außerdem hatte er versprochen, ihr Bescheid zu geben, wenn es so weit war. Also machte sie sich erst gar nicht die Mühe, ihre eiskalten Füße unter die Decke zu schieben und so zu tun, als ob sie schlummerte.

Die Schritte machten schließlich vor der Tür halt. Bellas Körper spannte sich, und ihr Herz begann vor Aufregung zu pochen. Die Klinke wurde heruntergedrückt und der Türflügel schließlich aufgeschoben.

Mit großen Augen starrte Bella in die Dunkelheit, und als diese von einem neuerlichen Blitz durchbrochen wurde, erkannte sie die Gestalt ihres Vaters. Er hatte sein Wams ausgezogen und die Hemdsärmel hochgekrempelt, ein Zipfel hing ihm aus dem Hosenbund, und seine Strümpfe saßen unordentlich. Einen Moment lang stand er in der Tür, als könnte er sich nicht zum Hereinkommen entschließen, dann tat er einen Schritt und stieß die Tür hinter sich wieder ins Schloss.

Ein fremdartiger Geruch strömte Bella entgegen. Es war nicht so wie sonst, wenn ihr Vater Wein getrunken hatte oder aus der Kelterei kam. Diesmal roch er unangenehm, beinahe so wie rostiges Eisen. Ein neuerlicher Blitz offenbarte ihr, dass auf dem Hemd und den Beinkleidern ihres Vaters dunkle Flecken waren.

»Bella«, sagte er, und wollte offenbar etwas hinzufügen, doch seine Stimme brach. Er trat direkt vor seine Tochter, und in dem kargen Licht, das von draußen hereinfiel, sah sie, dass seine Augen glänzten. Nie zuvor hatte Bella ihren Vater weinen sehen, er war so groß und stark wie eine

Eiche, nichts schien ihn umwerfen zu können. Jetzt allerdings waren es eindeutig Tränen, die sie erblickte.

Bellas Magen zog sich zusammen, und sie drückte den Kater unwillkürlich so fest, dass es ihm weh tat. Das Tier jaulte auf, fauchte und versetzte ihr mit seinen scharfen Krallen einen Hieb auf den rechten Unterarm. Der Schmerz zuckte ihren Arm bis zum Hals hinauf und erreichte schließlich ihre Schläfe, wo er zu einem unangenehmen Kribbeln wurde. Augenblicklich ließ sie den Kater los, worauf er in der Dunkelheit des Raumes verschwand. Doch in diesem Augenblick konnte Bella nicht auf Peterle schimpfen.

»Ja, Vater?«, entgegnete sie mit zitternder Stimme.

Der Graf betrachtete seine Tochter einen Moment lang, dann fiel er vor ihr auf die Knie und murmelte etwas, das sich anhörte wie: »Mein Gott, warum nur?«

Ihre Gesichter waren nun auf gleicher Höhe. Bella sah, dass sein Kinn zuckte, während er ihr sanft und mit den Tränen ringend über das Gesicht strich.

»Was ist denn, Vater?«, fragte Bella und spürte, wie die Kälte von ihren Füßen nach oben kroch. Der Kratzer an ihrem Arm pochte, und aus der Ecke maunzte Peterle klagend.

»Bella, deine Mutter …«, presste ihr Vater hervor, und es schien, als würde sich der Rest des Satzes in seinem Hals verkeilen, so dass die Worte nicht rauskommen konnten.

Der Donner grollte erneut, und aus der Ferne erklang ein Krachen. Beides nahmen Vater und Tochter nicht wahr. Sie sahen sich an, dann zog der Vater Bella plötzlich an sich und begann zu schluchzen wie nie zuvor.

Bella wusste nun, dass es kein Geschwisterchen für sie geben würde. Und dass sie auch ihre Mutter nie mehr wiedersehen würde. Die alte Hexe hatte ihr nicht helfen können. Oder hatte sie die Gebärende gar mit einem bösen Zauber belegt?

»Komm mit«, sagte ihr Vater irgendwann und schob sie sanft von sich.

Bella zog ihr Wolltuch fester um die Schultern und schlüpfte in ihre Pantinen. Diesmal hob sie der Graf nicht auf den Arm, sondern fasste sie lediglich bei der Hand und führte sie nach unten.

Ein schwacher gelber Lichtfleck fiel aus der Kammertür ihrer Mutter auf den Gang, da zwei Mägde den Raum verließen. Als sie den Grafen und seine Tochter sahen, bekreuzigten sie sich und gingen mit gesenktem Kopf an ihnen vorbei. Von Katrina und der Hebamme war weit und breit nichts zu sehen. Wahrscheinlich hatten sie sich schon vor den Mägden zurückgezogen.

Bella spürte die schwere Hand ihres Vaters auf ihrer Schulter.

»Du musst jetzt tapfer sein«, raunte er ihr zu und zog sie mit sich in das Gemach.

Der Geruch, den sie an den Kleidern ihres Vaters wahrgenommen hatte, war hier noch stärker. Ihre Mutter lag auf dem Bett und sah aus, als würde sie schlafen. Ihre Hände waren über einem hölzernen Kruzifix gefaltet, und ihre Wangen waren so bleich wie das Laken darunter. Die Augen waren geschlossen und wirkten leicht eingefallen. Am auffälligsten war jedoch, dass ihr Bauch flach war. Das Kind war anscheinend herausgekommen, aber nicht so, wie es sollte. Die Wiege, in dem es eigentlich hätte liegen sollen, war leer.

»Es war ein Junge, ein kleiner Bruder«, hörte sie den Vater mit tränenerstickter Stimme sagen. »Aber er hat nicht geatmet. Und deine Mutter …« Er verstummte und legte eine Hand über das Gesicht. Wieder begann er herzzerreißend zu weinen.

Wie betäubt starrte Bella auf das Totenbett ihrer Mutter, dann ließ sie den Blick über den Boden schweifen. Jemand hatte die blutigen Tücher und die Wasserschüsseln weggeschafft, trotzdem entdeckte das Mädchen Blutspuren auf den Steinen und spürte Übelkeit in sich aufsteigen. Sogleich richtete sie den Blick wieder auf das Gesicht ihrer Mutter. Das Gesicht, das sie nie wieder anlächeln würde. Die Lippen, die ihr nie wieder einen Kuss geben würden.

Ihr Vater war noch immer nicht imstande, etwas zu sagen. Bella, die sich nach wie vor an seiner Hand festhielt, spürte, dass er zitterte. Ihn so traurig zu sehen, brach ihr fast das Herz. Tränen stiegen ihr in die Augen und kullerten ihr heiß über die Wangen. Schluchzend standen sie schließlich nebeneinander, so lange, bis Pater Anselm in Begleitung von Katrina erschien und der Graf seine Tochter mit der Kinderfrau fortschickte.

In dieser Nacht, als sie frierend und zitternd in ihrem Bett lag und selbst die Anwesenheit des Katers sie nicht beruhigen konnte, fasste Bella einen Entschluss. Niemals würde sie heiraten, denn sie wollte nicht wie ihre Mutter beim Gebären eines Kindes sterben. Sie wollte nicht, dass Menschen zurückblieben und um sie weinten. Lieber bleibe ich allein und verschreibe mich dem Weinberg. Für immer und ewig.

1. Kapitel

September 1437

Mit einer geübten Handbewegung durchschnitt Bella den Rebenstiel mit dem scharfen, sichelförmigen Winzermesser, dann drehte sie die von Tautropfen überzogene grüne Rebe in der Hand.

In diesem Jahr hatten die Heunisch-Trauben genügend Sonne bekommen, das erkannte sie sofort, und sie dachte an die vergangenen Monate zurück, in denen sie die Reben gehegt hatten. Die Weinbeeren waren teilweise so dicht gewachsen, dass sie einige hatten entfernen müssen, damit die anderen zu voller Größe heranwachsen konnten. Nun, im beginnenden Herbst, waren sie reif und bereit, gepresst und gekeltert zu werden.

Mit einem zufriedenen Lächeln legte die junge Frau, die mit dem braunen Ordenskleid der Klarissen, einer Schürze und einer weißen Haube bekleidet war, die Rebe in den Korb und schnitt sogleich die nächste ab. Jede von ihnen behandelte sie so sorgfältig wie ein rohes Ei. Später würden die Trauben zwar zerstampft werden, aber Druckstellen, die beim Pflücken entstanden, konnten dazu führen, dass der Saft noch in der Traube zu gären begann. Bella wusste nur zu gut, dass sie das unbedingt vermeiden musste, um den Wein nicht zu verderben.

Während der Korb zu ihren Füßen sich zusehends füllte,

wanderte die eine oder andere Traube in Bellas Mund. Die gelblich grüne Schale knackte leise, als sich ihre Zähne hineinbohrten, und wenig später floss der Saft über ihre Zunge.

Nicht zu sauer und nicht zu süß, dachte sie. Gewiss werden sie einen guten Wein ergeben, für den sich das Kloster nicht schämen muss.

Solange sie denken konnte, war der Weinberg der Ort gewesen, an dem sie sich am wohlsten fühlte. Als sie klein war, hatte sie zwischen den hohen Rebstöcken Verstecken gespielt, und später, als das Schicksal sie prüfte, war es der Ort gewesen, an dem sie ungehindert weinen und klagen konnte.

Die Weinstöcke waren wie Freunde für sie gewesen. Die Blätter hatten ihr tröstend übers Haar gestreichelt, und die Reben hatten ihr süßen Saft gespendet. Und manchmal, wenn der Wind durch die langen Reihen strich, hatte es den Anschein gehabt, als würden die Pflanzen ihr leise zuflüstern.

Schon früh hatte Bella davon geträumt, das Weingut ihres Vaters zu führen. Oder ein eigenes. Doch nun wusste sie nicht mehr so recht, worauf sie hoffen sollte, und verbrachte ihre Tage im Kloster Bärbach. Die väterliche Burg war so weit entfernt, dass sie deren Weinberge von hier aus nicht sehen konnte. Seit Monaten hatte sie keine Nachricht mehr von ihm erhalten. Es schien, als hätte er sie hier vergessen.

Seufzend schob die junge Frau die finsteren Gedanken beiseite und setzte das Messer wieder an die Reben an.

An diesem Morgen waren die Bewohnerinnen des Klosters schon früh zum Weinberg aufgebrochen, um einen Teil des Weins, der hier an einem Hang oberhalb der Lahn wuchs, zu pflücken und zu lesen. Nonnen, Novizinnen und Schülerinnen hatten sich über den gesamten Weinberg verteilt, der sich wie ein Teppich vor dem Kloster ausbreitete.

Zwar gab es vereinzelt noch sonnige Tage, aber man spürte bereits, dass der Winter im Anzug war. Der Atem bildete vor den Mündern der Frauen kleine Wolken, und sie mussten sich mehrfach die Finger anhauchen, damit sie genug Gefühl für die Trauben aufbringen konnten. Bella rieb sich zwischendurch immer wieder die Finger warm, damit sie die Reben auch weiterhin sanft anfassen konnte.

Zwei verschiedene Rebsorten baute man auf dem klösterlichen Weinberg an, weißen und roten Heunisch. Die Trauben waren nicht von edler Herkunft, aber die Erträge waren reichlich. Die roten sollten, wie es vorgeschrieben war, zu Messwein verarbeitet werden. Den weißen Wein schenkte man den Gästen des Klosters aus und verkaufte ihn, um die Einnahmen aufzubessern.

Bella hörte in der Ferne einige Mädchen lachen, dann die scheltende Stimme der Messnerin. Für einen Moment wurde es still, dann flammte das Gekicher wieder auf.

Ein kleiner Pferdewagen, gezogen von einem gutmütigen Kaltblutschimmel, bewegte sich langsam und ächzend durch die Gänge zwischen den Weinstöcken, damit die Frauen ihre Körbe abladen konnten.

Über allem hingen der grüne Geruch des Weinlaubs, der erdige Duft des Bodens und ein Hauch Süße, die von den Trauben ausging, welche die Vögel angepickt hatten.

Als ihr Korb voll war, reckte sich Bella kurz, strich über den Wollstoff ihres Kleides und richtete die Haube, unter der ihr von goldenen Strähnen durchzogenes hellbraunes Haar verborgen war. Sie schob die hervorlugenden Haare sorgfältig wieder unter den Stoff und hielt Ausschau nach dem Wagen. Soweit sie es erkennen konnte, war er noch ein gutes Stück entfernt, sie konnte sich also eine kurze Pause gönnen.

Plötzlich raschelte es zwischen den Rebstöcken.

»Bella!«, rief eine Mädchenstimme.

Als die junge Frau sich umwandte, erkannte sie Anna, die Novizin, die heute der Äbtissin als Handlangerin diente. Offenbar hatte sie schon einige Reihen des Weinstocks nach ihr abgesucht, denn ihre Kleider waren vom Tau durchnässt, und einige kleine Blätter hingen an ihrer Haube. »Dem Herrn sei Dank, endlich finde ich dich!«

»Was gibt es, Anna?«, fragte Bella überrascht.

»Eine Nachricht ist für dich gekommen«, antwortete Anna schnaufend. »Du sollst unverzüglich bei der Mutter Oberin erscheinen.«

Bellas Herz pochte schneller. »Was denn für eine Nachricht?«

»Ich weiß es nicht. Ein Bote hat ein Pergament von deinem Vater gebracht. Sie haben mich sogleich losgeschickt, um dich zu holen.«

Bella spürte, wie sich kalter Schweiß auf ihre Handflächen legte. Von meinem Vater?, dachte sie. Nachdem er so viele Monate nichts von sich hat hören lassen?

Ihr Herz pochte heftig. War ihm vielleicht etwas passiert?

»Ich komme«, entgegnete sie, und nachdem sie ihr Messer neben dem Korb abgelegt hatte, rannte sie mit Anna los.

Der Weg durch den Weinberg zum Kloster kam Bella endlos vor. Unterwegs trafen sie auf einige Nonnen und den Pferdewagen, auf dem sich die bis zum Rand gefüllten Körbe stapelten, doch dafür hatte sie keinen Blick. Von

Ungewissheit gequält, hätte sie die Novizin am liebsten überholt und mit sich gezerrt.

Als die Klostermauern und der hoch aufragende Glockenturm endlich vor ihr erschienen, blieb sie kurz stehen, um zu verschnaufen. Die Furcht biss ihr wie ein Marder in den Magen. Was ist nur geschehen? Warum diese unerwartete Nachricht?

Sie atmete tief durch, versuchte die peitschenden Fragen zu verdrängen und folgte Anna durch die kleine Pforte auf den Hof. Als Erstes sah Bella einen prachtvollen Rappen, auf dessen Satteldecke das Wappen ihres Vaters gestickt war. Das Tier war an einem der Ringe festgemacht worden, die in die hohe, aus Feldsteinen errichtete Klostermauer eingelassen waren. Als es die beiden Frauen witterte, drehte es den Kopf, schnaubte leise und wandte sich wieder den Grashalmen zu, die zwischen den Pflastersteinen wucherten.

Bella war sicher, dass es sich bei dem Reiter um Heinrich Oldenlohe handelte, dem persönlichen Kurier und Waffenmeister des Grafen von Katzenburg. Während der Hussitenkriege diente er eine Zeitlang im kaiserlichen Heer, hatte sich dann aber dem Dienst beim Grafen Katzenburg verschrieben. Bella erinnerte sich noch gut daran, dass er ihr als Kind oft unheimlich erschienen war. Obwohl sie ihn schon lange nicht mehr gesehen und keinen Grund hatte, ihn zu fürchten, hatte sie noch immer großen Respekt vor ihm und seinem Schwert, denn kaum jemand konnte so gut mit der Waffe umgehen wie er.

»Bella, nun komm schon!«, mahnte Anna sie, als sie erneut zurückfiel. »Ich will keinen Ärger bekommen.«

Hektische Flecken brannten auf dem Gesicht der Novizin, die das Unglück hatte, die letzte von sieben Töchtern des Grafen von Waldeck zu sein. Noch hatte sie ihr Gelübde nicht abgelegt, aber wenn nicht bald ein Wunder geschah und ihr Vater einen reichen Bräutigam für sie fand, würde sie keine andere Wahl haben, als Jesus zu ehelichen.

Am Bogengang des Haupthauses machten die beiden Mädchen schließlich halt.

»Die Mutter Oberin erwartet dich in der Studierstube«, erklärte Anna und zupfte an den Zipfeln ihrer Haube. »Sie sagte, es wäre nicht für meine Ohren bestimmt, du sollst allein kommen.«

»Danke.« Bella wandte sich um und eilte in Richtung Kreuzgang, der nicht nur zur Klosterkapelle führte, sondern auch zur Studierstube der Äbtissin.

Durch diesen Gang schritten sie jeden Tag, wenn die Glocke sie zu den Gebeten rief. Davon gab es über den Tag verteilt sieben, und zuletzt waren sie vor Beginn der Weinlese zum Gottesdienst geeilt. Nun war sie hier ganz allein, und ihre Schritte hallten überlaut von den hellen Mauern wider.

Wenn der Weinberg nicht bestellt werden musste, hielten sich die Schwestern, Novizinnen und Mädchen in ihrer Obhut im Skriptorium auf, um Abschriften anzufertigen und sich Wissen anzueignen. Doch der lange Raum mit den Schreibpulten, Regalen und Schränken, in denen man kostbare Schriftrollen aufbewahrte, war ebenfalls verwaist, und die Stille wirkte fast ein wenig unheimlich.

Das Studierzimmer der Mutter Oberin lag direkt neben dem Skriptorium. Vor dem Eingang zur Kapelle bog Bella ab und durchquerte einen weiteren Gang, der so dunkel war, dass hier auch bei Tage Fackeln brennen mussten. Nachdem sie die Pforte des Skriptoriums passiert hatte, war sie am Ziel. Hinter der hohen eisenbeschlagenen Eichentür vernahm sie Stimmen. Die Äbtissin sprach über das Wetter und die Lese, ihr Gast antwortete ihr kurz und knapp.

Nervös strich sich Bella das schweißdurchtränkte Kleid glatt, dann klopfte sie. Sogleich brach das Gespräch ab.

»Komm herein!«

Bella zog die Tür auf, deren Angeln ein leises Knarzen von sich gaben, und trat ein.

Tatsächlich war Heinrich Oldenlohe gekommen. Er saß auf einem Schemel vor dem Schreibpult der Äbtissin. Seit Bella ihn zum letzten Mal gesehen hatte, waren acht Jahre vergangen, und mittlerweile waren in seiner dunklen Haarpracht und in seinem Bart ein paar silbergraue Strähnen erschienen.

Bella entging nicht, dass er sie ein wenig überrascht ansah. Bei ihrem letzten Zusammentreffen war sie noch ein kleines Mädchen gewesen, doch nun war sie erwachsen und selbst in einfachen Kleidern imstande, jungen Burschen den Kopf zu verdrehen. »Ihr habt mich rufen lassen, Mutter Oberin?«, fragte sie, und nachdem sie Heinrich Oldenlohe einen verstohlenen Blick zugeworfen hatte, verschränkte sie die schweißnassen Hände sittsam vor ihrem Rock.

»Ja, mein Kind«, antwortete die Äbtissin Magdalena, die dem Kloster seit nunmehr fünfzehn Jahren vorstand. »Schließ die Tür und komm näher.«

Bella tat wie geheißen und trat vor das Schreibpult, hinter dem die Mutter Oberin Platz genommen hatte. Umrahmt von dem Nonnenschleier, wirkte ihr Gesicht freundlich wie immer. Die kleinen Fältchen um Augen und Mund wirkten wie ein feines Netz, das ihr Lächeln festhielt.

Bella suchte darin vergeblich nach irgendwelchen Vorzeichen. Auch Heinrich Oldenlohe blickte sie mit der versteinerten Miene eines Mannes an, der es gewohnt war, Dinge für sich zu behalten.

»Der Kurier hat mir soeben einen Brief von deinem Vater überbracht«, begann die Äbtissin und entrollte ein Pergament mit dem Siegel ihres Vaters. Bevor die Mutter Oberin offenbarte, was darin stand, blickte sie Bella allerdings noch einmal prüfend an.

Die junge Frau zerriss es förmlich vor Ungeduld, daher biss sie sich rasch auf die Lippen und senkte dann demütig den Kopf.

»Du bist jetzt seit acht Jahren in unserem Kloster«, sagte die Äbtissin endlich, als hätte sie nur auf diese Geste gewartet. »Nun ist die Zeit gekommen, Abschied zu nehmen.«

Bella blickte überrascht auf und öffnete den Mund, brachte jedoch kein einziges Wort heraus.

»Ja, du wirst uns verlassen, auf Wunsch deines Vaters«, fügte Magdalena hinzu. »Schon morgen wird die Kutsche eintreffen. Herr Oldenlohe wird heute im Gästehaus bleiben und dich morgen nach Hause begleiten.«

Die Mutter Oberin nickte dem Boten zu, der die Geste mit einem leichten Lächeln erwiderte.

»Du kannst die Arbeit im Weinberg unterbrechen und Vorkehrungen für deine Abreise treffen. Vorher wirst du aber dem Abgesandten deines Vaters die Unterkunft bereiten, wie es sich gehört.«

Bella nickte, noch immer vollkommen sprachlos. All die Jahre hatte sie diesen Augenblick herbeigesehnt! Sie hatte nicht erwartet, dass ihr Vater persönlich kommen würde, aber mit einer Kutsche hatte sie schon gerechnet. Sie brauchte einen Augenblick, um zu realisieren, dass dies kein Traum oder Scherz war.

»Möchtest du etwas sagen, Bella?«, fragte die Mutter Oberin, nachdem sie das Mädchen lange angesehen hatte.

Die Grafentochter schüttelte den Kopf. Was sollte sie schon sagen? Sie freute sich, dass sie wieder nach Hause konnte, auch wenn sie nicht wusste, wie es um das Gemüt ihres Vaters stand. »Nein, Mutter Oberin.«

»Gut, dann führe unseren Gast zum Gästehaus und kümmere dich um ihn. Sunna und Adelheid sollen heute ein Mahl mehr bereiten. Und wenn du Anna siehst, sag ihr, sie möge unverzüglich bei mir erscheinen, ich brauche sie hier.«

Bella nickte und wandte sich dann an den Boten. »Wenn Ihr mir bitte folgen würdet?«

Heinrich Oldenlohe erhob sich, griff nach dem Schwert, das er neben dem Tisch abgestellt hatte, und gürtete es um seine Hüfte.

»Habt Dank für Eure Gastfreundschaft, Äbtissin«, sagte er an Magdalena gewandt, dann schloss er sich Bella an.

Ein schmaler Kiesweg führte an den Kräutergärten vorbei zum Nebengelass, das sich abseits der Unterkünfte für die Nonnen befand. Es handelte sich um einen klobigen Backsteinbau, den sie früher als Krankenlager genutzt hatten.

Bella dachte zurück an die Zeit, als es in dieser Gegend zahlreiche Fälle von Antoniusfeuer gegeben hatte. Damals war sie gerade ins Kloster gekommen und entsetzt gewesen über die Verheerungen, die diese Krankheit anrichtete. Doch nun war es schon seit Jahren ruhig geblieben, und alle Spuren der Krankheit waren aus dem Quartier ausgeräuchert, so dass die Besucher des Klosters gefahrlos darin untergebracht werden konnten.

»Meinem Vater geht es wirklich gut?«, fragte Bella, während sie sich dem Gebäude näherten. Noch immer tobte die Sorge in ihr. Der Wunsch, dass sie zurückkehren sollte, konnte durchaus darin begründet sein, dass seine Gesundheit angeschlagen war.

Der Bote wirkte verwundert. »Warum denn nicht, gnädiges Fräulein?«

»Na ja, meine Abreise kommt ziemlich plötzlich und erfolgt sicher nicht ohne Grund.« Bella musterte den Boten prüfend. Genauso gut hätte sie das Gesicht einer Marmorstatue betrachten können. »Sagt mir doch, was hat ihn dazu bewogen?

»Den Grund kennt nur Euer Vater selbst«, entgegnete Heinrich Oldenlohe und blickte starr geradeaus auf den Weg. Bella war überzeugt, dass er log. »Aber ich kann Euch versichern, dass seine Gesundheit nicht der Anlass ist. Morgen werdet Ihr mehr erfahren.«

Bella wäre am liebsten sofort aufgebrochen, aber wahrscheinlich würde er ihr die Bitte ohnehin nicht erfüllen, also fragte sie erst gar nicht.

Am Gebäude angekommen, schob Bella den Riegel zurück und zog die Tür auf. Abgestandene Luft strömte ihnen entgegen, die mit dem Geruch nach Laken und Staub durchsetzt war.

Die junge Frau schritt forsch voran, zu den Fenstern an der Hofseite. Der Bote, der ihr auf dem Fuße folgte, ließ kurz den Blick durch den Raum schweifen, dann schnallte er seinen Schwertgurt ab.

Ein flatterndes Geräusch ertönte an der Decke des weitläufigen Raumes. Nachdem Bella ein paar Fensterläden geöffnet hatte, wurden nicht nur die leeren Schlafstätten sichtbar, sie erblickten auch eine Taube, die durch den Raum flatterte und nach einem Ausweg suchte.

»Wenigstens ist es keine Fledermaus, das wäre ein schlechtes Omen gewesen«, bemerkte der Bote scherzhaft und öffnete auch den zweiten Türflügel. Der Lichtschein verbreiterte sich, und die Taube begriff, wohin sie fliegen musste, um dem Raum zu entkommen.

Bella sah ihr kurz nach, dann begann sie, eine der Bettstellen zu richten. Es mochte für andere vielleicht seltsam wirken, dass sie, die Tochter des Grafen, einen Untergebenen ihres Vaters bediente. Bella dagegen fand nichts Schlimmes daran. Sie war nie hochmütig gewesen, und während der Zeit im Kloster hatte sie gelernt, dass alle Menschen Gottes Kinder und Diener waren.

Nachdem sie die Laken glattgezogen und die Decke ausgebreitet hatte, blickte sie Heinrich Oldenlohe noch einmal prüfend an. Er weiß etwas, ging es ihr durch den Sinn. Er will es mir nur nicht sagen.

»Ich wünsche Euch eine angenehme Ruhe«, sagte sie dann aber nur, denn obwohl die Ungewissheit sie wie eine lästige Mücke plagte, wusste sie, das der Bote nicht nachgeben würde. »Wenn Ihr etwas braucht, scheut Euch nicht, den Schwestern oder mir Bescheid zu geben.«

Der Mann neigte dankend das Haupt, ehe er seiner Pritsche zustrebte. Bella wandte sich um und schloss hinter sich die Türen.

Nachdem sie kurz nach der entfleuchten Taube Ausschau gehalten hatte, ging sie zum Küchenhaus. Unterwegs kam ihr die schwarz-weiß gemusterte Klosterkatze entgegen und schmiegte sich schnurrend an eines ihrer Beine.

Als Kind hatte Bella ebenfalls einen Kater besessen. Sie sehnte sich nach wie vor nach ihrem treuen Begleiter aus Kindertagen, und es machte sie traurig, wenn sie daran dachte, dass er über all die Jahre hinweg vergeblich nach ihr gesucht hatte. Jetzt würde sie ihn vielleicht wiedersehen.

Als die Katze ihres Weges zog, bemerkte Bella, dass Anna neugierig um die Ecke des Hauptgebäudes lugte. Da sie das Mädchen ohnehin zur Äbtissin schicken sollte, ging sie zu ihm.

Ertappt wollte Anna schon die Flucht ergreifen, doch Bella hielt sie zurück. »Halt, warte!«

»Ich wollte nicht schnüffeln«, verteidigte sich Anna sogleich.

Bella bedeutete ihr mit einem Kopfschütteln, dass sie ihr keine Vorwürfe machen wollte. »Die Mutter Oberin möchte, dass du zu ihr kommst.«

Anna nickte, doch anstatt gleich loszulaufen, fragte sie: »Was ist denn nun mit dem Reiter? Warum bleibt er hier?«

Offenbar hatte sie schon eine ganze Weile an der Ecke gestanden und das Geschehen beobachtet.

»Er ist Gast des Klosters, zumindest für heute«, antwortete Bella. »Mein Vater hat ihn vorausgeschickt. Morgen wird in aller Frühe eine Kutsche vorbeikommen und mich abholen.«

Annas Augen weiteten sich überrascht. »Wirst du heiraten?«, platzte es aus ihr heraus.

»Nein, ganz sicher nicht«, wehrte Bella ab. Diesen Grund für ihre Rückkehr hatte sie noch gar nicht in Erwägung gezogen.

»Welchen Grund sollte es sonst geben, dich so rasch nach Hause zu holen?« Anna zwinkerte ihr zu.

»Das weiß ich nicht, unser Bote wollte es mir nicht sagen.« Bella versuchte, sich die aufkeimende Beunruhigung in ihrem Herzen nicht anmerken zu lassen, und Annas Neugierde erschien ihr auf einmal unerträglich. Sie wollte nicht länger über dieses Thema sprechen, zu viele schlechte Gefühle kamen dadurch in ihr hoch. Also sagte sie nur rasch: »Jetzt geh schon zur Mutter Oberin. Du willst doch nicht, dass sie dich wegen Säumigkeit schilt, oder? Ich muss in die Küche.«

Damit wandte sie sich dem Küchenhaus zu, wo die Konversinnen Sunna und Adelheid gerade das Mittagsmahl vorbereiteten. Da die beiden Töchter von Bauern waren, wurden sie nicht als richtige Nonnen aufgenommen, doch man schloss sie auch nicht aus. Meist waren sie es, die der Äbtissin mit Bauernschläue und Witz weiterhalfen, wenn die Gelehrsamkeit versagte.

Als Bella eintrat, unterbrachen sie ihre Arbeit.

»Na, Mädchen, was gibt es?«, fragte Sunna, die Stämmigere von beiden. Sie war etwa doppelt so alt wie Bella, hatte ein rundes, leicht gerötetes Gesicht und warme braune Rehaugen.

Bella hatte sich schon öfter bei ihrem Anblick gefragt, warum sie das Klosterleben gewählt hatte, obwohl sie bestimmt einen Mann bekommen hätte.

»Ich soll euch von der Mutter Oberin ausrichten, dass wir heute einen Gast haben«, sagte sie. »Ihr mögt das bei euren Vorbereitungen bedenken.«

»Du meinst, den Mann, der dir vorhin über den Hof gefolgt ist?«, fragte Sunna und blickte zu Adelheid hinüber, die plötzlich ganz rote Wangen bekam. Offenbar hatten die beiden gerade über Heinrich Oldenlohe gesprochen – vielleicht mehr, als die Mutter Oberin erlaubt hätte.

»Ja, er wird aber nur eine Nacht bleiben. Morgen früh wird er mich nach Hause begleiten.«

»Du reist ab?«, fragte Adelheid, und ihre Wangen verblassten ein wenig.

Bella nickte.

»Siehst irgendwie nicht glücklich darüber aus«, bemerkte Sunna, doch die junge Frau wollte ihr nicht erklären, warum sie so dreinschaute.

»Ich bin nur ein wenig überrascht, das ist alles«, entgegnete sie und verließ damit das Küchenhaus.

Die Gefühle, die in ihr tobten, brachten Bella dazu, den Ratschlag der Äbtissin zu übergehen.

Ihre wenige Habe würde sie auch noch am Abend zusammenpacken können. Jetzt wollte sie nicht im Kloster sein, wo sie die Stille zum Nachdenken verleitete. Sie wollte an einen Ort, der ihr freundlich gesonnen war und der ihre Unruhe vielleicht ein wenig milderte. Jenen Ort, der schon immer ihre Zuflucht gewesen war.

2. Kapitel

Der Reiter in dem grünen Mantel trieb sein Pferd energisch durch das Waldstück. Staub, vermischt mit abgestorbenen Blättern und kleinen Steinen, wirbelte im hohen Bogen hinter den Pferdehufen auf. Schaumiger Schweiß bedeckte die Flanken des Rotschimmels, hin und wieder spritzten weiße Flocken vom Maul des Tieres.

Die Eile hatte ihren Grund. In dieser Gegend gab es etliches Gesindel, das versuchte, sich die Taschen mit dem Gold von Reisenden zu füllen.

Viel zu holen war bei Martin nicht, denn er war nur ein armer Studiosus. Seine Kleidung war schlicht und bestand aus einem braunen Wams, einem einfachen Leinenhemd, braunen Beinkleidern, schiefgetretenen Stiefeln und dem Wollmantel, der von den Nächten im Stroh und unter Bäumen etliche Mitbringsel in sich barg. Bis auf das Schwert, das er an der Seite trug, hatte er nichts Kostbares bei sich. Dennoch war er sehr vorsichtig. Wenn sie ihn für einen Boten hielten, könnte von dem Lumpengesindel jemand auf die Idee kommen, dass die Nachricht, die er womöglich bei sich trug, von Wert sei.

Obwohl Martin recht gut mit seiner Waffe umgehen konnte, wollte er nicht in einen Kampf geraten und gegen mehrere Raufbolde antreten. Seit jeher war er der Meinung, dass man Streitigkeiten besser mit dem Verstand ausfechten sollte. Die anderen Studenten hatten ihn aus diesem Grund für feige gehalten, doch recht schnell hatte er ihnen klargemacht, dass dies nicht gleichbedeutend mit Schwäche war. Mit Räubern war allerdings schlecht reden, das wusste er nur zu gut. Statt Worte setzten sie Armbrustbolzen, Pfeile und Dolche ein, und nicht selten endeten derlei »Unterredungen« mit einer durchgeschnittenen Kehle aufseiten des unfreiwilligen Gesprächspartners.

In den vergangenen zwei Wochen war es ihm gelungen, Streit weitestgehend aus dem Weg zu gehen, obwohl man ihm nachsagte, einen herausfordernden Blick zu haben, der Ärger regelrecht anzog.

Warum sein Vater ihn ausgerechnet jetzt zurück auf die Burg gerufen hatte, wusste er nicht. Er hatte in dem Brief etwas von einer Familienangelegenheit erwähnt, aber nicht genau erklärt, worum es sich handelte.

Obwohl Gernot von Bärenwinkel seinen ältesten Sohn dazu auserkoren hatte, eines Tages die Burg und das Weingut zu übernehmen, hatte er nichts dagegen gehabt, dass Martin zunächst das Studium der Rechtslehre aufgenommen hatte. Auch wenn er nie erlauben würde, dass sein Sohn als Advokat arbeitete, sah er es als förderlich an, dass ein zukünftiger Burgherr etwas vom Recht verstand. Außerdem sollte sich sein Sohn, wie der Graf es zu nennen beliebte, »die Hörner abstoßen«.

Martin konnte nicht von sich behaupten, einer der besten Studenten zu sein, dennoch war sein Examen nicht in Gefahr. Außerdem bereitete ihm das Studium Freude. Nicht wegen des trockenen Stoffes, sondern wegen der Gelegenheiten, die ihm Padua bot. Eben das, was er unter »Hörner abstoßen« verstand.

Martin, der bislang nur die väterliche Burg und die dazugehörigen Dörfer gekannt hatte, war von der neuen Art zu leben sofort verzaubert gewesen.

Doch nun, da er die Alpen hinter sich gelassen hatte, verdunkelte sich sein Gemüt zusehends. Der fehlenden Sonne konnte er allerdings nicht die Schuld daran geben. Obwohl sich hier und da das Laub bereits färbte, war noch immer die Nähe des Sommers zu spüren. Es war vielmehr die Frage, warum sein Vater ihn zurückgerufen hatte, die sich wie eine Wolke drohend über ihm erhob.

Ist der alte Herr etwa krank?, ging es Martin durch den Sinn. Oder hat ihn die unsinnige Idee überkommen, mich zu verheiraten? Martin war nicht gewillt, seine Freiheit aufzugeben, jedenfalls noch nicht. Außerdem wartete ein Mädchen in Padua auf ihn.

Rosalina war die Tochter des Wirts, bei dem er sein Quartier gehabt hatte. Rotwangig wie Burgunder war ihr Gesicht, das Haar schwarz wie Pech, und die Augen waren grün wie Gras. Das Gold ihrer Haut war das Gold der Sonne. Wenn sie ihn in ihren Armen gehalten hatte, war es so, als rückten alle Schwierigkeiten seines Lebens von ihm ab.

Bereits wenige Tage, nachdem er Padua verlassen hatte, hatte ihn die Sehnsucht nach Rosalina derart übermannt, dass er versucht war, die Nachricht seines Vaters zu ignorieren und einfach umzukehren. Doch er war kein gewissenloser Mann, daher war er am nächsten Morgen erneut in den Sattel gestiegen.

»Je eher du dort bist, desto eher bist du wieder zurück«, hatte Rosalina ihm beim Abschied gesagt, und Martin glaubte fest daran.

Bevor die Sonne den Zenit erreicht hatte, tauchte die väterliche Burg vor ihm auf. Sie lag auf der Spitze eines Weinbergs, dessen Hänge sich bis hinunter zum Ufer der Lahn erstreckten.

Auf der gegenüberliegenden Seite des Flusses erhob

sich, stolz und wesentlich mächtiger, die Festung des Grafen von Katzenburg. Seit vielen Jahren war er mit dem Grafen von Bärenwinkel verfeindet.

Während Martin den Blick in die Ferne schweifen ließ und dabei den Wehrturm der Katzenburg erblickte, fielen ihm wieder all die kleinen Streitereien ein, die sich sein Vater mit Rudolph von Katzenburg geliefert hatte.

Mal ging es um den Wein, dann um den Fluss, zuweilen unterstellte der Graf von Bärenwinkel seinem Widersacher, dass er ihn bei den einflussreichen Leuten der Gegend madig machte, und den absurden Höhepunkt hatte die Behauptung gebildet, der Wehrturm der Katzenburg würde einen Teil seines Weinbergs verschatten.

Martin hatte sich stets herausgehalten, aber er wusste, dass irgendwann der Tag kommen würde, an dem sein Vater von ihm forderte, die Rivalität fortzusetzen.

Vielleicht schon jetzt? Seufzend wünschte sich Martin nach Padua zurück.

Nachdem er den steilen Weg erklommen hatte, sprengte er durch das Burgtor, das mit dem Wappen derer von Bärenwinkel geschmückt war. Es zeigte einen Bären, der auf den Hinterbeinen stand und ein Schwert in der Pranke hielt, was auf die kriegerische Vergangenheit seines Geschlechts hindeutete.

Ebenso wenig, wie sich an diesem Steinbogen geändert hatte, schien sich auch in der Burg verändert zu haben.

Ein paar Hühner flatterten gackernd auf, und die Schweine brachten sich quiekend vor den Pferdehufen in Sicherheit. Mägde mit Wäschekörben unter dem Arm strebten dem Gesindehaus zu, wo sich auch die Waschküche befand. Ein paar Jungen eilten mit Krügen aus der Küche, die wohl für die Arbeiter auf dem Weinberg bestimmt waren.

Martin hatte sich nie sonderlich für den Weinbau interessiert, dennoch wusste er, dass dies die Zeit war, in der die Weinlese vorbereitet wurde.

Während sie auf dem Gut damit beschäftigt waren, Keller, Pressen und Bütten zu säubern, überprüften die Männer auf dem Feld den Mostgehalt der Trauben. Auch sein Vater war um diese Zeit sicher draußen, was Martin die Gelegenheit gab, sich noch ein wenig auszuruhen, bevor er ihm unter die Augen treten musste.

Kaum war er abgestiegen, rief auch schon eine freudige Stimme hinter ihm: »Junger Herr! Wie schön, dass Ihr da seid!«

Als Martin sich umwandte, erkannte er Johann Sibelius, den Haushofmeister seines Vaters. Dem recht beleibten Mann mit dem schütteren Haar stand die Erleichterung ins Gesicht geschrieben.

Offenbar hatte ihm der Graf mit seiner Ungeduld mächtig zugesetzt. Martin wusste nur zu gut, wie sein Vater sein konnte, wenn sich nicht alles schnell nach seinem Willen fügte.

»Johann!«, rief Martin aus und schloss den Mann in die Arme, bevor dieser in eine Verbeugung sinken konnte. Er wusste, dass dies den Haushofmeister immer ziemlich in Verlegenheit brachte. »Wie geht es Euch?«, sprach er ihn herzlich an, während er wieder von ihm abließ. »Was machen Eure Frau und die Kinder?«

Wie erwartet blickte Sibelius verwirrt drein. »Es geht ihnen gut«, entgegnete er und holte die Verneigung nach. »Ich hoffe, das gilt auch für Euch, junger Herr.«

»Bis auf die Müdigkeit in meinen Knochen bin ich wohlauf«, erwiderte Martin. »Wenn ich mich erst einmal ein wenig ausgeruht habe, werde ich mich fühlen wie neugeboren.«

»Ich fürchte, Ihr werdet das mit dem Ausruhen noch eine Weile verschieben müssen, der Graf erwartet Euch bereits.«

Dann ist er immerhin nicht krank, spottete Martin im Stillen, doch um dem Haushofmeister nicht noch mehr Unwohlsein zu bereiten, sagte er: »Dann werde ich mich sogleich bei ihm einfinden.«

Er reichte die Zügel seines Pferdes dem herbeigeeilten Stallburschen und schloss sich Sibelius an.

Das Innere der Burg hatte sich ebenfalls nicht verändert. Noch immer erhellten Fackeln die dunklen, verschachtelten Gänge. Noch immer huschten Ratten an seinen Füßen vorbei. Noch immer wirkte das Licht, das durch die Butzenscheiben hereinfiel, sehr dämmrig.

Erst wenn man in höhere Gefilde aufstieg, wo die Gänge breiter waren und die Butzenscheiben blanker, wusste man wieder, dass die Grafen von Bärenwinkel ein kraftvolles und reiches Geschlecht waren, das sich nicht scheute, mit seiner Pracht zu protzen. So schimmerten dem Grafensohn Gold und Purpur von kunstvoll gewirkten Wandteppichen entgegen, und von hölzernen Bildtafeln blickten seine Ahnen mit leerem Blick auf ihn herab.

An der mit Schnitzereien verzierten Tür angekommen, hinter der sich die Studierstube seines Vaters befand, machte Sibelius halt.

»Euer Sohn ist eingetroffen«, verkündete er, nachdem er eingetreten war.

»Nun, dann soll er reinkommen! Ich habe keine Zeit zu verlieren.«

Der Klang der väterlichen Stimme, die für Martin seit jeher mit Strenge und der Forderung nach Gehorsam verbunden war, gab ihm das Gefühl zu schrumpfen, während er näher trat.

Sibelius, der sich diskret zurückzog, schloss leise die Tür hinter ihnen.

Martin blickte dem alten Mann kurz hinterher, doch auch er würde ihm nicht helfen können.

Der Graf von Bärenwinkel saß hinter dem Schreibpult, das bereits sein Vater und sein Großvater benutzt hatten, und musterte seinen Sohn kritisch.

Martin war nicht sicher, ob ihm gefiel, war er sah.

Aus dem Jungen von einst war ein großer junger Mann geworden, auf dessen Gesicht immer noch der unreife Schalk aus Kindertagen lag. Sein schwarzes Haar war nach wie vor zottelig, die braunen Augen hatten den schelmischen Ausdruck nicht verloren, und um seinen Mund spielte noch immer das spöttische Lächeln, das jedes seiner Worte in Zweifel zu ziehen schien.

Diese Kinderflausen werde ich dir endgültig austreiben, schien der Blick des Grafen zu sagen, als er sich erhob und Martin entgegenging.

»Mein Sohn!«, sagte er und öffnete die Arme in einer einladenden Geste. »Es tut meinen alten Augen gut, dich wiederzusehen.«

»Ebenso ergeht es mir«, entgegnete Martin höflich, während er zuließ, dass sein Vater ihn umarmte.

Wie früher entströmte den Kleidern des Grafen der Geruch nach Laub und Wein, und auch sonst schien er sich nicht verändert zu haben. Sein massiger Körper war gespannt wie eh und je, das Haar, obgleich von Silberfäden durchwirkt, war immer noch dicht, und das Gesicht wirkte, als sei es in Wachs gegossen. Auch in den Augen funkelte noch immer das gleiche Feuer, das so mancher, der ihm in die Quere kam, fürchten musste.

Selbst Martin fühlte sich unter seinem Blick unwohl.

Er plant etwas, wisperte ihm eine innere Stimme zu.

»Nun denn, Martin«, sagte Gernot von Bärenwinkel, nachdem er wieder an sein Pult zurückgekehrt war. »Wie ich sehe, bist du zum Mann geworden. Als Großjähriger solltest du von nun an hier auf dem Gut weilen und dich auf die Aufgaben vorbereiten, die dich als zukünftigen Herrn von Bärenwinkel erwarten.«

Das war es also. Keine dringende Familienangelegenheit, sondern nur das Einfordern des väterlichen Rechts.

Martin fiel es schwer, angesichts dieser Worte ruhig zu bleiben, denn er hatte nie vorgehabt, den Weinberg zu übernehmen. Lieber wollte er weiter studieren und anschließend durch die Welt ziehen. Aber daraus würde nun wohl nichts, wenn er seinen Vater richtig verstand.

Vielleicht hätte ich doch etwas langsamer durch den Forst reiten sollen, schlich es ihm durch den Sinn.

»Aber Vater, wie Ihr wisst, habe ich mein Studium noch nicht aufgegeben!«, entgegnete er. Das hätte er sich früher vielleicht nicht gewagt, doch nun hatte er Rosalina vor Augen und meinte, ihre Arme um seine Brust zu spüren.

»Natürlich wirst du das Studium aufgeben!« Die Handbewegung, mit welcher der Graf seine Worte begleitete, glich jener, mit der man eine lästige Fliege beiseitewischt. »Wie du weißt, war ich nie ein Freund davon. Ich habe dich studieren lassen, damit du etwas von der Welt siehst, aber nun ist es an der Zeit, dass du deinen Platz auf dem Gut einnimmst.«

Diese Worte trafen Martin wie eine Ohrfeige. Sollte es von nun an wirklich mit den Weibern und dem Wein vorbei sein?

Mit dem Wein ganz sicher nicht, denn den sollte er künftig herstellen. Aber Rosalina würde er nicht wiedersehen, wenn er die Forderung seines Vaters erfüllte. Niemals würde der Graf von Bärenwinkel zustimmen, dass sein Sohn die Tochter eines Wirtes freite.

»Findet Ihr nicht, dass ich noch zu jung bin, um solch eine schwere Pflicht zu übernehmen?«, fragte Martin ausweichend.

In Gernot von Bärenwinkels Augen blitzte Zorn auf, und Martin spürte, dass er vorsichtig sein musste, wenn sein Vater nicht vor Wut wie ein Schlauch mit verdorbenem Wein platzen sollte.

»Papperlapapp!«, fuhr der Graf seinen Sohn an. »Du hast jetzt genug gefaulenzt! Glaubst du denn, ich wüsste nicht, was du in Padua vorwiegend getrieben hast? Studium! Du hast dich wohl eher in der Wirtsstube weitergebildet, habe ich recht?«

Martins Augen weiteten sich fassungslos. Hatte ihm der Vater etwa einen Spion hinterhergeschickt? »Ich verstehe nicht, was Ihr meint«, spielte er weiterhin den Unschuldigen. Es war gut möglich, dass sein Vater sich nur aufplusterte, um ihn einzuschüchtern. Aber er war kein kleiner Junge mehr, der auf dieses Spiel hereinfiel!

»Du verstehst nicht?« Schlagartig rötete sich das Gesicht des Grafen, als hätte er es über einen Kessel mit heißem Wasser gehalten. »Dann werde ich dich das Verstehen eben lehren! Du wirst ab sofort für das Gut da sein. Deine Studienzeit ist hiermit beendet!«

»Aber Vater, sollte ich nicht …«

»Dein Platz ist hier in der Burg!«, donnerte Gernot von Bärenwinkels Bass durch die Studierstube, und seine Faust sauste auf das Pult. »Es wird Zeit, dass du endlich etwas für deine Familie tust!«

Martin musste sich zum Ruhigbleiben zwingen. Er sollte Padua und Rosalina allen Ernstes aufgeben? Einfach so, weil sein Vater es wollte?

Bin ich denn nicht längst Manns genug, um selbst zu wissen, was das Richtige für mich ist?, begehrte sein Verstand auf, doch er hatte nicht den Mut, diesen Satz auszusprechen. Der Graf von Bärenwinkel war ein Mann von überschäumendem Temperament. Wenn er einen Arbeiter dabei erwischte, dass er saumselig war, verprügelte er ihn auf der Stelle.

So, wie sein Vater ihn gerade anblickte, erwartete Martin, dass er jeden Augenblick seine Reitpeitsche zog und auf ihn eindrosch.

»Was soll ich deiner Meinung nach endlich für meine Familie tun? Mich in den Bottich stellen und Weintrauben zertreten?« Martin war sich darüber im Klaren, dass diese Frechheit Konsequenzen haben würde.

»Zum Weintreten brauche ich dich nicht, mein Sohn!«, donnerte der Graf. »Ich habe eine bessere Aufgabe für dich. Eine, von der du später, wenn du mal meinen Platz einnimmst, profitieren wirst.«

In Martin tobte noch immer der Unwille. Wahrscheinlich stand dieser ihm auch ins Gesicht geschrieben, doch Gernot von Bärenwinkel ging darüber hinweg.

»Du wirst dich bei Rudolph von Katzenburg verdingen, als Winzergehilfe.«

Wenn Martin mit allem gerechnet hatte, aber nicht damit. »Verzeiht, Vater, ich soll was?«, fragte er ungläubig.

»Du wirst mein Spion dort drüben sein!« Der Graf streckte die Hand aus und wies in die Richtung, in der sich die Burg seines Rivalen befand. »Du wirst herausfinden, welches Geheimnis ihm Scheunen und Fässer füllt, und wie seine Keltermethoden aussehen, welche seltsame neue Weinsorte er seit einiger Zeit anbaut.«

Martin kam nicht umhin, die Miene seines Vaters mit

der eines Wahnsinnigen zu vergleichen, der sich an einer seiner fixen Ideen festgebissen hatte.

»Wie stellt Ihr Euch das vor?«

In dem Glauben, seinen Sohn bezwungen zu haben, atmete Gernot aus und ließ die Schultern sinken. Seine Stimme klang nun wieder etwas ruhiger. »Wie du weißt, beginnt demnächst auch hier die Lese. Der Graf von Katzenburg wird wie jedes Jahr Helfer benötigen und Burschen aus der Umgebung anstellen. Natürlich tunlichst von seiner Seite des Flusses, weil diese hier mir gehört.«

»Warum sollte er gerade mich nehmen?«, entgegnete Martin unwillig. »Glaubt Ihr nicht, dass er mich erkennen würde?«

»Du warst jetzt drei Jahre in Padua. Beim letzten Mal, als Graf von Katzenburg dich gesehen hat, warst du noch ein Knabe. Inzwischen hast du einen Bart im Gesicht! Glaubst du, so hoch, wie er die Nase trägt, wird er versuchen, nach unten zu schauen? Erst recht, wenn du ein einfaches Gewand anlegst?«

Martin wusste nicht, was er darauf erwidern sollte. Seine Gedanken wirbelten wild umher, während er nach einem Ausweg aus seiner Lage suchte. Wie sollte er seinem Vater diesen Unsinn nur wieder ausreden?

»Wäre es nicht von größerem Nutzen, wenn ich hierbliebe und Euch beim Führen der Geschäfte behilflich wäre?«, fragte er schließlich und fügte stumm hinzu: Das wäre dann nicht so eine ungeheure Zeitverschwendung, als bei dem Grafen von Katzenburg herumzuschnüffeln.

Doch Gernots Entschluss stand fest. »Du wirst genug Zeit haben, dich um unseren Wein zu kümmern. Jetzt wirst du zunächst einmal tun, was ich dir sage! Erst wenn du das Geheimnis ergründet hast, lässt du dich hier wieder blicken, hast du verstanden?«

Martin biss die Zähne zusammen, konnte aber nicht verhindern, dass seine Erwiderung förmlich aus ihm herausplatzte. »Was, wenn ich mich weigere und gleich wieder auf mein Pferd steige?«

Gernot von Bärenwinkel schnaufte und senkte den Kopf ein wenig, so dass er wie ein angriffslustiger Stier wirkte.

Fehlt nur noch, dass er mit den Hufen scharrt, dachte Martin und warf einen verstohlenen Blick zur Tür.

»Dann, mein Junge, werde ich dich auf der Stelle verheiraten! Der Name Gunhilda von Rodenfels dürfte dir geläufig sein!«

Martin hatte Mühe, sein Entsetzen zu verbergen. Gunhilda von Rodenfels! Offenbar war sie schon wieder verwitwet.

»Ihr wollt mich mit dem mannstollen Weib vermählen?«, fragte er. »Ihr seid Euch doch darüber im Klaren, dass ihre Männer sterben wie die Fliegen. Außerdem ist sie welk wie die Schale einer Walnuss!«

»Sie ist achtunddreißig und sicher noch in der Lage, Kinder zu gebären. Du wirst dich eben ranhalten müssen!«

Martin schnaufte und schüttelte den Kopf. »Das könnt Ihr mir nicht antun!«

»Warum nicht? Ich bin dein Vater! Solange du die Füße unter meine Tafel streckst, kann ich dich vermählen, mit wem ich will. Außerdem ist Gunhilda allemal besser als eine Schankmaid!«

Er weiß Bescheid!, schoss es Martin durch den Sinn. Schweiß trat ihm aus allen Poren, wofür er sich selbst verfluchte. Warum hatte Gott ihn nicht mit stärkeren Nerven ausgestattet?

Der Graf trat nun wieder näher an Martin heran, ein

triumphierendes Lächeln auf dem Gesicht. »Ich wäre durchaus gewillt, meine Heiratspläne fallen zu lassen, wenn du dich als würdiges Mitglied deiner Familie erweist.«

»Wenn ich den Grafen von Katzenburg ausspioniere«, stellte Martin richtig und verfluchte seine Stimme für ihr Zittern.

»Wie ich sehe, verstehen wir uns. Wenn du deine Aufgabe erledigst, wird nie wieder von Gunhilda die Rede sein.«

Würdest du mich dann Rosalina heiraten lassen?, fragte sich Martin, doch er kannte die Antwort ganz genau.

»Was, wenn es gar kein Geheimnis gibt?«

»Ich weiß, dass es eines gibt!«, brauste der Graf auf. »Egal ob es Hexerei ist oder etwas anderes. Du wirst mir das gewünschte Wissen liefern!«

»Hexerei?«, fragte Martin. »Glaubst du wirklich, der Graf von Katzenburg lässt einen Zauber für seine Reben wirken?«

»Möglich wäre es!«

»Was soll ich in dem Fall tun?«

»Du wirst die Hexe natürlich überführen und mir ihren Namen nennen.«

Martin erschien dies völlig absurd. Er sollte sich auf die Suche nach einem Kräuterweib machen?

»Aber auch nach natürlichen Ursachen halte Ausschau«, fügte der Graf hinzu. »Sobald du etwas herausfindest, wirst du an meiner Seite dafür sorgen, dass unser Wein den unserer Widersacher übertrumpft.«

Zu keiner Zeit hatte sich Martin in der Gegenwart seines Vaters so schlecht gefühlt wie in diesem Augenblick.

»Also, was sagst du? Heirat oder als Spion zu dem Grafen von Katzenburg?«

Martin brauchte angesichts der Alternative nicht lange zu überlegen. »Nun gut, ich werde hingehen.«

»So ist es recht!« Gernot von Bärenwinkel klopfte ihm zufrieden auf die Schulter. »Jetzt geh nach unten, mein Bote wird dich in alles einweisen. Anschließend wirst du über den Fluss setzen und zur Katzenburg gehen.«

»Wollt Ihr mir nicht wenigstens eine Nacht in der heimischen Burg gönnen?«, entgegnete Martin. Die Enttäuschung biss wie ein tollwütiger Hund um sich. Von wegen mein Anblick tut seinen Augen gut!

»Ausgeruht hast du dich bereits auf dem Pferderücken! Und du kannst es zur Genüge tun, sobald deine Aufgabe erledigt ist!«

Damit war alles gesagt, das spürte Martin.

Sein Vater senkte den Blick jetzt wieder auf das Pergament vor ihm. Das leise, aber deutlich vernehmbare Kratzen der Feder betonte die Stille, die zwischen die beiden Männer getreten war.

Martin starrte seinen Vater noch immer fassungslos an. Da er jedoch wusste, dass weitere Worte nichts ausrichten konnten, deutete er eine Verbeugung an und verließ das Studierzimmer in dem Wissen, dass sein Vater ihm nicht hinterherblicken würde.

Sobald die Tür ins Schloss gefallen war, ließ der Graf die Feder sinken. Den Tintenklecks ignorierend, der sich auf dem Pergament ausbreitete, warf er das Schreibgerät auf das Pult und erhob sich seufzend. Er wusste nicht, was schlimmer glühte – seine Wangen oder der Zorn in seiner Brust. Wahrscheinlich bedingte das eine das andere.

Warum kann dieser Junge nicht einmal machen, was man ihm sagt, ohne dass man ihm drohen muss?, dachte er ärgerlich.

Selbstverständlich hatte er Martin seit seiner Ankunft in Padua im Auge behalten. Es hatte ihn ein wenig Mühe gekostet, aber die Ausgaben waren die Sache wert gewesen. Auf diese Weise hatte er nicht nur von all den Eskapaden und den geschwänzten Vorlesungen, sondern auch von Martins Liebchen erfahren.

Eine Wirtstochter! War sein Sohn schon so tief gesunken, dass er sich mit solch einem Gesindel einließ?

Und dann das Studium! Warum bezahlte er eine Heidensumme dafür, dass Martin sich nur herumtrieb, anstatt den Kopf in die Bücher zu stecken?

Deine neue Aufgabe wird dich schon auf den richtigen Weg zurückbringen, mein Sohn, dachte er und trat ans offene Fenster.

Noch zeigte sich der Spätsommer warm und sonnig. Der Geruch nach feuchter Erde, Weinlaub und Flusswasser strömte ihm in die Nase. Von hier aus hatte er einen guten Blick auf den Weinberg, den Ursprung all seines Reichtums. Wie ein grüner Teppich erstreckte er sich über den Hang unterhalb der Burg. Die Rebstöcke waren sorgfältig gezogen und dicht belaubt. Die Trauben, die daran reiften, hatten in diesem Jahr besonders viel Sonne bekommen. Es stand zu erwarten, dass es ein guter Jahrgang werden würde.

Leider war dieser Anblick nicht mehr der große Grund zur Freude, der er früher einmal gewesen war.

Die Rivalität zum Grafen von Katzenburg machte seinen Finanzen zu schaffen. Nicht nur, dass selbst der Königshof den Wein des Konkurrenten mehr schätzte, auch munkelte man, dass dieser eine neue Rebsorte anbaute, die nicht nur deutlich höhere Erträge, sondern auch einen köstlicheren Tropfen brachte.

Trotz aller Bemühungen hatte Gernot von Bärenwinkel bislang nicht herausfinden können, um welche Sorte es sich handelte und wie es der Graf fertigbrachte, einen höheren Ertrag zu erzielen, obwohl man meinen könnte, dass die Bärenwinkels, deren Weinberge zur Südseite des Flusses zeigten, über die bessere Lage verfügten.

Er ließ den Blick hinüber zum anderen Ufer des Flusses schweifen, an die Stelle, wo das Wasser eine Biegung machte. Dort erhob sich imposant der Wehrturm der Katzenburg.

Sofort verdunkelte sich Gernot von Bärenwinkels Miene.

Wie er diesen Anblick verabscheute! Wie er den Mann, dem dieses Gemäuer gehörte, hasste!

Doch all seine Bitten, der Blitz möge auf dem Gut seines Widersachers einschlagen, waren nicht erhört worden. Genauso wenig, wie dem Grafen von Katzenburg das Pferd durchgegangen oder er von einem Fass überrollt worden war. Gernot von Bärenwinkels Konkurrent erfreute sich des Lebens und dem Vernehmen nach auch bester Gesundheit. Ja die Leute munkelten bereits, dass er dabei war, seine Tochter sehr vorteilhaft zu verheiraten.

Das Kind von Gabriela, dachte er bitter. Das Kind, das mein Sohn hätte werden sollen. Vielleicht wäre der Junge folgsamer geworden als mein jetziger Spross ...

Immerhin war Graf von Katzenburg kein Sohn vergönnt gewesen. Das war für Bärenwinkel ein kleiner Trost, wenngleich er wusste, dass die Gemahlin seines Widersachers bei der Geburt des Stammhalters gestorben war.

Wäre es mein Sohn gewesen, würde sie noch leben, schoss es ihm bitter durch seine Gedanken, dann wandte er sich wieder vom Fenster ab. Die Unruhe tobte noch schlimmer in ihm als vorher.

Würde Martin auch genügend Eifer in die Aufgabe setzen?

Ich sollte ihn mit irgendetwas antreiben, dachte er. Vielleicht mit dem Versprechen, dass er sein Studium fortsetzen darf …

Doch nein, meine Drohung, ihn zu verheiraten, wird ihr Ziel nicht verfehlen. Mein Sohn kennt mich gut genug, um zu wissen, dass ich mein Wort halte.

Damit kehrte er an sein Pult zurück und suchte seinen Frieden bei Pergament und Federn.

3. Kapitel

Martin kochte vor Wut. Nur schwerlich konnte er sich beherrschen, den Bogengang nicht fluchend zu durchqueren. Sibelius hatte sich vorausschauend in seine Studierstube zurückgezogen, wahrscheinlich hatte er gewusst, was der Graf beabsichtigte.

Warum in Dreiteufelsnamen ist mein Vater so erpicht darauf, das Geheimnis des Grafen von Katzenburg in die Finger zu bekommen? Bringt unser Weinberg so wenig ein, dass er um die Existenz unserer Familie bangen muss? Oder ist das nur ein neuerlicher Anfall von Streitlust?

Ehe er wirklich noch anfangen konnte, unmutig vor sich hin zu murmeln, trat ihm aus dem Schatten des Ganges ein Mann entgegen. Er war auf der Burg nur als Giacomo der Lombarde bekannt und diente dem Grafen als Kurier.

Und wohl auch als Spion, ging es Martin durch den Kopf, als er stehenblieb.

»Willkommen zurück, junger Herr«, sagte Giacomo und deutete eine Verbeugung an, die ebenso spöttisch war wie seine Worte. »Es freut mich, Euch wohlbehalten wiederzusehen.«

Martin erwiderte den Gruß mit einem leichten Nicken, und während er versuchte, sich seinen Ärger nicht anmerken zu lassen, musterte er den Italiener von Kopf bis Fuß. Sein langes, mit Nieten beschlagenes Lederwams glänzte speckig, Schlammspritzer bedeckten die hohen Stiefel und die Scheide des Schwertes, das er an der Seite trug. Der Kragen seines Hemdes war braun, und seine schwarze Lockenmähne wirkte wie mit Schweineschmalz bestrichen. Offenbar hatte der Lombarde ebenfalls einen langen Ritt zurücklegen müssen und nicht die Zeit gehabt, sein Erscheinungsbild in Ordnung zu bringen.

»Mir geht es gut, danke der Nachfrage, Giacomo. Eure Heimat war meiner Gesundheit sehr zuträglich.«

»Das sieht man Euch an. Gewiss gab es auch eine zarte Hand, die für Euer Wohlbefinden gesorgt hat, nicht wahr?«

Ein Verdacht stieg in Martin auf. Hatte ihm sein Vater etwa den Italiener hinterhergeschickt?

Möglich wäre es. Giacomo kannte viele Leute, hatte keine Schwierigkeiten mit der Sprache und wusste gewiss jemanden, der für ein wenig Geld seine Augen auf den Sohn eines Grafen gerichtet hielt.

In Martins Innerem schien sich eine Faust zusammenzuballen, während er dem Lombarden in die Augen blickte. Aber er zwang sich zur Ruhe.

Je eher ich die Aufgabe gelöst habe, desto früher bietet sich mir vielleicht eine Gelegenheit zur Flucht.

»Der Graf sagte, Ihr würdet mich in meine Aufgabe einweisen«, entgegnete er kühl auf die Frage des Boten, damit dieser nicht weiter die Nase in Dinge steckte, die ihn nichts angingen.

»Das hat er mir aufgetragen«, entgegnete Giacomo, sichtlich enttäuscht darüber, ihn nicht weiter aufziehen zu können. Aber ein Mann wie er trauerte einer solchen Gelegenheit nicht lange nach, denn er wusste, dass sich schon bald die nächste einstellen würde.

»Wie Ihr wisst, sollt Ihr herausfinden, was es mit der

neuen Weinsorte auf sich hat, die Graf Katzenburg seit neuestem anpflanzt.«

Martin nickte.

»Dazu werdet Ihr als einfacher Weinpflücker auf dem Gut arbeiten, um dort Augen und Ohren aufzuhalten. Das müsste eigentlich genügen, versucht aber dennoch, das Vertrauen einiger Arbeiter zu gewinnen. Der Keltermeister soll ein recht bärbeißiger Kerl sein, gegenüber Menschen, die er mag, ist er jedoch ziemlich redselig.«

»Ihr meint, ich soll mich ihm andienen?«, gab Martin spöttisch zurück.

»Zunächst einmal solltet Ihr mir bis zum Schluss zuhören«, entgegnete Giacomo ungehalten. »Ihr sollt gut arbeiten, damit der Keltermeister Euch behält und in Eurer Gegenwart das eine oder andere Wort mehr sagt. Außerdem kann es nicht schaden, wenn Ihr Euch mit den anderen Gehilfen anfreundet.«

»Und wenn ich die Freundschaft der Mägde suche?«, fragte Martin provozierend.

Der Italiener grinste breit. »Solange Ihr Eure Zunge im Zaum halten könnt und nicht vorhabt, eine von ihnen zu freien, wird es Eurem Vater gleich sein.«

Hat er vielleicht unter meinem Fenster geschlafen?, fragte sich Martin ärgerlich, doch er schluckte seinen Unmut hinunter.

»Warum schickt mein Vater nicht Euch auf die andere Seite des Flusses?«, fragte Martin ärgerlich.

Der Lombarde blickte ihn nichtssagend an. Er könnte genauso gut lügen wie die Wahrheit sagen in diesem Moment. »Aus dem einfachen Grund, weil man mich erkennen würde«, gab er die Antwort, die wohl am glaubhaftesten war. »Ihr hingegen weiltet schon lange nicht mehr hier, und selbst jene, die Euch als Kind kannten, werden Euch in dem Manne, der Ihr inzwischen seid, nicht wiedererkennen.« Ein schelmisches Funkeln schlich sich nun doch in den Blick Giacomos. »Allerdings solltet Ihr Eure Bartzier noch ein wenig wachsen lassen. Sonst könnte sich bei einigen Leuten doch die Erinnerung an Euch einstellen.«

Martin griff sich ans Kinn. Während er unterwegs gewesen war, hatte er nicht die Zeit gehabt, sich den Bart zu stutzen. Sein Bart war nicht besonders dicht, und eigentlich hatte er sich vorgenommen, ihn abzunehmen, sobald er hier war, denn er wusste, dass ein glattes Männerkinn bei vielen Frauen besser ankam als ein Bart, durch den die Läuse huschten. »Ihr meint also, dass ich ansonsten ein Milchbart sei?«

»Ich meine gar nichts, das war nur ein kluger Rat. Genauso wie der folgende. Wollt Ihr mir eine Botschaft zukommen lassen, so müsst Ihr diese auf jeden Fall verschlüsseln«, bemerkte der Spion und reichte ihm ein kleines Stück Pergament, auf dem zwei unterschiedliche Buchstabenreihen notiert waren. Eine ging von A bis Z, die darunterliegende begann beim Z und endete beim A.

Martin runzelte die Stirn. Wie lange sollte er denn an solch einer Verschlüsselung arbeiten?

»Glaubt Ihr wirklich, dass die Leute auf der Katzenburg lesen können?«

»Der Burgherr vermag es«, entgegnete Giacomo. »Und ich nehme auch an, dass Heinrich Oldenlohe diese Kunst beherrscht. Selbst wenn er sonst ein dummer Hurensohn ist.«

Heinrich Oldenlohe war für den Grafen von Katzenburg das, was der Italiener für Martins Vater war. Das allein machte aus den beiden Männern erbitterte Kontrahenten. Aber man erzählte sich auch, dass sie obendrein persönliche Gründe hatten, einander zu verabscheuen.

Beide hatten in den Hussitenkriegen gekämpft, zunächst als Gleichgesinnte, bis sich Giacomo bei einem Ereignis, das niemand kannte, die Feindschaft Heinrich Oldenlohes zugezogen hatte. Ihre Fehde hätte auf dem Feld enden können, doch Gott hatte es nicht nur gefallen, beide am Leben zu lassen, er hatte sie auch in die Dienste zweier Herren gelotst, die auf gegenüberliegenden Ufern ihre Weingüter führten und sich ebenfalls nicht grün waren.

Wenn die beiden – was gottlob selten geschah – aufeinandertrafen, ging es nie ohne blanke Schwerter und Wunden ab. Irgendwann, so vermutete jeder hier, würde dieser Kampf mit dem Tod eines von ihnen enden.

Martin schnaufte, während er erneut das Pergament betrachtete, dann ließ er es unter seinem Wams verschwinden.

»Lasst Euch auf keinen Fall beim Schreiben beobachten oder erwischen. Papier und Federn findet Ihr hier, ebenso einige sonstige Dinge, die Ihr gebrauchen könnt.«

Giacomo bückte sich und holte aus den Schatten eine Tasche hervor. Sie war aus braunem, verschlissen wirkendem Leder gefertigt und sah aus, als gehörte sie einem Wanderburschen.

Es stimmte also, er musste sofort aufbrechen.

»Wo soll ich Euch treffen, wenn ich etwas in Erfahrung gebracht habe?«

»Ich werde jeden Freitag an der großen Eiche im Gehölz des Grafen von Katzenburg warten, und zwar von der zehnten Abendstunde an bis um Mitternacht. Erscheint Ihr nicht, gehe ich davon aus, dass Ihr keine Neuigkeiten zu berichten habt.«

»Was, wenn ich in Schwierigkeiten gerate?«

»Wenn Ihr es geschickt anstellt, wird es nicht passieren«, gab der Spion höhnisch zurück. »Ohnehin solltet Ihr Auffälligkeiten vermeiden. Mischt Euch unter die Leute, hört zu und fangt nach Möglichkeit keinen Streit an.«

So hast du es also angestellt, mir nachzuschnüffeln, ging es Martin durch den Sinn, doch er schaffte es, seine Miene ungerührt wirken zu lassen.

»Solltet Ihr dennoch den Verdacht haben, dass man Euch erkannt hat, gebt mir Bescheid, ich werde die Nachricht dann Eurem Vater zukommen lassen.«

Und der wird mich im Kerker des Grafen von Katzenburg verrotten lassen, dachte Martin, als er die Tasche schulterte.

Während sie über den Burghof eilten, gab Giacomo seinem Schützling noch so manchen Rat im Hinblick auf den Auftrag, die allerdings beiläufig an Martin vorüberzogen. Er hatte nicht vor, sich ein Leben lang als Spion seines Vaters zu verdingen. Für die Aufgabe, die der Graf ihm gegeben hatte, reichte es gewiss, Augen und Ohren offen zu halten.

Hoffentlich gibt es ein Geheimnis, ging es Martin durch den Sinn. Oder zumindest eine Hexe. Sonst fällt es meinem Vater irgendwann doch noch ein, mich mit Gunhilda zu vermählen.

Obgleich Gunhilda von Rodenfels gewiss schon den fünften Ehegatten verschlissen hatte, war sie nicht missgestaltet. Sicher, ihre Haut sah aus wie ein blasser Käselaib, und ihr Haar glich einer Pferdemähne. Dennoch konnte man darauf hoffen, dass auch ihre Kinder, so sie jemals welche empfangen sollte, nicht gerade mit einem Buckel oder Hörnern geboren werden würden.

Außerdem, und das war für Martins Vater womöglich

das Hauptargument, war die Familie Rodenfels wohlhabend. Eine Ehe wäre für den Grafen von Bärenwinkel sicher nicht von Nachteil. Doch darauf hatte Martin nicht die geringste Lust.

Seufzend sehnte er sich nach Rosalinas Armen, und der Gedanke an Flucht kam ihm wieder in den Sinn. Was wäre, wenn er einfach nicht zur Katzenburg ging?

Die Antwort kannte er nur zu gut.

Wenn es sein Vater herausfand, würde er ihm umgehend den Italiener nachsenden. Nicht nur, dass Giacomo ihn selbst im engsten Mauseloch aufstöbern würde. Sobald man seiner habhaft geworden war, würde man ihn vor den nächsten Altar schleifen, und dann konnte er seine restlichen Tage mit Gunhilda verbringen. Der einzige Trost würde darin bestehen, dass es dann nicht mehr viele Tage waren, denn selbst Männer, die noch voller Lebensfreude waren, wurden in ihrem Bett binnen kurzem hinweggerafft.

»Nun denn, junger Herr, ich werde am kommenden Freitag am Treffpunkt warten«, waren die ersten Worte, die Martins Verstand wieder durchdrangen. »Kommt nur, wenn Ihr etwas zu berichten habt, und geht kein zu großes Wagnis ein.«

»Keine Sorge, das werde ich nicht.«

Martin nickte dem Spion zu und blickte sich im Torbogen noch einmal nach der Burg um. Irgendwie hätte er erwartet, seinen Vater am Fenster zu erblicken, denn der Graf schickte seinen Sohn immerhin direkt in die Höhle des Löwen. Aber die Fenster waren wie tote Augen, leer, kalt und abweisend.

Der Weg zur Fähre war ganz ausgetreten von den zahlreichen Füßen und Pferdehufen, die ihm schon gefolgt waren. Er führte an mächtigen Bäumen vorbei und durch dichtes Gestrüpp. Vogelgezwitscher ertönte über Martin, und zu seinen Füßen suchte ein Fuchs gerade das Weite. Ein paar Krähen zogen krächzend über die Baumkronen hinweg und wiesen ihm den Weg zur Anlegestelle.

Die Fähre war die einzige weit und breit. Zwar hatte der Graf ein eigenes riesiges Floß, mit dem wenn nötig mehrere Männer samt Pferden transportiert werden konnten. Aber für seine Überfahrt wäre das zu viel des Guten gewesen. Hätten die Katzenburger mitbekommen, dass er mit großem Aufwand übersetzte, hätte sie das gewiss misstrauisch gemacht.

Also war Martin wie jeder, der ans andere Ufer übersetzen wollte, auf den Dienst des stämmigen rothaarigen Mannes mit der Augenklappe angewiesen, der eine kleine Fähre betrieb. Adam Höllerich war sein Name, und nicht wenige Menschen hätten geschworen, dass er den Tiefen des Teufelsreiches entsprungen war.

Martin entdeckte den Fährmann vor der Anlegestelle. Sein rotes Haar, das stets wie die Abendsonne geleuchtet hatte, war inzwischen von breiten silbernen Strähnen durchzogen, die wie Asche auf erkaltender Glut wirkten. Er mochte vielleicht in die Jahre gekommen sein, sein Rücken war jedoch breit wie immer, und auch seine Arme schienen noch nichts von ihrer Kraft verloren zu haben. In der Hand hielt er ein Messer mit gewellter Klinge, das er dazu benutzte, die Rinde von einem Holzstock zu schälen. Dieses Messer wirkte irgendwie fremdartig, so als entstammte es einem anderen Teil der Welt.

»Gott zum Gruße!«, sagte der junge Mann, als er neben den Fährmann trat.

Adam hielt mitten in der Bewegung inne, hob langsam seinen Kopf und musterte den vor ihm Stehenden mit seinem verbliebenen rechten Auge, das die Farbe des bleichen Winterhimmels hatte. In seinem ebenfalls verblichenen Bart klebten noch Reste seiner letzten Mahlzeit, die erzitterten, als er antwortete: »Gott zum Gruße, mein Junge! Willst du übersetzen?«

»Das will ich!«, entgegnete Martin und holte aus der Tasche, die ihm Giacomo gegeben hatte, einige Münzen.

Adam zog die buschigen Augenbrauen hoch, während er sich das Geld besah.

»Woher hast du diese Silberlinge, mein Junge?«

Martin konnte die Verwunderung des Mannes verstehen, denn sein Vater hatte ihm keine Zeit gelassen, die Kleider zu wechseln. In den Lumpen, die er trug, musste er dem Fährmann wie ein Bettler anmuten.

»Von meinem Vater«, antwortete er und fragte sich gleichzeitig, ob Adam wohl erkannte, dass er der Sohn des Grafen war.

»Dein Vater muss ein wohlhabender Mann sein, wenn er dir solch ein Weggeld mitgeben kann.«

Martin ärgerte sich, dass Adam Höllerich ihn offenbar durchschaute. Aber hätte er denn behaupten sollen, dass er die Silberlinge gestohlen hatte? Oder war das gar der erste Gedanke des Fährmanns gewesen?

»Vielleicht«, antwortete er. »Aber das tut doch nichts zur Sache, oder? Ihr bringt mich über den Fluss, ich bezahle Euch. Damit sollte es getan sein.«

Adam nickte zustimmend, doch sein Blick blieb weiterhin prüfend. »Das sollte es. Wäre ich dein Vater, hätte ich, bevor ich dich losschickte, erst einmal ein paar neue Gewänder an deinen Leib gebracht.«

»Die werde ich mir schon besorgen, wenn ich drüben bin«, gab Martin zurück.

Der Fährmann brummte daraufhin etwas Unverständliches und erhob sich. Obwohl Martin schon nicht klein war, überragte Adam ihn noch um Haupteslänge.

Er ging zu dem Pfahl, an dem die Fähre vertäut war, und machte sich an dem dicken Seil zu schaffen.

»Na, was ist, Bursche?«, rief er ihm zu. »Willst du nun oder nicht?«

Martin beeilte sich, auf das Floß zu kommen. Die dicken Bohlen waren vom Algenbewuchs und mitgerissenen Flusspflanzen ganz grün und rutschig. Zusammengehalten wurden sie von starken Seilen, die die Ausmaße von Adams Unterarmen hatten.

Der Fährmann löste das Tau vollends und begab sich mit einem beherzten Sprung ebenfalls auf das Floß. Dann griff er nach der langen Stake und stieß die Fähre vom Ufer ab.

Die Strömung der Lahn trug die beiden hinaus auf die Mitte des Flusses, von wo aus Martin einen guten Blick auf die Burg seines Vaters hatte.

Die letzten Sonnenstrahlen spiegelten sich in den Butzenscheiben des Turms. Das Licht schien die roten Ziegel ringsherum zu entzünden, so dass sie die Farbe des herbstlichen Weinlaubs annahmen. Schon bald würde der Weinberg im gleichen Farbton leuchten, weshalb man von weitem nur am Turm erkennen konnte, was Gemäuer und was Rebstöcke waren.

»Wohin soll es denn gehen, wenn du drüben bist?«, richtete Adam das Wort an ihn, ohne den Blick vom Fluss abzuwenden. Obwohl die Strömung hier nicht besonders tückisch und der Fluss nicht tief war, musste der Fährmann achtgeben, wohin es sein Floß trieb.

»Ich will mir eine Anstellung suchen«, entgegnete Martin und wandte den Blick von der Burg ab. »Als Weinpflücker.«

»Warum wollt Ihr da hinüber zur Katzenburg? Hatte man auf Schloss Bärenwinkel keine Verwendung für Euch? Wie man sehen kann, hat auch der Graf von Bärenwinkel einen prächtigen Weinberg.«

Ein bitteres Lächeln überzog das Gesicht des Burschen. Ein Weinberg, der ihm nicht reicht, ging es ihm durch den Sinn, als er antwortete: »Nein, leider nicht. Daher hoffe ich, dass es auf der Katzenburg der Fall sein wird.«

Der Fährmann musterte ihn daraufhin lange, und fast schien es Martin, als wollte er seine Gedanken durchdringen.

»Dann gib auf dich acht, mein Junge! Drüben vertraut man den Menschen von dieser Seite des Flusses nicht.«

»Das ist mir bekannt«, entgegnete Martin, während er versuchte, seine Unruhe zu unterdrücken. Zum einen gefiel es ihm nicht, auf dem Fluss zu sein, denn seine Schwimmkünste waren mangelhaft. Zum anderen wurde ihm der Flößer mit jedem Augenblick unheimlicher. Erst recht, als er weiterredete.

»Solltest du in Schwierigkeiten geraten, kannst du entweder weiter ins Land gehen oder hoffen, dass ich gerade auf deiner Seite des Flusses bin. Bin ich es nicht, wird alles Rufen nichts nützen, denn bei der Breite des Flusses werde ich dich kaum hören.«

Adam musterte ihn bei diesen Worten so eindringlich, als könnte er hinter Martins Stirn schauen.

»Ich habe nicht vor, irgendwelchen Ärger zu machen«, entgegnete er daher rasch, doch der Blick des Fährmanns schien etwas anderes zu sagen.

Allerdings enthielt er sich weiterer Worte und stakste das Floß in Richtung Ufer.

Als sie dort ankamen, hatte sich die Sonne hinter die Berge zurückgezogen. Sie strahlte noch immer, aber der

Wald, der die Anhöhen bedeckte, wirkte nun wie der Pelz eines dunklen Tiers, das sich auf dem Berg schlafen gelegt hatte. Sein Schatten reichte zum Teil weit bis über den Fluss.

Die Anlegestelle glich jener auf der anderen Seite bis auf die letzte Schindel, und Martin kam auf einmal der Gedanke, dass man gar nicht so genau sagen konnte, zu welcher Seite der Flößer gehörte. War er dem Grafen von Katzenburg zugetan oder dem Grafen von Bärenwinkel?

Martin wünschte sich, mehr über diesen Mann zu wissen – erst recht, da er ihn während der Überfahrt immer wieder prüfend gemustert hatte.

Als das Floß gegen das Ufer stieß, sicherte Adam es mit geübten Handgriffen. Martin reichte ihm daraufhin seinen Lohn.

»Ich werde noch eine Weile hier sein«, erklärte der Flößer, nachdem er auf die Münzen gebissen hatte, um sie auf ihre Echtheit zu überprüfen. »So lange, bis jemand begehrt, übergesetzt zu werden. Für den Fall, dass du es dir anders überlegst, kann ich dich auch schnell wieder mit zurück nehmen.«

Der Fall wird nicht eintreten, dachte Martin, entgegnete aber laut: »Habt Dank für das Angebot. Ich werde zunächst mein Glück auf der Burg versuchen und danach weitersehen.«

Der Mann nickte, dann ließ er sich auf einem Baumstumpf nieder und setzte seine Schnitzarbeit fort. Martin wandte sich dem schmalen Weg zu, der den Berg hinauf führte, und obwohl er hörte, wie Adam gleichmäßig Span um Span von dem Holzstück abhobelte, hätte er schwören können, dass der Blick des Mannes ihn bis in den Wald hinein verfolgte.

»Nein!«

Schweißüberströmt schreckte Bella aus dem Schlaf. Der Donnerhall, den sie soeben noch zu vernehmen meinte, wich augenblicklich von ihr zurück und wurde zu einer Stille, die nur von leisem Grillenzirpen, dem Raunen des Windes und ihrem eigenen furchtsamen Keuchen durchbrochen wurde.

Wieder hatten sie die Bilder jener Nacht verfolgt, als ihre Mutter starb. Sie hatte ihren Vater vor sich gehabt, wie er mit blutigen Kleidern in ihrer Tür gestanden hatte. Und wieder hatte sie in das totenblasse Gesicht der Gräfin geblickt. Jenes Gesicht, das ihr noch Stunden zuvor zugelächelt hatte und dann vergangen war wie eine Kerze, die von einem Windzug gelöscht wurde.

Es dauerte eine ganze Weile, bis Bella realisierte, dass sie noch immer im Kloster war. Dass sie nicht mehr die Zehnjährige war, die gerade ihre Mutter verloren hatte.

Mit einem Aufstöhnen ließ sie sich wieder auf die Pritsche sinken und rieb sich müde die Augen. Erst jetzt bemerkte sie, dass sie im Schlaf geweint haben musste, denn Tränen benetzten ihre Wangen.

Es war schon eine Weile her, dass sie dieser Traum verfolgt hatte. In der ersten Zeit hatte er sie beinahe ständig heimgesucht, manchmal so heftig, dass sie im Schlaf geschrien und damit sämtliche Schwestern aus den Nachbarzellen gelockt hatte.

Danach war eine Zeit der Ruhe gefolgt. Natürlich hatte sie zuweilen von ihrer Burg geträumt, manchmal auch von ihrem Vater, aber diese Träume hatten nichts Beunruhigendes an sich, und es fiel Bella leicht, danach weiterzumachen wie bisher.

Doch nun war der Schatten ihrer Vergangenheit zurückgekehrt. Vielleicht, weil sie nach Hause fahren sollte? Oder war es gar ein unheilvolles Omen?

Obwohl Bella die Traumbilder gern verdrängt hätte, kam sie nicht umhin, die Geschehnisse von damals weiterzuspinnen.

Nach der Grablegung ihrer Mutter war ihr Vater zu Stein erstarrt. Er kümmerte sich kaum noch um seine Tochter und verbrachte viele Stunden am Grab seines Weibes.

Lediglich der Wein vermochte ihn aus seiner Starre zu reißen. Die Arbeit auf dem Weinberg und im Weinkeller setzte sich uneingeschränkt fort, doch oftmals saß Bella nun am Fenster ihrer Kemenate und fühlte sich, als sei sie unsichtbar geworden.

Schließlich hatte sie sich für immer längere Zeit in den Weinberg geflüchtet, manchmal bis in den späten Abend hinein. Sie wollte ihren Vater dazu bringen, zu ihr zu kommen, sie abzuholen und auf den Arm zu heben, wie er es früher getan hatte. In diesen Augenblicken hätte sie sogar seine Schelte oder Strafen in Kauf genommen, nur um den Preis, von ihm beachtet zu werden.

Letztlich war es doch jedes Mal die Kinderfrau gewesen, die sie abgeholt hatte, stumm und ohne einen Vorwurf.

Das ging so lange, bis ihr Vater sich entschloss, sie ins Kloster zu schicken …

Die Bilder zogen sich nun zurück, doch die Aufgewühltheit in ihrem Herzen blieb. Da es Bella unmöglich war, noch länger zu bleiben, erhob sie sich von der harten Pritsche. Die Zugluft, die unter der Zellentür hindurchwehte, strich ihr über die Füße und klärte ihren Verstand. Ihr Blick wanderte zum Fenster.

Noch reichte der Sonnenschein, der einen feurigen Vorboten an den Horizont gemalt hatte, nicht aus, um das Glühen der Sterne verblassen zu lassen. Bis zu ihrem Aufbruch würden noch einige Stunden vergehen.

Dann habe ich wenigstens Zeit, Abschied zu nehmen, dachte Bella, während sie ihren Blick durch die Zelle schweifen ließ, die für acht Jahre ihr Zuhause gewesen war.

In den ersten Tagen hatte sie diesen Ort aus tiefstem Herzen gehasst und wäre am liebsten davongelaufen. Der kleine, kahle Raum mit den gekalkten Wänden und dem hölzernen Kruzifix an der Wand war ihr wie eine Kerkerzelle vorgekommen. Die schmale, harte Pritsche und das Fenster, das zwar nur wenig Licht in den Raum ließ, aber dennoch im Winter so viel Kälte, dass sie trotz ihrer Decke wie ein Schneider fror, verstärkten diesen Eindruck noch.

Auch sonst hatte Bella viele Gründe, um mit ihrem Dasein im Kloster zu hadern.

Sie war die erste Tochter eines Grafen, und damit sollte es eigentlich nicht ihr Schicksal sein, an diesen Ort abgeschoben zu werden!

Bella versah ihre Arbeit und ihre Gebete so, wie es gewünscht wurde, aber wenn sie allein war, schossen ihr nicht selten die Tränen in die Augen. Sie wollte nach Hause, nichts weiter. Jede Nacht flehte sie Gott an, ihren Vater zur Einsicht zu bringen, damit er sie zurückholte. Doch der ersehnte Bote und die Kutsche, die sie erwartete, waren ausgeblieben.

Eines Tages, voller Angst, den Klostermauern nie wieder zu entfliehen, war sie weggelaufen – jedoch nicht weit gekommen. Triefend nass hatte sie am Ende vor der Mutter Oberin gestanden, die ihr mit ungewohnt scharfem Ton klarmachte, dass so etwas nicht noch einmal vorkommen dürfe.

Und dann, als hätte der Strahl der Einsicht sie getroffen,

offenbarte sie Bella etwas, das ihr Vater dem Mädchen bei der Abreise nicht gesagt hatte. Die Grafentochter war keineswegs hier, um Nonne, sondern um erzogen und unterrichtet zu werden, eine Aufgabe, der sich ihr Vater nicht gewachsen sah. Ihre Kenntnisse im Schreiben sollten vertieft werden, sie sollte in Algebra unterwiesen werden und anhand des klösterlichen Weinbergs lernen, wie man mit Wein umging. Wenn ihr Vater es für richtig hielt, würde sie zurückkehren, aber nicht früher!

Bella hatte in jener Nacht kein Auge zugetan.

Das Unwetter hatte an ihrem Zellenfenster gerüttelt, wie damals, als ihre Mutter von ihnen gegangen war. Der Mond, der es zeitweilig schaffte, sein Licht durch die Wolken dringen zu lassen, hatte gespenstische Figuren erscheinen lassen, die sich nicht einmal durch die innigsten Gebete vertreiben lassen wollten.

Nun war ihr letzter Morgen im Kloster gekommen, und etwas schien urplötzlich in ihr zu wachsen. Eine Ranke, die ihr Herz umschlang. Wehmut hieß die Blüte, Ungewissheit lautete der Name ihrer Blätter.

Was mich wohl zu Hause erwartet?, fragte sich Bella und zog das einfache Hemd fröstelnd vor ihrer Brust zusammen. Wird es eine glückliche Heimkehr sein, oder werde ich mir wünschen, im Kloster geblieben zu sein?

Nachdem sie die Wände mit ihrem Blick ausreichend abgetastet hatte, wandte sie sich dem Gepäck zu. Sie breitete ein Tuch auf dem Bett aus und legte hinein, was ihr an Habe geblieben war.

Viel war es nicht. Den Kleidern, in denen sie hergekommen war, war sie längst entwachsen, dementsprechend hatte sie die Gewänder an Kinder in der Umgebung verschenkt. Nur ein feines, mit Perlen besticktes Haarband und eine edelsteinbesetzte Anstecknadel ihrer Mutter hatte sie behalten. Diese hatten ihr Halt gegeben, wenngleich sie die Sachen nur heimlich betrachten durfte. Die Mutter Oberin duldete nicht, dass eine Schwester mehr Besitz hatte als eine andere, das galt auch für die Schülerinnen und Mündel.

Versonnen strich Bella mit dem Finger über die Edelsteine und erinnerte sich an das Versprechen ihrer Mutter, dass sie diese Nadel zu ihrer Hochzeit tragen dürfe. Dann drängte sie die Erinnerung beiseite und ließ die Kostbarkeit in dem kleinen, seidenen Hemd verschwinden, das sie als einziges Kleidungsstück aus Kindertagen zurückbehalten hatte.

Als sie mit dem Packen fertig war, blickte sie erneut aus dem Fenster. Der Tag hatte begonnen.

Wenige Atemzüge später läutete die Glocke, um die Schwestern aus ihren Zellen zur Laudes zu rufen.

Obwohl sie es eigentlich nicht mehr nötig gehabt hätte, verließ Bella folgsam ihre Zelle und schloss sich den verschlafen wirkenden Gestalten in den groben Leinenhemden an. Hin und wieder trafen sie verstohlene und fragende Blicke, doch niemand sagte etwas zu ihr.

In der kleinen Kapelle erwartete die Mutter Oberin sie bereits, der ebenfalls die Müdigkeit ins Gesicht geschrieben stand. Ein wenig verwundert blickte sie Bella an, denn offenbar hatte sie nicht mit ihrem Erscheinen gerechnet. Doch dann lächelte sie gütig und begann mit dem Gottesdienst.

Nach dem Gebet begab sich Bella ebenso wie die anderen Frauen wieder in ihre Zelle. Während die Schwestern gleich ihr Tagwerk beginnen würden, setzte sich die junge Frau auf die Pritsche und ließ ihre Gedanken im Morgenlicht schweben.

Die Sonne erhob sich aus einem Bett aus zartem Rosa, und ihre Strahlen brachten die Tautropfen auf den Weinstöcken zum Glitzern, so dass Bella das Gefühl hatte, ein Meer von Edelsteinen bedecke den Hang.

Das Vogelgezwitscher schwoll an und wurde zu einem vielstimmigen Konzert, das den Wind vertrieb und das Kloster wie ein zarter Schleier umhüllte.

Noch nie war ihr ein Morgen so schön erschienen wie dieser. Wie es wohl jetzt bei ihr zu Hause aussah? Glitzerte der Tau ebenso schön auf den Dächern der Burg?

Das Geräusch von Pferdehufen, die über das Pflaster klapperten, und das Getöse von eisenbeschlagenen Wagenrädern holten sie aus ihrem Nachdenken fort. Es war so weit. Die Kutsche ihres Vaters traf ein.

Erwartung ließ Bellas Herz schneller schlagen. Bald kann ich wieder durch unseren Weinberg spazieren, dachte sie freudig. Und an Mutters Grab beten. Es gibt so vieles, was ich ihr erzählen muss!

Es dauerte nicht lange, bis jemand beinahe schon zaghaft an ihre Türe klopfte.

»Komm rein«, antwortete Bella und nahm das Bündel vom Bett auf.

Anna trat durch das Türgeviert. Auf ihren Wangen brannten aufgeregte Flecke, als sie verkündete: »Gnädiges Fräulein, die Kutsche!«

Bella musste lächeln. »Warum nennst du mich auf einmal gnädiges Fräulein?«

»Na ja, weil du …«

»Ich bin immer noch ich. Oder siehst du in diesem Gewand etwa einen anderen Menschen?«

Anna schüttelte schüchtern den Kopf.

»Na also, dann sag doch wie immer Bella zu mir.«

Sie nahm das Mädchen in den Arm. »Du und deine Neugierde werden mir auf der Burg fehlen.«

»Wirklich?«, fragte Anna unsicher.

»Wirklich. Vielleicht sehen wir uns irgendwann einmal wieder.«

»Wenn du das Kloster besuchst, ganz sicher. Ich glaube kaum, dass sich ein Bräutigam für mich finden wird. Es sei denn, mein Vater gelangt zu unerwartetem Reichtum.«

»Du solltest die Hoffnung nicht aufgeben. Vielleicht erscheint eines Tages ein junger Mann vor den Pforten des Klosters und nimmt dich mit.«

Anna winkte ab. »Das sind nur Geschichten, wie sie Sänger und Komödianten zum Besten geben. Aber vielleicht werde ich eines Tages Äbtissin. Dann regiere ich dieses Kloster und werde reicher, als es meine Schwestern je sein können.«

Und freier, fügte Bella in Gedanken hinzu. Christus mochte ein strenger Gemahl sein, doch er war keiner, der den Leib des Weibes plagte oder ihr die Haustür vor der Nase verschloss. Unter dem Ordensschleier würde Anna gehen können, wohin sie wollte. Ein wenig erfüllte dieser Gedanke Bella mit Neid. Wahrscheinlich weiß Anna nicht einmal, welches Glück sie hat, überlegte sie.

Im nächsten Augenblick sog Anna warnend die Luft ein, denn ihr helles Gehör hatte die Mutter Oberin ausgemacht. Augenblicklich lösten sich die jungen Frauen voneinander und nahmen mit sittsam gesenktem Blick neben der Tür Aufstellung. Auch wenn dies Bellas letzter Tag hier war, würde es sich die Äbtissin nicht nehmen lassen, die Zelle zu inspizieren.

Tatsächlich ließ Magdalena beim Eintreten den Blick kritisch durch den Raum schweifen. Doch selbst wenn sie ihn unordentlich vorgefunden hätte, hätte sie Bella nicht gescholten. Das jedenfalls sagten ihre Augen.

»Ich werde dich vermissen, Mädchen«, stellte sie seufzend fest und schickte Anna mit einem Nicken aus dem Raum.

Bella sah ihr kurz nach, wandte sich dann jedoch der Äbtissin zu und entdeckte auf ihrem Gesicht ein wehmütiges Lächeln.

»Ich fürchte, ich kann dir in gewissen Dingen keinen Rat erteilen«, fuhr Magdalena fort. »Nur eines will ich dir sagen: Bleibe stets gottesfürchtig und gutherzig. Lass nicht zu, dass die Sünde ihre Krallen nach dir ausstreckt. Und lass auch niemals zu, dass jemand dir und den deinen ein Leid zufügt.«

»Das verspreche ich Euch«, entgegnete Bella und blickte ein wenig verlegen zu Boden. Sie wusste nicht, was sie in diesem Augenblick sagen sollte. Es war gewiss nicht so, dass sie das Kloster vermissen würde, aber dass sie nun fortging, erfüllte sie dennoch mit leichter Wehmut.

»Nun komm schon her und umarme mich, Kind!«, brach die Mutter Oberin schließlich die Stille, und die beiden Frauen fielen sich in die Arme.

Bella strömte der Weihrauchduft des Ordensgewandes entgegen, der sich an diesem Morgen mit dem grünen Aroma der Weinblätter vermischte. Offenbar hatte die Mutter Oberin vor ihrer Ankunft den Weinberg inspiziert.

Für Bella war dies ein hoffnungsvoller Abschiedsgruß. Den Weihrauch würde sie jetzt hinter sich lassen, der Weinberg lag vor ihr.

Auf dem Hof begegneten Bella und die Mutter Oberin Heinrich Oldenlohe. Er schien verschlafen zu haben, denn er steckte sich hastig sein Hemd in die Beinkleider. Das Wams hatte er sich unter den Arm geklemmt, ebenso wie sein Schwert.

»An Euer Gästequartier könnte ich mich gewöhnen, Äbtissin«, bemerkte er mit einem breiten Lächeln und warf sich das Wams über.

Bella beobachtete, wie ein paar Novizinnen, die den Hof fegten, verstohlen zu dem Mann herüberblickten. Bevor die Klostervorsteherin das bemerken und sie dafür rügen konnte, richteten sie ihre Blicke aber schnell wieder auf ihre Arbeit.

»Ich danke Euch, doch ich fürchte, Ihr werdet künftig mit anderen Quartieren vorliebnehmen müssen«, sagte die Äbtissin schlagfertig. »Es sei denn, dem Grafen beliebt es, mir eine weitere Schülerin zu überlassen.«

»Da werde ich Euch enttäuschen müssen«, entgegnete der Bote. »Zumindest vorerst, denn wie Ihr wisst, hat der Graf keine weiteren Töchter.« Damit richtete er den Blick auf Bella. »Aber wer weiß, vielleicht wird das gnädige Fräulein dereinst eines ihrer Kinder zu Euch schicken.«

Bella errötete, und das leichte Unwohlsein kehrte zurück.

Doch selbst wenn sie eines Tages Mutter werden würde, wollte sie es ihrer Tochter freistellen, ins Kloster zu gehen oder nicht. Sie selbst wusste nur zu gut, wie ein junger Mensch sich fühlte, wenn er einfach abgeschoben wurde, besonders dann, wenn er über die Dauer seines Aufenthaltes nicht in Kenntnis gesetzt wurde.

»Ich werde es in Erwägung ziehen«, entgegnete sie dennoch höflich, dann betrachtete sie die Kutsche.

Mit ihr waren auch einige Begleitreiter eingetroffen, die Reitröcke in den Farben ihres Vaters trugen. Sattes Grün und grelles Rot, Sinnbild der Weine, die die Grafen von

Katzenburg kelterten, leuchteten ihr schon von weitem entgegen.

Das Gefährt, das sie zum väterlichen Gut bringen sollte, war schwer und mit eisernen Nieten und Bändern beschlagen, wie der Wagen eines Steuereintreibers, der durch Räuberland fuhr. Vier kräftige Fuchswallache zogen es, und auf der Ablage für das Gepäck standen zwei Lakaien, die ebenfalls rot und grün gewandet waren. Man konnte beinahe meinen, dass die Kutsche der Tochter eines Königs galt.

Der Tochter des Weinkönigs, dachte Bella lächelnd, dann verabschiedete sie sich von allen Schwestern, die auf dem Hof zusammengekommen waren.

Sunna und Adelheid reichten ihr ein in sauberes Leinen eingeschlagenes Päckchen mit Wegzehrung. Der Geruch nach Kräuterbrot und getrockneten Früchten stieg Bella in die Nase.

»Damit du unterwegs nicht darben musst«, bemerkten die beiden Frauen im Chor und drückten sich dann vor Rührung die Schürzenzipfel in die Augenwinkel.

Von den anderen Schwestern schluchzten ebenfalls einige, nur Anna winkte ihr fröhlich zu, obwohl ihr anzumerken war, dass sie Bella ihr Glück ein wenig neidete.

»Möge Gott euch segnen und euch allen Wohlergehen schenken!«, rief sie über den Hof und stieg in die Kutsche.

Nachdem Heinrich die Tür hinter ihr geschlossen hatte, schwang er sich auf sein Pferd und rief den Reitern eine Anweisung zu. Daraufhin knallte die Peitsche über die Köpfe der Pferde, und während die Räder über das Pflaster des Hofes donnerten, blickte Bella aus dem hinteren Fenster wehmütig auf all die vertrauten Gesichter, die sie wahrscheinlich nie wiedersehen würde.

4. Kapitel

Der Blick des Kellermeisters Bernhard Wackernagel schweifte prüfend über den Burschen vor ihm. Es war unmöglich, zu erkennen, was er dabei dachte. Das breitflächige, von zahlreichen tiefen Linien durchzogene Gesicht zeigte weder Ablehnung noch Zustimmung. Der Mund war unter einem dichten Bart versteckt, auch von ihm waren die Gefühle und Gedanken des Mannes nicht abzulesen. Seine blauen Augen wirkten wie Seen, deren Tiefen unergründlich waren.

Er wäre der perfekte Spion, dachte Martin, während er ihn musterte. Nicht mal Giacomos Miene ist so reglos.

»Du willst dich also bei uns verdingen?«, brummte Bernhard Wackernagel schließlich.

»Mit Eurer Erlaubnis und der des Herrn Grafen«, entgegnete Martin, während er den Blick gesenkt hielt, als stünde er vor einem König. Das fühlte sich ein wenig ungewohnt an, denn selbst vor seinen Professoren hatte er die Augen nicht niedergeschlagen. Aber nun war er offiziell nicht mehr der Sohn des Grafen Bärenwinkel, sondern ein einfacher Pflücker auf Arbeitssuche. Demut schien der richtige Weg zu sein, um in die Kellergewölbe der Burg, jenem Ort, an dem die Weinfässer lagerten, vorgelassen zu werden.

»Zumindest mit deiner Zunge weißt du umzugehen«, entgegnete der Kellermeister mit einem spöttischen Auflachen. Er war ein hünenhafter Mann mit lockigem, beinahe weißem Haar, doch Martin war sicher, dass jeder, der glaubte, einen alten Mann vor sich zu haben, sich gewaltig täuschte. Ebenso groß wie sein Wissen über den Wein waren gewiss auch seine Schnelligkeit und seine Kraft. Knechte und Lehrjungen, die sich ihm gegenüber Dummheiten herausnahmen, bekamen seine Hand zu spüren.

»Wie ist dein Name, Junge?«

»Martin.«

»Und wie weiter?«, fragte Bernhard Wackernagel. »Du hast doch sicher einen Vater, der dir seinen Namen gegeben hat.«

Martin hatte sich die ganze Nacht, die er vor der Burg verbracht hatte, den Kopf zerbrochen, wie er sich nennen sollte.

»Bauer. Mein Vater ist Jakob Bauer, ein Ackerbürger.«

Der Kellermeister musterte ihn immer noch skeptisch. Wozu diese strenge Prüfung?, dachte Martin. Gibt es hier wirklich ein Geheimnis, um das man fürchtet?

»Woher hast du erfahren, dass wir Arbeitskräfte suchen?«

»Unten im Dorf hat man es mir erzählt.«

»Aha, du stammst also aus dem Dorf?«

Da Martin ahnte, dass der Kellermeister Erkundigungen einziehen würde, beschloss er, seine Antworten so vage wie möglich zu halten. »Ich komme gerade aus Nürnberg und versuche, hier Arbeit zu finden.«

»Gibt es denn in Nürnberg nichts zu tun?« Die Augen des Kellermeisters verengten sich zu schmalen Schlitzen. »Oder hat dich etwas aus der Stadt fortgetrieben?«

Jetzt galt es, vorsichtig zu sein, dessen war sich Martin bewusst. Nürnberg war ein ganzes Stück weit entfernt, und sicher würde es dem Grafen schwerfallen, von dort Erkundigungen einzuholen.

»Mein Vater wollte, dass ich seinen Hof übernehme. Ich wollte zuvor die Welt sehen. Das hat ihm natürlich nicht gepasst, daher bin ich davongelaufen.«

Wenn man es recht bedenkt, ist das nicht einmal gelogen, ging es Martin durch den Sinn.

Der Kellermeister lachte kurz und rau auf. »Die Welt sehen! Da hättest du schon etwas weiter laufen müssen!«

»Mit Verlaub, Herr Kellermeister, aber man kommt ohne ein paar Silberlinge in der Tasche nicht groß in der Welt herum.«

Wieder wurden Bernhard Wackernagels Augen schmal. »Du kannst wirklich mit deiner Zunge umgehen, Bursche. Aber hier solltest du vorsichtig damit sein. Die anderen Männer schätzen es nicht, wenn man ihnen spitzfindig kommt.«

»Das hatte ich keineswegs vor, Herr Kellermeister«, beeilte sich Martin zu sagen.

Wackernagel schnaufte, ging ein paar Schritte und verschränkte die Hände hinter dem Rücken. Seine breite Brust wirkte wie ein undurchdringliches Bollwerk.

»Also gut, nehmen wir mal an, dass du ein aufgeweckter Junge bist. Aber wie steht es mit deinem Wissen um den Wein? Dein Vater hat doch gewiss keinen angebaut, oder?«

Martin musste ein Schmunzeln unterdrücken. Natürlich war sein Vater ein Weinbauer! Einer in Samt und Seide, der nicht mal weit von hier entfernt lebte.

»Nein, Herr Kellermeister«, schwindelte er dann.

»Hast du jemals auf einem Weingut gearbeitet?«

Martin versuchte sich nicht anmerken zu lassen, wie sehr ihn die Nervosität überfiel. Wenn er die Frage bejahte, würde der Kellermeister sicher wissen wollen, wem er gedient hatte.

»Ich war einige Jahre in Padua und habe dort bei verschiedenen Weinbauern gedient.«

Der Kellermeister sah ihm daraufhin in die Augen, als wollte er die Lüge darin ergründen.

Wie Martin im nächsten Augenblick merkte, war es aber von Nutzen, dass er die Juristerei studiert hatte. Offenbar entdeckte der Kellermeister keinerlei Anzeichen von Lüge in seinem Blick.

»Nun denn, unser gnädiger Herr kann eifrige Leser und Kellerknechte gebrauchen«, sagte er. »Du scheinst mir recht kräftig zu sein. Lass uns sehen, für welche Arbeiten du eher geeignet bist, die Lese oder das Keltern.«

Martin wusste nicht, ob er darauf etwas erwidern sollte, also schwieg er lieber.

»Du wirst dich bei Christian Dubelaar melden, er ist der Fassmeister, und morgen arbeitest du dann im Weinberg. Jenem, der mir das Beste von dir berichtet, wirst du zugeteilt.«

Martin verneigte sich. »Habt Dank, dass Ihr mich angehört habt.«

Der Kellermeister winkte ab und brummte etwas, was Martin nicht verstehen konnte. Dann bedeutete er ihm, dass er an die Arbeit gehen sollte.

Draußen auf dem Hof fühlte sich Martin wie bei seiner Ankunft auf der Burg. Nachdem er die Nacht in der Nähe unter freiem Himmel verbracht hatte, war er noch vor Morgengrauen vor das Tor getreten. Dort hatte er den Wächtern umständlich erklären müssen, was er wollte.

Natürlich meldeten sich hier etliche Burschen auf der Suche nach Arbeit. Aber den Männern schien es Spaß zu machen, jeden Bewerber auf Herz und Nieren zu prüfen und dabei auch seine Geduld auf die Probe zu stellen.

Martin hatte sich ebenfalls sehr zur Ruhe zwingen müssen, doch schließlich hatten sie ihm Einlass gewährt. Das bedeutete allerdings noch nicht, dass er am Ziel war.

Den Kellermeister zu finden, war eine regelrechte Herausforderung gewesen. Niemand wusste genau, wo er sich aufhielt, und die meisten Leute waren zu beschäftigt, um sich länger mit dem Fragen stellenden Störenfried auseinanderzusetzen.

Schließlich hatte ihn jemand in den Keller geschickt, und zwischen den mächtigen Fässern, in denen der Wein des vergangenen Jahres lagerte, hatte er den Mann ausgemacht.

Würde er dort nun auch besagten Christian Dubelaar finden?

Martin ließ den Blick über den Burghof schweifen, wo zahlreiche Menschen über das Pflaster eilten, von denen aber niemand Notiz von ihm nahm. Neben den Ställen erblickte er eine Kutsche ohne Wappen, was darauf schließen ließ, dass der Passagier inkognito reiste und mit dem Grafen etwas Geheimes zu besprechen hatte.

Geht es um den Wein?, fragte sich Martin, und nun fiel ihm auch auf, dass eine gewisse Anspannung in der Luft lag. So, als würde man auf der Burg etwas Besonderes erwarten.

Vielleicht sogar den Besuch des Königs?

»He, Rübenkopf, was stehst du da rum und starrst Löcher in die Luft!«, fuhr ihn von hinten eine Männerstimme an.

Als Martin herumwirbelte, blickte er einem Burschen, der kaum älter war als er selbst, ins unrasierte Gesicht. Er trug ein grünes Wams und braune Hosen, die in schmutzige Stiefel gesteckt waren. Die Ärmel seines ganz und gar nicht mehr blütenweißen Hemdes waren bis zum Ellenbogen aufgerollt, darunter kamen sehnige Arme zum Vorschein. Auf dem rechten Unterarm hatte er eine lange Narbe, die aussah, als stammte sie von einem Schwerthieb, den er mit dem Arm abzufangen versucht hatte.

»Ich suche Christian, den Fassknecht«, entgegnete Martin unerschrocken, obwohl er spürte, dass der Bursche ihm alles andere als freundschaftlich gesonnen war.

»Was hast du mit ihm zu schaffen?«

»Das geht nur ihn und mich was an. Also, wo ist er?«

Der andere setzte ein abschätziges Lächeln auf. »Keine Ahnung. Warum gehst du ihn nicht suchen? Oder glaubst du, er wird von allein zu dir kommen?«

»Gewiss nicht, deshalb frage ich dich ja.« Die Warnung des Kellermeisters, den anderen nicht zu spitzfindig zu kommen, blitzte kurz in ihm auf. Aber sollte er vor diesem Hohlkopf kuschen? »Wenn du meine Worte nicht verstehst, solltest du lieber verschwinden, und ich suche mir jemand anderen, den ich fragen kann.«

Als Martin an dem Burschen vorbei wollte, versperrte dieser ihm den Weg. »Bilde dir ja nichts ein! Wenn dich der Kellermeister beim Faulenzen erwischt, wird er dich mit dem Ochsenziemer verprügeln!«

»Ach, und du kannst das beurteilen! Immerhin hast du genug Zeit, um fremde Leute mit deinem Geschwätz zu behelligen«, platzte es aus Martin heraus, obwohl er merkte, dass sein Gegenüber ganz offensichtlich auf eine Rauferei aus war. »Gib lieber auf deine eigenen Angelegenheiten Acht!«

Die Augen seines namenlosen Gegenübers verengten sich zu schmalen Schlitzen. »Wir mögen es hier nicht, wenn jemand eine dicke Lippe riskiert. Es kann gut sein, dass derjenige dann schnell mal kopfüber in der Jauchegrube landet.«

»Dazu müsstest du ihn erst einmal anheben können, mein Freund«, gab Martin spöttisch zurück.

Er hatte keine Ahnung, woher diese Feindseligkeit kam. Der Bursche kannte ihn nicht einmal! Doch unter seinen Kommilitonen hatte es auch einige gegeben, die auf Leute losgegangen waren, deren Nase ihnen nicht gepasst hatte – oder von denen sie geglaubt hatten, ihre Spielchen mit ihnen treiben zu können. Wenn es der Kerl darauf ankommen lassen wollte, würde er ihm schon zeigen, wo es langging.

Die beiden jungen Männer starrten sich drohend an, kamen aber nicht dazu, die Fäuste fliegen zu lassen.

»Thomas!«, peitschte hinter ihnen eine Stimme, die Martin an seinen Vater erinnerte. Kurz zuckte er zusammen, dann fiel ihm wieder ein, dass Gernot von Bärenwinkel ganz sicher nicht hierherkommen würde. Schon gar nicht würde er ihn Thomas nennen.

Der Ruf, der dem mittlerweile zähneknirschenden Raufbold galt, kam vom Keltermeister, der sich hinter ihnen aufgebaut hatte.

»Nimm dich ja in Acht!«, zischte Thomas seinem Widersacher schnell noch zu, dann wandte er sich um.

Martin atmete tief durch. Am liebsten hätte er ihm noch etwas hinterhergeschleudert, aber er wollte nicht, dass der Kellermeister schlecht über ihn dachte.

Im nächsten Augenblick sah er allerdings ein, dass der Gedanke falsch war, denn dieser Holzkopf würde dem Kellermeister sicher brühwarm erzählen, dass er ihn beim Müßiggang erwischt hatte.

Das fing ja gut an! Giacomo hatte gut reden, wenn er meinte, dass er sich tunlichst aus Streitigkeiten heraushalten sollte.

Nachdem er dem Raufbold noch einen Moment lang nachgesehen hatte, wandte er sich um und begab sich auf die Suche nach Christian. Da der Mann für die Fässer zuständig war, hatte er vielleicht das Glück, ihn in der Küferei zu finden.

An diesem Morgen hatte sich der Graf von Katzenburg schon recht früh auf den Weg zum Weinberg gemacht. Eigentlich brauchte er keinen besonderen Grund, um an diesen Ort zu kommen, gleichwohl gab es an diesem Morgen einen.

Heute sollte seine Tochter zurückkehren. Das erfüllte ihn mit so großer Nervosität, dass er sich ablenken musste, um nicht wie ein gefangenes Tier im Käfig auf und ab zu laufen. Die Rebstöcke schienen bestens dafür geeignet, sein Gemüt etwas abzukühlen.

In Augenblicken wie diesen erlaubte sich Rudolph von Katzenburg, die Pflichten seines Standes ebenso abzulegen wie die prächtigen Gewänder. Stets ging er einfach gekleidet wie ein Pflücker zu seinem Weinberg. Auch am heutigen Morgen trug er über einem groben Leinenhemd nur ein schmuckloses Wams und grüne Beinkleider, und seine Füße steckten in groben Stiefeln. Mit dem leicht ergrauten Haar konnte man ihn leicht mit seinem Kellermeister verwechseln, doch der Graf hatte eine wesentlich schlankere Statur und trug auch keinen Bart.

Unwissenden Neulingen unter den Pflückern fiel es zuweilen ein, ihn wie ihresgleichen anzusprechen, worauf sie Rippenstöße von den anderen kassierten, doch Katzenburg überging solche Anreden, wenn sie nicht in böser Absicht geäußert waren, meist geflissentlich.

Der Himmel erhellte sich zusehends, und die Morgenvögel stimmten ihre Lieder an, während der Graf dem

Weinberg zustrebte. Nicht mehr lange, dann würde ihr Gesang verstummen, und mit der Stille würden Frost und Schnee über das Land ziehen.

Doch zunächst stand ihnen der Herbst ins Haus, die Jahreszeit der Weinlese.

Die ersten frühen Reben wurden in den Klöstern bereits geschnitten. Nicht mehr lange, dann war auch sein Weinberg bevölkert von zahlreichen Pflückern.

Im Gegensatz zu ebenerdigen Weingütern konnte er hier keine Pferdewagen einsetzen, um den Inhalt der Körbe zu sammeln. Die Pflücker mussten ihre Ware daher den Hang hinauf und dann in den Burghof schleppen, wo sie die Trauben in einen großen Bottich leerten.

Dazu brauchte er möglichst viele Männer und auch Frauen, damit sie mit der Arbeit nicht in Verzug gerieten. Bereits vor einigen Tagen hatten sich etliche Burschen gemeldet, und der Graf rechnete damit, dass bis zum Ende der Woche weitere kamen, rechtzeitig zum Beginn der Lese, die er für die kommende Woche angesetzt hatte.

Auf dem Weinberg machte der Graf halt.

Die Hänge, auf denen Dutzende Rebstöcke wuchsen, waren das Erbe seiner Vorväter und seiner Heimat.

Ein Leben ohne den Wein konnte sich der Graf nicht vorstellen.

Schade nur, dass mein Haus keinen Sohn hervorgebracht hat, ging es ihm leicht wehmütig durch den Kopf, während er durch die langen Reihen stapfte, in denen der vom Fluss aufgestiegene Morgennebel wie ein Brautschleier hing. Aber vielleicht habe ich Glück, dass mein Schwiegersohn gewillt ist, sich gut um meinen Weinberg zu kümmern.

Der Gedanke an seine Tochter Bella fuhr ihm wie ein Dolch ins Herz. Noch immer konnte er sich ihr Gesicht nicht vorstellen, ohne dass es vom Antlitz seiner verstorbenen Frau überlagert wurde.

Ein Freund hatte ihn mit der Binsenweisheit trösten wollen, dass die Zeit alle Wunden heile, doch Rudolph von Katzenburg hatte nichts dergleichen feststellen können.

Noch immer gab es Nächte, in denen er schweißüberströmt aufschreckte, weil er von Gabriela geträumt hatte. Egal ob sie ihm freundlich zulächelte oder ihm grimmige Vorwürfe machte, die Nacht war dann vorüber, und um die Bilder zu vertreiben, blieb ihm nichts anderes übrig, als in seine Studierstube zu eilen und dort über Büchern und Pergamentrollen zu brüten.

Der Gedanke, dass ihn ein anderes Weib von seinen Träumen befreien könnte, kam ihm erst gar nicht, und auch darin, Bella zurückzuholen, hatte er zunächst keinen Sinn erkannt. Sie hätte ihn mit ihrem Aussehen doch nur wieder an Gabriela erinnert!

Aber nun hatte er einen guten Grund, sie herzubeordern. Einen, der ihr vielleicht nicht behagte, der aber der Notwendigkeit entsprang.

Diesen Gedanken drängte er allerdings rasch beiseite, wobei ihm die zarten Rebstöcke halfen, die etwas abseits der anderen lagen und denen er nun zustrebte.

Mochte sein Haar auch ausgeblichen sein, in seinen Augen glühte noch immer derselbe jugendliche Wille, der ihn dazu befähigt hatte, einer der erfolgreichsten Weinanbauer im Einrich zu werden und zu bleiben. Abgesehen vom Grafen zu Katzenelnbogen gewann kaum jemand so viel guten Wein wie er. Ebenso wenige wagten es, einer vollkommen neuen Sorte Wein Platz auf dem eigenen Weinberg einzuräumen.

Diese Sorte, die noch immer keinen Namen hatte, deren

Setzlinge aber eine Kreuzung aus Burgunder und Heunisch waren, hatte zunächst ein wenig schwach gewirkt.

Doch die Pflanzen waren zäher, als ihr Aussehen hatte vermuten lassen. Hartnäckig bildeten sie Blatt um Blatt aus, konnten schließlich gezogen werden und zeigten wenig später die ersten Reben.

Die Verwandtschaft mit dem Heunisch war unverkennbar, dennoch war an diesen Trauben etwas anders, etwas, das darauf schließen ließ, dass diese Sorte auch noch in vielen Jahren auf den Hängen des Einrich wachsen würde.

Mit ein wenig Geschick und Hartnäckigkeit könnte ich vielleicht einen Wein erschaffen, von dem auch in hundert Jahren noch die Rede sein wird, ging es dem Grafen durch den Sinn, als er die Hand nach einer der noch zarten Trauben ausstreckte. Ohne den Weinbeeren Leid zufügen zu müssen, erkannte er, dass die Schale dick war und das Fleisch darunter fest. Er spürte auch, dass noch viel Zeit vergehen musste, bis dieser Wein geerntet werden konnte. Aber das Warten war die Sache ganz sicher wert!

Ein Geräusch schreckte ihn aus seinen Gedanken. Hufschlag und das Poltern von Rädern donnerten den Weg zum Burgtor hinauf.

Rudolph von Katzenburgs Herz stolperte kurz, als ihm klar wurde, dass es sich um die Kutsche handelte, die seine Tochter nach Hause brachte. Dann löste er sich von den Rebstöcken und lief zurück zur Burg.

Als er durch die kleine Seitenpforte trat, erblickte er tatsächlich das Gefährt, das er vor ein paar Tagen ausgeschickt hatte. Heinrich Oldenlohe half Bella gerade aus der Kutsche.

Sie ist groß geworden, dachte der Graf und verspürte

einen Anflug von Stolz. Eine junge Frau. Er ließ den Blick über ihr einfaches Kleid zu ihrem Gesicht schweifen – und erstarrte.

Während der langen Jahre, die seine Tochter im Kloster verbracht hatte, hatte er die Hoffnung gehegt, dass ihre Ähnlichkeit zu Gabriela schwinden würde. Dass sie als erwachsene Frau mehr nach seiner Familie schlagen würde.

Doch nun musste er feststellen, dass Bella mehr denn je das Ebenbild ihrer Mutter war!

Der Anblick ließ sein Herz zusammenkrampfen, und die Schutzmauer, die er mühsam um sich herum errichtet hatte, erhielt einen empfindlichen Riss. Einen Riss, der ihm die Tränen in die Augen trieb.

Gabriela, dachte er schmerzvoll. Warum nur hast du unserer Tochter dein Gesicht gegeben?

Einen Moment lang kämpfte er gegen die Tränen an, und als es ihm schließlich gelang, sie zurückzudrängen, strebte er der Kutsche zu.

Nach beinahe mehr als zwei Tagen Reise war es Bella endlich vergönnt, den roten Bergfried der Katzenburg zu erblicken. Zunächst hatte sie ihn nur schemenhaft in all dem Baumgrün, das ihn umgab, ausmachen können. Doch jetzt, als sie aus der Kutsche stieg, erhob er sich in voller Pracht vor ihr.

Wie hatte sie diesen Anblick doch vermisst! Und wie hatte sie ihr Zuhause vermisst. Sogar die Hunde, die sich bellend gegen die Zwinger nahe dem Tor warfen und die Bella als Kind nicht gemocht hatte, weil sie ihren Kater verschreckt hatten.

Am meisten hatte ihr jedoch der Mann gefehlt, der nun mit forschen Schritten auf sie zukam.

Es überraschte die junge Frau nicht, ihren Vater in einfachen Kleidern zu sehen. Schon zu ihren Kindertagen war es eine seiner Eigenheiten gewesen, die er offenbar noch immer nicht abgelegt hatte. Sein Haar war heller, als sie es in Erinnerung hatte, und der Bart, der früher sein Kinn geziert hatte, war verschwunden, doch die Farbe seiner Augen war geblieben, genauso wie der traurige Zug, der sie umgab.

Sie hatte eigentlich nicht erwartet, ihren Vater zu alter Fröhlichkeit zurückgekehrt vorzufinden. Aber so, wie er dreinblickte, war es, als lägen zwischen dem Tod ihrer Mutter und dem heutigen Tag nur wenige Wochen.

»Mein Kind, komm zu mir«, sagte er dennoch und breitete die Arme aus. Ein schmerzvolles Lächeln trat auf seine Züge.

Bella zögerte einen Moment, denn sicher erwartete er, dass sie wie eine gut erzogene Frau reagierte.

Aber ihr sehnsuchtsvolles Herz ließ sie schließlich ihre Erziehung vergessen. Mit wehendem Rock, impulsiv wie ein kleines Kind, kam sie zu ihm gelaufen und ließ sich in seine Arme fallen.

»Vater, ich habe dich so vermisst. All die Jahre!«

Graf von Katzenburg schloss die Augen. Obwohl es sich gut anfühlte, seine Tochter wieder bei sich zu wissen, drohte ihn der Schmerz zu zerreißen.

Als Bella sich sanft von ihm löste, sah sie Tränen in den Augen ihres Vaters glänzen.

Sichtbar rang er um Fassung, dann fragte er: »Hattest du eine gute Reise?«

»Ja, die hatte ich. Selbst wenn ich auf einem Esel hätte reiten müssen, wäre es nicht zu beschwerlich gewesen, wieder herzukommen.«

Ihrem Vater entging offenbar der kleine Scherz in ihren

Worten, denn er verzog keine Miene. »Komm mit, ich werde Hulda anweisen, dass sie dir ein kleines Mahl zubereiten soll.« Damit wandte er sich um.

Bella zögerte noch einen Moment. War das alles?, fragte sie sich. Mehr hat er mir zur Begrüßung nicht zu sagen?

Hilfe suchend blickte sie zu Heinrich Oldenlohe hinüber, doch der tat auf einmal, als müsste er unbedingt das Zaumzeug seines Pferdes überprüfen.

Irgendwas geht hier vor, dachte Bella. Warum sonst sollte Heinrich meinen Blick meiden? Und wieso ist Vater so kühl zu mir?

Es fiel ihr in diesem Augenblick schwer, zu glauben, dass er sie nur aus dem Kloster geholt hatte, weil er sie um sich haben wollte.

Während sich ihr Magen anfühlte, als hätte sie statt der köstlichen Wegzehrung von Sunna und Adelheid Steine gegessen, holte Bella ihren Vater wieder ein. Um ihre Unruhe zu verdrängen, fragte sie nach einem kurzen Blick über den Hof: »Was ist eigentlich aus Peterle geworden?«

Auf dem Weg hierher hatte sie sich erinnert, wie ihr Kater früher immer auf sie zugelaufen kam, wenn sie von einem Spaziergang oder einer Reise zurückgekehrt war.

Das erwartete sie mittlerweile nicht mehr, dazu war zu viel Zeit vergangen. Aber zumindest auf dem Hof müsste er doch zu sehen sein!

»Der Kater ist tot«, antwortete ihr Vater mit einer Trockenheit, die Bella erschreckte.

Immerhin hatte er ihr das Tier zum Geschenk gemacht! Und jetzt redete er so beiläufig von dem Kater, als sei er ein Holzkreisel, der in einem Brunnenschacht verloren gegangen war.

»Tot?«, fragte sie fassungslos. »Aber er müsste bestenfalls neun Jahre alt sein! Die Katze in unserem Kloster erfreute sich mit beinahe zwanzig Jahren noch immer bester Gesundheit.«

»Er wurde von einem Wagen überfahren.«

Bella schüttelte ungläubig den Kopf. Auf einmal wurde ihr Mund ganz trocken, und sie konnte nicht mal sagen, was sie mehr entsetzte: die Tatsache, dass ihr Vater so beiläufig von einem Tier sprach, das ihr einst am Herzen gelegen hatte, oder der Tod Peterles selbst. Es fiel ihr schwer, zu glauben, dass er einfach überfahren worden war. Ihr Kater hatte die Wagen gekannt und war nie leichtsinnig gewesen.

Ein schrecklicher Verdacht stieg in ihr auf.

»Wann ist es passiert?«, presste sie hervor.

»Zwei Jahre, nachdem du fort warst«, antwortete der Graf. Der Unwille, sich weiter über dieses Thema zu unterhalten, schwang deutlich in seiner Stimme mit.

Bellas Herz krampfte sich zusammen. Sie hätte am liebsten weitergefragt, aber würde ihr Vater die Wahrheit sprechen? Würde er zugeben, dass er das Tier getötet hatte, weil es ihn ebenso wie seine Tochter an seine verlorene Liebe erinnert hatte?

»Wenn du willst, bekommst du einen neuen Kater«, sagte Rudolph von Katzenburg, um das Thema abzuschließen. »Aber ich glaube kaum, dass du in der nächsten Zeit Gelegenheit haben wirst, albernen Kindereien zu frönen.«

Ein Tier, das einem Trost und Freude spendet, ist also für dich eine alberne Kinderei, überlegte Bella im Stillen, doch sie hütete sich, den Gedanken auszusprechen. Sie hatte sich so lange auf die Rückkehr zur Burg und zu ihren Weinbergen gefreut, dass sie sich diesen Tag nicht durch einen Streit mit ihrem Vater verderben wollte.

Sie schritten zum Schlosstor, wo sich einige Frauen und Männer versammelt hatten. Die Rückkehr der Grafentochter hatte sämtliche Bewohner und Bediensteten der Burg in Aufregung versetzt.

Als sie Bella sahen, knicksten die Mägde, während die Knechte ihre Hüte vom Kopf zogen und sich verneigten.

Bella freute sich über die Anteilnahme der Bediensteten und suchte in der Menge nach vertrauten Gesichtern.

Hulda, die Köchin, stand noch immer in den Diensten ihres Vaters. Ihr Haar war mittlerweile grau geworden, aber ihre Wangen strahlten noch immer rosig. Aus Peter und Johann, den Stallknechten, waren reife Männer geworden. Anna und Lena, mit denen Bella früher im Hof gespielt hatte, waren ebenso wie sie zu jungen Frauen herangereift. Der Kellermeister Bernhard Wackernagel stand auch noch im Sold ihres Vaters. Ein üppiger Bart umrahmte nun seine Lippen, doch wie damals saß ihm das Haar noch immer etwas wirr auf dem Kopf.

Einige Gehilfen erkannte sie ebenfalls noch, doch mittlerweile waren viele neue Gesichter hinzugekommen. Einige von diesen Burschen und Mägden musterten die Grafentochter ganz unverhohlen, während andere den Blick scheu gesenkt hielten. Bella entdeckte unter ihnen Mädchen in ihrem Alter. Sie lächelte ihnen zu, was die meisten von ihnen dazu brachte, überrascht die Augen aufzureißen und sich dann abzuwenden.

Im selben Augenblick fiel Bella wieder ein, dass sie sich mit diesen Mädchen nie würde anfreunden können. Im Kloster hatte es keine Standesunterschiede gegeben, hier dagegen war sie wieder die Grafentochter, und ihr Vater würde es gewiss als unschicklich betrachten, wenn sie sich mit den Mägden herumtrieb. Außerdem würden es die

Mädchen gewiss nicht wagen, ihr Freundschaftsangebot anzunehmen.

Als sie weitergingen, wurde Bellas Aufmerksamkeit auf eine Kutsche gelenkt, die neben den Pferdeställen stand. Da das Wappen auf der Tür nicht das ihrer Familie war, hatte sich ihr Vater wohl kein neues Gefährt zugelegt.

»Haben wir Besuch?«, fragte sie verwundert.

Rudolph von Katzenburg zögerte einen Moment zu lange mit der Antwort. »Ja, der Herr von Uhlenfels ist gestern angekommen.«

Bella versuchte, dem Namen ein Gesicht zuzuordnen, aber ihr wollte keines einfallen. »Woher kennen wir diesen Herrn?«, fragte sie also, in der Annahme, dass es sich um einen neuen Freund ihres Vaters handelte.

»Du kennst ihn bislang nicht, aber ich werde dich ihm schon bald vorstellen«, entgegnete der Graf ausweichend.

Bella ließ sich nicht narren. Die Worte der Frauen aus der Klosterküche fielen ihr wieder ein und verwandelten sich zu einem Klumpen in ihrer Brust.

»Du hast einen Heiratswerber hergebeten, nicht wahr?« Während sie sprach, blieb sie stehen und blickte ihren Vater anklagend an. Gleichzeitig ärgerte sie sich über ihre eigene Naivität. Was hast du denn erwartet?, ging es ihr durch den Sinn. Dass er dich aus dem Kloster holt, damit du dich mit ihm um das Gut kümmerst?

Der Graf hielt nun ebenfalls inne und wandte sich um. Sein Blick ging an Bella vorbei, als würde irgendwo bei der Mauer noch jemand stehen, dem er eine Erklärung schuldete.

»Herr von Uhlenfels stattet uns einen Besuch im Namen seines Herrn, des Fürsten von Hohenstein, ab.«

»Hohenstein?«, murmelte Bella fassungslos. Mit diesem Namen konnte sie durchaus etwas anfangen – wie beinahe jeder hier in der Gegend. »Der Günstling des Königs?«

Graf von Katzenburg senkte den Blick. »Roland von Hohenstein hat sein Interesse an einer Verbindung unserer beider Häuser bekundet. Sein Werber würde dich gern in Augenschein nehmen und seinem Herrn anschließend berichten.«

Bella wusste nicht, was sie dazu sagen sollte. Der Klumpen in ihrem Magen schien schwerer zu werden, und ihre Kehle begann zu brennen. Deshalb hat mir Oldenlohe nicht sagen wollen, warum ich fortgeholt werde. Die anderen hatten recht! Ich soll verschachert werden wie ein Stück Vieh!

»Komm, mein Kind«, sagte Graf von Katzenburg, nachdem sie sich eine Weile schweigend gegenübergestanden hatten. »Ich werde dir deine neuen Dienerinnen auf die Kemenate schicken, damit sie dir beim Ankleiden behilflich sind.«

Bella hatte das Gefühl, dass alle auf dem Burghof sie plötzlich anstarrten. Die Blicke der Umstehenden trafen sie wie kleine Nadeln. Wie betäubt folgte sie ihrem Vater in die Burg und bekam nicht einmal mit, was er noch zu ihr sagte.

Sie konnte nur noch daran denken, dass Roland von Hohenstein gut doppelt so alt war wie sie. Zu Gesicht bekommen hatte sie ihn bisher nicht, aber das machte für sie keinen Unterschied. In ihren Augen war er ein alter Mann – außerdem hatte sie sich geschworen, nie zu heiraten!

»Ich erwarte dich in einer Stunde in den Gemächern unseres Gastes, wo du dem Herrn von Uhlenfels deine Aufwartung machen wirst.« Das waren die ersten Worte, die wieder zu ihr vordrangen.

Bella spürte, wie die Betäubung nun dem Zorn wich. Wütend funkelte sie ihren Vater an. »Was, wenn ich gar nicht heiraten will?«, entgegnete sie trotzig.

Jetzt richtete der Graf von Katzenburg seinen Blick direkt auf sie. In dem Gang waren sie allein, und der Umstand, dass niemand diese Erwiderung gehört hatte, ließ ihn davon absehen, laut zu werden.

Dennoch bemerkte Bella eine ungewohnte Schärfe in seinen Worten, als er sagte: »Du wirst heiraten! Wenn der Herr von Hohenstein Gefallen an dir findet, werde ich dich ihm an die Hand geben. Es ist zu unser aller Wohl.«

Bellas Herzschlag dröhnte in ihren Ohren. So weit war es zwischen ihnen also gekommen! Sie wurde nicht mehr gefragt, wie es früher der Fall war, sondern ihr Vater bestimmte über sie! Wahrscheinlich hätte er mich im Kloster verrotten lassen, wenn das Angebot des Königsgünstlings nicht gekommen wäre, ging es ihr bitter durch den Sinn.

Plötzlich vergaß sie alle Vorsicht. Wiedersehen hin oder her, ihre Freude war spätestens seit dem Augenblick vergangen, als ihr Vater den Namen Hohenstein erwähnt hatte.

»Du hast mich also nur hergeholt, um mich wieder abzuschieben?«, platzte es aus ihr heraus. »Hasst du mich denn so sehr? Glaubst du vielleicht, ich sei schuld an Mutters Tod?«

Auf einmal wich sämtliches Blut aus dem Gesicht ihres Vaters, und in seinen Augen flackerte der Zorn. Nur schwerlich konnte er sich im Zaum halten. »Rede nie wieder in solch einem Ton mit mir!«, zischte er ihr gefährlich leise zu. »Ich kann mit dir tun und lassen, was ich will, denn du bist meine Tochter. Wenn ich dich verheiraten will, dann werde ich dich verheiraten, hast du das verstanden?« Bei den letzten Worten hob er die Stimme, so dass sie laut von den Wänden des Ganges widerhallte.

Bella zuckte zurück. Mehr noch als die Tatsache, dass ihr Vater sie gerade angefahren hatte, als hätte er eine Magd vor sich, schmerzte sie der Unterton seiner Worte. »Du bist meine Tochter« klang in ihren Worten wie »Du bist *nur* meine Tochter!«. Nicht mehr.

Natürlich wusste sie, dass er einen Sohn haben wollte, doch Gott hatte ihm diesen Wunsch verwehrt. Anstatt sich darüber zu freuen, dass er überhaupt eine Erbin hatte, würdigte er sie herab!

Bevor sie durch weitere Widerworte alles nur noch schlimmer machte, presste Bella die Lippen zusammen, damit ihr ja kein Wort entwich.

Der glühende Blick ihres Vaters bohrte sich noch einen Moment lang in ihre Augen, dann kehrte die Farbe in sein Gesicht zurück. »Komm jetzt«, sagte er deutlich ruhiger. »In deinem Zimmer liegt ein neues Gewand, das ich dir habe nähen lassen. Die Mägde werden dir etwas zu essen bringen und dir zur Hand gehen.«

Bella zitterte am ganzen Leib. Die Wut schnürte ihre Kehle zu, und bittere Tränen stiegen ihre Nase hinauf. Aber sie versagte es sich, ihren Gefühlen freien Lauf zu lassen. Ihrem Zorn und ihrer Enttäuschung würde sie Luft machen können, wenn sie in ihrer Kemenate war.

Sie versuchte das Zittern zu unterdrücken, schritt voran und sprach, bis sie an der Tür angekommen war, kein einziges Wort mehr mit ihrem Vater.

Als die Schritte des Grafen verklungen waren, erlaubte sich Bella endlich ein lautes Schluchzen. Es peitschte durch ihren Brustkorb, der sich zuvor angefühlt hatte, als wollte er wie ein prall gefüllter Weinschlauch platzen. Doch auch die Tränen brachten keine rechte Linderung.

Wie hatte sie nur glauben können, dass bei ihrer Rückkehr alles anders sein würde! Ihr Vater war noch immer so hart und kalt zu ihr wie an dem Tag, als er sie ins Kloster geschickt hatte. Dass er sie zurückgeholt hatte, war allein dem Umstand geschuldet, dass er sie verheiraten wollte.

Dieser Gedanke würgte sie und trieb ihr die Tränen aus den Augen. Sie krallte die Hände so fest in ihr Bündel, dass sie die Brosche ihrer Mutter zu spüren meinte. Sie erinnerte sich an den vergangenen Morgen und ihre Gedanken angesichts des Schmuckstücks. An ihre Freude, wieder den heimischen Weinberg zu sehen.

Vielleicht hätte ich dort bleiben sollen, dachte sie, während sie sich dem Weinen hingab. Im Kloster hatte alles seine Ordnung gehabt. Dort wusste sie, was sie von den Menschen zu erwarten hatte. Doch jetzt? Wo sollte sie Wärme finden, wenn ihr Vater sie offenbar nur noch als Heiratsware betrachtete?

Hatte sie sich zuvor noch auf die gemütlichen Räume der Burg gefreut, erschien ihr das Gemach jetzt sogar kälter und unwirtlicher als die Zelle im Kloster. Ruhelos und von Zorn getrieben, wanderte sie auf und ab, schluchzte und zitterte zwischendurch und vermied es tunlichst, auf das Bett zu blicken.

Auf den Laken lag das Kleid, über das sie sich unter anderen Umständen sicher gefreut hätte. Es war, den Farben ihres Hauses entsprechend, aus grünem Samt gefertigt und mit roter Seide verbrämt. Ein prachtvolles Gewand! Aber in Bellas Augen wurde es zum Büßerkittel einer verurteilten Verbrecherin. Einer Verbrecherin, der ein Vergehen angelastet wurde, das sie gar nicht begangen hatte.

Noch immer straft er mich für Mutters Tod. Noch immer muss ich dafür büßen, dass er das Geschehene nicht vergessen kann.

Das Geräusch von Schritten brachte sie von ihren bitteren Gedanken ab. Bella lauschte einen Moment lang, dann rieb sie sich mit einer harschen Handbewegung die Tränen von den Wangen.

Ein Wispern, gefolgt von einem zaghaften Kratzen an der Tür machte ihr klar, dass die Mägde da waren.

»Ihr könnt wieder gehen, ich brauche euch nicht!«, schleuderte Bella ihnen entgegen, noch bevor sie die Kemenate betreten konnten.

Sie hörte, wie die Mädchen zögerten, wahrscheinlich hatte der Graf ihnen einen strikten Befehl gegeben.

Aber da Bella das Gewand nicht anziehen würde, brauchte sie auch keine Hilfe.

»Geht!«, rief sie den Mädchen zu, deren Atemzüge sie vor der Tür zu vernehmen glaubte. »Ich werde dafür sorgen, dass mein Vater euch nicht bestraft.«

Trotz dieser Versicherung dauerte es noch eine Weile, bis sich die Schritte von der Tür wieder entfernten.

Bella strebte der Truhe zu, doch als sie den Deckel hochschlug, fand sie darin nichts anderes als Weißzeug. Außer dem Kleid, das wie ein überdimensionales rotgerändertes Blatt auf dem Bett lag, schien ihr Vater keine anderen Gewänder für sie angeschafft zu haben.

Vielleicht will er mich diesem Uhlenfels gleich mitgeben, giftete eine leise Stimme in ihrem Hinterkopf. Wozu noch Zeit verlieren, wenn er es mit dem Verheiraten so eilig hat?

Dann kam ihr plötzlich eine Idee.

Um den Heiratswerber abzuschrecken, brauchte sie ein Gewand, das ihn entsetzen würde. Nicht einmal das

Ordenskleid, das sie mitgenommen hatte, war dazu geeignet, denn darin sah sie immer noch viel zu schön aus. Sie brauchte etwas Einfacheres und wenn möglich Hässlicheres. Und sie wusste mit einem Mal auch, wo sie es finden würde!

5. Kapitel

Selten zuvor war Martin der Schweiß dermaßen in den Hemdskragen gelaufen wie in diesem Augenblick. Christian Dubelaar hatte ihn zusammen mit ein paar anderen Burschen zum Fassschrubben geschickt. Wie nicht anders zu erwarten, hatten sie ihm die schmutzigsten Fässer überlassen, die der Katzenburger Keller aufzuweisen hatte.

Obwohl er sein Bestes beim Hantieren mit Meißeln und Scheuersand gab, bezweifelte Martin stark, dass die Behältnisse nach dem Schrubben benutzt werden konnten. Der Weinstein, der sich beim Gären ablagerte, bildete eine dicke Kruste und ließ sich von Jahr zu Jahr immer schwerer lösen. Früher oder später würden neue Fässer angefertigt werden müssen.

Der alte Brauch fiel ihm wieder ein, nach dem das Holz für die Fassdauben nicht gesägt, sondern nach seinem Wuchs gespalten wurde. Zum einen sollte sich das vorteilhaft auf den Wein auswirken, zum anderen verhinderte man auf diese Weise, dass Sägespäne, die noch in den Ritzen saßen, in den Wein ausgeschwemmt wurden und diesen verdarben.

Der Nachteil solcher Fässer war allerdings, dass sie schwer zu reinigen waren, besonders wenn sie ihre beste Zeit bereits überschritten hatten. Der Weinstein fraß sich regelrecht in das Holz und hielt sich fest wie ein Blutegel an einem warmen Körper.

Entnervt warf Martin den Meißel von sich. Der Weinstein schien ihn an einer extrem schwierigen Stelle höhnisch anzugrinsen.

»Was ist, gibst du schon auf?«, wollte einer der Burschen wissen.

Soweit Martin mitbekommen hatte, war er bereits das dritte Jahr bei der Lese auf der Burg dabei. Während des Frühjahrs und Sommers verdingte er sich bei Bauern in der Gegend, aber sobald der Herbst hereinbrach, fand er sich in der Burg ein.

»Nein, ich verschnaufe nur kurz«, entgegnete Martin und griff nach dem Wasserbecher, den er auf den Boden gestellt hatte.

»Hast wohl keinen Mumm in den Armen, wie?«, höhnte ein anderer, dessen Namen er nicht kannte. Auch dieser Helfer war schon länger hier.

»Kannst ja herkommen und mir zeigen, wie man es richtig macht!«, entgegnete Martin schlagfertig, ehe er den Becher mit einem Zug leerte.

»Ne, lass mal, müh dich ruhig allein!«, gab der Bursche zurück und erntete kurz das Gelächter der anderen.

Dann setzten alle ihre Arbeit fort. Während Martin monoton vor sich hin schrubbte, wieder und wieder über dieselbe Stelle, schweiften seine Gedanken zu dem, was er bisher von der Katzenburg mitbekommen hatte.

Ein Geheimnis hatte Martin bisher nicht ausmachen können, aber er wusste auch, dass man es nicht so einfach über den Hof posaunen würde.

Es herauszufinden, würde sicher nicht leicht werden, zumal er es geschafft hatte, sich innerhalb einer Stunde einen Feind zu machen.

Der Bursche, der sich ihm in den Weg gestellt hatte, war ihm bislang noch nicht wieder begegnet, doch sollte es hier ein gemeinschaftliches Quartier für die Knechte geben, so konnte er sich gewiss auf einigen Schabernack einstellen. Aber vielleicht gab es ja auch einen Platz im Heu für ihn, an dem er ungehindert von Rosalina träumen konnte.

Als hätten sie ein geheimes Signal ausgemacht, erhoben sich die Burschen schließlich und strebten der Tür zu.

Martin wusste zunächst nicht, ob er mitgehen sollte, dann sagte derjenige, der ihm vorhin zu wenig Kraft unterstellt hatte: »Na, was ist, willst du dir nicht den Magen vollschlagen?«

»Ist etwa schon Mittagszeit?«

»Was denkst du denn, warum wir von der Arbeit aufstehen?«, erwiderte der andere lachend.

Rasch legte Martin den Meißel beiseite und sprang ebenfalls auf. Sein Rücken schmerzte, als hätte er Hiebe bekommen. Als er weit hinter den anderen vor die Tür trat, erblickte er plötzlich eine junge Frau, die mit langen Schritten über den Hof eilte. Sie trug ein schmuckloses braunes Kleid, und ihre haselnussfarbenen Locken wehten wie ein Schleier hinter ihr her.

Die Hände hatte sie zu Fäusten geballt, und ihre Miene wirkte so zornig, dass sich Martin unwillkürlich fragte, was sie wohl verärgert haben mochte. All der Grimm konnte allerdings nicht darüber hinwegtäuschen, dass sie wunderschön war.

Während er sie wie verzaubert betrachtete, glaubte er mit einem Mal, sie zu kennen. Er grübelte einen Moment lang, doch ihm wollte nicht einfallen, wo er sie schon einmal gesehen hatte. Es musste jedenfalls schon ziemlich lange her sein.

Als könnte sie seinen Blick spüren, wandte die junge Frau ihm unvermittelt das Gesicht zu.

Selbst auf diese Entfernung hin konnte Martin erkennen, dass ihre Augen so hellgrün waren wie Weinlaub, auf das ein Sonnenstrahl fiel. Sie ähnelten denen von Rosalina, trugen aber ein ganz anderes Feuer in sich. So, als würde Tau auf den Blättern von einem Sonnenstrahl beleuchtet. Martin blieb vor Staunen der Mund offen stehen, und ein seltsames Gefühl bemächtigte sich seines Körpers. Ein Feuer schien in seiner Brust zu erwachen, hell und alles verschlingend.

Ich muss ihren Namen wissen, ging es ihm durch den Kopf, doch bevor er den Mut fand, sie anzusprechen, war sie auch schon hinter der nächsten Hausecke verschwunden.

Obwohl alles in ihm danach drängte, versagte Martin es sich, ihr zu folgen. Wenn sie zum Gesinde der Burg gehörte, würde er sie bestimmt bald wiedersehen. Er folgte also den anderen Burschen, die er gerade noch ausmachen konnte, zur Mittagsmahlzeit.

Das Innere der kleinen Behausung roch nach Kräutern und frisch gekochter Milchgrütze. Bella sog den Geruch tief ein und genoss den kurzen Moment der Unbeschwertheit, den er in ihr auslöste. Dann lächelte sie die Frau an, die am Tisch saß, vor sich eine Schüssel mit dem weißen Brei, und erstaunt zu ihr aufblickte.

Als Katrina noch Bellas Kinderfrau war, hatte sie nicht in dieser Hütte wohnen müssen. Sie hatte ihr Gemach in der Burg gehabt, ganz in der Nähe von ihrem Schützling. Doch mit dem Fortgang des Mädchens war sie überflüssig geworden. Dass ihr Vater die Frau jedoch nicht fortgeschickt hatte, freute Bella.

Welche Aufgaben Katrina momentan genau zu erledigen hatte, wusste Bella nicht, aber angesichts der vielen

Kräutersträußchen, die überall im Raum hingen, verrichtete sie wohl Dienste als Heilerin. Schon damals hatte sie ein Talent dafür gezeigt und kleine Blessuren, die sich die Grafentochter eingefangen hatte, kundig behandelt.

»Bella?«, rief sie nun, ließ vor lauter Überraschung den Holzlöffel fallen und schlug freudig die Hand vor den Mund.

»Ja, ich bin es«, antwortete die junge Frau, während sie auf die ältere zuging.

Wie Bella sehen konnte, hatte auch Katrina der Zeit ihren Tribut zollen müssen. Ihr vormals glattes Gesicht hatte Falten bekommen, ihre blonden Haare waren einen Ton heller als früher von dem Silber, das sich daruntergemischt hatte. Doch noch immer leuchteten ihre blauen Augen freundlich, und ihr Lächeln war das der jungen Frau, die Bella oftmals in den Schlaf gesungen hatte.

»Bella, ich freue mich so sehr, dich wiederzusehen«, sagte sie und umarmte ihren ehemaligen Schützling herzlich. »Verzeih, dass ich dich vorhin nicht begrüßen konnte. Mein Bein macht mir furchtbar zu schaffen, seitdem ich es mir vor zwei Sommern gebrochen habe.«

Bella hatte den Stock, der neben der Tür stand, schon bemerkt. Offenbar hatte man Katrinas Bein nicht so gut geschient, wie es nötig gewesen wäre, und es war anzunehmen, dass der Knochen falsch verheilt war. Das bereitete der Älteren nicht nur Mühe beim Laufen, sondern auch Schmerzen.

Doch daran schien die Kinderfrau jetzt nicht denken zu wollen. Sie erhob sich, verdrängte den Schmerz und nahm ihr Gegenüber wenig später in die Arme.

Bella stieg ein intensiver Kräutergeruch entgegen, der wohl von der Salbe stammte, mit der Katrina ihr Bein behandelte.

Nach einer Weile fasste die Kinderfrau die Grafentochter bei den Armen und drängte sie ein Stück von ihr weg, damit sie sie in voller Pracht betrachten konnte. »Du bist wirklich eine wunderschöne junge Frau geworden. Das genaue Abbild deiner Mutter.«

Obwohl die Worte freundlich gemeint waren, verursachten sie Bella doch ein schales Gefühl in der Brust.

Das Abbild meiner Mutter, dachte sie. Der Grund, warum mein Vater mich loswerden will. Aber sie verkniff sich eine selbstmitleidige Bemerkung.

»Möchtest du etwas essen?«, fragte die Kinderfrau und deutete auf den Topf. »Ich habe zwar nur Grütze, aber sie ist mit den besten Kräutern gewürzt, die ich in diesem Jahr gesammelt habe.«

Als sie sich zum Ofen mühen wollte, um Bella eine Portion zu holen, hielt diese sie davon ab. »Vielen Dank, aber für heute muss ich leider ablehnen«, entgegnete sie. »Mein Vater erwartet mich gleich zum Essen.«

Ein ahnungsvoller Ausdruck schlich durch Katrinas Blick, dann fragte sie: »Wie ist es dir im Kloster ergangen?«

»Eigentlich recht gut«, antwortete Bella. »In der ersten Zeit wäre ich am liebsten davongelaufen, doch ich habe mich eingelebt. Und nun …« Sie stockte. Wenn sie jetzt behauptet hätte, froh über ihre Rückkehr zu sein, wäre das nur die halbe Wahrheit gewesen. »Katrina, ich brauche deine Hilfe«, eröffnete sie der Älteren ohne Umschweife. »Wie du sicher schon gehört hast, hat mein Vater einen Heiratswerber im Haus.«

»Ich habe nicht nur von ihm gehört, sondern ihn auch gesehen«, entgegnete Katrina, und an ihrer Miene war abzulesen, dass sie nicht besonders viel von dem Mann hielt. »Er ist ein eitler Pfau, wenn du mich fragst. Aber wahrscheinlich muss man das sein, wenn man für jemanden auf Brautschau geht, der die Knabenjahre bereits seit längerem hinter sich hat.«

Bellas Unwohlsein verstärkte sich. Gleichzeitig wuchs aber auch der Trotz in ihr. »Mein Vater verlangt, dass ich dem Heiratswerber meine Aufwartung mache. Aber ich habe keine Lust, ihm zu gefallen. Und ich will auch diesen Hohenstein nicht.«

Eine Falte erschien zwischen den Brauen der Kinderfrau. »Dein Vater will sicher nur das Beste für dich.«

Bella schüttelte abwehrend den Kopf. »Nein, Katrina, er will mich loswerden! Er will mich weit wegschaffen, damit ich ihn nicht an Mutter erinnere.«

Angesichts der Wahrheit ihrer Worte presste die Kinderfrau die Lippen zusammen.

Bella legte ihr nun sanft die Hände auf die Schultern. »Ich kann diesen Mann nicht heiraten! Als meine Mutter starb, habe ich mir geschworen, niemals ein Eheweib zu sein. Du weißt doch noch, wie qualvoll Mutter zu Tode gekommen ist, als sie Vater einen Sohn schenken wollte.«

Katrina blickte nach unten, entzog sich dem Griff des Mädchens jedoch nicht. Da fielen Tränen auf Bellas Kleid. Offenbar hatte auch die Kinderfrau den Tod ihrer Herrin noch nicht verwunden.

Obwohl Bella nun ebenfalls wieder Tränen aufsteigen fühlte, sprach sie weiter. »Meine Mutter hätte nie gewollt, dass ich einen Mann heirate, der nichts vom Wein versteht. Und sie hätte auch sicher nicht gewollt, dass ich von hier fortgehe. Wer soll die Burg und das Gut übernehmen, wenn Vater alt ist und es nicht mehr tun kann? Dieser Hohenstein etwa? Der interessiert sich doch nur dafür, wie er sich weiterhin die Gunst des Königs erhalten kann.«

Katrina sagte zu alldem nichts, die Falte an ihrer Stirn

wurde allerdings immer tiefer. Sie schien zu spüren, dass großer Ärger aufzog. Gleichzeitig wusste sie auch, dass das Ansinnen des Grafen seiner Tochter kein Glück bescheren würde.

»Was soll ich tun?«, fragte sie die Jüngere.

»Gib mir ein paar deiner ältesten Kleider und richte mich so zurecht, dass mich der Herr Uhlenfels derart abstoßend findet, dass er aus dem Schloss flieht.«

Furcht flackerte in Katrinas Augen auf wie eine Flamme im Windzug. »Damit wirst du deinen Vater schrecklich erzürnen.«

»Mehr noch als ohnehin schon?«, erwiderte Bella sarkastisch. »Er ist doch schon erzürnt über mein Aussehen! Vielleicht hätte er den Heiratswerber ins Kloster schicken sollen, um mich zu begutachten. Dann hätte er sich meinen Anblick ersparen können!«

Katrina hob die Hand und streichelte Bella sanft übers Haar. »Dein Vater meint es nicht böse, glaub mir. Die Trauer hat nur sein Herz verhärtet.«

»Er wird die Trauer nicht überwinden, wenn er mich fortschickt. Ich kann doch nichts dafür, dass ich Mutter so ähnlich sehe! Und ich bin auch nicht an ihrem Tode schuld. Warum hat er nicht den geringsten Funken Liebe für mich übrig?«

Katrina hatte das Gefühl, ihr Herz müsse bei Bellas verzweifeltem Blick bersten. Sie hatte keine Antwort auf die Frage, denn den Grund für seine Ablehnung kannte nur der Graf selbst. Und nur er war dazu imstande, sie zu überwinden.

»Bitte, gib mir ein paar alte Kleider und mach mich so hässlich, wie es geht«, bat Bella schließlich einsichtig. »Vielleicht ist dann auch Vater zufrieden, wenn ich nicht mehr wie Mutter aussehe.«

Die Kinderfrau seufzte. Sie kannte den Grafen nur zu

gut. Die Jahre der Einsamkeit hatten ihn unberechenbar gemacht. Hätte sie früher noch mit Gewissheit sagen können, dass solch ein Streich ihm nicht mehr als ein Lachen abringen würde, konnte sie jetzt nicht mehr abschätzen, wie seine Reaktion aussehen mochte. Aber im Grunde ihres Herzens gab sie Bella recht. Eine Schönheit wie sie war nichts für einen Mann wie der Fürst von Hohenstein. Zu viele Geschichten kursierten über ihn, zu viele schlechte Geschichten. Bella würde hinter den Mauern seines Schlosses verkümmern wie ein Rebstock, der kein Wasser bekam. Oder Schlimmeres …

»Also gut, mein Kind, ich helfe dir. Nur bitte ich mir aus, dass du mich nicht bei deinem Vater verrätst. Ich werde langsam alt und bin lahm. Wenn er mich von der Burg vertreibt, werde ich nie wieder irgendwo ein Heim finden.«

Bella schloss ihre Kinderfrau in die Arme. »Keine Sorge, ich werde nicht zulassen, dass er dich vertreibt. Ich werde die Schuld vollkommen auf mich nehmen und dafür geradestehen. Egal, wie die Konsequenzen aussehen.«

Mit einem trägen Grinsen streckte Hans von Uhlenfels die Hand nach der Schale mit den Kapaunschlegeln aus. Sein blonder Haarschopf war noch etwas zerzaust, und auch das rote Wams, das seinen mächtigen Bauch umspannte, wirkte noch etwas unordentlich. Doch sein Appetit hatte bereits jegliche Müdigkeit verdrängt.

»Nun, mein lieber Graf, ist Eure Tochter bereits angekommen?«, fragte er, während er die zarte Keule zwischen seinen Fingern prüfend betrachtete.

Offenbar hatte selbst das Getöse, das die ankommende Kutsche verursacht hatte, den Heiratswerber nicht aus dem Schlummer aufschrecken können.

Rudolph von Katzenburg kaschierte seine saure Miene, indem er einen Schluck Wein trank. Er hatte einen seiner besten Jahrgänge aus der Schatzkammer holen lassen. Der Geschmack ließ sein Gesicht gleich wieder ein wenig gnädiger erscheinen, als er antwortete: »Ja, sie ist heute Morgen angekommen. Sie kleidet sich gerade um und wird sicher bald erscheinen.«

»Ja, so sind die Frauen. Wenn es darum geht, sich herauszuputzen, vergessen sie gerne mal die Zeit.«

Wie zur Bestätigung seiner Worte zeigte das Läuten der Burgkapelle die elfte Stunde an.

Wo Bella nur steckt?, ging es dem Grafen durch den Sinn. Besitzt sie wirklich die Dreistigkeit, einfach in ihrem Gemach zu bleiben und mich vor unserem Gast zu blamieren?

Ruhelos ließ er den Blick zur Tür schweifen. Seit dem Tode seiner Frau kehrten hier nur wenige Gäste ein. Da es also keinen Grund gab, etwas zu erneuern oder zu verändern, waren die Räume noch immer in dem Zustand wie vor zwanzig Jahren, als er die Burg und den Weinberg von seinem verstorbenen Vater übernommen hatte.

Die Gastgemächer bestanden aus dem Schlafraum, der mit einem schweren Samtvorhang vom Empfangsraum getrennt war. Im Empfangsraum, dessen Wände mit feinen Mustern bemalt worden waren, gab es einen massiven Tisch, Stühle und eine Anrichte, auf der die Mahlzeiten für den Gast abgestellt wurden.

Obwohl der Herr von Uhlenfels gemeint hatte, dass seine erste Mahlzeit immer eine bescheidene sei, hatte es Graf von Katzenburg für richtig gehalten, ihm doch einige üppiger bestückte Platten bringen zu lassen. Immerhin sollte er gegenüber seinem Herrn nicht behaupten können, er sei ärmlich bewirtet worden.

Das Einzige, was zur Vervollkommnung dieser Tafel fehlte, war seine Tochter. Er wollte schon aufspringen, um sie zu holen, da öffnete sich die Tür.

Hans von Uhlenfels, der gerade genussvoll in den Schlegel beißen wollte, hielt mit offenem Mund inne.

Dem Grafen wich das Blut aus den Wangen.

»Gott zum Gruße, Herr Uhlenfels.« Bella machte einen artigen Knicks und trat näher. Daran war nichts Außergewöhnliches, wohl aber an ihrem Aufzug.

Das Kleid, das sie am Körper trug, war mottenzerfressen und wirkte, als würde es ihr jeden Augenblick vom Leib fallen. Nicht mal die Lappen, mit denen die Mägde die Schwellen scheuerten, waren derart zerschlissen. Und das war noch nicht alles. Bellas Haare waren verfilzt, und unter ihren Augen prangten dunkle Ränder, die sicher von Kohlenstaub herrührten, aber so geschickt verrieben waren, dass man glauben konnte, sie litte an einer Krankheit.

Die Grafentochter war sich ihres Anblicks deutlich bewusst, hatte sie ihn doch in einer Wasserschüssel überprüft. Katrina hatte gute Arbeit geleistet. Nur schwerlich konnte sie sich ein breites Grinsen verkneifen, während sie in die fassungslosen Gesichter der beiden Männer blickte.

Hans von Uhlenfels ließ erschrocken den Kapaunschenkel fallen und tastete mit zitternden Fingern nach dem Weinbecher. Rudolph von Katzenburg brauchte ebenfalls eine Weile, um sich wieder zu fangen. Doch schon bald vertiefte sich die Zornesfalte an seiner Stirn.

Bella kannte diese Regung nur zu gut, aber diesmal wollte sie nicht zurückweichen.

Unvermittelt sprang der Graf auf und kam drohend auf seine Tochter zu. Nur schwerlich schien er sich zu beherrschen, sie nicht gleich vor seinem Gast zurechtzuweisen. Er packte sie am Arm und zerrte sie mit sich nach draußen.

Ein paar Mägde, die gerade den Gang entlangeilten, blickten die beiden zunächst verwundert an, dann gingen sie mit gesenktem Kopf schnell weiter, so als hätten sie nichts gesehen.

Katzenburg zog seine Tochter mit sich in eine Nische des Ganges. Sein Gesicht war immer noch hochrot, und sein Atem ging schwer. »Was soll das Theater?«, fuhr er Bella schließlich an, während sich seine Finger schmerzvoll in ihren Oberarm gruben.

»Du tust mir weh!«, stöhnte sie auf und versuchte, sich ihm zu entziehen. Vergeblich. Seine Hand war wie eine eiserne Klaue.

»Ich sollte dich eigentlich züchtigen für dein Verhalten! Hast du eine Vorstellung davon, wie lächerlich du mich gerade vor Uhlenfels gemacht hast?«

»Ich habe ihm nur gezeigt, was ich von der Werbung seines Herrn halte!«, gab Bella trotzig zurück.

»Du hast kein Recht dazu, unseren Gast zu beleidigen!«

»Ich habe niemanden beleidigt!«

»Du hast auch kein Recht, meine Heiratspläne in Frage zu stellen. Fürst von Hohenstein ist ein Günstling des Königs, von ihm könnte es abhängen, ob unsere Familie weiter im Ansehen steigt.«

»Seit wann legst du Wert darauf, welches Ansehen unsere Familie beim König hat?«, gab Bella wütend zurück.

»Das Ansehen beim König ist wichtig für unsere Familie!«, donnerte der Graf nun, dass es nur so von den Wänden widerhallte. Wahrscheinlich konnte es selbst der Herr Uhlenfels vernehmen.

»Die Verbindung zwischen unserem Haus und dem der

Familie von Hohenstein wird unsere Zukunft über Generationen hinweg sichern.«

Bella schüttelte ungläubig den Kopf. Den schmerzhaften Griff spürte sie beinahe nicht mehr, so sehr tobte die Entrüstung in ihrem Inneren. »Du hast immer gesagt, dass der Wein unsere Zukunft sichern wird, Vater! Nie haben wir uns von der Gunst des Königs oder seiner Vertrauten abhängig gemacht. Woher dieser Sinneswandel?«

Vorsicht, schien ihr eine kleine Stimme zuzuraunen, doch Bella ignorierte sie, als sie fortfuhr.

»Sag, kannst du meinen Anblick so schlecht ertragen, dass du mich fortschickst, anstatt mir die Verantwortung für den Wein zu übertragen? Glaubst du wirklich, dass Hohenfels sich für den Weinberg interessieren wird? Oder wartest du gar auf einen Enkel, der diese Pflicht übernehmen soll? Was willst du tun, wenn ich keine Kinder bekommen kann? Wirst du dann einem Fremden den Weinberg geben anstatt deinem eigenen Fleisch und Blut?« Bella holte tief Luft. Die Worte waren wie eine Quelle, die lange hinter Steinen verborgen gewesen war und sich nun endlich Bahn brechen konnte, aus ihr hervorgesprudelt.

Der Graf starrte seine Tochter mit flammenden Augen an, dann ließ er sie los. Die Stelle, an der sich seine Finger in ihre Haut gegraben hatten, begann zu pochen.

Bellas Herz flatterte wie ein Vogel, der sich danach sehnte, seinem Käfig zu entfliehen. Für einen kurzen Moment meinte sie, dass sich sein Blick erweichen würde, und ein Funken Hoffnung, er könne doch von seinem Vorhaben ablassen, keimte in ihr auf.

Doch dieser Funken verlosch jäh, als ihr Vater sagte: »Geh in dein Gemach, säubere dich und zieh dich um. Noch einmal erscheinst du nicht in diesem Aufzug vor unserem Gast!« Damit wandte er sich ab und kehrte in den Speisesaal zurück.

Als Bella ihm nachsah, traten ihr Tränen in die Augen. Offenbar war in der Nacht vor acht Jahren nicht nur ihre Mutter gestorben, sondern ihr Vater gleich mit ihr. Jemand, der so hart entscheiden konnte, war gewiss nichts weiter als eine leere Hülle.

Nachdem Martin während der gesamten Mittagsmahlzeit vergeblich Ausschau nach dem Mädchen mit dem hellbraunen Haar gehalten hatte, erhob er sich noch vor den anderen vom Tisch. Die Gehilfen waren darüber verwundert, doch Martin erklärte ihnen kurzerhand, dass er schließlich die schmutzigsten Fässer bekommen habe und sich vor der Arbeit nicht drücken wolle.

Auf dem Weg zur Werkstatt ließ er den Blick erneut zu der kleinen Hütte schweifen, in der die Schöne verschwunden war. War sie immer noch dort?

Außer einer Frau, die an einem Stock gerade aus der Tür kam, konnte er nichts entdecken. Also musste er wohl oder übel an die Werkbank zurück.

War er soeben noch verzaubert gewesen von der Erinnerung an die unbekannte Schöne, kehrte beim Ansetzen des Meißels auf dem Fass die alte Verzweiflung zu ihm zurück.

Man müsste das Holz abhobeln, wenn man es wieder hell bekommen wollte, dachte er ärgerlich und war davon überzeugt, dass dies auch der Fassmeister wusste.

Als er sich dem nächsten Fass zuwenden wollte, dessen Holz schon fast eine bläuliche Farbe angenommen hatte und das einige Schimmelstellen aufwies, bemerkte er eine Bewegung neben sich. Als er den Kopf zur Seite wandte, sah er den Burschen von vorhin. Diesmal hatte er noch zwei Kumpane mitgebracht. Einer von ihnen trug sein langes dunkles Haar zu einem Zopf zusammengebunden, der andere hatte halblange blonde Locken, die ihm ins Gesicht hingen. Der Kleidung nach zu urteilen waren sie Knechte wie Thomas.

Was sie vorhatten, konnte er von ihren Mienen ablesen.

»Na, wie geht's mit der Arbeit voran?«, fragte Thomas spöttisch, während er die Arme vor der Brust verschränkte.

»Besser als bei dir, wenn du hier nur herumstehst«, gab Martin zurück und wandte sich scheinbar unbeteiligt dem Fass zu. Sein Blick fiel dabei allerdings auf die Eisenstreifen, mit denen die neuen Fässer zusammengehalten wurden. Es handelte sich um Rohlinge, die erst noch im Feuer gebogen werden mussten. Wenn diese Burschen ihn angriffen, würde er sich damit verteidigen können.

Da packte ihn auch schon eine Hand im Genick. Ehe Martin sich mit dem Meißel verteidigen konnte, entglitt ihm das Werkzeug und fiel zu Boden. Der Schemel, auf dem er gesessen hatte, kippte zur Seite.

»Hör zu, Freundchen, wenn du eine Weile hier bleiben willst, hältst du besser die Klappe und machst, was wir sagen. Sonst findest du deine verfaulenden Knochen bald in der Lahn wieder.«

Auf ein Zeichen von Thomas ließ der Knecht ihn wieder los, und Martin fiel auf die Knie.

Während der Zorn wie ein wildes Tier in ihm wütete, blickte er zu den Burschen auf. Am liebsten hätte er ihnen das Grinsen aus dem Gesicht geschlagen, doch wahrscheinlich hätte ihm der Fassmeister nicht geglaubt, dass die drei angefangen hatten. Immerhin war er der Neue hier!

Nachdem die Kerle ihn noch eine Weile abschätzig gemustert hatten, machten sie kehrt und traten nach draußen.

Martin rappelte sich auf und klopfte sich den Staub von den Kleidern. Ein schöner Beginn, dachte er. Vielen Dank, Vater, für diese miese Aufgabe.

Doch alles Hadern nützte nichts. Er ließ sich wieder auf den Hocker nieder, griff nach der Bürste und setzte seine Arbeit fort. Dabei nahm er sich vor, beim nächsten Mal schneller und besser zu reagieren.

Als Bella mit dem Ankleiden fertig war, betrachtete sie sich im Silberspiegel. Das Grün des Kleides betonte ihre Augen, und das Rot verlieh ihrem Antlitz Frische. Es saß wie angegossen, gleich so, als hätte ihr Vater geahnt, dass sie in den vergangenen Jahren nicht sonderlich füllig geworden war. Eigentlich gab es keinen Grund, sich zu beschweren. Doch wie fremd ihr plötzlich das prachtvolle Gewand erschien. All die Jahre hatte sie das Kleid einer Schwesternschülerin getragen. Jetzt wieder Samt und Seide auf der Haut zu spüren, erschien ihr eigenartig.

Sie drehte sich vor dem Silberspiegel hin und her, doch noch wollte sie die Gestalt darin nicht so recht erkennen.

Das ist vielleicht gut so, dachte sie traurig. Sicher ist es besser, wenn sich die alte Bella hinter der Frau in Samt und Seide versteckt. Vielleicht wird es dann erträglicher, dem Heiratswerber gegenüberzutreten.

»Ihr könnt jetzt gehen«, sagte sie zu den Mägden, die still hinter ihr verharrten und sie fast schon neidvoll anstarrten.

Wahrscheinlich wäre es für sie das höchste Glück, von Fürst von Hohenstein geheiratet zu werden und als Gattin des Königsgünstlings auf irgendeiner entlegenen Burg zu versauern.

Als die Mägde fort waren, wandte Bella sich ebenfalls der Tür zu. Noch immer wollte ihr nichts einfallen, wie sie Herrn von Uhlenfels davon abbringen konnte, seinem Gebieter von ihrer Schönheit vorzuschwärmen.

Ihr blieb daher nichts anderes übrig, als sich in ihr Schicksal zu fügen.

Bevor sie sich der Tür zuwenden konnte, öffnete diese sich wie von Geisterhand. Offenbar war ihr Vater bereits ungeduldig – oder er wollte diesmal kein Risiko eingehen. Die Gestalt des Grafen ragte beinahe drohend im Türgeviert auf, doch seine strenge Miene milderte sich, als er Bella in ihrem neuen Gewand sah. Er machte den Eindruck, als wollte er in Tränen ausbrechen, und mit einer Hand krallte er sich in den Türrahmen.

»Gefalle ich dir jetzt besser, Vater?«, fragte Bella kühl.

Der Graf erwiderte daraufhin erst einmal nichts. Er musterte seine Tochter von Kopf bis Fuß, als suchte er nach einem Fehler, dann antwortete er: »Bella, ich …«

»Ja?«

»Diese Hochzeit muss sein, Bella. Fürst von Hohenstein ist ein einflussreicher Mann, er wird dafür sorgen, dass unser Weinberg auch für die nächsten Generationen erhalten bleibt.«

»Das sagtest du bereits«, entgegnete Bella und konnte sich des abweisenden Tonfalls in ihrer Stimme nicht erwehren. »Aber ich könnte unseren Weinberg genauso gut halten, vielleicht sogar noch besser als jeder andere, der keine Ahnung vom Weinbau hat.«

Rudolph von Katzenburg seufzte und senkte den Kopf. Er hatte keine Lust, diesen Diskurs erneut anzufangen. »Komm jetzt«, sagte er ebenso kühl wie sie zuvor. Offenbar war er zu dem Schluss gekommen, dass alles gute Zureden nichts nützte.

Bella schritt auf ihn zu und hob ihren Rock dabei leicht an, damit er nicht auf dem Boden schleifte. Als sie bei dem Grafen angekommen war, suchte sie seinen Blick, doch er starrte auf eine unbestimmte Stelle am Türrahmen.

Schweigend durchquerten sie den Gang und erreichten schließlich die Gemächer ihres Gastes.

»Herr von Uhlenfels, meine Tochter Bella.«

Erneut war der Heiratswerber sprachlos, diesmal aber nicht, weil Bella so eine unansehnliche Gestalt abgab. Er musterte sie mit offenem Mund und derart intensiv, dass es der jungen Frau fast schon unangenehm war.

»Ich muss ja sagten, Graf, Ihr habt, was Eure Tochter betrifft, wirklich nicht übertrieben.«

Bella hätte am liebsten die Augen verdreht. Dieser schmierige Fettbrocken tat tatsächlich so, als hätte ihr Auftritt in Lumpen nicht stattgefunden. Sicher, das war taktvoll, aber auch über die Maßen verlogen. Abscheu machte sich in Bella breit. Sie hasste es, wenn Menschen logen, obwohl andere die Wahrheit bestens kannten.

Wie ihr Vater darüber dachte, wusste sie nicht, doch sie sah ein säuerliches Lächeln über sein Gesicht huschen, bevor er entgegnete: »Bitte verzeiht meiner Tochter den kleinen Spaß, den sie sich erlaubt hat.«

»Es ist gewiss nicht so, dass mein Herr und ich Humor bei einer Frau nicht zu schätzen wissen«, gab Hans von Uhlenfels jovial zurück. »Gewiss wollte die junge Dame nur prüfen, ob sie mir auch ohne den Blick auf Äußerlichkeiten gefällt.«

Nein, ich wollte Euch verschrecken, ging es Bella durch den Sinn, doch sie biss sich gerade noch so auf die Zunge, bevor die Worte aus ihr hervorplatzen konnten.

Graf von Katzenburg führte seine Tochter nun zu ihrem Platz, der ebenso wie der Rest der Tafel prachtvoll geschmückt war. Eine silberne Platte thronte dort, umringt von einigen Weinblättern, und daneben, auf einem feinen Leinentuch, lagen ein Messer und ein Löffel. Die Pokale waren ebenfalls aus Silber. Bella hatte sie noch nie zuvor gesehen.

Hat Vater sie eigens für diesen Anlass anfertigen lassen?, fragte sie sich.

Der Anblick der Gravuren auf dem Pokal lenkte sie immerhin ein wenig von dem feisten Gesicht des Heiratswerbers ab. Noch immer musterte er sie unverschämt und vergaß darüber sogar seine Hühnerschlegel.

»Der Herr von Hohenstein wird entzückt sein von Eurer Tochter, verehrter Graf«, sagte er, und nachdem er einen Schluck Wein hinuntergestürzt hatte, wandte er sich direkt an Bella. »Mein Herr brennt förmlich darauf, Euch kennenzulernen. Er ist schon seit einiger Zeit auf der Suche nach einer Gemahlin. Die Familie der Hohensteins ist ein sehr altes und einflussreiches Geschlecht.«

Das scheint die adligen Damen der Gegend bisher nicht dazu gebracht zu haben, ihn als Ehegatten zu begehren, spottete Bella im Stillen. Sie griff nun ebenfalls nach ihrem Pokal, nahm einen Schluck und schloss die Augen. Während die Flüssigkeit ihre Zunge und ihren Gaumen umspielte, spürte sie den Aromen nach, die jeder gute Wein in sich trug. Sie schmeckte grünes Laub und Gras, außerdem Stachelbeeren und Äpfel.

Als sie die Augen wieder öffnete, fiel ihr Blick auf den Herrn Uhlenfels. Würde er diese Aromen erkennen? Würde es sein Herr vermögen?

Bella bezweifelte es, denn ihr Gegenüber stürzte den Inhalt seines Bechers herunter, als sei es Wasser. Ein Frevel in ihren Augen, denn in den Wein war so viel Mühe und Liebe gesteckt worden, dass er viel zu schade war, im

Schlund eines solchen Menschen zu verschwinden. Auch Roland von Hohenstein war sicher nicht würdig genug.

Während der Zorn in ihr tobte, blickte sie hinüber zu ihrem Vater, der es tunlichst vermied, sie anzusehen. Munter plauderte er mit seinem Gast und tat so, als sei sie Luft. Bella nahm einen weiteren Schluck. Wenn ich ihn schon nicht mit meinem Aussehen abschrecken kann, dann vielleicht mit meiner Zunge, ging es ihr durch den Kopf.

»Wenn ich mir eine Frage erlauben darf«, mischte sie sich nun in das Gespräch ein und beobachtete dabei ihren Vater, der augenblicklich unruhig zu werden schien.

Er weiß offenbar, was er von mir erwarten kann.

»Selbstverständlich, gnädiges Fräulein«, entgegnete der Heiratswerber.

Bella setzte ihr süßestes Lächeln auf, dann fragte sie: »Wie hält es der Herr von Hohenstein eigentlich mit dem Weinbau? Ist er ihm zugetan? Hat er vielleicht Kenntnisse darüber? Die wird er nämlich brauchen, wenn er mein Gemahl werden will.«

Hans von Uhlenfels schnappte überrascht nach Luft.

Hab ich es mir doch gedacht, ging es Bella durch den Kopf, während sie ein zufriedenes Lächeln unterdrückte.

»Nun denn, mein Herr ist natürlich nicht so bewandert wie Euer Vater, was den Weinbau angeht. Aber er hat viele andere Talente.«

Bella zog in gespielter Unschuld die Augenbrauen hoch. »So, welche Talente wären das? Ihr müsst wissen, dass ich so viel wie möglich über meinen zukünftigen Gatten erfahren möchte. Immerhin hängt davon die Entscheidung ab, ob ich ihm vor dem Altar auch wirklich das Jawort gebe.«

Auch wenn sie Hans von Uhlenfels direkt ansah, wusste

sie, dass der Blick ihres Vaters wirkte, als wollte er jeden Augenblick mit der Faust auf den Tisch schlagen. Aber er tat es nicht.

Der Heiratswerber rang verzweifelt nach Worten. Wahrscheinlich war ihm noch nie eine Frau untergekommen, die angesichts eines so hohen Herrn in Erwägung zog, nein zu sagen.

»Mein Herr ist ein geschickter Jäger, und er ist auch den Geistesdingen zugetan. Außerdem ist er ein furchtloser Schwertkämpfer und genießt vor allen Dingen die Gunst des Königs.«

»Und womit füllt er seine Schatzkammern?«, fragte sie weiter und fand Gefallen daran, den Heiratswerber mit Fragen zu bedrängen, die gewiss keine stille und folgsame Braut stellen würde. »Ausschließlich von den Zehnten seiner Untertanen und der Gunst des Königs oder hat er auch andere Einnahmequellen?«

Wie erwartet war der Heiratswerber sprachlos, was ein zufriedenes Lächeln auf Bellas Gesicht zauberte.

»Ich glaube, ich sollte mich vielleicht doch besser überraschen lassen«, sagte sie schließlich, denn sie war der Meinung, dass sie den armen Mann schon genug gequält hatte.

Hans von Uhlenfels setzte ein beinahe schon dankbares Lächeln auf und fügte hinzu: »Dazu werdet Ihr sicher bald Gelegenheit haben, gnädiges Fräulein. Der Herr von Hohenstein wird, so Gott will, bereits morgen hier eintreffen und Euch seine Aufwartung machen.«

Bella versuchte zu verbergen, dass sie nun ihrerseits überrascht war. »Morgen?«

Als sie aus dem Augenwinkel zu ihrem Vater hinüberblickte, erwartete sie fast, dass ein hämischer Zug auf sein Gesicht treten würde, doch er griff nur gleichgültig, als sei die Nachricht nicht für ihn bestimmt, nach seinem Weinbecher und trank.

»Ja, schon morgen«, bekräftigte Hans von Uhlenfels und gewann nun wieder etwas an Sicherheit. »Seine Gnaden hat mich zwar als seinen Herold vorausgeschickt, aber er wollte es sich nicht nehmen lassen, die Frau, die er zu freien gedenkt, selbst in Augenschein zu nehmen, und zwar umgehend.«

Bella setzte ein gezwungenes Lächeln auf und griff ebenfalls nach ihrem Pokal. Ihre Hand zitterte leicht, was ihrem Gegenüber sicher nicht entging. Dies ärgerte sie zutiefst.

Während ihr Vater sich nun wieder in das Gespräch einmischte und es schließlich übernahm, richtete Bella den Blick auf das Fenster. Die dicht bewachsenen Ufer des Flusses leuchteten sattgrün im Sonnenlicht, ein paar Tauben flatterten über dem Wasser, und in der Ferne konnte sie die Burg des Grafen von Bärenwinkel ausmachen, des alten Rivalen ihres Vaters.

Ob die Feindschaft zwischen ihnen immer noch besteht?, fragte sie sich und gab sich sogleich die Antwort: Gewiss, denn mein Vater ist so stur wie eh und je. Deshalb wird er auch nicht zurückweichen, was den Fürsten von Hohenstein betrifft. Wahrscheinlich hat er längst gewusst, dass er kommen würde. Offenbar kann er es nicht erwarten, mich endlich los zu sein.

6. Kapitel

Die erste Nacht in ihrer Kemenate fühlte sich für Bella merkwürdig an. Sie war es gewohnt, dass die Luft kühl war, wenn sie unter ihre Decke schlüpfte, und dass die Strohunterlage die Härte des Bettkastens nicht abzufedern vermochte.

In diesem Bett versank sie nun wie in einem weichen Meer, und es war ihr unmöglich, eine Schlaflage zu finden, die ihr angenehm gewesen wäre. Ihr Rücken bog sich durch, und ihr Nacken schmerzte bei der ungewohnten Lage.

Wahrscheinlich wäre ich krumm wie ein Haken, hätte ich weiter in dem Klosterbett geschlafen, ging es ihr durch den Sinn, nachdem sie sich wieder einmal auf den Bauch gedreht und mit der Faust wütend auf das Kissen eingeschlagen hatte. Aber vielleicht liegt meine Schlaflosigkeit auch an dem Abend mit Hans von Uhlenfels.

Der Heiratswerber war gar nicht mehr aus dem Anpreisen seines Herrn herausgekommen. Er lobte die guten Beziehungen zu König Sigismund und Herzog Albrecht V., der bereits einen großen Teil der königlichen Besitzungen übernommen hatte. Der alte König war schwach und kränklich, und so mancher rechnete mit seinem Ableben noch bevor das Jahr zu Ende ging.

Geistesgegenwärtig hatte sich der Roland von Hohenstein dem neuen Königsanwärter angedient und würde wohl auch nach dem Wechsel der Krone in dessen Gunst stehen.

Während ihr Vater Interesse gezeigt oder vielleicht auch geheuchelt hatte, hatte Bella das alles todlangweilig gefunden. Und unsympathisch. Das Bild, das sie sich von diesem Mann machte, war das eines kriecherischen Speichelleckers, der sein Fähnlein nach dem Wind zu drehen verstand. Solche Menschen hatte auch die Mutter Oberin im Kloster verabscheut, wenngleich sie nicht umhingekommen war, zuweilen mit ihnen Geschäfte abzuschließen.

Nach langem Hin- und Herwälzen gelang es Bella schließlich doch, die unangenehmen Gedanken zu verdrängen und ein wenig Schlaf zu finden.

Allerdings machten sich ihre alten, vom Kloster anerzogenen Gewohnheiten gegen Morgen bemerkbar. Selbst ohne das Läuten der Matutinglocke erwachte sie zur dritten Stunde. Draußen herrschte noch finstere Nacht, und bis auf das Raunen des Windes waren keine Geräusche zu vernehmen.

Die junge Frau richtete sich auf und blickte sich um. Mondlicht fiel durch die Fenster, fing sich in dem Spiegel an der Wand und wurde auf die gegenüberliegende Wand zurückgeworfen. Der verwaschene kreisrunde Fleck wirkte beinahe wie ein Abbild des Erdbegleiters, und die Schatten der Bäume sahen aus wie Gespenster. Auf dem Stuhl vor dem Bett hing noch immer das Kleid, das in dem fahlen Licht an ein Trauergewand erinnerte.

Schon morgen, dachte Bella, während sie das abendliche Gespräch mit Hans von Uhlenfels rekapitulierte, morgen wird Roland von Hohenstein hier ankommen. Und ich weiß nicht, wie ich ihm entgehen soll.

Während sich das Unwohlsein erneut in ihr zusammenzog, beobachtete sie den Schatten eines Vogels, der am Fenster vorbeihuschte. Erneut dachte sie an die Taube, die aus Oldenlohes Quartier geflattert war. Für das Tier hatte sich nur eine Tür öffnen müssen, damit es in die Freiheit entfliehen konnte. Für Bella würde es schwieriger werden.

Möglicherweise fällt mir eine Lösung ein, wenn ich Mutter besuche, sagte sie und erhob sich, von diesem Gedanken angetrieben, aus dem Bett. Rasch huschte sie zu der Kleidertruhe, in der die Mägde ihr Ordenskleid verstaut hatten. Sie hatte keine Ahnung, ob die Truhe auch noch andere Kleider enthielt. Hätte sie sich nicht mit ihrem Vater gestritten, dann hätte sie es gewagt, Wünsche anzumelden. So musste sie jedoch abwarten. In dem grünen Gewand würde sie jedenfalls nicht die ganze Zeit über herumlaufen.

Sie betrachtete sich selbst als Weinbäuerin – diese Aussage hatte sie nicht nur wegen Hans von Uhlenfels getroffen. Dementsprechend wollte sie gekleidet sein wie jemand, der es gewohnt war, im Weinberg zu arbeiten. Aber im Moment zog es sie nur zu ihrer Mutter.

Nachdem sie das Gewand übergezogen und gegürtet hatte, band sie ihre Haare zu einem Zopf zusammen und schlich aus dem Zimmer. Auf ihre Pantinen verzichtete sie, denn die machten zu viel Lärm. Es war unwahrscheinlich, dass ihr Vater, dessen Gemächer in einem anderen Flügel der Burg lagen, auf sie aufmerksam wurde. Aber sie wollte auch sonst niemanden aufschrecken.

Trotz der langen Abwesenheit kannte sie die Gänge und Winkel der Burg noch immer genau, so dass sie sogar mit verbundenen Augen den richtigen Weg gefunden hätte. Nun eilte sie vorbei an Wänden, die mit Bannern und Teppichen geschmückt waren, dann wieder an kahlen Durchgängen, auf denen das Feuer der Fackeln schwarze Schatten hinterlassen hatte. Einige schmalere Durchgänge, die nicht über ein Fenster verfügten und in denen die Fackeln bereits gelöscht waren, konnte sie nur tastend durchqueren.

Schließlich erreichte Bella den Durchgang mit den hohen Fenstern, die beinahe wie die einer Kirche anmuteten. Das Mondlicht zauberte bizarre Figuren auf den Fußboden, der mit einem Mosaik aus blauen Kacheln bedeckt war. Dieser Gang diente den Bittstellern, die ihren Vater aufsuchten, als Wartebereich. Besonders nach der Weinlese waren sie zahlreich, weil sie wussten, dass dann die Geldtruhen des Grafen reich gefüllt waren.

Obwohl die junge Frau sich bemühte, leise zu sein, hörten sich die Schritte, mit denen sie sich dem Ausgang näherte, in ihren Ohren überlaut an. Die Tür gab ein leises Knarren von sich, als Bella sie aufstieß, und frische Nachtluft strömte ihr entgegen.

Hoffentlich wecke ich die Hunde nicht, dachte sie, während sie zum Burgtor spähte. Doch alles blieb still.

Aus der Ferne meinte sie die Rufe einer Nachtigall zu vernehmen. Bella lauschte dem Gesang einen Moment lang, dann zog sie den Mantel um ihre Schultern zusammen und eilte über den Hof. Als sie die Ställe passierte, vernahm sie leises Schnauben, und aus dem Quartier der Wachsoldaten drang lautes Schnarchen. Die Unterkünfte der Knechte und anderen Bediensteten waren noch dunkel.

Das Gefühl, in diesem Augenblick vollkommen allein zu sein, gefiel Bella. Sie blickte zum Himmel hinauf, wo unzählige Sterne über ihr funkelten. Das Gewand einer Königin konnte nicht prachtvoller sein.

Wie wäre es, wenn ich jetzt einfach von hier fortgehen würde?, fragte sie sich. Ich könnte mich auf ein Pferd schwingen und davonreiten. Irgendwohin.

Gleichzeitig wusste Bella, dass sie es niemals übers Herz bringen würde, denn sie liebte die Burg ebenso wie den Weinberg. Warum sonst sollte sie sich so gegen eine Heirat sträuben? Sie wollte nicht von hier fort!

Als sie den Kopf senkte, streifte ihr Blick die Kutsche des Gesandten. Wie sehr sie sich wünschte, dass er nie angekommen wäre! Es hätte gewiss eine lange Zeit gedauert, bis sein Herr vom Verschwinden des Boten unterrichtet worden wäre.

Doch nun war er hier, und wenn sie an die gierigen Blicke dachte, mit denen er sie beim Abendessen bedacht hatte, gefiel sie wohl auch seinem Herrn sehr gut.

Bella erschauderte bei dem Gedanken und lief weiter.

Den ganzen Abend über hatte sich Martin den Kopf darüber zerbrochen, wie er wohl an das Geheimnis des Grafen von Katzenburg herankommen sollte. Lange bleiben wollte er an diesem Ort auf keinen Fall. Es reichte schon, dass er gleich am ersten Tag Ärger mit Thomas und seinen Freunden bekommen hatte.

Peter und Ranulf waren ihre Namen, soweit er es in Erfahrung gebracht hatte. Sie waren als Raufbolde verschrien, und die meisten Burschen zogen es vor, ihnen aus dem Weg zu gehen.

Martin wollte es ebenso halten, aber was konnte er schon dagegen tun, wenn sie ihm ständig vor die Nase liefen? Er konnte sich wohl kaum unsichtbar machen!

Also stellte er sich auf weiteren Ärger ein und sehnte sich schmerzlich nach der Wärme des Südens und nach Rosalina. Vielleicht ließ ihn sein Vater ja dorthin zurückkehren, wenn er hatte, was er wollte.

Was mag es wohl sein?, stellte er sich die nächste Frage. Was beschert dem Grafen von Katzenburg diesen Erfolg?

War es der Mist, mit dem sie den Boden düngten? Oder hatten sie eine neue Keltermethode erfunden?

Den Weinberg hatte er nur von weitem gesehen, und auf den ersten Blick unterschied er sich nicht wesentlich von dem seines Vaters. Wie ein großer mittelgrüner Flicken fügte er sich in den Baumteppich ein, der den Berg bedeckte. Das Laub war dicht und nicht braun, vereinzelt blitzten Trauben unter den Blättern hervor, die groß genug waren, dass man sie aus der Ferne mit bloßem Auge erkennen konnte.

Während er zum Dach aufblickte, durch das hier und da ein Strahl Mondlicht fiel, fragte sich Martin, was Giacomo an seiner Stelle getan hätte. Er kannte den Italiener zwar nicht besonders gut, aber er war fast sicher, dass dieser die erstbeste Gelegenheit genutzt hätte, um ein wenig zu schnüffeln.

Martin war sich dessen bewusst, dass er Verdacht erregen konnte, wenn er sich jetzt aus der Scheune stahl, doch bei Tage konnte er sich nicht ungestört umsehen.

Während des Abendessens, das aus Grütze und Brot bestand, hatten sie ständig zu ihm herübergesehen, als gönnten sie ihm keinen einzigen Löffel seiner Mahlzeit. Wahrscheinlich war dem auch so. Doch in Anwesenheit des Kellermeisters, der mit ihnen aß, wagten sie nicht, irgendwelche Bemerkungen fallen zu lassen.

Zusammen mit den neuen Knechten war Martin ein Schlafplatz in der Scheune angewiesen worden. Da sie nur während der Lese auf dem Gut beschäftigt waren, gab man ihnen keine eigenen Quartiere. So musste er sich den Heuboden mit gut zehn anderen Männern teilen. Deren Namen hatte er sich nur teilweise gemerkt, doch er wollte hier auch keine tiefergehenden Freundschaften schließen. Immerhin einen eigenen Strohsack hatte man ihm zugestanden, und der war komfortabler als alles, was er während seiner Reise unter den Leib bekommen hatte.

Nachdem Martin sich vergewissert hatte, dass alle Pflücker in seiner Nähe tief und fest schliefen, erhob er sich und schlich leise an den anderen vorbei. Hin und wieder grunzte einer der jungen Männer im Schlaf oder drehte sich auf dem Strohlager herum. Einer begann plötzlich zu reden, was Martin augenblicklich erstarren ließ. Aber wie er schon bald erkannte, himmelte der Bursche im Traum nur seine Liebste an und goss glühende Liebesschwüre über ihr aus.

Schmunzelnd setzte Martin seinen Weg fort und erreichte bald darauf die Heuleiter. Die Sprossen knarrten leise unter seinem Gewicht, hielten jedoch, so dass er wenig später an den Pferden vorbei zur Stalltür eilen konnte.

Der Mond stand jetzt beinahe senkrecht über der Burg; viele Schatten, in denen er sich verbergen konnte, würde es nicht geben. Die Morgenstunde war zwar noch fern, dennoch konnte jederzeit jemand nach draußen treten, um sich zu erleichtern. Nachdem er sich vergewissert hatte, dass dem nicht so war, schlüpfte er durch das Tor und schloss es hinter sich wieder. Obwohl man ihn im weiteren Verlauf des Tages hierhin und dorthin geschickt hatte, hatte noch niemand die Zeit gefunden, ihm alles in Ruhe zu zeigen. So musste er sich entweder durchfragen oder so lange hinter irgendwelche Türen schauen, bis er den richtigen Ort gefunden hatte.

Der Weinkeller war einer der Orte gewesen, an die er noch nicht gehörte. Das hatten ihm die Männer, die dort beschäftigt waren, unmissverständlich klargemacht, indem sie ihn fortgejagt hatten.

Vielleicht finde ich ja dort etwas, dachte Martin. Ein neues Kelterverfahren. Oder einen Hexenzauber.

Als er um die Scheune herumlief, bemerkte er eine weiße Gestalt, die über den Hof eilte. Der Anblick traf ihn völlig überraschend und ließ ihn Schutz hinter der Ecke suchen, um die er gerade gebogen war.

Während er beobachtete, wie das Hemd um die schlanke Gestalt flatterte und ihr Haar immer wieder aufwehte, kamen ihm wieder die Geschichten in den Sinn, die ihm seine alte Amme über weiße Frauen erzählt hatte. Beim Grafen von Katzenburg war es wohl unwahrscheinlich, dass ihn ein baldiger Tod hinwegraffte. Aber vielleicht war diese geisterhafte Frau dafür verantwortlich, dass ihm gelang, was auch immer er anpackte.

Nein, diese Gestalt erschien ihm keineswegs wie ein Geist oder eine Fee. Vielmehr schien es eine arme Seele zu sein, die in ihrem Bett keine Ruhe gefunden hatte.

Handelte es sich womöglich um die Tochter des Grafen?

Beim Abendessen hatte er gehört, wie die Knechte von ihr geredet hatten. Das meiste davon sollte der Graf besser nicht zu hören bekommen, aber beinahe alle waren sich einig, dass die junge Frau eine Schönheit war. Eine unglückliche Schönheit, wenn man dem, was sie hinzufügten, glauben konnte. Nachdem ihr Vater sie über Jahre hinweg in einem Kloster eingesperrt hatte, wollte er sie nun mit einem Günstling des Königs verheiraten.

Offenbar sind mein Vater und Rudolph von Katzenburg doch nicht so verschieden, ging es Martin erneut durch den Sinn. Wenn es da nicht den alten Zwist gäbe, könnten die beiden beste Freunde sein.

Wieder fiel sein Blick auf die Gestalt, und er versuchte sich zu erinnern, wie die Grafentochter ausgesehen hatte. Als Kind waren sie einander begegnet, allerdings nur kurz, denn sofort hatten ihre Väter sie getrennt.

Doch mehr als die Erinnerung an ein Mädchen mit runden Wangen konnte er aus den Tiefen seines Geistes nicht hervorholen. Dafür kam ihm wieder die Schöne mit dem haselnussfarbenen Haar und den Katzenaugen in den Sinn, die einige Stunden zuvor an ihm vorübergehuscht war.

Martin hatte gehofft, sie beim Abendessen zu sehen, doch zu seiner Enttäuschung speisten die Mägde getrennt von den Männern. Er hatte sich zunächst vorgenommen, nach ihr Ausschau zu halten, aber dann war ihm eingefallen, dass sie ihn in ihrer Eile wahrscheinlich gar nicht wahrgenommen hatte.

Die Gestalt entfernte sich jetzt in Richtung Mauer, und so weit er es erkennen konnte, öffnete sie ein kleines Gitter, das in die Steine eingelassen war. Nachdem das leise Quietschen verklungen war, verschwand sie in dem Geviert gleich dahinter.

Martin versagte sich, seinem ersten Impuls nachzugeben und ihr zu folgen. Niemand durfte ihn sehen, egal ob es nun eine Geisterfrau war oder eine Magd auf dem Weg zu ihrem Liebhaber.

Dass diese Gestalt mit dem Geheimnis des Grafen zusammenhing, hielt er für unwahrscheinlich, daher näherte er sich dem Zugang zum Kelterkeller, den ein Pfeiler verschattete.

Wie er freudig feststellen musste, war die schwere, mit kunstvollen eisernen Beschlägen verzierte Eichentür nicht verschlossen. Im Mondschein, der einen hellen Keil in die Finsternis schlug, erkannte Martin die Halterung für eine Fackel. In einer kleinen Nische daneben mussten wohl die dazugehörigen Zündsteine liegen. Vorsichtig tastete er danach und behielt dabei den Weg im Auge, den die Gestalt vorhin gegangen war. Es konnte durchaus sein, dass sie gleich zurückkehrte und dann bemerkte, dass die Tür offen stand.

Nachdem er die Steine tatsächlich ausfindig gemacht hatte, versuchte er die Fackel zu entzünden. Dazu klemmte er sie sich zwischen die Knie, damit er sich nicht zu sehr verrenken musste, um die Funken auf das Pech regnen zu lassen. Allerdings erwies sich das Anzünden als äußerst schwierig. Die Zündsteine waren anscheinend feucht geworden, weshalb sie nicht gleich Funken schlugen.

»Nun mach schon«, murmelte Martin nach den ersten Fehlversuchen ungeduldig.

Eine Bewegung, die er aus dem Augenwinkel heraus wahrnahm, lenkte ihn kurz ab – und dabei hätte er sich beinahe an der Flamme verbrannt, die nun wider Erwarten doch aufloderte. Die rote Zunge leckte ihm über den Arm, und sogleich drang ihm der Geruch nach versengten Härchen in die Nase.

»Himmel noch mal!«, fluchte Martin und warf die Zündsteine von sich. Nicht nur die Haare waren von der Flamme verletzt worden, sondern auch seine Haut, und ein teuflischer Schmerz zuckte bis zu seinen Schläfen hinauf.

Doch die kühle Luft linderte seine Pein rasch wieder, und nun konnte er sich endlich seiner Aufgabe widmen.

Nachdem er die Tür hinter sich zugezogen hatte, leuchtete er mit der Fackel durch den Gang. Zunächst gab es nichts weiter zu sehen als leere, frisch gereinigte Fässer, die nur darauf warteten, den kostbaren Rebsaft aufzunehmen. Aber nach einigen Schritten fiel der Schein auf ein Geländer, neben dem eine Treppe ein Stockwerk tiefer in den richtigen Keller führte.

»Dann wollen wir doch mal sehen, was Ihr da unten so

versteckt, werter Herr Graf«, flüsterte Martin vor sich hin und stieg die unter seinem Gewicht leise knarrenden Stufen hinab.

Das Gewölbe war zunächst recht niedrig, weshalb er sich ducken musste, um sich nicht an irgendwelchen Vorsprüngen den Kopf zu stoßen. Die roten Steine waren teilweise von Alter oder Ruß geschwärzt, und der Geruch von Moder, Holz und Gärungsprozessen strömte in seine Nase.

An einer Tür, die aus dunklen Eichenbrettern bestand, musste Martin zunächst haltmachen. Vermutlich befindet sich dahinter das Fassgewölbe, ging es ihm durch den Sinn. Und mit etwas Glück auch die Schatzkammer.

So wurde bei den Winzern der Raum genannt, in dem sie die kostbaren Jahrgänge aufbewahrten. Mit Gold und Geschmeide hatte das wenig zu tun, was bei Dieben, die ein Weingut bestehlen wollten, sicher zu einiger Verwirrung führte. Das Lumpenpack wusste nicht, dass einige der Fässer, die dort lagerten, ein Vermögen wert waren.

Er drückte die Klinke herunter und jubelte innerlich, als das Schloss aufschnappte. Der Geruch nach Wein und jungen Fässern schlug ihm entgegen, und die stickige Luft des Kellers war vollkommen damit gesättigt. Das Fackellicht streifte mehrere große, bauchige Fässer und die niedrige Decke des Gewölbes. Ungewöhnlich schien auch hier nichts zu sein, jedenfalls auf den ersten Blick. Martin klopfte die Fässer ab und durchsuchte jeden noch so winzigen Winkel daneben oder dahinter.

Die kleine Tür, bei der er schließlich ankam, war verschlossen. Ein Schlüssel steckte nicht, aber vielleicht bekam er es mit einem Messer geöffnet. Martin zog den Dolch, der mit in der Tasche gelegen hatte, aus dem Stiefelschaft und machte sich an dem Schloss zu schaffen.

Dabei kam er recht bald zu der Erkenntnis, dass es besser gewesen wäre, Giacomo hierher zu schicken.

Nach einigen weiteren vergeblichen Versuchen gab er schließlich entnervt auf. Er musste einen Weg finden, um an die Schlüssel zu gelangen! Diese befanden sich allerdings am Schlüsselbund des Kellermeisters, und wahrscheinlich würde dieser ihm bei dem Versuch, sie zu stehlen, die Ohren abreißen.

Nachdem Bella die kleine Gitterpforte hinter sich gelassen hatte, erreichte sie über einen schmalen Weg die Familienkapelle der Familie Katzenburg, deren Turm finster in die Nacht ragte. Ein mächtiges Kreuz erhob sich davor, zwei Engel bewachten die Pforte.

Zu früheren Zeiten war Pater Anselm der Hirte dieses Gotteshauses gewesen. Ihn hatte sie heute noch gar nicht in der Burg gesehen, entweder war er nicht mehr auf seinem Posten, oder er hatte in einem der umliegenden Dörfer zu tun. Aber es war ihr recht, dass niemand da war, der sie in ihren Gedanken störte.

Da sie wusste, dass die Tür der Kapelle wie die jedes gewöhnlichen Gotteshauses zu allen Zeiten offen stand, drückte sie die Klinke herunter und tauchte in die nach erkaltetem Weihrauch duftende Dunkelheit ein.

Mondlicht fiel durch die hohen Fenster und beleuchtete beinahe gespenstisch die Bänke und den Altar. Kerzen brannten hier zu Nachtzeiten nicht, aber um ihr Ziel zu finden, brauchte Bella kein zusätzliches Licht. Sie schloss die Augen, und während sie ein Bild aus der Vergangenheit in ihr Gedächtnis rief, schritt sie voran.

Sie erinnerte sich an den Tag, als ihre Mutter zu Grabe getragen worden war. Die Grabstelle befand sich traditionsgemäß im Boden unter der Kirche. Schon Tage zuvor war die Gruft bereitet worden, die sie und ihren toten Sohn aufnehmen würde.

Bella erinnerte sich an das blütenweiße Tuch, in das die beiden eingewickelt waren, und die Blumen, die auf ihren Körpern lagen. Sie hatte damals noch geglaubt, dass ihre Mutter wieder aufwachen würde, irgendwie beseelt durch die Anwesenheit im Haus Gottes oder durch die Gebete, die für sie gesprochen wurden. Aber nichts dergleichen war geschehen. Die schwere Steinplatte mit ihrem Namen hatte sich auf die Grube gesenkt, begleitet von den Gesängen der Anwesenden und dem weihrauchschwenkenden Pater. Geblieben war danach nur ein verbitterter Graf, dessen Liebe zu seiner Tochter in seinem Herzen erfroren war.

Als sie sicher war, vor der Grabplatte ihrer Mutter zu stehen, öffnete sie die Augen wieder. Tatsächlich fiel das Mondlicht auf den Namen Gabriela von Katzenburg. Der Steinmetz hatte nachträglich noch ein paar Ornamente angebracht, offenbar war ihrem Vater der Stein im Nachhinein zu schmucklos erschienen.

Acht Jahre waren vergangen, seit Bella hier das letzte Mal gestanden hatte. Vor ihrer Abreise ins Kloster hatte sie des Öfteren mit ihrer Mutter gesprochen und ihr Wiesenblumen mitgebracht.

Die Mutter Oberin hatte sie später gelehrt, dass die Seelen gen Himmel auffuhren, wo sie fern von den Lebenden in Gottes Gegenwart wohnten. Der Einzige, den ein Mensch bitten konnte, war der Herr selbst. Bella hatte der Gedanke gefallen, dass ihre Mutter sie zuweilen vom Himmel aus beobachtete und ein offenes Ohr für sie hatte.

Jetzt dagegen kam ihr die Vorstellung, einfach zu der Toten zu sprechen, seltsam vor. In den Katakomben des

Klosters, wo die toten Schwestern ruhten, hatte sie gesehen, was aus einem Menschen wurde. Nichts als ein paar Knochen und vertrocknete Fetzen Fleisch blieben übrig. Nach all der Zeit war es ihrer Mutter wohl auch so ergangen. Wie konnte die Tote sie jetzt noch hören?

Dennoch kniete Bella auf der Platte nieder und legte ihre Hand darauf. Der Stein fühlte sich eisig an, und selbst die Wärme ihrer Haut konnte nicht dagegen ankommen.

»Was hättest du dazu gesagt, dass Vater mich mit einem Mann verheiraten will, der sich nicht einmal für den Weinbau interessiert?«, flüsterte sie. »Dass er mich einem Mann an die Hand geben will, den ich nicht liebe? Du hast deinen Gemahl doch geliebt, oder?«

Die Antwort war nur ein Raunen, wie es Bella nicht anders erwartet hatte. Seufzend blickte sie zu den Fenstern hinauf.

Mutter, bist du irgendwo da oben?, fragte sie sich. Hörst du vielleicht meine Gedanken? Dann schicke mir bitte ein Zeichen, ob du einverstanden bist oder nicht. Oder bringe Vater am besten gleich davon ab, mich mit diesem Fürsten von Hohenstein zu vermählen.

Als die Kirchentür plötzlich zuschlug, fuhr sie zusammen. War das ein Zeichen? Nein, sicher nur der Wind, dachte Bella traurig, während sie sich wieder erhob. Wenn es möglich gewesen wäre, hätte Mutter meinen Vater gewiss auch davon abgehalten, mich ins Kloster zu schicken. So wenig wie die Toten die Klagen der Lebenden hörten, konnten sie Wünsche erfüllen.

Nachdem er beinahe den gesamten Keller abgesucht hatte, war Martin immer noch nicht schlauer. Weder bei den Fässern noch bei den Werkzeugen hatte er etwas

Außergewöhnliches gefunden. Da sich der Himmel bereits zu röten begann, löschte er rasch die Fackel und verließ den Weinkeller.

Noch immer lag der Hof verlassen da. Die weiße Gestalt war und blieb verschwunden.

Du hast doch wohl nicht ernsthaft geglaubt, dass sie sich die ganze Nacht über draußen herumtreiben würde, wie du es getan hast?, ging es ihm durch den Sinn, als er wieder der Scheune zustrebte. Er wollte gerade durch das Tor schlüpfen, als hinter ihm eine Stimme schnarrte: »Was hast du zu solch früher Stunde auf dem Hof zu suchen?«

Martin zuckte ertappt zusammen. Als er sich umwandte, erblickte er den Kellermeister. Der Mann wirkte keineswegs so, als sei er aus dem Bett gefallen, weil ihn die Blase drückte. Die ordentliche Kleidung und das gekämmte graue Haar deuteten vielmehr darauf hin, dass er immer so früh aufstand.

»Ich wollte mir nur ein wenig die Beine vertreten«, antwortete Martin schnell.

»Und dazu musst du über den ganzen Hof laufen?«

Ahnte der Kellermeister etwas? Martin wurde es schlagartig heiß und kalt. Es kostete ihn große Anstrengung, sich nicht anmerken zu lassen, wie sehr sein Herz in diesem Augenblick raste.

»Ich wollte mir den Hof nur ein wenig anschauen, bevor die Arbeit losgeht«, entgegnete er, und da kam ihm auch der rettende Gedanke. »Dann brauche ich später nicht so lange zu suchen, wenn mich wieder irgendwer irgendwo hinschickt.«

Der Kellermeister schien dieser Antwort immer noch nicht so recht zu trauen, aber er ließ es dabei bewenden.

»Nun gut, Bursche, geh zurück in die Scheune. Nach

dem Morgenläuten werden wir alles für die morgen beginnende Lese vorbereiten.«

Martin verneigte sich untertänig, dann rannte er in Richtung Scheune, während ihm das Herz bis zum Hals klopfte. Und das, obwohl ich nicht das Geringste gefunden habe, dachte er wütend, als er die Scheunentür wieder hinter sich zuzog.

Inzwischen regten sich auch die anderen Burschen. Die ersten kletterten bereits die Leiter herunter und strebten dem Wasserbottich zu. Einigen hing noch immer Stroh in den Haaren, andere musterten ihn neugierig.

»He, wo kommst du denn her?«, fragte einer, den die anderen Janosch nannten. Er kam aus dem weit entfernten Polnischen und hatte sich in den Kopf gesetzt, in deutschen Landen ein gemachter Mann zu werden. Seine bereits lang andauernde Wanderung hatte ihm sehr gute Kenntnisse der Sprache eingebracht, so dass er unter den anderen Burschen kaum auffiel. Martin musste zugeben, dass Janosch der Einzige war, von dem er sich ein paar Dinge gemerkt hatte.

»Ich habe mir nur mal kurz die Füße vertreten«, entgegnete er.

»Wart's ab, wenn du erst mal eine Weile hier bist, wirst du dich danach sehnen, länger im Stroh liegen bleiben zu können!«, rief ihm einer der Burschen zu, die schon länger hier waren.

Ein paar von den anderen stießen zustimmendes Gelächter aus.

Martin reagierte nicht darauf, sondern ordnete seine Kleider. Ihm war klar, dass ihm der entgangene Schlaf empfindlich fehlen würde. Aber das kalte Wasser im Waschtrog würde die Schleier der Nacht gewiss von ihm abwaschen.

7. Kapitel

Die Kutsche quälte sich mühsam den gewundenen Weg hinauf. Weder hatte Regen ihn aufgeweicht, noch war er besonders ausgefahren, dennoch mühten sich die Pferde, das schwere Gefährt voranzuziehen.

Roland von Hohenstein trommelte ungeduldig mit den Fingern auf sein schwarz bestrumpftes Knie, das der Schaft seines Stiefels halb bedeckte. Fast reute es ihn, die Fahrt angetreten zu haben. Wofür?, fragte er sich. Für die Tochter eines adligen Weinbauern. Bin ich schon so tief gesunken, dass ich mich mit solchem Gesindel abgeben muss?

Fürst von Hohensteins Stammbaum war in der Tat verzweigter als jener der Familie Katzenburg. Seine Wurzeln reichten bis vor die Zeit Karls des Großen zurück. Schon immer hatten es seine Vorfahren verstanden, das Ohr der Könige und Kaiser zu erringen, und nicht selten waren sie deren Berater und Günstlinge. Allerdings hatte sich das nicht positiv auf ihre Finanzen ausgewirkt. Wer mit dem Glanz der königlichen Hofhaltung mithalten wollte, brauchte volle Schatzkammern – und das war bei ihm seit einiger Zeit nicht mehr der Fall.

Die Schulden, die er innerhalb kürzester Zeit angehäuft hatte, waren horrend. Man konnte in diesen Zeiten keine kleine Hofhaltung haben, wenn man der wachsenden Konkurrenz um die Gunst des Königs standhalten wollte. Es gab unzählige Adlige, die nach seiner Position lechzten, und natürlich wollte er sie ihnen nicht freiwillig überlassen. Lieber nahm er sich eine Gemahlin, auch wenn diese unter seinem Stand war.

Die Tochter des Grafen von Katzenburg kam ihm sehr gelegen. Rudolph wurde in der Gegend nur der »Weinkönig« genannt, und fürstlich sollten auch seine Einkünfte sein. Dass er von niedrigerem Adel war, spielte keine Rolle, die Burg und der dazugehörende Weinberg würden Roland von Hohensteins Geldnot lindern.

Allerdings konnte und wollte er damit nicht warten, bis der alte Graf ins Gras gebissen hatte. Bereits während der gesamten Fahrt hatte er sich den Kopf darüber zerbrochen, wie er gleich an den Reichtum des Weins kommen konnte. Ein Vertrag vielleicht? Immerhin ermöglichte er der Tochter des Hauses, in den Hochadel aufzusteigen, was auch für den Vater mit einigen Ehren verbunden war. Zahlreicher als diese friedliche Lösung waren jedoch jene, die dem dunklen Teil seiner Seele entsprangen. Durch eine Intrige könnte er den Grafen um seine Burg bringen. Er könnte ihn zum Verwalter degradieren – oder ihn gleich ganz aus dem Weg räumen. Roland von Hohenstein war sicher, dass ihm etwas einfallen würde. Erst einmal musste er sich das Anwesen und vor allem den hochgelobten Weinberg anschauen.

»Ludger, geht es denn nicht schneller?«, rief er, um seine Ungeduld ein wenig zu bezwingen. Der Kutscher schien ihn allerdings nicht vernommen zu haben. »Ludger!«, donnerte er wütend. »Hast du nicht gehört?«

Der Kutscher antwortete noch immer nicht. Dafür machte die Kutsche plötzlich einen harten Schlenker zur Seite. Hatten Räuber etwa eine Barriere vor ihnen errichtet?

Ein markerschütterndes Krachen ertönte, und bevor

der Fürst die Gelegenheit hatte, sich festzuhalten oder abzustützen, wurde er hart gegen die Tür geschleudert. Unter der Wucht des Aufpralls öffnete sie sich, und er landete mit der Nase voran im Staub.

Die Lakaien, die ebenfalls von dem Gefährt gepurzelt waren, rappelten sich rasch auf und rannten zu ihm.

»Gnädiger Herr«, riefen sie und versuchten ihm aufzuhelfen.

Roland von Hohensteins Kopf schwankte benommen von einer Seite auf die andere, alles schien sich um ihn herum zu drehen. Grünes Laub bildete eine undefinierbare Masse, dazwischen schwebten die blassen Gesichter seiner Diener, deren Züge er zunächst nicht erkennen konnte.

»Was ist passiert?«, fragte er, wobei seine Stimme durch seinen Schädel dröhnte, als stünde er unter einer läutenden Glocke.

»Ein Radbruch, Euer Gnaden«, antwortete einer der Diener.

»Radbruch!«

Schneller, als es den Dienern lieb war, kam der Fürst wieder zur Besinnung. Wütend schüttelte er die Hände ab, die ihm den Staub von seinem rotsamtenen Wams klopfen wollten. Dann wirbelte er herum. Die Kutsche lag halb auf der Seite, die Kiste, in der sich sein Reisegepäck befand, war heruntergefallen. Der Kutscher, den es vom Kutschbock gerissen hatte, rappelte sich gerade stöhnend auf. Den Pferden war offenbar nichts geschehen. Sie standen vor der umgestürzten Kutsche, unfähig weiterzulaufen, aber auch nicht gewillt, die Last mit sich zu zerren.

Noch eine Verzögerung!, ging es Hohenstein durch den schmerzenden Kopf, und plötzlich packte ihn der Zorn.

»Verdammt, was steht ihr hier herum!«, fuhr er seine

Diener an, und um seinen Worten Nachdruck zu verleihen, griff er nach seiner Peitsche. »Bewegt euch und seht zu, dass ihr die Kutsche wieder aufrichtet. Ich will nicht den ganzen Tag vertrödeln!«

Ein Peitschenknallen schreckte die Diener wie Hühner auseinander. Zusammen mit dem Kutscher stemmten sie sich unter den schweren Kutschwagen und versuchten ihn wieder aufzurichten. Es würde eine Weile dauern, bis das zerbrochene Rad notdürftig geflickt war. Und noch länger, bis sie weiterfahren konnten.

Missmutig trat Roland von Hohenstein an den Wegrand und blickte zum Himmel hinauf, wo das Morgenrot allmählich den bleichen Tageswolken wich. Das Licht erreichte die Schatten innerhalb des Waldes jedoch nicht, und ein wenig unbehaglich wurde ihm nun doch zumute. Dies hier war das Reich der Räuber – wer konnte schon wissen, wo sie sich aufhielten und wann sie zuschlugen?

Vielleicht waren bereits jetzt mehrere Augenpaare auf das Geschmeide gerichtet, das er trug. Oder Klingen aus der Scheide gezogen, die nach seinem Blut lechzten?

Unbehaglich verschränkte er die Arme vor der Brust, als würde er frieren. Seine Diener, die mittlerweile die Kutsche aufgerichtet hatten und nun damit begannen, das zerbrochene Rad abzubauen, bekamen von alledem nichts mit. Sie hatten keine Zeit, über Räuber oder das Unwohlsein ihres Herrn nachzudenken, denn ihnen rann der Schweiß nur so über Stirn und Rücken.

Nachdem Bella bis zum Morgengrauen aus dem Fenster gestarrt hatte, begab sie sich zur Zeit der Laudes an ihre Waschschüssel und versuchte mit dem eiskalten Wasser die Müdigkeit zu vertreiben. Ihre Glieder fühlten sich schwer an, und ihre Seele brannte, als hätte sich ein glühender

Schürhaken darauf gelegt. Selbst das kalte Wasser, das eine Gänsehaut über ihren Körper jagte, verschaffte ihr keine Linderung.

Bella wusste, dass es die Angst vor dem Fürst von Hohenstein war, die sie peinigte. Doch wie sollte sie ihr entrinnen? Sie konnte zwar Katrina und auch dem Pater ihr Leid klagen, doch gegen den Willen des Grafen vermochte niemand etwas auszurichten.

Während sie sich abtrocknete, blickte sie seufzend auf das grünrote Kleid. Sicher erschienen gleich die Mägde, um ihr beim Ankleiden zu helfen. Aber das wollte sie nicht. Es gab so vieles, was sie sich auf ihrer Burg ansehen wollte, um dem Bild der Erinnerung eines aus dem Jetzt hinzuzufügen. Für all die Tage, wenn ich in der Ferne als Gemahlin eines Mannes lebe, den ich nicht liebe.

Also griff sie, nachdem sie sich ein frisches Hemd übergezogen hatte, erneut nach dem Ordenskleid.

Als sie die Kemenate verließ, erwachte das Leben in der Burg allmählich. Fröhlich plappernd eilten die Mägde durch die Gänge, Wäschekörbe in den Händen, und von draußen drangen die Rufe der Knechte und Stalljungen herein. Ein junger Hahn erprobte seine Stimme, und das Quietschen eines Schweins klang so, als ginge es ihm auf der Stelle an den Kragen.

Bella wünschte sich so sehr, eine Aufgabe zu haben. Im Kloster hatte sie ihre festen Arbeiten, jetzt dagegen stieg schon am frühen Morgen die Langeweile in ihr auf. Ihr Vater duldete es gewiss nicht, wenn sie sich im Weinkeller herumtrieb.

Ihr erster Weg an diesem Morgen führte sie in die Küche. Dort hoffte sie Katrina zu treffen, und wenn nicht sie, dann die Köchin, die immer noch dieselbe war wie damals.

Der Duft nach Milch und frischen Wecken strömte ihr entgegen, als sie den großen Raum betrat. Wenn sie außer dem Weinberg einen Ort benennen sollte, an dem sie den ganzen Tag verbringen konnte, wäre dies zweifellos die Küche gewesen.

Der Raum hatte sich nicht verändert. Die massigen Wände aus grauem Feldstein hatten sämtliche Gerüche in sich aufgesogen und gaben sie, wenn die Esse nicht mehr loderte, wieder an die Luft ab. Die Wand oberhalb des mächtigen Feuerlochs war geschwärzt, die Mägde, die sich in ihrer Nähe aufhielten, hatten rote Gesichter, denn das Feuer prasselte, als gelte es den Höllenfürsten warmzuhalten. Auf dem langen, blank gescheuerten Tisch reihten sich Kapaune, Fasane, Enten und das Gemüse auf. Kohlköpfe drohten jeden Augenblick vom Tisch zu kullern. Davor jedoch stand das Blech mit den Backwaren, das die Köchin gerade aus dem Feuer gezogen hatte.

In Kindertagen hatte sich Bella zuweilen hinunter in die Küche geschlichen, um Rosinen und Backwerk zu stibitzen. Mit ihrer Beute hatte sie sich dann in einen geheimen Winkel der Burg zurückgezogen und sie genüsslich verzehrt.

Heute wusste Bella, dass Hulda, die Köchin, oftmals ein Auge zugedrückt und so getan hatte, als bemerkte sie den Diebstahl nicht.

»Guten Morgen!«, rief sie fröhlich, worauf sämtliche Gespräche verstummten.

Die Mägde wirbelten herum, und eine von ihnen war über das Auftauchen der Grafentochter so verwundert, dass sie eine Schüssel fallen ließ, die auf dem Steinboden in tausend Scherben zersprang. Auch die Köchin war über Bellas Besuch so erstaunt, dass sie das Mädchen, das nun schnell die Scherben in ihre Schürze raffte, nicht mal bestrafte.

»Gnädiges Fräulein, was verschafft mir die Ehre Eures Besuchs?«, fragte Hulda knicksend und wischte ihre Hände rasch an der Schürze ab. Schon immer war sie eine kräftige Frau gewesen, mit rotem Gesicht und weizenblonden Haaren. Ihre Augen waren grau wie der Winterhimmel, wirkten allerdings keineswegs kühl. Stets hatte sie ein gutes Wort und ein Lächeln für all jene übrig, die fleißig waren. Die Faulen und jene, die ihr querkamen, erwartete jedoch der Kochlöffel, den sie mit Leidenschaft schwang.

»Ich wollte nur mal sehen, wie es Euch geht«, antwortete Bella lächelnd und bedeutete ihr, dass sie sich erheben dürfe. »Und ich wollte nachfragen, ob Ihr ein wenig Milch oder Morgensuppe für mich habt.«

»Morgensuppe ist doch nichts für Euch, gnädiges Fräulein«, entgegnete die Köchin rasch – wie Bella es insgeheim erwartet hatte. »Milch habe ich da und frische Wecken auch, die sollten Euch eher bekommen. Ihr könnt es gut gebrauchen, so wie Ihr ausseht. Die Nonnen haben Euch wohl nicht viel zugestanden.«

»Die Schwestern haben mich Genügsamkeit gelehrt«, gab Bella zurück und stellte mit leichtem Bedauern fest, dass Katrina nicht da war. »Aber gegen Eure Wecken habe ich nichts einzuwenden. Selbst das Kloster hat mir nicht die Erinnerung daran nehmen können.«

»Dann setzt Euch, gnädiges Fräulein, Ihr könnt Euch sogleich stärken.«

Mit einer Kopfbewegung befahl sie einer ihrer Gehilfinnen, den Tisch freizuräumen. Bella ließ sich auf der Bank nieder und bekam wenig später das Weckenkörbchen und den Milchkrug vorgesetzt.

Ich sollte vielleicht einige Wecken zu Katrina bringen, ging es ihr durch den Kopf. Als Dankeschön für die Hilfe – auch wenn es nicht viel genützt hat.

Der süße Geschmack ließ sie seufzend die Augen schließen. Die Morgensuppe im Kloster war wirklich kein Vergleich zu dieser Köstlichkeit. Für einen Moment war sie sogar gewillt zu vergessen, dass der Heiratswerber in den Räumlichkeiten über ihr wohl gerade erwachte.

»Sie sind köstlich, Hulda!«, lobte sie die Köchin. »Ich weiß gar nicht, wie ich ohne sie leben konnte!«

Ihre Worte ließen nicht nur Hulda aufatmen, sie linderten auch die Spannung in der Küche. Die Gespräche flammten wieder auf, und nach einer Weile hatte Bella das Gefühl, darin zu versinken und unsichtbar zu werden.

Gerade als sie sich in die Sorglosigkeit ihrer Kindertage zurückgeträumt hatte, verstummten erneut alle Anwesenden. Als Bella die Köchin fragend ansah, bemerkte sie, dass deren Blick starr auf die Tür gerichtet war, als hätte sie dort ein Ungeheuer entdeckt.

»Eure Gnaden!«, presste Hulda dann hervor, und wie auf Zuruf knicksten sämtliche Bedienstete.

Der Graf würdigte sie keines Blickes. Er funkelte nur seine Tochter wütend an, die sich in diesem Augenblick umwandte, noch immer auf einem Weckenstück kauend.

»Was hast du hier unten zu suchen?«, peitschte seine Stimme dann.

Die Mägde traten mit gesenkten Köpfen einen Schritt zurück. Bella spürte, wie ihre Finger kalt wurden. Im Gegensatz zu den anderen nicht vor Angst, sondern vor Zorn.

»Ich wollte mir nur ein wenig Milch holen, Vater«, antwortete sie so ruhig wie möglich.

»Die Milch kannst du dir bringen lassen. Immerhin bist du meine Tochter und keine Magd.«

Ach, wäre ich doch nur eine Magd, ging es Bella durch den Sinn. Dann müsste ich zwar hart arbeiten, aber nicht diesen Roland von Hohenstein heiraten.

»Wie siehst du überhaupt aus!«, setzte Katzenburg seine Vorhaltungen fort. »Hast du kein anständiges Gewand? Warum läufst du in diesem Fetzen herum?«

Dazu fiel Bella erst einmal nichts ein. Das Ordenskleid war noch immer brauchbar, eine Wäsche würde es wieder vollkommen ordentlich aussehen lassen. »Ich wollte das andere Gewand nicht beschmutzen!«, gab sie zurück, während sie versuchte, ihren Zorn im Zaum zu halten. Wollte er ihr jetzt etwa auch verbieten, in die Küche zu gehen? Diese Burg war noch immer ihr Elternhaus!

»Du brauchst dich nicht in Räumen aufzuhalten, in denen du dich beschmutzen kannst. Geh wieder in deine Kemenate und zieh dich um.«

»Das werde ich nicht tun!«, begehrte sie auf und spürte, dass die Mägde sich mit gesenkten Köpfen zurückzogen, als befürchteten sie, der Graf werde gleich die Peitsche ziehen. »Noch immer kann ich gehen, wohin ich will. Weder mein Vater noch ein anderer Mann kann über mich bestimmen! Erst recht nicht werde ich mich schon wieder an einen Tisch mit diesem Hans von Uhlenfels setzen.«

»Bella!«, rief Rudolph von Katzenburg schockiert und wollte schon zu einer Drohung ansetzen, doch da rannte seine Tochter los.

Die Rufe ihres Vaters folgten ihr, aber sie hörte nicht darauf. Sollte er doch seine Soldaten schicken, um sie einzufangen. Sie würde sich jedenfalls nicht mit dem fetten Herrn Uhlenfels an eine Tafel setzen und sich erneut begaffen lassen, als wäre sie ein schlachtreifes Huhn!

Dieser Morgen hatte für Martin immerhin nicht mit dem Schrubben von Fässern begonnen. Der Kellermeister hatte ein paar Knechte zusammengerufen, damit sie den großen Bottich aufstellten, in dem die Trauben zertreten wurden. Nebenbei erklärte er den neuen Pflückern, was sie bei der bevorstehenden Lese zu tun hatten.

Es gab nicht viele Regeln, die die Lesehelfer einhalten mussten. Doch jene, die ihnen Bernhard Wackernagel ans Herz legte, waren in höchstem Maße bedeutsam für den Wein, der später aus den Trauben gekeltert wurde.

»Von ihrer Einhaltung hängt es ab, ob es ein guter oder ein schlechter Wein wird«, sagte er. »Entweder wird es einer, der an des Kaisers Tafel getrunken werden kann, oder einer, den man bloß den Torwachen gibt. Solch ein Wein verlässt den Weinkeller der Familie Katzenburg jedenfalls nicht.«

Die Pflücker nickten einhellig. Auch Martin, obwohl er diese Regeln nur zu gut kannte. Sobald er auf eigenen Füßen stehen konnte, hatte er sie von seinem Vater eingebläut bekommen.

»Beim Pflücken werdet ihr nicht wie die Axt im Walde wüten, sondern die Trauben vorsichtig behandeln. Fallen euch Früchte auf, die von Schimmel befallen sind, werdet ihr sie verwerfen. Erwische ich jemanden, der schlechte Trauben durchgehen lässt, bekommt er meine Hand zu spüren!«

Warum ist meinem Vater eigentlich nicht eingefallen, mir den Auftrag zu geben, dem Wein Schaden zuzufügen?, dachte Martin, während die anderen wie gebannt an den Lippen des Kellermeisters hingen. Es gäbe so viele Möglichkeiten, den Geschmack dieses Jahrgangs gründlich zu verderben. Gleichzeitig wusste Martin aber auch, dass ein erfahrener Kellermeister wie Wackernagel Schaden vom Wein abwenden konnte. Die Standpauke sollte ihm nur Arbeit ersparen.

Nach der Rede des Kellermeisters stellten sie den Pressbottich auf und schafften die Pressen nach draußen.

Während der Arbeit ließ Martin immer wieder den Blick zum Schloss schweifen, bis er irgendwann eine braun gewandete Gestalt erblickte. Ihr haselnussfarbenes Haar wehte wie ein Schleier hinter ihr her, während sie mit langen Schritten über den Hof hastete.

Martin mochte sich täuschen, doch ihm war, als sei ihr Gesicht von Tränen gerötet. Bevor er es überprüfen konnte, war sie allerdings verschwunden.

Augenblicklich plagte ihn die Frage, ob sie wirklich weinte und was sie dazu getrieben hatte. Noch immer wusste er nicht, wer die schöne Unbekannte war, daher ging er davon aus, dass sie von ihrem Dienstherrn entweder gescholten oder belästigt worden war. Vielleicht Schlimmeres.

Er erinnerte sich nur zu gut daran, dass auch sein Vater sich zuweilen an den Mägden gütlich getan hatte. Er dagegen war nie in die Versuchung geraten, auch in jüngeren Jahren nicht, denn er wusste, was es für die Mädchen bedeutete. Jene, die ein Kind empfingen, wurden verjagt und waren dazu verdammt, ein Leben in Schande zu führen – wenn sie nicht den Freitod suchten. Das wollte Martin keiner von ihnen antun. Umso mehr drückte ihn die Frage, was mit der Schönen passiert war.

Ich muss es herausfinden!, sagte er sich und blickte sich nach den anderen Burschen um. Diese waren noch immer mit den Pressen beschäftigt, und eigentlich hätte er sich ebenfalls wieder im Keller einfinden sollen, doch er entschied sich anders. Mochte er auch Schelte bekommen, die Unbekannte war ihm aus irgendeinem Grund wichtiger.

Blitzschnell wirbelte er herum und nahm dann denselben Weg wie zuvor das Mädchen.

Während der Zorn wie ein Ungeheuer in Bellas Brust wütete, rannte sie zu der kleinen Pforte, die zum Weinberg führte. An diesen Weg erinnerte sie sich nur zu gut. Als Kind war sie ihn oft entlanggelaufen, wenn sie allein sein wollte. Ihr Vater kannte ihn zwar, aber gewiss würde er sich nicht die Blöße geben, sie eigenhändig aus dem Weinberg zu zerren. Außerdem musste er sie auf dem weitläufigen Gelände erst einmal finden.

Sie tauchte in einen der Gänge ein, die zwischen den Weinstöcken entlangführten. Erst als sie den Rain des Weinberges ein Stück weit hinter sich gelassen hatte, so dass sie nur noch Weinstöcke sah, blieb sie stehen.

Die Sonne strahlte vom blankgeputzten Himmel auf sie herab, das Weinlaub ringsherum flüsterte. Bella streckte eine Hand nach einem Weinstock aus, streichelte die Blätter und berührte die glatte Haut der Trauben. Noch trugen sie die Kühle des Morgens in sich, doch wenn die Sonne noch länger auf sie schien, würden sie sich erwärmen, bis sie beinahe wie eigenständige Lebewesen wirkten.

Bella richtete ihren Blick auf die Rebe in ihrer Hand. Nicht mehr lange, und sie musste geerntet werden. Ob Roland von Hohenstein nun kam oder nicht.

Auf einmal vernahm sie hinter sich ein Rascheln.

»Na, versteckst du dich im Weinberg?«, fragte eine Stimme, die leicht atemlos wirkte.

In der Annahme, dass es Heinrich Oldenlohe war, den ihr Vater ihr nachgesandt hatte, wirbelte Bella erschrocken herum.

Anstatt in das Gesicht des Boten blickte sie in das eines jungen Mannes. Sie erinnerte sich daran, ihn gestern kurz auf dem Hof gesehen zu haben, aber da hatte sie nur einen flüchtigen Blick für ihn übrig gehabt. Nun stellte sie überrascht fest, dass er mit seinem verschmitzten Gesichtsausdruck recht sympathisch wirkte.

»Ich verstecke mich nicht!«, behauptete sie, doch sie sah ihm an, dass sie ihm nichts vormachen konnte.

»Wie du willst. Aber du musst zugeben, dass es so ausgesehen hat.«

»Spionierst du mir etwa nach?«, fragte Bella. »Hat mein Vater dich geschickt, um mich zu holen?«

Martin schob einen Trieb des Weinstocks beiseite, der halb vor seinem Gesicht hing. So vorsichtig, dass es Bella anrührte. »Ich spioniere nicht«, sagte er dann. »Auch hat dein Vater mich nicht geschickt. Ich habe nur gesehen, dass du über den Hof gehetzt bist, als wäre eine Meute Wölfe hinter dir her.«

Bella lächelte schief. Der Vergleich ist treffend, ging es ihr durch den Kopf.

»Ich bin übrigens Martin.« Der junge Mann deutete eine kleine Verbeugung an, die beinahe ein wenig zu elegant für einen einfachen Pflücker und Keltergehilfen wirkte.

»Sehr erfreut«, entgegnete Bella verlegen. Wenn sie ehrlich war, gefiel ihr der Bursche. Nicht nur wegen seines Aussehens, sondern vor allem wegen seiner Art, die so leicht war wie eine Feder.

»Wie ist dein Name?«, fragte der junge Mann weiter.

»Ist das von Belang?«, entgegnete Bella, denn sie wollte sich ihre Sympathie nicht sofort anmerken lassen. Der Bursche würde womöglich auf dumme Gedanken kommen.

»Aber natürlich!«, entgegnete Martin lächelnd. »Von großem Belang sogar. Immerhin würde ich gern wissen, wen ich hier beschützen muss.«

»Beschützen?«, schnaufte Bella unwillig. »Habe ich dich etwa darum gebeten, mich zu beschützen?«

»Nein, das hast du nicht. Aber du versteckst dich zwischen den Rebstöcken, als würdest du dich vor jemandem fürchten.«

Bella strich sich entschlossen ein paar Blätter vom Rock. »Ich fürchte mich vor niemandem! Und einen Beschützer brauche ich auch nicht, damit du es weißt.«

Warum sie sich so ruppig gab, wusste Bella selbst nicht. Es wäre ein Leichtes gewesen, wieder loszulaufen, und sicher wäre es ihr gelungen, den jungen Mann abzuschütteln. Stattdessen konnte sie nur schwer den Blick von seinem Gesicht lassen. Es war gebräunt, als hätte er in den vergangenen Monaten viel Zeit gehabt, um in die Sonne zu schauen. Sein Haar war dunkel wie das eines Mohren, und dagegen leuchteten seine blauen Augen wie der Sommerhimmel. Um seine Lippen spross ein etwas unordentlicher Bart.

Dieses spöttische Lächeln, dachte sie. Offenbar gefällt es ihm, dass ich nicht so still wie andere Mädchen bin.

»Wie du meinst«, gab er nun scheinbar nach. »Wenn du mir schon nicht deinen Namen nennen willst, magst du mir dann vielleicht erklären, warum du gestern wie vom Teufel gehetzt über den Hof gerannt bist?«

»Ich hatte etwas Wichtiges zu erledigen.«

»Etwas Wichtiges? In der kleinen Hütte?«

»Dort lebt eine Bekannte von mir.«

»Die Knechte erzählen, dass sie eine Hexe sei.«

Die Ohrfeige kam schnell und schmerzhaft, und Bella erschrak selbst. Nur selten schlug sie zu. Doch niemand durfte Katrina eine Hexe nennen! Nicht einmal im Spaß.

»Wofür war denn das?«, fragte Martin überrascht, während er sich die Wange rieb, die wie unter hundert Nadelstichen brannte.

»Dafür, dass du meine Kinderfrau beleidigt hast!«, platzte es aus Bella heraus, und erst hinterher merkte sie, was sie damit angerichtet hatte.

»Kinderfrau?«, fragte der Junge verwundert, doch herannahende Schritte bewahrten Bella vor einer Erklärung.

Die Stimme eines Mannes schwebte über ihnen, eine Stimme, die Bella nur allzu gut kannte.

»Still!«, zischte sie Martin zu und duckte sich. Dabei krallte sie die Hand in seine Jacke und zog ihn mit sich hinab.

»Also gibt es doch jemanden, vor dem du fliehst«, zischte ihr der Bursche zu.

Bella antwortete darauf nichts. Während sie den Blick nicht von den Weinreben und den Stiefelpaaren ließ, die sich ihnen näherten, betete sie leise, dass man sie nicht finden möge.

Natürlich ließ es sich ihr Vater nicht nehmen, seinem Gast den Weinberg zu zeigen.

»Wie Ihr hier seht, tragen unsere Rebstöcke in diesem Jahr die prächtigsten Trauben weit und breit. Dieser Jahrgang wird der beste seit langem.«

Natürlich gibt er mit dem Wein an, dachte Bella. Als ob es ein zusätzlicher Anreiz für den Herrn Hohenstein wäre. Dabei versteht er von alledem nichts und hat auch keine Leidenschaft für den Wein.

Bevor sie weiter lauschen konnte, stieß Martin hinter ihr ein heftiges Niesen aus.

»Sch!«, zischte sie ihn an, aber da war es bereits zu spät.

Rudolph von Katzenburg stob voran, wahrscheinlich in der Annahmme, auf jemanden zu treffen, der ihn belauschte. Als der Graf die Reben beiseiteschob, erblickte er Bella am Boden hockend – und neben ihr Martin!

Augenblicklich wurde sein Blick glühend. »Was hat das zu bedeuten?«, fuhr er die beiden an.

»Vater, ich …«

»Treibst du dich neuerdings mit den Pflückern herum?«

»Nein, ich wollte nur …«

»Ich habe Eure Tochter hier zwischen den Weinreben entdeckt und wollte …«, setzte Martin zu einer Verteidigung an, aber weit kam er damit nicht, denn der Graf versetzte ihm eine schallende Ohrfeige, die seine Lippe aufplatzen ließ.

»Mit dir habe ich nicht geredet, Bursche! Wer bist du überhaupt?«

Martin blickte ihn flammend an. Unter anderen Umständen hätte er sein Schwert ziehen und den Graf von Katzenburg herausfordern können. Aber hier war er nur ein einfacher Knecht, der nicht das geringste Recht hatte, sich gegen seinen Herrn aufzulehnen. Martin wollte auf keinen Fall ausgepeitscht werden oder den Kopf abgeschlagen bekommen, wie es manche Lehnsherren mit ihren Leibeigenen hielten.

»Ich diene Euer Gnaden«, entgegnete er, und obwohl es ihm schwerfiel, senkte er den Blick.

»Und da erlaubst du es dir, meine Tochter anzusprechen?«

»Ich …«

Wieder brachte ihn eine Ohrfeige zum Schweigen.

»Scher dich an deine Arbeit, sonst prügele ich dich windelweich!«, brüllte ihn der Graf an, dass es in Martins Ohren nur so rauschte.

»Er hat dir nichts getan!«, begehrte Bella nun auf. »Und ja, es stimmt, er hat mich angesprochen, aber nur, weil er fragen wollte, ob ich Hilfe brauche. Das war sehr freundlich von ihm!«

Der Blick ihres Vater flammte geradezu vor Wut. Bella erwiderte ihn furchtlos. Sie war schon lange nicht mehr das kleine Mädchen, das ihr Vater ins Kloster gesteckt hatte. Sie war eine erwachsene Frau, und gemäß den Worten der Äbtissin durfte sie nicht zulassen, dass irgendwem Unrecht geschah.

»Du hast kein Recht, ihn zu schlagen!«, setzte sie hinzu und ignorierte seinen spöttischen Blick.

»Und ob ich ein Recht dazu habe!«, donnerte der Graf. »Dies ist mein Land, und der Bursche ist mein Untergebener. Er hat die Finger von meiner Tochter zu lassen, sonst werde ich sie ihm abschlagen.«

Martin zog es vor, zu verschwinden. Das Mädchen tat ihm leid, aber er machte sicher alles nur noch schlimmer, wenn er sich für sie in die Bresche warf.

Immerhin wusste er nun, dass es sich bei der Schönen um die Tochter des Grafen handelte, und damit fiel ihm auch wieder die Gelegenheit ein, bei der er sie kennengelernt hatte. Doch diesem Gedanken konnte er jetzt nicht folgen. Er hastete durch die Rebstöcke, blieb aber nach einer Weile stehen und kauerte sich unter ein besonders dichtes Exemplar. Hier konnten ihn die beiden Männer nicht mehr sehen, während er sie sehr wohl noch hören konnte.

Bella und ihr Vater funkelten sich noch eine Weile zornig an. Tausende Worte schwirrten im Kopf der Grafentochter herum, und am liebsten hätte sie ihm alle an den Kopf geworfen. Doch die Fassungslosigkeit raubte ihr die Stimme.

Bevor der Graf seine Tochter anweisen konnte, zu gehen, wirbelte sie herum und rannte zwischen den Weinreben hindurch. Tränen brannten ihr in den Augen. Sie hätte erwartet, dass er ihr etwas nachrufen würde, doch alles, was sie vernahm, war das Rascheln der Weinblätter, die sich schließlich hinter ihr schlossen, als wollten sie sie beschützen.

»Eure Tochter hat sehr viel Temperament, Euer Gnaden«, bemerkte Hans von Uhlenfels, nachdem die junge Frau verschwunden war.

Graf von Katzenburg knirschte verärgert mit den Zähnen. Was war nur in seine Tochter gefahren! Hatte Äbtissin Magdalena ihr das beigebracht? »Ja, das hat sie«, sagte er schließlich. »Leider Gottes!«

»Meint Ihr wirklich, sie hätte mit dem Burschen …«, fragte Uhlenfels mit einem vielsagenden Grinsen.

Rudolph von Katzenburg wusste, was sein Gast damit andeuten wollte.

»Natürlich nicht!«, entgegnete er. »Meine Tochter ist ein tugendhaftes Mädchen, aber im Kloster hat sie wohl den Hang dazu entwickelt, mit Gesinde Umgang zu pflegen.«

»Dabei könnte man meinen, dass in einem Kloster nur Damen aus adligem Hause Aufnahme finden.«

»Äbtissin Magdalena nimmt auch Konversinnen sowie Töchter aus niedrigerem Stand auf.«

»Dann hättet Ihr Eure Tochter vielleicht in ein anderes Kloster schicken sollen.«

Rudolph von Katzenburg wischte diesen Einwand mit einer Handbewegung beiseite. »Ich wusste, dass sie im Kloster Bärbach am besten aufgehoben ist. Anna von Nassau hat es gegründet, mit deren Vater ich freundschaftliche Beziehungen pflege. Auch wollte ich meine Tochter nicht ganz aus der Heimat fortschicken.«

»Obwohl es, wie Ihr zugeben müsst, recht ungewöhnlich ist, seine Erstgeborene in ein Kloster zu senden. Ihr hättet sie zur Hausfrau erziehen lassen müssen.«

»Ich glaube, dass sie den Pflichten einer Hausfrau bestens nachkommen kann«, entgegnete Rudolph von Katzenburg und konnte nur schwerlich seinen Ärger verbergen. Wenn er Bella und diesen Burschen nicht getroffen hätte, hätte er sich die Diskussion über ihre Erziehung sparen können. »Allerdings wünschte ich mir, sie wäre etwas weniger starrköpfig.«

»Mir scheint eher, dass sie einen festen Willen hat. Was das angeht, scheint sie nach Euch zu kommen.«

Der Graf verzog das Gesicht, als hätte er in eine saure Traube gebissen. Diese Bemerkung war nicht beleidigend gemeint, dennoch verursachte sie ihm Unwohlsein. »Mag sein«, entgegnete er knapp. »Aber wie ich bereits sagte, ich wünschte, es wäre nicht so.«

»Meinen Herrn wird das gewiss nicht stören«, winkte Hans von Uhlenfels ab. »Er weiß die Frauen zu zähmen. Mag Eure Tochter noch so widerspenstig sein, er wird ihr schon Zügel anlegen.«

Das Lachen seines Gastes dröhnte in den Ohren des Grafen. Das Gesagte gefiel ihm nicht, denn obwohl Bella ihn momentan zur Weißglut reizte, wollte er keineswegs, dass ihr Gemahl sie unter seine Knute zwang.

Wahrscheinlich würde Bella es gar nicht so weit kommen lassen. In ihrer Aufmüpfigkeit erkannte er sich selbst, wenngleich es sich für eine Grafentochter nicht ziemte.

»Lasst uns besser wieder vom Wein sprechen«, lenkte er rasch auf ein anderes Thema über. Er wollte nicht, dass das Verhalten seines Gastes ihm dazu Anlass gab, das Heiratsansinnen noch einmal zu überdenken. »Ich habe vor kurzem eine neue Rebsorte angebaut, die sich hervorragend macht. Ich bin sicher, dass ich daraus noch viel besseren Wein gewinnen kann als aus jeder altbekannten Sorte.«

»Dann zeigt sie mir. Obwohl ich, was Eurer Tochter ja bereits aufgefallen ist, keine große Expertise habe, was den Weinbau angeht, bin ich bereit, mich von Eurer Begeisterung anstecken zu lassen.«

Damit schritten die beiden Männer die Reihe entlang.

Martin, der noch immer zwischen den Rebstöcken hockte, konnte nicht glauben, was er da mit angehört hatte. Sein Vater war ein harter Mann, aber der Graf von Katzenburg war offenbar noch schlimmer. Seine Tochter war reizend, selbst Rosalina war nicht so schön wie sie. Und der Graf behandelte sie, als sei sie eine Fremde. Warum? Sie war gewiss nicht die folgsamste Tochter, aber sie hatte einen größeren Sinn für Gerechtigkeit als so mancher angehende Rechtsgelehrte.

Zorn loderte in ihm, und am liebsten hätte er dem Grafen auf der Stelle einen Denkzettel verpasst, doch er beherrschte sich.

Was hatte der Graf noch gesagt? Eine neue Weinsorte wuchs auf seinem Weinberg. War das vielleicht das Geheimnis?

Erregung erfasste ihn. Obwohl er viele Jahre nicht mehr auf Burg Bärenwinkel gewesen war und auch nie eine besondere Liebe für den Wein entwickelt hatte, wusste er, was das bedeuten konnte. Schon seit vielen Jahren hatte es im Einrich keine neuen Weinsorten mehr gegeben. Während die Franzosen ihre Reben munter kreuzten und auch die Italiener wie bei so vielem nicht zaghaft waren, dominierte auf deutschem Boden nach wie vor der robuste Heunisch. Burgunder wuchs hier nur schlecht wegen der fehlenden Sonne, auch die italienischen Sorten vertrugen das Wetter hier nicht.

Graf von Katzenburg hatte vielleicht einen kräftigeren Rebstock gezogen, der widerstandsfähiger war und sich eines Tages gegen die alten Sorten durchsetzte. Wenn das geschah, hätten sämtliche Weinbauern in der Gegend das Nachsehen und wären von ihm abhängig, denn er würde darüber entscheiden, welches Weingut einen Ableger der neuen Rebstöcke erhielt.

Er musste einen Trieb dieser Pflanze in seinen Besitz bringen! Allerdings, das wusste Martin immerhin, konnte er dazu nicht so einfach einen Trieb abschneiden.

Die Stimme seines Vaters hallte wieder durch sein Ohr: »Einen geeigneten Ableger erhältst du, wenn du ihn an der Stelle, an der er von der Mutterpflanze getrennt werden soll, in den Boden eingräbst. Dann wartest du, bis er wurzelt, und erst dann machst du ihn vom alten Stock ab.«

Das bedeutete, dass er hier eine ganze Weile ausharren musste. Außerdem musste er das Vergraben des Ablegers geschickt anstellen. Immerhin sollte ihn niemand bemerken. Aber Martin war zuversichtlich. Einen Missstand erkannt zu haben, bedeutete letztlich, ihn angehen zu können. Dieser Meinung war sein greiser Rechtsprofessor gewesen. Gewiss ließ sich diese Weisheit auch auf Geheimnisse anwenden.

Wieder fiel sein Blick auf die beiden Männer, die allmählich in der grünen Blätterflut verschwanden.

Als er sicher war, dass sie ihn nicht mehr hören konnten, richtete Martin sich auf. Seine Wange brannte noch immer, aber auf seinem Gesicht lag ein siegesgewisses Lächeln.

Mit bangen Blicken musterte Bella den Hof. Bis jetzt hatte sich Fürst von Hohensteins Kutsche noch nicht blicken lassen.

Wie wahrscheinlich ist es wohl, dass es gerade heute ein paar Räuber auf die Geldbörsen der Reisenden abgesehen haben?, fragte sie sich. Bei meinem Glück gewiss kein einziger, beantwortete sie ihre Frage niedergeschlagen selbst. Roland von Hohenstein wird kommen, mich mitnehmen und mich weit weg von meinem Weinberg bringen. In seiner Burg darf ich ihm dann Söhne gebären und mich zu Tode langweilen.

Ein Schauder überzog ihre Arme, als sie an ihre Mutter dachte. Es ist das Gesetz Gottes, dass Frauen Kinder gebären. Allerdings konnte sie sich nicht entsinnen, dass in der Bibel etwas über die Anzahl stand. Sie war die Erstgeborene des Grafen Katzenburg. Hätte das nicht gereicht? Warum noch ein Sohn für den Weinberg? Hätte ihr Vater sie nicht anleiten können, die Geschäfte zu übernehmen?

Nachdem sie noch eine Weile traurig ihr Abbild in den bunten Scheiben betrachtet hatte, aus denen das Fenster zusammengesetzt war, schob sie ihren Trübsinn beiseite. Der Junge, überlegte sie. Vielleicht sollte ich nach ihm sehen und mich für meinen Vater entschuldigen. Immerhin scheint er recht nett zu sein.

Natürlich wäre der Graf von Katzenburg schockiert, wüsste er, dass sich seine Tochter um einen gewöhnlichen Pflücker sorgte. Aber der Junge gefiel Bella, und da sie ohnehin nichts anderes zu tun hatte, erhob sie sich von ihrem Fensterbrett und verließ ihre Kemenate.

Auf dem Hof herrschte reges Treiben. Nicht nur einmal stoben die Hühner protestierend gackernd auseinander, weil ein Knecht oder eine Magd ohne nach links oder rechts zu schauen über das Pflaster eilte. Stangen mit gerupften Hühnern wurden in die Küche getragen, der Kellermeister hieß ein paar Knechte, Weinfässer heraufzuholen, und einige Bauern aus der Gegend feilschten mit dem Haushofmeister um den Preis ihrer Karrenladungen. Wahrscheinlich hatte ihr Vater seinen Untertanen eingeschärft, dass bis zum Eintreffen des königlichen Günstlings alles vorbereitet sein sollte.

Bella schob den unangenehmen Gedanken an Roland von Hohenstein beiseite, als sie den Jungen aus dem Weinberg in der Tür der Küferei erblickte.

Er schickte sich gerade an, Fässer auszuschrubben. Eine undankbare Arbeit für einen aufgeweckten Kopf wie ihn, fand Bella. Wahrscheinlich hatte ihr Vater dem Fassmeister befohlen, ihn zu beschäftigen, damit er nicht wieder im Weinberg herumstreunte.

Da der Fassmeister und auch die anderen Knechte nicht zu sehen waren, betrat sie kurzerhand die Werkstatt. Sofort umfing sie der vertraute Holzgeruch, außerdem nahm sie eine Spur Wein und Essigaroma wahr. Letzteres kam von den alten Fässern, die Martin reinigte.

Auf dem Fußboden lagen Späne von neu zugehackten Fassdauben, von denen einige in kleinen Pfützen schwammen, die sich unterhalb der zu reinigenden Fässer gebildet hatten.

Als Martin ihre Anwesenheit bemerkte, blickte er auf. Jetzt erkannte Bella deutlich, dass sich an seinem Wangenknochen ein blauer Fleck gebildet hatte. Der Schlag ihres Vaters war wohl noch härter gewesen, als er ausgesehen hatte.

Diesmal lächelte er sie nicht an, sondern verneigte sich nur. »Euer Gnaden.«

»Mein Name ist Bella«, entgegnete sie. »Nicht anders solltest du mich nennen.«

»Wie Ihr wünscht.«

Die Kälte seiner Worte verunsicherte Bella ein wenig.

Zürnte er ihr etwa? Sie hatte ihn doch verteidigt. »Was ist los?«, fragte sie verwundert.

»Was soll schon los sein?«, fragte Martin und wandte sich wieder seiner Arbeit zu.

»Vorhin hast du anders mit mir gesprochen.«

»Vorhin wusste ich ja auch noch nicht, dass du die Tochter des Grafen bist.«

»Ändert das irgendwas?« Bella ließ sich auf einem freien Schemel nieder. Als sie ihre Hand nach der Wange des Jungen ausstreckte, zuckte er zurück und vermied so die Berührung. Die junge Frau zog die Hand wieder zurück. »Es tut mir leid«, sagte sie daraufhin. »Mein Vater ist eigentlich ein guter Mann.«

Martin nickte. Er konnte nicht beurteilen, wie der Graf von Katzenburg sonst war. So, wie er ihn erlebt hatte, hatte er das Bild eines zornigen Mannes abgegeben, dem nicht einmal was an seiner Tochter lag. Und jetzt kam sie zu ihm, um sich zu entschuldigen?

»Er will dich verheiraten.«

Bella riss überrascht die Augen auf. »Hast du etwa ...«

»Ja, ich habe ihn und den anderen belauscht«, entgegnete Martin und fragte sich, ob es wohl gut war, ihr zu berichten, was die beiden geredet hatten.

Doch was würde das ändern? Welchen Nutzen brachte es ihm? Also beschloss er, über die Einzelheiten zu schweigen. Sobald er einen Trieb der Pflanze in seinem Besitz hatte, würde er ohnehin von hier verschwinden.

Bella seufzte auf seine Worte schwer. »Ja, er will mich verheiraten. Oder besser gesagt loswerden.«

»Loswerden? Aus welchem Grund?«

»Weil er meinen Anblick nicht ertragen kann.«

Martin blickte sie fassungslos an. »Was?« Das war wohl das Dümmste, was er je gehört hatte!

»Er kann ihn nicht ertragen, weil ich aussehe wie meine Mutter. Sie ist die Frau, die er über alles geliebt und die er bei der Geburt seines Sohnes verloren hat.« Bella brach ab. Warum erzählte sie diesem wildfremden Burschen das alles? Wahrscheinlich verstand er sowieso nicht, welche Traditionen man in so einer Adelsfamilie pflegte. Er konnte sich sein Mädchen wählen, wie er wollte.

»Das tut mir leid«, schreckte sie Martins Stimme aus ihren Gedanken. »Meine Mutter ist gestorben, als ich zehn war. Ein Fieber hat sie dahingerafft.«

Das stimmte nicht so ganz, wie Martin zugeben musste. Die Ärzte, die seine Mutter behandelt hatten, waren der Meinung gewesen, dass ein Geschwür sie von innen heraus auffressen würde. Aber ein einfacher Bauer konnte sich nun mal keinen Arzt leisten.

»Dann sind wir also beide zur Hälfte Waisen. Oder ist dein Vater gar …«

»Nein, er erfreut sich bester Gesundheit. Aber du kannst mir glauben, dass er nicht weniger schwierig ist als dein alter Herr.«

Bella lachte auf.

»Was ist daran so komisch?«, fragte Martin verwirrt.

»Dich hat dein Vater sicher nicht in die Flucht geschlagen, weil er dich verheiraten wollte, oder?«

Darauf wusste Martin zunächst nichts zu sagen, denn genauso war es letztlich gewesen. Nur hatte sein Vater andere Gründe gehabt als ihrer.

Bella betrachtete ihn prüfend, dann streckte sie die Hand erneut nach seiner Wange aus. Diesmal ließ er zu, dass ihre kalten Fingerspitzen auf seine Haut trafen. Sie streichelte den blauen Fleck so vorsichtig und zart, dass Martin am liebsten schwelgend die Augen geschlossen hätte. Dann zog sie die Hand zurück.

»Wenn du willst, zeige ich dir morgen den Weinberg«, sagte sie dann. »Heute wird mein Vater auf meine Anwesenheit beim abendlichen Bankett bestehen. Und du wirst sicher zu arbeiten haben. Aber morgen früh haben wir vielleicht Zeit dazu.«

»Sehr gerne«, entgegnete er rasch und wollte noch etwas hinzufügen, doch der Anblick ihres Lächelns ließ ihn verstummen. Zu gern hätte er ihn festgehalten, aber da wandte sie sich auch schon um.

Als sie sich der Tür näherte, meinte Martin für einen kurzen Moment, das Gesicht von Thomas hinter der gegenüberliegenden Hausecke zu sehen. Spionierte er ihm etwa schon wieder nach?

Martin erlaubte sich, Bella noch ein Weilchen nachzusehen. Erst als sie im Gewimmel auf dem Hof verschwunden war, machte er sich wieder an die Arbeit.

8. Kapitel

Als der Abend über der Burg heraufzog, setzte sich Martin von den anderen Burschen ab, um den Burghof zu erkunden. Er war sich dessen bewusst, dass er als Außenseiter galt, und gewiss fingen die anderen sicher bald an, ihm zu misstrauen. Aber das war ihm erst einmal gleichgültig. Vielleicht führte es ja dazu, dass sie ihn in Ruhe ließen. Jetzt hatte er allerdings erst einmal andere Sorgen.

Ich muss einen Weg finden, um ungesehen aus der Burg zu kommen, sinnierte er, damit ich mich mit Giacomo treffen kann. Immerhin ist heute Freitag, und meine Nachricht dürfte Vater interessieren.

Die Pforte, die hinaus zum Weinberg führte, war nur eine der Möglichkeiten. Stand sie um diese Zeit überhaupt offen?

Während Martin den Hof überquerte, tauchte erneut Bellas Bild vor ihm auf. Er hatte ihr Antlitz bereits auf den Fassdauben gesehen, die er schrubbte, und danach im brackigen Waschwasser. Jetzt entdeckte er sie in den Steinen der Burgmauer und den Wänden der Gebäude, die sie passierte. Ja selbst wenn er die Augen schloss, sah er sie lächeln und spürte, wie ihre Finger seine Haut berührten.

Was ist nur mit mir los?, dachte er. Rosalinas Bild verblasst immer mehr. Warum? Ich liebe sie doch eigentlich.

»He Rübenkopf!«, tönte es plötzlich von der Seite. Als

Martin sich umwandte, entdeckte er Thomas und seine Spießgesellen. Sie standen in der Nähe einer kleinen Pforte, die durch die Mauer führte. Was hatten sie hier zu suchen? Bevor ihm eine Antwort einfallen konnte, ließ der blonde Ranulf die Hand vorschnellen und packte ihn am Schlafittchen.

»Was hast du mit der Tochter des Grafen zu schaffen?«, fragte Thomas, nachdem sein Freund ihn zurechtgerückt hatte.

»Was geht dich das an?«

Der Schlag von dem dritten Burschen kam so unvermittelt, dass Martin nicht die Zeit blieb, sich wegzuducken.

»Ich frage dich noch mal. Was hattest du mit der Grafentochter zu bereden?«

»Und ich sage dir noch einmal, das geht dich nichts an!«

Der nächste Schlag ließ seine Lippe platzen. Blut ergoss sich salzig über seine Zunge. Auf einmal war es Martin, als würde in seinem Inneren etwas zerreißen. Wahrscheinlich war es der Geduldsfaden. Sollte er sich etwa alles gefallen lassen? Was, wenn Bella ihn so sehen könnte? Sie würde ihn für einen Schwächling halten. Nicht, dass er vorhatte, mit ihr anzubandeln, dennoch war es ihm aus irgendeinem Grund wichtig, was sie von ihm dachte.

»Na, was ist?«, bohrte Thomas weiter. »Sagst du es mir nun, oder muss ich dir erst ins Gesicht pissen?«

Als er an seinen Hosenbeutel griff, spannte Martin die Muskeln an, packte dann seinen Angreifer mit einem lauten Aufschrei und schleuderte ihn mit unvermuteter Kraft zur Seite.

Den Blonden traf die Attacke so überraschend, dass er den Halt verlor und zu Boden ging. Der Griff um Martins Kragen löste sich, und im nächsten Augenblick war der Grafensohn frei.

Blitzschnell sprang er auf die Beine. Der Dunkelhaarige neben Thomas wollte ihm gerade einen Schlag versetzen, da duckte Martin sich trotz der pochenden Lippe und rammte seinem Widersacher den Kopf in die Magengrube. Mit einem lauten Schrei trieb er ihn nach hinten, so dass er wenig später gegen die Mauer krachte. Schnaufend entwich dem Burschen die Luft aus den Lungen.

Martin trat zurück, und während er sich aufrichtete, wandte er sich Thomas zu. Der hatte inzwischen einen Knüppel entdeckt und schlug damit nach ihm. Diesmal war Martin nicht schnell genug. Der Knüppel traf ihn an der Schläfe und ließ ein Sternenmeer vor seinen Augen explodieren. Er stöhnte auf, doch sein Wille, es den anderen heimzuzahlen, war dadurch nicht gebrochen. Noch während er versuchte, das Gleichgewicht wiederzufinden, holte Thomas erneut aus. Bevor der Knüppel ihn ein zweites Mal treffen konnte, donnerte hinter ihnen jedoch eine Stimme: »Aufhören! Was zum Teufel soll das?«

Christian Dubelaar trat neben sie und stemmte die Hände in die Seiten.

»Der Kerl hier hat Streit angefangen!«, log Thomas, während er den Knüppel sinken ließ.

»Und da braucht es drei von euch, um ihn davon abzubringen?«, gab der Fassmeister zurück. »Und obendrein einen Knüppel, wo der Junge keinen hat?«

Die Burschen schwiegen betreten, aber Martin spürte, dass ihre Blicke ihn immer wieder wie Armbrustbolzen trafen.

»Jetzt schert euch wieder an eure Arbeit oder zum Teufel!«

Ohne zu zögern rückten Thomas und seine Spießgesellen ab. Bevor sie ganz verschwanden, warfen sie Martin allerdings noch Blicke zu, die ihm klarmachten, dass dies gewiss nicht die letzte Auseinandersetzung war.

»Und du komm mit!«, sagte der Fassmeister zu Martin. »Du siehst aus, als hätte dich der wilde Rufus mit seinen Hufen erwischt.«

»Der wilde Rufus?«

»Eines der Leibpferde des Grafen. Der wildeste Hengst, den die Gegend jemals gesehen hat.«

Erst jetzt bemerkte Martin das Blut, das ihm an der Wange klebte. Er wischte sich unbeholfen darüber und zuckte zusammen, da es sich anfühlte, als würde er auf rohes Fleisch treffen. Thomas mochte vielleicht ein Feigling sein, aber mit einem Knüppel in der Hand war er extrem gefährlich.

In der Küferei angekommen, holte Christian Dubelaar eine Schüssel hervor und goss Wasser ein. Daneben legte er ein Tuch. »Hier, säubere dich.«

Martin dankte ihm mit einem Nicken und löste die Bänder seines Hemdes.

»Ich nehme mal an, dass du nicht mit dem Streit angefangen hast«, fragte der Fassmeister, während er im hinteren Teil der Werkstatt verschwand. Was er dort suchte, wusste Martin nicht, aber er vernahm die Stimme des anderen noch immer laut und deutlich.

»Das habe ich nicht, Meister.«

»Was hat die drei denn so in Rage gebracht?«

»Sie wollten etwas von mir wissen, was ich ihnen nicht sagen wollte.«

Von Bella würde er dem Mann ganz sicher nicht erzählen, schließlich stand es einem einfachen Gehilfen nicht zu, mit der Tochter des Grafen zu sprechen. Er wollte sich deswegen nicht auch noch eine Rüge von Christian Dubelaar einhandeln.

»War es etwas, das deine Arbeit betrifft?«, fragte der Fassmeister, denn natürlich war er neugierig geworden.

»Nein, etwas Persönliches.«

Martin hätte ihm nun erzählen können, dass sie nicht zum ersten Mal mit ihm Streit angefangen hatten, aber das sparte er sich. Immerhin war er ein erwachsener Mann, alt genug, um hier zu spionieren. Und damit auch alt genug, um seine Händel selbst auszutragen.

»Hüte dich vor den Burschen«, brummte Christian Dubelaar nach kurzer Überlegung. »Es wäre nicht das erste Mal, dass sie einen Neuen, der ihnen nicht passt, von der Burg ekeln.«

Martin blickte den kräftigen, dunkelhaarigen Mann überrascht an. Nachdem dieser ihm die schlechtesten Fässer zum Schrubben gegeben hatte, hätte er solche Worte nicht von ihm erwartet.

»Warum machen sie das?«, fragte Martin, während er sich Wasser ins Gesicht spritzte. »Ich habe ihnen nichts getan.«

»Man kann nicht immer sagen, warum einen andere Menschen hassen. Aber man kann es vermeiden, ihnen einen Anlass zu geben.«

Martin schnaubte spöttisch. »Als ob sie einen Anlass bräuchten!«

Der Fassmeister trat neben ihn und lächelte ihn an, als wollte er sagen, dass es für die Menschen manchmal auch keinen Grund geben musste, andere zu mögen.

»Nachdem du dich heute zur Wehr gesetzt hast, werden sie es sich überlegen, ob sie dir weiter nachstellen sollen. Sieh zu, dass du ihnen nicht unter die Augen kommst, das ist mein Rat.«

Kein besonders guter Rat, ging es Martin durch den Kopf, doch er nickte nur und tat, als wollte er ihn annehmen.

Der Anblick der Tauben, die in der Abenddämmerung auf ihrem Fensterbrett gelandet waren, hatte eine seltsam beruhigende Wirkung auf Bella. Gleichzeitig erfüllten die Tiere sie mit Wehmut.

Eigentlich gehörten die Tauben in ihren Schlag, aber als wüssten sie, dass hier eine traurige Seele wohnte, erschienen sie, pickten gegen die Fenster und gurrten, als wollten sie mit ihr sprechen.

Bella betrachtete die Vögel lächelnd, dann ließ sie ihre Gedanken über den breiten Fluss schweben, hinauf zu den Wolken, die sich grau und rot vor die Abendsonne schoben. Das Gurren der Tauben erlaubte ihr, von Freiheit zu träumen. Einer Freiheit, die sie nicht hatte – und vielleicht niemals haben würde.

Sie saß auf ihrem Bett, bekleidet mit dem rot-grünen Gewand, und sollte sich eigentlich darauf vorbereiten, ihren Pflichten als Tochter des Grafen nachzukommen. Aber so recht wollte es ihr nicht gelingen.

Ihrem Vater war sie seit der Auseinandersetzung am Vormittag nicht wieder begegnet. Wahrscheinlich hatte er alle Hände voll zu tun, um Hans von Uhlenfels zu besänftigen. Sie selbst hatte es vorgezogen, zu Katrina zu gehen und mit ihr die Mittagsmahlzeit zu teilen.

Als sie der Kinderfrau von den Ereignissen der vergangenen Stunden erzählte, schüttelte diese nur den Kopf.

»Was soll ich dazu nur sagen, mein Kind?«, fragte Katrina dann. »Reize deinen Vater nicht noch mehr, je schlimmer du es treibst, desto trotziger wird er reagieren.«

»Kannst du ihm denn nicht ins Gewissen reden?«

»Wer bin ich schon, dass ich meinem Herrn zu sagen hätte, was er tun soll. Ich kann froh sein, dass er mich hier auf der Burg duldet. Was den Spaß mit den Kleidern angeht, so habe ich dir gern geholfen. Aber mehr wage ich nicht. Bedenke, eine Kinderfrau hat ohne Kinder auf der Burg keine Beschäftigung. Wenn es deinem Vater beliebt, wird er mich wegschicken, genau so wie er dich verheiraten wird.«

Nach diesen Worten sehnte sich Bella erst recht ins Kloster zurück.

Warum breche ich nicht einfach aus?, dachte sie. Warum verlasse ich die Burg nicht und schlage mich irgendwohin durch? Ich habe genug Kenntnisse vom Wein, um mich auf ein Gut zu begeben.

Die Antwort kam ihr prompt in den Sinn. Weil du deinen Weinberg liebst. Und weil du auch deinen Vater liebst. Selbst wenn du jetzt zornig auf ihn bist, da seine Gefühle für dich nicht mehr die gleichen sind.

Ein Kratzen an der Tür ließ Bella von ihrem Rocksaum aufblicken.

»Komm herein!«

Wenig später steckte eine der Mägde zaghaft den Kopf durch den Türspalt.

»Gnädiges Fräulein, Euer Vater schickt mich, um …«

»Um mich zum Abendessen zu holen, ich weiß«, beendete Bella den Satz und erhob sich vom Bett.

Die Magd senkte scheu den Blick, während die Grafentochter an ihr vorbeirauschte.

Kurz darauf betrat Bella jenen Raum, den ihre Mutter immer die »Rebenstube« genannt hatte – ihr offizielles Esszimmer. Hohe Fenster waren in die Wände eingelassen worden, und die Gräfin hatte dafür gesorgt, dass die Wandflächen dazwischen mit Weinlaub und Ranken ausgemalt waren. Satte blaue Trauben hingen unter Weinblättern, die aussahen, als hätte jemand sie frisch von einem Rebstock gezupft und an die Wand geklebt.

Der Anblick brachte Bella kurz die Erinnerung an ihre

Mutter zurück. Wie sie ihren Weinbecher an die Lippen gehoben und ihrer damals noch kleinen Tochter eine entkernte, von der Schale befreite Traube in den Mund geschoben hatte.

Aus diesem kleinen Tagtraum schreckte sie auf, als sich Hans von Uhlenfels vor ihr verneigte.

»Das gnädige Fräulein sieht heute wieder entzückend aus«, rief er.

Um ein Haar hätte Bella darauf geantwortet: »So entzückend wie bereits gestern.« Aber sie hielt sich zurück.

Ihr Vater würdigte sie diesmal lediglich eines flüchtigen Blickes. Viel interessanter schien er die Gravuren seines Weinbechers zu finden.

Nachdem sich Bella auf ihrem Platz niedergelassen hatte, entstand ein klammer Augenblick des Schweigens. Ihr Vater wollte ganz offensichtlich nicht mit ihr reden, und der Gast wusste nicht recht, wo er anfangen sollte.

Vielleicht erwarten beide, dass ich mich entschuldige?, ging es ihr durch den Sinn. Nur warum sollte ich das schon wieder tun?

»Wie bedauerlich, dass der Herr Hohenstein nicht eingetroffen ist«, sagte sie schließlich, obwohl sie nicht das geringste Bedauern empfand. »Aus welchem Grund mag er sich verspätet haben?«

»Nun ja«, begann Hans von Uhlenfels, aber er brach ab, als die Diener hereinkamen und das Essen brachten. Schalen mit Gemüse, Platten mit Fleisch und Geflügel sowie ein Korb frisches Brot und eine Schüssel mit Weintrauben wurden hereingetragen.

Bella konnte förmlich beobachten, wie dem Heiratswerber das Wasser im Mund zusammenlief. Wahrscheinlich blieb er ihr deshalb eine Antwort schuldig.

Vom anderen Ende der Tafel blickte ihr Vater missmutig zu ihr herüber. Bella erwiderte seinen Blick kühl. Diesmal konnte er ihr nicht vorwerfen, etwas falsch gemacht zu haben, denn die Frage nach dem Verbleib ihres Bräutigams war legitim – wenn auch nicht ehrlich.

»Es ist schwer zu sagen, was ihn aufgehalten hat«, beantwortete Graf von Uhlenfels die Frage, nachdem ihm ein Diener Fleisch, Wurzelgemüse und Kohl aufgelegt hatte. »Wie ich selbst erfahren habe, sind die Straßen recht unwegig.«

»Und voller Räuber«, setzte Bella hinzu, ehe der Heiratswerber fortfahren konnte. »Sagt, ist der Herr von Hohenstein furchtlos genug, es mit den schlimmsten Räubern unserer Gegend aufzunehmen?«

»Gewiss ist er das!«, entgegnete Hans von Uhlenfels. »Er würde das Lumpenpack zum Teufel schicken.«

»Nehmen wir mal an, dass er bei diesem Gefecht zu Schaden kommt und seine ehelichen Pflichten nicht mehr erfüllen könnte …«

»Bella!«, mahnte die Stimme ihres Vaters, worauf die junge Frau augenblicklich abbrach.

»Er wird nicht zu Schaden kommen, gnädiges Fräulein«, warf der Heiratswerber rasch ein, dennoch schien ihn Besorgnis zu überkommen. Auf einmal wurde er ganz weiß um die Nase, und auch sein Appetit schien ihn zu verlassen.

Bella registrierte es mit einem schwachen Lächeln, und während sie nach ihrem Weinbecher griff, fühlte sie sich, als hätte sie eine Schlacht gewonnen.

Gewiss war der Fürst von Hohenstein nicht zu Schaden gekommen, und sicher tauchte er bald hier auf, aber der Herr Heiratswerber und vielleicht auch ihr Vater würden heute Nacht nicht mehr ganz so ruhig schlafen können.

Als Mitternacht nahte, strebte Martin der kleinen Pforte zu, die zum Weinberg führte. Sein Blick glitt dabei immer wieder über den Hof und zu den Hundezwingern am Tor.

Er hatte die Tiere im Vorbeigehen etwas näher betrachten können. Zottige graue Ungeheuer mit riesigen Zähnen waren sie. Hunde, die bei der Jagd sicher auch mit Wölfen zurechtkämen. Der Gedanke, dass sich ihre Fänge in seinen Körper bohren könnten, verschaffte ihm eine Gänsehaut.

Doch jetzt war vom Zwinger her alles ruhig. Martin wusste, dass Hunde nie fest schliefen, aber offenbar wähnten sie keine Bedrohung in der Nähe. An der Pforte angekommen, stellte er fest, dass sie selbst jetzt nicht verschlossen war. Während er sich bemühte, sie so leise wie möglich zu öffnen, um die Hunde nicht zu wecken, fragte er sich, warum der Burgherr Wachposten vor dem großen Tor aufstellte, wenn man auf diesem Weg jederzeit aus der Burg gelangen konnte.

Die Antwort erhielt er, als er die Pforte zustieß. Von außen war keine Klinke angebracht. Man konnte also jederzeit hinaus, aber nicht wieder herein. Er stieß einen leisen Fluch aus, denn in dem Augenblick, als ihm einfiel, die Tür mit einem Stein blockieren zu müssen, fiel sie bereits ins Schloss.

»Ein schöner Spion bist du!«, grummelte er leise vor sich hin. »Sperrst dich selbst aus und hast keine Ahnung, wie du wieder reinkommen sollst, ohne dass die Wachen dir dumme Fragen stellen.« Aber darüber musste er sich später Gedanken machen.

Er kämpfte sich durch das Weinlaub und erreichte schließlich den Wald, an den das Feld mit den Rebstöcken grenzte. Seine gepeinigte Wange pochte unter der Anstrengung, als wollte sie ihn mahnen, vorsichtig zu sein.

Nachdem er sich kurz im Mondschein orientiert hatte, bahnte er sich seinen Weg durchs Gebüsch. Die Sorge, wie er zurück in die Burg kommen sollte, biss ihm in den Magen. Vielleicht hat Giacomo ja eine Idee, ging es ihm durch den Sinn. Einem Mann wie ihm musste etwas einfallen! Dann kam ihm in den Sinn, wie peinlich es wäre, ihm das Missgeschick zu beichten. Wie er den Italiener kannte, würde dieser aus dem Spotten nicht mehr herauskommen. Also verwarf er seinen Plan und beschloss, selbst einen Ausweg zu finden.

Nachdem er das Dickicht durchquert hatte, machte er sich auf die Suche nach dem Treffpunkt. Giacomo hat gut reden, dachte Martin seufzend. Bestellt mich einfach zu einem Baum, als ob ich Zeit gehabt hätte, mir jeden einzelnen davon anzuschauen.

Von den mächtigen Eichen gab es hier recht viele, doch unter keiner von ihnen stand der Spion. Als Martin schon glaubte, den richtigen Baum gefunden zu haben, entpuppte sich die Gestalt als Reh, das augenblicklich in den Wald flüchtete. Über ihm riefen die Käuzchen, und das Raunen in den Baumkronen klang beinahe wie das vorwurfsvolle Brummen seines Vaters. Martin hatte keine Ahnung, wie spät es war und ob Giacomo überhaupt noch auf ihn wartete.

Da ertönte hinter ihm ein Rascheln. Martin glaubte erst, dass ein weiteres Reh sich seinen Weg durch die Dunkelheit suchte, doch dann traf ihn etwas von der Seite und riss ihn von den Füßen.

Für einen Moment konnte er nur denken, dass es ein Räuber war, der ihn da angriff, dann fiel ihm ein, dass er nicht mal eine Waffe hatte, um sich zur Wehr zu setzen. Dann allerdings stieg ihm ein vertrauter Geruch nach Leder und Kragenspeck in die Nase. Im selben Augenblick, als er eine Dolchklinge an seinem Hals spürte, schob sich ein Gesicht in sein Blickfeld.

»Verdammter Italiener!«, presste er panisch durch die Zähne. »Was zum Teufel soll das?«

»Ihr solltet nicht vom Teufel sprechen, junger Herr«, gab Giacomo spöttisch zurück, während er die Klinge zurückzog. »Vertraut in diesem Fall eher auf Gott.«

Martin war nicht nach den Scherzen des Lombarden zumute. Und erst recht nicht nach seinen Belehrungen.

»Soll das jedes Mal so gehen?«, schimpfte er, während er sich von seinem Angreifer losmachte.

Giacomo hielt das anscheinend alles für einen großen Spaß. »Beruhigt Euch, junger Herr«, entgegnete er lachend. »Ich wollte Euch nur eine kleine Lektion erteilen. Die Lektion, sich nirgendwo sicher zu fühlen.«

»Als ob ich das auf der Burg tun würde!« Hastig klopfte sich Martin die Blätter von den Kleidern. Wenn er so am Morgen aus dem Stroh trat, würden die anderen sich gewiss fragen, was er die ganze Nacht über getrieben hatte. Am liebsten hätte er dem Spion einen Hieb auf die Nase verpasst.

»Man kann nie wissen.« Der Italiener schob seinen Dolch in die Scheide zurück. »Aber kommen wir nun zum Grund unseres Treffens. Habt Ihr schon etwas herausgefunden, was ich Eurem Vater mitteilen kann?«

Martin schluckte seinen Ärger hinunter. »Ich habe in der Tat etwas entdeckt. Allerdings wird es eine Weile dauern, bis ich es in die Finger bekomme.«

»Und was wäre das?«

»Der Graf von Katzenburg zieht eine neue Sorte Wein auf seinem Weinberg.«

Giacomo zog die Augenbrauen hoch. »Eine neue Sorte? Wie nennt man sie?«

»Ich weiß es nicht. Und ich habe auch keine Ahnung,

um welche Sorte es sich handelt. Aber ich bin zuversichtlich, dass ich eine Pflanze besorgen kann.«

»Was soll daran so lange dauern?«

»Ich kann nicht einfach einen Trieb abschneiden und ihn dann in einen Topf mit Erde stecken. Ich muss erst einen Ableger erzeugen, sonst ist alles vergebens.«

Der Italiener grinste breit, was Martin dazu trieb, sich zu fragen, ob er in der Zwischenzeit etwas zu sehr dem Wein zugesprochen hatte. Irgendwie musste er sich ja in den vergangenen Stunden wachgehalten haben. Hatte er vielleicht sogar mit Adam Höllerich gezecht?

»Wie wollt Ihr die neue Sorte erkennen?«, fragte Giacomo schließlich. Trunkenheit war seinen Worten nicht anzumerken, auch nahm Martin keine Weinfahne wahr. Dennoch blieb sein Verdacht.

»Die Tochter des Grafen wird mich zu ihr führen.«

Der Italiener wirkte für einen Moment ehrlich erstaunt. »Die Grafentochter? Sie ist wieder hier?«

Giacomo diente dem Graf von Bärenwinkel bereits lange genug, um zu wissen, dass sein Konkurrent seine einzige Tochter ins Kloster geschickt hatte. Darüber hatte man sich in der Gegend sehr gewundert, denn eigentlich war das Schicksal der ältesten Tochter eher, gut verheiratet zu werden. Aber seit dem Tod seiner Gemahlin war Rudolph von Katzenburgs Geist in Finsternis gestürzt, jedenfalls was seine persönlichen Beziehungen betraf.

»Ja, sie ist gestern angekommen«, antwortete Martin. »Und weil das Glück auf meiner Seite ist, habe ich sie bereits kennengelernt.«

»So, Ihr habt sie bereits kennengelernt!«

Martin entging der Unterton dieser Worte nicht. »Nicht so, wie Ihr vielleicht meint!«, wehrte er ab. »Wir sind uns im Weinberg begegnet, und sie hatte Mitleid mit mir.«

»Aha, Mitleid nennt Ihr das also.« Giacomo kicherte.

»Ihr solltet besser aufpassen, was Ihr sagt!«, fuhr Martin ihn nun an. »Ich habe mit der Grafentochter gesprochen, und sie wird mir den Weinberg zeigen. Ich werde versuchen, von einem der neuen Rebstöcke einen Ableger zu erzeugen. Sobald er Wurzeln geschlagen hat, werde ich ihn abtrennen und einpflanzen.«

Trotz seiner Warnung grinste der Italiener die ganze Zeit über. Martin konnte sich denken, was Giacomo sich bei Weinberg, Ableger oder Wurzeln dachte, und am liebsten hätte er ihm einen Hieb verpasst, der ihm diese Gedanken austrieb, aber bei einem Kampf hätte er sicher den Kürzeren gezogen.

»Wie lange dauert es, bis der Ableger Wurzeln geschlagen hat?«, fragte Giacomo, nun um Ernsthaftigkeit bemüht.

»Eine Weile. Solange werde ich hierbleiben.«

»Wie Ihr wünscht, junger Herr. Aber nehmt Euch in Acht vor dem Weinberg der jungen Gräfin. Man kann sich leicht darin verlieren.«

»Lasst das nur meine Sorge sein, Italiener!«, entgegnete Martin und signalisierte dem Boten durch eine leichte Drehung, dass das Gespräch seinerseits beendet war.

Giacomo verstand und verbeugte sich leicht. »Dann wünsche ich Euch viel Erfolg. Nächsten Freitag werde ich Euch berichten, was Euer Vater gesagt hat. Solltet Ihr bis dahin noch ein anderes Geheimnis ergründen, vertraut es mir ruhig an.« Mit diesen Worten verschwand er im Gebüsch.

Erst jetzt fiel Martin wieder die zugefallene Tür ein. Mit einem leisen Murren schlug er sich selbst gegen die Stirn. Dem Italiener nachlaufen wollte er nicht, da hätte es nur wieder Spott und Belehrungen gesetzt. Nachdem der erste Ärger verflogen war, dachte Martin nach. Ein Seil!, schoss es ihm in den Sinn. Wenn ich Glück habe, finde ich an der Anlegestelle eines.

Kurzerhand strebte er also dem Fluss zu.

Zunächst umgaben ihn ausschließlich die Geräusche des Waldes. Das Rauschen der Bäume, die Rufe der Käuzchen und das Rascheln im Gras, wenn Füchse und Hasen vor ihm die Flucht ergriffen.

Dann jedoch drang das Rauschen des Flusses an sein Ohr, und wenig später konnte er das Glitzern des Wassers zwischen den Baumstämmen ausmachen. Er folgte dem dunklen Band, passierte eine Sandbank und erblickte schließlich den Fährsteig vor sich. Die Fenster der Hütte waren dunkel, doch daran, dass die Fähre an der Anlegestelle festgemacht war, erkannte er, dass Adam Höllerich im Haus war.

Wie gut mag wohl sein Schlaf sein?, fragte sich Martin, während er sich so leise wie möglich dem Gebäude näherte. Seile konnte er noch nicht erkennen, aber vielleicht fand er welche auf der gegenüberliegenden Seite.

Er umrundete das Fährhaus, ohne auch nur ein Anzeichen vom Erwachen des Hausherrn zu entdecken, bis er schließlich einen kleinen Unterstand erreichte. Mondlicht beleuchtete einen Hauklotz, in dem ein Beil steckte – und einige Seile.

Adam wird es vielleicht nicht merken, wenn ich mir eines ausleihe, dachte er und streckte die Hand aus.

Plötzlich packte ihn jemand im Genick. Martin schnappte erschrocken nach Luft, da wurde er auch schon herumgewirbelt. Hart prallte er gegen die Hauswand und fiel zu Boden. Als er den Kopf hob, erkannte er seinen Angreifer.

Über ihm, im Mondlicht, ragte bedrohlich die Gestalt

des Fährmanns auf, der in der Hand die Axt aus dem Hauklotz hielt.

»Warum zum Teufel schleichst du um mein Haus, Bursche?«, brummte er, dann stutzte er und sagte: »Du?«

Offenbar hatte er Martin wiedererkannt. Das erleichterte den jungen Mann allerdings nicht.

»Bist also doch in Schwierigkeiten geraten und willst übergesetzt werden?«, fragte der Fährmann nun.

Martin hätte einfach bejahen können, aber er vermutete, dass Adam eine Lüge erkennen würde. »In so großen Schwierigkeiten bin ich nun auch wieder nicht«, gab er daher zurück. »Aber es würde mir schon helfen, wenn Ihr mir ein Seil leihen könntet.«

»Wozu?«

»Ich habe mich ausgesperrt«, antwortete Martin wahrheitsgemäß.

»Und du kannst nur durch ein Seil wieder hineinkommen?«

»Ja.«

Martin fixierte die Axt in Adam Höllerichs Hand. Es würde den Fährmann gewiss keine große Anstrengung kosten, ihm damit den Schädel zu spalten.

Sein rasendes Herz pumpte das Blut fast schon schmerzhaft durch seine Adern. Verzweifelt suchte er nach einem Ausweg oder weiteren erklärenden Worten, die ihn vielleicht retten konnten. Doch sein Verstand war auf einmal wie leer gefegt. Nur die Angst war noch da.

Der Fährmann musterte ihn eine ganze Weile, dann riss er die Hand hoch. Wenig später bohrte sich das Axtblatt wieder in den Hauklotz. Martin zuckte bei dem Geräusch zusammen und schalt sich selbst einen elenden Feigling.

»Also gut«, donnerte der Bass des Fährmanns über ihn

hinweg. »Nimm eins von den Seilen. Aber bring es mir wieder zurück.«

Damit reichte er Martin die Hand und half ihm wieder auf die Beine, die zitterten, als hätten sich seine Knochen selbst in Seile verwandelt.

»Das werde ich, Fährmann, ich verspreche es.«

Adam Höllerich griff nach einem Strick, der stark genug war, Martin zu halten, und nachdem er ihn kurz überprüft hatte, drückte er ihn dem Jungen in die Hand.

»Dann wollen wir mal sehen, was dein Wort gilt.« Mit diesen Worten bedeutete er dem Jungen, dass er verschwinden könne.

Martin nahm auch prompt die Beine in die Hand, und erst als er in die schützende Dunkelheit des Waldes eingetaucht war, wagte er, laut zu atmen.

9. Kapitel

Erneut war erst die dritte Stunde angebrochen, als Bella erwachte. Mit weit offenen Augen lag sie im Bett und betrachtete das Muster des Betthimmels über ihr. Die klare Nacht vor dem Fenster hatte noch keinen roten Saum, allein das Mondlicht machte den Sternen die Herrschaft streitig. Was sollte sie tun? Die Augen schließen und warten, dass erneut unsinnige Gedanken durch ihren Kopf schossen? Oder sich der falschen Hoffnung hingeben, dass ihr Bräutigam nicht kommen würde?

Beides war nutzlos, und Bella, die im Kloster gelernt hatte, nutzbringend zu sein, wollte die Stunden nicht damit vergeuden, einfach nur herumzuliegen.

Ich könnte auf den Bergfried klettern, überlegte sie, als sie das warme Bett verließ. Ich könnte nach den Nestern der Falken Ausschau halten oder die Tauben vor den Raubvögeln beschützen. Ich könnte die Fledermäuse beobachten, wie sie den Nachtfaltern nachjagen. Oder ich könnte meinen Wunsch, dass der Fürst von Hohenstein nicht kommen soll, in die Nacht hinausschreien.

Doch sie konnte sich nicht so recht durchringen, einem dieser Vorhaben nachzugehen. Daher blieb sie, auch wenn ihre Gliedmaßen unruhig waren, im Bett liegen und sah dem Morgen zu, wie er die Nacht allmählich an den Rändern auffaserte. Schließlich hielt sie es jedoch nicht mehr aus und erhob sich.

Nachdem sie sich gewaschen und angezogen hatte, verließ sie die Kemenate. Zum Weinberg werde ich gehen, plante sie. Ich werde zusehen, wie das Grün im ersten Licht erstrahlt, und den Vögeln lauschen.

Diesmal war sie nicht die erste wache Seele in der Burg. Einige Mägde waren dabei, die Essen anzufachen und den Boden zu schrubben. Ein Hahn erprobte krächzend seine Stimme, allerdings nicht laut genug, um die Schläfer in den Dienstbotenquartieren zu wecken. Nur wer es gewohnt war, früh auf den Beinen zu sein, begann jetzt schon mit der Arbeit.

Bella verließ die Burg durch eine kleine Seitenpforte, denn sie wollte das Personal nicht dazu bringen, ihr unbedingt zu Diensten zu sein. Als sei sie selbst eine Magd, huschte sie an den kleinen Hütten vorbei, passierte den Stall, aus dem ihr ein erstickender Gestank nach Mist entgegenschlug, und näherte sich dann den trutzigen Burgmauern.

Auf dem Hof war noch alles ruhig, nicht einmal die Hunde im Zwinger rührten sich. Lediglich eine Katze schlich über das Pflaster und trug eine Ratte am Genick in ihr Versteck. Der Anblick ließ Wehmut in Bella aufsteigen, denn sie dachte nun wieder an ihren Kater. Diese Katze war nicht im Entferntesten so schön wie er, sondern wirkte eher ein wenig räudig, aber immerhin versah sie ihre Arbeit gut.

Als Bella den Blick schließlich wieder hob, entdeckte sie in der Nähe der Burgmauer eine Gestalt. Es war ein Mann, der mit einem Seil hantierte und wirkte, als sei er gerade über die Mauer geklettert.

Die Grafentochter wusste, dass kein Dieb so dumm war, sich in die Burg einzuschleichen. Trotzdem griff sie nach dem Besen, der in ihrer Nähe stand, und stapfte damit auf den vermeintlichen Eindringling zu. Obwohl sie nicht bemüht war, leise zu sein, bemerkte sie der Bursche nicht.

»Was tust du hier?«, fuhr Bella ihn an und riss den Besen hoch.

Der junge Mann wirbelte erschrocken herum. Erst jetzt erkannte sie, dass es Martin war, dem es vor Schreck offenbar die Sprache verschlagen hatte.

»Was hast du schon so früh hier verloren?«, fragte sie nun etwas sanfter und ließ den Besen wieder sinken.

»Das könnte ich dich genauso fragen«, entgegnete Martin, während er sich den Staub von den Kleidern klopfte. »Was soll der Besen in deiner Hand?«

»Ich habe dich für einen Räuber gehalten. Was wolltest du mit dem Seil?« Bella neigte den Kopf und musterte ihn prüfend.

Martin errötete. »Ich … ich habe es gefunden. Irgendwer muss es verloren haben.«

»Und ich dachte schon, du willst jemandem einen Streich damit spielen«, gab sie zurück. Sie betrachtete kurz sein Gesicht und fügte hinzu: »Oder hast du dich über Nacht aus der Burg gestohlen? Zu deiner Liebsten?«

Martin wusste jetzt nicht mehr, was ihm eher heiße Wangen bereitete, die Lüge oder Bellas Verdacht. »Ich …«, presste er hervor und erwischte sich dabei, dass er drauf und dran war, Rosalina zu verleugnen. Eine Lüge mehr oder weniger, was machte das schon?

»Schon gut, ich bin nicht der Hauptmann der Grafengarde. Ich bin nur eine Schlaflose auf der Suche nach Beschäftigung.«

Martin versuchte seine Erleichterung zu verbergen. »Was raubt dir denn den Schlaf? Deine bevorstehende Vermählung?«

Bella warf ihm einen giftigen Blick zu. »Spottest du etwa über mein Elend? Ich denke, du wolltest mich beschützen?«

»Und du hast gesagt, dass du keinen Beschützer brauchst.«

»Das stimmt. Aber ich brauche auch keinen Spott. Sei froh, dass man dich nicht mit jemand Unliebsamem vermählen will.«

Wenn du wüsstest, dachte Martin, versagte sich jedoch eine Erwiderung.

»Verzeih mir«, meinte Bella einsichtig, da sie sein Schweigen als Verletztheit auslegte. »Ich bin im Moment nicht ich selbst. Ich habe mich so sehr gefreut, wieder herzukommen, und jetzt soll ich vermählt werden. Das kann man nicht gerade als gerecht bezeichnen, oder?« Martin schüttelte den Kopf, worauf sie hinzusetzte: »Meine Schlaflosigkeit liegt aber vor allem daran, dass wir im Kloster immer um diese Zeit aufgestanden sind, um das Morgengebet abzuhalten.«

»Warum hat dich dein Vater eigentlich ins Kloster gesteckt?«, fragte Martin.

Bella senkte den Kopf und stocherte kurz mit der Schuhspitze im Sand herum. Dann blickte sie auf, und ohne ihm eine Antwort zu geben, griff sie nach seiner Hand. »Komm mit!«

»Wohin willst du?«, fragte Martin, während er ihr hinterhereilte.

»Ich habe dir doch einen Spaziergang durch den Weinberg versprochen«, entgegnete Bella, während sie sich lächelnd nach ihm umwandte. »Und ich halte meine Versprechen.«

»So früh?«

»Hast du nachher mehr Zeit?«, fragte die Grafentochter, ohne langsamer zu werden.

Um sich mit ihr unterhalten zu können, ohne zu schreien, musste er wohl oder übel mit ihr Schritt halten. »Nein, aber wenn dein Vater …«

»Glaubst du wirklich, mein Vater würde mich persönlich wecken?«

»Nein, aber die Mägde könnten ihm dein Fehlen melden.«

»Er glaubt ganz sicher nicht, dass ich geflohen bin. Wie sollte ich das auch anstellen? Zu Fuß und dann über den Fluss schwimmen? Oder darauf hoffen, dass die Fähre gerade auf der richtigen Seite des Ufers liegt?« Bella hielt einen Moment inne, als sei das Gesagte tatsächlich eine Möglichkeit, die sie in Erwägung ziehen könnte. Dann schüttelte sie fast unmerklich den Kopf und fuhr fort: »Nein, ich kann nicht von hier weg. Genaugenommen will ich das auch gar nicht. Ich liebe den Weinberg. Auf jeden anderen Ort in der Welt könnte ich verzichten, aber nicht auf ihn.«

»Bist du dir da ganz sicher?«

»Warum denn nicht?«

»Weil es auch in anderen Ländern Weinberge gibt. Sicher würdest du dich in Italien genauso wohl fühlen.« Wieso sage ich das, fragte sich Martin im nächsten Augenblick. In Italien wartet Rosalina auf mich …

»Als ob du etwas von den Weinbergen Italiens verstehst!«, entgegnete Bella spöttisch.

»Vielleicht verstehe ich mehr davon, als du denkst«, gab Martin zurück, worauf Bella verwirrt schwieg. »Also, was ist?«, fragte er schließlich. »Willst du mir noch immer den Weinberg zeigen?«

»Glaubst du etwa, ich stehe nicht zu meinem Wort?«, gab sie zurück.

»Ach, deshalb bist du schon so früh unterwegs«, antwortete der Bursche. »Du konntest es nicht abwarten, mich zu entschädigen.«

»Bilde dir bloß nichts ein!«, warnte die Grafentochter ihn gleich vor. »Die Entschädigung besteht einzig und allein in einer Führung durch den Weinberg und der Geschichte meiner Familie. Mehr nicht.«

Martin blickte sie an, als wollte er widersprechen.

Bella fragte sich, woher ein einfacher Pflücker nur eine solche Dreistigkeit nahm. Doch dann umfingen sie die Blätter der Rebstöcke, und auf einmal fühlte sie sich wieder wie damals, als sie noch ein Kind und frei von Sorgen war.

Die ersten Vögel erhoben ihre Stimmen, und Tau perlte vom Weinlaub herab. Die kleinen Tropfen hatten die Spinnweben sichtbar gemacht und ließen sie in den zarten Strahlen der Morgensonne glitzern. Als sie sich ein Stück weit von der Burg entfernt hatten, blieb Bella stehen, legte den Kopf in den Nacken und breitete die Arme aus. Die Luft, die sie tief in ihre Lungen sog, war feucht und schmeckte nach grünen Blättern.

»Na, was sagst du?«, fragte sie Martin, der sie fasziniert betrachtet hatte. »Bist du jetzt immer noch der Meinung, dass es einen vergleichbaren Ort gibt?«

Er grinste verschmitzt. »Natürlich gibt es vergleichbare Orte. In Pa…« Gerade noch rechtzeitig fiel ihm ein, dass er sich hier auf Feindesland befand und Bella die Tochter des ärgsten Konkurrenten seines Vaters war.

»In Pa?«, wunderte sich Bella. »Was meinst du damit?«

»Nichts, mir ist nur so ein Gedanke durch den Kopf gegangen.«

»Ein Gedanke mit dem Namen Pa?«, hakte die Grafentochter nach. »Ist dir deine Liebste wieder in den Sinn gekommen?«

Blut schoss in Martins Wangen, und er senkte den Blick. »Lass uns von etwas anderem reden.«

Bella betrachtete ihn eine Weile prüfend, dann griff sie nach seiner Hand. Sie war überraschend warm und weich, keineswegs schwielig wie die Hände anderer Pflücker. Sie war erstaunt, wollte aber nicht weiter darüber sprechen. Also zog sie Martin weiter in den Weinberg hinein, während die Sonne jenseits der Felsen höher stieg.

Zunächst passierten sie die Weinstöcke, die fein säuberlich auf hohe Stecken gezogen waren, schweigend, dann sagte Martin: »Dein Vater hat gestern mit diesem Fettwanst auch über eine neue Rebsorte gesprochen. Kannst du sie mir zeigen?«

Bella zog überrascht die Augenbrauen hoch. »Eine neue Rebsorte?« Ihre Verwunderung war nicht gespielt, das sah Martin sofort. »Davon hat er mir gar nichts erzählt.«

»Aber diesem Kerl, der bei ihm war«, entgegnete Martin. »Das war der Heiratswerber, nicht wahr?«

Bella nickte beklommen, und ihre Brust schnürte sich auf einmal zusammen. Ihr Vater hatte ihr kein Wort von einer neuen Weinsorte erzählt. Stattdessen hatte er verzweifelt versucht, sie vor Hans von Uhlenfels zu preisen, als sei sie eine zahnlose Schindmähre.

Martin spürte ihre aufkommende Traurigkeit und griff nach ihrer anderen Hand. Nun standen sie sich wieder gegenüber, wie damals, als sie sich als Kinder getroffen hatten. Nur wurden sie diesmal nicht von ihren Vätern auseinandergerissen.

»Dann lass sie uns gemeinsam suchen«, schlug er vor und fragte sich gleichzeitig, ob sie ihn wirklich nicht wiedererkannte. Woher sollte sie?, antwortete eine kleine Stimme. Du hast doch auch nicht mehr gewusst, dass sie die Tochter des Grafen ist. »Bestimmt erkennst du eine neue Sorte, wenn du sie siehst, oder?«

Bella nickte und schluckte ein paar enttäuschte Tränen herunter, die ihr in die Augen steigen wollten. Ihr Vater war es, den sie mittlerweile nicht mehr wiedererkannte. Er hätte mit ihr durch den Weinberg schlendern und ihr berichten sollen, was sich alles auf der Burg ereignet hatte. Er hätte mit ihr am Fenster sitzen und Geschichten austauschen sollen. Doch er wollte sie anscheinend nur loswerden. Weil sie Martin den versprochenen Spaziergang nicht verderben wollte, setzte sie ihren Weg fort.

»Wie viel verstehst du eigentlich vom Wein?«, fragte Bella, um sich von der Bitterkeit in ihrem Herzen abzulenken.

»Nicht viel«, flunkerte Martin.

»Und dann verdingst du dich als Pflücker?«

»Ich bin mir eben für keine Arbeit zu schade. Außerdem, braucht man wirklich Wissen um den Wein, wenn man ihn pflücken soll?«

Bella sah ihn fast schon entsetzt an. »Natürlich brauchst du Wissen! Wie konnte Bernhard Wackernagel dich nur anstellen, wenn du gar nichts über den Wein weißt?«

Martin schoss die Röte ins Gesicht. »Ich habe nicht behauptet, dass ich gar nichts weiß. Ich sagte nur, dass ich nicht viel weiß.«

»Dann sollte ich wohl erst prüfen, was du kannst, bevor ich dich auf die Trauben loslasse.«

Mit diesen Worten hockte sich Bella vor den nächstbesten Weinstock und versuchte die strenge Miene des Kellermeisters nachzuahmen. »Wie nennt man diese Triebe hier?«, fragte sie, während sie nach einem der Äste griff, dessen Rinde noch nicht so knorrig war wie bei den anderen.

Martin lächelte leise vor sich hin. Soll ich mich offenbaren oder noch ein bisschen mit ihr spielen?, überlegte er. »Ich weiß es nicht«, antwortete er dann.

»Besieh sie dir doch mal genauer!«, forderte Bella ihn auf.

Martin neigte den Kopf und tat ihr den Gefallen. »Ich nehme an, dass dieser Trieb jünger ist als der andere. Er ist vielleicht erst in diesem Sommer gewachsen.«

Bella nickte, und für einen kurzen Moment lockerte sich ihre gespielt strenge Miene auf. »Man nennt sie Sommertriebe oder einjähriges Holz.« Doch dann rief sie sich wieder zur Ordnung, denn sie wollte es Martin nicht zu leicht machen. »Was ist damit?«, fragte sie und griff nach einem Abzweig, der vom Sommertrieb abging und zwar Blätter trug, aber keine Reben, und der sich zum Ende hin kringelte wie ein Schweineschwanz.

»Sag du es mir.«

»Das sind Geiztriebe. Die Blätter dienen der Zuckerbildung in der Rebe, dadurch reifen die Trauben besser. Allerdings passt jeder gute Winzer auf, dass sie nicht überhandnehmen, denn wie du siehst, wächst an ihnen selbst keine Rebe.«

»Das da sind wohl Ranken«, sagte Martin und deutete auf ein paar zarte, gedrehte Ästchen, die nicht einmal ein Blatt aufwiesen.

»Stimmt!«, entgegnete Bella und konnte ihr Lächeln nun nicht mehr länger zurückhalten. »Du weißt also doch schon etwas!«

»Habe ich es nicht gesagt?«, entgegnete Martin, dann verstummte er, denn Bella sah ihn nun direkt an, und das Grün ihrer Augen umschlang seine Seele wie eine Ranke, die sich an ihm festklammern wollte. Und zwar für immer.

Die junge Frau erforschte sein Gesicht einen Moment

lang, dann senkte sie den Blick wieder. »Siehst du diese Rebe hier?«, fragte sie und nahm ein besonders prächtiges Exemplar in die Hand. Martin bemerkte, dass sie dabei so vorsichtig war, als würde sie die Haut ihres Geliebten berühren. Oder seine Wange. »Sie ist ideal. Dichtbeerig, aber die Trauben stehen nicht zu dicht, dass man welche hätte entfernen müssen, weil sie das Wachstum behindern. Die Trauben konnten sich gut und gleichmäßig entwickeln. Wahrscheinlich wird dieser hier einer der besten Jahrgänge. Wenn nicht alle Blüten zu Trauben geworden wären, hätte man gesagt, dass die Gescheine, also die Ästchen, an denen die Trauben hängen, durchgerieselt sind.«

Martin stieß einen bewundernden Pfiff aus.

»Was gibt es denn da zu pfeifen?«, fragte Bella verwirrt.

»Ich bin beeindruckt von deinem Wissen. Hat dein Vater dich das gelehrt, oder waren es die Nonnen im Kloster?«

»Beide, würde ich sagen. Mein Vater hat es nicht gern gesehen, wenn ich mich bei den Winzern herumgetrieben habe, aber das hat mich nicht davon abgehalten, zu ihnen zu gehen. Solange er nicht die Hoffnung auf einen Sohn hatte, betrachtete er mich noch als seine Erbin.« Bellas Stimme brach. Eigentlich hatte sie nicht zulassen wollen, dass Bitterkeit sie überkam, doch nun griff dieses Gefühl erneut mit scharfen Klauen nach ihr.

»Halte mich für ungehobelt, aber in meinen Augen bist du seine Erbin«, platzte es aus Martin heraus, was er beinahe sofort bereute, denn es klang ziemlich grob.

»Ja, ich bin seine Erbin«, entgegnete sie traurig. »So oder so. Es sei denn, er enterbt mich wegen meines Starrsinns.«

»Das wird er nicht tun!«, gab Martin zurück. »Sofern der Weinberg ihm mittlerweile nicht auch egal ist.«

Schnell klappte er den Mund wieder zu, als er merkte, dass er versucht war, seinen eigenen Vater zu erwähnen. Den Feind der Familie Katzenburg.

»Wer weiß schon, was meinem Vater überhaupt noch wichtig ist?«, fragte Bella gedankenverloren, während sie über ein paar Weinblätter strich, die bereits rote Sprenkel trugen. Dann erhob sie sich wieder. »Wir wollten doch nach dem neuen Wein sehen. Lass uns das besser tun, bevor mein Vater nach mir suchen lässt. Bestimmt ist er schon aus den Federn heraus.«

Sie schritten erneut durch die Reihen der Rebstöcke, während die Geräusche von der Burg immer lauter wurden. Selbst bis hierher waren die Rufe des Kellermeisters zu hören.

Martin fragte sich, ob Bernhard Wackernagel vielleicht auf der Suche nach ihm war, und ein mulmiges Gefühl überkam ihn. Wenn der Kellermeister ihn nicht fand, würde er ihm bei seiner Rückkehr sicher die Ohren langziehen. Vermutlich würden Thomas und seine Freunde ihn noch darin bestärken, dass er eine Strafe verdient hätte. Aber die Chance, die neuen Reben gezeigt zu bekommen, wollte er sich nicht entgehen lassen.

Bella war inzwischen wieder stehen geblieben und überlegte, wo ihr Vater den neuen Wein angebaut haben könnte. Aufmerksam ließ sie den Blick durch die Reihen schweifen, auf der Suche nach einer anderen Blattfarbe, und versuchte sich vorzustellen, wie der Weinberg wohl von oben aussah, aus der Perspektive einer darüber hinwegflatternden Taube.

Da der Wein neu und empfindlich war, hatte ihr Vater sicher eine geschützte Stelle ausgesucht. Eine, die von der Sonne gut beschienen war und die der Wind weitestgehend in Frieden ließ.

»Ich hab's!«, rief sie plötzlich aus und rannte los.

»Was hast du?«, fragte Martin, erhielt aber keine Antwort, und so blieb ihm nichts anderes übrig, als ihr zu folgen.

Die Weinblätter wogten in dem Luftzug, den Bella verursachte. Ein paar davon rissen sogar unter der Berührung ihres Arms oder ihrer Schulter ab und verfingen sich in ihrem Haar.

Martin, der ihr hinterherrannte, verglich sie unwillkürlich mit einem dahinfliegenden Engel, dem Engel des Weins. Kann ich diesem Wesen wirklich Schaden zufügen? Der Gedanke entfachte ein unangenehmes Brennen unter seinem Brustbein. Ihrem Vater schon, aber widerfährt das, was ich dem Grafen antue, letztlich nicht auch ihr?

»Wo bleibst du denn?«, riss ihn Bellas Ruf aus seinen Gedanken fort. »Komm schon, wir sind gleich da!«

Martin versuchte so zu tun, als hätte der vorherige Gedanke ihn nicht berührt. »Du rennst zu schnell!«, entgegnete er und schloss sich ihr dann wieder an.

Schließlich erreichten sie einen Bereich des Weinbergs, der etwas südlicher von den anderen Rebstöcken lag. Der Wind, der hier wehte, war etwas milder.

Anhand der Farbe der Reben und der Blätter erkannte Bella auf Anhieb, dass dies nicht die gewöhnlichen Heunisch-Trauben waren. »Das hier muss er sein«, sagte sie und berührte fasziniert die Blätter der jungen Weinstöcke, als wären sie Juwelen.

»Bist du sicher?«, fragte Martin, denn ihm fielen keine sonderlichen Unterschiede auf.

»Ganz sicher«, entgegnete die Grafentochter, während sie auf einen Rebstamm und die Triebe deutete, die davon abgingen. »Siehst du die Verholzung hier? Das ist ausschließlich einjähriges Holz. Nach der ersten Lese wird es größtenteils abgeschnitten, damit sich neue Triebe bilden können.« Von einer seltsamen Erregung gepackt fiel sie auf die Knie und begann, die Erde rings um den Stock ein wenig aufzuscharren.

Martin fragte sich zunächst, was das zu bedeuten hatte, dann bemerkte er, dass sich zwischen dem Sand Wurzeln befanden. Sie waren zart wie Haar, und Bella behandelte sie mit äußerster Vorsicht.

»Siehst du das hier?«, fragte sie und deutete nach unten. »Das sind die Tauwurzeln. Sie nehmen das Wasser für die Pflanze auf und liegen deshalb so weit oben, damit sie jeden Tropfen, der auf den Boden fällt, gleich aufsaugen können.«

Bevor sie ihre Ausführungen fortsetzen konnte, ertönte vom Fuße des Berges her ein lautes Poltern.

»Ich glaube, dein Vater bekommt Besuch.« Martin deutete auf den Weg, der sich durch das Gebüsch zur Burg hinauf schlängelte. Eine stark wackelnde Kutsche mühte sich den Weg entlang, und die Pferde, die sie zogen, wirkten erschöpft.

Bella richtete sich auf und erstarrte augenblicklich. »Das ist der Fürst von Hohenstein!« Ihre Worte waren nicht mehr als ein Flüstern voller Entsetzen.

Martin runzelte die Stirn. »Bist du dir sicher? Ich kann von hier aus kein Wappen erkennen.«

»Aber doch sicher die Lakaien, oder?«, hielt Bella dagegen.

»Du meinst die Gestalten, die sich an die Kutsche klammern, als ginge es um ihr Leben?«

»Ja, genau die meine ich.«

»Nun gut, wer sich Diener und Begleitreiter leisten kann, muss schon bedeutend sein. Reist der Fürst seinem Werber etwa nach?«

»Wie du siehst.«

»Dann muss er es ja sehr eilig haben, ein Weib zu freien.«

Bella lagen dazu so einige Worte auf der Zunge, besonders was das Alter Roland von Hohensteins betraf. Doch ihre Furcht vor der Heirat und die Abneigung gegen den fürstlichen Bräutigam waren so groß, dass sich ihr Hals wie zugeschnürt anfühlte.

»Ich glaube, wir sollten besser gehen«, hörte sie Martin wie aus weiter Ferne sagen. Diesmal umschloss seine Hand die ihre, um sie mit sich zu ziehen.

Als sie die Burg erreichten, preschte die Kutsche gerade auf den Hof. Das Getöse der Räder und Pferdehufe hallte ohrenbetäubend laut von den Burgmauern wider.

Bella hatte auf einmal das Gefühl, als würde sich ein Stein auf ihre Brust senken. Einer von jenen zentnerschweren Brocken, die im Frühjahr allzu gern aus dem Acker wuchsen und die Pflugscharen der Bauern verdarben.

Die Kutsche machte halt, die Lakaien sprangen herunter, und einer eilte um das schwere Gefährt herum, um seinem Herrn die Tür zu öffnen. Die Begleitreiter zügelten ihre Pferde und saßen ab, während sie ihre Blicke misstrauisch über die Leute schweifen ließen, die sich auf dem Burghof befanden. Kaum einer von ihnen eilte davon, weil ihn das, was da vor sich ging, nicht interessierte.

Während Bella mit vor Angst klopfendem Herzen beobachtete, wie ein Mann in einem roten Mantel aus dem Gefährt kletterte, bemerkte sie, dass etwas mit einem der Hinterräder nicht in Ordnung war. Es wirkte notdürftig geflickt. Offenbar hat mich Gott doch erhört, ging es ihr durch den Sinn. Nur genützt hat es leider nichts.

Von dem Rad wanderte ihr Blick wieder auf die Gestalt des Gastes. Überraschenderweise war Roland von Hohenstein nicht so alt, wie sie gedacht hatte. Dem Aussehen nach zu urteilen schätzte sie ihn etwas jünger als ihren Vater. Dennoch verspürte sie vom ersten Augenblick an eine tiefe Abneigung gegen ihn. Seine Gestalt war ihr einfach zu glatt, und dass er dem Diener, der ihm eigentlich nur helfen wollte, einen Schlag versetzte, trug nicht gerade dazu bei, dass sie ihn sympathisch fand.

»Das ist er also«, hörte sie Martin hinter sich flüstern.

Entgegnen konnte sie darauf aber erst einmal nichts. Ihr Herz raste panisch, und ihre Hände waren eiskalt. Das waren keineswegs die Gefühle, die eine Frau haben sollte, wenn sie ihrem zukünftigen Gatten begegnete.

Im Stillen wünschte sich Bella, die Zeit zurückdrehen zu können. Vorhin im Weinberg hatte sie sich frei gefühlt und war fröhlich gewesen. Die Gesellschaft eines einfachen Burschen wie Martin war ihr wesentlich lieber als das, was demnächst auf sie zukommen würde. Aber sie war die Tochter des Grafen von Katzenburg und hatte keine andere Wahl, als ihrem zukünftigen Gemahl unter die Augen zu treten.

Doch nicht in diesem Augenblick. Unvermittelt griff sie nach Martins Hand und zischte »Pssst«, als er sich anschickte, etwas dazu zu sagen. Dann zog sie ihn mit sich hinter ein Wasserfass. Von hier aus konnte sie Roland von Hohenstein beobachten, ohne dass er sie gleich bemerkte.

»Offenbar ist er ein recht ungeduldiger Herr«, bemerkte Martin, nachdem er den Fürsten eine Weile beobachtet hatte. »Ich zähle jetzt schon den vierten Hieb für seine Diener. Die Reise scheint an seinen Nerven gezehrt zu haben.«

»Oder er ist an sich ein sehr unbeherrschter Mann«, entgegnete Bella seufzend, denn sie hatte die Züchtigungen auch mitbekommen.

»Mit so einem will dich dein Vater verheiraten?«

»Ja, das will er. Es ist ihm egal, ob mich mein Gatte später ebenso wie seine Diener prügelt. Hauptsache, er ist mich los.«

Da das Gespräch nun schon mal auf den Grafen kam, fiel Bella auch noch etwas anderes ein. »Wahrscheinlich hastet mein Vater gerade wie angestochen durch die Gänge und sucht nach mir«, sprach sie ihren Gedanken laut aus.

»Wir könnten in den Weinberg zurückkehren«, flüsterte Martin, als hätte er gerade das Gleiche gedacht.

»Nein, dorthin würde er die Mägde zuerst schicken, um mich zu suchen. Vielleicht sogar seine Soldaten.«

»Wenn er seine Soldaten schicken will, gehe ich lieber«, flüsterte Martin. »Die Schläge ins Gesicht, die ich mir eingefangen habe, reichen mir. Ich habe keine Lust, eine Hellebardenspitze in den Hintern zu kriegen.«

»Keine Sorge, dorthin werden dich die Soldaten mit ihren Waffen ganz sicher nicht stechen.«

Martin wollte gerade etwas darauf erwidern, als Bella ihn am Schlafittchen packte und weiterzog. Sie traten neben die Hütte, in der ihre Kinderfrau wohnte. Von Katrina war nichts zu sehen. Entweder war sie nicht da, oder der Trubel interessierte sie nicht.

Von hier aus beobachteten die beiden, wie der Graf erschien, um seinen Gast zu begrüßen. Offenbar war er hastig in seine Kleider gesprungen, denn er sah nicht so ordentlich aus, wie er es eigentlich sollte.

Er verneigte sich vor Roland von Hohenstein und sagte etwas zu ihm, was sie von hier aus nicht verstanden.

Dann bat er seinen Gast hinein. Die Lakaien blieben bei der Kutsche zurück.

»Sie wirken erleichtert«, bemerkte Martin spöttisch, nachdem er die Gesichter der Burschen in Augenschein genommen hatte.

»Dazu haben sie ja wohl auch allen Grund.« Bella brach ab und strich nun über ihren Rock. »Ich fürchte, ich muss jetzt gehen.«

»Du willst dich dem Willen deines Vaters also beugen?«

»Ich habe keine andere Wahl«, entgegnete sie, setzte dann jedoch rasch hinzu: »Aber das heißt noch lange nicht, dass ich diesen Fürst heiraten werde. Vielleicht gibt es ja einen Ausweg. Irgendeinen.«

Martin hätte diese Aussage nur zu gern bestätigt. Aber er wusste selbst, wie wenig man gegen väterliche Willkür ausrichten konnte. »Ich danke dir für den lehrreichen Spaziergang«, sagte er daher nur und verbeugte sich vor ihr. »Es war mir ein Vergnügen.«

Bellas Lächeln vertrieb für einen Moment den Schatten, der sich auf ihren Blick gesenkt hatte. »Die Freude war ganz meinerseits.« Damit beugte sie sich vor und gab ihm einen Kuss auf die Wange.

Martin riss die Augen auf und starrte sie verdutzt an. Ehe er sich wieder gefangen hatte, war Bella bereits verschwunden.

10. Kapitel

»Ich hoffe, Ihr hattet eine gute Reise, Euer Gnaden«, sagte Rudolph von Katzenburg, während er mit auf dem Rücken verschränkten Händen neben seinem Gast durch den Bogengang schritt.

Der Wind trug den Duft von Weinlaub durch die geöffneten Fenster und strich über die Wandteppiche und Banner, die den grob gefugten Wänden ein wenig von ihrer Kahlheit nahmen.

»Eure Hoffnung in allen Ehren, werter Graf, aber meine Reise war eines der schlimmsten Ereignisse meines Lebens«, echauffierte sich Roland von Hohenstein. »Nicht nur, dass die Wege sehr schlecht waren, zu allem Übel erlitten wir auch noch einen Radbruch. Und meine Bediensteten waren nicht in der Lage, das Unheil schnell zu richten.«

»Das bekümmert mich zu hören, werter Fürst«, gab Rudolph von Katzenburg zurück. »Ich werde den besten Stellmacher meiner Grafschaft herbeordern, damit er Euch ein neues Rad anfertigt. Ihr lasst mir doch die Ehre zuteilwerden, Euch ein wenig länger zu beherbergen?«

»Wenn Euer Wein so gut ist, wie man sagt, werde ich es in Erwägung ziehen«, entgegnete der Fürst. »Und natürlich auch, wenn Eure Tochter mein Gefallen findet. Ich werde mich so bald wie möglich mit dem Herrn von Uhlenfels besprechen. Er hat gewiss schon einen ersten Eindruck gewonnen.«

Rudolph von Katzenburg presste kurz die Lippen zusammen. Wenn der Fürst von seinem Heiratswerber erfuhr, welche Eskapade sich Bella geleistet hatte, überlegte er es sich vielleicht noch mal.

Immerhin ist sie eine Schönheit, rang der Graf seine aufkommende Beunruhigung nieder. Letztlich zählt nicht ihre Aufsässigkeit, sondern ihre Jugend und ihre Gesundheit.

Im Westflügel der Burg machten sie vor einer großen Tür halt, vor der zwei Wachen standen. Als sie den Grafen und dessen Gast erblickten, öffneten sie sogleich die Türen.

»Das wird in den kommenden Tagen Euer Reich sein, Euer Gnaden«, sagte Graf von Katzenburg, während er mit einer ausschweifenden Armbewegung durch den Raum deutete. »Bleibt, so lange es Euch beliebt.«

Roland von Hohenstein ließ den Blick kurz über die Wände und das Mobiliar schweifen, dann trat er ein. Der Graf sollte sich ihm eigentlich anschließen, zögerte jedoch einen Moment lang.

Dies waren in Wirklichkeit keine Gästegemächer, sondern die Wohnräume seiner Gemahlin. Aus der Verpflichtung heraus, dem Fürsten eine bessere Unterkunft zu bieten als jene, die der Heiratswerber bewohnte, hatte er sich verpflichtet gefühlt, diesen Teil der Burg als Unterkunft zur Verfügung zu stellen. Seit Jahren waren die Räumlichkeiten nicht mehr benutzt worden, doch der Graf hatte sie dennoch ständig pflegen lassen. Manchmal dienten sie ihm als Ort, an dem er seinen Erinnerungen nachhängen konnte. Jetzt erhoffte er sich den Segen seiner Frau für seinen zukünftigen Schwiegersohn. Selbstverständlich würde er ihm nicht mitteilen, dass dies der Ort war, an dem seine Gemahlin bei der Geburt seines Stammhalters gestorben war.

»Ich werde dafür sorgen, dass Euch jeder Wunsch erfüllt wird«, versprach er dem Fürsten untertänig. »Macht es Euch nach Herzenslust bequem.«

Als der Graf fort war, betrachtete Roland von Hohenstein die Malereien, welche die Wände seines Gemachs zierten. Eine feine Arbeit, dachte er. Nicht so gut, dass sie eines Königs würdig wäre, aber dennoch nicht zu verachten. Wenn diese Burg erst einmal in meinem Besitz ist, werde ich sie ein wenig besser ausgestalten lassen.

Als er an das Fenster trat, erblickte er eine junge Frau, die von einigen Mägden umringt war. Ihr Haar hatte eine recht außergewöhnliche Farbe, außerdem war sie von äußerst schlankem Wuchs.

Ist das meine Braut?, fragte er sich, während er den Fensterflügel ein Stück weiter aufzog. Sie trug einfache Kleider wie eine Dienerin, doch der Respekt, den ihr die anderen Mädchen entgegenbrachten, ließ darauf schließen, dass sie die Grafentochter war.

Eine hübsche Gestalt hat sie, dachte der Fürst mit einem süffisanten Lächeln. Gewiss wird es ein Vergnügen sein, sie in die Laken zu zwingen. Doch dann fiel sein Blick auf ein anderes Mädchen, das neben der Brünetten ging. Ihr Haar war flachsblond, unter ihrem Mieder wogten zwei große Brüste, und auch sonst war sie recht drall. Vielleicht sollte ich mir zuvor dieses Weib als kleines Vergnügen gönnen, dachte er und spürte, wie sich sein Gemächt regte.

Noch vor der Fahrt hierher hatten ihn seine Geschäfte derart eingenommen, dass er keine Zeit gehabt hatte, sich mit Frauen zu vergnügen. Hier auf der Burg, befreit von seinen Angelegenheiten, würde er vielleicht die Gelegenheit dazu haben.

Jemand öffnete die Tür und riss ihn aus seiner Betrachtung fort. Er wirbelte herum und erkannte Hans von Uhlenfels, der sich durch die Tür schob und ungelenk verbeugte.

»Euer Gnaden, soeben hat man mir mitgeteilt, dass Ihr angekommen seid.«

»Wie Ihr seht, Graf von Uhlenfels. Aber glaubt mir, es war ein beschwerlicher Weg, und ich hoffe, er hat sich gelohnt.« Als er sich kurz wieder zum Fenster wandte, stellte er fest, dass die jungen Frauen verschwunden waren, doch er war sicher, dass er die Magd schon bald wiedersehen würde. Er wandte sich also seinem Heiratswerber zu und lauschte gespannt dessen Bericht.

»Die Tochter des Grafen ist äußerst reizvoll, allerdings auch etwas spröde vom Charakter her. Ihr werdet sie sehr sorgfältig umwerben müssen, wenn Ihr ihr Herz gewinnen wollt.«

»Herz!«, entfuhr es Fürst von Hohenstein. »Was kümmert mich das Herz eines Weibes! Sie soll im Bett fügsam sein und sich nicht in meine Angelegenheiten mischen. Das erreicht man auch durch die Peitsche.«

»Dennoch würde ich Euch zur Werbung raten, jedenfalls jetzt. Die junge Dame wirkt recht unwillig, sich einen Gatten zu nehmen, und widerspricht ihrem Vater recht häufig. Obwohl der Graf nicht den Eindruck macht, als würde er ihren Launen nachgeben, wäre es sicher besser, wenn sie für Euch brennt.«

Roland von Hohenstein lächelte spöttisch. »Welche Frau brennt nicht für mich? Ihr erinnert Euch doch sicher an meine Eroberungen.«

Hans von Uhlenfels verzog das Gesicht, als wäre dies eine leidvolle Erinnerung, dann seufzte er. Sein Herr war zuweilen unbelehrbar. Vielleicht sollte er selbst sehen, mit was für einem Teufelsbraten er es hier zu tun bekommt, ging es ihm durch den Sinn. Allerdings schwieg er sich über diesen Gedanken lieber aus und sagte nur: »Ihr werdet sie sicher mit Eurem Charme verzaubern, Euer Gnaden.«

Bellas Vater schien keinen Wert darauf zu legen, dass sie dem Fürsten gleich ihre Aufwartung machte.

Oder aber er fürchtet, dass ich genauso auftreten könnte wie bei dem Heiratswerber, spottete sie in Gedanken, während sie auf dem Bett saß und sich schrecklich langweilte.

Jedenfalls ließ der Graf sie bis zum Nachmittag in ihren Gemächern warten, bis er schließlich die Mägde vorbeischickte.

In einer kleinen Truhe trugen sie ein weiteres Gewand bei sich. Es war nicht neu, trotzdem hatte es Bella noch nie zuvor gesehen. Der Stoff war grün und golddurchwirkt, der Schnitt wirkte ein wenig altmodisch, und dennoch war das Gewand prächtig. Ein neues Seidenhemd lag darunter. Bella fragte sich, woher ihr Vater dieses Kleid hatte. Hatte es etwa einst ihrer Mutter gehört?

Ihre Erinnerung an die Gräfin war im Laufe der Jahre etwas löchrig geworden, gleich so, als hätten Motten an dem Gewebe genagt. Doch Bella war sicher, dass sie sich an dieses Kleid erinnern könnte, wenn sie es je an ihrer Mutter gesehen hätte.

Diesmal ließ sie das Ankleiden über sich ergehen, als wäre sie eine Flickenpuppe, die jemand in ein viel zu enges Gewand zwängen wollte. Die Hände der Mägde rissen und zerrten an ihr, doch weder setzte sie ihnen Widerstand entgegen, noch half sie ihnen. Mit zusammengepressten Lippen mühten sich die Mädchen ab, bis sie die Schnürung im Rücken schließen konnten. Als Bella zur Seite blickte, sah sie, dass Oda, wie die blonde Magd hieß, der Schweiß nur so über die Stirn lief.

»Ist dir nicht wohl?«, fragte Bella.

Die Magd schüttelte den Kopf. »Es ist alles in Ordnung, gnädiges Fräulein«, antwortete sie schnaufend.

Aus dem Augenwinkel heraus bemerkte Bella, dass das andere Mädchen dreinblickte, als wollte es Oda widersprechen. Trotzdem presste sie die Lippen zusammen und schwieg.

Als sie endlich in ihrem Kleid steckte, war ihre Frisur an der Reihe. Natürlich würde sie einen Schleier tragen, aber der Graf hatte den Mägden aufgetragen, ihr das Haar aufzustecken, damit es schöner betont wurde.

Wieder setzte ein Reißen und Ziehen ein, diesmal auf ihrem Kopf. Im Silberspiegel beobachtete Bella, wie ihr Haar allmählich Form annahm. Nachdem die Locken hochgesteckt waren, setzten ihr die Mägde den Schleier auf, der an einem edelsteinbesetzten goldenen Reifen befestigt war. Die Steine waren grün wie Trauben, und das Gold war zu kleinen Weinblättern geformt. Bella erkannte auf Anhieb, dass dieses Schmuckstück einst ihrer Mutter gehört hatte, und ihr Herz zog sich schmerzvoll zusammen.

Mutter, wenn du nur wüsstest, dachte sie. Mit deiner Krone werde ich einem Mann an die Hand gegeben, den ich nicht will. Lautlos kullerten ihr die Tränen über die Wangen und benetzten hin und wieder auch die Hände der Mägde, aber diese taten, als wäre nichts geschehen.

Als sie schließlich fertig war, trat Bella mit steifen Schritten aus der Kemenate. Vor ihrer Tür wartete Heinrich Oldenlohe. Offenbar hatte ihr Vater ihn geschickt, um aufzupassen, damit sie nicht das Weite suchte.

Bella bedachte ihn mit einem kurzen Blick, dann raffte sie ihre Röcke und ging voran. Schweigend schloss sich der Bote der Grafentochter an.

Kurz vor dem Saal kam ihr der Graf entgegen. Er musterte sie kurz und wirkte sichtlich zufrieden, als er sah, dass sie sich diesmal keine Späße mit ihrer Erscheinung erlaubt hatte.

»Komm, mein Kind. Der Fürst von Hohenstein ist begierig, dich zu sehen.« Damit reichte er ihr seine Hand.

Bella versuchte sich mit der Betrachtung des Saales abzulenken. Die Wandteppiche und Banner wirkten unter dem hier herrschenden Luftzug wie lebendige Wesen, die jemand an die Wände gefesselt hatte. Die Fackeln und Kerzen flackerten beständig, doch es war nicht so zugig, dass sie Gefahr liefen zu verlöschen. Sie verbrauchten sich lediglich schneller.

Hinter der reich gedeckten Tafel saßen Roland von Hohenstein und sein Heiratswerber. Der Lichtschein vermochte die Pupillen der beiden nicht zu erleuchten, so dass ihre Augen wie glänzende schwarze Perlen wirkten, in denen es keinerlei Gefühl gab.

Bella erschauerte, als ihre Blicke sich trafen. Der Fürst von Hohenstein, der gerade seinen Weinbecher an die Lippen gehoben hatte, sprang auf und ging ihr entgegen. Auf seinem Gesicht zeichnete sich ein Ausdruck ab, der Bella nicht gefiel. Während er sie wie ein edles Pferd betrachtete, schien er sich zu fragen, welchen Preis ein Weiterverkauf ihm wohl einbrachte.

»Mein Werber hat mir nicht zu viel versprochen«, wandte er sich schließlich an den Grafen von Katzenburg. »Eure Tochter ist wahrlich eine Schönheit.«

»Ihr ehrt mich, Euer Gnaden«, entgegnete der Graf und deutete eine geschmeichelte Verbeugung an.

Bellas Miene blieb reglos. Warum sollte ich ihn auch anlächeln?, fragte sie sich trotzig. Nicht einmal der sanfte Stoß, den ihr Vater ihr versetzte, konnte etwas daran ändern, dass sie dreinblickte, als müsste sie zu einer Beerdigung gehen. Sie tat ihrem alten Herrn zwar den Gefallen, einen Knicks zu machen, doch ihr Blick blieb finster.

Leider konnte sie damit nicht das Lächeln vom Gesicht des Fürsten wischen. Er reichte ihr galant die Hand, und Bella blieb nichts anderes übrig, als sie zu ergreifen. Stolz wie ein Gockel, der sein Gefieder herzeigen wollte, schritt er mit ihr zur Tafel und rückte ihr den Stuhl zurück, damit sie Platz nehmen konnte.

Ohne ihm auch nur einen Hauch von Gunst zu bezeugen, setzte sie sich und griff nach dem Weinbecher. Zu ihrer Enttäuschung war er leer.

Als sie aufsah, bemerkte sie den wütenden Blick ihres Vaters. Natürlich ziemte es sich nicht, gleich nach dem Weinbecher zu greifen, als sei man trunksüchtig. Aber für Bella ging es hier ja auch nicht darum, das Herz des Fürsten zu gewinnen. Wenn ihn überhaupt noch etwas davon abbringen konnte, sie zur Frau nehmen zu wollen, dann waren das ihrer Ansicht nach schlechte Manieren.

Die nun entstehende unangenehme Stille überbrückte der Graf damit, dass er den Bediensteten Bescheid gab, die Speisen aufzutragen.

Innerhalb weniger Augenblicke erschienen die ersten Mägde mit den Platten, auf denen Fasane, Kapaune und ein Spanferkel lagen. Schüsseln mit Wurzeln und Kohl wurden hereingebracht, dazu gab es frisches Brot. Die Düfte, die Bella in die Nase stiegen, ließen ihr das Wasser im Mund zusammenlaufen und machten sie für einen Moment vergessen, dass die Tischgesellschaft nicht die allerbeste war.

Der Wein wurde ihnen von den Mägden eingeschenkt, die Bella zuvor angekleidet hatten. Der Grafentochter entging nicht, wie gierig Hohenstein Oda musterte, als sie mit dem Krug neben ihn trat und seinen Becher füllte. Fast schienen seine Augen in ihrem Ausschnitt zu versinken.

Vielleicht sollte er Oda freien?, schlich es lästerlich durch Bellas Verstand. Für einen ungehobelten Klotz wie ihn wäre eine Magd gewiss besser als eine Weinbäuerin. Doch wenn sie ehrlich war, würde sie Oda das nicht antun wollen. Die Magd diente ihr gut, außerdem war sie ungefähr im gleichen Alter wie sie selbst. Auch wenn sie eine Leibeigene ihres Vaters war, die bei ihrer Hochzeit das Leibhuhn entrichten musste, würde sie doch ihren Bräutigam wählen können.

»Gibt es Neuigkeiten vom Königshof?«, fragte Rudolph von Katzenburg, während er seinen Becher an die Lippen hob. Im Gegensatz zu Roland von Hohenstein schenkte er seinen Bediensteten ebenso wenig einen Blick wie seiner Tochter.

»Um den König steht es in der Tat nicht gut, daher ruhen alle Hoffnungen auf Herzog Albrecht. Zu Recht, wie ich finde.«

Während er sprach, wanderte der Blick des Fürsten erneut zu Oda. Die Magd hielt den Kopf meist gesenkt, aber hin und wieder beobachtete Bella, wie sie aufsah und ihre Blicke sich mit denen Roland von Hohensteins trafen.

Plötzlich ließ er seine Zunge zwischen seine Lippen schnellen, als wollte er einen Tropfen kostbaren Weins auflecken.

Dieser Anblick ließ Bella angewidert erschaudern, und nur zu gern hätte sie das Mädchen fortgeschickt, denn selbst sie erkannte, was der Fürst im Sinn hatte. Aber sie hatte an dieser Tafel nichts zu sagen. Ja mittlerweile hatte sie sogar den Eindruck, dass sie unsichtbar geworden war.

»Man sagt, dass Ihr mit dem Herzog gut steht. Habt Ihr Ambitionen in der Politik?«

Roland von Hohenstein grinste noch immer. »Natürlich, welcher Mann hat die nicht? Allerdings bedarf es dazu einer Menge Gold und der Unterstützung seitens einflussreicher Männer. Vielleicht werdet Ihr ja dazugehören, wenn ich Eure Tochter zum Weib nehme.«

Die Worte ließen Bellas Herz rasen. Wie es sich anhörte, war die Sache wohl schon beschlossen. Roland von Hohenstein war nur noch hier, um sich einen letzten Eindruck zu verschaffen, bevor er die Vereinbarung mit ihrem Vater einging. Anklagend blickte sie hinüber zu dem Grafen, doch der gab vor, mit der Betrachtung seines Weinbechers beschäftigt zu sein.

Hans von Uhlenfels, der neben ihm saß und bisher den Mund gehalten hatte, fügte nun hinzu: »Eine Allianz zwischen Euren beiden Häusern wäre, wenn ich das mal so sagen darf, äußerst gewinnbringend für beide Seiten. Ihr, mein lieber Graf, würdet an Ansehen gewinnen, und Ihr, Euer Gnaden, würdet zu Eurem Besitz ein wunderbares Erblehen erhalten. Mit dem besten Wein, den es in der Gegend gibt.«

Übelkeit überkam Bella bei diesen Worten.

Ein Erblehen! Das bedeutete, dass ihr Vater seinen Schwiegersohn zu seinem Erben erklären würde. Er zog diesen schmierigen Fürsten, der den Mägden unverhohlen auf den Busen gaffte, seinem eigenen Fleisch und Blut vor! Offenbar gewinnt hier jeder an der Tafel, nur ich nicht, dachte sie bitter und stürzte entgegen ihrer Gewohnheit den Wein wie Wasser hinunter und verlangte obendrein von Oda, dass sie nachschenken sollte.

Als ihr Vater es bemerkte, warf er ihr einen tadelnden Blick zu – wie so oft, seit sie hier angekommen war –, doch Bella war es egal. Sollte der Fürst von Hohenstein ruhig glauben, sie sei der Trunksucht verfallen. Wenn erst einmal die Wirkung des Weins einsetzte, würde sie für ein paar Stunden vergessen können, was hier gesprochen wurde – und dass ihr Vater im Begriff war, ihr eines der liebsten Dinge zu nehmen, die sie hatte.

Als Martin sicher war, dass niemand sein Fehlen bemerken würde, schlich er sich hinaus zum Weinberg.

In den Fenstern der Burg brannte noch Licht, wahrscheinlich tafelte der Graf nach wie vor mit seinen Gästen. Der Kellermeister hatte sicher alle Hände voll zu tun, dasselbe galt für die anderen Bediensteten. Welche Gelegenheit wäre besser geeignet, um den ersten Schritt zu tun?

Diesmal bedachte Martin, die Pforte mit einem Stein daran zu hindern, wieder ins Schloss zu fallen. Adam Höllerichs Seil hatte er in der Scheune versteckt. Wann sich die Gelegenheit ergab, es dem Fährmann zurückzubringen, wusste er noch nicht. Die Weinstöcke wogten sanft im Nachtwind, und das Rascheln der Blätter klang wie Frauenstimmen, die sich Geheimnisse zuwisperten.

Im Mondlicht fiel es Martin schwer, die neuen Weinstöcke ausfindig zu machen. Zwischendurch schloss er immer mal wieder die Augen und versuchte sich an den Weg zu erinnern, den er mit Bella gegangen war. Dabei fielen ihm aber noch ganz andere Eindrücke ein. Plötzlich meinte er wieder, ihren süßen Duft in der Nase zu haben, und ihr Lächeln schob sich vor den Anblick der Weinstöcke.

Wenn er schon an ein Mädchen denken musste, hätte er vielleicht an Rosalina denken sollen. Doch Bella bemächtigte sich seiner Gedanken immer mehr. Schuld daran war auch der Kuss, den sie ihm gegeben hatte. Die Geste hatte dazu geführt, dass er sich in den nachfolgenden Stunden kaum auf die Arbeit hatte konzentrieren können, was ihm zweimal einen Stüber vom Kellermeister eingebracht hatte.

Mein Vater würde mich erwürgen, wenn er wüsste, dass mir die Tochter seines Feindes gefällt, ging es Martin durch den Kopf. Doch dann lenkte er seine Gedanken wieder auf sein Vorhaben.

Das Gras zwischen den Weinstöcken glänzte taufeucht im Mondschein, und ein paar Tropfen, die von den Blättern herabfielen, tränkten sein Wams. Schließlich erreichte er jenen Abschnitt des Weinbergs, wo der Wind nicht ganz so harsch wehte. Jenen Ort, von dem aus man auf den kleinen Weg zur Burg blicken konnte, der im Mondlicht wie ein achtlos weggeworfenes Band dalag.

Martins Kenntnisse der Weinpflanzen waren nicht so groß wie die von Bella, dennoch wählte er treffsicher einen Trieb aus, der beste Anlagen hatte, einen guten Ableger zu ergeben. Vorsichtig bog er ihn hinunter, vergrub ein Stück in der Erde und beschwerte es mit einem Stein. Als er fertig war, besah er sich sein Werk.

Da der Boden in der Nähe felsig war, konnte es durchaus sein, dass Geröll den Weinstock getroffen und hinabgebogen hatte. Da an den Rebstöcken nur wenige Trauben hingen, war es gut möglich, dass der Graf sie noch nicht in die allgemeine Lese einbezog. Vielleicht würde er die Trauben selbst pflücken und keltern, um zu sehen, welche Eigenschaften die neue Sorte entwickelte.

Martin hoffte, dass all dies zutraf, damit sich an dem Ableger Wurzeln bildeten und er ihn bald von der Mutterpflanze trennen konnte.

Auf dem Weg zurück ins Quartier kam er an den Stallungen vorüber. Argwöhnisch hielt er genauestens Ausschau nach möglichen Beobachtern. Seit der Prügelei auf dem Hof hatten Thomas und seine Spießgesellen zwar Ruhe gegeben, doch Martin wusste nur zu gut, dass dieser Friede trügerisch war. Wahrscheinlich sannen die drei bereits über die nächste Gemeinheit nach, die sie ihm antun konnten.

Ein Geräusch ließ ihn innehalten. War ihm jemand gefolgt und hatte womöglich mitbekommen, was er getan hatte? Martins Herz begann wild zu pochen, während er zwischen Flucht und Nachschauen schwankte. Schließlich entschied er sich für Letzteres und strebte dem Stall zu.

Wenn du das bist, Thomas, so wirst du mit dem Kopf voraus im Misthaufen landen, schwor sich Martin und griff unterwegs nach einem Besen, der zufällig im Weg herumstand.

Nun konnte er eine Stimme vernehmen. Sie keuchte und grunzte animalisch, dennoch war klar, dass sie einem Menschen gehörte. Als Martin um die Ecke des Stallgebäudes spähte, bot sich ihm ein unerwarteter Anblick. Ein Mann stand zwischen den gespreizten Schenkeln einer Frau, die auf einer Wassertonne saß. Während er eines ihrer Beine über der Armbeuge trug, griff er mit der anderen in ihren offenen Ausschnitt und holte eine der prallen Brüste hervor.

Die beiden Gestalten waren zunächst nur Schemen, doch als sich der Mann hinabbeugte, um an der Brust des Mädchens zu saugen, beleuchtete das Mondlicht nicht nur sein rotblondes Haar, sondern auch die große Nase und das breite Kinn. Martin zweifelte nicht daran, dass es sich um Fürst von Hohenstein handelte. Wie der Name der Magd lautete, wusste er nicht, doch er hatte sie schon etliche Male über den Hof eilen sehen. Offenbar hatte sie ihr Vergnügen an dem, was der Fürst mit ihr tat, denn es sah nicht so aus, als müsste er sie zwingen.

Oder hat er sie dafür gar bezahlt? Ihr Geschenke versprochen?

»Wenn ich erst mal verheiratet bin, werde ich dich mitnehmen«, keuchte der Fürst, während er dem Mädchen den Rock hochschob. »Du wirst die Zofe meines Weibes sein – und meine Geliebte.«

Dem Mädchen entrang sich daraufhin ein freudiges Juchzen, und es spreizte nun bereitwillig die Beine. Roland von Hohenstein massierte ihr Geschlecht und schob dann zwei Finger in sie hinein, um zu prüfen, ob sie bereit war. Nachdem er zufrieden gegrunzt hatte, machte er sich an seinen Beinkleidern zu schaffen.

So sehr dieser Anblick Martin auch empörte, den Blick abwenden konnte er nicht so leicht. Besonders das Mädchen hatte es ihm angetan. Ihre Schenkel im Mondlicht und die dunklen Höfe der Brüste, die über dem Ausschnitt des Kleides lagen, erinnerten ihn wieder an Rosalina. So ähnlich hatte es ausgesehen, als sie sich das erste Mal in ihrer Kammer geliebt hatten. Heimlich natürlich, denn ihr Vater durfte von alledem nichts mitbekommen. Fast meinte Martin wieder, die Wärme ihrer Haut zu spüren und ihre seidigen Lippen.

Das Wispern des Mädchens, das ganz und gar nicht zu der Vorstellung von seiner schönen Wirtstochter passte, riss ihn aus seiner erregenden Vorstellung fort.

»Bitte seid vorsichtig«, mahnte das Mädchen den Fürsten, doch offenbar hörte dieser nicht hin.

Während seine Beinkleider zu Boden fielen, stieß er mit einem harten Ruck zu und begann sich in ihr zu bewegen.

Martin wich zurück. Er konnte sich denken, wie diese

Begegnung ausgehen würde. Wenn das Mädchen Glück hatte, hielt Roland von Hohenstein sein Versprechen. Doch wahrscheinlicher war es, dass er sie schwängerte und sie dann in Schande fortgejagt wurde.

Das Stöhnen und Keuchen der beiden folgte dem jungen Mann, doch er wollte es nicht mehr länger hören. »Einen schönen Bräutigam habt Ihr da für Eure Tochter ausgesucht, Graf«, murmelte er leise, als er seiner Unterkunft zustrebte. »Noch während er um ihre Hand wirbt, hurt er schon mit den Mägden.«

Kopfschüttelnd zog er die Pforte auf und verschwand dann in der Dunkelheit. Ein seltsamer Zorn tobte in seinem Inneren. Was geht es mich an?, fragte er sich. Ich kann es ja doch nicht verhindern.

Dann erkannte er, dass es ihm nicht egal war, welchen Bräutigam Bella bekam. Sie darf diesen Mistkerl nicht heiraten, schien ihm eine kleine Stimme zuzurufen. Hat der Graf denn keine Augen im Kopf? Merkt er nicht, dass er seine Erbin an einen Hurenbock verhökert?

Nachdem Martin auf dem Dachboden durch die Reihen der Schlafenden geschlichen war, legte er sich auf seinen Platz und schaute zur Decke hinauf. Mondlicht fiel durch ein paar morsche Schindeln, und ringsherum ertönte vereinzeltes Schnarchen. Janosch wälzte sich auf seinem Strohsack hin und her und trat zwischendurch mit den Beinen aus, doch Martin wusste mittlerweile, dass den Polen nur die Feuerglocke aus dem Schlaf reißen konnte.

Er verdrängte die Geräusche so gut es ging, und nachdem er noch kurz an Bella gedacht hatte, die er mit dem Ableger ebenso verriet wie ihren Vater, fielen ihm die Augen zu.

In dieser Nacht schlichen sich seltsame Bilder in Bellas Schlaf. Sie träumte von einem See, der von Buschwerk umgeben war. Aus irgendeinem Grund wollte sie sich verstecken, denn eine warnende Stimme dröhnte durch ihren Kopf. Er wird dich kriegen, wenn du nicht verschwindest. Doch so sehr sie sich auch anstrengte, sie kam nicht voran.

Den Grund erkannte sie nur wenig später: Ihre Beine waren zu kurz, denn ihr Körper war nunmehr der eines Kindes von etwa sieben Jahren. Sie steckte in einem grünen Kleid, und das Haar fiel ihr offen und in feinen Wellen über die Schultern. Verwundert betrachtete sie ihre kleinen Hände, an denen Schmutz klebte. Offenbar war sie schon ein Weilchen in der Wildnis unterwegs.

Plötzlich raschelte es hinter ihr im Gebüsch. Bella wirbelte panisch herum und entdeckte wenig später einen Jungen, dessen Gesicht ihr irgendwie bekannt vorkam. Es war von einem dunklen Haarschopf gekrönt, und die Augen des Jungen leuchteten wie zwei Kiesel, die im Regenguss nass geworden waren. War er der Häscher, vor dem sie sich in Acht nehmen sollte?

Ihr Herz verneinte, und es riet ihr, seine Hand zu nehmen, wenn er sie ihr anbot.

»Wer bist du?«, fragte er, während er sie betrachtete, als sei sie ein seltenes Tier.

»Ich bin Bella«, antwortete sie. »Die Tochter des Grafen von Katzenburg. Und du?«

Bevor der Junge antworten konnte, stürmten ein paar Männer aus dem Gebüsch. Bella erkannte den Grafen von Bärenwinkel und daneben ihren Vater. Bevor sie realisieren konnte, was das zu bedeuten hatte, wurde sie auch schon gepackt und nach hinten gerissen. Rasch streckte sie eine Hand aus, um nach dem Jungen zu greifen, und tatsächlich berührten sich ihre Fingerspitzen. Allerdings nur für einen kurzen Augenblick, dann wurden sie wieder getrennt. Bella strampelte und versuchte, sich dem Griff ihres Vaters zu entwinden. Aber es nützte nichts. Der Junge, den sie gern kennengelernt hätte, verschwand mit seinen Häschern ins Dickicht, und sie selbst wurde zurück zur Burg gebracht.

Als Bella die Augen aufschlug, war ihr klar, dass es wieder die dritte Stunde war, und sie drehte sich seufzend um. Die Traumbilder wichen vor ihr zurück, hinterließen jedoch eine seltsame Unruhe in ihr.

Der Junge war ihr seltsam bekannt vorgekommen, ebenso wie die ganze Situation. Konnte es sein, dass sie all das wirklich erlebt hatte? Bella durchforstete ihr Gedächtnis, konnte darin allerdings keine Begebenheit dieser Art mehr finden.

Was will mir dieser Traum sagen?, fragte sie sich. »Weißt du es denn nicht, Gevatter?«, fragte sie, doch wie immer blieb der Erdbegleiter stumm.

Vielleicht war es der Wein?, dachte sie. Immerhin hatte sie dem Getränk ziemlich stark zugesprochen und am Ende Mühe gehabt, in ihre Kemenate zurückzukehren. Welchen Eindruck das auf den Fürsten von Hohenstein gemacht hatte, wusste sie nicht, sie hoffte allerdings, dass er ziemlich schlecht war. Die Mägde hatten ihr schließlich aus dem Kleid geholfen, und wenig später war sie unter ihren Decken eingeschlafen.

Nun lagen erneut Stunden des Wachseins vor ihr, diesmal erhob sie sich allerdings nicht. Sie schloss die Augen und erlaubte sich den Traum, von hier fortzugehen und ein Leben zu führen, das nur dem Wein gewidmet war. Dem Wein und vielleicht auch wahrer Liebe.

11. Kapitel

Der Beginn der Lese, der sich nun nicht länger aufschieben ließ, tröstete Bella ein wenig über die Tatsache hinweg, dass Roland von Hohenstein eine Weile auf der Burg bleiben wollte.

Mittlerweile war er schon drei Tage hier, was bedeutete, dass sie nicht nur seit Tagen sein Geschwätz bei gemeinsamen Spaziergängen ertragen musste, auch am Abend fand sie sich mit ihm an einer Tafel wieder. Ihr Vater erhoffte sich davon sicher, dass sie in Liebe zueinander entflammten, doch ihr Verhältnis besserte sich kein Stück.

Nicht, dass der Fürst nicht versucht hätte, sie mit Schmeicheleien für sich zu gewinnen! Aber Bella konnte den Unwillen gegen diesen Mann einfach nicht unterdrücken. Immer wenn sie sein grinsendes Gesicht sah, verspürte sie den Wunsch, es ihm mit einem Winzermesser zu zerschneiden. Auf seine Komplimente oder Fragen reagierte sie mürrisch wie ein altes Weib. Der zum Mahl kredenzte Wein war das Einzige, was ihr half, die Abende zu überstehen. Wenn der Rausch ihren Verstand vernebelte, war es leichter, ein Lächeln aufzusetzen – und am folgenden Morgen ließen die Kopfschmerzen, die ihre Schläfen heimsuchten, sie vergessen, was geredet worden war.

Doch heute würde der Fürst auf den Spaziergang mit ihr verzichten müssen. Nichts und niemand konnte sie davon abhalten, an der Lese teilzunehmen!

Ein Lächeln huschte über Bellas Gesicht, als sie aus dem Bett schlüpfte. Der Morgen erhob sich gerade in Rosa und Gold gekleidet über den Bergen, und ein paar Tauben flatterten an ihrem Fenster vorbei.

Wenn ich erst einmal im Weinberg bin, kann ich mir gewiss vormachen, dass sich dieser Lackaffe in Luft aufgelöst hat, ging es Bella durch den Sinn. Ob es der Vater ihr erlaubte, dass sie gemeinsam mit den Pflückern arbeitete, fragte sie sich erst gar nicht. Sie beugte sich seinem Ansinnen, sie zu verheiraten, also musste er sich auch ihrem Entschluss beugen, ihren Pflichten als Weinbäuerin nachkommen zu wollen. Zumindest so lange, wie sie noch auf der Katzenburg war.

So band sie an diesem Morgen ihr Haar mit einem grünen Tuch zusammen und schlüpfte endlich wieder in ihr Ordenskleid. Der raue Stoff war wie ein alter Freund, der sie in seine Arme schloss. Noch immer hatte ihr Vater keine anderen Kleider für sie besorgt. Wahrscheinlich will er keine Kosten auf sich nehmen, da ich ohnehin schon bald fortgehen werde, dachte sie, während sie sich in ihrem Spiegel betrachtete. Der bittere Gedanke hielt sich jedoch nicht lange in ihrem Geist, denn er wurde von der Aussicht, Martin beim Pflücken zu sehen, vertrieben.

Sie wusste nicht warum, aber der Gedanke an ihn war wie ein Sonnenstrahl, der ihr Herz traf.

Vielleicht schafften sie es ja, Seite an Seite zu arbeiten. Etwas Schöneres konnte Bella sich im Moment nicht vorstellen.

Gleichzeitig war es merkwürdig, dass sie bei ihm keine Abneigung verspürte, wie es bei Roland von Hohenstein der Fall war. Wenn Martin sie fragen würde, ob er ihr den Hof machen dürfe, würde sie sofort zustimmen – auch wenn er nur ein einfacher Pflücker war und es ihm nie in den Sinn käme. Schade nur, dass sie niemanden hatte, den sie um Rat fragen konnte. Katrina würde dem vielleicht noch am nächsten kommen, doch auch sie war eine Dienerin des Grafen. Und wie Bella sie kannte, würde die Kräuterfrau es nicht gutheißen, wenn sie mit einem Untertan anbandelte.

Nein, von ihrer Zuneigung zu dem Pflücker durfte niemand erfahren. Vielleicht konnte sie den Fürsten von Hohenstein dazu bringen, Martin mitzunehmen, dann hatte sie wenigstens ihn und die Erinnerung an ihren Spaziergang durch den heimischen Weinberg stets bei sich.

Als sie fertig war, verließ sie ihre Kemenate. Die Mägde, die gerade auf dem Weg waren, um sie anzukleiden, knicksten vor ihr.

»Ich brauche euch heute nicht«, beschied Bella. »Ich werde den ganzen Tag über im Weinberg sein. Verwendet die gewonnene Zeit darauf, mir ein weiteres Gewand zu besorgen. Es kann ruhig etwas Einfaches sein, Hauptsache es ist sauber.«

Die Mädchen blickten sie verwundert an, wagten jedoch wie immer nichts dagegen zu sagen.

Bella strebte an ihnen vorbei und trat wenig später auf den Hof. Die Luft war mit dem Geruch nach frisch geschnittenem Gras erfüllt, und auch den Duft des Weinlaubes konnte sie wahrnehmen. Wahrscheinlich hatten der Kellermeister und seine Gehilfen ihre Runde durch den Weinberg bereits gemacht, um die Trauben noch einmal auf ihre Reife zu überprüfen.

Unverwandt trat sie zu den Männern, denen der Kellermeister gerade die letzten Anweisungen erteilte.

»Nun, Meister Wackernagel, habt Ihr denn auch Arbeit für mich?«, fragte Bella mit einem gewinnenden Lächeln.

Der Kellermeister verneigte sich so tief, dass sie die kahle Stelle sehen konnte, die sich auf seinem Kopf langsam voranfraß. »Das gnädige Fräulein werden verzeihen, aber die Weinlese ist nichts für Eure zarten Hände.«

Die gleichen Einwände wie damals! Nur dass Wackernagel ihr vor mehr als acht Jahren vorgehalten hatte, noch zu klein für diese Arbeit zu sein.

Bella zog herausfordernd die Augenbrauen hoch. »So? Bevor ich hergekommen bin, habe ich im Kloster auch Weinreben gepflückt. Glaubt Ihr, das hätte mir geschadet?« Sie streckte demonstrativ die Hände vor, die keinen einzigen Makel aufwiesen. Sie waren nicht ganz so milchweiß wie die anderer Adelstöchter, aber die Haut war glatt und ohne Schwielen.

Der Kellermeister errötete. »Aber gnädiges Fräulein …«

»Ihr braucht keine Angst vor meinem Vater zu haben, der muss sich um unsere hohen Gäste kümmern. Gebt mir ein Sichelmesser und teilt mir eine Reihe zu, die ich abpflücken soll. Mir liegt unser Weinberg ebenso am Herzen wie euch allen, daher will ich mithelfen, ihn abzuernten!«

Ein Raunen ging durch die Umstehenden, die sich inzwischen versammelt hatten. Der Kellermeister wand sich noch einen Augenblick, wischte dann aber seine Bedenken beiseite, indem er in die Ledertasche an seiner Hüfte griff und ein Winzermesser hervorholte. Die Klinge blitzte in der Sonne auf, als er es der jungen Frau reichte.

»Geht vorsichtig damit um«, mahnte er, als hätte er nicht vernommen, dass sie mit derlei Klingen schon gearbeitet hätte.

Bella nahm es ihm nicht übel. Während sie vorgab, die Klinge zu begutachten, schweifte ihr Blick hinüber zu Martin, der sie offenbar die ganze Zeit über lächelnd betrachtet hatte.

»Also gut, dann kommt mit. Ich werde jedem von euch eine Reihe zuteilen, und jene, für die keine Reihe bleibt, werden bei der Lese aushelfen.«

Bernhard Wackernagel warf einen Blick auf Bella, doch sie wusste genau, dass er es nicht wagte, sie zum Lesen zu schicken.

Nachdem alle ihre Körbe aufgenommen hatten, setzte sich der Zug in Bewegung. Bella wusste, dass wegen des steilen Geländes kein Pferdewagen zum Einsatz kommen würde, aber der volle Korb konnte keine schwerere Last sein als die Bürde, Roland von Hohenstein zu heiraten.

Am Weinberg angekommen, verteilten sich die Lesehelfer über das Gelände. Bernhard Wackernagel teilte den schwierigeren, steileren Teil den Männern zu, die kräftig genug waren, diesen Weg etliche Male zu laufen – auch mit einem schweren Korb auf dem Rücken. Die schlankeren und kleineren Helfer bekamen Reihen weiter oben zugeteilt. Zu ihnen gesellte sich schließlich auch Bella, denn der Kellermeister hätte es im Leben nicht riskiert, die Grafentochter an einer schwierigen oder gefährlichen Stelle arbeiten zu lassen.

»Ich hoffe, Ihr seid mit dieser Reihe zufrieden, gnädiges Fräulein«, sagte er und deutete auf die Rebstöcke nicht weit von der Burgmauer entfernt.

Bella ließ den Blick durch die Reihe schweifen. »Ich glaube kaum, dass es in diesem prächtigen Weinberg eine schlechte Reihe gibt. Ich bin sehr zufrieden, Herr Kellermeister, habt Dank.«

Angesichts ihres Lächelns senkte Bernhard Wackernagel ein wenig betreten den Blick und errötete, was seinen weißen Bart wie frisch gefallenen Schnee auf einem Ziegelstein wirken ließ.

Bella nahm nun ihren Korb und stellte ihn vor den ersten Rebstock.

Bernhard Wackernagel entfernte sich ein Stück weit von ihr, um nach den anderen Pflückern zu sehen. Schließlich hörte sie ihn rufen: »Die neuen Weinstöcke weiter oben lasst ihr in Ruhe, die sind Sache des Grafen. Also los, dann beginnt mit der Lese!«

Ein zustimmendes Raunen ging durch die Menge, kurz darauf wurden die ersten Messer angesetzt.

Bella rückte den Korb vor sich zurecht und schob das Weinlaub beiseite. Dann griff sie nach der ersten Traube und machte den ersten Schnitt. Schwer fiel die Frucht in ihre Handfläche. Bellas prüfender Blick entdeckte weder Fraßstellen noch Verkrustungen. Die Trauben waren perfekt. Sie legte sie vorsichtig in den Korb und setzte ihre Arbeit fort.

Während sie Rebstock für Rebstock abpflückten, stieg die Sonne höher und warf ihr goldenes Licht auf die Rebstöcke und Trauben.

Ein herrlicher Tag, dachte Bella. Warum kann es nicht immer so sein? Vater und ich könnten uns um den Wein kümmern und bräuchten uns keine Gedanken über eine Heirat zu machen. Aber jetzt muss er seine Zeit mit dem Fürsten vertändeln. Du wolltest ihn doch eigentlich vergessen, schalt sie sich selbst sogleich und setzte das Messer wieder an.

Mittlerweile war ihr Korb schon gut gefüllt, und sie musste aufpassen, dass er nicht zu schwer wurde, damit sie ihn noch auf den Hof zum Sammelbottich tragen konnte. Bevor sie den Korb weiterrücken und sich dem nächsten Weinstock zuwenden konnte, schoss plötzlich eine Hand aus dem Laub. Bella stieß einen erschrockenen Schrei aus und sprang auf. Dann erkannte sie, dass die

Hand eine Heckenrose hielt, und wenig später tauchte über dem Rebstock das Gesicht von Martin auf.

»Du hast mich halb zu Tode erschreckt!«, hielt sie ihm daraufhin vor, während sie den Blick über den Korb schweifen ließ, den er auf dem Rücken trug. Er war voll bis zum Rand. Die Trauben, die obenauf lagen, hatten einen leicht rötlichen Schimmer. Wie sie erkennen konnte, hatte Martin die Trauben gut verlesen, denn keine der Weinbeeren war schadhaft.

»Glücklicherweise nur halb!«, entgegnete er und reichte ihr die Rose. Daran, dass die Blätter ein wenig verkümmert wirkten, erkannte Bella, dass es eine der letzten sein musste, die an den Büschen rings um den Weinberg wuchsen. »Hier, die ist für dich. Meister Wackernagel hat mir eine Reihe zugeteilt, an deren Beginn Heckenrosen wachsen. Ich habe die schönste von denen, die es noch gab, für dich ausgesucht.«

»Ach, du hast dich im Weinberg also dermaßen gelangweilt, dass du Zeit zum Rosenpflücken hattest«, gab Bella neckend zurück, während sie die Blüte in die Hand nahm, ganz vorsichtig, damit sie ihre zarten Blätter nicht verlor.

Martin deutete lächelnd auf seinen vollen Korb. »Wie du siehst, habe ich meine Arbeit verrichtet. Da ich allerdings gehofft habe, dich unterwegs zu treffen, dachte ich mir, dass ich eine Rose für dich mitnehme. Einer schönen Dame sollte man nicht ohne ein Geschenk gegenübertreten.«

Bella blickte ihn auf diese Worte hin verwundert an. »Für einen Bauernsohn hast du erstaunlich gute Manieren.«

Martin schoss das Blut ins Gesicht. »Die habe ich mir auf meinen Reisen angeeignet«, antwortete er schnell und kratzte sich verlegen am Hinterkopf.

»Dann musst du aber in großen Städten unterwegs gewesen sein. Erzähl mir davon!«

Martin hätte ihr vom Leben in Padua berichten können, aber da erklang nicht weit von ihnen entfernt die Stimme des Kellermeisters, der auf seinem Kontrollgang war. »Ich fürchte, ich muss dich vertrösten, sonst wird Meister Wackernagel nicht genug von mir übriglassen, dass ich dir berichten kann. Aber vielleicht sehen wir uns auf dem Rückweg noch einmal.«

Bella nickte ihm lächelnd zu. »Eil dich. Und denk daran, behandle die Trauben so sanft wie das Weib, das du liebst.«

Martin schien diese Bemerkung ein wenig zu verwirren, aber angesichts des nahenden Kellermeisters fasste er sich schnell wieder. »Steck dir die Rose doch ins Haar«, riet er, während er den Korb auf den Rücken hob. »So weiß jeder, dass du die Rebenprinzessin bist.«

»Sollte ich dann nicht eher Weinlaub tragen?«

»Vielleicht. Aber wenn du dir einen Kranz aus Weinlaub bindest, könnte die Rose der Edelstein darin sein.« Martin zwinkerte ihr zu, schob die Gurte seines Korbes auf den Schultern zurecht und lief los.

»Vielen Dank für die Rose!«, konnte Bella ihm gerade noch nachrufen, da verschwand er auch schon wieder in dem Meer aus grünen Blättern. Lächelnd betrachtete sie die Rose in ihrer Hand und schob sie sich ins Haar.

Als auch ihr Korb gefüllt war, schulterte sie ihn und trug ihn den Hang hinauf. Zwischendurch hielt sie Ausschau nach Martin, konnte ihn allerdings nirgends entdecken.

Auf dem Hof angekommen, stiefelte sie zu dem großen Sammelbottich, der die Trauben zum Zerstampfen aufnehmen sollte. Davor stand ein Lesetisch, auf den die geernteten Trauben geschüttet wurden. Mehrere Frauen nahmen die Weinbeeren noch einmal in Augenschein, bevor sie endgültig in das Behältnis kamen.

Kurz kam ihr der Gedanke, dass ihr Vater hier stehen und die Nachlese überwachen könnte, und ließ sie innehalten. Bella ließ den Blick erst über den Hof und dann zu den anderen Pflückern schweifen, die vor ihr an der Reihe waren, die Körbe zu entleeren. Nirgends konnte sie den Grafen entdecken. Wahrscheinlich saß er noch immer bei Roland von Hohenstein und handelte die genauen Bedingungen ihrer Hochzeit aus. Vielleicht unterzeichnet er gerade den Heiratsvertrag, ging es Bella bitter durch den Sinn.

Während sich hinter ihr weitere Korbträger einreihten, rückten ihre Vordermänner voran. Nach einer Weile war Bella am Lesetisch an der Reihe. Sie hob den Korb von ihren Schultern und schüttete die Trauben vorsichtig auf das riesige Holzbrett, das hier und da von Traubenmost benetzt war. Die neugierigen Blicke der Mägde ignorierend, sog Bella den Geruch der Trauben ein und beobachtete dann, wie die Frauen mit flinken Händen begannen, die Trauben zu sortieren.

Bella trat beiseite, um dem nächsten Pflücker Platz zu machen, gestattete sich aber, die Frauen noch einen Augenblick zu beobachten. Bilder tauchten aus ihrer Erinnerung auf. Ebenso, wie ihr Vater sich früher nie gescheut hatte, zusammen mit den Knechten die Reben zu pflücken, hatte sich auch ihre Mutter unter die Untergebenen gemischt und an der Lese teilgenommen. Die Anwesenheit der Gräfin hatte nie Beklommenheit unter den Frauen ausgelöst, es gehörte einfach dazu und spornte die anderen an, besonders gründlich zu arbeiten.

Bella sah ihre Mutter auf einmal wieder vor sich bei

ihrer letzten Lese. Unter ihrem Kleid war das Kind, das sie erwartete, bereits auszumachen, denn ein kleiner Bauch wölbte sich unter dem groben Stoff. Ihr Vater hatte es nicht gern gesehen, dass seine Gemahlin an der Lese teilnahm, weil er fürchtete, das Kind sei in Gefahr.

Bella erinnerte sich noch gut daran, dass ihre Mutter gelacht und danach auf sie gedeutet hatte. »Unsere kleine Prinzessin habe ich kurz nach der Lese bekommen, da hat es mir auch nicht geschadet, dass ich zuvor noch die Trauben verlesen habe.«

Die Miene ihres Vaters war dennoch skeptisch geblieben. Bella hatte sich damals nichts dabei gedacht, doch mittlerweile glaubte sie zu wissen, dass er bereits eine Ahnung gehabt hatte. Oder er hatte gehofft, dass das zweite Kind endlich der ersehnte Sohn sein würde, nachdem er beim ersten Mal nur eine Tochter bekommen hatte.

Das Gelächter einer der Mägde verscheuchte das Bild vor ihrem geistigen Auge und damit auch die Bitterkeit, die sich erneut in ihr Herz geschlichen hatte. Sie tastete nach der Rose in ihrem Haar, und nachdem sie sichergestellt hatte, dass die Blume noch da war, nahm sie ihren Korb und strebte wieder der Pforte zum Weinberg zu. Unterwegs hielt sie noch einmal Ausschau nach Martin, aber der hatte sich wohl schon wieder zu seiner Reihe begeben. Der Gedanke an den Jungen zauberte ein Lächeln auf ihr Gesicht, das selbst Roland von Hohenstein, wäre er jetzt vor ihr aufgetaucht, nicht hätte wegwischen können.

Den ganzen Tag über schleppte Bella zusammen mit den anderen Körbe. Da sie die Arbeit aus dem Kloster kannte, ermüdete sie nicht, und die Liebe zum Weinberg verstärkte ihren Elan. Zwar konnte sie nicht ganz so viel tragen wie die Männer, und als der Nachmittag hereinbrach, zitterten ihre Beine ein wenig, dennoch marschierte sie Mal um Mal den Hang hinauf zur Pforte und brachte ihre Trauben zum Lesetisch.

Zwischendurch ließ sich Martin mehrfach blicken und neckte sie, wenn er wieder mal einen vollen Korb vorbeitrug, sie ihren dagegen erst zur Hälfte gefüllt hatte.

»Das ist hier eine Weinlese und kein Wettrennen«, rief ihm Bella lachend hinterher und machte sich an die Arbeit.

Als sie das Ende ihrer Reihe erreicht hatte, schulterte sie ihren Korb erneut, wickelte das Winzermesser in ihren Rockbund ein, damit sie sich nicht verletzte, und begab sich zur Burg. Unterwegs dachte sie daran, was Martin gesagt hatte. Eine Krone aus Weinblättern für die Rebenprinzessin. Das gefiel ihr, und sie nahm sich vor, solch eine Krone zu binden.

Auf dem Burghof angekommen sah sie, dass der Bottich für die Trauben bereits voll genug war, um den Most zu stampfen und anschließend zu pressen. Das Stampfen der Trauben war auf der Katzenburg Sache der Frauen. Natürlich durften nur jene daran teilnehmen, die nicht gerade vom monatlichen Blut heimgesucht wurden. Eine weitere Voraussetzung war, dass sie sich zuvor die Füße gewaschen hatten, denn Schmutz würde den Wein verderben.

Da Bella weder blutete noch eine Abneigung gegen Wasser hatte, reihte sie sich in die Menge der Frauen ein, die sich die Röcke rafften und hochschnürten, um dann in den Wasserbottich zu steigen.

»Aber gnädiges Fräulein, wollt Ihr wirklich …?«, wandte der Fassmeister ein, dem Bernhard Wackernagel aufgetragen hatte, die Lese und das Abfüllen zu überwachen.

»Natürlich will ich die Trauben stampfen«, entgegnete Bella fröhlich, als sie aus ihren Holzpantinen schlüpfte. »Oder glaubt Ihr, dass ich mir den besten Teil der Lese entgehen lasse?«

Der Fassmeister atmete ein, als wollte er noch etwas sagen, doch Bella war schneller.

»Außerdem spricht nichts dagegen, dass ich es tue. Oder macht Ihr Euch etwa Gedanken um meine Tugend?«

Mit diesen Worten raffte sie ihre Röcke, und nachdem sie den Stoff an der Taille befestigt hatte, ging sie zum Wasser.

Ein paar Mägde steckten tuschelnd die Köpfe zusammen, als sie das sahen. Doch Bella lächelte ihnen offen zu, und nachdem sie sich die Beine gewaschen hatte, stieg sie in den Bottich. Im ersten Moment fühlte es sich etwas seltsam an, als die Trauben unter ihren Füßen zerplatzten. Das Sonnenlicht, das die Früchte erwärmt hatte, ließ sie wie kleine, runde Lebewesen wirken, doch dieser Eindruck zerstreute sich, als Bella ein paar Mal zutrat und den Saft zwischen ihren Zehen spürte.

Auch im Kloster wurde der Wein getreten, allerdings hatte sie daran nie teilgenommen. Die Schwestern traten die Trauben selbst, weil sie behaupteten, das bekomme ihren alten Beinen gut. Als Bella noch auf der Burg war, war sie zu klein gewesen, um mitzumachen. Doch jetzt genoss sie es, wie der Saft ihre Beine umspülte, und stieß zum Erstaunen der anderen einen freudigen Juchzer aus. In den Bottich stiegen noch weitere Mädchen, bis es schließlich so viele waren, dass sie sich nur noch auf der Stelle bewegen konnten. Unter den Abfluss, der an den Bottich angebracht war, stellten die Männer die ersten Fässer, und nachdem diese gesichert waren, erhielten die Frauen den Befehl, noch einmal kräftig zu treten.

Einige Pflücker und Knechte blieben stehen und beobachteten das Treiben amüsiert. Die Gelegenheit, so viele nackte Frauenbeine auf einmal zu sehen, ergab sich für sie nur einmal im Jahr.

Christian Dubelaar duldete die Untätigkeit allerdings nicht. »Was steht ihr herum und gafft?«, fuhr er die Männer an. »Seht zu, dass ihr eure Körbe füllt! Das hier ist keine Kirmes!«

Unwillig folgten ihm die Pflücker, dennoch spähten sie noch das eine oder andere Mal hinüber, ehe sie dem Befehl des Fassmeisters Folge leisteten.

Bella und die anderen Frauen kümmerten sich nicht weiter darum, sie mussten aufpassen, dass sie nicht hinfielen, denn die zertretenen Trauben waren sehr glitschig. Schließlich fassten sich die Frauen an Händen und Armen und stützten sich gegenseitig. Unter ihren Füßen wurden die Trauben allmählich zu fester Maische und Saft, der ihnen hoch an die Waden und bis ins Gesicht spritzte. Nach einer Weile waren die Röcke und auch so manche Blusen durchnässt, doch die Frauen taten einfach so, als bemerkten sie die Blicke der Männer ringsherum nicht.

Bella sah, wie sich der ebenfalls herbeigeeilte Pater Anselm bekreuzigte und dann schnell das Weite suchte, wahrscheinlich um für ihr Seelenheil zu beten.

Inzwischen gab der Fassmeister seinen Knechten das Signal, die Abflüsse des Bottichs zu öffnen. Sogleich schoss trüber Saft hervor, den sie mit Hilfe eines Trichters in den bereitgestellten Fässern auffingen.

»Dass ihr mir ja nichts verschüttet!«, mahnte der Kellermeister, der mit wachsamem Blick um die Burschen herum marschierte.

Als Bella sich umwandte, entdeckte sie unweit des Bottichs Martin, der an einem Pfosten lehnte und das Treiben aus der Ferne verfolgte. Offenbar hatte er nicht damit gerechnet, dass ihn jemand bemerkte, denn sogleich stieg ihm die Röte ins Gesicht. Doch er wandte den Blick nicht ab. Im Gegenteil, in seine Augen trat ein Ausdruck, der Bella auch auf die Entfernung hin einen seltsamen, jedoch nicht unangenehmen Schauer verursachte.

Fast hätte sie darüber das Treten vergessen, bis eines der Mädchen sie anstieß, in der Annahme, ihresgleichen vor sich zu haben.

»He, willst du nicht weitermachen?«

»Natürlich!«, entgegnete Bella und wandte sich um.

Als das Mädchen erkannte, wen es vor sich hatte, wurde es ganz verlegen. »Verzeiht, gnädiges Fräulein, ich …«

Bella winkte ab. »Du musst dich nicht entschuldigen, du hattest ja recht. Ich sollte weitermachen.«

Die Magd hielt noch immer den Kopf gesenkt, doch Bella legte einen Arm um sie, und schon bald fiel sie wieder in den Takt ein.

Fass um Fass füllte sich, und zwischendurch brachten die Männer die Maische zur Presse, wo ihr der letzte Rest Most entzogen wurde. Die Knechte, die sich an der Presse abmühten, den Deckel mittels eines Gewindes herunterzudrücken, hatten keine Zeit mehr, den Frauen zuzusehen, doch dafür sammelten sich alle anderen auf dem Hof. Die Befehle des Fassmeisters richteten nun nichts mehr aus, und es wurden immer mehr Männer, die den Mädchen zusahen.

Bella fühlte sich wie im Rausch, und obwohl sie die Erschöpfung verspürte, kam es ihr so vor, als sei sie gerade eben erst aus dem Bett gestiegen. Der süße Duft des Traubenmostes belebte sie ebenso wie die Tropfen, die sie sich zwischendurch von den Lippen leckte.

Zwischendurch schaute sie immer wieder zu Martin

hinüber, und es gefiel ihr, dass er die Augen nicht von ihr ließ.

Vor lauter Freude dachte sie gar nicht daran, dass auch Roland von Hohenstein sie so sehen könnte. Sie hatte nur Augen für Martin, und Gedanken, die jede Klosterfrau erröten ließen, schlichen sich plötzlich in ihren Verstand. Rasch drängte sie sie beiseite und versuchte, sich auf die Trauben zu konzentrieren, was ihr nicht so recht gelingen wollte.

Erst nachdem die zweite Ladung Trauben zertreten war, ließen sich Bella und die anderen Frauen ablösen. Sie spülten sich die Maischereste ab und schlüpften wieder in ihre Pantinen. Da das Lesen für heute erst einmal beendet war und die Aufmerksamkeit der anderen auf den neuen Frauen im Bottich lag, nutzte Bella die Gelegenheit, um zu Martin hinüberzugehen.

»Wo ist meine Krone?«, fragte sie, während sie ihren Rock glattstrich.

»Verzeiht, Eure Hoheit, aber Euer Anblick hat mich dermaßen gefangen genommen, dass ich nicht dazu gekommen bin, Blätter für Eure Krone zu sammeln.«

Die Verbeugung, die er dabei machte, reizte Bella zum Lachen. »Du bist wohl nie um einen Scherz verlegen?«

»Ich bemühe mich nach Leibeskräften, andere zu amüsieren, Prinzessin.«

»Das tust du wirklich. Aber ich fürchte, ich werde dich bis heute Abend warten lassen müssen. Wie du vielleicht vernommen hast, soll es ein Fest geben, das Fest der ersten Lese für dieses Jahr.«

»Würdet Ihr mir dann die Ehre eines Tanzes erweisen?«

»Tanzen kannst du also auch?«, entgegnete Bella und fragte sich, wie lange er wohl noch durchhielt mit der förmlichen Anrede.

»Von einem Bein aufs andere, wie ein abgerichteter Bär, ganz bestimmt«, gab Martin schelmisch zurück.

»Du kannst gerne versuchen, mich heute Abend zum Tanz zu bitten. Wir werden ja sehen, ob es dir gelingt.«

Wiederum verbeugte sich Martin spöttisch, doch Bella kam nun in den Sinn, dass ihr Vater es gewiss nicht gern sehen würde, wenn sie unter Fürst von Hohensteins Augen mit einem Leseknecht tanzte. Erst recht mit jenem, mit dem er im Weinberg aneinandergeraten war.

Doch als sich Martin wieder erhob, verdrängte sie diesen Gedanken und lächelte. »Denk an meine Blätter«, hauchte sie ihm noch schnell zu und wandte sich um.

Auf dem Rückweg warf sie erneut einen Blick auf die Frauen im Bottich. Weitere Fässer wurden gefüllt, weitere Traubenbutten in den Bottich geleert. Über dem Hof hing ein lautes Stimmengewirr, immer wieder von Lachen und schrillen Pfiffen durchbrochen.

All diese Geräusche folgten Bella in die Burg, wo sie hoffte, sich umziehen zu können, bevor ihr Vater sie bemerkte. Eilig huschte sie den Gang entlang, und fast schien es, als hätte sie Glück.

»Bella!«, donnerte plötzlich die Stimme ihres Vaters hinter ihr. Auch wenn der Graf nicht mit auf dem Hof war, hatte er es sich nicht nehmen lassen, das Treiben zu beobachten.

Der jungen Frau war auf einmal heiß und kalt zumute. Langsam drehte sie sich um, und ihr Lächeln erstarb augenblicklich, als sie in das Gesicht ihres Vaters blickte. Auch wenn er sie nicht beobachtet hatte, konnte er ihr aufgrund des nassen Rockes, der Flecken auf dem Mieder und der nassen Haare ansehen, was sie getan hatte.

Etwas unbeholfen zupfte sie sich die Rose aus dem Haar, während sich die Miene ihres Vaters zusehends verfinsterte. Erst jetzt merkte sie, dass Roland von Hohenstein bei ihm war. Auf dem Gesicht des Fürsten lag ein mokantes Lächeln, und ihr entging nicht, dass er sie mit seinem Blick nahezu abtastete. Das war ihr noch weitaus unangenehmer, als es jeder Tadel von ihrem Vater hätte sein können. Doch seltsamerweise sagte der Graf nichts. Nicht aus Rücksichtnahme ihr gegenüber oder weil er vielleicht sogar einverstanden war mit ihrer Tat. Nein, es schien, als würden sich die Worte weigern, seiner Kehle zu entströmen.

»Wenn Ihr verzeiht, Vater, ich werde mich jetzt umziehen und unserem Gast dann Gesellschaft leisten«, sagte Bella schließlich, und da von ihm keine Erwiderung kam, ging sie, ohne Roland von Hohenstein noch eines weiteren Blickes zu würdigen.

Rudolph von Katzenburg blickte ihr kurz hinterher, dann fiel sein Blick nach draußen auf den Maischebottich. Fast schien es, als würde nun auch vor seinem geistigen Auge ein Bild auftauchen, jenes Bild seiner Frau, wie sie selbst zwischen den Mägden stand und die Trauben presste.

Doch Fürst von Hohensteins Stimme wischte diesen kurzen Augenblick hinfort. »Eure Tochter scheint dem Weinbau wirklich sehr zugetan.«

»Das ist sie«, antwortete der Graf ein wenig beklommen. »Wie es auch ihre Mutter war.«

Roland von Hohenstein verzog das Gesicht. »Ich fürchte, die Verpflichtungen als meine Gattin werden ihr künftig verwehren, sich unters Volk zu mischen. Die Frau eines Fürsten von Hohenstein ist schließlich keine Bäuerin.«

Graf von Katzenburg nickte beipflichtend, aber zum ersten Mal überkam ihn ein leichter Zweifel. War das ein

Leben für Bella? Auch wenn er es nicht billigte, dass sie sich wie ein ungestümes Füllen aufführte, so hatte doch der Weinbau Tradition in ihrer Familie. Hätte er keinen Gast gehabt, wäre er sicher selbst mit dem Winzermesser in den Weinberg gegangen.

»Ihr werdet sehen, dass meine Tochter auch bei Hofe eine gute Figur machen wird. Sie ist nur noch jung und hat Temperament.«

»Dies mag ja in manchen Belangen von Vorteil sein.« Der Fürst ließ ein schmutziges Lachen hören. »Dennoch werde ich ihr diese Vorliebe für den Pöbel abgewöhnen müssen. Wie viele andere Dinge auch.« Seine Worte ließen keinen Zweifel daran, dass dies mit harter Hand geschehen würde. Das war wohl das Los eines Weibes.

Es wird das Fortbestehen unseres Hauses sichern, ging es Rudolph von Katzenburg durch den Kopf, bevor er seinen Gast bat, ihn nach draußen zu begleiten, um einen ersten Schluck frischen Most zu trinken.

12. Kapitel

Am Abend fanden sich sämtliche Lesehelfer, Keller- und Fassknechte sowie die Meister zusammen, um den erfolgreichen ersten Lesetag zu feiern.

Sie entzündeten ein großes Feuer im Hof unter einem Spieß, und wie es Brauch auf der Katzenburg war, verlegten sie auch die herrschaftliche Tafel nach draußen. Unter einem Baldachin aus grünem und rotem Tuch stellten die Knechte einen langen Tisch auf, den die Mägde mit Weinlaub und Reben schmückten. Ein paar Kandelaber wurden mit Bienenwachskerzen versehen, die Reiter von den Imkern der Gegend geholt hatten. Ein jeder, der bei der Lese mitgeholfen hatte, erhielt einen eigenen zinnernen Becher, während die Bediensteten für die Herrschaft das beste Silbergeschirr hervorholten. Damit sich niemand vergaß und lange Finger bei den Pokalen und Platten machte, standen ein paar Wächter bereit.

Als die Dunkelheit hereinbrach, wimmelte es auf dem Burghof wie in einem Bienenstock, nachdem sämtliche Arbeitsbienen von ihrem Tagwerk heimgekehrt waren.

Nur die Königin fehlt, dachte Bella, während sie das Treiben auf dem Hof betrachtete. Doch die würde nicht mehr lange auf sich warten lassen.

Nachdem ihr Oda gemeldet hatte, dass ihr Vater sie erwartete, verließ sie ihren Platz am Fenster und ging nach unten. Dort wartete der Graf bereits mit Roland von Hohenstein und Hans von Uhlenfels. Das grün-rote Kleid war für sie keine Überraschung mehr, dennoch starrten alle sie an. Als hätten sie eine Erscheinung der Mutter Gottes, bemerkte Bella im Stillen spöttisch, versagte sich aber ein offenes Lächeln und senkte demütig den Kopf.

Glücklicherweise verkniff sich der Fürst seine Komplimente, und auch ihr Vater hatte offenbar nichts auszusetzen. Nachdem sie nun alle versammelt waren, hieß er die Diener, die Pforte zum Hof zu öffnen.

»Findet Ihr es schicklich, gemeinsam mit dem Gesinde zu feiern?«, fragte der Fürst, als sie hinaustraten.

»Was sollte daran unschicklich sein, Euer Gnaden?«, gab der Graf zurück. »Es ist eine lange Tradition unseres Hauses, den ersten Tag der Lese mit einem Fest abzuschließen. Einem Fest, das der Herr zusammen mit seinen Untertanen feiert.«

Immerhin bin auch ich ein Weinbauer, fügte Rudolph von Katzenburg im Stillen hinzu, vertrieb diesen Gedanken allerdings rasch, als er bemerkte, dass die Bemerkung genauso von seiner Tochter hätte kommen können.

Dass Bella sich unter die Lesehelfer begeben hatte, hatte ihm ganz und gar nicht gefallen. Lieber hätte er es gesehen, wenn sie und Roland von Hohenstein sich etwas näher gekommen wären. Aber darauf hoffte er wahrscheinlich vergeblich. Seine Tochter machte keine Anstalten, ihrem Bräutigam näherzukommen. Und dann war da noch dieser Bursche, den er schon mehrmals in ihrer Nähe gesehen hatte. Die Ohrfeige, die er ihm im Weinberg versetzt hatte, war ihm wohl noch nicht genug!

Aber von diesen Gedanken wollte der Graf sich nicht das Fest verderben lassen. Immerhin hatte sich Bella ohne Schimpf und Zwang dazu bewegen lassen, die Kleider zu wechseln. Sie machte zwar eine Miene wie sieben Tage

Regenwetter, aber Rudolph von Katzenburg wusste, dass er sie nicht zur Fröhlichkeit zwingen konnte.

Spiel du ruhig den Sauertopf, sagte er sich, während er ihr die Hand reichte, um sie zur Tafel zu führen. In ein paar Wochen bist du die Gemahlin des Fürsten. Dann muss er mit deinen Launen fertig werden.

Nach und nach versammelten sich die Bediensteten, und fröhliches Gelächter hallte von den Burgwänden wider. Jemand schaffte ein Schwein auf einer Schubkarre herbei und steckte es auf den Spieß. Zwischen den Geruch des Feuers und der bräunenden Schweineschwarte mischte sich das Aroma des Weins. Eigens zu diesem Anlass hatte Graf von Katzenburg befohlen, ein paar Fässer des Weins vom Vorjahr anzustechen und ihn ohne Standesunterschiede an alle auszuschenken, die sich zum Feiern auf dem Burghof einfanden.

Diese Gelegenheit ließen sich auch ein paar angereiste Bauern nicht entgehen, und so sah beinahe jedermann einem ausgelassenen Fest entgegen.

Trotz der allgemeinen Fröhlichkeit hielt sich Bellas Freude in Grenzen. Als kleines Mädchen hatte sie das Lesefest geliebt und war mit den anderen Kindern unter Fidelklang um das Feuer herumgetanzt. Doch das war ihr jetzt nicht mehr erlaubt.

Sehnsuchtsvoll blickte sie zu den Kindern hinüber, die ein Stück weit vom Feuer entfernt standen und ihre Tänze schon mal erprobten. In einem dieser Mädchen meinte sie gar sich selbst zu erkennen. Die Kleine hatte zwar kein haselnussfarbenes, sondern dunkelblondes Haar, doch ihre Locken waren ebenso kraus wie ihre eigenen damals, und auch das Kleid wirkte etwas feiner als das der anderen. Zu wem mag sie wohl gehören?, überlegte sie, dann wurde ihr Augenmerk auf etwas anderes gelenkt. Martin saß abseits der anderen Burschen auf einer der Bänke und gab vor, ins Feuer zu schauen. Doch wie Bella erkannte, ging sein Blick in Wirklichkeit am Feuer vorbei und traf direkt ihr Gesicht. Und sie konnte nicht umhin, ihn zu erwidern. Mochten der Fürst von Hohenstein oder ihr Vater es auch bemerken.

Sie betrachtete die Gestalt des Burschen, und eine Welle nie gekannter Gefühle übermannte sie. Sein Haar, sein Gesicht, die Bartstoppeln an seinem Kinn, seine Augen, die im Feuer bernsteinfarben leuchteten, und seine Lippen fügten sich zu einem Bild, das sie in ihr Herz einschließen und nie wieder hergeben wollte.

»Meine Teuerste, ich frage mich, ob es ein so reizendes Geschöpf nötig hat, bei der Weinlese selbst Hand anzulegen«, riss eine Stimme von der Seite sie aus ihrer Betrachtung fort.

Bella wirbelte herum und war froh, dass es dunkel war, sonst hätte Roland von Hohenstein sicher gesehen, dass ihr Gesicht glühte.

»Natürlich, Euer Gnaden, bei der Weinlese mitzuarbeiten ist Tradition in unserem Haus«, antwortete sie und kämpfte innerlich damit, sich ihre Verwirrung nicht anmerken zu lassen. Eigentlich hätte sie dem Fürsten wegen seiner Bemerkung zürnen müssen, aber die Gefühle für Martin waren stärker. Allerdings kehrte angesichts der Bemerkung ihre Kratzbürstigkeit rasch zurück. »Meine Mutter hat früher auch bei der Lese mitgeholfen, genauso wie mein Vater. Da er sich um Euch gekümmert hat, habe ich seinen Platz auf dem Weinberg eingenommen.«

Das stimmte zwar nicht so ganz, aber was wusste denn der Fürst schon?

Ein süffisantes Lächeln schlich um Roland von Hohensteins Mund. Bella entging nicht, dass er versuchte, ihr in den Ausschnitt zu stieren. Unbehaglich zupfte sie an ihrem Gewand, auch wenn sie sicher war, dass er nicht viel sehen konnte.

»Offenbar pflegt Eure Familie einen regen Umgang mit Euren Untertanen.«

Diese Worte trafen die junge Frau wie ein Schlag. Hatte er etwa mitbekommen, dass sie und Martin keine Fremden mehr füreinander waren?

Bella kam wieder in den Sinn, dass der Fürst sie auch beim Weintreten beobachtet haben konnte. Vielleicht hatte er gar gesehen, dass sie sich mit Martin unterhalten hatte.

Oder sollten diese Worte seine Missbilligung darüber ausdrücken, dass sie hier mit den einfachen Menschen feierten? Schätzte der Fürst andere Menschen, die nicht das Glück hatten, in eine goldene Wiege gelegt worden zu sein, etwa generell gering?

»Umgang kann man es nicht nennen, Euer Gnaden, doch wir belohnen jene, die für uns arbeiten und für unseren Reichtum sorgen«, entgegnete sie scharf. »Das alles hier«, sie machte eine Handbewegung über die prachtvolle Tafel, »das alles hätten wir nicht, wenn diese Menschen nicht so fleißige Arbeit verrichten würden. Ich finde, wenn Gott einen in einen höheren Stand berufen hat, sollte man das würdigen und dankbar sein. Und ich glaube, mein Vater sieht das ebenso.«

Sie blickte hinüber zu dem Grafen, doch der schien von ihrer Unterhaltung nichts mitzubekommen. Munter unterhielt er sich mit Hans von Uhlenfels und deutete gerade auf irgendeinen Punkt an der Burg. Wahrscheinlich würde er selbst dann nicht herschauen, wenn Roland von Hohenstein zudringlich wurde.

»Dankbarkeit ist eine Tugend, dennoch glaube ich,

dass sich der Adel nicht zum einfachen Volk herablassen und mit ihm feiern sollte.«

Bella fühlte sich auf einmal wie ein Kessel, in dem das Wasser heftig zu brodeln begann. »Wenn das so ist, Euer Gnaden, wird Euch sicher niemand böse sein, wenn Ihr Euch diese Zumutung nicht länger antun mögt. Gewiss bieten Eure Gemächer genug Zerstreuung für Euch!«

Mit diesen Worten rückte sie den Stuhl zurück und erhob sich. Sie war sich darüber im Klaren, dass sie Roland von Hohenstein damit eine verbale Ohrfeige versetzt hatte. Aber sie konnte einfach nicht anders. Schlimm genug, dass ihr Vater sich so verändert hatte! Sie brauchte sich nicht noch vorhalten lassen, dass es schändlich sei, mit einfachen, ehrlichen Menschen zu feiern.

Ich werde nicht länger in der Gesellschaft dieses Gockels ausharren, sagte sie sich zornig, und es war ihr egal, ob ihr Vater sie suchen kam. Mit gerafften Röcken und ehe der Fürst etwas sagen konnte, sprang sie von der Tafel auf und mischte sich unters Volk.

Als sie ein Stück Abstand gewonnen hatte, hielt sie Ausschau nach Martin, der zu ihrem Bedauern nicht mehr auf der Bank saß. Wo war er nur hingegangen? Hatte er mitbekommen, dass sie mit dem Fürsten geredet hatte, und daraus falsche Schlüsse gezogen?

Warum interessiert mich das überhaupt?, ging es ihr durch den Sinn, doch dann konnte sie die Gestalt des Burschen endlich ausmachen. Er strebte dem Torbogen zu, der in den äußeren Ring der Burg führte. Was wollte er dort? Sich erleichtern?

Auch wenn es ihr unangenehm war, ihn dabei zu stören, eilte Bella ihm hinterher. Ein paar verwunderte Blicke trafen sie, und sie rechnete auch fest damit, dass ihr Vater ihr Verschwinden inzwischen bemerkt hatte. Aber die Menge der Feiernden umschloss sie wie schützende Hände – und wie das Weinlaub – und erlaubte ihr, sich ihren Pflichten und ihrer Herkunft für einen Moment zu entziehen.

Im Durchgang erwartete Martin sie bereits. Offenbar hatte er gar nicht vorgehabt, sich zu erleichtern, sondern vielmehr darauf spekuliert, dass sie nach ihm suchte.

Er lehnte lässig an der Wand, in der Hand ein paar Weinblätter. Es waren schöne Exemplare mit rotem Rand, soweit Bella es im flackernden Fackelschein erkennen konnte.

»Hier, aus denen kannst du deine Krone flechten, Prinzessin.«

Bella nahm die Blätter lächelnd an sich und barg sie an ihrer Brust. »Vielen Dank, das ist wohl das Schönste, was ich am heutigen Tag bekommen habe. Ich werde sie bei dem morgigen Ritt durch die Dörfer tragen.«

»Sei nicht undankbar, im Weinberg und beim Stampfen der Trauben hattest du gewiss auch dein Vergnügen.«

Bella nickte. »Das stimmt, nur wünschte ich, es wäre Roland von Hohensteins Gesicht gewesen, auf dem ich herumgetrampelt bin.« Sie warf einen Blick über die Schulter, aber jenseits des Feuers konnte sie nur schemenhaft den Baldachin erkennen, unter dem ihr Vater und der Fürst saßen.

»War die Unterhaltung mit ihm denn so furchtbar?«

»Schlimmer noch«, entgegnete Bella und unterdrückte den Wunsch, sich einfach an Martin zu lehnen und seinen Herzschlag zu spüren. »Er hat mir und meinem Vater unterstellt, uns mit unseren Untertanen zu verbrüdern.«

Martin breitete grinsend die Arme aus. »Aber das tust du doch. Ich bin der beste Beweis!«

»Das stimmt wohl«, gestand Bella ein. »Aber im Gegensatz zu Roland von Hohenstein sehe ich darin nichts Schändliches. Meine Zeit im Kloster hat mich gelehrt, dass jeder Mensch vor Gott gleich ist. Die einen werden von ihm zu Herrschern ausersehen, die anderen zu Dienern, aber letztlich sind wir vor dem Herrn alle nur Menschen und damit seine Kinder.«

»Da würden dir bestimmt nicht wenige Adlige widersprechen«, entgegnete Martin und strich mit einer zärtlichen Geste eine Haarsträhne von ihrer Wange.

»Das mag sein, aber ich sehe es so! Warum sollen wir mit den Lesehelfern und Winzergehilfen nicht feiern? Was ist falsch daran, wenn unsere Tafel mitten unter ihnen steht und wir mit ihnen Speis und Trank teilen? Es ist doch nicht so, dass wir nicht genug hätten!«

Martin gab ein beschwichtigendes »Sch« von sich, dann sagte er: »Nichts ist daran verwerflich, Rebenprinzessin. Im Gegenteil, jetzt da du bei mir bist, finde ich dieses Fest außerordentlich gelungen. Und je mehr Leute sich auf dem Platz drängen und fröhlich sind, desto weniger können uns beobachten.« Mit diesen Worten beugte er sich unvermittelt vor und küsste sie.

Die Berührung ihrer Lippen war nur von kurzer Dauer, trotzdem schien sie das Blut in Bellas Adern in einen Strom heißen Gewürzweins zu verwandeln. Sie schloss die Augen, und auf einmal schien alles fernab von ihr zu rücken. Die Stimmen der Feiernden wurden zu einem Wispern, das beginnende Fidelspiel zum Gesang von Vögeln, die weit über ihr auf einem Ast saßen.

Als Martin sich zurückzog, verharrte sie noch einen Moment bei dieser Illusion und spürte, wie der Zorn auf Roland von Hohenstein und auch auf ihren Vater allmählich verebbte.

»Erzähl mir von dem Ritt durch die Dörfer, Prinzessin«, holte Martins Stimme sie wieder in die Gegenwart zurück.

Sie öffnete die Augen, unwillig, den schönen Moment ziehen zu lassen, dann lächelte sie und antwortete: »Wir bringen das, was von dem Fest übrig bleibt, den Menschen in den Dörfern. Vor dem Wagen reiten der Graf, seine Familie und einige ausgewählte Getreue.«

»Leute wie Heinrich Oldenlohe.«

»Ja, er wird auch dabei sein«, entgegnete Bella und wunderte sich, dass der Waffenmeister Martin aufgefallen war. Mit ihm hatte er ja eigentlich nichts zu tun. »Außerdem fürchte ich, dass auch Roland von Hohenstein mitkommen wird. Aber das schreckt mich morgen nicht, denn ich werde an der Stelle meiner Mutter reiten.«

»Als Weinkönigin.«

»Wenn man so will, ja.«

Martin funkelte sie schelmisch an, dann fragte er: »Meine Chancen, ebenfalls daran teilzunehmen, stehen wohl schlecht, oder?«

»Was willst du denn bei dem Ritt?«, fragte Bella zurück.

»Ich könnte das Pferd des Fürsten zum Scheuen bringen«, entgegnete er und erntete ein breites Lächeln.

»So sehr mir diese Vorstellung auch gefällt, werde ich dir davon abraten müssen, meinen Vater zu fragen. Ihm könnte wieder in den Sinn kommen, dass du der Strolch im Weinberg warst, der mich angesprochen hat.«

»Mehr als eine Ohrfeige werde ich mir dabei wohl nicht einfangen können?«

Plötzlich stellte sich Schweigen zwischen sie. Es war, als hätte Martin etwas gesehen, was ihn beunruhigte.

Bella hätte nur zu gern gewusst, was hinter seiner Stirn

vor sich ging. Doch ebenso, wie er ihre Gedanken nicht lesen konnte, vermochte sie die seinen nicht in Erfahrung zu bringen.

»Du solltest besser wieder gehen«, sagte Martin, was Bella verwunderte. Sie hätte eine Ewigkeit hier mit ihm stehen können. Warum schickte er sie weg? »Wenn dein Vater hier auftaucht und mich mit dir sieht, wird das Fest eine schlechte Wendung nehmen, fürchte ich.«

Die junge Frau konnte deutlich das Zittern in seiner Stimme vernehmen. Stimmte etwas nicht? Am liebsten hätte sie nachgefragt, aber sie hatte nicht den Mut dazu. Außerdem wollte sie den wunderbaren Moment, den sie soeben erlebt hatte, nicht durch eine Antwort zerstören, die sie eigentlich nicht hören wollte. Noch einmal lächelte sie Martin an und streichelte ihm kurz das Gesicht. Dann wandte sie sich um und gesellte sich wieder zu den anderen.

Wenn sie schon nicht bei Martin sein durfte, wäre sie am liebsten hier geblieben, doch kaum war sie wieder in der Sichtweite des Grafen, beorderte er Heinrich Oldenlohe zu ihr.

Der Bote war heute ausnahmsweise mal unbewaffnet, jedenfalls auf den ersten Blick. Bella war allerdings sicher, dass er unter dem Wams oder im Stiefel einen Dolch mit sich führte.

Er verneigte sich, wobei ihm eine Locke in die Stirn fiel, dann sagte er: »Euer Vater hat mich beauftragt, Euch zurückzuholen, gnädiges Fräulein.«

Die Art, wie er sie musterte, gefiel Bella nicht. Hatte er etwa beobachtet, wie sie mit Martin gesprochen hatte? Aus dem Gesicht des Mannes, der Geheimnisse zu hüten wusste, war auch diesmal nichts herauszulesen. Also nickte sie und versuchte sich dadurch ein wenig zu motivieren, dass schon bald das köstlich duftende Schwein angeschnitten werden sollte.

»Ah, gut dass du kommst, mein Kind«, sagte ihr Vater ungewohnt freundlich, als sie ihrem Platz zustrebte. Seine Hand krallte sich jedoch fest in ihren Unterarm, um sie zum Stehenbleiben zu bewegen.

Hatte sie sich zuvor noch auf den Braten und den Wein gefreut, zog sich ihr jetzt der Magen zusammen. Ihr Gespür sagte ihr, dass sich etwas hinter den Worten des Grafen verbarg, das ihr ganz sicher nicht gefiel. Sie umklammerte die Stängel der Weinblätter fester, so als könnten sie ihr Halt geben bei dem, was nun folgte.

»Fürst von Hohenstein hat beschlossen, dich als seine Braut mit auf sein Schloss zu nehmen«, eröffnete ihr Vater Bella ohne Umschweife. »Und zwar gleich nach dem Ende der Lese. Nach einer angemessenen Verlobungszeit werdet ihr vor den Altar treten und den Bund der Ehe schließen.«

Bella konnte darauf erst einmal nichts erwidern. Sie fühlte sich, als hätte sie von ihrem Vater eine ganz furchtbare Ohrfeige einstecken müssen. Gleichzeitig begannen ihre Gedanken zu rasen. Die Lesezeit würde bestenfalls nur noch ein paar Tage dauern. Offiziell war sie beendet, wenn der Wein von Koblenz gesegnet war. Und dann sollte sie mit diesem Scheusal abreisen? Seine Frau werden? Es war ein Wunder, dass der Graf nicht gleich Pater Anselm heranholte, um sie an Ort und Stelle zu vermählen.

Fassungslos blickte sie ihren Vater an. Die grinsende Visage des Fürsten nahm sie zwar nur beiläufig wahr, aber sie heizte ihren Zorn nur noch weiter auf. Auf einmal fühlte sie sich, als hätte der Boden unter ihren Füßen zu schwanken begonnen. Sie tastete nach der Lehne ihres Stuhls, um Halt zu finden, doch es wurde nicht besser.

Was bewog Roland von Hohenstein zu dieser Eile? Spürte er, dass die Hochzeit mit ihm eine Strafe war, und wollte sie quälen? Und warum in aller Welt bemerkte ihr Vater das nicht?

»Was sagst du dazu, Tochter?«, fragte Rudolph von Katzenburg und hob zufrieden lächelnd den Becher an die Lippen.

Bella hatte dazu nichts zu sagen. Sie glitt schockiert auf ihren Stuhl und richtete den Blick aufs Feuer. Egal, ob sie etwas erwiderte oder nicht, ihr Vater hörte ja doch nicht auf sie.

Es hatte einen Grund gegeben, warum Martin Bella weggeschickt hatte. Während er mit ihr sprach, hatte er gemeint, aus dem Augenwinkel heraus eine Bewegung zu erkennen. Sein Verdacht hatte sich wenig später bestätigt. Es war Thomas, der sie beobachtet hatte.

Verdammt, lässt mich dieser Kerl denn nie in Frieden?, dachte Martin, während er versuchte, sich nichts anmerken zu lassen. Beunruhigung überkam ihn. Mit der Grafentochter zu sprechen war nichts Schändliches, aber was, wenn der finstere Geselle auch den Kuss zwischen ihnen gesehen hatte? Wenn er nun versuchte, es zu seinem Vorteil auszunutzen? Vielleicht hätte ich anstatt der Juristerei Menschen studieren sollen, ging es ihm durch den Sinn. Doch welche Universität lehrte dieses Fach? Nur jene, die man Leben nannte. Martin fühlte sich, was das anging, furchtbar unwissend – besonders im Hinblick auf Thomas' unerklärliche Feindschaft.

Nachdem der letzte Fidelstreich verklungen, der letzte Bratengeruch vom Wind verweht und der letzte Mensch auf der Burg auf sein Lager gesunken war, legte sich Ruhe auf die Katzenburg.

Martin konnte in dieser Nacht allerdings keinen Schlaf finden. Sein Körper lechzte nach Erholung, aber in seinem Verstand schien ein Wirbelsturm zu toben. Auf dem Strohsack liegend, starrte er an die Decke. Es gab so vieles, was er Bella in diesem Augenblick hätte gestehen wollen. Doch wie sollte er das tun? Wenn er sie sah, hatten sie immer nur einen kurzen Moment miteinander. Einen Moment, der nicht ausreichte, um ihr alles mitzuteilen.

Vielleicht sollte ich ihr einen Brief schreiben?, ging es ihm durch den Sinn. Doch dann fiel ihm wieder ein, dass die Zeilen dem Grafen von Katzenburg in die Hände geraten könnten, was den Ärger für Bella noch vergrößern würde.

Was, wenn ich die Geheimschrift nutze, die Giacomo mir mitgegeben hat? Dann bräuchte ich Bella nur den Schlüssel dafür zukommen zu lassen, und sie könnte alles lesen, was ich ihr zu sagen habe.

Von einem plötzlichen Impuls getrieben erhob er sich und griff unter seinen Strohsack. Seit er hier war, hatte er die Tasche höchstens ein- oder zweimal angerührt. Nichts von dem, was darin steckte, war ihm bislang nützlich erschienen, aber nun wusste er, wofür er die kleinen Bögen Pergament und die Tinte, die in einem mit Korken verschlossenen Glasbehälter schwappte, benutzen konnte.

Er zog die Sachen hervor und rückte näher an einen Fleck Mondlicht heran, der durch das Dach fiel. Kurz überlegte er, was er schreiben sollte, dann zog er den Korken aus der Glasphiole und tauchte die Feder hinein.

13. Kapitel

Am nächsten Morgen wurden schon in aller Frühe die Pferde aus dem Stall geholt und für den bevorstehenden Ritt ins Dorf gesattelt.

Diesmal war eine ganze Menge von dem Festschmaus übrig geblieben, obwohl sämtliche Bewohner der Burg an den Feierlichkeiten teilgenommen hatten. Täubchen, Kapaune und Teile des Schweins am Spieß luden die Mägde zusammen mit Gebackenem, Gemüse und Wein auf einen Wagen, vor dem der Graf mit seinem Geistlichen und einigen Getreuen ritt. Überall, wo sie haltmachten, durften die Menschen nehmen, was sie begehrten, bis nichts mehr übrig war.

An diesem Morgen hatte Bella nicht einmal was dagegen, das grün-rote Kleid anzuziehen. Geduldig ließ sie sich von den Mägden schnüren, bis der Stoff richtig an ihrem Körper anlag. Ihr Blick ruhte dabei auf dem Bett, wo die Blätterkrone wartete. Die Rose hatte den Tag nicht überstanden, aber die Blätter wirkten noch immer frisch. Bella hatte die Krone geflochten, nachdem sie erneut um die dritte Stunde herum erwacht war. Es war keine einfache Aufgabe gewesen, aber das Flechten hatte sie an ihre Kindheit erinnert, als sie mit ihrer Mutter Kränze aus Wiesenblumen hergestellt hatte. Das Ergebnis war recht ansehnlich geworden, und Bella war wild entschlossen, sie zu tragen – auch wenn sie dafür sicherlich schiefe Blicke von ihrem Vater und Roland von Hohenstein erntete.

Noch war sie ja nicht sein Weib!

Der Gedanke, dass sie es allerdings bald sein würde, trübte ihre Freude auf den Ritt ein wenig, doch da es wahrscheinlich das erste und letzte Mal war, dass sie daran teilnehmen durfte, wollte sie die Stunden genießen und nicht weiter grübeln.

Nachdem die Mägde ihr die Haare frisiert hatten und sie die Blätterkrone aufgesetzt hatte, verließ sie die Kemenate in Richtung Hof. Dabei kreuzte Pater Anselm ihren Weg.

»Warum so eilig, Pater?«, rief Bella ihm fröhlich zu.

»Gnädiges Fräulein, Ihr wisst, dass ich das Reiten so schlecht vertrage. Es schlägt mir immer auf die Verdauung.« Damit raffte er seine Soutane und hastete weiter, wahrscheinlich in Richtung Abortgrube.

Bella konnte sich noch gut an seine Versuche erinnern, mit einem Pferd fertig zu werden. Als Kind hatte sie sich immer darüber amüsiert, und offenbar hatte sich auch acht Jahre später nichts an seiner Angst vor den großen Tieren geändert.

Auf dem Hof warteten die Stallknechte mit den gesattelten Pferden. Bella erblickte Rufus, den unbändigen Hengst ihres Vaters, den die Jungen kaum halten konnten. Auch nach so vielen Jahren war das Tier noch immer nicht gewillt, jeden als seinen Herrn anzuerkennen.

Vielleicht wäre es das ideale Reittier für Fürst von Hohenstein, ging es Bella durch den Kopf, und sie schämte sich kein bisschen für diese Boshaftigkeit. Die Vorstellung, den Fürsten im Dreck landen zu sehen, zauberte ein breites Lächeln auf ihre Lippen.

Wahrscheinlich sorgte ihr Vater schon dafür, dass sein zukünftiger Schwiegersohn nicht zu Schaden kam. Entweder bekam der Fürst den gutmütigen Apfelschimmel neben Rufus oder die Falbenstute auf der anderen Seite. Bella war es gleich, welches Tier sie reiten sollte. Auch wenn sie sich niemals an Rufus heranwagen würde, hatte sie zu Pferden ein gutes Verhältnis. Sie liebte die oft sanftmütigen Tiere nicht so sehr, wie sie damals ihren Kater geliebt hatte, aber noch nie hatte sie sich Bisse oder Tritte eingefangen.

Ein leises Pfeifen erregte ihre Aufmerksamkeit, und als sie den Kopf zur Seite wandte, erblickte sie Martin. Er stand neben der Treppe und wirkte, als sei er auf der Suche nach ihr gewesen. Bella stieg die Treppe hinunter und trat zu ihm.

»Du trägst also deine Krone, Prinzessin?«, fragte Martin, während er einen beobachtenden Blick über ihre Schulter warf. Noch hatte ihn niemand bemerkt, aber Bellas Kleid leuchtete dermaßen prächtig im Morgenlicht, dass es dem Grafen sicher nicht schwerfiel, seine Tochter auszumachen.

»Gefällt sie dir?«, fragte Bella und strich vorsichtig über die Blätter.

Martin nickte. »Ich vermisse nur die Rose.«

»Ich habe den Kranz heute Morgen geflochten, als ich wieder einmal nicht schlafen konnte. Da war sie leider schon verwelkt.«

»Meinst du, das wirst du jemals verlieren?«, fragte Martin daraufhin. »Ich meine die Schlaflosigkeit zur dritten Stunde.«

»Ich weiß es nicht«, entgegnete Bella. »Acht Jahre lang bin ich Tag für Tag zur Matutin erwacht. Vielleicht dauert es genauso lange, bis ich wieder durchschlafen kann.« Sie stockte kurz, dann fügte sie hinzu: »Aber irgendwie bin ich ganz froh, dass ich in den vergangenen Wochen so früh wach war. Das hat mir ein paar schöne Moment beschert.«

Martin blickte sie eindringlich an. Das ist der richtige Momente, schien ihm eine innere Stimme zu sagen. Gib ihn ihr! »Ich habe da etwas für dich«, sagte er rasch und zog ein Blatt unter dem Hemd hervor.

Bella betrachtete staunend das Papier, das er ihr in die Hand drückte. »Was ist das?«, fragte sie und wollte die Hand schon öffnen, doch Martin schloss sie wieder.

»Sieh es dir später an. Und bitte denk dran, die Buchstaben gegen jene vom anderen Ende des Alphabets einzutauschen.«

Bella runzelte die Stirn. »Ich soll was tun?«

»Es ist eine Geheimschrift, die du entziffern musst. Lies den Brief aber nur, wenn du unbeobachtet bist.«

Bevor Bella etwas darauf erwidern konnte, ertönten über ihnen Schritte und die Stimme ihres Vaters. Als sie sich umsah, erblickte sie ihn in Begleitung von Roland von Hohenstein und seinem Heiratswerber, der dem Fürsten getreulich wie ein Hund nachlief.

Der Ritt sollte also in Kürze beginnen.

Bella blickte Martin bedauernd an, der ihr verständnisvoll zunickte. Dann legte er lächelnd einen Finger an die Lippen und verschwand.

Der Brief glühte wie ein Schmiedeeisen auf ihrer Haut, als sie zu ihrem Vater trat. Bella hatte das Schreiben in ihrem Ärmel verborgen und hoffte, dass man ihr die Aufregung darüber nicht anmerkte. Was wollte Martin ihr wohl sagen?

Viele Dinge kamen ihr in den Sinn. Alle hatten sie mit dem Kuss vom vergangenen Abend zu tun. Dem Kuss, der sie lange hatte keinen Schlaf finden lassen und der es sogar geschafft hatte, ihre Gedanken an die Hochzeit zu verdrängen. Am liebsten wäre sie zurück in ihr Zimmer gelaufen und hätte sofort nachgeschaut, was darin stand, doch da wandte sich ihr der Graf zu.

»Du bist diesmal pünktlich, wie ich sehe.« Obwohl ihm das nur recht sein konnte, überhörte Bella den Anflug eines Vorwurfs in seiner Stimme nicht. »Ich hätte es allerdings begrüßt, wenn du uns beim Morgenmahl Gesellschaft geleistet hättest.«

Das hatte sie vollkommen vergessen!

»Nun scheltet Eure Tochter doch nicht«, wandte Roland von Hohenstein mit einem selbstgefälligen Lächeln ein. »Ich kann verstehen, dass die Aufregung ihr den Appetit verdirbt. Vielen jungen Bräuten soll es so ergehen. Seht nur, wie sie glüht!«

Besonders für die letzten Worte wäre ihm Bella am liebsten an die Kehle gesprungen. Was ging ihn ihre Gesichtsfarbe an? Und seit wann spielte er sich als ihr Beschützer auf? Nicht einmal von Martin hätte sie das geduldet!

»Vielen Dank für Euren Beistand, Euer Gnaden, doch es ist nicht die Hochzeit, die mich in diesen Zustand versetzt«, entgegnete sie scharf und mit finsterer Miene. »Vielmehr ist es das erste Mal, dass ich an diesem Ritt teilnehmen darf. Diese Ehre gebührte früher nur meiner Mutter.«

Sie ließ den Blick zu ihrem Vater schweifen und merkte, dass die Worte ihre Wirkung nicht verfehlt hatten. Augenblicklich wandte er den Blick ab und gab vor, die Pferde zu beobachten. Auch der Fürst schien mit dieser Erwiderung nicht gerechnet zu haben. Zorn blitzte in seinen Augen auf, und seine Kiefermuskeln bewegten sich auf und ab, als müsste er seine Erwiderung wie harte Nüsse zerbeißen.

»Eine hübsche Krone tragt Ihr da«, brachte er schließlich ein wenig säuerlich hervor. »Wer hat sie für Euch gemacht?«

»Ich selbst«, entgegnete Bella schnippisch.

»Ist das nicht eher der Schmuck für eine Magd?«

»Mitnichten, Euer Gnaden. Wein ist unser Reichtum, daher soll Weinlaub mein Schmuck sein. Jedes einzelne dieser Blätter trage ich tausend Mal lieber als alles Geschmeide in Euren Schatztruhen.« Mit diesen Worten deutete Bella einen Knicks an und ging zu den Pferden.

Roland von Hohenstein hatte es beinahe geschafft, ihr die Freude an diesem Morgen zu verderben. Doch als sie nach den Zügeln des Apfelschimmels griff, dem ein Damensattel aufgelegt worden war, spürte sie wieder den Brief im Ärmel ihres Gewandes. Während ihr Herz gleichsam freudig und ungeduldig pochte, huschte ein versonnenes Lächeln über ihr Gesicht.

Als sich alle Teilnehmer der Prozession auf dem Burghof versammelt hatten, saßen die Reiter auf. Der Kutscher des Wagens, den die Mägde mit Weinlaub geschmückt hatten, begab sich auf den Bock, und wenig später strömte der Zug durch das Tor.

Bella ritt zwischen Roland von Hohenstein und ihrem Vater, würdigte jedoch keinen von ihnen auch nur eines Blickes. Eher interessierte sie sich für den armen Pater Anselm, dem der Ritt sichtlich Unbehagen bereitete. Sein Gesicht hatte eine grünliche Färbung angenommen, und sein Blick war schon beinahe fieberhaft auf den Weg vor ihm gerichtet. Obwohl sein Pferd sehr ruhig dahinschritt, schien er zu befürchten, jeden Augenblick abgeworfen zu werden.

Eine Stunde später erreichten sie das erste Dorf, das den Namen Rebwald trug. Es war eines der größten des

Lehens, und wie Bella feststellen konnte, hatte es sich in der vergangenen Zeit sehr zu seinem Besten verändert. Einige der Häuser waren sogar so groß, dass sie vielleicht auch in einer Stadt hätten stehen können. Bella vermutete hinter den Mauern Handwerker, deren Geschäfte recht gut liefen.

Da schon vor Stunden ein Herold durch die Straßen geritten war, um den Zug anzukündigen, hatten sich sämtliche Bewohner bereits an den Straßen und um den Dorfplatz herum versammelt. Als sie den gräflichen Zug kommen sahen, jubelten die Menschen ihnen zu. So ging es, bis sie sich dem Dorfplatz näherten.

»Ein schönes Lehen«, bemerkte Roland von Hohenstein durch den Jubel hindurch, während er den Blick über die Häuser schweifen ließ. »So große Häuser … den Menschen hier scheint es gutzugehen.«

Rudolph von Katzenburg nickte stolz. »Ja, gottlob. Nicht jede Gemeinde auf meinem Besitz blüht dermaßen prächtig wie diese.«

Der Fürst versank einen Moment lang in Nachdenklichkeit. Als Bella ihn musterte, hätte sie schwören können, einen Abakus hinter seiner Stirn auftauchen zu sehen.

»Ich könnte mir gut vorstellen, dass es diesem Lehen nicht schaden würde, wenn Ihr die Schraube ein wenig fester anziehen würdet. Was nehmt Ihr an Steuern ein?«

Die nicht unerwartete Geldgier, die in Roland von Hohensteins Worten mitschwang, erregte Bellas Zorn, so dass sie sich nicht länger zurückhalten konnte.

»Glaubt Ihr wirklich, dass dieses Lehen so prächtig wäre, wenn wir die Menschen bis aufs Blut auspressen würden?«, fuhr sie den Fürsten an.

»Bella!«, ertönte die mahnende Stimme ihres Vaters, doch sie ließ sich nicht von ihren Worten abbringen.

»Wenn wir die Schraube fester anzögen, wie Ihr es zu nennen beliebtet, würden wir in ein paar Jahren durch eine Einöde reiten. Beinahe jedermann, der hier lebt, ist seinem Grafen leibeigen, und damit steht unsere Familie in der Pflicht, für die Menschen zu sorgen und sie nicht wie Hühner zu rupfen.«

»Bella, es reicht!«, fuhr der Graf sie scharf an.

Wie die junge Frau beobachten konnte, schwoll die Ader an seiner Stirn an, und seine Wangen wurden dunkelrot. Der Geistliche neben ihm duckte sich, als hätte der Schimpf ihm gegolten.

Roland von Hohenstein wiederum wirkte ein wenig blässlich und betrachtete sie, als hätte sie den Verstand verloren.

»Verzeiht die Rede meiner Tochter«, wandte sich Rudolph von Katzenburg an den Fürsten. »Sie meint es nicht so. Ihr Herz hängt an den Menschen hier, und sie sieht lieber, dass es ihnen wohl ergeht. Wie ich übrigens auch.«

Bella zog verwundert die Augenbrauen hoch. Hatte ihr Vater ihr etwa gerade recht gegeben? Natürlich verbunden mit einer Rüge, aber dennoch hatte er gesagt, dass er etwas ebenso sah wie sie.

Lange hielt die Freude darüber allerdings nicht an.

»Dann will ich hoffen, dass sie an meinen Methoden, mit dem Volk umzugehen, nichts auszusetzen hat. Es wäre doch ein Jammer, wenn meine Gemahlin mich nicht unterstützen würde.«

Bella konnte sich schon denken, was das hieß. Der Samt auf ihrer Haut würde sie nicht davor schützen, dass der Fürst wie ein gewöhnlicher Bauer zur Knute griff, wenn sie nicht gehorchte.

Die junge Frau warf ihrem Vater einen vorwurfsvollen Blick zu. Hast du das vernommen?, fragte sie im Stillen, doch der Graf tat so, als wäre nichts gewesen. Er rief dem Kutscher zu, dass er den Wagen zum Stehen bringen möge, und stieg dann aus dem Sattel, um die Huldigung des Dorfschulzen anzunehmen.

Als sie im Abendrot mit dem leeren Wagen heimkehrten, waren die Kellerknechte gerade damit beschäftigt, den Mahlbottich zu säubern, in dem auch heute die Trauben zu Most und Maische zertreten worden waren.

Der Duft des frischen Rebsaftes umwehte Bella wie eine Frühlingsbrise. Tief sog sie ihn in ihre Lungen ein, als sie aus dem Sattel ihres Pferdes stieg, dann hielt sie Ausschau nach Martin.

Leider konnte sie ihn unter den auf dem Hof arbeitenden Menschen nicht ausmachen. Zeit, ihn zu suchen, hatte sie leider auch nicht, denn ihr Vater drängte darauf, in den Speisesaal zu gehen. Das bedeutete nicht nur, dass sie noch länger mit Roland von Hohenstein ausharren musste, sondern auch, dass sie Martins Brief nicht lesen konnte.

Während des ganzen Tages hatte der Fürst gegenüber ihrem Vater immer wieder zur Sprache gebracht, dass es lohnender sei, die Dörfer in guten Jahren höhere Abgaben entrichten zu lassen. Der Graf hatte sich so höflich wie möglich herauszureden versucht, aber Bella hatte seiner Stimme deutlich angehört, dass er nicht gewillt war, den Ratschlägen des Fürsten nachzukommen. Immerhin etwas, dachte sie. Vielleicht steckt in ihm ja doch noch etwas von dem Vater, den ich einst kannte. Es war aber anzunehmen, dass Roland von Hohenstein beim Abendessen das Thema erneut aufgreifen würde.

Bella blickte zu dem Fürsten und ihrem Vater hinüber, die sich gerade lebhaft miteinander unterhielten. Wie sollte sie das Gerede der beiden nur den ganzen Abend über aushalten? Es war ihr zwar nicht unangenehm, dass der Fürst sich mittlerweile mehr für ihre Mitgift als für sie interessierte, dennoch verdarb ihr allein der Klang seiner Stimme den Appetit.

Da kam ihr eine Idee. Ihr Vorhaben zog vielleicht wieder Schimpf nach sich, aber das war es ihr wert. Nur durfte sie sich jetzt nichts anmerken lassen!

Die Tafel, die sie beim Betreten des Saales erwartete, bog sich unter frischem Backwerk und Fasanen, die die Wildhüter am Mittag in die Burg gebracht hatten. Ein kurzer Blick zur Seite zeigte Bella, dass Hans von Uhlenfels bereits das Wasser im Mund zusammenlief. Fürst von Hohenstein schien sich noch immer auszurechnen, wie viele Taler mehr man aus den Lehen, die er gesehen hatte, herausholen konnte, und ihr Vater tat so, als gäbe es seine Tochter gar nicht.

Wahrscheinlich wird er froh sein, wenn ich aus dem Haus bin, ging es Bella durch den Kopf, dann griff sie verstohlen an ihren Ärmel. Der Brief fühlte sich an wie ein Rettungsanker und würde ihr die Kraft geben, ihren Plan in die Tat umzusetzen.

Nachdem sie Platz genommen hatten, rief der Graf die Mägde herbei, die den Wein ausschenken sollten. Der Kellermeister hatte ein Fass vom vergangenen Jahr hochtragen lassen. Hellrot wie Blut floss der Wein aus den Karaffen, in die er geschüttet worden war, um seinen Geschmack zu entfalten.

Bella bedauerte ein wenig, den Wein dazu benutzen zu müssen, um einen Moment des Alleinseins zu gewinnen, aber in diesem Augenblick hätte es sie beinahe vor Neugier zerrissen, was wohl in Martins Brief geschrieben stand.

Als Lies zu ihr kam, um ihren Pokal zu füllen, versetzte sie der Magd mit dem Finger einen Stich in die Seite. Lies juchzte auf und verschüttete im Zurückweichen etwas Wein, der genau auf Bellas Kleid landete.

Die Grafentochter schreckte hoch, und Roland von Hohenstein rückte rasch mit seinem Stuhl zurück, als fürchtete er, ebenfalls getroffen zu werden.

»Verzeiht, gnädiges Fräulein, das war nicht meine Absicht«, entschuldigte sich Lies schnell und machte Anstalten, ihrer Herrin mit der Schürze den Wein vom Gewand zu tupfen.

»Ist schon gut, Lies«, sagte Bella gütig und bedeutete ihr, dass sie weiter einschenken sollte. Dann wandte sie sich an ihren Vater: »Du entschuldigst mich doch sicher einen Augenblick?«

Der Graf biss die Zähne zusammen. Offenbar hatte er durchschaut, dass Lies den Wein nicht freiwillig verschüttet hatte. Doch angesichts des riesigen Flecks, der den grünen Samt für immer ruinieren konnte, nickte er ihr mürrisch zu und ließ sie gehen.

Während Bella den Weg aus dem Raum noch möglichst ruhig und würdevoll zurücklegte, begann sie zu rennen, kaum dass die Tür hinter ihr ins Schloss gefallen war. Die Blicke einiger erstaunter Mägde trafen sie, doch Bella kümmerte sich nicht weiter darum. Zum Umziehen brauchte sie die Mädchen nicht – und zu dem, was sie eigentlich vorhatte, erst recht nicht.

In ihrer Kemenate angekommen, schloss sie hinter sich die Tür und ließ sich einen Moment lang an die Wand daneben sinken. Ein Lachen stieg in ihr auf, doch sie unterdrückte es. Zu viel Übermut endet oft in Tränen, sagte Katrina immer, und heute war Bella ausnahmsweise gewillt, dem Ratschlag der alten Frau zu folgen. Rasch zog sie das Schreiben aus dem Ärmel hervor und faltete es auseinander. Was hat er noch mal gesagt?, fragte sie sich und versuchte, sich an das Gespräch zu erinnern. Das Alphabet rückwärts?

Sie erinnere sich wieder an den Unterricht in der Klosterschule. Die Mutter Oberin hatte sie das ABC vorwärts aufsagen lassen und dann auch wieder rückwärts – und auf einmal wusste sie, was sie zu tun hatte.

Sie ersetzte in Gedanken rasch einen Buchstaben durch den gegenüberliegenden – und der Inhalt der Nachricht, der schließlich vor ihr lag, ließ sie breit und selig lächeln.

Worte reichen nicht aus, um zu sagen, was ich für Dich empfinde, liebste Rebenprinzessin. Nur zu gern wäre ich Dein Prinz, nur zu gern würde ich Dich erlösen. Vielleicht finde ich eines Tages eine Möglichkeit.

M.

Als Martin an diesem Abend auf sein Strohlager zurückkehrte, bemerkte er, dass etwas nicht in Ordnung war. Der Strohsack wirkte verschoben, und auch sein Bündel lag nicht an der gewohnten Stelle.

Er musste sofort an Thomas denken, der kurz nach dem Gespräch mit Bella aufgetaucht war. Hatte der Bursche seine Habe durchwühlt? Oder hatte gar jemand versucht, lange Finger zu machen?

Da die anderen ebenfalls damit zugange waren, ihr Nachtlager herzurichten, versuchte Martin ruhig zu bleiben, während er die Tasche hervorzog und durchsuchte. Das Schreibzeug war noch an seinem Platz, ebenso wie die anderen Sachen. Auf den ersten Blick schien nichts zu fehlen, doch dann bemerkte Martin, dass der Zettel mit dem Buchstabenschlüssel verschwunden war, was ihm einen heißen Schrecken durch die Adern jagte. Wer könnte ihn genommen haben? Und wozu brauchte er ihn? War es Thomas gewesen? Oder hatte er Ranulf oder Peter angestiftet, es zu tun?

Martin ließ den Blick kurz über die anderen Knechte schweifen. Sie schienen mit eigenen Dingen beschäftigt zu sein, aber wer sagte ihm, dass nicht einer von ihnen an seiner Habe gewesen war? Schließlich kam er zu der Einsicht, dass er abwarten musste. Wenn jemand, der ihm schaden wollte, den Zettel an sich genommen hatte, bekam er die Konsequenzen sicher bald zu spüren. Sich vorher verrückt zu machen, lohnte auf keinen Fall.

14. Kapitel

Zwei Tage später trafen die Schneiderinnen auf der Burg ein. Bella, die wie immer vor ihrem Fenster saß, sah sie aus der Kutsche steigen, die ihr Vater geschickt hatte, und über den Hof eilen. Wie eine fette Glucke wirkte die Schneidermeisterin, die unter dem Arm einen Nähkorb trug. Unter der Haube leuchtete ihr rotes Haar hervor, und ihr Gesicht war gerötet, dennoch verlangsamte sie ihre Schritte nicht.

Ihre Gehilfinnen waren zierlicher, und gegen ihre Dienstherrin wirkten sie beinahe ausgemergelt. Sie schleppten an schweren Stoffpaketen, aus denen weiße Zipfel hervorlugten.

Einige Soldaten pfiffen den Mädchen nach, die sich allerdings unbeeindruckt zeigten. Wahrscheinlich traktierte die Schneiderin sie mit der Elle, wenn sie nicht gehorsam waren.

Bella lächelte traurig vor sich hin und dachte an die Zeiten, als sie noch freudig erregt durch ihre Kemenate gelaufen war, wenn es hieß, dass eine Schneiderin kam, um ihr ein neues Gewand zu nähen. Vor dem Kleid, das sie nun bekommen sollte, fürchtete sie sich dagegen. Denn damit verbunden war ein Mann, den sie nicht liebte und dessen Art sie abstieß wie ein Böckser im Wein.

Wie wäre es, wenn ich Martin freien dürfte?, fragte sie sich unvermittelt. Natürlich war er nur ein einfacher

Knecht, aber sein Wesen leuchtete wie guter Wein, in dem sich die Sonnenstrahlen fingen.

Die Erinnerung an den Kuss, den er ihr beim Lesefest gegeben hatte, stieg wieder in ihr auf und ließ eine wohlige Wärme durch ihre Brust und ihren Schoß ziehen.

Lächelnd malte sie sich aus, wie es wäre, wenn sie mit Martin das Weingut führen würde. Er könnte sich um das Keltern kümmern, während sie die Rebstöcke hegte. Und im Winter könnten sie, gemeinsam unter ein Schaffell gekuschelt, die Früchte ihrer Arbeit genießen.

Als jemand die Tür aufriss, verschwand der schöne Tagtraum, wie vom Wind verweht. Im Gegensatz zu den Mägden, die man kaum hörte, polterte die Schneiderin mit ihren Gehilfinnen herein wie eine Kuhherde.

»Stellt die Kisten da ab, Mädchen, und legt die Stoffe aufs Bett!«, herrschte sie ihre Gefolgschaft an. »Und dass mir ja kein Schmutz an die kostbaren Gewebe kommt. Sehe ich etwas dergleichen, werde ich es euch vom Lohn abziehen.«

Oda, die ebenfalls dabei war, warf Bella einen entschuldigenden Blick zu, und die Grafentochter lächelte der Magd zu. Das Theater gefiel ihr irgendwie. Es war immerhin etwas anderes, als unten bei ihrem Vater, dem Heiratswerber und dem Fürsten zu sitzen – auch wenn die Schneiderin Bella wiederum an ihre Misere erinnerte.

Nachdem die Meisterin sichergestellt hatte, dass ihren kostbaren Stoffen nichts passiert war, verneigte sie sich tief vor Bella. »Gnädiges Fräulein, ich bin Meta Irrgang, Schneidermeisterin aus Koblenz. Euer Vater hat mich rufen lassen, um Euer Hochzeitsgewand zu vermessen.«

»Es ist mir eine Freude, Meisterin«, entgegnete Bella und bemerkte, dass ein geschmeicheltes Lächeln über die Lippen der dicken Frau huschte. »Wohlan, sagt mir, was ich zu tun habe. Seit ich zehn Jahre alt war, wurde mir kein Gewand mehr angemessen, die Kleider im Kloster wurden nach Augenmaß genäht.«

Bella stand auf und stellte sich in die Mitte des Raumes – so, dass sie aus dem Fenster auf die gegenüberliegenden grünen Hügel blicken konnte. Dann hob sie die Arme.

Die Schneiderin lächelte ein wenig peinlich berührt, ehe sie sagte: »Ihr solltet Euch vorher entkleiden lassen. Zumindest bis aufs Hemd.«

Bella blickte zu Oda hinüber, die sie auch ohne einen Befehl verstand. Augenblicklich huschte sie zu ihrer Herrin und begann, die Bänder und Schnürung des Kleides zu lösen. Nach und nach lockerte sich das Gewand und fiel wenig später zu Boden. Ein Luftzug erfasste Bella und ließ sie frösteln, doch wie sie so mit ausgestreckten Armen dastand, fühlte sie sich wie eine Taube, die nur mit den Flügeln schlagen musste, um sich in die Lüfte zu erheben.

Da trat die Schneidermeisterin vor sie, wie ein Felsen, der ihr den Weg versperrte. Die Frau setzte ihre Elle an und begann wild an ihr zu zerren und zu reißen. Bella musste sich mehrmals umdrehen, und immer wieder traf Meta Irrgang sie mit der Elle irgendwo an ihrem Körper. Dabei sagte sie die Maße an, die eine ihrer Gehilfinnen niederschrieb.

Wie gerne wäre ich jetzt im Weinberg, dachte Bella. Die neuen Trauben sind sicher längst reif und müssten gelesen werden. Dieses Vergnügen wird mir mein Vater wohl auch verwehren wollen.

Schließlich konnte sie sich wieder umdrehen. Just in diesem Augenblick brach die graue Wolkendecke auf und ließ einen Sonnenstrahl hindurch. Dieser traf ein kleines Stück des Hügels und malte einen leuchtend gelben Fleck darauf. Ist es ein Hoffnungsschimmer?, dachte Bella. Ein Zeichen, dass doch noch alles gut wird?

Wieder zerrte die Schneidermeisterin an ihr, und der hoffnungsvolle Gedanke wich dem Wunsch, die Prozedur möge endlich beendet sein.

Jetzt, da die Lese vorbei war, ging es im Keller erst recht hoch her. Fässer wurden versiegelt, an ihren Stellplatz gebracht und befestigt. Wer nicht direkt damit zu tun hatte, der durfte die abgefüllten Fässer bewegen oder die benutzten Gerätschaften säubern. Das war nicht ganz so schlimm, wie die Fässer vom Weinstein zu befreien, sorgte unter den Knechten und Gehilfen jedoch für ziemlich viel Bewegung. Bei all der Hektik fiel es allerdings auch nicht auf, wenn sich ein Knecht kurz davonstahl.

Martin hatte eigentlich vorgehabt, an diesem Morgen nach seinem Ableger zu sehen. Bis jetzt hatte der Graf die Trauben der neuen Rebstöcke noch nicht gelesen, es war also gut möglich, dass der Trieb bereits begonnen hatte zu wurzeln. Unruhe machte sich in ihm breit. Würde es ihm gelingen, den Trieb von der Mutterpflanze zu trennen, bevor der Graf mit der Lese begann?

Als er wie beiläufig über den Hof schlenderte, bemerkte er zu seinem großen Schrecken, dass der Graf, gefolgt von Roland von Hohenstein, die Burg verließ und der Pforte zum Weinberg zustrebte. Das war an und für sich nichts Schlimmes, doch der Lesekorb, den er unter dem Arm trug, deutete ebenso wie die einfachen Kleider des Grafen darauf hin, dass die Zeit für die neuen Trauben gekommen war.

Angst überfiel Martin wie ein Straßenräuber. Was, wenn der Graf den Trieb findet?, peitschte es durch seinen Verstand. Gewiss wird er als erfahrener Weinbauer sofort erkennen, dass jemand versucht hat, einen Ableger zu schaffen. Ich muss unbedingt noch ein paar weitere Steine auf den Trieb stapeln!

Nachdem der Graf verschwunden war, blickte sich Martin zu allen Seiten um, dann huschte er ebenfalls zur Mauer. An der kleinen Pforte angekommen, spähte er den beiden Männern hinterher, die langsam zwischen den Rebstockreihen verschwanden. Zu gern wäre er ihnen hinterhergeschlichen, doch noch waren sie nicht weit genug entfernt.

Plötzlich versetzte ihm jemand einen harten Stoß, so dass er mit der Augenbraue gegen den Stein prallte. Martin stöhnte auf, wirbelte dann aber herum. Hinter ihm standen, wie nicht anders zu erwarten, Thomas und seine Freunde.

»Lange nichts mehr von euch gehört«, sagte Martin, während er den Wunsch unterdrückte, sich an die pochende Augenbraue zu fassen. Wahrscheinlich blutete sie, aber es wäre fatal, auch nur die geringste Schwäche gegenüber diesen Rohlingen zu zeigen.

»Hast großes Glück, dass der Fassmeister auf deiner Seite ist«, sagte Thomas, während er die Arme vor der Brust verschränkte und die verletzte Augenbraue zufrieden musterte. »Sonst hätten wir deinen Hintern schon längst durch den Mist geschleift.«

»Das wäre vergebliche Mühe gewesen«, entgegnete Martin so abgebrüht wie möglich. »Meinen Hintern werdet ihr nie wieder auf den Boden kriegen. Außerdem bin ich sowieso nicht mehr lange hier.«

Thomas blickte zu seinen Kumpanen, als sei dies die beste Mitteilung, die er seit Tagen vernommen hatte. »Haben wir dich also doch überzeugt?«

»Bildet euch bloß nichts ein!«, gab Martin zurück und

hätte ihnen am liebsten an den Kopf geschleudert, dass ihnen die Stänkerei sicher irgendwann mal schlecht bekam.

Doch da rief der Kellermeister schon wieder nach ihnen. Martin wäre gern in den Weinberg geflüchtet, um dort den Grafen und Roland von Hohenstein zu belauschen, aber er hielt es für klüger, sich den anderen anzuschließen. Was seinen Ableger anging, konnte er nur darauf vertrauen, dass Rudolph von Katzenburg in seiner Freude über die Trauben nichts davon mitbekam.

»Diese Trauben sind wirklich prächtig!«, schmeichelte Roland von Hohenstein, als er den Blick über die Reben schweifen ließ. An dem erfreuten Lächeln des Grafen erkannte er, dass er den richtigen Ton getroffen hatte.

»So Gott will, werden sie der Grundstein für eine neue Ära des Weinbaus in dieser Gegend sein. Damit gelingt es uns vielleicht, an die Weine Spaniens und Italiens heranzureichen.«

Der Fürst unterdrückte ein Gähnen. Nicht, dass er in der vergangenen Nacht zu wenig Schlaf bekommen hätte, doch Spaziergänge am Morgen wirkten ermüdend auf ihn. Besonders, wenn sie keinen anderen Anblick boten als grünes Laub. Da hätte ich schon lieber des Grafen Tochter Maß genommen, dachte er bei sich, denn er hatte mitbekommen, dass die Schneiderin eingetroffen war. Von meiner Elle wäre sie sicher auch begeistert.

Roland von Hohenstein spürte Geilheit in sich aufsteigen, aber hier draußen konnte er sich das unmöglich erlauben. Heute Nacht werde ich mir wieder die Magd vornehmen, dachte er bei sich und wischte sich über die Lippen, als müsste er sie erst säubern, bevor er in der Lage war, Interesse zu heucheln.

»Woher habt Ihr die Stöcke?«

»Von einem befreundeten Grafen. Sagt Euch der Name Katzenelnbogen etwas?«

»Ja, durchaus«, sagte der Fürst.

»Er hat diese Reben vor zwei Jahren zum Erproben angepflanzt und mir ein paar Triebe überlassen. Ich habe sie einfach auf einige Heunisch-Stöcke gepfropft.« Der Graf sah Roland von Hohenstein an, als müsste dieser verstehen, was er da redete.

In Wirklichkeit sehnte sich der Fürst jedoch nur danach, endlich den Heiratsvertrag zu unterzeichnen und dann mit seiner Braut von hier zu entfliehen. Zu lange entbehrte er nun schon den Glanz des Königshofes. »Gibt es denn schon einen Namen für diese neue Sorte?«, heuchelte er dennoch Interesse.

»Katzenelnbogen nennt sie Riesling. Fragt mich nicht, wie er auf diesen Namen kommt. Meines Erachtens wird er sich nicht durchsetzen.«

»Welchen Namensvorschlag hättet Ihr denn?«

»Das werde ich sehen, wenn ich diese Reben gekeltert habe. Vielleicht ergeben sie ja nur einen furchtbar sauren Essigwein, dann werde ich die Rebstöcke eigenhändig aus dem Boden reißen.« Lachend zog Rudolph von Katzenburg sein Winzermesser und schnitt die ersten Reben ab.

Ein wenig tat es ihm leid, nicht wie sonst die ganze Lese mitbekommen zu haben, aber diese Trauben hier gehörten nur ihm. Nicht einmal seiner Tochter hatte er davon erzählt. Während sich der Korb zusehends füllte und der Graf alles um sich herum vergaß, stand Roland von Hohenstein gelangweilt daneben und starrte in die Luft.

Zeitverschwendung, dachte er. Unterdessen hätte ich mir mit dem Mägdlein ein paar schöne Stunden machen können. »Vielleicht sollten wir die Ungestörtheit nutzen und über die Mitgift Eurer Tochter sprechen«, hob er schließlich an.

Rudolph von Katzenburg schnitt seelenruhig eine weitere Rebe ab, legte sie in den Korb und erhob sich dann. »Was meint Ihr, warum ich Euch mit hergenommen habe, Euer Gnaden?«, antwortete er lächelnd. »Meine Tochter wird einen Teil des Weinbergs als Mitgift bekommen. Samt aller Erträge, die er einbringt.«

Die Enttäuschung traf den Fürsten so heftig, dass er nicht imstande war, etwas zu entgegnen. Wein als alleinige Mitgift? Wo blieben die Goldstücke, die Rudolph von Katzenburg angeblich in seinen Schatzkammern hortete?

Der Graf schien zu merken, dass die Nachricht seinen Gast nicht gerade erfreute. »Ihr mögt jetzt vielleicht denken, dass dies eine geringe Gabe sei, aber die Erträge des Weinbergs sind reichlich, und wenn wir den Erfolg, den der Graf von Katzenelnbogen mit seiner neuen Sorte hatte, wiederholen können, werden wir nicht nur am hiesigen Königshof höchstes Ansehen erlangen, sondern auch in anderen Landen.«

Roland von Hohenstein machte zu diesen Worten eine gute Miene, doch in Wirklichkeit fragte er sich, ob es wirklich von Vorteil sei, Bella zu heiraten. Der erhoffte Erfolg eines Weinbergs ließ sich nun mal schlecht in barer Münze messen. Aber dann beschwichtigte er sich selbst damit, dass Rudolph von Katzenburg seine Reichtümer vielleicht nur zurückhielt, um zu sehen, ob es dem Fürsten wirklich ernst mit der Heirat war.

Wieder schlich es dem Fürsten durch den Sinn, dass die Grafentochter für ihn nicht standesgemäß sei, aber dann verdrängte er diesen Einwand und versuchte wenigstens den Anschein zu erwecken, als folgte er den Ausführungen des Grafen über den Wein.

Als Rudolph von Katzenburg mit seinem Gast in die Burg zurückkehrte, hatte die Sonne den Zenit bereits überschritten.

Bevor Martin jedoch dazu kam, nach seinem Ableger zu sehen, rief man ihn zusammen mit einigen anderen Knechten in den Keller. Zu seinem Leidwesen waren darunter auch Thomas und seine beiden Spießgesellen. Gewiss würden sie es nicht wagen, ihm unter den Augen des Kellermeisters irgendwelche Gemeinheiten anzutun. Aber für diese Nacht sollte er seinen Strohsack besser nach Disteln oder Juckpulver absuchen.

Das Erste, was Martin beim Betreten des Kellers entgegenströmte, war der Geruch nach frischen Trauben und Weinlaub. Auf dem Boden standen einige Butten, die sich der Graf wohl hatte hertragen lassen. Die neuen Trauben, ging es ihm sofort durch den Sinn.

Wahrscheinlich sollen wir sie jetzt stampfen und dann in Fässer füllen. Aber warum im Keller? Darf niemand sehen, was mit den Trauben geschieht? Oder ist es wegen der Temperatur hier unten?, fragte er sich.

Zu Martins großer Überraschung warteten auch der Graf und Roland von Hohenstein im Keller. Nun konnte er Bellas Bräutigam aus der Nähe in Augenschein nehmen. Kein Wunder, dass sie ihn nicht leiden kann, dachte er, nachdem er den Fürsten kurz gemustert hatte. Ihm trieft der Hochmut aus allen Poren.

Als Martin von den eng anliegenden und leicht angeschmutzten Beinkleidern des Herrn aufsah, bemerkte er den Blick des Grafen. In dessen Augen spiegelte sich Erkennen, und Martin rechnete damit, dass der Graf Bernhard Wackernagel jeden Moment anwies, ihn aus dem Keller zu schicken.

Doch es blieb bei einem warnenden Blick. Oder lag darin vielleicht eine Ahnung? Hatte der Graf den Ableger unter den Steinen bemerkt?

Bevor Martin den Gedanken zu Ende denken konnte, baute sich auf ein Zeichen des Grafen Bernhard Wackernagel vor den Knechten auf.

»Was ihr hier seht, ist die Ernte der neuen Rebstöcke auf unserem Weinberg. Seine Gnaden wünscht, dass ihr sie mit größter Sorgfalt behandelt, auf dass ein guter Wein daraus entstehen möge.«

Ein zustimmendes Raunen ging durch die Menge.

»Ihr werdet die Trauben nun mahlen, allerdings nicht mit euren dreckigen Füßen«, setzte der Kellermeister hinzu.

»Wir können ja ein paar Mägde dazuholen«, bemerkte der Blonde neben Thomas vorlaut, wofür ihm Christian Dubelaar einen Schlag auf den Hinterkopf verpasste.

Martin verbarg sein breites Lächeln rasch in der hohlen Hand, denn er wusste, dass Thomas ihn unablässig musterte.

»Ihr werdet die Stößel nehmen und so die Maische zerkleinern«, wies Bernhard Wackernagel die jungen Männer an. »Immerhin kann man von euch erwarten, dass ihr nicht nur Hafergrütze in den Armen habt.«

Martin blickte an sich hinunter. Wirkte er wirklich so kräftig?

Bevor er eine Antwort darauf finden konnte, drückte ihm auch schon jemand den schweren Holzpfahl in die Hand. Gemeinsam mit den anderen trat er an den Mahlbottich und begann mit der Arbeit. Dabei fragte er sich, warum sie diesen Wein nicht auf gewöhnliche Weise pressen durften. War das ein weiteres Geheimnis, das er seinem Vater mitteilen sollte?

Unter den Stößeln verwandelten sich die Trauben rasch zu Maische, und bald floss leicht trüber Most aus dem Ausfluss. Die ersten beiden Becher voll gingen an den Grafen und seinen Gast, womit die Frage beantwortet war, warum sie nicht mit den Füßen in den Bottich sollten.

»Was meint Ihr?«, hörte Martin den Grafen fragen.

Roland von Hohenstein gab ein unverständliches Gurgeln von sich, dann antwortete er: »Ja, er hat durchaus Geschmack.«

Martin zwang sich, beim Stampfen nach unten zu blicken, damit niemand das spöttische Grinsen auf seinem Gesicht bemerkte. Als ob du Wein von Schafspisse unterscheiden könntest, ging es ihm durch den Sinn. Bella ist viel zu gut für dich.

»Ich werde ein paar Fässer für die Hochzeit abstellen, damit sich auch Eure Freunde von dem Geschmack meines Weins überzeugen können.«

Die Erwähnung von Bellas Hochzeit rief Martins Zorn hervor, doch er zwang sich zur Ruhe. Noch hast du deine Braut nicht heimgeführt, du elender Schmierlappen, dachte er. Wer kann schon wissen, was noch alles passieren wird …

An diesem Abend wäre Bella am liebsten nicht nach unten gegangen. Die Schneidermeisterin hatte ihr versprochen, noch in der Nacht mit dem Kleid zu beginnen und die Arbeit so schnell wie möglich zu beenden. Sobald es fertig war, würde die junge Frau die Katzenburg verlassen müssen.

Da das rot-grüne Kleid durch den Weinfleck verdorben

war, hatte der Graf Meta Irrgang kurzerhand ein anderes Gewand abgekauft. Es war dunkelblau und etwas schlichter, dennoch fand sich Bella darin viel zu schön für den Fürsten.

In Gedanken versunken saß sie am Abend an der Tafel und drehte den Weinbecher in der Hand. Sie hatte es aufgegeben, irgendwelche Unglückswünsche gegen die Schneiderin in ihrem Verstand herumzuwälzen. Letztlich trug nicht die arme Frau die Schuld daran, dass sie heiraten musste, sondern ihr Vater.

Während sie weiterhin still vor sich hin brütete, versuchte der Graf die Stille im Speisesaal ein wenig zu vertreiben. »Bernhard Wackernagel hat mir vorhin mitgeteilt, dass vier Fässer Most aus den neuen Trauben gewonnen werden konnten.«

»Du hast die neue Sorte bereits abgeerntet?«, fragte Bella, während in ihr der gleiche Groll aufwallte wie vor einigen Tagen, als sie von Martin erfahren hatte, dass es eine neue Sorte auf dem Weinberg gab.

»Ja, es war an der Zeit«, antwortete ihr Vater und tat dabei so, als hätte er sie von allem unterrichtet.

»Warum hast du mir nicht gesagt, dass es eine neue Sorte gibt? Es wäre für mich vielleicht von Interesse gewesen, etwas darüber zu erfahren.«

Der Graf hob seinen Becher an und nahm einen hastigen Schluck.

Bella blickte ihn anklagend an. Du musst schon ein ganzes Fass mit einem Zug ausleeren, um dir eine Antwort zu ersparen, dachte sie.

»Du warst die ganze Zeit über im Kloster«, entgegnete Rudolph von Katzenburg kühl, nachdem er den Becher wieder abgesetzt hatte. »Außerdem bin ich der Herr der Burg und für den Weinberg verantwortlich. Du wirst schon bald deinen eigenen Hof haben, um den du dich kümmern kannst. Ich habe es nicht für notwendig gehalten, dich in Kenntnis zu setzen, und wundere mich, dass du überhaupt davon weißt.«

Auf diese Worte wurde es still. Bella ließ kurz den Blick über die anderen Anwesenden schweifen. Roland von Hohenstein grinste, als hätte er schon etliche Becher zu viel intus, Hans von Uhlenfels blickte peinlich berührt nach unten. Die Schankmägde hielten ihre Blicke sowieso gesenkt, aber gewiss dachten sie sich ihren Teil.

Auf einmal kam sich Bella vor, als würde sie hier ersticken. Keine noch so enge Zelle im Kloster konnte schlimmer sein.

»Verzeiht, ich muss ein wenig an die frische Luft«, sagte sie, und ohne die Erlaubnis ihres Vaters abzuwarten, erhob sie sich und lief aus dem Saal.

Die Magd, die gerade neuen Wein einschenken wollte, wich zurück und hätte um ein Haar den Krug fallen lassen, aber Bella kümmerte sich nicht darum.

Zorn und Übelkeit wüteten in ihr. Mittlerweile konnte sie nur noch schwerlich glauben, dass die Trauer ihren Vater in einen derart hartherzigen Mann verwandelt hatte. Aus seinem Verhalten konnte sie nur Bosheit lesen. Es war, als hätte er sie niemals geliebt. Mit langen Schritten eilte sie durch die Burg, an flackernden Fackeln und Wandteppichen vorbei, die sich unter dem Luftzug wellten. Das Herz donnerte in ihrer Brust, und das Blut rauschte laut durch ihre Ohren.

Erst im Durchgang zum Kräutergarten machte sie halt und presste sich die Hand auf den Bauch. Das Kleid erschien ihr auf einmal furchtbar eng, und am liebsten hätte sie es sich vom Leib gerissen.

Wieder stellte sie sich die hilflose Frage, warum ihr Vater ihr das antat. Warum gerade dieser Mann? Gab es keine anderen? Was versprach er sich davon?

Eine Antwort erhielt sie nicht.

Wenn doch nur Martin bei mir wäre, dachte sie, als sie der Pforte zum Weinberg zustrebte.

Nachdem Martin sicher war, dass die anderen Knechte seine Abwesenheit nicht bemerkten, schlich er sich aus der Scheune.

Während der ganzen Zeit, in der er mit den anderen die Trauben gestampft hatte, hatte ihn der Graf nicht aus den Augen gelassen. Hatte er den Ableger bemerkt und Verdacht geschöpft? Hatte er sie zusammengerufen, um zu sehen, ob sich angesichts der Trauben jemand verdächtig benahm?

Die ganze Zeit über hatte Martin versucht, so ruhig wie möglich zu bleiben. Da er dem Grafen nicht vorgeführt wurde, konnte er wohl davon ausgehen, dass man ihn nicht verdächtigte. Dennoch wollte er nachsehen, was mit dem Ableger geschehen war.

Als er aus dem Schlagschatten der Scheune trat, wanderte sein Blick hinauf zu den Zinnen der Burg und zu den hell erleuchteten Fenstern. Wahrscheinlich muss Bella wieder mit ihrem zukünftigen Gatten tafeln, dachte er bitter. Ach, wenn es doch nur eine Möglichkeit gäbe, sie von ihm zu befreien.

Die einzige, die ihm einfallen wollte, ohne dass er den Fürsten töten musste, war, selbst um ihre Hand anzuhalten. Aber weder ihr noch sein Vater würden dem jemals zustimmen.

Warum gibt es bloß diesen unsäglichen Streit zwischen unseren Familien?, fragte er sich, als er den Blick wieder senkte. Wenn unsere Häuser zusammenhielten, wäre der

Graf von Katzenburg nicht auf den Einfluss des Fürsten von Hohenstein angewiesen.

»Wo willst du denn jetzt noch hin?«, ertönte plötzlich eine Stimme.

Als er erschrocken herumwirbelte, erblickte er den Kellermeister, der wie aus dem Boden gewachsen hinter ihm aufgetaucht war.

»Ich wollte mir nur ein wenig die Beine vertreten«, entgegnete Martin, und erst im nächsten Augenblick fiel ihm ein, dass er diese Ausrede schon einmal gebraucht hatte – am ersten Abend, als er sich auf die Suche nach Rudolph von Katzenburgs Geheimnis gemacht hatte.

Bernhard Wackernagel blickte ihn prüfend an, dann sagte er: »Komm mit!«

Sein Tonfall ließ keinen Zweifel daran, dass sich Martin dieser Anweisung besser nicht widersetzen sollte.

Der Junge folgte dem massigen Mann in den Kellerraum, und die Frage, was ihn dort erwartete, marterte ihn. Hatte der Graf doch etwas bemerkt? War er vielleicht in seinem Verdacht bestätigt worden, auch wenn Martin versucht hatte, sich so unauffällig wie möglich zu verhalten?

Im Weinkeller brannte Licht. Nicht genug, um arbeiten zu können, aber für eine Unterhaltung würde es reichen. Als Martin dem Kellermeister nach unten folgte, überkam ihn der Gedanke, dass man ihn womöglich sofort töten würde, wenn man ihn als Verräter entlarvte. Niemand würde es je erfahren, allein die Wächter würden sich vielleicht über ein längliches Bündel wundern, das aus der Burg geschafft wurde.

Martin hätte erwartet, dem Grafen gegenüberzutreten, oder zumindest Heinrich Oldenlohe, aber es wartete nur Christian Dubelaar auf ihn, mit regloser Miene. Martin versuchte, die Schatten des Kellers zu durchdringen und herauszufinden, ob der Waffenmeister des Grafen vielleicht doch zugegen war. Aber er konnte nichts erkennen.

Bernhard Wackernagel trat neben den Fassmeister und holte unter seinem Wams einen Zettel hervor.

Sofort durchzuckte es Martin siedend heiß. War das etwa der Brief, den er Bella gegeben hatte? War ihr Vater irgendwie in den Besitz des Schreibens gelangt? Er schluckte und versuchte ruhig zu bleiben. Ob ihm das gelang, konnten wohl nur die beiden Männer beurteilen, die ihn nun argwöhnisch in Augenschein nahmen.

»Das hier hat uns heute einer der Knechte gebracht«, sagte Bernhard Wackernagel und faltete den Zettel auseinander. »Er hat behauptet, es gehöre dir und sei Teufelswerk. Ein Zauberspruch. Was meinst du dazu?«

»Dazu müsste ich es erst einmal ansehen«, gab Martin mutig zurück. Leugnen war vermutlich zwecklos, daher versuchte er erst mal, Zeit zu gewinnen.

Der Kellermeister tat ihm den Gefallen und reichte ihm das Schreiben.

Wie Martin im nächsten Augenblick feststellte, handelte es sich um den Buchstabenschlüssel, den Giacomo ihm überlassen hatte. Da überfiel ihn eine derart starke Übelkeit, dass ihm die Galle bitter im Mund zusammenlief.

»Das sind Buchstaben«, sagte er unter Aufbringung all seiner Beherrschung. »Einfach nur Buchstaben.«

»Wozu brauchst du sie?«

»Ganz sicher nicht, um einen Zauberspruch zu sprechen«, entgegnete Martin. »Das hier ist einfach nur das Alphabet, vorwärts und rückwärts.«

Zu spät fiel Martin ein, dass ihn gerade das »rückwärts« verdächtig machen könnte. Hieß es nicht, dass Hexen und Zauberer ihre Dokumente in Spiegelschrift verfassten, damit sie nur der Teufel lesen konnte?

Der junge Mann stand am Rande seiner Beherrschung, hatte er doch auf einmal das Gefühl, am ganzen Körper zu glühen. Wieder wanderte sein Blick hinüber in die Schatten, aber auch jetzt tauchte Heinrich Oldenlohe nicht daraus auf. Der Waffenmeister hätte ihnen sicher sagen können, dass diese Buchstaben kein Zauberwerk waren, sondern das Handwerkszeug eines Spions. Und das hätte vielleicht noch größere Schwierigkeiten nach sich gezogen.

»Hier auf der Burg gibt es einige Leute, die dich anscheinend nicht mögen«, sagte der Kellermeister nun. Der Fassmeister, der das bereits mitbekommen hatte, schwieg noch immer. »Ich nehme mal an, der Junge, der uns diesen Zettel gegeben hat, gehört dazu.«

Verfluchter Thomas, schimpfte Martin im Stillen. Möge dir ein Buckel wachsen.

»Du hast großes Glück, dass dieser Zettel nur in unsere Hände gelangt ist«, sprach Bernhard Wackernagel weiter. »Ich weiß, das hier ist kein Zauberspruch, es sind einfach nur Buchstaben. Im schlimmsten Fall hättest du dafür aber wegen Hexerei in den Kerker wandern können.«

Martin verfluchte Thomas ein zweites Mal. Offenbar hatte Christian Dubelaar mit seiner Warnung recht gehabt. Eine Tracht Prügel war nur ein Mittel, um jemanden, den man nicht leiden konnte, zu ärgern.

»Am besten, du verbrennst das hier«, riet der Fassmeister ihm nun. »Ich nehme an, dass du die Buchstaben des Alphabets auch so kennst.«

Martin nickte und wusste, dass er drauf und dran war, sich damit zu verraten. Welcher einfache Bauernsohn konnte schon lesen und schreiben?

Die beiden Männer betrachteten ihn einen Moment lang eingehend, und Martin rechnete fest damit, dass sie ihm gleich die Frage stellten, wo er denn lesen und schreiben gelernt habe.

Doch dann sagte Bernhard Wackernagel: »Geh jetzt zurück in dein Quartier und schleich künftig nicht mehr des Nachts herum. Es ist zu deinem eigenen Wohl.«

Martin konnte nicht fassen, dass dies alles gewesen sein sollte. Dann erst drang allerdings die Warnung zu seinem Verstand durch, die in den Worten des Kellermeisters lag.

Wenn ich dich noch einmal beim Schleichen erwische, sagte sie, werde ich dem Grafen von dem Zettel berichten. Oder dich eigenhändig von der Burg werfen.

»Jawohl, Herr Kellermeister«, erwiderte Martin beklommen und wandte sich der Treppe zu.

Der Anblick des Weinbergs hatte Bella diesmal keinen Frieden gebracht. Das Mondlicht ließ die Blätter grau wirken, und im Wind wirkte das Rauschen gar bedrohlich. Oder lag das nur an den Gedanken, die in ihr tobten? An der Enttäuschung über ihren Vater? Fröstelnd legte sie die Arme um die Schultern.

Ich hätte einen Mantel mitnehmen sollen, dachte sie. Dann könnte ich es die ganze Nacht hier aushalten. Doch nun zwang ihre Haut, die sich schmerzvoll zusammenzog, sie in die Burg zurück. In den Speisesaal wollte sie dennoch nicht gehen. In der Gesellschaft seines Gastes fühlt Vater sich ohnehin wohler als in meiner, schlich es ihr bitter durch den Sinn, nachdem sie durch die Pforte getreten war und über den Burghof eilte.

Als sie an den Hütten in der Nähe der Stallungen vorbeikam, stockte sie. Obwohl alles ruhig war, hatte sie das Gefühl, dass jemand bei ihr war. Jemand, der sie beobachtete.

Ist es vielleicht Martin?, fragte sie sich, und während

sich ein leichter Hauch Vorfreude in ihr ausbreitete, blickte sie sich um.

Da schoss eine Hand aus der Dunkelheit und ergriff brutal ihren Arm.

»Warum seid Ihr denn davongelaufen, Holde?«, fragte eine spöttische Stimme, begleitet von einer strengen Weinfahne.

Offenbar hatte Roland von Hohenstein während der kurzen Zeit ihrer Abwesenheit dem Rebensaft kräftig zugesprochen. Er hatte sein Wams abgelegt und das schmierigste Grinsen aufgesetzt, das sich Bella nur vorstellen konnte.

»Was soll das?«, fuhr sie den Adligen an und versuchte sich aus seinem Griff zu lösen. »Lasst mich!«

Fürst von Hohensteins Hand wurde zu einer eisernen Kralle. »Es würde mich sehr betrüben, wenn meine Anwesenheit Euch von der Tafel fortgetrieben hätte«, keuchte er, während er sie an sich zerrte.

Instinktiv stemmte Bella beide Hände gegen seine Brust. Die junge Frau wusste, dass sie ihm nicht viel entgegenzusetzen hatte, aber sie wollte sich auch nicht behandeln lassen, als sei sie eine Flickenpuppe. »Ich wollte lediglich frische Luft schnappen«, entgegnete sie. »Und jetzt wäre ich Euch dankbar, wenn Ihr mich loslassen würdet!«

»Was, wenn ich Euch nicht loslassen will? Was wollt Ihr dann tun?«

Roland von Hohenstein drängte sich so eng an sie, dass sie sein Gemächt durch ihre Röcke spüren konnte. Übelkeit überfiel Bella, und erneut versuchte sie, sich loszumachen. Allerdings konnte sie nicht verhindern, dass dabei das Gesicht des Fürsten näher kam und sein nach Wein und faulen Zähnen stinkender Mund sich ihren Lippen näherte. Schließlich erstickte er ihren Schrei durch einen rauen Kuss. Bella würgte, als er seine Zunge in ihren Mund schob. Für einen Moment drohte die Panik sie zu überwältigen, doch dann biss sie geistesgegenwärtig zu.

Roland von Hohenstein stöhnte auf und zog sich zurück, was ihr jedoch nicht reichte, um flüchten zu können. »So willst du es also?«, keuchte er. »Meinetwegen, das kannst du haben!« Damit presste er ihr eine Hand auf den Mund und zerrte sie mit sich zu dem nächstgelegenen Stall.

Bella starb beinahe vor Angst und fragte sich panisch, warum ihr niemand zu Hilfe kam. Wieso keine Wache auftauchte, wo ihr Vater doch so viele Männer abgestellt hatte. Auch Heinrich Oldenlohe war nicht zur Stelle. Hatte Roland von Hohenstein dem Grafen etwa angeboten, sie zur Vernunft zu bringen? Wenn ja, hatte ihr Vater wohl keine Ahnung, auf welche Weise der Fürst das tun wollte.

Die Aussichtslosigkeit ihrer Lage brachte die junge Frau dazu, weitere Kräfte zu mobilisieren. Während ihr Herz raste, versuchte sie, ihren Gegner zu treten und zu kratzen. Doch vergebens. Der Wein und seine Geilheit machten Roland von Hohenstein immun gegen Schmerzen, und an jene Stellen, die ihm größere Pein verursachen konnten, kam Bella nicht heran. Schließlich gab der Stoff ihres Kleides unter den Händen des Fürsten nach. Die Nähte rissen auf und entblößten ihr Hemd.

Roland von Hohenstein lachte rau. »Ich werde dich schon zureiten, kleine Stute. Dann wirst du mir und auch deinem Vater mehr Gehorsam entgegenbringen.«

Seine Worte empörten Bella zutiefst, bescherten ihr aber gleichzeitig auch eine Idee. Sie ließ den Kopf ein wenig zurückschnellen und grub dann die Zähne in die Hand des Fürsten. Der schrie auf, und wenig später hatte auch sie den Mund frei, um zu schreien. Allerdings nur für einen kurzen Moment.

»Verdammtes Miststück!«, brüllte Roland von Hohenstein und versetzte ihr einen kräftigen Schlag ins Gesicht.

Sterne blitzten vor Bellas Augen auf, denn er hatte genau ihre Nase getroffen, und nun konnte sie nicht mehr verhindern, dass er sie in den Schuppen zerrte.

Selbst jetzt, nachdem die Unterredung mit dem Kellermeister beendet war, zitterten Martin noch immer die Knie. Er hatte den Vorwurf der Hexerei zwar entkräften und eine brauchbare Erklärung für seine Schreibkünste abgeben können, dennoch hatte er das Gefühl, dass die Sache ein Nachspiel haben würde.

Thomas, du Ratte, schimpfte er still auf den hinterhältigen Knecht. Gibt er denn nie Ruhe? Vielleicht sollte ich ihm eine Tracht Prügel verpassen. Gleichzeitig wusste Martin allerdings, dass er sich dazu andere Arme wachsen lassen musste. Außerdem wären gewiss auch Ranulf und Peter sogleich zur Stelle, und wie der Kampf gegen drei ausgehen konnte, hatte er ja am eigenen Leib erlebt. Ein Schrei in seiner Nähe schreckte ihn aus seinen Rachegedanken fort.

Martin blickte auf und hörte, dass irgendwer der Schreienden den Mund zudrückte, denn das Geräusch brach augenblicklich ab. Offenbar war da jemand in Not. Vielleicht eine der Mägde? Die verzweifelte Stimme war jedenfalls eindeutig weiblich gewesen. Ohne lange zu überlegen, rannte Martin los.

Während die Schritte über das Pflaster hallten, kam ihm wieder in den Sinn, wie sich dieser Roland von Hohenstein mit der Magd vergnügt hatte. Es war gut möglich, dass er sich nun an eine andere herangemacht hatte, die nicht so begeistert von ihm war. Obwohl es ihn nichts anging, eilte er zu den Ställen.

Noch immer schien sich die Frau nach Leibeskräften zu wehren. Der Fürst schrie schließlich auf. »Dreckige Metze, dich werde ich lehren, mich zu beißen!« Das laute Klatschen einer Ohrfeige drang an Martins Ohren. »Halt still!«, fauchte Roland von Hohenstein dann. »Wenn wir erst verheiratet sind, gehörst du mir sowieso!«

Die Worte durchzogen Martins Adern wie flüssiges Feuer. Verheiratet! Demnach konnte es sich bei der in Bedrängnis Geratenen nur um eine handeln!

Während unbändige Angst in ihm aufwallte, warf er sich mit aller Kraft gegen die Tür. Als sie aufsprang, hätte er beinahe das Gleichgewicht verloren, aber das war in diesem Augenblick unwichtig. Tatsächlich war es Bella, die mit hochgeschobenen Röcken und unfreiwillig gespreizten Beinen unter Roland von Hohenstein lag.

»Hört sofort auf!«, brüllte Martin und griff nach dem erstbesten Gegenstand, den er neben der Tür entdeckte. Es handelte sich um eine Hacke, mit der die Knechte Pflanzlöcher für neue Rebstöcke gruben.

Der Fürst hatte gerade sein steifes Gemächt hervorgeholt, doch der Auftritt des Jungen ließ seine Begierde schlagartig zwischen seinen Beinen verkümmern. Zornig funkelte er den Burschen an.

Martin neigte den Kopf wie ein angriffslustiger Hund. »Geh sofort von ihr runter oder ich verpass dir eine Tracht Prügel«, drohte er dem Edelmann und umklammerte seinen Knüppel fester.

Für einen kurzen Moment schätzte Roland von Hohenstein den Jungen mit Blicken ab, dann wandte er sich lächelnd um.

Martin kochte vor Zorn. War dieser arrogante Mistkerl

seiner Sache so sicher, dass er keinerlei Unruhe zeigte? Oder war er als Kämpfer nur erfahren genug, um zu wissen, dass es den Gegner verwirrte, wenn er ruhig blieb? Martin hatte keine Zeit, es herauszufinden, denn der Fürst sprang nun wie ein Wolf auf ihn zu. Der Junge wich zur Seite aus und schaffte es, dem Angreifer einen Schlag gegen den Kopf zu versetzen. Dieser war allerdings nicht hart genug, um Roland von Hohenstein bewusstlos niedersinken zu lassen. Der Fürst schüttelte kurz den Kopf, dann richtete er sich wieder auf.

»Du solltest mir schon etwas mehr bieten, du Bauerntölpel!«

In seinen Augen funkelte eine Mordlust, die Martins Mut für einen kurzen Moment sinken ließ. Doch dann erblickte er Bella, die sich mühsam im Stroh aufrappelte und das Kleid über die Knie zog. Selbst von weitem konnte er erkennen, dass sie am ganzen Leib zitterte.

Wieder drang Martin auf seinen Gegner ein und erwischte den Fürsten an der Schulter und an der Rippe, weshalb es für einen Moment so schien, als hätte er ihm nun doch genug »geboten«. Doch blitzschnell hatte Hohenstein einen Dolch in der Hand, den er wohl unter seinen Kleidern getragen hatte.

Gerade noch rechtzeitig sah Martin die Klinge aufblitzen. Das Metall zerfetzte sein Wams und sein Hemd, aber da er augenblicklich zurücksprang, blieb seine Haut unversehrt.

Als der Fürst mitbekam, dass er den Jungen verfehlt hatte, wurde er noch angriffslustiger. »Na komm schon, Bursche!«, rief er ihm zu. »Machst du dir jetzt in die Hose, oder was?«

In diesem Augenblick bereute Martin, dass er sein Schwert nicht bei sich trug. Aber sich von diesem Kerl vorhalten lassen, dass er ein Feigling war, wollte er auch nicht. Mit einem wütenden Aufschrei begann er auf den Fürsten einzuschlagen, und immerhin führte er seinen Knüppel dabei wie ein Schwert. Roland von Hohenstein machte dies allerdings nicht viel aus, denn obwohl er hin und wieder einen Schlag einstecken musste, parierte er die Hiebe mühelos und stach immer wieder nach Martins Brust. Schließlich war der Junge gezwungen, ein Stück zurückzuweichen.

Roland von Hohenstein stieß ein spöttisches Lachen aus. »Na, wie schmeckt dir das? Ich werde dich lehren, dich in die Angelegenheiten anderer Leute einzumischen. Gesinde wie du sollte die Finger von Adligen lassen.«

Plötzlich schoss seine Hand zur Seite, und bevor Martin wusste, wie ihm geschah, sah er einen Hackenstiel in Roland von Hohensteins Hand. Hart traf ihn das Holz am Kiefer, so dass Martin das Gefühl hatte, sämtliche Zähne auf der Seite zu verlieren. Im nächsten Augenblick schmeckte er Blut.

»Das war mal ein Schlag, nicht wahr?«, rief ihm Hohenstein begeistert zu. »So musst du zuschlagen, wenn du jemanden in die Knie zwingen willst. Deine Hiebe sind die eines Mädchens!«

Bevor Martin sich wieder fangen konnte, traf ihn ein zweiter Schlag.

Der Junge ruderte mit den Armen, konnte aber nicht verhindern, dass seine Knie einknickten und er ins Stroh fiel.

Der Fürst stürzte sich sogleich auf ihn. »Verdammter Bauernlümmel, jetzt fährst du zur Hölle!«

Als Hohenstein seinen Waffenarm hochriss, schrie Bella auf. Martin schloss die Augen, aber während er darauf wartete, dass die Messerspitze in ihn eindrang, wurde es vor der Scheune laut. Innerhalb weniger Augenblicke war Heinrich Oldenlohe bei ihnen.

»Euer Gnaden, nicht!«, rief er dem Fürsten zu, dann umschlang er mit beiden Armen die Schultern des Edelmannes.

Die Dolchspitze, die jeden Augenblick in Martins Brust einzudringen drohte, zog sich zurück. Keuchend riss der Junge die Augen auf und ließ sich aufs Stroh sinken. Die Wunde an seiner Schulter brannte wie Feuer, seine Glieder zitterten kraftlos, und in seinem Inneren brannte der Zorn. Zorn darüber, dass er seinen Gegner nicht hatte bezwingen können. Er blickte zu Heinrich Oldenlohe auf, den er zum ersten Mal richtig wahrnahm, und meinte, einen seltsamen Ausdruck in seinem Blick zu erkennen. Doch bevor er ihn deuten konnte, waren sie von Wächtern umringt. Auch einige Knechte, Pflücker und der Kellermeister kamen herbeigeeilt.

Als Letzter erschien der Graf. »Was geht hier vor?«, verlangte er zu wissen.

»Der Fürst von Hohenstein hat versucht, Eurer Tochter Gewalt anzutun!«, entgegnete Martin.

Gemurmel brandete auf, und alle Anwesenden blickten zu Bella hinüber, die inzwischen ihr Kleid vor der Brust zusammengerafft hatte.

Rudolph von Katzenburg bedachte Martin mit einem zornigen Blick, dann sah er hinüber zu seiner Tochter, deren Wangen tränenverbrannt waren. »Ist das wahr?«

Bella nickte.

»Sie lügt!«, rief Roland von Hohenstein daraufhin, während er sich wütend aus dem Griff des Waffenmeisters losmachte. Sein Gesicht glühte dunkelrot. »Ich habe sie erwischt, wie sie es mit dem Burschen treiben wollte.«

Diese Worte ließen Bella hochfahren. »Ihr seid ein verdammter Lügner, Euer Gnaden!« Sie spie den Titel wie ein fauliges Stück Obst aus. »Ihr wart derjenige, der mich schon mal kosten wollte, oder habt Ihr das unter den Schlägen des Burschen vergessen?«

Auf einmal war alles still.

Bella hielt den Blick anklagend auf Fürst von Hohenstein gerichtet, während Graf von Katzenburg seine Tochter musterte. Martin sah zu dem Fürsten hinüber und wünschte sich, ein besserer Kämpfer zu sein. Gleichzeitig hoffte er, dass der Graf zur Vernunft kommen und Roland von Hohenstein vertreiben würde. Aber nichts dergleichen geschah. Alle starrten einander an, als seien ihnen sämtliche Gedanken entfallen.

»Ich werde noch heute abreisen!«, brauste Roland von Hohenstein unvermittelt auf und stürmte aus dem Stall. Niemand hinderte ihn daran, was Bella zutiefst bedauerte. Nicht, dass sie ihn länger hierbehalten wollte, sie hätte es allerdings gern gesehen, wenn ihr Vater ihn bestraft hätte. Aber bei einem so hohen und einflussreichen Mann wie Roland von Hohenstein waren dem Grafen offenbar die Hände gebunden. Immerhin machte er keine Anstalten, den Fürsten zurückzuhalten.

Dafür richtete er seinen Zorn auf Martin. »Verschwinde augenblicklich von meiner Burg!«, fuhr er den Jungen an. »Wenn ich dein Gesicht noch einmal hier sehe, ziehe ich dir das Fell über die Ohren!«

Martin rappelte sich auf. Obwohl die Worte des Grafen bedeuteten, dass seine Mission misslungen war, konnte er seltsamerweise nicht daran denken, was sein Vater dazu sagen würde. Seine Gedanken galten allein Bella und dem, was sie nun erwartete.

»Er hat mir doch nur geholfen, Vater!«, rief Bella, am ganzen Leib zitternd. Nun entlud sich die Anspannung, die sich während des Angriffs aufgebaut hatte, mit aller Macht, und sogar ihre Zähne klapperten. »Du darfst ihn nicht fortschicken.«

»Ich darf nicht?«, fuhr der Graf herum. »Und ob ich das darf! Immerhin gehört mir diese Burg. Ich kann also frei entscheiden, wer hierbleibt und wer nicht!«

»Dann solltest du mich am besten wieder zurück ins Kloster schicken, denn ich werde diesen Fürst von Hohenstein gewiss nicht heiraten!«

Einen Moment lang blickten sich Vater und Tochter zornig an, dann wandte sich Katzenburg an Heinrich Oldenlohe.

»Begleitet meine Tochter zu ihrer Kemenate und bleibt vor der Tür. Ich will nicht, dass dieses Kind noch weiteres Unheil stiftet.«

Ein Schluchzen stieg in Bella auf. In den Augen ihres Vaters sah sie, dass er ihrem Wunsch entsprechen würde – zumindest so lange, bis er einen neuen Heiratskandidaten ausfindig gemacht hatte.

Als der Waffenmeister neben sie trat, blickte sie hinüber zu Martin. Zu gern wäre sie ihm um den Hals gefallen, allerdings wäre der Ärger für ihn dadurch umso größer geworden. Sie warf ihm also nur ein trauriges Lächeln zu, dann schloss sie sich ihrem Beschützer an.

Martin sah Bella wehmütig hinterher, und obwohl ihm die Blessuren, die ihm Roland von Hohenstein zugefügt hatte, höllisch weh taten, war der Schmerz in seiner Brust der allerschlimmste.

In der Nacht hockte Bella auf der Bettkante und blickte in die ersterbende Glut der Esse. Zu ihren Füßen stand ein Tablett mit Speisen, die sie nicht angerührt hatte, und auch der Becher mit dem gewürzten Wein war noch voll.

Oda hatte ihr all dies gebracht und dabei tunlichst ihren Blick gemieden. Wenig später war Katrina gekommen, um nach ihr zu sehen. Daraus hatte Bella entnommen, dass sich die Geschichte bereits herumgesprochen hatte. Aber konnte man ihr die Schuld daran geben? Sie hatte als Erste den Saal verlassen! Sie konnte doch nichts dafür, dass Roland von Hohenstein ihr nachgeschlichen war!

Das Zittern war mittlerweile aus ihrem Körper gewichen, doch noch immer meinte sie die Hände des Fürsten an ihrem Körper zu spüren und seine Lippen an ihrem Hals. Der Ekel krallte sich in ihre Seele wie eine Klette, die sie nur schwerlich loswerden konnte. Obwohl es dank Martin nicht zum Äußersten gekommen war, fühlte sie sich beschmutzt, und es gab kein Wasser, mit dem sie diese Empfindung hätte abwaschen können.

Wenn doch nur Martin hier wäre, dachte sie immer wieder, während sie ihre Schultern fest umklammerte. Er ist der Einzige, der sich um mich gekümmert hat. Meinem Vater und den anderen auf der Burg bin ich egal. Immerhin hatte die Sache auch etwas Gutes, denn Roland von Hohenstein und Hans von Uhlenfels waren wenig später tatsächlich abgereist.

Bella versuchte sich auszumalen, wie ihr Vater mit Engelszungen auf den Fürsten eingeredet hatte, um ihn zum Bleiben zu bringen. Ganz bestimmt hatte er ihn nicht wegen des Vorfalls zur Rede gestellt, und ganz sicher glaubte er auch nicht ihre Version der Geschichte und somit die Wahrheit. Aber Roland von Hohenstein hatte, obwohl er der Sieger der Auseinandersetzung war, keine Lust mehr verspürt zu bleiben. Das war für Bella alles, was zählte.

Allerdings hatte sie die Erfüllung dieses Wunsches teuer bezahlt. Sie wollte gar nicht wissen, was die Männer ihres Vaters mit Martin angestellt hatten. Bei dem Hass, den der Graf unverständlicherweise auf den Burschen verspürte, hatte er ihnen sicher die Anweisung gegeben, ihn nach Strich und Faden zu verprügeln.

Ein Geräusch an der Tür riss sie aus ihren Gedanken. Schritte näherten sich leise ihrem Gemach und verharrten schließlich an der Schwelle. Da die Schritte der Mägde beinahe unhörbar waren, konnte es sich nur um einen Besucher handeln.

Wenig später öffnete sich die Tür, und ein schwacher Lichtschein schlich sich in die Dunkelheit, gefolgt von der Gestalt ihres Vaters.

Ein kurzer Funken Hoffnung berührte Bellas Herz. Könnte es sein, dass er kommt, um nach mir zu sehen?, fragte sie sich. Dass er mir sagen will, dass diese Heirat nicht stattfinden wird? Oder will er mich nur wieder demütigen? Bella zog es vor, ihre Füße anzustarren, die im Mondlicht weiß waren wie Lilienblätter.

Rudolph von Katzenburg blieb am Fuß des Bettes stehen. »Wie geht es dir?«, fragte er dann.

Seine Stimme klang so kühl, dass sich Bellas Innerstes zusammenkrampfte. Wie konnte ich nur denken, dass er sich um mich sorgen könnte, schalt sie sich. Er sieht nur nach dir, um sicherzustellen, dass es noch etwas gibt, das er verheiraten kann.

»Es geht. Dank dem mutigen Burschen ist mir nichts passiert.«

»Ich werde morgen den Medikus zu dir schicken«, entgegnete Rudolph von Katzenburg und überging damit ihre Bemerkung.

»Das wird nicht nötig sein, denn es ist nichts passiert.«

Schweigen stellte sich nun zwischen sie wie eine unsichtbare Mauer. Bella wünschte sich innig, dass ihr Vater wieder gehen würde.

»Ich werde dich nicht ins Kloster zurückschicken«, eröffnete er ihr dann. »Stattdessen bekommt du Hausarrest. Du wirst dieses Zimmer nur zu den Mahlzeiten verlassen. Ich werde unterdessen noch einmal mit dem Fürsten von Hohenstein sprechen.«

»Das brauchst du nicht«, kam es wie von selbst aus ihrem Mund. »Ich will ihn nie wieder sehen.«

»Eine Heirat zwischen unseren Häusern ist notwendig. Wenn nicht ihn, dann wirst du einen anderen heiraten. Die Burg braucht einen Herrn, und da ich keinen Sohn habe, wird eben ein Schwiegersohn die Pflichten übernehmen müssen.«

Bella kniff die Augen zusammen. Eine Träne drang durch ihre Lider und kullerte über ihre linke Wange. Wenig später breitete sich auf ihrem Nachthemd ein feuchter Fleck aus. Du weißt genau, wie du mir Schmerzen zufügen kannst, dachte sie traurig.

Jetzt sagte sie nichts mehr, sondern tat, als wäre ihr Vater nicht mehr da. Sie hielt die Augen geschlossen, umklammerte ihre Schultern und beugte sich vor wie ein Igel, der sich zu einer Kugel zusammenrollen wollte.

Graf von Katzenburg betrachtete Bella eine ganze Weile, doch etwas schien ihn davon abzuhalten, seinen Worten noch etwas hinzuzufügen. Schließlich wurde ihm die Stille selbst unangenehm, und er verließ ohne einen Nachtgruß für seine Tochter das Zimmer.

Wie ein geprügelter Hund saß Martin am Flussufer. Während er mit seinem Ärmel, den er ins Wasser getaucht hatte, seine Wunden kühlte, beobachtete er den sich allmählich rötenden Himmel. Die Lahn floss ruhig an ihm vorüber. Ihr gleichförmiges Rauschen wirkte einschläfernd, dennoch wusste Martin, dass er kein Auge zubekommen würde. Sein Körper mochte erschöpft sein, seine Blessuren mochten schmerzen, aber sein Verstand war hellwach.

Immer wieder führte er sich vor Augen, was geschehen wäre, wenn Roland von Hohenstein hätte tun können, was er vorgehabt hatte. Schlimmstenfalls hätte Bella aus diesem schrecklichen Ereignis ein Kind empfangen. Dann hätte sie nicht mehr die Möglichkeit gehabt, den Fürsten zurückzuweisen. Mit etwas Glück rückte der Graf nun von den Heiratsplänen ab.

Immerhin etwas, dachte Martin bitter. Dafür wird es mir schwerfallen, meinen Auftrag weiter auszuführen. Und auch Bella wiederzusehen.

Er richtete den Blick auf die Burg seines Vaters, die auf dem gegenüberliegenden Felsen aufragte. Soll ich dorthin zurückkehren? Oder warten, bis der Ableger Wurzeln geschlagen hat? Eigentlich hatte er sich nicht in den Streit zwischen den Familien Katzenburg und Bärenwinkel einmischen wollen. Aber vielleicht hatte es der Graf verdient, dass ihm jemand einen Denkzettel verpasste.

Da kam dem Jungen eine Idee, die ihm wesentlich besser erschien, um den Grafen von Katzenburg zu strafen. Den Ableger würde er im Auge behalten, aber zuvor würde er sich einen anderen Schatz holen. Einen, der ihm selbst mittlerweile das Kostbarste war, was er hatte.

15. Kapitel

Zwei Tage später spannten die Knechte schon früh am Morgen die Kutsche an. Rudolph von Katzenburg beobachtete vom Fenster seiner Gemächer aus, wie der Stallmeister die Braunen zu dem schweren Gefährt führte. Die Tiere wirkten ein wenig störrisch, fast so, als befürchteten sie, zum Schlachter gebracht zu werden. Offenbar wittern sie den Starrsinn, der in mein Haus Einzug gehalten hat, und nehmen ihn selbst an, ging es dem Grafen durch den Sinn.

Die ganze Nacht über hatte ihn ein bohrender Zorn wach gehalten. Allerdings hatte er nicht genau gewusst, wem seine Gefühle galten. Bella, die sich mit aller Kraft dagegen sträubte, Roland von Hohenstein zu heiraten? Dem Fürsten? Oder dem Burschen, mit dem er gekämpft hatte?

Angesichts des zerrissenen Kleides war klar, dass einer von den beiden seine Tochter hatte schänden wollen. Nur wer? Der Bursche, den Bella augenscheinlich in Schutz nahm? Oder der Adlige, der eigentlich ein Ehrenmann sein sollte?

Sein väterlicher Instinkt riet dem Grafen, auf seine Tochter zu hören, doch all die Jahre ihrer Abwesenheit hatten ihn zweifeln lassen. Konnte er überhaupt wissen, zu was für einer Frau seine Tochter geworden war? Vielleicht hatte sie ja den Burschen verführt!

Der Morgen war schließlich angebrochen, ohne dass er zu einem Ergebnis gekommen war.

Roland von Hohenstein war verärgert und zog nun wahrscheinlich sein Angebot, Bella zu heiraten, für immer zurück. Wenn wirklich etwas daran war, dass sich der Bursche mit ihr hatte im Heu wälzen wollen, würde er obendrein alles tun, um sie in Misskredit zu bringen – und damit auch ihre gesamte Familie.

Eine Katastrophe!

Rudolph von Katzenburg schloss die Augen. Ich muss jetzt an den Wein denken. Ich muss daran denken, so viel Schaden wie möglich von uns abzuwenden. Vielleicht schaffe ich es, bei der Segnung den Anfang zu machen …

Eigentlich hätte er Bella gern noch länger in ihrer Kemenate schmoren lassen, aber es machte sicher keinen guten Eindruck, wenn sie bei der Segnung des Weins nicht dabei war. Damit hätte er den anderen, die vielleicht schon bald von dem Vorfall erfuhren, nur gezeigt, dass er davon überzeugt war, Bella habe eine Verfehlung begangen. Egal, wie es in Wirklichkeit gewesen war, jetzt mussten sie Einigkeit demonstrieren.

Sobald er angekleidet war, strebte er den Gemächern seiner Tochter zu. Als er die Tür der Kemenate öffnete, durchzog ihn ein siedend heißer Schrecken. Das Bett war leer!

»Wo ist meine Tochter?«, fuhr er den Wächter an, der ihn verdutzt anstarrte.

»Aber Euer Gnaden, ist sie nicht …«

»Nein, sie ist nicht hier, du Dummkopf!« Der Graf versetzte seinem Untergebenen einen groben Stoß, dann rannte er los.

Unzählige Schreckensszenarien kamen dem Grafen in den Sinn. Seine Tochter konnte geflohen sein oder sich das Leben genommen haben. Bei ihrem impulsiven Temperament hielt er nichts für ausgeschlossen.

Wie von einer Hummel gebissen hetzte Rudolph von Katzenburg erst eine Treppe hinunter, dann eine weitere, bog in einen Gang ein und gelangte schließlich ins Freie. Ein paar Knechte, die ein Fass über den Hof rollten, sprangen erschrocken aus dem Weg. Hühner suchten vor seinen Füßen gackernd das Weite, und einem kleinen Mischlingshund, der nicht schnell genug war, verpasste der Graf einen unabsichtlichen Tritt. Jaulend verzog sich das Tier in den Schatten.

Während der ganzen Zeit raste sein Herz, als wollte es gleich zerspringen. Fieberhaft überlegte der Graf, wohin Bella gegangen sein könnte. Die Torwachen hätten gewiss bemerkt, wenn sie die Burg verlassen hätte. Doch dann fiel ihm wieder die kleine Pforte ein. Jene Pforte, die er einst hatte einrichten lassen, damit seine Gemahlin es nicht so weit zum Weinberg hatte und ihn nach Herzenslust betrachten konnte, auch wenn ihre Gesundheit nicht die beste war.

Bella kannte die Pforte nur zu gut und hatte sie bereits mehrmals genutzt, um der Burg zu entschlüpfen.

Auf halbem Wege zum Tor bog er ab und stürmte an den erstaunt dreinblickenden Knechten vorbei.

»Was glotzt ihr so? An die Arbeit!«, erscholl hinter ihm Bernhard Wackernagels Stimme, aber dass sich die Knechte sofort trollten, bekam der Graf nicht mehr mit.

Er rannte weiter, passierte die kleine Pforte und erklomm einen Stein, von dem aus er den gesamten Weinberg im Blick hatte. Das Herz schlug ihm bis zur Kehle, die Adern an seinem Hals spannten sich wie Seile. Inmitten der Weinblätter erblickte er schließlich einen braunen

Haarschopf. Das Gesicht war ihm abgewandt und blickte direkt in die Morgensonne.

»Bella!«

Ihr Name kam ihm nur als Flüstern über die Lippen, aber die Erleichterung, die er verspürte, war unendlich. Die Angst, dass sie fortgelaufen oder ihr etwas zugestoßen sein könnte, war unerträglich gewesen. Umso ärgerlicher wurde der Graf allerdings im nächsten Moment, als er bemerkte, dass sie ihn nur genarrt hatte.

Na warte, dachte er. Wenn du erst einmal verheiratet bist, werden dir solche Flausen ausgetrieben. Dann fiel ihm jedoch wieder ein, dass es momentan gar keinen Bräutigam gab. Ob Roland von Hohenstein noch einmal um ihre Hand anhalten würde, war fraglich, und andere ...

Rudolph von Katzenburg seufzte, dann verhärtete sich seine Miene wieder. Rasch kletterte er von dem Stein herunter und lief zu seiner Tochter.

Bella hörte ihren Vater nicht kommen. Zu versunken war sie in ihre Gedanken, die sich nur darum drehten, wo Martin abgeblieben sein könnte. Hatte er über den Fluss gesetzt und war auf dem Weg in jene anderen Länder, in denen es ebenfalls Weinberge gab? Zu gern wäre sie mit ihm gegangen!

Nachdem Bella seit der dritten Stunde wieder wach gelegen hatte, hatte sie beschlossen, dass sie sich zumindest den Anblick des Weinbergs nicht nehmen lassen wollte.

Sie hatte das Laken aus ihrem Bett gezogen und noch ein weiteres hervorgeholt, das in der Truhe vor dem Bett lag. Die beiden Tücher hatte sie verknotet und dann am Fensterkreuz befestigt. Da zu solch früher Stunde noch niemand wach war, hatte auch niemand ihre Flucht bemerkt.

Vielleicht hatte mittlerweile einer der Bediensteten die Laken bemerkt, die wie ein weißes Banner aus dem Fenster hingen. Aber die Stunden der Ruhe inmitten des Weinbergs hatte sie genießen können.

Damit war es nun von einem zum anderen Moment vorbei.

»Bella!«, ertönte die Stimme ihres Vaters neben ihr, und für einen Moment meinte sie, Besorgnis herauszuhören.

Als sie die Augen aufschlug und zur Seite blickte, sah sie jedoch nichts anderes als dieselben harten Züge wie vergangene Nacht.

»Vater«, gab sie emotionslos zurück und wappnete sich innerlich gegen eine neuerliche Schimpftirade. Immerhin hatte sie sich aus dem Zimmer geschlichen – ja sie hatte sogar den Mut besessen, aus dem Fenster zu steigen.

»Ich habe dich überall gesucht«, entgegnete der Graf kühl.

Wahrscheinlich wolltest du nachsehen, ob ich immer noch in meinen Gemächern bin, dachte Bella, sprach den Gedanken allerdings nicht aus. »Ich wollte nur ein wenig frische Luft schnappen«, entgegnete sie stattdessen, ohne die Absicht zu haben, sich für ihren Ausbruch zu entschuldigen.

Der Graf betrachtete seine Tochter nur schweigend, die jedoch erwiderte seinen Blick nicht, sondern starrte an ihm vorbei auf das Weinlaub.

»Du wirst dich jetzt umziehen. Wir reisen heute nach Koblenz zur Segnung des Weins.«

»Wie du willst, Vater.«

Bella wandte sich um und vernahm ein leises Seufzen. Für einen Moment glaubte sie, dass ihr Vater zu einer Erklärung ansetzen wollte – oder zu einer Entschuldigung.

Doch beides blieb aus. Als sie zur Burg zurückkehrte, schloss sich ihr der Graf schweigend an.

Wieder in ihrer Kemenate, erwartete sie ein kreidebleicher Bewacher. Er hatte mittlerweile das Laken wieder eingeholt, mit dem ihr die Flucht gelungen war.

Was wäre, wenn ich mich wirklich aus dem Staub gemacht hätte? Hätte Vater mir dann seine Leute hinterhergehetzt?, fragte sie sich.

Der Graf warf dem Wächter einen wütenden Blick zu. »Ich habe dir doch gesagt, dass du auf sie achtgeben sollst«, hörte Bella ihn den Mann anschreien, als sie schnell ins Gemach schlüpfte. »Du wirst ab sofort ständig kontrollieren, ob meine Tochter da ist, hast du das verstanden? Entkommt sie noch einmal, kannst du dich nach einem anderen Herrn umsehen, der dich unter Sold nimmt!«

»Ja, Herr.«

Bella rechnete damit, dass ihr Vater ihr ebenfalls eine Predigt halten würde, stattdessen schloss er nur die Tür hinter ihr ab. Der Graf gab dem Soldaten noch ein paar Anweisungen, dann verschwand er.

Die junge Frau blickte auf ihr Kleid. Es war wieder das rot-grüne, in dem der Weinfleck immer noch auszumachen war. Sicher würden die Mägde gleich erscheinen, um ihr beim Ankleiden zu helfen. Doch bis dahin blickte sie aus dem Fenster und hoffte, dass ihre Gedanken Martin erreichten – egal, wo er gerade war.

Wütend schleuderte Roland von Hohenstein den schlichten Zinnbecher von sich. Das Gefäß traf auf der Wand auf, und der restliche Inhalt ergoss sich über die Steine. Nicht, dass es viel ausgemacht hätte.

Die Kammer wirkte schäbig und war ganz sicher kein

Ort für einen Mann wie den Fürsten. Die Deckenbalken waren niedrig, von den Wänden war die Farbe abgeplatzt, und auf dem Boden türmte sich der Dreck. Dabei hatte der Gastwirt beteuert, dass es sich um das beste Zimmer der Herberge handelte. Wenn dem so war, wollte Hans von Uhlenfels gar nicht wissen, wie die schlechten aussahen.

Angesichts des Ausbruchs seines Herrn schreckte er zusammen. Wutausbrüche dieser Art waren Hans von Uhlenfels zwar wohlbekannt, aber an diesem Morgen war es besonders schlimm.

Da der Zorn über Bella von Katzenburg in der vergangenen Nacht noch echt heftig in ihm getobt hatte, hatte Roland von Hohenstein den Wirt aufgefordert, ihnen ein ganzes Fass Wein zu bringen. Jetzt, da es beinahe Mittag war, war das Fass nahezu leer. Ein anderer Mann hätte vielleicht längst im Bett gelegen und geschnarcht, der Fürst dagegen wurde von dem sauren Rachenbeißer, den man hier Wein nannte, immer wacher und wütender.

»Diese verdammte Hure!«, schimpfte er und versetzte dem Bettpfosten einen kräftigen Tritt. »Lässt sich lieber von einem Knecht bespringen als von mir! Das wird sie bereuen. Und ihr gottverdammter Vater auch.«

Der Mann, der nunmehr kein Heiratswerber mehr war, sondern einfach nur ein Untertan des Fürsten, wusste darauf zunächst keine Antwort. Für diese Behauptung gab es keine Beweise. Im Gegenteil, dass die Grafentochter sich gewehrt hatte, zeugte von höchster Tugendhaftigkeit. Außerdem erwartete sicher auch Roland von Hohenstein, mit einer jungfräulichen Braut das Hochzeitslaken zu teilen.

Doch das würde den Fürsten ganz sicher nicht davon

abbringen, üble Gerüchte über Bella von Katzenburg zu streuen.

Beinahe tat sie ihm leid, und da in seiner Brust noch immer ein Herz schlug und kein Stein, erkühnte er sich zu entgegnen: »Dass der Junge für sie in die Bresche gesprungen ist, hat doch nichts zu bedeuten, Euer Gnaden. Er wollte dem Mädchen lediglich helfen! Was hättet Ihr denn gedacht, wenn sie Euch hätte gewähren lassen?«

Roland von Hohenstein wirbelte herum. Sein vom Wein glühender Blick traf seinen Begleiter wie ein Messer. »Was erlaubst du dir, das Maul aufzureißen?«, brüllte er dann und griff nach dem Dolch in seinem Hosenbund. Ehe Hans von Uhlenfels zurückschrecken konnte, hatte er die Klinge bereits am Hals. »Vielleicht sollte ich dir die Stimmbänder durchschneiden, dann kannst du mir nicht mehr mit dummen Reden in den Ohren liegen.«

Der Mund des Bedrohten schnappte auf und zu wie das Maul eines gestrandeten Karpfens. Da er seinem Herrn alles Mögliche zutraute, hatte er auch keine Zweifel, dass dieser seine Drohung wahrmachen würde.

Roland von Hohenstein betrachtete Hans von Uhlenfels noch einen Moment lang zornig, dann schlich sich ein teuflisches Grinsen auf sein Gesicht. »Nein, nicht Euch werde ich versehren«, sagte er dann versöhnlich und zog die Klinge zurück. »Ihr habt mir immer treu gedient. Ich kann doch nicht jemanden töten, den ich noch brauche!«

Erleichtert atmete der Gepeinigte auf. Wenn er jedoch gedacht hatte, dass die Sache damit schon erledigt sei, dann täuschte er sich.

Plötzlich riss Roland von Hohenstein die Hand hoch und versetzte seinem Untertan einen heftigen Schlag auf die Nase. Wenig später lief dem Getreuem des Fürsten ein

Blutfaden über die Lippe, aber er wagte nicht, das mit der Hand zu überprüfen.

»Das ist für deine unverfrorene Bemerkung«, sagte der Fürst und ließ sich auf das Bett sinken, in dem es wahrscheinlich vor Wanzen nur so wimmelte. »Aber lass dir gesagt sein, es ist nichts gegen das, was die Familie der Katzenburgs erwartet. Ich werde sie vernichten, den Grafen, seine Hurentochter und diesen kleinen Mistkerl. Alle werde ich sie vernichten, zusammen mit ihrem verfluchten Weinberg.«

Hans von Uhlenfels hätte gewiss erfahren wollen, was sein Herr vorhatte, wenn es diese Ohrfeige nicht gegeben hätte. Aber nun schwieg er lieber und ertränkte die Schmerzen in seiner Nase mit Wein.

Sich der Katzenburg wieder zu nähern, war ein Wagnis, dessen war sich Martin nur allzu bewusst. Gewiss hatte der Graf seinen Wächtern eingeschärft, dass sie nach ihm Ausschau halten und ihn falls nötig töten sollten.

Dabei habe ich doch nur versucht, seine Tochter vor Unheil zu bewahren, ging es Martin durch den Sinn. Die Welt steht offenbar Kopf, nur habe ich es noch nicht mitbekommen.

Ungeachtet der Warnung des Grafen machte er sich kurz vor Mittag wieder auf den Weg zu dessen Gut. Der Himmel hatte sich zugezogen, kein einziger Sonnenstrahl drang durch die dicke graue Decke. Nicht mehr lange und das Laub, das wie Farbtupfer auf den grünen Hängen wirkte, würde herunterfallen und kahle Äste hinterlassen, die wie schwarze Totenfinger in den Himmel ragten.

In Italien scheint jetzt noch immer die Sonne, schlich es Martin durch den Kopf. Wenn ich Bella doch nur holen und mit ihr dorthin gehen könnte.

Auf einmal ertönte Hufschlag in der Ferne, begleitet von einem lauten Rasseln. Da der Boden unter ihm erzitterte, war Martin sicher, dass es sich um eine Kutsche handelte.

Reiste Roland von Hohenstein etwa erst jetzt ab?

Rasch verbarg sich der Junge im Gestrüpp. Nicht aus Angst vor dem Fürsten, wie er sich selbst sagte, er wollte nur nicht, dass dieser vielleicht seine Lakaien losschickte, um auf ihn einzuschlagen.

Während er gespannt den Weg betrachtete, der sich irgendwo zu verlieren schien, tauchte die Kutsche vor ihm auf. Es waren nicht die Farben des Fürsten, sondern die der Familie Katzenburg: Rot und Grün.

Die von acht Reitern begleitete Fuhre war mit so großer Geschwindigkeit unterwegs, dass zu allen Seiten kleine Steine von den Rädern wegspritzten.

Wohin mag der Graf bloß reisen?, fragte Martin sich, während er den Hals in der Hoffnung reckte, die Insassen zu erkennen.

Dann fiel ihm wieder ein, dass sich nach der Lese sämtliche Weingutbesitzer nach Koblenz begaben, um die Ernte segnen zu lassen. Wahrscheinlich war dies auch Graf von Katzenburgs Absicht.

Gleich als Nächstes überlegte Martin, ob Bella ihren Vater begleitete, denn es war Brauch, Familienmitglieder zu der Segnung mitzunehmen. Wäre der Junge nicht in geheimem Auftrag für seinen Vater unterwegs, hätte er ebenfalls in der Liebfrauenkirche erscheinen müssen.

Halt, nein, wenn ich nicht für ihn spionieren müsste, würde ich noch immer die Sonne Paduas spüren, sagte er sich. Gleichzeitig fiel ihm ein, dass er dann Bella gar nicht kennengelernt hätte. Bella, nach der sich sein Herz mittlerweile ganz furchtbar verzehrte.

Was sollte nun aus ihr werden? Es war vom Kloster die Rede gewesen. Hatte der Graf vor, sie gleich auf dem Weg nach Koblenz dort abzugeben?

Bevor Martin eine Antwort darauf finden konnte, preschte die Kutsche an ihm vorüber. Nur kurz vermochte er einen Blick auf das Profil des Grafen zu werfen, dann hüllte ihn eine Staubwolke ein, die ihm in Nase und Augen drang. Von Bella war nichts zu sehen.

War sie also doch auf der Burg geblieben.

Martin wusste, dass er dies nur herausfinden konnte, wenn er sich ebenfalls auf den Weg nach Koblenz machte. Wie er auf Schusters Rappen mit der Kutsche mithalten sollte, wusste er zwar noch nicht, aber er war sicher, dass ihm etwas einfallen würde.

16. Kapitel

Nach einer halben Tagesreise und kurzer Rast in der Nacht erreichten Bella und ihr Vater in den frühen Morgenstunden Koblenz.

Die Glocken wurden gerade angeschlagen, um die Menschen dazu aufzufordern, das Tagwerk zu beginnen. Die Torwächter traten aus ihren Behausungen und öffneten die Stadttore. Innerhalb weniger Augenblicke fanden sich Bettler und die ersten Fuhrwerke ein.

Als Katzenburg mit seiner Kutsche eintraf, hatte sich vor dem Tor bereits eine lange Schlange gebildet.

»Man könnte glauben, heute würde es in der Stadt etwas umsonst geben«, murrte der Graf, dem die Warterei kräftig an den Nerven zerrte.

»Es werden gewiss noch andere Weinbauern auf dem Weg zur Kirche sein«, versuchte Bella ihn zu beschwichtigen.

»Gut möglich, aber soweit ich es sehen kann, sind das da vorn keine Weinbauern, sondern Holzfäller und andere. Die werden wohl kaum zur Dankesfeier in die Kirche wollen.«

»Gewiss wollen sie in die Stadt, um ihrem Tagwerk nachzugehen«, entgegnete Bella, obwohl sie sich fragte, warum sie überhaupt etwas auf seine Worte gesagt hatte. Letztlich würde es doch wieder so enden, dass sie an allem Schuld hatte.

Der Graf brütete stumm vor sich hin, dann sagte er: »Ich werde einen Boten durch die Stadt schicken. Er soll nachschauen, ob der Fürst von Hohenstein hier Quartier bezogen hat.«

Diesmal gibt er mir nicht die Schuld, dachte Bella spöttisch. Dafür verdirbt er mir die Freude, indem er Roland von Hohenstein zur Sprache bringt. »Was macht dich so sicher, dass er hier ist?«, konnte sie sich nicht verkneifen zu fragen. »Er könnte auch zum Königshof gereist sein.«

»Niemand schafft die Reise in einem Stück«, brummte Rudolph von Katzenburg. »Außerdem wird sich der Fürst nicht in irgendeiner Schenke am Wegrand einquartieren.«

Passen würde es allerdings zu ihm, ging es Bella durch den Kopf, und ehe sie es verhindern konnte, trat ein Lächeln auf ihr Gesicht.

»Glaub nicht, dass du so einfach davonkommst«, fuhr Katzenburg sie daraufhin an. »Wenn ich Hohenstein sehe, werde ich mit ihm reden. Ich werde nicht erlauben, dass er unseren Namen am Königshof in Misskredit bringt.«

Da ruckte der Wagen an, und Bella hoffte inständig, dass er vor Freude das Thema wechseln würde.

»Na endlich!«, rief der Graf aus, doch natürlich schwieg er nicht. Während die Kutsche durch den mächtigen Torbogen rollte, fuhr er fort, ihr eine Heirat mit Fürst Hohenstein anzupreisen.

Wie ein Marktschreier, der altes Brot oder stinkenden Fisch feilbietet, dachte Bella und blickte aus dem Fenster auf die vorbeiziehenden Häuser. Das erleichterte es ihr, die Worte ihres Vaters zu verdrängen. Wie lange war sie schon nicht mehr in einer Stadt gewesen! Umso mehr genoss sie es, obwohl ihr sogleich ein furchtbarer Gestank entgegenwehte. Dank der Nachtgeschirre, die die Menschen einfach auf der Straße ausleerten, war er am Morgen besonders unerträglich.

Auch als die gräfliche Kutsche an den Häusern vorbeirollte, riss hier und da jemand die Fensterläden auf. Die wütenden Zurufe der Begleitreiter kümmerten die Hausbewohner nicht. Ehe man sie zur Rechenschaft ziehen konnte für die stinkende Brühe, die zuweilen nur knapp vor den Pferden landete, waren sie auch schon wieder verschwunden.

Doch nicht nur die Gerüche der Stadt, die schon bald angenehmer wurden, als sie in die Nähe der Garküchen kamen, durchdrangen Bella, sondern auch die Bilder. Die Nebenresidenz der Trierer Erzbischöfe gewann mit jedem Jahr an Pracht. Kaum einen Ort fand man, an dem nicht gebaut wurde. Selbst an der Liebfrauenkirche, die ihr Ziel war, erhoben sich Baugerüste. Offenbar wurden neue Fenster eingesetzt.

Bella hätte sich nur zu gern aus der Kutsche gelehnt, um etwas mehr zu erkennen, aber sie wusste, dass ihr Vater das als unschicklich angesehen hätte. Also verharrte sie auf ihrem Platz und begnügte sich mit dem Anblick, der sich ihr auch so bot.

Schließlich erreichte die Kutsche den Kirchplatz und kam zum Stehen. Die Begleiter sprangen herab, die Reiter saßen ab, und wenig später öffnete Heinrich Oldenlohe den Kutschenschlag.

Als Bella am Arm ihres Vaters nach draußen trat, erblickte sie zahlreiche mehr oder weniger prächtige Fuhrwerke.

Zur Segnung des Weins, die für den Erzbischof Anlass genug war, persönlich zu erscheinen, hatten sich Winzer aus der gesamten Gegend eingefunden. Darunter war auch der Beinahe-Namensvetter ihrer Familie, Graf Johann von Katzenelnbogen. Mit ihm unterhielt die Familie seit langer Zeit freundschaftliche Beziehungen, was unter den Herrn des Einrich beinahe schon eine Seltenheit war.

Er und seine Frau waren die Ersten, die ihnen entgegenkamen, um sie zu begrüßen. »Rudolph, ich freue mich, Euch zu sehen. Darf ich fragen, wer die hübsche Dame an Eurem Arm ist?« Während er sprach, zwinkerte er Bella kokett zu, was sie auf der Stelle erröten ließ.

Natürlich wusste er, wer sie war. Wenn sich die beiden Grafen zusammenfanden, um über das Geschäft zu sprechen, wurden gewiss auch andere Dinge erläutert. Außerdem wäre Graf Katzenelnbogen beinahe ihr Taufpate geworden, hätte ihr Vater nicht im letzten Moment Verwandte vorziehen müssen.

»Meine Tochter ist vor wenigen Wochen aus dem Liebfrauenkloster zurückgekehrt«, antwortete Rudolph von Katzenburg, und Bella war sicher, wenn es den Zwischenfall mit Roland von Hohenstein nicht gegeben hätte, würde ihr Vater nun stolz verkünden, dass sie schon bald vermählt werden sollte. Doch diese Bemerkung sparte er sich.

»Dann wollt Ihr sie wohl an ihre späteren Pflichten heranführen. Oder lieber doch vermählen?«

Graf von Katzenburg biss sich kurz auf die Lippe, ehe er antwortete. »Eine Vermählung wird sicher anstehen, wenn wir den passenden Bräutigam gefunden haben.«

»Bei solch einer Schönheit dürfte das nicht schwerfallen. Allerdings solltet Ihr nicht am Brautmaler sparen, mein Freund. Ein stümperischer Schmierfink kann viel Schaden anrichten, und Ihr wollt sicher nicht, dass das Bild Eurer Tochter nicht gerecht wird.« Wieder zwinkerte Johann von Katzenelnbogen Bella zu.

Deren Wangen glühten noch immer, gleichzeitig fragte sie sich, ob ihr Vater nicht mit ihm über seine Pläne mit ihr und Roland von Hohenstein gesprochen hatte, immerhin war er ein Freund der Familie.

»Nein, das will ich gewiss nicht!«, riss die Stimme ihres Vaters sie aus ihrem Nachdenken fort. Mittlerweile hatte er es geschafft, den schwelenden Ärger in sich zurückzudrängen, und wirkte wieder ein wenig gelöster.

Endlich schnitt Graf von Katzenelnbogen ein anderes Thema an.

»Da Eure Tochter so prächtig gediehen ist, erlaubt mir die Frage, was denn meine Rieslingreben machen?«

»Sie gedeihen prächtig«, entgegnete Katzenburg mit einem Seitenblick auf seine Tochter, und seiner Stimme konnte Bella das Unbehagen förmlich anhören. Offensichtlich störte es ihn, dass sie dabeistand und etwas mitbekam. »Ich habe von den geernteten Trauben ein Fass anlegen lassen. Wenn sich der Most wohl verhält, werde ich im nächsten Jahr Ableger ziehen.«

Johann von Katzenelnbogen lächelte zufrieden, und Bella fand, dass sein ohnehin schon angenehmes Gesicht noch ansprechender aussah. Auf die Idee, ihn sich als Bräutigam zu wünschen, kam sie dabei nicht, aber sie fragte sich, ob er wohl ein besserer Vater war als ihrer.

»Wartet nur, eines Tages wird diese Traube den größten Raum auf Eurem Weinberg einnehmen. Meine Erträge sind bereits beträchtlich, und vor kurzem konnte ich den ersten Wein davon genießen. Ihr werdet sehen, er übertrumpft den Heunisch-Wein um Längen!«

»So Gott will!«, entgegnete Graf von Katzenburg. »Ich bin jedoch voller Hoffnung, denn die Trauben waren hervorragend.«

»Was haltet Ihr davon, wenn ich Euch am Anstich

meines nächsten Fasses teilhaben lasse? Ihr und Eure Tochter seid uns jederzeit auf der Burg willkommen.«

Bella brannte darauf, einmal Gut Katzenelnbogen zu sehen, doch ihr Vater antwortete nur: »Schickt mir einen Boten, wenn es so weit ist. Ich werde die Einladung gern annehmen.«

Das klang wenig begeistert, wie Bella fand. Hatte ihr Vater denn kein Interesse daran, etwas anderes zu tun, als krampfhaft einen Bräutigam für sie zu suchen?

Johann von Katzenelnbogen schien das nicht weiter aufzufallen. Er klopfte seinem Freund herzlich auf den Arm und verabschiedete sich.

Das Lächeln, das Rudolph von Katzenburg für seinen Freund aufgesetzt hatte, schwand augenblicklich und wich dem schwermütigen Blick, den Bella zur Genüge kannte.

Während sie auf das Kirchenportal zuschritten, ließ Bella den Blick schweifen. Sie bemerkte, dass einige Leute sie neidvoll musterten, allerdings trafen sie auch die abschätzigen Blicke anderer reicher Weinbauern. Deren Gattinnen waren aufgeputzt wie Kühe auf dem Pfingstmarkt. Die Stoffe der Kleider leuchteten teilweise so prachtvoll, dass sich selbst Bella ärmlich vorkam.

»Sieh mal einer an, Euer Gnaden trauen sich auch unter die Menschen.«

Die Stimme gehörte keinem Geringeren als Gernot von Bärenwinkel.

Bella musste zugeben, dass er sich nicht verändert hatte. Noch immer trug er einen prächtigen Bauch vor sich her, noch immer war sein Gesicht krebsrot, auch wenn er keine Anstrengung hinter sich hatte.

Obwohl schon so viel Zeit vergangen war, erinnerte sich Bella noch lebhaft an die Streitereien der beiden

Männer. Damals hatte ihre Mutter ihr stets beschwichtigend über den Kopf gestrichen, obwohl Bella es eher lustig gefunden hatte, wenn Graf von Bärenwinkels Gesichtsfarbe dunkler und dunkler wurde, bis er schließlich aussah, wie mit Rotwein übergossen.

Mittlerweile war sie allerdings in einem Alter, in dem sie solche Streitereien eher kindisch fand. Zumal weder Gernot von Bärenwinkel noch ihr Vater das nötig gehabt hätte. Beide hatten sehr gute Weinberge, beide waren beim König und den Menschen hier angesehen. Keiner führte gegen den anderen Krieg oder hatte ihm dergleichen angedroht.

»Sch«, machte es plötzlich hinter ihr.

Als sie herumwirbelte, erkannte sie Martins Gesicht hinter der Säule. Kurz blickten sie einander an, dann zog er sich wieder zurück.

Bella wandte sich um. Ihr Vater schien nichts bemerkt zu haben. Noch immer zankte er sich mit Graf von Bärenwinkel, und mittlerweile hatte der Streit auch andere Zuhörer gefunden. Hatte sie zuvor noch gebetet, dass der Gottesdienst endlich beginnen möge, hoffte sie nun, dass die beiden sich noch lange in den Haaren lagen. Nach einem kurzen Rundblick erhob sie sich nun und strebte der Säule zu, hinter der sich ein Mensch gut verbergen konnte.

Da schoss plötzlich Martins Hand hervor und zog sie zu sich. »Sei mir gegrüßt, Schöne!«, flüsterte er mit einem schelmischen Lächeln. Seine Lippen waren ihr dabei so nahe, dass er sie beinahe geküsst hätte.

»Weißt du überhaupt, in welcher Gefahr du schwebst?«, fragte Bella, während sie sich von ihm losmachte. »Wenn dich mein Vater hier sieht, wirst du seine Peitsche zu spüren bekommen.«

»Darf ich armer Winzerknecht denn nicht ins Gotteshaus gehen?«, fragte er mit Unschuldsmiene.

»Schon, aber nicht in dieses, und schon gar nicht zu dieser Zeit.«

»Wann ist denn die rechte Zeit?«

»Nach dem Segnungsgottesdienst.«

»Dann bist du aber nicht hier.«

Als er merkte, dass ihr nicht zum Spaßen zumute war, wurde auch er wieder ernst. »Keine Sorge, dein Vater wird nichts merken.« Damit gab er ihr einen raschen Kuss auf die Stirn.

Bella überkam kurz der Gedanke, was die Leute dazu sagen könnten, aber die Säule schützte sie gut vor den Blicken der anderen. Ohnehin erregte der Streit zwischen den Grafen genug Aufmerksamkeit, weshalb die Beutelschneider sicher Erfolg hatten, wenn sie auf die Geldbörsen der Kirchenbesucher aus waren.

»Ich dachte wirklich, du wirst ins Kloster geschickt!«, sagte Martin nun.

Bella lehnte sich seufzend an die Säule und spielte mit einer Haarlocke, die unter ihrem Schleier hervorlugte. »Nein, er hat mir nur Hausarrest gegeben. Er will noch einmal mit Roland von Hohenstein reden.«

»Dein Vater will mit dem Fürst reden?« Martins Stimme schraubte sich derart in die Höhe, dass Bella ihm schnell den Mund zuhielt.

»Sei besser leise. Wenn mein Vater dich entdeckt, wird ihm wieder alles einfallen.«

»Ich glaube eher, dass er im Moment andere Sorgen hat.« Martin deutete auf die beiden Männer, die sich immer noch zankten.

»Der Streit mit Gernot von Bärenwinkel wird vergehen«, entgegnete Bella, nachdem sie ebenfalls zu den

Streithähnen hinübergespäht hatte. »Ich fürchte sogar, schneller als gedacht.«

»Warum streitet dein Vater mit ihm?«, fragte Martin.

Sie zuckte mit den Schultern. »Das weiß keiner mehr so genau. Meine Kinderfrau Katrina vermutet, dass es um meine Mutter geht. Beide haben um sie geworben, und meinem Vater hat sie schließlich den Vorzug gegeben. Graf von Bärenwinkel soll das nie verwunden haben.«

»Deine Mutter lebt doch gar nicht mehr.«

»Das ist richtig, aber der alte Streit wird wohl so lange bestehen bleiben, bis einer von ihnen stirbt. Oder beide.«

»Was wäre, wenn du Gernot von Bärenwinkels Sohn heiraten würdest?«

»Meinst du wirklich, das würde etwas bringen?«, fragte Bella zurück, in der Annahme, dass Martin es nicht ernst meinte.

»Aber sicher! Eure Weingüter könnten zusammengeschlossen werden. Der Streit wäre beigelegt, und die Familien könnten sich auf wichtigere Dinge konzentrieren.«

Ein wehmütiges Lächeln schlich sich über Bellas Gesicht. »Du siehst die Dinge gern so, wie sie dir gefallen, oder?«

»Das tue ich. Aber wäre es denn wirklich so abwegig?«

»Abgesehen davon, dass ich keine Ahnung habe, wie dieser Sohn so ist, kann ich mir nicht vorstellen, dass mein Vater und auch der Graf diese Verbindung je in Erwägung ziehen würden. Bestimmt wird jeder vom anderen glauben, dass sein Kind nicht so gut ist wie das eigene.«

»Was, wenn es die Kinder selbst herausfänden?«

Bella zog verwundert die Augenbrauen hoch. »Wie sollten wir das denn tun, wenn wir uns nicht mal kennen? Außerdem kann ich mir nicht vorstellen, dass der Sohn des Grafen Gefallen an mir finden würde. Oder ich an ihm.«

»Das kannst du nicht wissen, ehe du ihm gegenübergetreten bist.« In Martins Augen funkelte der Schalk. »Vielleicht verliebt er sich ja auf Anhieb in dich.«

»Aber ich mich vielleicht nicht in ihn. Ich kann mich gar nicht mehr daran erinnern, ob ich ihn überhaupt schon einmal zu Gesicht bekommen habe. Wer weiß, ob er sich für den Wein interessiert. Mir ist bisher nicht zu Ohren gekommen, dass er sich auf dem Weinberg seines Vaters sonderlich ins Zeug gelegt hat.«

»Vielleicht hat er ja andere Ambitionen. Das muss nicht schlecht sein. Wenn er dein Gemahl wird, hast du genug Wissen vom Winzern für euch beide.«

Bella konnte daraufhin nur lächeln. »Du hast Vorstellungen, Martin! Aber immerhin ist es mir jetzt ums Herz ein wenig leichter.« Sie schweig eine Weile, dann fragte sie: »Habe ich dir eigentlich schon dafür gedankt, dass du mich vor Roland von Hohenstein gerettet hast?«

Martin lächelte. »Dafür möchte ich keinen Dank, das war selbstverständlich, und ich hätte auch jedes andere Mädchen vor ihm bewahrt.«

»Dennoch möchte ich dir danken. Hätte er tun können, was er wollte, hätte mich mein Vater erst recht mit ihm vermählt, damit ich nicht ins Gerede komme.«

»Ich hoffe sehr, dass dein Vater seine Heiratspläne rasch fallen lässt. Erst recht mit Roland von Hohenstein als Bräutigam. Dieser Kerl hat eine Schönheit wie dich nicht verdient.« Martin hob die Hand und ließ die Finger sanft über ihre Wange gleiten.

Bella schloss die Augen und atmete zitternd aus. Die Berührung weckte in ihr ein Verlangen, das sie zuvor nicht gekannt hatte. Schon seit dem Tag im Weinberg wusste sie, dass ihre Gefühle für Martin anders waren als alles, was sie anderen Menschen bisher entgegengebracht hatte.

»So, und wer hat sie deiner Meinung nach verdient?«, fragte sie, als sie die Augen wieder öffnete.

»Einer, der dich gut behandelt und von Herzen liebt.«

Auf diese Antwort sahen sie einander nur an. Bella öffnete zwischendurch den Mund, als wollte sie etwas erwidern, doch sie wagte nicht, die Worte, die ihr gerade durch den Sinn gingen, auch auszusprechen.

»Dein Vater hat mich zwar von der Burg vertrieben, und wahrscheinlich werde ich mich nie mehr vor eurem Tor blicken lassen können«, flüsterte Martin, nachdem er einen prüfenden Blick hinter die Säule geworfen hatte. »Doch ... doch wäre es möglich, dass wir beide uns treffen könnten? Von Zeit zu Zeit?«

»Wo?«

»Heimlich, im Weinberg. Du könntest mir mehr über den Wein erzählen, und ich könnte dir Gesellschaft leisten, wenn dich Schlaflosigkeit wieder mal heimsucht.«

Bella nickte. »Ja, das tue ich, aber hältst du das für klug? Wenn die Männer meines Vaters dich erwischen ...«

»Das werden sie nicht, glaub mir. Außerdem, wer von den Wächtern ist morgens um die dritte Stunde herum wach?«

»Es ist dennoch gefährlich.«

»Was wäre das Leben ohne Gefahr?«, fragte Martin leichthin zurück. »Ein kleiner Reiz muss an der Sache schon sein, sonst macht es keinen Spaß.«

»In diesem Falle könnte der Reiz dich das Leben kosten.« Der Blick, den Martin ihr jetzt zuwarf, ließ sie innehalten.

Schweigend sahen sie sich an, bis Martin sanft sagte: »Ich habe schon einmal mein Leben für dich aufs Spiel gesetzt. Ich würde es jederzeit wieder tun. Auch wenn ich nur ein einfacher Bursche bin.«

Bella nahm seine Worte mit einem Nicken hin. Gleichzeitig zeigte ihm ihr aufflammendes Lächeln, dass ihr sein Stand egal war.

Nur zu gern hätte sich Martin ihr zu erkennen gegeben, doch würde sie ihn dann noch immer mögen?

»Wie soll ich aus der Burg kommen?«

»Erinnerst du dich noch an das Seil, das ich bei mir hatte, als du mich früh am Morgen auf dem Hof ertappt hast?«

Bella nickte.

»Ich habe es im Stall versteckt, unterhalb der Tränke. Du könntest damit aus dem Fenster klettern und anschließend zu der kleinen Pforte laufen. Ich werde mich durch das Gebüsch kämpfen und im Weinberg auf dich warten. Was hältst du davon?«

Bella dachte an ihre Kletterpartie mit dem Bettlaken, die ihren Vater zu Tode erschreckt hatte. Der Gedanke, Nacht für Nacht wie eine Taube ihrem Bau zu entfliehen, gefiel ihr. »Also gut, ich werde es gleich nach meiner Rückkehr versuchen.«

»Bella!«, erklang nun die Stimme des Grafen. Das war das unmissverständliche Zeichen dafür, dass der Streit beendet war und sie gehen musste.

»Also, bleibt es dabei? Morgen Nacht im Weinberg?«

Bella zögerte zunächst noch, dann nickte sie. »Ich werde da sein.«

»Und ich werde auf dich warten.« Sanft streichelte er ihr über die Wangen, dann entzog sich Bella ihm.

Wieder bei ihrem Vater angekommen, fühlte sich die Grafentochter, als hätte sie stundenlang in lodernde Flammen geblickt. Ihre Wangen glühten, ihre Augen brannten, ihr Herz zappelte wie ein gefangener Fisch, und ihre Knie waren butterweich. Wie sollte sie all diese Empfindungen nur gegenüber ihrem Vater verbergen?

»Wo warst du?«, fragte er streng.

Sie senkte den Blick. »Ich dachte, ich hätte jemanden gesehen, den ich kenne«, antwortete sie, und damit er gar nicht erst auf die Idee kam, dass es Martin gewesen sein könnte, fügte sie rasch hinzu: »Eine Schülerin aus dem Kloster. Einige der Mädchen sollten bald zu ihren Familien zurückkehren.«

Der Graf musterte seine Tochter noch eine Weile misstrauisch, dann nahm er ihre Hand und führte sie zu dem Kirchengestühl, das für ihre Familie und andere Edle bestimmt war. Dort hatten bereits mehrere Familien Platz genommen.

Als der Gottesdienst begann, saßen die Adligen mit andächtig gesenkten Köpfen im Gestühl und murmelten brav die Gebete mit. Der Erzbischof zelebrierte in seinen prächtigen Gewändern die Messe und erteilte den Weinbauern für ihre Ernte den Segen.

Auch Bellas Lippen bewegten sich unter den Gebeten und Gesängen, aber die heiligen Texte erreichten ihre Gedanken nicht, denn dort war bereits Martin, der ihr seine Hand entgegenstreckte und damit einen kurzen Moment des Glücks versprach.

Misstrauisch ließ Heinrich Oldenlohe den Blick über den Kirchplatz schweifen. Während immer mehr Menschen in das Gotteshaus strömten, lehnte er sich gegen eine Säule und versuchte, einen Grund für die innere Unruhe zu finden, die ihn überkommen hatte. Sie nagte an ihm wie eine hungrige Ratte an einem Kanten Brot. Was ging hier vor? Warum hatte der Graf von Bärenwinkel mit seinem Herrn Streit angefangen, wo er ihm doch sonst tunlichst aus dem Wege ging?

»Na, wollt Ihr Euer Gewissen beim Gottesdienst erleichtern? Plagen Euch noch immer die Bilder von damals?«

Der Klang der Stimme neben ihm ließ ihn instinktiv nach seinem Schwert greifen. Der Lombarde!, donnerte es durch seinen Verstand. Mit einem Mal hatte er wieder vor Augen, was sie vor nicht allzu langer Zeit zu Feinden werden ließ.

»Lasst das«, sagte der Italiener ruhig, aber bestimmt, ohne seinen Platz auf der anderen Seite der Säule zu verlassen. »Ein Gotteshaus ist kein Ort des Kampfes.«

»Das sagt der Mann, der ein Gotteshaus niedergebrannt hat – mit allen Menschen, die darinnen waren«, entgegnete Heinrich Oldenlohe voller Verachtung und beließ die Hand auf dem Schwertgriff.

»Ihr wisst, dass das nötig war. Die Kirche war voller Anhänger dieses verdammten Johannes Hus. Außerdem war es ein Befehl unseres Feldherrn.«

»Ihr hättet ihn verweigern können«, gab Heinrich Oldenlohe zurück, während vor seinem geistigen Auge riesige gelbe Flammenzungen aufloderten, in deren Knacken sich die Schreie der Eingeschlossenen mischten.

»Ihr wisst genauso gut wie ich, dass sich niemand diesem Befehl hätte verweigern können. Nur Ihr wärt gewiss so dumm gewesen, Euch den Zorn des Kaisers zuzuziehen.« Der Italiener machte eine kurze Pause, dann fügte er mit sichtlichem Vergnügen hinzu: »Aber wahrscheinlich ist es so, wie ich es damals vermutet habe. Es hätte Euch nicht gedauert, wenn darunter nicht die Frau gewesen wäre, die Ihr begehrtet.«

Heinrich Oldenlohe kniff die Augen zusammen. Dieser verdammte Hurensohn, dachte er zornig. Aber er hat recht. Maria hatte den Tod nicht verdient, deshalb werde ich ihn auch bis ans Ende seiner oder meiner Tage hassen.

»Es war eine unnötige Grausamkeit, das wisst Ihr«, antwortete er ausweichend und versuchte seine Gefühle, die ihn erneut zu übermannen drohten, im Zaum zu halten.

»Ich hätte sie gehen lassen sollen, nicht wahr? Dann hättet du dich nicht weiter darum geschert.«

Unvermittelt war der Italiener zur vertraulichen Anrede übergegangen, die sie im Feld gepflegt hatten. Das bereitete Oldenlohe noch mehr Zorn, erinnerte es ihn doch daran, dass sie einst Freunde waren. Freunde, die geglaubt hatten, sich der richtigen Sache verschrieben zu haben. Doch die Grausamkeiten des Krieges hatten sie entzweit. Langsam hatte Heinrich erkennen müssen, dass in Giacomos Herz eine Bestie lauerte, die nach Blut dürstete. Zu spät hatte er erkannt, dass diese Bestie auch jene nicht verschonen würde, die seinem Freund am Herzen lag. Wahrscheinlich hatte es dem Lombarden das Anzünden der Kirche noch größere Freude bereitet, da er wusste, dass er damit auch Heinrichs Geliebte in den Tod schickte.

»Es hätte mich sehr wohl geschert«, entgegnete er. »Keiner dieser Menschen hatte den Tod verdient.«

Dann erst merkte er, dass seine Worte ins Leere gesprochen waren, denn Giacomo hatte es vorgezogen, sich aus dem Staub zu machen. Der Platz hinter der Säule war leer, und der Waffenmeister verfluchte sich selbst dafür, dass er es nicht bemerkt hatte.

Feigling, dachte Heinrich Oldenlohe wütend und spie, ungeachtet dessen, dass er sich in einer Kirche befand, auf den Boden. Dann schloss er sich den anderen Kirchgängern an. Wenn der Lombarde hier war, war es besser, er hielt sich in der Nähe des Grafen Katzenburg und seiner Tochter auf.

17. Kapitel

Den ganzen Tag nach ihrer Rückkehr aus Koblenz war Bella von Unruhe erfüllt. Ihre Hände waren eisig, während ihre Wangen wie Schmiedekohlen glühten. Würde ihr Plan gelingen?

Schon während der Fahrt hatte sie überlegt, wie sie es am besten anstellen sollte. Seltsamerweise überkam sie nun, da ihre nächtlichen Wanderungen ein Ziel finden sollten, eine gewisse Befangenheit. Was, wenn jemand sie beobachtete?

Doch dann zwang sie sich zur Ruhe. Wer sollte um die dritte Stunde schon auf den Beinen sein? Und selbst wenn, derjenige würde nichts anderes sehen als sie, wie sie in den Weinberg ging. Dass sie hoffte, Martin dort wieder zu küssen, wusste ja niemand.

Es war nicht ganz leicht gewesen, an das von Martin versteckte Seil zu kommen. Bella hatte lange auf Oda einreden müssen, bis sie es ihr geholt hatte.

»Verzeiht, aber was wollt Ihr damit?«, fragte die Magd ängstlich. Wahrscheinlich ahnte sie, dass Bellas Vorhaben dem Grafen nicht gefallen würde.

»Ich will es aufbewahren«, entgegnete Bella, wohl wissend, dass sie Oda auch einfach den Befehl erteilen konnte. Aber ihr war auch klar, dass die Magd dann vielleicht zum Grafen laufen und ihm davon berichten würde.

Aber Oda lenkte ein. »Wie soll ich das Seil finden?«, fragte sie.

»Es ist dick genug, einen ganzen Menschen zu tragen, und unter der Tränke in der Scheune versteckt.«

Oda wollte sich schon umwenden, doch Bella hielt sie fest. »Mein Vater darf davon nichts erfahren, hörst du? Sprich am besten mit niemandem darüber.«

Die Magd nickte und erschien eine halbe Stunde später mit dem Seil, das sie in einen Korb gepackt hatte. Bella schenkte ihr als Dankeschön eine Münze und ein Haarband.

Die Stunden bis zum Abend verrannen zäh, und beim Abendessen, das Bella diesmal wieder mit ihrem Vater zusammen einnahm, musste sie sich zwingen, einen Bissen herunterzubekommen.

Zwar war ihr Vater es gewöhnt, dass sie seit der Ankunft Roland von Hohensteins nicht besonders viel aß, aber da hatte sie nicht so leuchtende Augen gehabt wie jetzt, wie sie entsetzt im Spiegelbild ihres Weinbechers erkennen musste.

»Ist dir nicht wohl?«, fragte der Graf, ohne von seiner Silberplatte aufzusehen.

»Doch, natürlich ist mir wohl, Vater«, antwortete Bella und stürzte schnell einen Schluck Wein hinunter.

»Du wirkst ein bisschen unruhig. Fast so, als würdest du Fieber bekommen.«

Wirkte sie tatsächlich so? Noch einen prüfenden Blick in den Weinbecher konnte sie nicht werfen, denn sie hatte ihn bereits mit ein paar kräftigen Zügen vollkommen geleert.

Also winkte sie Oda herbei, die wie immer den Wein ausschenkte, und ließ den Becher erneut füllen. »Ich habe kein Fieber, und ich fühle mich auch nicht krank«, antwortete sie dann. »Aber vielleicht liegt es daran, dass der Fürst von Hohenstein nicht mehr hier ist. Ich finde, seitdem ist die Luft merklich besser geworden.«

Ihr Vater stieß ein empörtes Brummen aus, dann schlug er auf den Tisch. »Weißt du eigentlich, welche Chance du da vertan hast?«, brauste er so laut auf, dass Bella vor Schreck beinahe der Becher entglitten wäre. »Der Fürst von Hohenstein ist ein einflussreicher Mann. Er hätte dich in den Hochadel eingeführt.«

»Ja, nachdem er mir beinahe vor der Zeit etwas anderes eingeführt hätte!«, entgegnete die Grafentochter und war im nächsten Augenblick selbst über ihre freie Rede erschrocken. So etwas hätte sie sich vor einigen Tagen ganz gewiss nicht erlaubt.

Vielleicht ist es der Wein, dachte sie, und nahm ungeachtet dessen, dass das Getränk sie vielleicht zur Frechheit anstiftete, einen weiteren Zug.

Ihr Vater war einen Moment lang sprachlos, und sein Gesicht glühte hellrot wie junger Rotwein. »Wer hat dich solche Worte gelehrt?«, brüllte er dann.

Bella war nur froh, dass er weit entfernt von ihr saß, sonst hätte sich der Schwall Speichel, der aus seinem Mund spritzte, wohl in ihren Becher ergossen.

»Ist das etwa die Lehre der Mutter Oberin?«

Die junge Frau blickte auf. Sie spürte, dass der Wein ihren Blick glühen ließ. Vielleicht mehr, als es gut war, denn eigentlich brauchte sie zur Flucht aus der Burg sämtliche Sinne. Doch immerhin verlieh er ihr genug Mut, um zu sagen: »Hättest du denn einen Schwiegersohn gewollt, der deiner Tochter die Unschuld vor der Hochzeit genommen hätte? Wer weiß, vielleicht hätte der Fürst es sich anders überlegt und mich in Schande zurückgelassen!«

Rudolph von Katzenburg sagte darauf nichts. Sein breiter Brustkorb hob und senkte sich unter heftigen Atemzügen.

Bella wollte nicht abwarten, bis er sich wieder erholte und womöglich auf die Idee kam, ihr Gewalt anzutun. Sie stellte den Becher ab, sprang vom Stuhl und lief an den Mägden, die peinlich berührt den Kopf senkten, aus dem Raum. Obwohl sie fest damit rechnete, gleich die wütende Stimme ihres Vaters hinter sich zu hören, hallten nur ihre Schritte den Gang zu ihrer Kemenate entlang.

Martin hielt inne und blickte hinauf zur Burg, die sich dunkel auf dem Berg erhob. Von Koblenz zurückzukehren, war nicht ganz einfach gewesen, zumal er sich nicht hatte verspäten wollen.

Schließlich hatte er einen Ochsenkutscher getroffen, der gewillt war, ihn mitzunehmen. Allerdings war die Reise auf dem Wagen ziemlich unkomfortabel und ging nur langsam voran, weshalb Martin sich fühlte, als würde er jeden Augenblick vor Ungeduld platzen.

Dann erreichte er endlich sein Ziel. Hier wurde ihm die Zeit zwar nicht durch Glockenschlag angezeigt, doch er glaubte auch so zu wissen, dass die Mitternachtsstunde nahte.

Während er sich an den Aufstieg zum Weinberg machte, fragte er sich, ob Bella wirklich kommen würde. Sein Herz sagte ihm klar ja, sein Verstand dagegen wies ihn immer wieder darauf hin, dass der Graf seine Tochter durchaus einsperren könnte. Wird sie eine Möglichkeit finden, zu entkommen?, fragte er sich.

Bald tönte ihm das altbekannte Rascheln des Weinberges entgegen. Sofort musste er an den Ableger denken – und daran, dass er Giacomo nun schon zum vierten Mal versetzt hatte. Konsequenzen hatte er deswegen noch nicht zu spüren bekommen, aber er war sicher, dass der Italiener seinem Vater von seinem Ausbleiben berichtet hatte.

Als er zwischen die ersten Rebstöcke eintauchte, beschloss er, zunächst nach dem Ableger zu sehen. Warum mache ich das noch?, fragte er sich, als er dem Abschnitt mit den neuen Reben zustrebte. Für meinen Vater? Würde ihm die Information, dass Rudolph von Katzenburg eine neue Rebsorte hatte, nicht reichen? Natürlich hatte er ihm einen Ableger versprochen, aber sein Vater wusste selbst, dass dieser Zeit brauchte. Dass man ihn aus der Burg geworfen hatte, war ja nicht seine Schuld!

Doch dann kam ihm die Antwort unvermittelt in den Sinn. Ich tue es nicht für meinen Vater. Ich tue es für mich. Und für Bella. Auch wenn es jetzt noch unwirklich erscheint, vielleicht ermöglicht uns der Weinstock irgendwann einmal, neu anzufangen und den erbitterten Streit, der unsere Familien entzweit, zu vergessen.

Den ganzen Abend über hatte Bella damit gerechnet, dass ihr Vater sich noch einmal bei ihr blicken lassen würde. Unruhig war sie auf und ab gegangen und hatte sich schließlich zu Bett begeben.

Der Graf war ausgeblieben. Damit war klar, dass sich Bella auch Odas Schweigen hinreichend erkauft hatte.

Als es in der Burg ruhig geworden war, gab es nur noch einen Schritt, den sie tun musste.

Die Grafentochter erhob sich von ihrem Bett, holte das Seil darunter hervor und ging damit zum Fenster. Der Wind wehte ihr harsch entgegen, als sie einen der Flügel öffnete. Hinter ihr blähten sich die Vorhänge, und ein leises Rascheln wie von herabfallendem Papier ertönte.

Fast fürchtete Bella, dass jemand es hören könnte, doch

nachdem sie ein paar Momente mit angehaltenem Atem neben dem Fenstergeviert verharrt hatte, war sie sicher, dass Heinrich Oldenlohe nichts bemerkt hatte. Rasch machte sie das Seil am Fensterkreuz fest und ließ es dann hinunter.

Die Erinnerung an das Glockenseil des Klosters stieg wieder in ihr auf. In ihrer Anfangszeit dort hatte sie sich zusammen mit der Novizin Anna den Spaß gemacht, im Glockenturm über das Seil in das Innere der Glocke zu klettern. Bella hatte mit Anna gewettet, dass sie es schaffen würde, den Klöppel zu berühren. Bis zur Mitte war sie gekommen, als die Glocke schließlich losging.

Das Resultat war nicht nur die verlorene Wette und Schelte von der Mutter Oberin, sondern auch viele Tage Böden schrubben, Latrinen ausschöpfen und sonstige Tätigkeiten, die die Schwestern nur ungern verrichteten. Einen Brief an ihren Vater hatte es auch gegeben, aber wie so oft hatte sich Rudolph von Katzenburg nicht dazu geäußert.

Sie drängte die Erinnerungen beiseite und erklomm das Fensterbrett. Der Weg nach unten, das wusste Bella, war leichter, immerhin hatte sie ihn mit dem Laken schon einmal hinter sich gebracht. Was sollte bei Tag anders sein als in der Nacht? Dennoch überkam sie ein mulmiges Gefühl. Ihr Magen zog sich angesichts der Höhe schmerzhaft zusammen, und die Angst ließ sie einen Moment lang zögern.

Ist es das wert?, fragte Bella sich.

Die Antwort lautete eindeutig ja, beinahe brüllte die Stimme ihres Herzens sie durch ihren Verstand. Die junge Frau atmete tief durch, rang ihre Angst so weit es ging nieder und ließ sich schließlich an dem Seil hinunter.

Obwohl Huldas gute Küche nicht viel gegen ihre mehr

als schlanke Figur ausgerichtet hatte, knarzten die Fasern leise und warnten sie vor dem Fall.

Die Panik, das Seil könnte reißen, überkam sie wie damals beim Laken, und ein feuchter Film legte sich auf ihre Hände. Während ihr Herz raste, fragte sich Bella, welche Chance sie wohl hätte, einen Sturz aus dieser Höhe zu überleben. Wahrscheinlich keine. Also krallte sie ihre Hände noch fester an das Seil und kletterte Stück für Stück hinunter.

Einmal mehr dankte sie ihrer Sturheit, die sie auch während des Aufenthaltes im Kloster dazu gebracht hatte, sich körperlich zu ertüchtigen.

Unten auf dem Hof war alles still. Die junge Frau wusste nicht genau, welche Stunde es geschlagen hatte, aber anhand des Mondstandes glaubte sie, dass es gegen Mitternacht war.

Bella hatte keine Ahnung, ob Martin heute schon auftauchte. Wenn nicht, versuchte sie es eben morgen noch einmal. Da sie ohnehin dazu verdammt war, den ganzen Tag in ihrer Kemenate zu sitzen, war ihr die Bewegung willkommen.

Da das Seil nicht ganz bis zum Boden reichte, sprang sie ab, als sie sich etwa eine Armlänge über dem Boden befand. Ein Kribbeln zog durch ihre Fußsohlen, doch in ihrer Anspannung nahm sie es kaum zur Kenntnis. Sie spähte hastig über den Burghof und lief dann hinüber zu Katrinas Behausung, deren Fensterläden schon seit langem geschlossen waren. Glücklicherweise, denn die alte Frau hätte sicher nachgefragt, was ihr Schützling zu solch später Stunde noch auf dem Hof zu tun hatte.

Bella wollte der Frau, die ihr mehr Liebe entgegenbrachte als ihr eigener Vater, keine Lüge auftischen.

An der kleinen Pforte spähte sie noch einmal den Weg

entlang, den sie gekommen war, dann öffnete sie das Gatter und schob einen Stein vor die Schwelle.

Jetzt musste sie Martin im Weinberg nur noch finden …

Martin hatte das neue Rebenfeld noch nicht erreicht, da nahm er in seinem Rücken eine Bewegung wahr. Als er herumwirbelte, erkannte er Bella. Sie trug wieder ihr Ordenskleid, und weil die Nacht kalt war, noch einen Mantel darüber. Die Kapuze hatte sie heruntergeschlagen, so dass ihr Haar im Wind wehte. Der Mond beleuchtete ihre Gestalt und ließ ihr Gesicht beinahe weiß aussehen. Wie die Gesichter der Statuen in der Universität von Padua, dachte Martin und verschob sein Vorhaben, nach dem Ableger zu schauen.

»Nun denn, holdes Fräulein, um Euren Schlaf ist es wirklich nicht gut bestellt«, sagte er und beobachtete, wie sie zusammenschrak.

Dann flammte ein Lächeln auf ihrem Gesicht auf. »Martin!«, rief sie, und wenig später umfing sie ihn mit beiden Armen. Bevor er etwas sagen konnte, beugte sich Bella vor und küsste ihn.

Martin erwiderte den Kuss und spürte dabei nur zu deutlich die Leidenschaft, die in ihr wütete. Auch schmeckte er den Wein in ihrem Mund, obwohl sie ihn wohl schon vor einiger Zeit getrunken haben musste.

»He, nicht so stürmisch«, sagte er lächelnd, während er mit den Daumen über ihre Wangen strich. »Das schickt sich nicht für eine sittsame Grafentochter.«

Bella hob spöttisch die Augenbrauen und blickte sich dann gespielt um, als wollte sie hinter sich jemanden suchen. »Siehst du hier irgendwo eine sittsame Grafentochter? Ich sehe nur eine Weinbäuerin, die sich mit dem Mann trifft, der ihr nicht mehr aus dem Sinn gehen will.«

Martin lächelte breit, dann entgegnete er mit gespielter Strenge: »Auch für eine Weinbäuerin gelten Tugend und Anstand.«

»Pah, Tugend und Anstand!«, rief sie und machte eine wegwerfende Handbewegung. »Wenn es danach ginge, was mein Vater als Tugend und Anstand betrachtet, wäre ich jetzt wohl schon mit Roland von Hohenstein verheiratet. Heute war er erneut so gnädig, mir klarzumachen, dass ich in seinen Augen überhaupt nichts wert bin.«

Martin schüttelte den Kopf. »Das hat er dir doch nicht so gesagt, oder?«

»Nein, aber er hat es so gemeint. Er sagte, die Burg und das Weingut gingen an seinen Schwiegersohn, und zwar egal, wer es denn nun wird.«

Martin lag dazu eine Bemerkung auf der Zunge, doch er schluckte sie herunter.

»Vielleicht solltest du mich heiraten«, schlug sie ihm vor. »Du bist immerhin ein Mann!«

»Und zwar der Mann, dem dein Vater am liebsten die Ohren vom Stamm reißen würde«, gab Martin zurück und erlaubte sich ein bitteres Lächeln angesichts der versteckten Andeutung in seinen Worten. »Er würde niemals einwilligen, dass ich dich heirate.«

»Aber ich würde es«, entgegnete Bella und schmiegte sich an seine Brust. »Ach, Martin, wie sehr wünschte ich mir manchmal, ein einfaches Mädchen zu sein.«

»Glaubst du denn, denen geht es besser?«, fragte er zurück, während er ihr sanft über den Rücken und das Haar streichelte. »Auch die einfachen Mädchen haben Väter, die unzufrieden mit ihrer Wahl sind. Einige von ihnen zwingen ihre Töchter zu heiraten, andere wiederum haben das Pech, dass die Väter ihrer Auserwählten etwas gegen sie haben.«

Rosalina kam Martin wieder in den Sinn, und erst jetzt merkte er, wie sehr sich seine Gefühle für die Italienerin abgekühlt hatten. Ihren Platz hatte nun Bella eingenommen, Bella, die so anders war als alle Frauen, die er kannte. Sogar anders als Rosalina. Wenn er jetzt die Wahl hätte, würde er wohl nicht mehr zu ihr zurückkehren wollen, auch wenn er sich dessen bewusst war, dass er der schönen Wirtstochter damit das Herz brach.

»Was ist mit deinem Vater, würde er mich denn als Schwiegertochter haben wollen?«

Martin blickte in ihre Edelsteinaugen und schüttelte ehrlich den Kopf. Wann werde ich es ihr sagen?, dachte er dabei. Wann werde ich den Mut haben, ihr zu offenbaren, dass ich der Sohn des Feindes ihrer Familie bin?

»Er würde mich nicht wollen?«, fragte Bella verwundert nach.

»Nein, ganz sicher nicht. Immerhin bist du eine Adlige. Er würde glauben, dass du dich nicht im Haushalt auskennst.«

»Dergleichen habe ich im Kloster gelernt«, entgegnete Bella. »Wie du weißt, kenne ich mich obendrein im Weinbau aus.«

Mein Vater würde uns beide umbringen, ging es Martin durch den Sinn. Egal wozu wir fähig sind und was wir füreinander empfinden. »Wenn wir miteinander leben wollten, müssten wir in ein anderes Land gehen. Wir müssten unsere Namen verleugnen und uns selbst eine Existenz aufbauen.« Wieder kam ihm der Ableger des Rebstocks in den Sinn.

»Vielleicht sollten wir erst einmal damit anfangen, uns näher kennenzulernen«, sagte Bella nun.

Bevor Martin fragen konnte, was sie sich darunter vorstellte, küsste sie ihn erneut. Diesmal war es aber ein anderer Kuss, einer, den Martin nie und nimmer von Bella erwartet hätte. Ihre Zunge bahnte sich langsam ihren Weg in seinen Mund, und er ließ sie bereitwillig ein. Das war die Art, wie Wirtshausmädchen küssten, doch offenbar steckte Bella voller Überraschungen.

Martin bekam große Augen, als sie sich kurz von ihm löste, um die Schnürung ihres Kleides zu lösen, wodurch die Ansätze ihrer Brüste sichtbar wurden. Der Anblick erregte ihn dermaßen, dass er verzweifelt gegen die plötzliche Trockenheit in seiner Kehle anschlucken musste.

Bella umfasste nun sein Gesicht und zog ihn zu sich hinunter. Was tue ich da?, fragte sie sich einen Moment lang, und als sie Martins Lippen auf ihrer linken Brust spürte, erhielt sie die Antwort: das, was eine Frau tut, wenn sie einen Mann liebt.

Martin seufzte unter der Berührung ihrer Haut auf. Er fühlte sich wie in einem Traum. Seine erste Nacht mit Rosalina kam ihm wieder in den Sinn, doch nur kurz. Er küsste Bellas zarte Haut, zog sich dann aber zurück. Nein, dachte er, das dürfen wir nicht. Nachdem ich Roland von Hohenstein nur knapp davon abgehalten habe, ihr die Tugend zu nehmen, darf ich nicht derjenige sein, der sie ihr stiehlt.

Bella sah ihn erstaunt an. »Was ist?«

»Nichts.« Martins Blick brannte. Tief in seinem Herzen sehnte er sich danach, erneut ihre nackte Haut zu berühren, sie zu küssen.

Die Grafentochter bemerkte sein Zögern, spürte aber auch seinen Wunsch und drängte sich erneut an ihn. Ihre Küsse wurden nun noch fordernder, und schließlich konnte auch Martin keine Beherrschung mehr aufbringen. Küssend sanken sie ins Gras, streichelten und liebkosten sich, und irgendwann glitt Bellas Hand an sein Gemächt.

Martin wusste genau, was sie wollte, aber er fasste ihr Handgelenk und hielt sie zurück. »Das solltest du dir überlegen«, raunte er mit zitternder Stimme. »Es könnte schlimme Folgen haben.«

»Welche denn? Dass mich der Fürst von Hohenstein oder ein anderer unliebsamer Bräutigam zurückschickt, wenn er bemerkt, dass ich nicht mehr unberührt bin?«

»Der Kerl könnte dich auch töten, wenn er …«

Weiter kam er nicht, denn Bellas Lippen verschlossen ihm bereits wieder den Mund. Ganz sanft spürte er ihre Zunge an seiner, und schließlich brach sein Widerstand.

»Ich schenke dir meine Unschuld, wenn du sie willst«, wisperte Bella, während sie mit einer Hand ihren Rock hochraffte.

Martin sah ihre Schenkel im Mondlicht aufleuchten, dann fiel sein Blick auf die goldenen Locken ihrer Scham. Mit zitternden Händen löste er die Bänder, die seinen Hosenbeutel zusammenhielten, und sein Glied glitt fest und steif heraus, während Bella die Schenkel um seine Hüften schlang. Ihre Lippen trafen sich erneut, und während sie sich leidenschaftlich küssten, drang er vorsichtig in sie ein.

Der Schmerz trieb Bella die Tränen in die Augen, doch sie wusste, dass dies der Preis war, den eine Frau zahlen musste. Auch wenn die Mutter Oberin im Kloster auf Sittsamkeit achtete, hatte sie nicht unterbinden können, dass sich die jungen Frauen über allerlei unterhielten und dabei das Wissen zum Besten gaben, das sie von den Älteren aufgeschnappt hatten.

Als er in voller Länge in ihr war, hielt er inne. »Verzeih mir«, flüsterte er, während er ihr die Tränen, die aus ihren Augenwinkeln gelaufen waren, von den Schläfen wischte.

Bella lächelte ihn jedoch an. So schnell der Schmerz gekommen war, so rasch verging er auch wieder. Sie zog

Martin an sich und bedeutete ihm, dass er weitermachen solle. Der Junge kam ihrer Aufforderung zunächst zögerlich und dann immer leidenschaftlicher nach.

Ein nie gekanntes Gefühl ballte sich in Bella zusammen, während Martin sich in ihr bewegte. Auf einmal fiel alle irdische Last von ihr ab, die Geräusche der Nacht zogen sich zurück und mit ihnen die Gedanken und das Leid der vergangenen Tage. Während Bella sich fühlte, als würde sie schweben, schloss sie die Augen.

In diesem Augenblick stieß Martin einen langgezogenen Seufzer aus, und Bella spürte, wie er sich in sie ergoss. Sie selbst glaubte, ihr Körper werde jeden Augenblick bersten. Die Lust explodierte wie ein Feuerball, während ihr erhitztes Blut zurück in ihre Gliedmaßen strömte.

Eine wohltuende Schwere bemächtigte sich ihrer, und keuchend verharrten sie auf dem Gras, während nach und nach ihre Sinneswahrnehmungen zurückkehrten.

Das Raunen des Nachtwinds, der über die Rebstöcke strich, der kühle Hauch auf dem Gras, das Rufen der Käuzchen und das Funkeln der Sterne. Der Mond hatte sich schamhaft eine Wolke vors Gesicht gezogen, Bella jedoch fühlte keinerlei Scham.

Zwischen ihren Schenkeln spürte sie ein leichtes Brennen, aber auch den Nachhall des süßen Gefühls, das Martin in ihr ausgelöst hatte. Vorsichtig glitt er von ihr herunter, legte sich neben sie und schlang einen Arm um ihre Hüfte. Schweigend lagen sie beieinander, atmeten den Duft des anderen, spürten seine Wärme. Zeit war bedeutungslos geworden.

Jedenfalls bis zu dem Moment, als Martin sagte: »Du solltest jetzt besser zurückkehren. Die Sonne ist zwar noch fern, doch wenn mein Zeitgefühl mich nicht trügt, müsste die dritte Stunde angebrochen sein.«

»Jene Stunde, in der ich bisher immer wachgelegen habe«, entgegnete Bella, die wusste, dass Martin recht hatte. Wenn sie ihre geheimen Treffen wiederholen wollten, musste sie zurückkehren und so tun, als wäre nichts geschehen. Auch wenn es ihr gewiss schwerfiel, nicht still vor sich hin zu lächeln und wie auf Wolken zu schweben.

»Ja, aber diesmal hast du zuvor nicht geschlafen«, brachte Martin vor, obwohl sie längst überzeugt war. »Du willst doch nicht, dass dein Vater etwas merkt.«

Nein, das wollte sie ganz sicher nicht. Sie erhob sich und brachte ihre Kleider in Ordnung, wobei ihr Martin ganz rührend behilflich war. Als sie fertig war, zupfte er ihr rasch noch ein paar Blätter aus dem Haar und gab ihr jeweils einen Kuss auf Stirn und Mund. »Sehen wir uns morgen wieder?«

Bella nickte lächelnd. »Zu gleicher Stunde?«

»Zu gleicher Stunde.«

Damit trennten sie sich voneinander, und Bella lief durch die Rebstockreihen in Richtung der Pforte. Auf dem Hof war noch immer alles ruhig, lediglich ein Igel auf der Suche nach einem Winterschlafplatz lief an ihr vorbei. Die junge Frau blickte ihm lächelnd nach, dann kehrte sie in ihre Gemächer zurück.

Als sie sich aus ihren Kleidern schälte, bemerkte sie einen Blutfleck auf ihrem Hemd, und der Anblick schickte einen siedend heißen Schrecken durch ihre Gliedmaßen. Wenn am Morgen die Mägde kamen, um ihr beim Ankleiden behilflich zu sein, mussten sie es bemerken.

Ich könnte vorgeben, mein Monatsblut zu haben, überlegte Bella, verwarf den Gedanken aber schnell wieder, denn bis dahin war es noch gut eine Woche hin. Nein, ich werde das Hemd verstecken. Immerhin habe ich noch eines. Vielleicht, setzte sie nach kurzem Überlegen hinzu, während sie das antrocknende Blut mit dem Finger berührte, kann ich damit ja meinen zukünftigen Gemahl narren.

18. Kapitel

Das Tavernenschild mit dem abblätternden Bild eines grauen Ebers schaukelte leise quietschend im Wind, während darunter die Schweine und Hühner um einen Platz am Misthaufen wetteiferten. Einige Kinder gesellten sich hinzu, denen der Gestank offenbar nichts ausmachte.

Roland von Hohenstein dagegen trieb er die Tränen in die Augen. Wie hatte er nur auf die Idee verfallen können, in dieser Schenke abzusteigen? Vor einigen Tagen, als er noch im Weinrausch war, hatte ihn der Gestank nicht gestört, aber jetzt sehnte er sich in seinen eigenen Bettkasten zurück, und wenn schon nicht in den, dann auf die weichen Lager der Katzenburg.

Vielleicht hätte ich doch bleiben sollen, ging es ihm durch den Sinn. Vielleicht ist auch die Grafentochter nicht so schlecht, wie ich dachte. Das Störrische wird sie gewiss in der Hochzeitsnacht ablegen, und wenn nicht, tut die Peitsche ihr Übriges.

So sehr Roland von Hohenstein seine Gedanken auch hin und her wälzte, sie kamen immer wieder auf dasselbe hinaus. Er musste versuchen, Rudolph von Katzenburg noch einmal dazu zu bringen, ihm seine Tochter an die Hand zu geben.

Nach dem Kampf mit dem Winzerburschen und seiner übereilten Abreise hatte er dem Grafen keine Nachricht zukommen lassen, aber dem konnte er abhelfen.

»Herr Uhlenfels, besorgt mir etwas zu schreiben!«, rief er seinem Getreuen zu.

Der blickte überrascht von seinen Kleidern auf, aus denen er gerade einen Fleck zu reiben versuchte. »Etwas zu schreiben? Wozu benötigt Ihr das?«

»Das sage ich dir, wenn du mir das Gewünschte gebracht hast. Also los, geh hinunter und frag den Wirt. Und wenn er nichts hat, soll er einen Laufburschen ins Dorf schicken. Der Geistliche der kleinen Kirche dort drüben hat sicher Pergament und Tinte.«

Hans von Uhlenfels verneigte sich untertänig. Dass er sich dabei wie ein einfacher Kammerdiener fühlte, verdrängte er. Genauso, wie er die Prügel verdrängte, die er von dem Fürst erhalten hatte. Er verließ die Kammer und ging hinunter in den Schankraum.

Gezecht wurde um diese frühe Stunde noch nicht, dennoch stand der Wirt hinter dem Schanktisch, auch wenn nur deshalb, um der Magd, die gerade den Fußboden schrubbte, auf den Hintern zu starren. Und davon ließ er sich zunächst auch nicht vom Eintreffen des Gastes abbringen.

»Verzeiht, Herr Wirt, mein Herr hat eine Frage an Euch.«

Der Mann gab ein unwilliges Brummen von sich, dann wandte er sich Hans von Uhlenfels zu. »So redet schon.«

»Seine Gnaden wünscht Schreibzeug. Pergament, Federn, Tinte und vielleicht auch etwas Wachs.«

Der Wirt blickte den Fragenden an, als hätte er soeben von ihm verlangt, in die Tiefen der Hölle hinabzusteigen. Bevor er dem Getreuen des Fürsten jedoch eine Absage erteilen konnte, griff dieser zum Geldbeutel, den er an seinem Gürtel trug. Bislang hatte sich mit ein paar Münzen noch jeder Wunsch erfüllen lassen. Der jetzige war zwar etwas ausgefallener als das Begehren nach Wein, dennoch wollte er es versuchen und schüttete ein paar Münzen auf den Tisch.

»Ich glaube, da hat erst vor kurzem jemand ein paar Sachen bei mir vergessen«, sagte der Wirt mit einem gierigen Leuchten in den Augen. »Wartet, ich hole sie Euch, dann könnt Ihr sehen, ob es brauchbar ist.«

Noch einmal starrte er auf den Hintern der Magd, dann verschwand er hinter dem Vorhang, der den Schankraum von seinen privaten Gemächern trennte.

Hans von Uhlenfels blickte ihm einen Moment lang hinterher, dann ließ er seinen Blick unbehaglich durch den Raum schweifen. Dabei stellte er fest, dass der Anblick der Magd durchaus seine Reize hatte. Doch ehe er sich seiner Phantasie hingeben konnte, tauchte hinter ihm der Wirt wieder auf.

»Das ist alles, was ich gefunden habe«, brummte er und breitete die Sachen vor dem Gast aus. Die drei Gänsefedern waren zwar etwas verschmutzt, aber sie wirkten brauchbar. Das Aussehen des Tintenfasses ließ darauf schließen, dass der Besitzer einst ein Schreiber war. Das Pergament wirkte an den Rändern von Motten zerfressen, doch es bot noch genügend unversehrte Fläche, um eine Nachricht zu verfassen. Sogar ein kleines Stück Wachs hatte der Wirt aufgetrieben.

»Das erscheint mir ausreichend«, entgegnete Hans von Uhlenfels, ließ einen Silbergulden auf den Tisch fallen und raffte die Gegenstände zusammen. Beim Umwenden fiel sein Blick wieder auf die Magd, die sich inzwischen erhoben hatte und den Eimer mit dem Schmutzwasser nach draußen brachte. Auch stehend machte sie einen guten Eindruck, doch als sie sich zur Seite wandte, erkannte er, dass ihr Gesicht an der Wangen Narben aufwies. Das trübte sein Begehren und ließ ihn sich darauf besinnen, dass sein Herr oben in der Kammer auf ihn wartete.

»Wenn Ihr noch mehr davon braucht, morgen kommt ein fahrender Händler durch das Dorf«, rief ihm der Wirt auf halbem Weg zur Treppe zu.

Hans von Uhlenfels nickte nur und stieg nach oben.

Als er in die Gästekammer zurückkehrte, fand er Roland von Hohenstein hinter dem Tisch wieder, an dem sie bislang jede Nacht gezecht hatten. Mit seinem Dolch ritzte er Kerben in das Holz, und sein Blick wirkte abwesend.

Wer weiß, woran er gerade denkt, überlegte der Getreue schaudernd und breitete seine Mitbringsel vor seinem Herrn aus. »Es ist nicht viel, aber der Wirt hat mir versichert, dass morgen ein Händler vorbeikommt. Falls Ihr also plant …«

Hohenstein nickte, dann stach er mit einer raschen Bewegung den Dolch in die Tischplatte. »Das hier wird sicher reichen«, sagte er und nahm sich das erste Blatt. »Wollen wir doch mal sehen, mit welchen Worten sich der Graf von Katzenburg beschwichtigen lässt. Hast du einen Einfall?«

Hans von Uhlenfels runzelte überrascht die Stirn. »Ihr wollt an Rudolph von Katzenburg schreiben? Nach dem Vorfall …«

»Aber sicher doch! Nicht er hat mir Ungemach bereitet, sondern seine Tochter und dieser Bursche. Warum sollte ich ihm also zürnen?«

Hans von Uhlenfels erinnerte sich noch sehr gut an die Schimpftiraden, die sein Herr am Abend nach ihrer überstürzten Abreise ausgestoßen hatte. Und jetzt sollte die Versöhnung folgen? »Glaubt Ihr, er wird darauf eingehen?«, fragte er zögerlich und trat vorsichtshalber ein Stück zurück, denn seine Nase war von dem Schlag immer noch merkwürdig taub.

»Er wird keine andere Wahl haben«, entgegnete Roland von Hohenstein, als er die Feder in das Tintenfass tunkte. Dabei gingen ihm wieder die Spötteleien durch den Sinn, die er in der ersten Zeit bei Hofe von den anderen Adligen aufgrund seiner Fähigkeit erdulden musste. Sie hatten ihn hinter vorgehaltener Hand den »Schreiber« genannt und ihn deshalb verlacht, denn schreiben zu können war ein Handwerk, das einige im Adel immer noch als unter ihrer Würde ansahen.

Mittlerweile tat das allerdings niemand mehr, denn wer wollte schon einem Königsgünstling vorwerfen, dass er schreiben konnte?

Rasch verfasste er ein Schreiben an den Grafen, dass er ihm die Verfehlung seiner Tochter nachsehen und sich mit ihm versöhnen wolle. Als er fertig war und sein Werk betrachtete, kam ihm noch eine andere Idee. Eine Alternative für den Fall, dass Rudolph von Katzenburg es sich doch überlegt hatte.

»Holt mir einen meiner Gefolgsleute her«, sagte Roland von Hohenstein, während er das Schreiben rollte und mit einem Band zuband. Nachdem er die Rolle versiegelt hatte, zog er einen weiteren Bogen heran.

»Noch ein Schreiben?«, wunderte sich sein Getreuer.

»Ja, noch ein Schreiben.«

»Wem wollt Ihr denn noch schreiben?«

Roland von Hohenstein warf seinem Vertrauten einen zornigen Blick zu. »Ich habe dir eine Anweisung gegeben, also führe sie auch aus! Mit deinen dummen Fragen kannst du mich immer noch zornig machen, wenn wir wieder auf der Katzenburg sind!«

Hans von Uhlenfels zuckte zusammen, wirbelte dann herum und eilte aus der Tür.

Es wird Zeit, dass wir wieder unter vernünftige Menschen kommen, dachte er, während er an einem Schenkengast vorbeieilte, der gerade ausgiebig rülpste. In dieser Schenke wird selbst der vornehmste Herr zu einem Barbaren.

Die Treffen mit Martin bescherten Bella Tage voller Heiterkeit. Sie fühlte sich, als würde sie auf Wolken schweben. Die meiste Zeit des Tages lächelte und summte sie vor sich hin, und selbst die Lieblosigkeit ihres Vaters konnte ihr nichts anhaben. Weder von Heiratsplänen noch vom Kloster war die Rede. Außerdem begegneten sie sich nur selten, zuweilen ließ der Graf sogar das gemeinsame Abendessen ausfallen und ihr das Essen auf ihre Kemenate bringen.

Bella gewöhnte sich daran und war nach einer Weile nicht mehr traurig darüber. Ihr Sehnen danach, vom Vater geliebt zu werden, war der Liebe zu Martin gewichen.

Eines Abends jedoch bemerkte sie, dass Oda unwohl aussah. Sie war blass und hatte dunkle Schatten unter den Augen. Bisher war sie immer das blühende Leben gewesen, besonders in der Zeit, als Roland von Hohenstein auf der Burg geweilt und ihr immer wieder unverschämte Blicke zugeworfen hatte. Jetzt dagegen schien alles ins Gegenteil verkehrt.

»Oda, was ist mit dir?«, fragte Bella, nachdem die Magd begonnen hatte, sie aus ihren Kleidern zu schälen.

»Nichts, gnädiges Fräulein«, antwortete sie und hielt weiterhin den Kopf gesenkt.

Ihren Blick mochte sie vielleicht verstecken können, aber nicht das Zittern ihrer Hände.

»Ich spüre doch, dass irgendwas mit dir ist«, sagte Bella gütig und hob sanft das Kinn der Magd.

Odas Augen wirkten auf einmal ängstlich.

»Ihr geht es schon eine ganze Weile nicht gut«, meldete sich Lies zu Wort, die mit Oda die Mägdekammer teilte. Sie war mit heraufgekommen, um ihrer Herrin beim Auskleiden behilflich zu sein. Auf ihre Worte erntete sie von Oda einen giftigen Blick.

Bella beobachtete die beiden genau, und eine seltsame Ahnung überkam sie. »Stimmt das, Oda?«, fragte sie.

Das Mädchen senkte den Kopf und antwortete nicht.

Die Grafentochter griff nach ihrer Hand. »Du kannst es mir ruhig sagen. Was ist dir?«

Lies öffnete den Mund, als wollte sie etwas darauf erwidern, doch ein kurzer Blick von Oda genügte, um sie zum Schweigen zu bringen.

Bella ließ sich nicht so leicht abwimmeln. »Fürchtest du etwa, dass ich dich nicht mehr in meinen Diensten haben will? Eine derart große Sünde kannst du gar nicht begangen haben.«

Odas Kopf schnellte nun in die Höhe, und sie blickte ihre Herrin ertappt an. »Lies, lass uns bitte allein.«

Die andere Magd warf einen kurzen Blick auf Oda, dann knickste sie und ging hinaus. Da zu befürchten war, dass sie lauschte oder durch das Schlüsselloch spähte, zog Bella Oda mit sich zum Bett und hieß sie, Platz zu nehmen.

»Also, was ist? Niemand wird erfahren, was wir beide zu besprechen haben, das schwöre ich dir.«

Oda zögerte noch immer und krampfte die Hände in ihren Rock.

Bella seufzte. Die Mutter Oberin hatte sie gelehrt, wie mit in Not geratenen Seelen umzugehen war, aber all ihre Fähigkeiten schienen bei Oda nicht zu fruchten.

Plötzlich brach das Mädchen in Tränen aus.

Bella erschrak erst, doch dann zog sie den Kopf der Magd an ihre Schulter.

»Er hat gesagt, dass er mich mitnehmen will«, brach es aus Oda heraus, lauter als gut für sie war. Schließlich sollte sich ihr Leid nicht unter dem gesamten Gesinde verbreiten. »Er hat es mir versprochen.«

»Wer hat dir was versprochen?«, flüsterte Bella und hoffte, Oda möge es ihr gleichtun.

»Der Fürst. Er sagte, er nimmt mich mit, wenn er Euch heiratet. Er wollte …«

Bella blickte einen Moment lang verwundert drein, dann jedoch war es, als würde ein Brett von ihrem Kopf abfallen, das jahrelang ihre Sicht verdunkelt hatte. All die lüsternen Blicke und zufälligen Berührungen … »Er hat dir beigewohnt, nicht wahr?« Ihre Stimme war kaum mehr als ein Wispern.

Odas Schluchzen verstummte augenblicklich, und ihre Augen wurden groß vor Angst.

Die Grafentochter strich ihr eine Haarsträhne aus der Stirn und lächelte sie an. »Was das angeht, bin ich dir nicht böse. Allerdings wäre es schändlich, wenn er dich dazu gezwungen hätte, wie er mich zwingen wollte.«

»O nein, das hat er nicht«, gestand Oda freimütig. »Er hat mir nur versprochen, dass ich Eure Kammerfrau werde und dass er …«

»Dich regelmäßig bespringt.« Bella stieß ein spöttisches Schnauben aus. Das passte zu Roland von Hohenstein. Was ihr Vater wohl dazu sagen würde, dass sein zukünftiger Schwiegersohn, der so wenig für das Gesinde übrig hatte, eine der Mägde bestiegen hatte? Wahrscheinlich würde er wie alle Männer Oda die Schuld geben, beantwortete Bella die Frage gleich selbst. »Vielleicht hätte ich den Herrn von Hohenstein doch nehmen sollen«, wandte sie scherzhaft ein. »Vielleicht wäre er ja gar nicht in mein Ehebett gekommen und hätte stattdessen dich beglückt.«

Oda begann nun wieder zu schluchzen. »Es tut mir leid, gnädiges Fräulein.«

»Das muss es nicht.« Sie hielt kurz inne und dachte an ihre Nächte mit Martin. Auch er war nur ein einfacher Bursche, aber sie hatte von vornherein nichts dagegen gehabt. Im Gegensatz zu dem Fürsten. »Nun beruhige dich wieder, ich nehme es dir nicht übel. Ich wollte Roland von Hohenstein nie, und zum Glück hat es sich so gefügt, dass ich ihn auch nicht nehmen muss.« Sie lächelte die Magd erneut an, doch dann sah sie, dass ihr noch etwas anderes auf der Seele lag.

»Was bedrückt dich daran?«, fragte Bella, und ein ungutes Gefühl stieg in ihr auf. »Vermisst du ihn so sehr?«

Oda schüttelte weder den Kopf, noch nickte sie. Eine Weile starrte sie auf ihren Rocksaum, dann flüsterte sie: »Mein Blut ist ausgeblieben.«

Bella schnappte nach Luft. Sie wusste, was das bedeutete. »Du meinst, du hast ein Kind von ihm empfangen?«

Die Magd nickte so heftig, dass ihr die Haube beinahe vom Kopf gefallen wäre. Dann krümmte sie sich zusammen, als hätte sie Schmerzen.

Bella war wie betäubt. Ins Kloster waren oftmals junge Frauen gekommen, die um Hilfe gebeten hatten, weil sie ein uneheliches Kind unter dem Herzen trugen.

»Was sollen wir tun?«, hatte die Mutter Oberin daraufhin gesagt. »Hierbehalten kann ich dich nicht, doch wenn du keinen Ort zum Niederkommen hast, klopf an unsere Pforte, und wir werden dir helfen.«

Von den Mädchen, die sie wegschickte, war kaum eine

wiedergekommen. Anna, die Novizin, meinte immer, dass die Armen zu einer weisen Frau gegangen seien, um sich das Balg austreiben zu lassen.

Sollte sie Oda diesen Ratschlag geben? Jedes Kind war ein Geschenk Gottes, auch wenn es unerwartet kam. Sollte man es töten, nur weil seine Eltern der Versuchung erlegen waren? »Gibt es keinen Burschen, der dich vielleicht heiraten würde?«, fragte sie dann. »Einen, der so verrückt nach dir ist, dass es ihm nicht auffällt, wenn sein Kind früher geboren wird.«

Oda schüttelte den Kopf und begann erneut herzzerreißend zu schluchzen.

Bella war mit ihrem Latein am Ende. Was jetzt? Eigentlich hätte sie es ihrem Vater sagen müssen, doch dessen Reaktion kannte sie. Und noch immer sträubte sie sich gegen den Ratschlag mit der Engelmacherin. »Vielleicht ist es ja gar nicht so, wie du denkst«, sagte Bella, in dem Wissen, dass dies nur ein schwacher Trost war. Ein sehr schwacher. »Vielleicht ist das Blut nur deshalb ausgeblieben, weil du dir die Füße verkühlt hast.«

»Aber mir ist morgens immer so furchtbar übel«, klagte Oda. »Und schon ein paar Mal war mir so schwindelig, dass ich mich rasch setzen musste, bevor ich umfalle.«

Bella seufzte. Fast bereute sie nun, nachgefragt zu haben, denn ihr wollte beim besten Willen keine Lösung einfallen. »Begib dich jetzt am besten zur Nachtruhe, ich brauche dich und Lies nicht mehr. Ich werde heute Nacht überlegen, was ich für dich tun kann, ja?«

Oda blickte ihre Herrin überrascht an. So etwas hätte sie von ihr offenbar nicht erwartet. »Danke«, sagte sie und neigte den Kopf.

Bella half ihr auf und geleitete sie zur Tür. »Und dass du noch Stillschweigen bewahrst, verstanden?«

Oda nickte, als hätte sie gar nichts anderes vorgehabt, dann knickste sie erneut und verließ das Zimmer.

In der Dunkelheit des Ganges meinte Bella, das Gesicht von Lies zu erkennen, aber es zog sich schnell wieder zurück. Wahrscheinlich wussten sie und die anderen Frauen in der Küche längst, was mit Oda nicht stimmte.

Nachdem Bella die Tür geschlossen hatte, überkam sie heftige Unruhe. Neben der Frage, was jetzt aus Oda werden sollte, beschlich sie noch ein anderer Gedanke.

Was, wenn auch ich schwanger werde? Wenn Martins Samen in mir vielleicht schon aufgegangen ist?

Gemartert von diesem Gedanken, marschierte sie während des ganzen Abends durch ihr Gemach. Zwischendurch warf sie immer wieder einen Blick in ihren Silberspiegel, auf der Suche nach einer Veränderung, doch sie konnte keine entdecken. Ihre Wangen waren noch immer rosig, und ihre Augen glänzten wie zwei Edelsteine. Es gab keinen einzigen Schatten auf ihrem Gesicht, und unwohl fühlte sie sich auch nicht. Vielmehr schien trotz aller Furcht ihr Herz zu flattern wie eine Schwalbe im Weinberg.

Nachdem sie das Licht gelöscht hatte, legte sie sich auf das Bett und starrte mit bangem Herzen zum Baldachin ihres Bettes auf. Ich muss mit Martin sprechen, dachte sie und konnte kaum erwarten, dass die Stunden vergingen. Als es auf der Burg ruhig geworden war, erhob sie sich, kleidete sich in ihr Ordensgewand und ging zum Fenster.

Je öfter sie hinauskletterte, desto mehr gewann sie an Sicherheit. Heinrich Oldenlohe vor der Tür würde gewiss auch diesmal nichts mitbekommen.

Nachdem Bella in gewohnter Weise aus dem Fenster geklettert und über den Hof geschlichen war, meinte sie eine Bewegung hinter sich zu bemerken. Mit klopfendem Herzen wandte sie sich um, konnte allerdings niemanden erkennen.

Wahrscheinlich nur irgendein Tier, dachte Bella, dann setzte sie ihren Weg zur Pforte fort.

Im Weinberg erwartete Martin sie bereits. Er hatte es sich unter einem Rebstock bequem gemacht, der von allen noch das meiste Laub trug. Ein paar Trauben, welche die Pflücker hängen gelassen hatten, weil sie schadhaft waren, baumelten als verschrumpelnde Rosinen zwischen den roten und gelben Blättern über Martins Haupt.

»Sei gegrüßt, meine Liebste«, sagte er, fasste sie um die Taille und zog sie zu sich herunter.

Rittlings sank sie auf ihn, um ihn zu küssen. Seine Lippen schmeckten nach Buttermilch. Bella umschlang ihn mit beiden Armen, doch obwohl sein Kuss ihr das allzu vertraute Flattern in der Magengegend verschaffte, konnte sie es heute nicht so genießen wie an den Tagen zuvor. Odas Geschichte brannte förmlich in ihr.

»Was ist dir?«, fragte Martin, denn er spürte deutlich, dass sie heute in Gedanken woanders war.

Soll ich ihm meine Befürchtung mitteilen?, fragte sich Bella. Immerhin ginge es auch ihn etwas an, wenn ich …

»Es geht um eins der Mädchen, die bei uns arbeiten«, hörte sie sich stattdessen sagen. »Sie hat mir heute gebeichtet, dass sie den Verdacht hat, schwanger zu sein.«

»Da wird sich der werdende Vater aber freuen!«, gab Martin lachend zurück. »Hoffentlich hat er genug Feuerholz für den Winter eingelagert und sein Haus in Ordnung gebracht. Mit einem Eheweib unter dem Dach sind die sparsamen und ruhigen Zeiten vorbei.«

»Ich fürchte nur, dass der Vater des Kindes das Mädchen nicht zur Frau nehmen wird.«

»Und wieso nicht?«

»Weil es der Fürst von Hohenstein ist.«

Diese Worte setzten ein Räderwerk in Martins Kopf in Gang, das nach einer Weile ein Bild zutage förderte, welches er beinahe schon vergessen hatte. »Ah!«, rief er aus.

Bella musterte ihn verwundert. »Das klingt fast so, als hättest du das bereits geahnt.«

»Wenn ich ehrlich bin, habe ich das auch«, entgegnete Martin. »Ich habe Roland von Hohenstein eines Abends dabei beobachtet, wie er eine Magd bestiegen hat. Er hat ihr die schönsten Versprechungen gemacht, aber mir war gleich klar, dass er sie nicht halten wird. Männer wie er tun das nie.«

Würdest du das tun, wärst du an seiner Stelle?, fragte Bella – allerdings nur stumm. »Du hast sie also beobachtet. Bei welcher Gelegenheit?«

»Ich musste vor die Tür«, antwortete Martin grinsend. »Die anderen Burschen sehen es nicht so gern, wenn man auf das Stroh pinkelt, das ihnen zum Schlafen dient. Wenn du mich fragst, hatte Roland von Hohenstein schon lange kein Weib mehr. Schlimm nur, dass es das Mädchen jetzt büßen muss. Wenn sie jedoch Geld von ihm verlangt, kommt sie vielleicht noch in den Geruch der Hurerei. Was das bedeutet, kannst du dir denken.«

Bella nickte. Als Lehensherr war ihr Vater auch oberster Richter, und ihm würde gar nichts anderes übrigbleiben, als Oda ausstäupen zu lassen.

»Was meinst du, welchen Rat soll ich ihr geben?«, fragte Bella und lehnte den Kopf an Martins Brust, damit er die Sorge auf ihren Zügen nicht bemerkte.

»Sie kann sich einen Mann suchen oder zur Engelmacherin gehen. Oder sie geht gleich fort von hier und behauptet in der Fremde, ihr Gatte sei gestorben.«

Martin küsste Bella den Scheitel und strich ihr sanft übers Haar. »Es ehrt dich, dass du dir Gedanken um sie machst, aber leider wirst du ihr nicht helfen können. Wenn dein Vater davon hört, wird er sie verjagen lassen.«

»Das fürchte ich auch. Aber es muss eine Lösung geben. Irgendwas.«

Bevor Martin darauf antworten konnte, vernahmen sie erneut ein Geräusch. Es klang, als würde jemand durch den Weinberg schleichen. Bella erstarrte augenblicklich. Haben mich meine Ohren also doch nicht getäuscht?, dachte sie zutiefst erschrocken.

Auch Martins Körper spannte sich, als müsse er gleich zur Flucht ansetzen.

Ist es Heinrich Oldenlohe, der bemerkt hat, dass ich aus dem Zimmer geflohen bin?, schoss es Bella durch den Sinn. Hat er etwa schon meinem Vater Bescheid gegeben?

»Wir sollten von hier verschwinden«, hörte sie Martin flüstern, dann deutete er auf ein Gebüsch.

Es war recht dicht und vielleicht der beste Ort, um sich vor dem Suchenden zu verstecken.

Ohne lange zu überlegen hasteten sie auf die Büsche zu und tauchten darunter ab. Ein Schmerz zuckte dabei durch Bellas Hand, und als sie hinunterblickte, entdeckte sie einen blutenden Kratzer auf dem Handrücken. Offenbar waren sie zwischen die wilden Rosen geraten.

Doch das kümmerte sie in diesem Augenblick nicht. Wichtiger war es, herauszufinden, ob es wirklich einen Störenfried gab, der sie beobachtet hatte.

Eine Weile hockten sie schweigsam nebeneinander, und Bellas Körper fühlte sich an wie eine gespannte Uhrenfeder. Ihr Herz raste, und ihre Gliedmaßen begannen nach einer Weile kraftlos zu zittern. Sie versuchte, dagegen anzugehen und gleichzeitig den Weinberg im Blick zu behalten. Vor lauter Angst drohte ein Schluchzen in ihrer Kehle aufzusteigen, doch sie schluckte es tapfer hinunter. »Vielleicht sollten wir uns noch ein Stück weiter zurückziehen«, flüsterte sie Martin beinahe unhörbar ins Ohr.

»Das halte ich nicht für klug«, entgegnete er, und da er mittlerweile Bellas Zittern spürte, legte er beschützend einen Arm um ihre Schultern. »Wenn wir jetzt loslaufen, werden sie uns sofort entdecken. Bleiben wir lieber hier und warten noch eine Weile.«

Bella nickte, doch innerlich fühlte sie sich, als würde sie jeden Augenblick bersten. Die Gedanken an Oda kehrten mit der raunenden Stille ringsherum zurück, und damit auch ihre eigene Not. Doch sie hielt es nicht für angebracht, Martin jetzt davon zu berichten.

Plötzlich brach vor ihnen etwas zwischen den Rebstöcken hervor. Bella zuckte zusammen und presste schnell eine Hand vor den Mund. Auch Martin war im ersten Moment erschrocken, aber dann erkannte er den Störenfried. Es war ein Wildschwein. Schnüffelnd ließ es seine große, runde Nase über den Boden wandern und wackelte dabei mit den Ohren.

Vor Erleichterung stieß Bella ein leises Lachen aus. »Was sucht denn der Meister Schwarzkittel hier?«

»Wahrscheinlich wollte er nachsehen, ob für ihn noch ein paar Weinbeeren übrig sind«, entgegnete Martin aufatmend. »Die Schweine bei uns zu Hause sind jedenfalls ganz versessen danach.«

Im nächsten Augenblick hätte er sich ohrfeigen mögen. Warum konnte er seine Klappe nicht halten?

»Ihr habt eure Schweine mit Weinbeeren gefüttert?«, fragte Bella verwundert und blickte ihn fragend an.

»Hin und wieder, wenn ich welche mitgebracht habe«, entgegnete Martin rasch, in der Hoffnung, dass sie nicht weiter nachfragte. Um ein Haar hätte er sich verraten!

War es denn noch so wichtig, dass sie nicht wusste, dass er Bärenwinkels Sohn war?, überlegte er. Würde sie ihn wirklich zurückweisen, wenn sie es erführe?

Er wollte schon dazu ansetzen, ihr die Wahrheit zu sagen, da verschwand das Wildschwein wieder, und Bella wandte sich ihm zu.

»Ich werde mich jetzt besser zurückbegeben. Diesmal war es nur ein Wildschwein, beim nächsten Mal ist es vielleicht Heinrich Oldenlohe. Und dann sieht es schlecht für dich aus.«

»Heißt das, ich soll nicht mehr zu dir kommen?«

»Natürlich nicht. Aber wir müssen noch vorsichtiger sein. Vielleicht war das ein schlechtes Omen.«

Martin winkte ab. »Da gebe ich nichts drauf. Unglück passiert auch ohne Vorzeichen. Wir sollten uns von dem Schwarzkittel nicht ins Bockshorn jagen lassen.« Damit zog er sie an sich und küsste sie.

Bella streichelte ihm über die Wangen, und als sie die Hand wieder zurückzog, bemerkte Martin die Wunde.

»Du hast dich verletzt.«

»Halb so schlimm«, entgegnete Bella, denn sie spürte den Schmerz kaum. »Ich werde mir morgen von Katrina eine Salbe holen. Dann verschwindet sie sicher gleich.«

Martin küsste ihre Hand und dann noch einmal ihre Lippen. »Gib auf dich acht beim Zurückgehen. Für den Fall, dass jemand herumschleicht, ruf mich ruhig, ich werde noch eine Weile auf dich warten.«

Bella nickte und kroch dann aus dem Gebüsch. »Pass auf dich auf und geh kein Risiko ein, um dich mit mir zu treffen.«

Martin setzte ein verschmitztes Lächeln auf. »Du weißt, dass ich für dich jedes Risiko eingehen würde.«

Bella hätte am liebsten gesagt, dass er das nicht tun sollte, aber sie wusste, dass er sich nicht davon abbringen lassen würde. Sie warf ihm einen letzten sehnsüchtigen Blick zu und verschwand zwischen dem Weinlaub.

Während sie ihre Füße so vorsichtig wie möglich aufsetzte und versuchte, kein Geräusch zu verursachen, lauschte sie um sich herum, doch außer dem entfernten Schnüffeln des Wildschweins konnte sie nichts wahrnehmen. Nach einer Weile gelangte sie wieder an die Pforte in der Burgmauer. Ein Blick hinauf zum Wachturm sagte ihr, dass die Soldaten sich vermutlich im Wachhaus ausruhten oder würfelten.

Als Bella von Katzenburg über den Hof eilte, zog sich die Gestalt hinter eine der Hütten zurück. Der Mann hatte gespürt, dass er bemerkt worden war, allerdings nicht die Zeit gehabt, zu seinem Quartier zurückzukehren. Jetzt verharrte er im Schatten und hoffte, dass die Grafentochter möglichst bald ins Schloss zurückkehrte, damit er sich ebenfalls wieder in sein Quartier begeben konnte.

Doch die junge Frau war gewarnt. Immer wieder blickte sie sich suchend um, blieb zwischendurch stehen und lauschte. Offenbar spürte sie seine Anwesenheit.

Dann tat sie allerdings etwas, was er nicht erwartet hätte. Anstatt durch die Tür zu eilen, umrundete sie das Schloss und verschwand schließlich aus seinem Blickfeld. Er wusste, dass es besser war, sein ursprüngliches Vorhaben in die Tat umzusetzen, aber die Neugierde überkam ihn derart stark, dass er sich der Grafentochter in angemessenem Abstand anschloss.

In der Dunkelheit der Schatten folgte er ihr, bis er an

einem Teil der Schlossmauer angekommen war, den die Wachposten schlecht einsehen konnten. Selbst vom Boden aus war das Seil, das dort baumelte und dem die Grafentochter nun zustrebte, kaum zu erkennen. Erstaunt schnappte der Beobachter nach Luft, als er beobachtete, wie Bella an dem Seil hinaufkletterte. Nie hatte er so etwas bei einem Weib gesehen, und selbst so mancher Bursche konnte es nicht. Die Grafentochter flößte dem Mann Respekt ein.

Schließlich war sie oben angekommen und erstaunte ihn erneut, denn sie schien keinerlei Furcht vor der Höhe zu haben. Kurz noch sah der Beobachter, wie ihre Gestalt im Fenster verschwand, dann zog er sich zurück.

Was mache ich nun mit meinem Wissen?, fragte er sich. Soll ich dem Grafen Bescheid geben, dass seine Tochter nachts aus dem Fenster klettert? Oder soll ich mich an das Mädchen wenden? Sicher besaß sie Dinge von Wert, mit denen er sich ein neues Leben fern jeder Plackerei einrichten könnte.

Wie sagte der Kellermeister immer: Ein Wein wird mit jedem Jahr kostbarer. So konnte es sich auch mit Dingen verhalten, die man erfahren hatte. Also zog er sich zurück und nahm sich vor, sein Wissen erst preiszugeben, wenn er spürte, dass es sich auch lohnte.

19. Kapitel

Am nächsten Morgen waren Bellas Gliedmaßen schwer wie Blei. So hatte sie sich nicht einmal nach jener Nacht gefühlt, als sie und Martin sich geliebt hatten. Die Angst, entdeckt zu werden, hatte sie zu solch großer Eile beim Klettern angetrieben, dass sie sich wohl ein paar Muskeln gezerrt hatte.

Außerdem meldete sich der Kratzer an ihrer Hand zurück. Seufzend betrachtete sie ihn im Morgenlicht und dachte wieder an ihr Vorhaben, Katrina wegen der Salbe aufzusuchen.

Allerdings erschienen wenig später auch schon die Mägde, diesmal ohne Oda. An ihre Stelle war Senna getreten, die sonst Hulda in der Küche zur Hand ging.

Die Mädchen knicksten vor Bella, und Lies eröffnete ihr: »Gnädiges Fräulein, Euer Vater wünscht, dass Ihr heute zusammen mit ihm das Frühstück einnehmt. Er hat Euch eine Mitteilung zu machen.«

Was das wohl sein wird?, dachte Bella niedergeschlagen, während sie sich wieder an den Reiter erinnerte, der in der Nacht auf den Hof geprescht war. Sie hatte den Hufschlag kurz vor dem Einschlafen vernommen und nicht mehr die Kraft gehabt, sich darüber den Kopf zu zerbrechen.

Das tat sie nun. Was Vater wohl von mir will? Hat er vielleicht schon einen neuen Bräutigam für mich ausfindig gemacht?, überlegte Bella. Furcht überkam sie, doch sie drängte das ungute Gefühl beiseite.

Nachdem sie sich aus dem Bett gequält und zur Waschschüssel begeben hatte, schmerzte jede einzelne Faser ihres Körpers. Das kalte Wasser machte es nicht besser.

Gegenüber den Mägden wollte sie sich allerdings nichts anmerken lassen, daher biss sie die Zähne zusammen und ließ zu, dass die Mädchen ihr das Haar bürsteten und ihr die Gewänder anlegten.

»Wo ist Oda?«, fragte Bella schließlich. »Sie hat mir doch sonst immer das Haar gebürstet.«

Im Silberspiegel, in dem sie sich betrachtete, verfolgte sie, dass sich die Mädchen seltsame Blicke zuwarfen.

Hatte die Geschichte etwa doch die Runde gemacht dank den langen Ohren von Lies?

»Nun redet schon!«, sagte sie unwirsch und verzog das Gesicht, als Senna mit dem Kamm an einem Nestchen in ihrem Haar hängen blieb. Tränen schossen ihr in die Augen, und sie versuchte sich einzureden, dass nur der Schmerz daran schuld sei. Dabei sorgte sie sich um Oda.

»Sie war heute Morgen verschwunden«, rückte Lies endlich mit der Sprache heraus.

Die Worte durchzuckten Bella wie ein Blitzschlag. »Verschwunden?«

»Ja, ihr Bündel war fort, und sie war nirgends in der Burg aufzutreiben.«

Die Grafentochter wusste darauf zunächst nichts zu sagen. Wollte das Mädchen sich wirklich auf den Weg zu Roland von Hohenstein machen? Oder ging sie zu einer Engelmacherin?

»Lasst mich jetzt allein«, sagte Bella nun und nahm Senna die Bürste aus der Hand. »Meine Haare kann ich auch selbst richten.«

Die Mägde sahen sich verwirrt an.

»Nun macht schon, geht, oder habt ihr sonst nichts zu tun? Es gibt momentan keinen Heiratswerber oder Bräutigam, bei dem ich Eindruck schinden muss.«

Die Mägde knicksten eilig und verließen den Raum.

Bella sah ihnen einen Moment lang nach, dann schleuderte sie die Bürste wütend von sich. Warum ist diese Welt so?, fragte sie sich. Warum sind nur wir Frauen immer im Nachteil? Entweder werden wir verhökert oder geschwängert, und anschließend will es kein Mann gewesen sein.

Seufzend erhob sie sich und trat ans Fenster. Gegenüber, vor dem Stall, stand das Pferd des Boten. Es trug keinerlei Abzeichen am Sattelzeug, demnach konnte jeder beliebige Herr ihrem Vater eine Nachricht geschickt haben.

Bella wandte sich ab und schritt zur Tür, wo sie wie vereinbart anklopfte.

»Guten Morgen, gnädiges Fräulein«, begrüßte Heinrich Oldenlohe sie lächelnd, doch er erntete nichts weiter als einen eisigen Blick.

Dann wandte sie sich um und schritt dem Speisesaal entgegen. Der Wächter folgte ihr so leise wie ein Schatten.

Bella hatte erwartet, ihren Vater erneut mit verkrampfter Miene vorzufinden, aber an diesem Morgen wirkte er seltsam gelöst. Hatte er bereits zu dieser frühen Stunde zu viel Wein getrunken?

»Setz dich, mein Kind«, sagte er und deutete auf die lange Tafel.

Bella musterte ihn unbehaglich und ließ sich nieder.

»Ich weiß nicht, ob du es mitbekommen hast, aber in dieser Nacht ist ein Bote eingetroffen.«

Das Mädchen nickte und spürte ein leichtes Ziehen in der Magengegend, als es fragte: »Was für eine Nachricht hat er gebracht?«

»Eine sehr gute, möchte man meinen«, frohlockte der Graf und griff nach einem Stück Brot, das er in seine Morgensuppe stippte.

Zaghaft griff Bella ebenfalls nach dem Brot. Die Suppe dampfte ihr köstlich duftend entgegen, dennoch verspürte sie keinen Appetit.

»Der Herr von Hohenstein hat mir mitgeteilt, dass er es zutiefst bedauert, so überstürzt abgereist zu sein. Er will eine Heirat zwischen unseren Häusern erneut in Erwägung ziehen. Aus diesem Grund wird er uns in den nächsten Tagen noch einmal besuchen.«

Bella, die gerade einen Schluck Suppe kosten wollte, glitt der Löffel aus der Hand. Er fiel mitten in die Schüssel, worauf die warme Flüssigkeit aufspritzte und auf ihrem Kleid landete.

»Fürst von Hohenstein will noch einmal herkommen?«, fragte sie entgeistert. »Bitte, Vater, sagt mir, dass er Scherze macht.«

»Warum sollte der Fürst scherzen? Er hat sich die Sache überlegt und dir anscheinend verziehen. Das war sehr großzügig von ihm.«

Bella hatte plötzlich das Gefühl, nicht mehr richtig atmen zu können. Der Zorn schnürte ihr die Kehle zu. »Vater, dieser Mann hat versucht, mich zu schänden!«

»Ich bin sicher, dass er sich für den Fehltritt entschuldigen wird. Im Gegenzug wirst du dich nicht länger aufführen wie ein verzogenes Kind, sondern die Heiratswerbung ernst nehmen.«

Bella schossen die Tränen in die Augen. Hilflos hob sie die Arme, als wollte sie ihren Vater anflehen, brachte aber kein einziges Wort heraus. Was sollte sie nur tun? Warum sollte jetzt alles noch einmal von vorn beginnen?

»Woher stammt der Kratzer da?«, fragte der Graf unvermittelt, als hätte sich das Thema Heirat für ihn bereits erledigt. »Gestern hattest du den noch nicht.«

Als ob du mich gestern angesehen hättest, dachte Bella trotzig und fragte sich, wie er darauf kam. Immerhin konnte es ihm egal sein, ob sie sich verletzt hatte! »Ich habe mich an Mutters Brosche gekratzt«, schwindelte sie. »Meinem Brautgeschenk.«

»Die Brosche wirst du schon bald tragen können«, entgegnete der Graf und griff nach seinem Weinbecher.

Bella brach in Tränen aus. Sie hätte gern gewütet, geschrien und wäre aus dem Raum gelaufen, doch dazu fehlte ihr nach der zurückliegenden Nacht die Kraft. Sie weinte vor sich hin, leise und in dem Bewusstsein, dass sie ihren Vater ohnehin nicht damit rühren konnte.

Katrina war gerade dabei, ein paar Kräutersträuße am Fenster ihrer Hütte aufzuhängen, als Bella mit tränenverbrannten Wangen in ihre Hütte stürmte.

Der Kratzer an ihrer Hand war gar nicht der Grund für ihren Besuch, den hatte die junge Frau aufgrund der schockierenden Nachricht völlig vergessen.

»Kind, was ist denn passiert?«, fragte die Kräuterfrau, während sie Bella mit den Armen auffing und sich gleichzeitig ein wenig auf sie stützte, denn sie konnte jetzt unmöglich nach ihrem Stock greifen.

»Vater will mich noch immer mit Roland von Hohenstein verheiraten. Nach allem, was der Kerl mir angetan hat!«

Die Kinderfrau presste die Lippen zusammen, als müsste sie ein paar Worte daran hindern, hindurchzukommen.

»Jetzt weiß ich nicht, was ich tun soll«, klagte Bella weiter. »Ich will diesen Mann nicht, denn wenn ich sein Weib würde, könnte ich mit meinem Leben abschließen. Alles, was ich von ihm erwarten kann, sind Schläge und Erniedrigungen.« Ihren Worten folgte ein Schluchzen.

Katrina fühlte sich ebenso hilflos wie damals, als sie hatte zusehen müssen, wie ihre Herrin unter den Mühen der Geburt gestorben war. Wie gern hätte sie die Gräfin am Leben erhalten, wie gern hätte sie ihre eigene Seele gegeben, aber Gott hatte es nicht so gewollt. Offenbar hatte er auch nicht vor, den Grafen umzustimmen, damit er seiner Tochter einen Gemahl suchte, der besser war als dieser Fürst von Hohenstein. Besser für Bella.

»Kannst du nicht mit ihm reden, Katrina?«, fragte Bella nun. »Immerhin warst du die Vertraute seiner Gemahlin, bevor du meine Kinderfrau wurdest.«

Katrina seufzte schwer. »Ja, das war ich. Doch wie du siehst, ist davon nichts weiter geblieben als meine Anwesenheit hier. Dein Vater hat in den Jahren, in denen du im Kloster warst, fast alle Erinnerungen verbannt. Er hat die Räume deiner Mutter zwar unverändert gelassen, ihre Kleider und persönlichen Dinge jedoch alle verschenkt. Er hat sogar deinen Kater zu einem Bauern weit entfernt von hier gebracht, nachdem das arme Tier tagelang vor deiner Kammer gesessen und erbärmlich miaut hat.«

Bei diesen Worten blickte Bella auf. »Vater hat Peterle verschenkt?«

Katrina nickte überrascht. »Hat er dir das nicht erzählt?«

Die junge Frau schüttelte den Kopf. »Nein, er hat behauptet, Peterle sei getötet worden.«

Die Kinderfrau seufzte, sagte aber nichts dazu. »Komm,

setz dich zu mir, wenn du magst«, meinte sie schließlich und zog Bella mit sich zu dem kleinen Tisch, auf dem die Kräuter immer noch bunt verstreut lagen. »Während ich die Sträuße binde, fällt mir vielleicht ein, was ich für dich tun kann. Aber erwarte bitte keine Wunder. Auch wenn der Graf mein Kräuterwissen sehr schätzt, bin ich doch auf seine Gnade angewiesen, und die habe ich neulich schon aufs Spiel gesetzt, als ich dir das Gesicht mit Ruß beschmiert habe.«

Bella nickte und ließ sich auf dem zweiten Schemel am Tisch nieder. Ihre Tränen trockneten allmählich, und auch das Schluchzen verschwand, das Gefühl, eine Eisenklammer ums Herz zu tragen, blieb allerdings. So sehr Katrina es auch wollte, sie würde nicht auf den Grafen einwirken können, wurde ihr auf einmal klar.

Während sie zusah, wie aus den Kräuterstängeln ordentliche Gebinde wurden, kam ihr in den Sinn, dass ihr vielleicht nur einer helfen konnte. Der, den sie heute Nacht wieder treffen wollte.

Am Abend erschien Bella vollkommen aufgelöst an ihrem Treffpunkt. Bevor Martin fragen konnte, was los sei, warf sie sich ihm in die Arme und barg ihr Gesicht schluchzend an seinem Hals.

Der Gedanke, dass sie vielleicht schwanger geworden sein könnte, durchfuhr ihn siedend heiß, denn er erinnerte sich noch gut an die Geschichte von der Magd.

Dann sagte sie jedoch: »Mein Vater hat Nachricht von Roland von Hohenstein erhalten. Der Fürst will an seinem Heiratsversprechen festhalten. In zwei Tagen kommt er mich holen!«

Martin schnappte fassungslos nach Luft. Das konnte es doch nicht geben! Empfand der Graf etwa so wenig Liebe für seine Tochter, dass er noch immer in Erwägung zog, sie mit diesem Wüstling zu vermählen?

Fest presste er das Mädchen an sich und versuchte den Zorn, der in ihm aufstieg wie ein wütender Adler, im Zaum zu halten. »Beruhige dich«, raunte er ihr sanft ins Ohr, während er ihr übers Haar strich. »Wir werden schon einen Weg finden.«

Bella löste sich halb aus seiner Umarmung und blickte ihn anklagend an. Ihre tränennassen Augen leuchteten wie zwei Edelsteine, in die ein Strahl Mondlicht fiel. »Einen Weg finden?«, fragte sie, während ihr gesamter Körper unter wildem Schluchzen erzitterte. »Was für einen Weg willst du denn finden?«

Martin presste die Lippen zusammen, als müsste er die Worte daran hindern, ins Freie zu gelangen. Einen Gedanken hatte er bereits. Doch wäre Bella bereit, diesen Schritt zu wagen? Wäre er dazu bereit? Immerhin war er seinem Vater nach wie vor verpflichtet, und solange dieser den Ableger des Rebstockes nicht hatte, würde er keine Ruhe geben.

Die Verzweiflung auf ihrem Gesicht ließ ihn alle Scheu beiseiteschieben. »Wir könnten von hier fortgehen, noch heute Nacht.«

»Wohin?«

»Auf die andere Seite des Flusses. Meinetwegen auch weiter nach Süden. In Italien gibt es ebenfalls wunderbare Weinberge. Du müsstest nur bereit sein, die Fesseln deiner Herkunft abzulegen und zu einer gewöhnlichen Frau zu werden.«

Bella sah ihn zunächst erstaunt an, dann beugte sie sich vor und gab ihm einen leidenschaftlichen Kuss. »Ich bin bereit, alles abzulegen«, sagte sie, als sich ihre Lippen wieder voneinander lösten. »Bin bereit, eine einfache Frau zu sein.«

»Und dein Weinberg?« Martin deutete auf die Rebstöcke, die im Nachtwind leise raunten.

Bella ließ einen sehnsuchtsvollen Blick über das Weinlaub schweifen. »Er wird mir sehr fehlen. Aber wenn ich zwischen ihm und dir wählen muss, dann entscheide ich mich für dich.«

»Gut, lass uns keine Zeit verlieren.« Er umfasste ihre Hand und zog sie mit sich.

Kurz noch flammte der Gedanke an den Ableger des Weinstocks in ihm auf, doch dann sagte er sich im Stillen: Zum Teufel damit! Alles, was ich brauche, habe ich an meiner Hand. Der Rest wird sich finden.

Es war alles andere als klug, sich ohne Gepäck auf den Weg zu machen, nur mit den Kleidern, die sie am Leib trugen. Aber nun war es eben so.

»Lass uns zur Fähre gehen«, schlug Bella vor, als sie einen Großteil des Weinbergs hinter sich gelassen hatten.

»Zur Fähre? Willst du etwa hinüber ins Feindesland?«

Bella nickte. »Ja, wenn ich auf dieser Seite bleibe, werde ich mich stets danach verzehren, den Weinberg noch einmal zu sehen. Das darf auf keinen Fall passieren, hörst du?«

So, wie sie die Worte vorbrachte, hegte Martin keinen Zweifel daran, dass sie es ernst meinte. »Du weißt, dass der Fährmann nicht immer auf der richtigen Seite des Flusses ist.«

Bella nickte. »Ja, ich habe es nicht vergessen. Adam Höllerich hat seine Prinzipien, und denen folgt er treu wie ein alter Hund dem Befehl seines Herrn. Dennoch sollten wir es versuchen.«

Dem Burschen, der der Grafentochter erneut heimlich gefolgt war, stand der Mund offen. Scharf sog er die Luft ein, so dass er um ein Haar die Spinne verschluckt hätte, die sich an seinem Haar heruntergelassen hatte.

Prustend scheuchte er das Tier weg und starrte auf das Weinlaub.

Eigentlich war er in der Hoffnung hergekommen, noch mehr Wissen anzuhäufen, das er für bare Münze an den Grafen bringen konnte. Doch nun sah er, wie die beiden den Hang hinuntereilten – in Richtung Fluss. Und er wusste nun auch, um wen es sich bei dem Galan der Grafentochter handelte.

Von dem, was sie miteinander gesprochen hatten, hatte er nur wenig mitbekommen. Immerhin hatte er verstanden, dass sie keinen gewöhnlichen Spaziergang machen wollten. Nein, der Kerl, mit dem sich Bella heimlich traf, hatte sie zum Weglaufen angestiftet!

Diese Erkenntnis lähmte ihn einen Moment lang, dann ließ sie ihn auf dem Absatz kehrtmachen und zurück in die Burg laufen.

Na warte, Freundchen, ging es ihm hämisch durch den Sinn. Diesmal wird dich der Graf nicht einfach davonjagen. Diesmal wird er dir den Kopf abschlagen lassen.

Ein hartes Klopfen an seiner Tür riss Heinrich Oldenlohe aus dem Schlaf. Der war aufgrund eines Traumes, der den Leibwächter zurück in den Krieg und zu der brennenden Kirche gebracht hatte, in der seine Milena gestorben war, zwar nicht besonders gut gewesen, dennoch murrte er, als er sich auf seiner Bettstatt herumwälzte.

Doch der Störenfried gab keine Ruhe. »Herr Oldenlohe«, rief eine Männerstimme. »Bitte wacht auf. Es geht um die Tochter des Grafen!«

Die letzten Worte wirkten wie ein Peitschenhieb auf den Kurier des Grafen. Augenblicklich fiel die Müdigkeit von ihm ab, und er sprang auf die Füße. Während er sein Hemd hastig in die Beinkleider schob, eilte er zur Tür und öffnete.

Vor der Schwelle stand Thomas, einer von Bernhard Wackernagels Knechten. Er war kein besonders heller oder freundlicher Kopf, aber Heinrich Oldenlohe hatte weiter nichts mit ihm zu tun.

»Was ist mit dem gnädigen Fräulein?«, fragte er, während er den Blick durch den Gang schweifen ließ.

»Ich glaube, sie ist entführt worden.«

»Entführt?«

Heinrich Oldenlohe stellten sich die Nackenhaare auf. Die Behauptung klang absurd, wer war schon so verrückt, Bella von Katzenburg zu rauben? Doch etwas sagte ihm, dass die Behauptung des Burschen nicht ganz falsch war. »Von wem wurde sie denn entführt?«

»Von dem Jungen, den der Kellermeister angestellt hat. Der Rüben… Ich weiß nicht, wie er heißt.«

Der Waffenmeister zog die Augenbrauen hoch. Ist der Junge närrisch oder betrunken?, fragte er sich. Angestellt hatte der Kellermeister in den vergangenen Wochen sehr viele junge Männer. Welchen davon meinte er? Und was hatte das mit Rüben zu tun?

Thomas schien den erstaunten Blick des Boten mitbekommen zu haben, denn er setzte hinzu: »Es ist der Kerl, der den Fürsten angegriffen hat.«

Damit konnte Heinrich Oldenlohe schon eher etwas anfangen. Damit wurde die Nachricht aber auch auf bedrohliche Weise real. Hatte Roland von Hohenstein vielleicht recht mit der Behauptung, dass der Bursche mit Bella …

»Zur Seite!«, rief er und stieß den Knecht grob aus dem Weg. Dann rannte er wie von Sinnen den Gang entlang, eilte ein paar Treppen hinauf und erreichte schließlich die Kemenate der Grafentochter. Der davor postierte Wächter schlief tief und fest.

»Aufwachen, Mann!«, fuhr er den Uniformierten an, verzichtete jedoch darauf, ihn am Kragen zu packen und wachzurütteln. Stattdessen drückte er die Türklinke herunter.

Auf den ersten Blick wirkte nichts verdächtig. Aber Heinrich Oldenlohe nahm sogleich einen Luftzug wahr. Das Fenster stand zwar nicht sperrangelweit offen, doch geschlossen war es auch nicht. Mit angehaltenem Atem stürzte er zum Bett und riss die Decke weg. Was zunächst so ausgesehen hatte, als läge das Mädchen darunter, entpuppte sich als Finte. Bella hatte ein Wildschweinfell darunter drapiert.

Wütend schleuderte der Waffenmeister die Bettdecke von sich und rannte zum Fenster. Sofort gewahrte er den Strick, der am Fensterkreuz festgemacht war. Er erinnerte sich daran, dass Bella die Flucht aus diesem Raum schon einmal auf ähnliche Weise gelungen war – damals mit einem Laken.

Woher hatte sie das Seil? Hatte es ihr eine der Mägde besorgt? Oder hatte sie vielleicht die Wachen bestochen?

Diese Fragen marterten Heinrich Oldenlohe, während er das Seil betrachtete und zugleich darüber erstaunt war, dass Bella diese gefährliche Aktion gewagt hatte.

Da klagt unser Herr über einen fehlenden Sohn, und seine Tochter hat das Mark, einfach einen Turm hinunterzuklettern, ging es ihm durch den Kopf. Allerdings stand es ihm nicht an, darüber zu urteilen, was der Graf mit seiner Tochter tat, und so löste er sich vom Fenster und eilte den Gemächern des Grafen entgegen.

Rudolph von Katzenburg hatte sich gerade zu Bett begeben, als ein Klopfen an der Tür ihn aus dem Schlaf riss.

»Was gibt es?«, fragte er und richtete sich auf. Seine Glieder schmerzten von der unbequemen Lage, die ihm das Kissen verschafft hatte, und auch sonst spürte er das Alter seit einigen Tagen mehr als sonst in den Knochen.

Heinrich Oldenlohe trat ein. Obwohl sein Gesicht nur im Mondschein auszumachen war, konnte der Graf ihm ansehen, dass etwas Schlimmes passiert war. »Euer Gnaden, Eure Tochter ist verschwunden.«

Die Meldung wehte die Müdigkeit und auch das Stechen in Graf von Katzenburgs Körper hinfort. Augenblicklich erhob er sich und sprang aus dem Bett. »Wie konnte das passieren?«

»Sie ist über ein Seil aus ihrem Zimmer geklettert.«

Heinrich Oldenlohes Worte ließen das Herz des Grafen zusammenkrampfen. Er hätte sich einreden können, dass Bella wieder nur in den Weinberg gelaufen war, doch tief in seinem Herzen wusste er, dass sie diesmal wirklich fort war. Nach ihrem Ausbruch am vergangenen Tag hätte er damit rechnen müssen.

»Einer unserer Knechte will gesehen haben, dass der Bursche bei ihr war, den Ihr vor einigen Tagen fortgeschickt habt«, fuhr Heinrich Oldenlohe nach kurzer Überlegung fort.

Rudolph von Katzenburg hatte sofort ein Bild vor Augen. Der unverschämte Kerl, der seine Tochter im Weinberg angesprochen hatte und der den Fürsten angegriffen hatte.

In den vergangenen Tagen hatte der Graf so etwas wie Bedauern verspürt, dass er den Jungen gestraft hatte, denn ohne ihn hätte Roland von Hohenstein tatsächlich seine Tochter geschändet. Aber sein Stolz war zu groß, um das zuzugeben – erst recht gegenüber Bella!

Ich hätte sie im Kloster lassen sollen, durchzuckte es ihn. Ich hätte sie dort einfach vergessen sollen. Dann wäre sie jetzt in Sicherheit, und ich hätte meinen Seelenfrieden.

»Nehmt die Hunde, Herr Oldenlohe«, wandte er sich an seinen Boten, ohne den Blick vom Fenster abzuwenden. »Lasst sie an etwas riechen, das meiner Tochter gehört. Und dann sucht sie und bringt sie mir zurück.«

»Was soll mit dem Jungen geschehen?«

Rudolph von Katzenburg ließ sich nur einen Herzschlag Zeit, um eine Entscheidung zu treffen. »Tötet ihn!«, sagte er dann.

Seit sie den Weinberg hinter sich gelassen hatten, gingen Bella und Martin schweigend nebeneinander. Zu viele unterschiedliche Gedanken kreisten in ihrem Verstand, außerdem fürchteten beide, das kleinste Wort könnte ihren Plan zum Scheitern verurteilen.

So war die einzige Verständigung zwischen ihnen das gleichförmige Knirschen der Kiesel unter ihren Schuhen. Aber das schien ihnen zu genügen. Vor ihnen lag die Dunkelheit, die der beginnende Morgen an den Rändern bereits auffaserte. Wenn sie erst einmal über den Fluss übergesetzt hatten, konnten sie ein neues Leben beginnen – und auch wieder miteinander reden.

Doch bei der Stille blieb es nicht.

Lauter Hufschlag zerstörte die morgendliche Stille, Äste knackten, und Büsche raschelten, als die massigen Pferdeleiber durch das Laub brachen, und dazwischen klirrte Waffenstahl. Eine Hundemeute begleitete die Reiter kläffend und scheuchte die Waldtiere zurück ins Unterholz.

Bella wusste nur zu gut, was das zu bedeuten hatte.

»Wir müssen den Weg verlassen!«, rief sie Martin zu, der angesichts der Geräusche erstarrt war. »Schnell, sonst finden sie uns!«

Sogleich stürmte der Bursche los, fasste Bella bei der Hand und zog sie mit sich. Sie verließen den Weg und schlugen sich ins Unterholz.

Noch nie zuvor in ihrem Leben war Bella von solch großer Angst übermannt worden. Nicht einmal in dem Augenblick, als Roland von Hohenstein sie in den Stall gezerrt hatte. Sie wusste, was ihnen blühte, wenn die Häscher ihres Vaters sie erwischten. Besonders Martin würde es hart treffen. Der Graf würde diesmal keine Gnade mit ihm haben und ihn einfach umbringen lassen.

»Wäre es nicht besser, wenn wir uns verstecken?«, fragte Martin, während sie weiter in Richtung Fluss rannten.

Die Zweige der umstehenden Büsche peitschten ihnen entgegen, als wollten sie die beiden aufhalten.

Bevor Bella Martins Frage beantworten konnte, trat sie fehl und fiel ins Laub. Der Junge wäre beinahe mitgerissen worden, schaffte es allerdings, auf den Füßen zu bleiben.

Bella stöhnte auf, als Martin an ihr zerrte, aber sie fing sich kurz darauf wieder. Noch ein wenig humpelnd, setzte sie ihren Weg fort, und Martin sah nun ein, dass sein Vorschlag dumm war. Es gab kein Versteck, an dem die Hunde sie nicht fanden. Doch auch Davonlaufen nützte ihnen nicht viel. Die Geräusche schienen sie mittlerweile wie drohende Hände zu umschließen.

»Sie werden uns kriegen, heilige Mutter Gottes hilf uns!«, flüsterte Bella mit vor Angst weit aufgerissenen Augen. Heftige Atemzüge schnürten ihr Brust und Hals zusammen, und nur schwerlich konnte sie gegen das kraftlose Zittern in ihren Gliedern ankämpfen. Ihre Knie schmerzten noch immer von dem Sturz, aber das war nichts gegen die Furcht, die in ihren Eingeweiden um sich biss.

»Das werden sie nicht«, entgegnete Martin, während er den Weg zurückblickte, den sie gekommen waren. Dabei tastete er nach ihrer Hand, die so eiskalt und feucht war wie die einer Wasserleiche. Er umschloss sie fest und sah Bella tief in die Augen. »Hörst du, sie werden uns nicht erwischen!«

Bellas Miene blieb zweifelnd. Doch Zeit, um sich darüber zu streiten, hatten sie nicht. Die Anlegestelle konnte nicht mehr weit entfernt sein, und hinter ihnen wurden die Geräusche lauter.

Wie lange werden wir uns den Verfolgern noch entziehen können?, durchzuckte es Bella, und sie war versucht, ihren Schritt zu bereuen. Aber nur beinahe. Letztlich wusste sie, dass sie sich, wenn sie noch einmal vor der Wahl stünde, genau so entscheiden würde.

Wären die Hunde nicht, so stünden ihre Chancen besser, doch so konnten sie keinen Weg einschlagen, ohne dass die Tiere sie witterten.

Endlich tauchte das trübe Flussband zwischen den Bäumen auf, und auch die Anlegestelle der Fähre war bereits zu erahnen. Allerdings waren die Flüchtenden beinahe am Ende ihrer Kräfte. Bellas Beine zitterten, und die Angst schwächte sie zusätzlich. Auch in den Augen ihres Begleiters brannte nun die Verzweiflung.

Ein Gedanke hatte ihn plötzlich überkommen, eine bange Frage, deren Antwort darüber bestimmen würde, ob ihre Flucht gelang oder scheiterte.

Das Hundegebell ertönte nun direkt über ihnen. Die Tiere wirkten aufgeregt, offenbar waren sie sich ihrer Fährte sicher.

Während der brackige Geruch des Flusses in ihre Lungen strömte und ihre Füße beinahe in dem Uferschlamm versanken, rannten Martin und Bella in Richtung Anlegestelle.

Bitte, lieber Gott, mach, dass es da ist, flehte Martin stumm. Mach, dass wir von hier wegkommen, irgendwo hin, wo uns kein Arm erreichen kann.

Wenige Augenblicke später mussten sie jedoch zu ihrem Entsetzen feststellen, dass Gott ihnen nicht gewogen war. Die Anlegestelle war leer. Nur das Tau, mit dem das Floß festgemacht wurde, lag im Wasser und bewegte sich in der Strömung.

Als wäre die Erkenntnis nicht schockierend genug, brachen plötzlich die ersten Reiter hinter ihnen aus dem Wald. Die Hufe der Pferde versanken ebenfalls im Schlamm, was die kräftigen Tiere jedoch nicht aufhielt. Die Hundemeute, die sich deutlich schneller bewegen konnte, hetzte neben ihnen durchs Unterholz, und ein Knacken auf der gegenüberliegenden Seite signalisierte, dass dort ebenfalls jeden Augenblick Reiter auftauchen würden.

»Nein«, schrie Bella, während sich ihr Herz zu überschlagen drohte. »Nein, das darf nicht sein. Ich werde diesen Roland von Hohenstein nicht heiraten, und ich werde auch nicht zurückkehren.«

Innerhalb eines Atemzugs fällte sie eine Entscheidung. Wenn sie schon nicht mit dem Floß fliehen konnten, dann würden sie es eben auf andere Weise tun.

Mit überraschender Schnelligkeit wirbelte sie herum und lief auf den Fluss zu. Ihr Kopf war mit einem Mal komplett leer, und obwohl die Furcht ihr Herz rasen und ihre Schläfen schmerzen ließ, gab es für sie keinen Augenblick des Zögerns.

»Bella, nicht!«, hörte sie den Mann hinter sich rufen, doch da tauchte sie bereits in das Wasser ein.

Der Anblick der Grafentochter, die in den Fluten der Lahn unterzugehen drohte, ließ Heinrich Oldenlohe für einen Moment das Herz stocken. Sogleich kam er aber wieder zu sich, sprang aus dem Sattel und rannte zum Flussufer, wobei er sich im Laufen das Wams und den Schwertgurt vom Leib riss.

Was hat sich das Mädchen dabei nur gedacht?, schoss es ihm durch den Sinn. War das Bellas Idee oder die des Burschen?

Seine Männer hatten den Begleiter der Grafentochter bereits gestellt und schlugen auf ihn ein.

»Lasst noch etwas von ihm übrig!«, rief der Waffenmeister ihnen im Vorbeilaufen zu, dann sprang er in den Fluss. Die Strömung war an dieser Stelle nicht sonderlich stark, aber für jemanden, der nicht schwimmen konnte, konnte selbst das stillste Wasser zum Verhängnis werden.

Mit kräftigen Zügen näherte sich Heinrich Oldenlohe der Ertrinkenden, die mittlerweile verzweifelt mit den Armen um sich schlug. Schon einmal hatte der Bote jemanden aus dem Wasser retten müssen, doch das war lange her, und er wusste nicht, ob es ihm ein zweites Mal gelingen würde.

Er nahm all seine Kraft und seinen Mut zusammen, immerhin ging es hier um die Tochter seines Herrn. Auch wenn der Graf nicht das beste Verhältnis zu ihr hatte, würde er ihren Tod ganz sicher beweinen. Außerdem wäre die Familie Katzenburg dann endgültig dem Untergang geweiht.

»Nehmt meine Hand!«, rief er dem Mädchen zu, als er in Reichweite war.

Bella reagierte jedoch nicht. Was das bedeutete, wusste Heinrich Oldenlohe, und er wusste sofort, was zu tun war. Er schwamm neben sie, um sie unter den Armen zu packen und mit sich zu ziehen.

Als er schon glaubte, sie fassen zu können, wurde sie jedoch von einer Welle weggespült und versank schließlich in den Fluten. Der Waffenmeister schrie panisch auf, dann tauchte er ab und versuchte, sich im Wasser zu orientieren. Obwohl Bella nicht weit von ihm entfernt untergegangen war, konnte er sie im ersten Moment nicht erkennen. Er schwamm ein paar Züge stromabwärts und sah plötzlich etwas Weißes aufleuchten. Die Ärmel ihres Kleides!

Bella schien das Bewusstsein verloren zu haben, denn sie sank recht schnell. Oldenlohe tauchte ihr hinterher, und nach einer Weile bekam er sie bei der Hand zu fassen. Ihr Gewicht zerrte ihn zunächst mit in die Tiefe, und der Bote erkannte sogleich, dass es an ihrem schweren Wollmantel lag.

Obwohl ihm allmählich die Luft ausging, tastete er nach seinem Dolch und durchtrennte die Kordel, die den Mantel um Bellas Schultern zusammenhielt.

Der Mantel löste sich und versank in den Fluten. Von dieser Last befreit, schaffte es Oldenlohe, Bella mit nach oben zu ziehen. Es verlangte ihm alles ab, aber schließlich bekam er ihren Kopf über die Wasseroberfläche.

Am ganzen Körper zitternd schwamm er mit der bewusstlosen Grafentochter zum Ufer. Der Gedanke, dass Bella bereits ertrunken sein könnte, marterte ihn, doch er wollte ihn nicht zulassen.

Am Ufer angekommen, hob er sie sogleich auf die Arme und trug sie rasch an einen trockenen Fleck, wo er sie im Gras ablegte. Die Männer in der Nähe ließen von Martin ab und wandten sich ihm zu. Ebenso wie er sahen sie, in welchem Zustand Bella war. Das Gesicht der jungen Frau war leichenblass, ihre Lippen waren leicht bläulich.

Heinrich Oldenlohe zögerte nicht, drehte sie auf den Bauch und fing an, auf ihren Rücken einzudreschen. Die Männer beobachteten ihn halb staunend, halb besorgt. Einige von ihnen schlugen das Kreuzzeichen, denn sie fürchteten, dass Bellas Seele längst ausgefahren sei. Doch der Waffenmeister bemerkte nichts von alldem. Schließlich setzte er sich rittlings auf den Rücken der jungen Frau und walkte sie kräftig durch.

»Nun komm schon, mein Kind, spuck das Wasser wieder aus«, flüsterte er leise.

Als hätte sie die Worte vernommen, schreckte Bella plötzlich hoch und begann erstickt zu husten. Wasser floss ihr aus Mund und Nase, ihr Gesicht lief hochrot an, und schließlich erbrach sie einen großen Wasserschwall.

»Bella!«, rief der Bote, doch das Mädchen hörte ihn nicht. Sie hustete sich noch immer die Seele aus dem Leib und spuckte Wasser.

Immerhin ist sie am Leben, dachte Heinrich Oldenlohe erleichtert, während er von ihr herunterstieg und sie vorsichtig zur Seite drehte. Von allem anderen wird sie sich schon wieder erholen.

Als sie aufgehört hatte zu husten, hob er vorsichtig ihren Oberkörper an. Ihre Lippen waren jetzt wieder rosig, die Wangen hingegen waren noch immer blass. Bella hielt die Augen geschlossen, bewegte aber den Mund, als wollte sie etwas sagen.

»Martin«, flüsterte sie schließlich. »Wo bist du?«

Heinrich Oldenlohe blickte sie überrascht an, dann sah er zu den Männern hinüber. Offenbar hatte der Bursche die Grafentochter doch nicht entführt, sie war ihm vielmehr freiwillig gefolgt. Wieder musste er an den Abend denken, als er den Jungen vor dem Zorn Roland von Hohensteins bewahrt hatte. Er zweifelte nicht daran, dass der Fürst versucht hatte, Bella zu schänden. Sein Herr sah das zwar anders, weil er in dem Königsgünstling immer noch den idealen Schwiegersohn sah.

Er dagegen, der Kurier, der schon vieles im Leben gesehen hatte, wusste nur zu gut, wie rasend ein Mann werden konnte, wenn man ihn davon abhielt, seiner Lust nachzugeben. Auch glaubte er dem Wort der Grafentochter, weil er spürte, dass sie eine reine Seele hatte. Eine Seele wie die seiner Milena.

Nur welchen Eindruck machte es nun, dass sie mit ihrem Retter verschwunden war? Würde der Graf nicht sofort mutmaßen, dass dieser Martin der Schuldige war?

Das glaubt er ohnehin längst, bestätigte ihm eine kleine Stimme in seinem Innern. Sonst hätte er dir nicht den Befehl gegeben, den Jungen zu töten.

»Gnädiges Fräulein, könnt Ihr mich hören?«, fragte er Bella, nachdem er ihr kurz über das Gesicht gestrichen hatte. Ihre Wangen waren noch immer eiskalt, und es wurde Zeit, dass sie auf die Burg kam, bevor sie sich eine Krankheit einhandelte.

Die junge Frau antwortete nicht. Ihre Lippen bewegten sich zwar noch, aber nur wie im Traum. Offenbar hatte sie erneut das Bewusstsein verloren.

Da ihr Atem regelmäßig ging und auch ihr Herzschlag vernehmbar war, als der Bote sein Ohr an ihre Brust legte, erhob er sich und winkte einen seiner Gefolgsleute herbei. »Zieh eine Satteldecke von einem der Pferde und wickele das gnädige Fräulein darin ein. Dann wachst du über sie und rufst mich, falls ihr Atem stockt.«

Der Soldat nickte und verschwand, um das Gewünschte

zu holen. Als Bella in die Satteldecke eingeschlagen war, ging der Waffenmeister zu den anderen Männern hinüber. Diese umringten noch immer den Jungen, der sich mittlerweile kaum noch rühren konnte.

Wie Heinrich Oldenlohe erkannte, fehlte nicht mehr viel, bis sie ihn totgeschlagen hätten. Einer seiner Leute hatte gar sein Schwert gezogen und hielt es bereit, um dem Jungen den Todesstoß zu versetzen. Allerdings schien ihn nicht allein die Weisung des Boten davon abzuhalten.

»Der hier behauptet, der Sohn des Grafen von Bärenwinkel zu sein«, sagte einer der Söldner, das Schwert auf die Brust des jungen Mannes gerichtet, der mittlerweile völlig zerschlagen war. »Was ist, sollen wir ihn töten?«

Heinrich Oldenlohe kniff die Augen zusammen, dann ging er neben dem Burschen in die Hocke. »Ist das wahr?«, fragte er, während er Martins Kopf grob zur Seite drehte und ihn zwang, ihm in die Augen zu blicken. »Bist du Graf von Bärenwinkels Sohn?«

»Ja, der bin ich«, antwortete Martin.

Dem Waffenmeister war klar, dass es schlimme Folgen haben würde, wenn er den Sohn des Grafen tötete. Der Streit, der zwischen der Familie Bärenwinkel und seinem Herrn schwelte, konnte sich jederzeit zu einem Krieg auswachsen.

Doch sagte der Bursche die Wahrheit?

»Kannst du beweisen, dass du der Sohn des Grafen bist?«

Der Junge schüttelte den Kopf. »Sagt meinem Vater Bescheid, der wird mich erkennen«, nuschelte er dann, denn seine Oberlippe war bereits heftig geschwollen.

Heinrich Oldenlohe betrachtete das Gesicht des Jungen. Die Blutergüsse und das verkrustende Blut hatten ihn entstellt, doch als seine Augen eine Weile auf ihm geruht hatten, erkannte er zwar keine Ähnlichkeit mit Gernot von Bärenwinkel, wohl aber mit dessen Gemahlin, die vor einigen Jahren verstorben war.

»Lasst ihn am Leben«, beschied er also und erhob sich. Das war gegen die Anweisung seines Herrn, aber in diesem Fall konnte es durchaus verheerend sein, wenn er seinem Befehl folgte.

Rudolph von Katzenburg stand auf dem Bergfried und blickte hinunter auf den Weg, der zur Burg führte. Hier oben war es ziemlich zugig, der schneidende Herbstwind zerrte wild an seinen Locken und schnitt ihm ins Gesicht.

Vielleicht hätte ich mitreiten sollen?, ging es ihm durch den Sinn. Ärgerlich krallte er die Hände in die Steine vor ihm.

Bis jetzt war von seinen Männern nichts zu sehen. Hatten Bella und dieser Bursche es tatsächlich geschafft, zu entkommen? Oder hielten sie sich irgendwo tief in den Wäldern verborgen? Letzteres bezweifelte der Graf, denn seine Hunde waren in der Lage, jedes noch so verborgene Wild aufzustöbern, wenn man sie erst einmal an einem Fellstück oder an Blut hatte schnuppern lassen. Allerdings konnten die Tiere nichts gegen das Wasser ausrichten, denn darin verloren sich alle Spuren.

Ob der Fährmann diesmal auf der richtigen Seite war?

Er wusste nur allzu gut, dass Adam Höllerich unberechenbar war. Alle Versuche, ihn dazu zu bewegen, auf dieser Seite des Flusses zu bleiben und nach erfolgtem Übersetzen wieder zurückzukehren, waren bislang gescheitert. Den Mann lockten weder Versprechungen noch Gold. Er legte größten Wert auf seine Freiheit und wechselte die Seiten, wie es ihm beliebte.

Fast schon fürchtete der Graf, dass der Fährmann die

Flüchtigen übergesetzt haben könnte, als plötzlich Hundegebell ertönte.

Die Meute lief den Reitern voraus, die in kurzem Abstand folgten. Seltsamerweise trieben die Männer ihre Tiere an, als wäre der Teufel hinter ihnen her. Allen voran ritt Heinrich Oldenlohe, vor sich ein braunes Bündel. An den durchnässten Locken erkannte Rudolph von Katzenburg seine Tochter.

Sogleich erfasste ihn tiefe Sorge. War etwas geschehen? War sie vielleicht tot?

Ohne auf die anderen Reiter zu achten, wirbelte der Graf herum und stürmte zur offenen Luke, die zur Treppe führte. Beim Abstieg verfluchte er die schmalen Stufen, die es ihm verwehrten, zu rennen. Er verfluchte auch den Mantel, dessen Saum ihm immer wieder zwischen die Beine geriet und seine Schritte weiter verlangsamte. Als er die große Halle erreicht hatte, kam ihm Heinrich Oldenlohe mit seiner Tochter bereits entgegen.

Graf von Katzenburg schnappte erschrocken nach Luft, denn Bellas Haar war von Schlamm verklebt, und ihre durchnässten Kleider waren nur halb getrocknet. Einen Schuh hatte sie verloren, und der nackte Fuß war, abgesehen von ein paar Schmutzkrusten, so bleich wie ihr Gesicht.

»Sie ist am Leben«, sagte Heinrich Oldenlohe, als hätte er die Gedanken des Grafen lesen können. »Ich habe sie aus dem Fluss gefischt. Man sollte sie so schnell wie möglich von den klammen Kleidern befreien.«

Der Graf überlegte nicht lange. »Holt Katrina her, sie soll sich um meine Tochter kümmern«, rief er den Männern zu, die dem Waffenmeister gefolgt waren.

»Komm mit«, sagte er dann und schritt voran zu Bellas Gemächern. Unter seine anfängliche Erleichterung mischte sich allmählich Zorn. Wie hatte sie nur von hier weglaufen können?

In der Kemenate angekommen, schlug der Graf die Vorhänge des Bettes beiseite, und Heinrich Oldenlohe legte die junge Frau auf den Laken ab.

»Was ist mit dem Burschen, der bei ihr war?«, fragte Rudolph von Katzenburg, nachdem er Bella kurz betrachtet hatte.

»Den habe ich am Leben gelassen«, entgegnete Heinrich Oldenlohe, und bevor sein Herr zu toben beginnen konnte, fügte er rasch hinzu: »Ihr werdet es nicht glauben, wer dieser kleine Schelm ist.«

»Schelm?«, brauste der Graf auf. »Er ist ein Taugenichts, Abschaum! Er hat meine Tochter zu dieser Dummheit verleitet. Ich hatte dir ausdrücklich befohlen, ihn zu töten.«

»Bei Gott, das hätte ich auch getan«, hielt Heinrich Oldenlohe furchtlos dagegen. »Wenn er nicht der Sohn des Grafen von Bärenwinkel wäre.«

Rudolph von Katzenburgs Schimpf versiegte augenblicklich in seiner Kehle. »Gernot von Bärenwinkels Sohn?«, fragte er, doch bevor der Waffenmeister darauf antworten konnte, wurde bereits die Tür aufgerissen.

Katrina humpelte herein, und als sie Bella sah, schnappte sie erschrocken nach Luft. »Was ist mit ihr geschehen?«

»Sie ist in den Fluss gesprungen und von der Flut weggerissen worden«, antwortete Heinrich Oldenlohe. »Ich konnte sie gerade noch aus dem Wasser ziehen.«

»Habt Ihr dafür gesorgt, dass das Wasser aus ihrem Körper kommt?« Die Kinderfrau stellte den Stock beiseite und beugte sich über Bella.

»Ja, sie hat eine ganze Menge davon ausgehustet.«

»Gut, dann möchte ich Euch nun bitten, uns allein zu

lassen. Auch Euch, Euer Gnaden.« Sie wandte sich dem Grafen zu und entdeckte in seinem Blick etwas, das ihr nicht gefiel. War es Rachsucht? Oder Hass? All diese Gefühle konnte er doch unmöglich seiner Tochter entgegenbringen!

Im nächsten Augenblick verließen Rudolph von Katzenburg und Heinrich Oldenlohe die Kemenate.

Katrina rief die Mädchen herbei, die erschrocken an der Tür stehen geblieben waren. »Nun kommt schon herbei und ziert euch nicht wie die Jungfern! Ich kann jede Hand gebrauchen.«

Die Mägde kamen zu ihr gelaufen, und mit ihrer Hilfe entkleidete die Kinderfrau ihren Schützling.

»Ach, mein Kind, was hast du nur im Sinn gehabt?«, murmelte sie, während sie Bella zwischendurch immer wieder über die Wangen strich. Eine Antwort bekam sie zwar nicht, aber Katrina hoffte, dass Bella sie ihr geben würde, wenn sie wieder genesen war.

20. Kapitel

Gernot von Bärenwinkel hatte sich nichts weiter dabei gedacht, als Giacomo wie jeden Sonnabendmorgen zurückkehrte, nachdem er auf Martin gewartet hatte. Doch diesmal war alles anders.

Der Italiener stürmte schnaufend und mit hochrotem Gesicht ins Speisezimmer. »Euer Gnaden! Ich fürchte, es gibt Schwierigkeiten.«

»Welcher Art?«, wollte Graf von Bärenwinkel wissen, während er weiter seine mit Honig gesüßte Grütze aß.

»Graf von Katzenburgs Leute haben Euren Sohn gefangen genommen.«

Der Graf verschluckte sich. Hustend und mit hochrotem Kopf mühte er sich, den in die falsche Kehle geratenen Brei loszuwerden, und schließlich wurde es so schlimm, dass Giacomo ihm beispringen und auf den Rücken klopfen musste.

Glücklicherweise konnte der Graf sogleich wieder durchatmen. »Du willst mich wohl umbringen!«, fuhr er seinen Spion an und schlug dessen Hand weg. »Was sind das denn für Nachrichten, die du da bringst?«

»Nachrichten, für die ich nichts kann, Herr«, entgegnete Giacomo und hob beschwichtigend die Hände. »Allerdings ist es wahr, Euer Sohn ist gefangen genommen worden.«

Graf von Bärenwinkel schnaufte. Ob aus Zorn oder

weil er sich von seinem Hustenanfall noch immer nicht erholt hatte, war für den Spion nicht eindeutig ersichtlich.

»Dieser Dummkopf! Vielleicht hätte ich doch lieber dich schicken sollen.«

»Es wird kaum daran gelegen haben, dass Euer Sohn sich dumm angestellt hat, Euer Gnaden«, sagte Giacomo. »Als sie ihn gefangen nahmen, war er in Begleitung eines Mädchens. Eines sehr hübschen Mädchens. Ich glaube sogar, dass es sich um die Tochter des Grafen gehandelt hat.«

Gernot von Bärenwinkel stellte den Becher, nach dem er gegriffen hatte, rasch wieder ab. Einmal halb zu ersticken reichte ihm an diesem Morgen. »Du meinst, er war mit Graf von Katzenburgs Tochter unterwegs?«

Giacomo nickte. »Und nicht nur das. Offenbar wollte er sie entweder entführen oder mit ihr fliehen.«

Es war reiner Zufall gewesen, dass er Zeuge der Jagd geworden war. Eigentlich hatte er gehofft, heute auf den Sohn seines Herrn zu treffen. Zwar hatte Martin sich seit dem ersten Mal nicht wieder blicken lassen, aber der Italiener hatte das darauf geschoben, dass der Junge kein Risiko eingehen wollte.

Da sich der Fährmann wie so oft auf der falschen Seite des Flusses befunden hatte, war Giacomo nichts anderes übrig geblieben, als sich auf den Steg zu setzen und Ausschau nach dem Floß zu halten.

Da hatte er dann alles gesehen.

»Bist du sicher?« Noch immer konnte Gernot von Bärenwinkel nicht glauben, was er da hörte. Immerhin hatte Rudolph von Katzenburg seine Tochter vor einigen Jahren ins Kloster geschickt. Die leise Hoffnung, dass es sich doch um einen anderen Burschen und ein anderes Mädchen gehandelt haben könnte, ward zunichte, als der

Spion antwortete: »Ja, ich bin mir ganz sicher. Es war zwar sehr früh am Tag, aber mein Augenlicht hat noch nicht unter meinem Alter gelitten.«

Graf von Bärenwinkel mahlte mit den Zähnen. Es interessierte ihn brennend, was Martin vorgehabt hatte.

»Wir werden nicht auf den unseligen Fährmann warten. Wozu haben wir ein eigenes Floß? Sag dem Hauptmann der Garde Bescheid, dass wir in einer Stunde übersetzen wollen. Ich werde mein Fleisch und Blut nicht diesem Hundsfott überlassen, auch wenn der Junge es für seine Dummheit weiß Gott verdient hat.«

Giacomo verbeugte sich und trat ab.

Graf von Bärenwinkel blickte ihm kurz nach, dann betrachtete er seufzend die Tafel vor sich. Gerade heute hatte er sich auf ein üppiges Frühstück gefreut und hatte eigens dafür geräucherten Aal, Kapaune und andere Köstlichkeiten auftragen lassen. Wozu bin ich am Ende gekommen?, fragte er sich bitter. Ich habe mich an der Grütze verschluckt. Und jetzt ist mir der Appetit vergangen.

Wütend sprang er auf und stürmte nach draußen. Er hatte eigentlich nicht vorgehabt, zu kämpfen, aber wenn Rudolph von Katzenburg Streit wollte, dann sollte er welchen bekommen.

Martin war sicher, dass sein letztes Stündlein geschlagen hatte. Er lag auf einem harten Steinfußboden, der nach Urin und Stroh stank.

Ohne die Augen zu öffnen, vermutete er im ersten Moment, dass sie ihn in den Kerker gebracht hatten. Irgendwo im Raum vernahm er ein leises Fiepen, das wahrscheinlich von einer Ratte stammte.

An den Ritt zur Katzenburg konnte er sich nur noch

schemenhaft erinnern. Wegen der vielen Schläge und Tritte, die ihm die Männer des Grafen verpasst hatten, hatte er einen üblen Geschmack nach geronnenem Blut im Mund und bekam die Augen nicht wirklich auf. Auch das Luftholen fiel ihm schwer. Es war, als hätten ihm die Männer mit ihren festen Stiefeln die Rippen gebrochen.

Das Letzte, was er gesehen und gehört hatte, war Heinrich Oldenlohe gewesen. Der Waffenmeister hatte ihn nach seiner Herkunft gefragt, nachdem er den Schlägern gedroht hatte, dass Martins Vater ihnen das Fell über die Ohren ziehen würde, wenn sie weitermachten.

Er wusste nicht einmal, was aus Bella geworden war. Hatte der Fluss sie mitgerissen? Wenn dem so war, beschloss er, sich nicht weiter auf seinen Vater zu berufen, sondern den Grafen gewähren zu lassen. Im Tode würde er seine Geliebte sicher wiedersehen.

Das dumpfe Knirschen von sich nähernden Schritten ertönte. Martin drehte nun doch den schmerzenden Kopf zur Seite und versuchte, die Lider zu heben. Ein Lichtschein durchschnitt die Dunkelheit und beleuchtete kurz eine Gestalt, von der Martin nur die Stiefel, einen Mantelsaum und ein Schwertgehänge erkennen konnte. Wenig später wurde ein Zuber dicht neben seinem Kopf abgestellt. Etwas Wasser schwappte heraus und traf sein Gesicht, woraufhin Martin die Augen wieder zusammenkniff.

»Wie ich sehe, bist du wach«, sagte eine Stimme.

Wenig später wurde er am Kragen hochgezogen, und erst jetzt merkte er, dass sich hinter ihm eine Mauer befand, an die er sich anlehnen konnte. Als die Hände ihn losließen, sank er in sich zusammen.

»Du hattest wirklich großes Glück«, fuhr die Stimme fort, die Martin nun als jene wiedererkannte, die ihn am

Fluss gefragt hatte, ob er beweisen könne, der Sohn des Grafen von Bärenwinkel zu sein.

Ehe er antworten konnte, fuhr ihm etwas Nasses durchs Gesicht. Offenbar ein Lappen, mit dem Heinrich Oldenlohe ihm das Blut von den Wangen wusch.

»Was soll das?«, fragte Martin, während er verzweifelt versuchte, in der Schwärze etwas zu erkennen.

Der Waffenmeister schien jedenfalls keine Schwierigkeiten damit zu haben. Haben die Männer des Grafen mich etwa so hart geschlagen, dass ich erblindet bin?, fragte der Junge sich.

Nach einer Weile flammte neben ihm ein neuerlicher Lichtschein auf. Diesmal kam er aber nicht von der Tür, sondern von einer Laterne, die ganz in der Nähe auf einem Tisch stand. Heinrich Oldenlohe hatte sich offenbar kurz erhoben und sie entzündet.

Immerhin bin ich nicht blind, schoss es Martin durch den Kopf, und im selben Augenblick fügte er mit Galgenhumor hinzu: Dann sehe ich wenigstens meinen Henker.

»Du willst doch sicher einen guten Eindruck machen, wenn ich dich zum Grafen bringe, oder?«, fragte Heinrich Oldenlohe, während er erneut mit dem Lappen an dem Jungen herumrieb.

»Zum Teufel mit dem Grafen!«, murmelte Martin. Allmählich konnte er verstehen, warum sein Vater den Mann so sehr hasste.

»Nun mal nicht so aufsassig, mein Lieber. Du hast großes Glück, dass mir Seine Gnaden nicht ein zweites Mal den Befehl gegeben hat, dich zu töten. Beim ersten Mal habe ich dich verschont, weil ich dachte, es könnte Folgen für den Frieden in dieser Gegend haben. Doch wenn er es ein zweites Mal gefordert hätte, hätte ich dir ein Messer ins Herz gestoßen, statt dir einen Lappen ins Gesicht zu reiben wie einem Kleinkind.«

Martin gab darauf nur ein Brummen von sich. Die einzigen Worte, die er hätte von sich geben wollen, wären ohnehin nur Flüche gewesen.

»Eines interessiert mich allerdings, und ich bin sicher, dass es auch der Graf wissen will«, fuhr Heinrich Oldenlohe fort, während er Martin notdürftig die Kleidung richtete. »Was hattest du die ganze Zeit über auf der Burg zu suchen? Warum hast du dich hier unter falschem Namen eingeschlichen?«

»Vielleicht, weil ich zur Abwechslung mal arbeiten wollte?«, gab Martin zurück.

Der Bote stieß daraufhin ein raues Lachen aus. »Deinen Humor haben wir wohl nicht aus dir herausgeprügelt, was?«

Martin drehte den Kopf zur Seite. Das kalte Wasser gab ihm immerhin das Gefühl, dass seine Augen zumindest ein wenig abschwollen. Sein Blick wurde klarer, so dass er erkennen konnte, dass er sich keineswegs im Kerker befand, sondern in einem gewöhnlichen Kellerraum.

»Also, warum warst du hier? Hat dir dein Vater den Auftrag gegeben, das gnädige Fräulein zu entführen?«

Obwohl solch ein Vorschlag durchaus von seinem Vater stammen konnte, musste Martin lachen. »Wenn es den Grafen interessiert, warum ich hier war, warum fragt er mich dann nicht selbst?«, erwiderte er schließlich. »Glaubt Ihr, ich habe in meinem jetzigen Zustand Lust, alles zweimal zu sagen?«

Heinrich Oldenlohe schnaufte, und Martin schloss vorsorglich die Augen, denn er rechnete damit, dass der Bote gleich auf ihn einschlagen würde.

Doch aus diesem Grund war der Waffenmeister nicht

da. Er packte Martin erneut am Kragen und zerrte ihn auf die Füße. »Kannst du stehen?«, fragte er

Martin nickte, obwohl er stark schwankte.

»Gut, dann komm mit. Und verlier unterwegs dein großes Mundwerk nicht. Wäre doch schade, wenn der Graf gleich nichts zu lachen hätte.« Damit fasste Heinrich Oldenlohe den Burschen unter und führte ihn zur Treppe.

Bella erwachte, als sie spürte, wie jemand an ihr zerrte. Die Bilder der Erinnerungen kehrten bruchstückhaft und wie von zuckenden Blitzen beleuchtet zu ihr zurück. Sie sah sich mit Martin durch den Wald in Richtung Ufer rennen. Sie vernahm das wütende Bellen der Hunde. Hier und da tauchte eine Gestalt vor ihr auf. Hände packten sie und entrissen sie dem Wasser. Das Gesicht Heinrich Oldenlohes schob sich in ihr Blickfeld. Dann war wieder alles dunkel.

Ein Lidschlag verscheuchte die Finsternis wieder. Kurz noch wähnte sich Bella im Wasser, dann spürte sie etwas Warmes an ihren Wangen. Eine trockene Wärme, die das Zittern ihrer Glieder milderte.

Anstelle des Boten schob sich das besorgte Gesicht Katrinas in ihr Blickfeld. »Das Fräulein ist erwacht«, wisperte sie, und damit war klar, dass sich noch weitere Personen in ihrer Nähe aufhielten.

Bella fragte sich nicht, wer diese Menschen sein könnten. Als Erstes durchzuckte sie der Gedanke, dass ihre Flucht misslungen war, und daraus resultierte der zweite, den sie nun laut aussprach. »Martin? Was ist mit Martin?«

Sie wollte sich aufrichten, da drückten zwei sanfte, aber kraftvolle Hände sie wieder zurück. »Bleib liegen, Bella. Du darfst noch nicht aufstehen.«

Die Hand der Grafentochter schloss sich fest um den Arm ihrer ehemaligen Kinderfrau. »Was ist mit ihm?«, fragte sie erneut.

Nun konnte Katrina ihr die Antwort nicht länger schuldig bleiben. »Die Männer deines Vaters haben ihn verhaftet. Wahrscheinlich verhören sie ihn gerade.«

»Ich muss zu ihm«, sagte Bella daraufhin panisch. »Ihn trifft keine Schuld, er wollte doch nur ...«

»Sch«, machte die Kinderfrau und strich ihr sanft übers Haar. Dann blickte sie zu den anderen Anwesenden und bedeutete ihnen mit einer Kopfbewegung, dass sie gehen konnten. Kurz darauf ertönten leise Schritte, und eine Tür fiel ins Schloss.

»Kind, was sollte das nur?«, fragte Katrina nun, während sie ihre kühlen Fingerspitzen über die Stirn ihres Schützlings gleiten ließ.

Erst jetzt spürte Bella selbst, dass sie glühte. Fieber, schoss es durch ihre Gedanken. Jetzt kann ich ihnen nicht mehr entkommen.

»Warum bist du davongelaufen?«

»Das weißt du doch«, entgegnete Bella, während sich nach und nach das Schmerzempfinden ihres Körpers wieder einstellte. Ihre Knochen fühlten sich an, als würden sie brennen, und das dumpfe Pochen in ihrer Schläfe entwickelte sich zu einem fiebrigen Stechen. »Du kannst meinem Vater ausrichten, sollte er noch immer vorhaben, mich vor die Wahl zu stellen, werde ich lieber zurück ins Kloster gehen, anstatt diesen Wüstling zu heiraten.«

Darauf konnte die Kinderfrau nichts erwidern. All die Worte, mit denen sie dem Mädchen erklären wollte, dass sein Vater es doch nur gut gemeint hatte, blieben ihr im Hals stecken.

Bella ließ sich wieder mit ihrem ganzen Gewicht in die

Kissen sinken und blickte zur Seite. Der Abend zog über der Katzenburg herauf, und bald schon kam die Nacht. Eine Nacht, die Schmerzen und vielleicht auch Fieber für sie bereithielt. Am meisten fürchtete sich die Grafentochter allerdings vor den Träumen. »Katrina«, begann sie schließlich leise, ohne sich nach der Kinderfrau umzusehen.

»Ja, Bella?«

Die junge Frau lächelte, denn diese beiden Worte hatte Katrina früher immer gesagt, wenn sie nicht einschlafen konnte und ihr aus heiterem Himmel irgendetwas eingefallen war, was sie sofort loswerden musste.

»Warst du in deinem Leben schon einmal verliebt? Ich meine so richtig, so sehr, dass du bereit warst, alles dafür aufzugeben?«

Die Kinderfrau überlegte eine Weile. »Ja, ich glaube schon«, antwortete sie dann. »Es ist schon viele Jahre her, noch bevor ich in den Dienst deines Vaters getreten bin.«

»Wie war er?«, fragte Bella.

»Wie gesagt, ich war damals noch ein junges Mädchen und leicht von einem schönen Gesicht und glutvollen Augen zu beeindrucken«, antwortete Katrina, während sie ihr sanft über die Schultern strich. »Er war der Sohn eines Kaufmanns in Koblenz, ich die Tochter eines Küfers. Jenes Küfers, der die Fässer für deinen Vater hergestellt hat. Wir waren sehr ineinander verliebt. Im Sommer brachte er mir heimlich Blumen und legte sie auf das Fensterbrett meiner Kammer. Ich erinnere mich noch gut, wie ich den ganzen Tag mit glühenden Wangen herumgelaufen bin und versucht habe, die Blüten zu verbergen. Um sie wegzuwerfen, waren sie mir zu teuer, aber mein Vater sollte sie auch nicht zu sehen bekommen, denn sonst hätte er Verdacht geschöpft.«

Ein Leuchten, wie Bella es noch nie an ihrer Kinderfrau gesehen hatte, funkelte in Katrinas Augen.

»Doch wie das Leben nun mal so spielt, hielten ihn seine Eltern an, eine andere zu heiraten. Eine Kaufmannstochter, deren Mitgift ihren Reichtum erhöhen und ihnen mehr Handelsmacht bringen sollte.«

Genauso wie bei mir, dachte Bella und fragte dann: »Hat er sich denn nicht dagegen aufgelehnt?«

Das Leuchten in Katrinas Augen verschwand schlagartig und wich einem bitteren Lächeln.

»Er hatte nicht den Mut dazu. Seinen Eltern zuliebe hat er sich gefügt und mich aufgegeben. Der Tag, an dem die Hochzeitsglocken für ihn läuteten, war der schlimmste in meinem Leben. Ich wollte am liebsten tot sein.«

»Und du hast nie wieder einen anderen gewollt?«

Katrina schüttelte den Kopf. »Nein, nie wieder. Ich bin bei deinem Vater in den Dienst getreten und habe rasch die Zuneigung deiner Mutter gewonnen, die mich zu ihrer Zofe machte. Hin und wieder dachte ich noch an ihn, aber ich wusste, ich würde ihn nie bekommen. Eines Tages hörte ich, dass er auf dem Weg nach Koblenz von Räubern überfallen und getötet worden war. An dem Tag trug ich eine schwarze Schleife im Haar, und alle wollten wissen, warum. Ich habe es ihnen nicht verraten, ebenso wie ich vor dir niemandem diese Geschichte erzählt habe.«

Bella verfiel in Nachdenklichkeit. Was will sie mir damit sagen?, fragte sie sich. Soll ich auf Martin verzichten? Oder soll ich etwas anderes tun als Katrina damals? Mich nicht fügen, sondern kämpfen? Nur wie soll dieser Kampf aussehen? Ihr fehlte im Moment die Kraft, eine Antwort darauf zu finden.

Katrina, die den Widerstreit in ihren Gedanken bemerkt

hatte, erhob sich. »Ruh dich aus, mein Kind. Morgen wird die Welt schon anders aussehen. Wenn Gott will, dass du diesen Burschen bekommst, dann wird er ihn dir geben. Und wenn er es nicht will, wartet auf dich eine andere Möglichkeit. Ich habe es jedenfalls nicht bereut, in die Dienste deines Vaters getreten zu sein. Und wer weiß, vielleicht vergönnt der Herr mir alter Frau eines Tages auch noch einmal die große Liebe.« Damit beugte sie sich noch einmal über Bella und gab ihr einen Kuss auf die Schläfe.

Im Turmzimmer des Bergfrieds standen der Graf und einige seiner Getreuen vor Martin, der mit Lederriemen und Ketten an einen der Pfeiler gefesselt war, die die Raumdecke trugen.

Die harten Steine drückten ihm in den Rücken, dennoch bemerkte er sie nicht, denn die Schmerzen, die von seinen Verletzungen herrührten, waren weitaus schlimmer. Obwohl er sich fühlte wie ein verprügelter Hund, erwiderte Martin den Blick des Grafen furchtlos.

»Soso, du bist also der Sprössling Gernot von Bärenwinkels.« Rudolph von Katzenburg spie den Namen aus wie ein Stück fauliges Obst. »Was hattest du hier zu suchen?«

»Ich wollte Eure Tochter holen«, gab Martin freimütig zu. »Ich wollte sie von Euch befreien.«

Der Graf blitzte ihn wütend an und versetzte ihm eine Ohrfeige, die unzählige Sterne vor seinen Augen aufflammen ließ.

Martin schnappte zitternd nach Luft. Die Schmerzen in seinem Körper summierten sich mittlerweile derart, dass ihm bei jedem weiteren Schlag oder Stoß übel wurde. Obwohl er deutlich spürte, dass sich sein Magen umdrehte, gab es nichts, was aus ihm hervorbrechen konnte.

»Dazu hattest du kein Recht!«, fuhr ihn der Graf an, dass Martin dessen Speichel nur so ins Gesicht flog. »Sag an, was solltest du hier tun? Für deinen Vater Spitzeldienste verrichten? Wollte er meine Tochter als Geisel?«

Martin schloss die Augen und bereitete sich darauf vor, noch mehr Schläge zu kassieren. Trotzdem konnte er nicht anders, als zu antworten: »Mein Vater hat mit alldem nichts zu tun. Ich wollte Eure Tochter von hier entführen, weil ich sie liebe.«

Wie er es nicht anders erwartet hatte, traf ihn erneut eine schallende Ohrfeige. Der Ring des Grafen schabte dabei über seine Wange und hinterließ eine weitere blutige Spur.

»Ein Bärenwinkel wird niemals eine Katzenburg heiraten!«, polterte der Burgherr. »Und er hat sie auch nicht zu lieben! Du hast großes Glück, Bursche, dass meine Männer dich nicht gleich an Ort und Stelle umgebracht haben. Sei froh, dass Heinrich Oldenlohe sie zurückgehalten hat.«

Martin blickte zur Seite auf den unbeteiligt wirkenden Boten. Dass seine reglose Miene nur eine Maske war, wusste er, denn Giacomo blickte oft genug genauso drein. Woher wusste er das?, fragte er sich. Und wusste er es schon die ganze Zeit? War das der Grund, weshalb er Roland von Hohenstein davon abgehalten hatte, mich zu töten?

Plötzlich wurde Tumult vor der Burg laut. Jemand hämmerte mit aller Kraft gegen das Burgtor, und eine dröhnende Männerstimme verlangte Eintritt.

Als Rudolph von Katzenburg ans Fenster des Bergfrieds trat, erkannte er das Gold und Violett des Hauses Bärenwinkel. Sein Widersacher stand mit einigen seiner Getreuen vor dem Tor. Die Männer waren schwer bewaffnet, was den Grafen vermuten ließ, dass es auf seiner Burg einen Spitzel gab, der Gernot von Bärenwinkel kurz nach der Verhaftung seines Sohnes benachrichtigt hatte.

Langsam wandte er sich um und richtete den Blick wieder auf den jungen Mann, über dessen Oberlippe sich ein schmaler Blutfaden zog.

Martin starrte ihn benommen an. Wahrscheinlich hatte er mitbekommen, dass sein Vater angekommen war. Die Stimme war nicht zu überhören gewesen.

Warum freut er sich dann nicht?, fragte sich Graf von Katzenburg. Warum grinst er nicht hämisch, angesichts seiner bevorstehenden Befreiung?

»Macht ihn los!«, wies Rudolph von Katzenburg seine Schergen an.

»Ihr wollt mich also nicht hierbehalten und meinen Vater erpressen?« Martin schnaubte spöttisch. Genau das hätte nämlich sein Vater getan, wäre ihm Bella in die Hände gefallen.

Graf von Katzenburg kam mit ernster Miene auf ihn zu, und seine Augen waren wie Dolche, die ihn jeden Augenblick durchbohren würden. »Hör mir gut zu, junger Graf von Bärenwinkel«, sagte er gefährlich leise. »Mich verlangt es nicht danach, irgendwas von deinem Vater zu erpressen. Ich will, dass du dich hier nie wieder blicken lässt. Verstößt du dagegen, wird dein Vater bei seinem nächste Besuch deinen Leichnam abholen können.« Damit überließ er seinem Kerkerknecht das Feld, damit er seinen Befehl ausführen konnte.

Während der junge Mann seine geschundenen Handgelenke rieb, blickte er den Grafen von Katzenburg hasserfüllt an. »Ihr werdet Bella nie dazu bekommen, diesen Roland von Hohenstein zu heiraten. Und ich verspreche

Euch, sollte sich eine Gelegenheit ergeben, werde ich sie rauben und mit ihr fortgehen. Dann könnt Ihr Euch so lange mit meinem Vater streiten, bis von Euch nichts mehr übrig ist.«

Mit diesen Worten wandte sich Martin um und schritt unter dem Blick des Grafen, den er wie ein Messer zwischen den Schulterblättern spürte, auf die Tür zu.

Rudolph von Katzenburg machte sich nicht die Mühe, seinem Rivalen unter die Augen zu treten. Das hatte seines Erachtens allerdings nichts mit Feigheit zu tun, sondern mit Missachtung. Nach all den Jahren war der Hass zwischen ihnen so verhärtet wie eine knorrige Wurzel. Nach ihrem letzten Schlagabtausch in Koblenz wollte Rudolph von Katzenburg seinem Widersacher nicht mehr die Möglichkeit geben, ihn zu beschimpfen.

Immerhin hatte dessen Sohn seine Tochter geraubt! Eigentlich hätte er Gernot von Bärenwinkel in die Zange nehmen müssen. Aber dazu fehlten ihm im Moment die Kraft und der Elan. Er hatte Wichtigeres zu tun.

Allerdings beobachtete er vom Bergfried aus, wie der Grafensohn über den Hof zum Tor geführt wurde. Sein Widersacher stimmte noch immer ein lautes, kampflustiges Geschrei an. Er hatte nicht genug Soldaten mitgenommen, um der Burg ernsthaft gefährlich zu werden, aber die Männer genügten, um ihn zu beschützen.

Als Martin durch die Pforte gestoßen wurde, verstummte die Meute schlagartig. Gernot von Bärenwinkel sprang vom Pferd und nahm seinen Jungen in Empfang – mit einer schallenden Ohrfeige.

Dieser Anblick ließ Rudolph von Katzenburg lächeln. Er konnte sich vorstellen, dass den Burschen zu Hause eine empfindliche Strafe erwartete. Nicht nur wegen Bellas Entführung, sondern in erster Linie wegen seines gescheiterten Auftrags.

Recht so, dachte Graf von Katzenburg, ich hätte nicht anders gehandelt. Immerhin darin sind wir uns einig.

Während er Gernot von Bärenwinkel mit seiner Meute kehrtmachen sah, kam ihm in den Sinn, dass die Bestrafung seines eigenen Sprosses noch ausstand.

Geohrfeigt hätte er seine Tochter sicher auch, wenn sie auf eigenen Füßen in die Burg zurückgekehrt wäre. Doch nun hoffte er, dass Katrina Bellas Gesundheit so weit wiederhergestellt hatte, dass er ihr seinen Entschluss mitteilen konnte.

Auf dem Weg zum Gemach seiner Tochter gewahrte er eine Bewegung im Gang.

»Wer ist da?«, fragte er, und obwohl es eigentlich keine Gefahr zu befürchten gab, griff er nach seinem Dolch. Wenig später trat eine Frauengestalt, die sich auf einen Stock stützte, in den Lichtschein einer Fackel.

»Katrina!«, stieß der Graf erleichtert aus und schob die Waffe in die Scheide zurück. »Warum verbirgst du dich in der Dunkelheit?«

»Ich habe mich nicht verborgen, Euer Gnaden. Ich wache nur vor der Tür Eurer Tochter.«

»Ich wollte gerade nach ihr sehen«, entgegnete Graf von Katzenburg. »Sobald sie wieder wohlauf ist, werde ich ihr mitteilen, dass ich sie ins Kloster zurückzuschicken gedenke.«

Katrina nahm die Neuigkeit mit einem Nicken hin, dann sagte sie: »Verzeiht, wenn ich mich erkühne, das zu sagen, aber haltet Ihr das für klug? Ihr habt Eure Tochter schon so viele Jahre aus Eurem Herzen verbannt, dass sie gar nicht mehr weiß, ob überhaupt noch ein Funke Liebe in Euch ist.«

Rudolph von Katzenburg runzelte die Stirn, und ein leiser Ärger schlich sich in seine Stimme, als er entgegnete: »Wie kommst du darauf, dir darum Sorgen machen zu müssen?«

Katrina setzte ein mildes Lächeln auf. »Wie Ihr wisst, war ich nicht nur die Kinderfrau Eurer Tochter, sondern auch die Zofe Eurer Gemahlin. Ich weiß, dass die Gräfin von mir erwartete, dass ich mich um ihr Kind sorge. Auch wenn es mittlerweile zu einer jungen Frau herangereift ist.«

»Zu einer Frau, die nichts als Flausen im Kopf hat und obendrein ungehorsam ist!«, fuhr der Graf sie an und spürte, wie sich Zorn in seiner Magengrube zusammenballte. »Wenn ich eine andere Wahl hätte, würde ich sie in ein anderes Kloster stecken. Die Äbtissin hat sie offenbar nicht genügend gezüchtigt.«

Katrina seufzte angesichts seiner Worte leise. Das ist wirklich nicht mehr der Herr, in dessen Dienste ich vor so langen Jahren getreten bin, dachte sie mit einem Anflug von Bitterkeit. Dies ist nur noch eine Hülle, die innerlich zerfressen ist und wohl schon gar nicht mehr weiß, dass das einzig wirkende Heilmittel zu seinem Schmerz seine Tochter ist.

»Vielleicht begehrt sie nur deshalb auf, weil sie sich danach sehnt, Euch wiederzuhaben. So, wie Ihr damals wart.«

»Damals war ich ein anderer Mann, Katrina. Damals hat mein Weib noch gelebt, und ich hatte einen Grund, auf Erben zu hoffen und zu lieben. Doch jetzt …«

»Ihr habt eine Erbin!«, entgegnete die Kinderfrau, die sich darüber im Klaren war, dass sie schlimmstenfalls noch heute aus der Burg verjagt werden konnte, wenn dem Grafen der Geduldsfaden riss. Doch all diese Worte lagen ihr schon lange auf dem Herzen, und nachdem sie Bella so hilflos vor sich gesehen hatte, wollte sie nicht mehr schweigen. »Ich verstehe nicht viel vom Weinbau, aber Ihr hättet sehen müssen, wie Bella Euren Kellermeister um Arbeit gebeten und ihm damit sogar Respekt eingeflößt hat. Ich habe in diesem Augenblick in ihr kein Kind mehr gesehen, sondern die zukünftige Gräfin von Katzenburg. Nur leider hattet Ihr so viel mit dem Fürsten zu tun, dass Ihr Eure Tochter aus den Augen verloren habt.«

Nach dieser Rede war Rudolph von Katzenburg erst einmal sprachlos. Er starrte Katrina nur aus glasigen Augen an. »Ihr redet wirres Zeug, Kinderfrau«, sagte er schließlich, um Beherrschung bemüht. »Legt Euch ins Bett und schont Eure Knochen. Morgen ist Bella weg, dann brauchen wir uns nicht mehr um sie zu kümmern.«

Seine Worte entfachten nun in Katrina den Zorn. Wenn ich doch nur ein Mann wäre, dachte sie, dann könnte ich diesen Dummkopf jetzt packen und schütteln. Er benimmt sich wie ein kleines Kind.

»Ihr glaubt also, dass der Schmerz in Euch weniger wird, wenn Ihr Eure Tochter aus Eurem Leben verbannt! Aber ich sage Euch, so wird es nicht sein. Mit jedem Jahr, das Ihr sie im Kloster versauern lasst, wird Euer Herz bitterer und bitterer, bis es letztlich nicht mehr Blut durch Eure Adern schickt, sondern verdorbenen Wein. Ihr werdet den Schmerz über Euren Verlust nie überwinden, wenn Ihr nicht endlich die Liebe zu Eurer Tochter zulasst, die das Kind Eures betrauerten Weibes ist. Und eines Tages werdet Ihr verbittert sterben.« Katrina rang nach Luft, denn sie hatte dem Grafen diese Worte ohne eine Unterbrechung an den Kopf geschleudert.

Graf von Katzenburgs Kopf lief hochrot an, und seine Arme begannen zu zittern.

»So, jetzt könnt Ihr mich meinetwegen von der Burg vertreiben lassen«, fügte Katrina furchtlos hinzu. »Meine Meinung, ob sie nun zählt oder nicht, wird dieselbe bleiben. Auch wenn ich nur eine Untertanin bin, werdet Ihr einsehen müssen, dass ich recht habe. Spätestens dann, wenn Ihr vor Euren Schöpfer tretet.«

Damit schloss Katrina die Augen. Sie fühlte sich seltsam befreit, fast so, als hätte ihr jemand eine ungeheure Last abgenommen. Jetzt blieb nur noch die Reaktion des Grafen abzuwarten.

Rudolph von Katzenburg stieß ein langgezogenes Schnaufen aus. Alles in ihm drängte danach, der impertinenten Kinderfrau eine Tracht Prügel zu verabreichen, doch seltsamerweise wollten seine Hände ihm nicht gehorchen. Es war wie damals, wenn Gabriela ihm bei einem Wutanfall beschwichtigend über den Arm gestrichen hatte.

Kann es wirklich sein?, fragte er sich plötzlich. Ist die Liebe zu meiner Tochter der Schlüssel?

Katrina stand noch immer mit geschlossenen Augen vor ihm und zeigte ihm damit, dass sie seine Reaktion so hinnehmen würde, wie er sie ihr angedeihen ließ.

Der Graf beschloss, die alte Frau nicht zu strafen. In früheren Zeiten hatte er sich immer darüber aufgeregt, wenn sein Vater Loyalität und Ehrlichkeit nicht zu schätzen wusste. Als junger Mann hatte er sich vorgenommen, eines Tages anders zu handeln als sein alter Herr. Mit Katrina konnte er das endlich beweisen.

Er wandte sich also wortlos um und schlug den Weg zu seinen Gemächern ein.

Als Katrina erzitternd und mit rasendem Herzen die Augen öffnete, war er bereits hinter der Tür verschwunden.

Als Bella das Scharren von Schritten vernahm, öffnete sie die Augen. Kurz darauf wurde die Türklinke heruntergedrückt, und Bella vermutete, dass es Katrina war, die erneut nach ihr sehen wollte.

Doch zu ihrem Erstaunen schob sich die Gestalt ihres Vaters durch den Türschlitz, und Bella hatte auf einmal das Gefühl, als würde das Blut in ihren Adern zu Eis gefrieren.

Natürlich hätte die Kräuterfrau nicht viel gegen ihren Herrn ausrichten können, dennoch wäre Bella über die Gesellschaft der alten Frau in diesem Augenblick sehr froh gewesen.

Nachdem der Graf die Tür wieder ins Schloss gedrückt hatte, kam er mit langsamen Schritten auf sie zu und machte schließlich vor dem Bett halt.

Bella hatte keine Ahnung, was für einen Anblick sie bot, höchstwahrscheinlich sah sie furchtbar aus. In den Augen ihres Vaters konnte sie ihre Gestalt jedenfalls nicht erkennen, dabei funkelten seine Pupillen vor Zorn.

»Wie geht es dir?«, fragte er, doch die Worte klangen so beiläufig, als erkundigte er sich, wie das Wetter war.

Als Bella antworten wollte, entrang sich ihrer Kehle nichts weiter als ein heiseres Krächzen. Ihr Hals schmerzte, als hätte sie mehrere Hände groben Sand hinunterwürgen müssen.

Ihrem Vater schien das Gekrächze allerdings zu reichen. Es wäre ohnehin vergebens gewesen, ihm vorzumachen, dass alles in Ordnung sei.

»Wusstest du eigentlich, dass der Bursche, mit dem du geflohen bist, der Sohn des Grafen von Bärenwinkel ist?«, fragte er, während er sich mit auf dem Rücken verschränkten Händen vor ihr aufbaute. »Der Sohn unseres Feindes?«

Bella riss überrascht die Augen auf, und ihre Schläfe begann noch schmerzhafter zu pochen. »Martin ist wer?«, wisperte sie, als hätte sie nicht richtig gehört.

Katzenburg lachte auf. »Sag bloß, das hat er dir nicht verraten!«

Bella schüttelte den Kopf. War das eine der Grausamkeiten ihres Vaters? Verlegte er sich vielleicht darauf, ihr auf diese Weise weh zu tun, statt sie zu schlagen?

»Einen schönen Gefährten hast du dir da angelacht, liebe Tochter! Ich hätte dich für klüger gehalten.«

Bella sagte nichts dazu. Sie war einfach zu überrascht über diese Nachricht und konnte nicht glauben, dass Martin sie bewusst belogen hatte. Auch dann, als sie miteinander das Lager im Weinberg geteilt hatten. Wahrscheinlich war das alles nur eine Lüge ihres Vaters, um sie zu strafen.

»Auf jeden Fall werde ich dafür sorgen, dass du Martin von Bärenwinkel nie wieder siehst. Sein Vater hat ihn gerade abgeholt, und der Junge tut gut daran, wenn er auf seiner Seite des Flusses bleibt. Ich habe ihn einmal verschont, aber ein zweites Mal werde ich das ganz sicher nicht tun. Eigentlich hätte ich ihn dafür töten müssen, dass er bei uns auf der Burg herumgeschnüffelt hat!« Jetzt beugte er sich über sie.

Bella erwartete, dass er sehen wollte, wie sie reagierte, doch sie forschte vergeblich nach Rachsucht oder Schadenfreude in seinem Gesicht, und sie spürte auch nicht, dass er log. Offenbar war es die Wahrheit gewesen, was er sagte. Dass er sie jetzt ansah, obwohl er sonst ihren Anblick kaum ertragen konnte, war gewiss ein Zeichen dafür, dass selbst der letzte Funke an Gefühl für sie erloschen war.

Lass mich allein, hätte sie ihm am liebsten zugerufen,

doch sie wusste, dass sie nicht dazu in der Lage war. Stumm wandte sie den Kopf ab und schloss die Augen.

Nach einer Weile richtete sich Rudolph von Katzenburg wieder auf. »Sobald es dir bessergeht, wirst du ins Kloster zurückkehren. Ich kann dir dein Verhalten nicht einfach so durchgehen lassen. Du wirst bis auf weiteres bei Äbtissin Magdalena bleiben.«

Bella nickte. Tränen stiegen ihr in die Augen, wenn sie daran dachte, dass ihr Vater sie vielleicht nie wieder auf die Katzenburg zurückholen würde. Jedenfalls klang seine Stimme danach. Doch alles war besser, als Roland von Hohenstein zu heiraten und jahrelang an seiner Seite unglücklich zu sein.

Da der Graf damit alles gesagt hatte, wandte er sich um und verließ die Kemenate. Bella starrte auf den Fleck, wo er gestanden hatte, und ließ sich dann weinend in die Kissen sinken.

Rudolph von Katzenburg hätte nicht gedacht, dass er sich einmal vor dem Besuch des Herrn von Hohenstein fürchten würde. Kurz nachdem er von seinem Turmwächter die Nachricht erhalten hatte, dass sich die Kutsche näherte, hatte er sich auf den Weg zur Burgpforte gemacht. Kurz bevor er den Gang erreichte, der nach draußen führte, ließ er sich neben einem Wandteppich gegen die Wand sinken. »Gabriela, was soll ich nur tun?«, flehte er leise. »Was würdest du an meiner Stelle tun?«

Die Worte der Kinderfrau kamen ihm wieder in den Sinn, und obwohl er ihr vom Verstand her recht geben musste, weigerte sich sein Herz, sie anzuerkennen. Es ist des Weibes Los, zu heiraten, sagte er sich. Auch wenn Bella mein einziges Kind ist, habe ich keine andere Wahl, als sie einem Mann an die Hand zu geben. Eine zufriedenstellende Antwort war das allerdings nicht, und er wusste auch, dass seine Frau gewiss etwas anderes gesagt hätte.

Als die Kutsche auf den Hof rollte, schien es, als würde das Geräusch sämtliche Nerven in seinem Körper überanstrengen. Der Graf kniff die Augen zusammen und verzog das Gesicht, bis das Gefährt zum Stehen gekommen war. Dann strebte er der Tür zu.

Es war zwar ärgerlich, dass es nicht zu einer Allianz zwischen ihren Häusern kommen würde, aber ihm blieb keine andere Wahl. Es stand zu vermuten, dass Bella erneut versuchen würde, zu fliehen, wenn er an der Verlobung festhielt. Außerdem hatten ihn Katrinas Worte nachdenklich gestimmt.

Vielleicht war er bei der Wahl seines zukünftigen Schwiegersohns tatsächlich zu leichtfertig gewesen. Verheiraten würde er Bella trotzdem. Es war wichtig für sein Haus, wichtig für den Fortbestand seines Weingutes, wichtig für die Familie. Aber er würde einen anderen Bräutigam finden müssen. Einen, der Bella vielleicht auch dann nahm, nachdem Roland von Hohenstein Gerüchte über sie gestreut hatte …

Als er dem Fürsten entgegentrat, war dieser bereits im Begriff, aus der Kutsche zu steigen. Rudolph von Katzenburg hätte ihm am liebsten gesagt, dass er sich die Mühe sparen könne, aber er wollte dem Gast nicht gleich die Tür weisen. Also ließ er ihn gewähren und wartete geduldig, bis er aus der Kutsche heraus war.

»Mein lieber Graf«, sagte Roland von Hohenstein und breitete die Arme aus.

Graf von Katzenburg schritt reserviert auf ihn zu. »Ich hoffe, mein Bote hat Euch erreicht und Euch die gute Nachricht bereits mitgeteilt.«

»Ja, er hat mich unterrichtet«, entgegnete Rudolph von

Katzenburg. »Doch leider haben sich in der Zwischenzeit einige unschöne Dinge ereignet, die mich davon abhalten, Euer großzügiges Angebot anzunehmen.«

Fürst von Hohensteins Miene erstarrte augenblicklich, und mit blitzenden Augen musterte er den Grafen. »Welche Dinge?«

Graf von Katzenburgs Kehle wurde eng. Soll ich ihm wirklich sagen, dass er der Grund war?

»Eure Tochter wird sich doch wohl nicht wieder mit diesem Stallburschen vergnügt haben.«

Rudolph von Katzenburg konnte förmlich spüren, dass die Lakaien, die neben der Kutsche standen, den Atem anhielten. Auch er selbst musste tief Luft holen und den Wunsch, Fürst von Hohenstein Gewalt anzutun, mit aller Macht unterdrücken. »Meine Tochter ist tugendhaft, das wisst Ihr!«, sagte er so ruhig wie möglich. »Sie wird Euch vielmehr deshalb nicht heiraten, weil Ihr sie belästigt habt. Ihr habt das arme Kind sogar so weit getrieben, dass es sich beinahe umgebracht hätte. Und jetzt möchte ich Euch untertänigst ans Herz legen abzureisen, denn ich kann nicht verantworten, dass Ihr Eure kostbare Zeit verschwendet.«

Mit diesen Worten wandte sich Graf von Katzenburg um. Nachdem er ein paar Schritte gegangen war, kniff er die Augen zusammen, als könnte ihn das vor allem Bösen schützen. Er wusste genau, dass es Folgen haben würde, einen Herrn von Hohenstein fortzuschicken. Aber jetzt gab es kein Zurück mehr.

Im Kloster wird Bella sicher sein, sagte er sich. Mit allem anderen werde ich schon fertig.

Als er hinter sich die Kutschentür zuklappen hörte, öffnete er die Augen wieder. Vor ihm stand, wie aus dem Boden gewachsen, die alte Katrina, die sich auf ihren Stock stützte. Als das Gespann mit lautem Getöse vom Hof rumpelte, spielte um ihre Mundwinkel ein Lächeln.

Martin beobachtete wie betäubt, dass sich das Floß seines Vaters dem gegenüberliegenden Ufer näherte. Seinem Heimatufer, das ihm dennoch fremd erschien.

Die ganze Zeit über hatte der Graf geschwiegen, obwohl ihm anzumerken war, dass er seinen Zorn nur schwerlich zügeln konnte. Doch die Blöße, seinen Sprössling vor den Soldaten zu züchtigen, würde er sich nicht geben, das wusste Martin. Ein Vorteil war das für ihn allerdings nicht. Sein Vater würde die Ruhe auf dem Floß nutzen, um sich eine Strafe auszudenken, bei der er sich gewiss wünschte, die väterliche Burg nie wieder betreten zu haben.

Doch noch waren sie nicht da, daher verdrängte Martin sein bevorstehendes Schicksal und lenkte seine Gedanken auf das von Bella. Was stellte ihr Vater wohl jetzt mit ihr an? Sie war zwar seine einzige Tochter, aber nur eine Frau. Martin wusste zu gut, dass ungehorsamen Töchtern schlimmere Strafen drohten als Söhnen, deren Ungehorsam zur Not noch als Mut und Tatendrang angesehen werden konnte.

Würde Rudolph von Katzenburg Bella für immer zurück ins Kloster schicken? Würde er sie verstoßen? Oder, noch schlimmer, würde er sie mit irgendeinem Adligen verheiraten und weit von hier fortschicken?

Martin wusste nicht, bei welcher Möglichkeit sich ihm das Herz mehr zusammenkrampfte. Er unterdrückte ein Seufzen und warf einen Blick zur Seite, in der Hoffnung, Adam Höllerich flößen zu sehen. Er wusste nicht, warum, aber irgendwie hatte er das Gefühl, dass er den Fährmann stumm hätte bitten können, einen Gedanken zum anderen Ufer mitzunehmen. Einen Gedanken für Bella, der ihr sagen sollte, dass sie nicht verzagen möge, egal was auf sie zukam. Aber der Fährmann war nicht zu sehen. Außer dem mächtigen Floß des Grafen war nur eine Entenfamilie auf dem Wasser.

Werde ich eines Tages auch so sein wie mein Vater?, schlich es durch Martins Verstand. Werde ich auch so verbittert sein, weil ich die Frau meines Herzens nicht bekommen habe? Bis aufs Mark voller Hass auf den Grafen von Katzenburg, weil er mein Glück vereitelt hat?

Nein, so weit durfte es nicht kommen!

Er hatte keine Ahnung, wie er es anstellen sollte, aber er würde nicht einfach kampflos aufgeben. Er würde Bella auch nicht einfach dem Schicksal überlassen, das andere für sie schmiedeten.

Bevor er sich jedoch einen Plan zurechtlegen konnte, stand ihm die Auseinandersetzung mit seinem Vater bevor. Als das Floß anlandete, zog sich sein Magen schmerzhaft zusammen. Während die Männer samt ihren Pferden das Gefährt verließen und Anstalten machten, es an Land zu ziehen, packte Gernot von Bärenwinkel seinen Sohn am Kragen und zerrte ihn hoch.

Sämtliche Blessuren schmerzten Martin, doch er versagte sich irgendwelche Regungen.

»Du hast Glück, dass ich dich den Weg hinauf nicht laufen lasse«, fuhr der Vater ihn an, während er ein paar Männer anwies, Martin auf ein Pferd zu helfen. Anschließend nahm der Graf die Zügel des Reittiers in die Hand, als wäre Martin ein kleiner Junge, der sich nicht allein im Sattel halten konnte.

Martin sagte zu all dem nichts. Er blickte stumm auf die Mähne des Tiers, deren Farbe ihn an die Haarfarbe Bellas erinnerte, und wappnete sich gegen das, was ihn erwartete.

21. Kapitel

Das Rumpeln der Kutsche war bei der Geschwindigkeit kaum zu ertragen. Der Kutscher peitschte die Tiere, als wäre der Leibhaftige hinter ihnen her, die Räder ächzten, und einige von den Hufen aufspritzende Steine trafen die Tür und landeten sogar im Wageninneren. Eine dichte Staubwolke drang in die Lungen der Passagiere.

Hans von Uhlenfels begann zu husten und hatte dabei Mühe, sich auf seinem Platz zu halten. Todesangst überkam ihn. Seinen Herrn musste der Teufel geritten haben, den Kutscher anzuweisen, so zu fahren.

Roland von Hohenstein schien nichts dabei zu finden, dass ihnen alle Knochen im Leib durcheinandergeschüttelt wurden. Vielmehr schien das Rasen der Kutsche nur ein Abbild dessen zu sein, was in seinem Inneren vor sich ging. Der Fürst kochte vor Wut. Nervös nestelte er am Ärmel seines Wamses und wirkte, als wollte er die aufgenähte Borte abreißen.

»Das muss sich ein von Hohenstein nicht bieten lassen«, murmelte er vor sich hin, den Blick starr aus dem Fenster gerichtet. »Dieser Graf von Katzenburg hätte froh sein sollen, dass ich seine Tochter noch will, nachdem sie mit diesem Stallknecht im Stroh war.«

Wem wollt Ihr hier was vormachen?, dachte Hans von Uhlenfels, der seinem Herrn gegenübersaß. Ihr wart doch derjenige, der sich das Mädchen noch vor der Hochzeitsnacht vornehmen wollte. Warum schiebt Ihr die Schuld auf den Jungen? Damit Ihr dem König und allen anderen Leuten diese Lüge glaubhafter machen könnt?

Doch er hütete seine Zunge, denn es ging ihn nichts an. Allerdings tat ihm das Mädchen noch immer leid. Immerhin war sie eine Schönheit, die selbst er nicht verschmäht hätte.

Nachdem der Fürst eine Weile unverständlich vor sich hin gemurmelt hatte, lehnte er sich ein Stück weit aus dem Fenster. »Kutscher!«, brüllte er dann. »Wir fahren zur Anlegestelle. Ich will noch heute Abend die Burg Bärenwinkel erreichen.«

Der Mann auf dem Kutschbock erwiderte nichts, aber es war davon auszugehen, dass er dem Befehl seines Herrn nachkam.

Hans von Uhlenfels wusste nun, was in dem zweiten Schreiben gestanden hatte, das die Schenke vor einigen Tagen verlassen hatte. »Glaubt Ihr, es ist richtig, in diesen Zwist einzugreifen?«, fragte er zaghaft. »Außerdem, ein Mann Eures Formats wird gewiss eine andere Braut finden. Zumal die Tochter des Grafen ohnehin nicht besonders anschmiegsam ist.«

»Es geht mir nicht um das Weib«, entgegnete Hohenstein und wischte den Einwand seines Heiratswerbers beiseite. »Es geht um meine Ehre! Wer bin ich denn, dass ich mich von einem Grafen einfach fortschicken lasse? Rudolph von Katzenburg hätte mein Ansinnen dankbar und demütig annehmen sollen, doch was tut er? Er tritt meinen Namen in den Staub. Das darf ich mir nicht gefallen lassen!«

Hans von Uhlenfels sagte dazu nichts, aber er dachte sich seinen Teil. Es hatte ihn sehr erstaunt, dass der Fürst noch einmal einen Boten zu Katzenburg gesendet hatte, nachdem er bei ihrem Aufenthalt in der Schenke den Grafen und seine Tochter verflucht hatte. Wahrscheinlich hat er nur einen Vorwand gebraucht, um sein Vorhaben zu rechtfertigen, ging es ihm durch den Sinn. Nach allem, was geschehen war, hätte gewiss kein Vater mehr vorgehabt, ihm seine Tochter an die Hand zu geben.

Ein wölfisches Grinsen schlich über Roland von Hohensteins Gesicht, und er lehnte sich sichtlich zufrieden über seinen Plan zurück.

Der Getreue des Fürsten war nicht sicher, ob sie das Richtige taten, doch die Aussicht, die Nacht nicht in der Gesellschaft von Schaben und Asseln verbringen zu müssen, tröstete ihn ein wenig.

»Verdammter Narr!«, fuhr Gernot von Bärenwinkel seinen Sohn an und versetzte ihm eine schallende Ohrfeige.

Martins Kopf wurde zur Seite geschleudert. Tränen schossen ihm in die Augen, denn nicht nur der Schlag schmerzte, sondern auch die Blessuren, die ihm Graf von Katzenburgs Leute zuvor zugefügt hatten. Dennoch blickte er seinen Vater kurz darauf wieder trotzig an.

Das Gesicht des Grafen war hochrot. Seine Augen glühten, und die Adern an seinen Schläfen traten hervor, so dass sie wie Abbilder eines Flusses auf einer Landkarte wirkten. »Was fällt dir ein, diese kleine Hure zu entführen!«, donnerte er. »Ich habe dir doch gesagt, du sollst dich ausschließlich um den Wein kümmern.«

»Ich habe sie nicht entführt«, entgegnete Martin, ohne auf den zweiten Teil des Vorwurfs einzugehen. Zum Teufel mit dem Wein, dachte er zornig. Es gibt wichtigere Dinge auf der Welt.

»Wie willst du es sonst nennen? Und was hattest du

überhaupt noch dort zu suchen? Deine Arbeit war getan.«

»Die Arbeit, die du mir aufgetragen hast, schon«, entgegnete Martin zornig. »Aber Bella ist meine Angelegenheit.«

Die Augenbrauen des Grafen schnellten nach oben. »Wie bitte?« Etwas schien ihm in den Sinn zu kommen. »Du wirst diese Metze doch nicht bestiegen haben?«

»Bella ist keine Metze!«, begehrte Martin auf. »Sie ist tugendhaft und liebenswert. Eigenschaften, die du leider nicht mehr zu schätzen weißt.« Er spürte, dass er dabei war, den Bogen gewaltig zu überspannen, aber er konnte sich nicht länger zurücknehmen. »Außerdem weiß ich gar nicht, warum du sie mit solch einem Hass verfolgst. Immerhin ist sie die Tochter der Frau, die du einmal geliebt …«

Weiter kam er nicht, denn eine weitere Ohrfeige brachte ihn zum Schweigen. Noch nie hatte ihn sein Vater derart hart geschlagen, und fast schien es ihm, als habe dieser Hieb nicht ihm gegolten, sondern eigentlich Rudolph von Katzenburg.

»Kannst du dir vorstellen, was ich durchgemacht habe, als ich hörte, dass sie bei der Geburt gestorben ist?«, fauchte ihn sein Vater nun an. »Bei der Geburt seines Balges! Ich bin sicher, dass meine Kinder sie nicht umgebracht hätten.« Das Kerzenlicht ließ die Tränen in seinen Augen wie Kristalle schimmern. Anklagend blickte er seinen Sohn an, als könnte er etwas für das Leid. »Ich kann nicht zulassen, dass dieser Mann jemals glücklich wird.«

»Selbst wenn das bedeutet, dass du das Glück deines eigenen Sohnes ebenfalls zerstörst?« Martins Stimme zitterte. Er konnte nicht glauben, dass seines Vaters Sturheit alles verderben sollte. »Du strafst damit nicht Rudolph von Katzenburg, sondern zwei Menschen, die mit eurer unseligen Fehde nichts zu tun haben. Ich liebe Bella, egal wessen Tochter sie ist. Und ich werde auf gar keinen Fall zulassen, dass sie mit einem Mann vermählt wird, den sie nicht liebt.«

»So?«, gab Gernot von Bärenwinkel ungerührt zurück. »Wenn es nach mir ginge, könnte sie meinetwegen den Höllenfürsten heiraten. Du wirst sie nicht bekommen.«

Im nächsten Augenblick sprang hinter ihm die Tür auf.

Giacomo zögerte einen Moment im Türgeviert, dann verkündete er: »Euer Gnaden, der Fürst von Hohenstein ist soeben eingetroffen.«

Gernot von Bärenwinkel senkte die drohend erhobene Hand, und Martin konnte seinem Vater ansehen, dass die Ankunft des Fürsten keine Überraschung für ihn war.

»Wir reden später weiter«, beendete der Graf kurzerhand die Strafpredigt und wandte sich um.

Martins Versuch, aus dem Gesicht des Italieners herauszulesen, was das alles zu bedeuten hatte, scheiterte kläglich. Sein Vater verschwand mit dem Spion, und nachdem die Tür ins Schloss gefallen war, wurde der Schlüssel herumgedreht. Es gab kein Entrinnen, nicht auf diesem Wege. Aber vielleicht auf einem anderen?

Während ein ungutes Gefühl in dem Jungen hochkroch, begab er sich zum Fenster, von wo aus er auf den Hof blicken konnte. Die Kutsche des Fürsten von Hohenstein war inzwischen leer, nur ein paar Stallknechte waren gerade dabei, die Pferde auszuschirren. Offenbar gedachte der Fürst, länger zu bleiben.

Die Unruhe biss plötzlich in seinem Inneren wie eine in die Enge getriebene Ratte um sich. Ich muss wissen, was Roland von Hohenstein hier will, überlegte er. Gewiss ist er nicht hergekommen, um meinen Vater zu sehen. Dahinter steckte gewiss etwas anderes.

Da Martin bezweifelte, dass sein Vater ihn nach all den Vorfällen ins Vertrauen ziehen würde, beschloss er, es auf eigene Faust herauszubekommen.

Du hast aus mir einen Spion machen wollen, dachte er, während er das verschwommene Abbild seines Gesichts in der Butzenscheibe betrachtete, hinter der das Abendrot kaum noch auszumachen war. Nun gut, du sollst deinen Spion bekommen, aber du wirst nicht mögen, was meine neuen Erfahrungen alles so mit sich bringen.

Nachdem er noch eine Weile vor dem Fenster ausgeharrt hatte, ohne die Mahlzeit, die man ihm gebracht hatte, auch nur eines Blickes zu würdigen, war es so weit. Die altbekannte Stille senkte sich über das Gut Bärenwinkel.

Das war der Moment, zu dem sich die Wachen am Feuer einfanden, in dem Wissen, dass der Burgherr sie nicht schalt, wenn sie versuchten, sich wach und warm zu halten – durch Feuer und durch den ihnen zuerkannten Wein.

Da Martin wusste, dass vor seiner Tür gewiss ein Wachposten saß, vielleicht Giacomo persönlich, öffnete er das Fenster. Die kalte Luft schlug ihm ins Gesicht und ließ die Kerze auf dem Tisch flackern. Nachdem Martin sich nach einer Fluchtmöglichkeit umgesehen hatte, schlich er zu seiner Truhe und holte das Nötigste für sein Vorhaben heraus. Einen Dolch, ein zweites Wams und seinen Mantel. Wams und Mantel zog er an, den Dolch verstaute er in seinem Hosenbund. Dann ging er zu seinem Bett und riss das Laken von dem Strohsack herunter.

In den Hof hinunterzuklettern, war ein Wagnis, das er ohne Sicherung nicht eingehen wollte. Rasch teilte er den

Stoff mit dem Dolch in vier Streifen, die er aneinanderknotete. Als er damit fertig war, ging er zum Fenster. Der Stoff wehte wie eine Fahne im Nachtwind, als er ihn hinunterließ. Da nur noch die Torwächter auf ihren Posten waren und zu dieser Zeit für gewöhnlich anderes zu tun hatten, als die Wände der Burg im Auge zu behalten, stieg Martin aufs Fensterbrett und hangelte sich dann an dem provisorischen Seil hinunter.

Gernot von Bärenwinkel war sich darüber im Klaren, dass er einem hohen Gast wie Fürst von Hohenstein nicht gerecht werden konnte, was die Bequemlichkeit anging. Bei dem, was man sich vom Königshof erzählte, war der Fürst gewiss ganz andere Dinge gewöhnt, doch der Wein, den er extra aus dem Keller hatte holen lassen, konnte sich vielleicht mit dem bei Hofe messen. Und auch die mit Silberornamenten verzierten Pokale aus Venezianerglas hinterließen bei dem Fürsten vielleicht einen positiven Eindruck.

»Euer Gnaden, es ehrt mich sehr, dass Ihr Euch in meinem bescheidenen Haus eingefunden habt«, sagte Gernot von Bärenwinkel und schenkte seinem Gast ein.

Eigentlich wäre das die Arbeit eines Bediensteten gewesen, doch er hatte sämtliche Diener fortgeschickt. Für das, was er mit Roland von Hohenstein zu bereden hatte, brauchte er keine Zuhörer. Eigens für die Unterredung hatten sie sich in das Studierzimmer des Grafen begeben, wo der Fürst jetzt auf einem der schweren, mit braunem Leder bezogenen Stühle herumlümmelte.

»Und ich bin froh, dass Ihr mir Einlass gewährt habt. Ich bin sicher, dass unser Gespräch äußerst fruchtbringend sein wird.«

Graf von Bärenwinkel reichte seinem Gast mit einer

untertänigen Geste den Pokal. »Wie kann ich Euch zu Diensten sein?«

Roland von Hohenstein nahm das Gefäß mit einem selbstzufriedenen Lächeln entgegen und trank einen Schluck. »Ein hervorragender Tropfen«, sagte er, als er den Pokal wieder absetzte. »Nicht so gut wie der Eures Konkurrenten, aber dennoch äußerst süffig.«

Graf von Bärenwinkel war sich darüber im Klaren, dass der Fürst diese Bemerkung nicht absichtlich gemacht hatte. Er konnte ja nicht wissen, dass es solcher Mittel nicht bedurfte, um den Hass des Gastgebers weiter zu schüren. Er bewahrte also Ruhe, schenkte sich selbst ein und setzte sich ebenfalls an den langen Eichentisch.

Drei Kerzen spendeten Licht und ließen auf den Gesichtern der Gesprächspartner gespenstische Schatten erscheinen. Roland von Hohensteins Antlitz wirkte wie ein Schädel, der den Grafen aus leeren Höhlen anstarrte.

»Es muss ja nicht ewig so bleiben, dass Ihr den zweitbesten Wein in der Gegend macht«, fügte er süffisant lächelnd hinzu, als die Antwort des Grafen ausblieb. »Was würdet Ihr davon halten, Herr über die Katzenburg zu werden?«

Gernot von Bärenwinkel lehnte sich bedächtig zurück, führte seinen Becher an die fleischigen Lippen und nahm erst einmal einen Schluck. Alles in ihm schrie danach, Rudolph von Katzenburg zu vernichten, doch warum sollte dieses Angebot ausgerechnet von dem Mann kommen, der die Tochter seines Widersachers freien wollte? Giacomo hatte ihn bestens unterrichtet – eine Aufgabe, bei der sein Sprössling völlig versagt hatte.

»Natürlich wäre es erstrebenswert, all diese Ländereien zu besitzen, aber ich frage mich, wie sie in meinen Besitz kommen sollen. Einen offenen Angriff auf den Grafen

Katzenburg wage ich nicht. Wie Ihr gesehen habt, verfüge ich nicht über genug Männer, um in den Krieg zu ziehen.«

»Das braucht Ihr auch nicht«, entgegnete Roland von Hohenstein und stürzte erneut einen Schluck Wein hinunter. »Wir werden den Grafen auf ganz andere Weise entmachten.«

»Und wie?«, begehrte Bärenwinkel zu wissen.

»Ich habe einen ausgefeilten Plan«, entgegnete der Fürst. »Allerdings müsst Ihr mich erst von Eurer Loyalität überzeugen. Ich kann es mir nicht erlauben, Euch Details preiszugeben, die Ihr verwenden könntet, um mich zu vernichten.«

Graf von Bärenwinkels Hand, mit der er den Weinbecher hielt, zitterte vor Erregung. Wenn der Fürst nur wüsste, dachte er. Es gibt wahrscheinlich niemanden in der gesamten Gegend, der Rudolph von Katzenburg so hasst wie ich. »Und wie soll ich Euch diesen Beweis liefern?«, fragte er. »Wollt Ihr eine Sicherheit?« Noch während er sprach, fiel ihm ein, dass er dem Fürsten Martin als Pfand überlassen könnte.

»Ich will Euer Wort. Und Eure Hilfe. Wenn Ihr mir einen geeigneten Mann für meine Sache stellen könntet, wäre ich bereits vollauf zufrieden.«

»Daran soll es nicht mangeln. In meinen Diensten stehen einige ausgezeichnete Kämpfer. Aber glaubt Ihr wirklich, dass ein einziger Mann genügen wird?«

Roland von Hohenstein lehnte sich mit einem selbstzufriedenen Lächeln zurück. »Und ob das reichen wird! Ihr werdet sehen, wenn dieser Mann seine Pflicht getan hat, wird von Graf von Katzenburgs Reichtum nicht mehr viel übrig sein. Das verspreche ich Euch.«

Schweigen senkte sich über die beiden Männer. Roland

von Hohenstein freute sich sichtlich über seinen Plan, während Gernot von Bärenwinkel nachdachte.

»Verzeiht, aber was ist geschehen, dass Ihr den Grafen vernichten wollt?«, fragte er schließlich. »Bis vor kurzem gedachtet Ihr doch noch, seine Erstgeborene zu heiraten.«

Fürst von Hohenstein setzte eine verächtliche Miene auf und winkte ab. »Das Mädchen mag vielleicht hübsch sein, aber innerlich ist sie wie eine Backpflaume. Vollkommen vertrocknet. Die Jahre im Kloster haben aus ihr eher eine Nonne gemacht als eine Frau mit gebärfreudigem Schoß. Um keinen Preis der Welt würde ich mein Werben um sie fortsetzen. Gewiss ist sie so taub wie abgestorbenes Holz.«

Wieder verfiel Gernot von Bärenwinkel in Nachdenklichkeit. Bella von Katzenburg war die Tochter der Frau, die er einst geliebt hatte. Es war kaum vorstellbar, dass sie so war, wie Roland von Hohenstein sie beschrieb. Noch dazu in ihrem achtzehnten Lenz!

Allerdings wäre es denkbar, dass sie ihn abgewiesen hat, schlich es Gernot von Bärenwinkel durch den Kopf. Wenn sie nach ihrer Mutter geraten ist, wird sie keinen Hehl aus ihrer Abneigung gegen den Fürsten gemacht haben. Das hat Gabriela damals bei mir auch nicht getan.

War sein Sohn vielleicht daran schuld? Wenn ja, dann musste er den Jungen wohl eher belohnen als strafen, sonst hätte er diese Gelegenheit wohl kaum erhalten.

»Ich bin gewillt, Euch unter meinen Männern frei wählen zu lassen«, sagte der Graf schließlich. »Oder Ihr bekommt gleich den besten Mann, den ich anzubieten habe.«

»Und der wäre?«

»Ein Italiener namens Giacomo. Er ist mein Bote und zugleich mein Spion. Da mein Sohn nun heimgekehrt ist und auf der Burg bleiben wird, ist es nicht mehr vonnöten, dass er ihn im Auge behält.«

»Gut, schickt ihn mir. Ich werde ihn von meinem Plan unterrichten. Wenn der richtige Zeitpunkt gekommen ist, wird alles, was Rudolph von Katzenburg am Herzen liegt, in Schutt und Asche liegen.« Damit hob er seinen Becher und prostete Gernot von Bärenwinkel zu.

Atemlos presste sich Martin an die Wand hinter ihm. Er konnte nicht glauben, was er da gehört hatte, der Fürst von Hohenstein wollte Rudolph von Katzenburg vernichten!

Nicht, dass er nach allen Vorfällen sonderlich viel Sympathie für den Grafen hegte, doch seine Liebe für Bella war unvermindert stark. Der Fürst würde sie gewiss nicht aus seinen Racheplänen aussparen. Vielleicht würde es sie sogar am härtesten treffen. Das durfte er auf keinen Fall zulassen. Eher töte ich dich, Roland von Hohenstein, als dass ich zulasse, dass du noch einmal Hand an Bella legst, sagte er sich. Doch wie sollte er aus der Burg kommen? Wie sollte er Katzenburg warnen? Oder zumindest Bella?

Nachdem Martins Gedanken für einen kurzen Moment umhergeirrt waren, kam ihm eine Idee.

Als er noch ein kleiner Junge war, hatte ihn sein Vater oft mit in den Weinkeller genommen, um ihm die Grundlagen der Weinherstellung einzubläuen. Martin hatte das alles nur wenig interessiert – spannender war es da schon gewesen, von Drachen zu träumen, die durch die Burg schlichen, oder von Feinden, die er in glänzender Rüstung in die Flucht schlagen würde.

Sein Vater hatte sich nur selten etwas aus seinen Träumen gemacht, doch einmal hatte er ihm etwas gezeigt, das den Jungen begeistert und ihn dazu gebracht hatte, die nachfolgenden Lektionen über den Weinbau und das Keltern ohne Murren zu ertragen.

Ein Lächeln schlich sich auf Martins Gesicht, dann rannte er los.

Die Gänge, die Martin durchquerte, waren menschenleer. Die Wächter hatten sich auf dem Hof um ein Feuer versammelt, und bis sein Vater und Hohenstein ihr Gespräch beendet hatten, würde sicher noch eine Weile vergehen. Er hatte also freie Bahn.

Kurz darauf trat Martin auf den Hof und ließ den Blick zu dem Feuer schweifen, das in der Hofmitte brannte. Einige Männer saßen davor, andere standen gefährlich dicht vor den auflodernden Flammenzungen. Die Kälte schnitt ihnen unbarmherzig ins Gesicht und ließ den Atem vor den Mündern gefrieren.

Martin hielt sich rasch einen Zipfel seines Mantels vor den Mund, beobachtete die Männer und sah zwischendurch immer mal wieder zu den erleuchteten Fenstern der Burg hinauf. Die Männer hier draußen konnten nichts von dem Arrest wissen, den der Graf Martin verpasst hatte, dennoch hielt er es für klüger, sich im Schatten zu halten, während er sich der Tür zum Weinkeller näherte.

Die Reden der Männer, die an sein Ohr drangen, handelten fast ausschließlich von der Kälte und den Frauen.

Schnell huschte Martin zu der schweren Bohlentür, die den Zugang zum Weinkeller schützte. Nachdem er sich noch einmal zu den Wächtern umgedreht hatte, nahm er die neben der Tür befestigte Fackel aus ihrer Halterung und schob den Riegel zurück.

Der saure Geruch, der ihm beim Eintreten entgegenströmte, hätte ihn beinahe von den Füßen gerissen. Dann jedoch verfeinerte er sich und wurde zu dem altbekannten

Aroma, das Martins Kindheit geprägt hatte. Most und Maische gärten in den Fässern, und kurz blitzte in ihm die Erinnerung an die Fässer auf, die er in der Katzenburg hatte schrubben müssen. Doch er drängte sie schnell beiseite und strebte an einigen riesigen Fässern und der »Schatzkammer« vorbei zu einer kleinen Tür, die man leicht auf den ersten Blick übersehen konnte. Sie war niedrig und wurde von innen mit einem Riegel verschlossen gehalten. Martin wusste, was sich dahinter befand.

»Dies, mein Junge, ist die Sicherheit für unsere Familie«, hatte ihm sein Vater einst erklärt, als er zufällig auf die Pforte gestoßen war und hatte wissen wollen, wohin sie führte. »Kein Geringerer als dein Urgroßvater hat diesen Gang angelegt. Sollten wir je von Feinden überrannt werden, wird dies der einzige Weg sein, unsere Familie zu retten.«

Martin lächelte vor sich hin, als er die Ansprache wieder im Ohr hatte. Ihm kam mit einem Mal auch wieder in den Sinn, dass er sich damals gefragt hatte, warum sie aus der Burg flüchten sollten, wo es hier doch viel sicherer war. Inzwischen hatte er seine Ansichten überdacht und war froh über die weise Voraussicht seines Urgroßvaters.

Eine Staubwolke wirbelte auf und stieg ihm in die Nase, als er den Riegel anhob und aus der Halterung löste. Ein befreites Ächzen ging durch die Tür, so als hätte sie all die Jahre auf ihren Einsatz gewartet. Martin zog sie ohne Umschweife auf und tauchte ein in die kühle, nach Erde und Moder riechende Luft.

Spinnweben klatschten ihm ins Gesicht und verbrannten im Fackelschein. Hin und wieder krabbelte eines der Tiere ihm in panischer Flucht über die Hände oder die Stirn. Ob es hier unten Ratten gibt?, fragte Martin sich, doch er hatte nicht die Zeit, das zu überprüfen.

Irgendwann wurde die Dunkelheit so drückend, dass nicht einmal mehr der Fackelschein ein Trost war. Die Vorstellung, in seinem eigenen Grab zu liegen, ließ Martins Herz panisch rasen.

Nach einer Weile gelangte er in einen Teil des Ganges, in dem sich im Lauf der Jahre Wurzeln ihren Weg durch die Decke gebahnt hatten. Hier war nun deutlich zu erkennen, dass die Röhre vor mehr als hundert Jahren gebaut worden war. Die Bretter, die die Decke absicherten, wirkten morsch, und Martin zog instinktiv den Kopf ein, um nicht aus Versehen eines davon zu berühren und damit eine Katastrophe auszulösen.

Anstelle der Spinnweben strichen nun feuchte Wurzeln über sein Gesicht, und das Gefühl, das Martin an die Berührung von Leichenfingern erinnerte, ließ ihn erschaudern. Stellenweise war das Wurzelgeflecht so dicht, dass es Vorhängen glich und Martin sich fragte, ob sein Urgroßvater den Gang unter ein Waldstück oder gar unter den Weinberg geleitet hatte.

Unvermittelt löste sich etwas Erdreich und fiel auf die Fackel. Martin sprang erschrocken zur Seite, und dabei glitt ihm der Stab aus der Hand. Kurz noch glomm die Fackel wie zum Protest auf, dann verlosch sie.

Nachdem Martin den ersten Anflug von Panik überwunden hatte, realisierte er, dass er jetzt nur durch tasten vorankommen musste. Er war schon versucht, einen Fluch auszustoßen – doch gegen wen sollte er ihn richten? Gegen seinen Vater? Gegen Rudolph von Katzenburg? Ganz bestimmt nicht gegen Bella.

Wenn einer Schimpf verdient hatte, dann er selbst. Er hätte ihre Flucht einfach besser vorbereiten müssen.

Da er nicht verschüttet werden wollte und die dünne Luft hier unten seine Gliedmaßen allmählich schwächer werden ließ, setzte er seinen Weg auf allen vieren zügig fort. Die Wände des Ganges waren glitschig, und zuweilen hatte er das Gefühl, irgendwelche Asseln unter den Fingern zu spüren. Die Wurzeln peitschten noch eine ganze Weile gegen seine Schultern, doch als er schon glaubte, der Gang wolle gar kein Ende mehr nehmen, strömte ihm ein erfrischender Luftzug entgegen.

Begierig sog Martin die Luft in die Lungen, und sogleich gewann sein Körper wieder an Kraft, auch wenn seine Knie weiterhin zitterten, als wäre er die ganze Zeit durch Morast gewatet. Er kämpfte sich durch weitere Wurzelteppiche und erreichte schließlich ein Gitter, durch das Mondlicht zu ihm hereinfiel.

Geschafft, ging es ihm erleichtert durch den Sinn, und nach einer kurzen Verschnaufpause öffnete er die Pforte. Die Angeln quietschten markerschütternd, aber hier draußen hörten ihn wohl nur die Käuzchen und Füchse, die auf der Suche nach Beute waren. Wo er sich befand, wusste er nicht genau, aber immerhin konnte er erkennen, dass es sich um einen Abhang handelte, der zum Fluss führte. Der Weg war steil und völlig zugewachsen; hier war seit Urzeiten niemand entlanggelaufen.

Offenbar war die Angst meines Urgroßvaters größer als die unserer Familie drohende Gefahr, ging es Martin durch den Sinn, dennoch dachte er dankbar an den alten Herrn, als er sich an den Abstieg machte.

22. Kapitel

Der Morgen trug ein dunkelgraues Trauergewand, als Bella der Kutsche entgegenstrebte. Ihren Mantel hatte sie sich fest um die Schultern gewickelt, und auf dem Boden schleifte der Saum ihres Ordenskleides über das Pflaster und verwehte etwas Laub, das über Nacht auf den Hof geweht worden war.

Obwohl sie die mitleidigen Blicke der Bediensteten spürte, hob sie zu keiner Zeit den Kopf. Ihr könnt mir ohnehin nicht helfen, dachte sie betrübt, niemand kann das. Vielleicht ist es wirklich das Beste, wenn ich für alle Zeiten den Schleier nehme.

Einen Abschied von ihrem Vater hatte es nicht gegeben. Seit dem vergangenen Abend hatte sie ihn nicht mehr gesehen, und die letzten Anordnungen hatte ihr Heinrich Oldenlohe überbracht.

Sie erinnerte sich daran, dass sie im Gesicht des Boten einen mitfühlenden Zug bemerkt hatte. So etwas erlaubte sich Heinrich nur selten. Fast hatte es so gewirkt, als wollte er sogar nach ihrer Hand greifen, um sie zu trösten. Getan hatte er es zwar nicht, aber Bella war ihm schon für den Anschein dankbar.

Am frühen Morgen waren dann die Mägde erschienen. Zu wecken brauchten sie Bella allerdings nicht, denn seit der dritten Stunde hatte die junge Frau am Fenster gesessen und auf den Himmel geblickt.

Bella hatte die Mädchen gleich wieder weggeschickt, denn zum Anlegen ihres Ordenskleides brauchte sie keine Hilfe. Der raue Stoff auf ihrer Haut hatte ihre Sinne geordnet, so dass sie nun mit sich im Reinen war. Sie würde die nächsten Jahre im Kloster verbringen, vielleicht sogar den Rest ihres Lebens. Das war nicht die schlechteste aller Möglichkeiten, denn es ersparte ihr eine Heirat mit Roland von Hohenstein.

Allerdings schmerzte ihr Herz furchtbar angesichts der Tatsache, dass sie Martin wahrscheinlich nie wieder sehen würde, denn sein Vater würde ihn gewiss nicht mehr fortlassen. Mit der Zeit wird er mich vergessen, schlich es bitter durch ihre Gedanken. Vielleicht wird er sogar in Kürze vermählt.

Während sie auf die Kutsche zuschritt, hob sie zu keiner Zeit den Blick. Weder Katrina, deren Anwesenheit sie spüren konnte, noch die Burg wollte sie an diesem Tag sehen, denn sie fürchtete, dass sich die Bilder unvergesslich in ihr Gedächtnis einbrannten und sie marterten, sobald sie wieder in die Abgeschiedenheit des Klosters eintrat.

Sie erklomm das Gefährt und ließ sich auf den lederbezogenen Sitzen nieder. Wenig später stieg Heinrich Oldenlohe zu, und auch ihn würdigte Bella keines Blickes. Immerhin hatte er die Häscher angeführt, und auch wenn es für sein Pflichtbewusstsein sprach, dass er den Befehl ihres Vaters so gewissenhaft ausgeführt hatte, empfand sie für den Waffenmeister mittlerweile nur noch Hass. Natürlich konnte sie ihm während der Fahrt nicht entgehen, aber sie brauchte nicht mit ihm zu reden oder ihn anzusehen.

Viele Gepäckstücke hatte sie nicht zum Mitnehmen, und auch das grün-rote Kleid hatte sie hiergelassen. Alles, was sie brauchte, bekam sie ohnehin im Kloster. Einzig das Winzermesser von Meister Wackernagel hatte sie behalten. Sie wollte es als Erinnerung an den Tag mitnehmen, der wohl ihr glücklichster auf der Burg war. Jenen Tag der Lese, als Martin sie Rebenprinzessin genannt hatte.

Da ruckte die Kutsche an und vertrieb ihre Gedanken, als der Hufschlag der Pferde laut über den Hof hallte. Bella blickte zwar aus dem Fenster, doch sie schenkte den Gesichtern, die sie neugierig anstarrten, keine Beachtung. Es war besser so, wenn sie alles gleich vergaß, dann plagte sie auch nichts, wenn sie in ihrer kalten Zelle saß und ihrem Leben dabei zusah, wie es ohne Freude verging.

Gernot von Bärenwinkel tobte vor Zorn, als er das Fehlen seines Sohnes bemerkte. Wütend trat er gegen die Truhe neben der Tür, deren offenstehender Deckel daraufhin zuklappte. Dumpf hallte es durch den Raum, doch das Geräusch wurde sogleich vom wütenden Schimpfen des Burgherrn verschluckt.

»Vermaledeiter Nichtsnutz! Ich hatte dir doch gesagt, dass du die Burg nicht verlassen darfst.«

Schnaufend trat er an das offenstehende Fenster. Das zusammengedrehte Laken, das am Kreuz festgemacht war, flatterte im Wind, der den Turm umwehte.

Eigentlich hätte er stolz auf seinen Sohn sein können. Immerhin war Martin kein Dummkopf, der sich nicht zu helfen wusste. Aber in diesem Falle wünschte sich Gernot von Bärenwinkel, dass der Geist des Jungen weniger hell sein mochte.

»Elender Haderlump«, schimpfte er weiter. »Warum hat mich Gott nur mit solch einem Sohn gestraft?«

Als eine Antwort ausblieb, sagte er sich erneut, dass seine Kinder mit Gabriela sicher mehr in seinem Sinne geraten wären: folgsamer, nicht so rebellisch und mit weniger Flausen im Kopf. Was das anging, kam Martin ganz nach seiner Mutter!

Bevor der Graf auch auf seine selige Gemahlin schimpfen konnte, tauchte Giacomo hinter ihm auf.

»Euer Sohn ist anscheinend listenreicher, als wir dachten.«

»Ich muss den Wachen Bescheid geben«, polterte der Graf los. »Sie müssen ihn aufhalten.«

»Ich glaube nicht, dass er noch in der Burg ist. Er kennt das Gebäude sehr gut, vermutlich ist er längst über alle Berge.«

»Und wohin? Zur Katzenburg kann er nicht, Graf Rudolph würde ihn bei lebendigem Leib häuten, wenn er ihn erwischt. Aber vielleicht ist er zu dieser … Metze zurückgekehrt.« Beinahe hätte Gernot von Bärenwinkel Rosalia eine italienische Metze genannt, doch angesichts seines Boten verkniff er es sich noch rechtzeitig.

»Ich bin eher sicher, dass er noch einmal versuchen wird, der Grafentochter habhaft zu werden«, entgegnete Giacomo. »Immerhin hat er für das Mädchen Kopf und Kragen riskiert. Wenn Ihr mich fragt, hat sie ihm ganz gewaltig den Kopf verdreht.«

Graf von Bärenwinkel schnaufte zornig. Wenn ich Martin nicht aus Italien fortgeholt hätte, wäre das alles nicht passiert, dachte er. Jetzt habe ich nicht einmal den ersehnten Weinstock. Nur einen Pakt mit Roland von Hohenstein, von dem noch ungewiss ist, welchen Wert er hat.

»Wenn Ihr wollt, stöbere ich ihn auf und bringe ihn zurück.«

Der Graf war bereits gewillt zuzustimmen, doch dann kam ihm plötzlich ein Gedankenblitz. »Vielleicht sollten wir ihn doch tun lassen, was er will«, sagte er und erntete einen verwunderten Blick des Boten. Bevor der Italiener jedoch fragen konnte, weshalb der Herr seine Meinung geändert hatte, fügte dieser hinzu: »Wie du weißt, hat uns der Fürst von Hohenstein aufgesucht.«

»Ja, Euer Gnaden.«

»Er will Rudolph von Katzenburg ruinieren und braucht dazu einen fähigen Gehilfen.« Jetzt blickte er dem Boten direkt ins Gesicht. »Ich habe Euch dafür vorgeschlagen, Giacomo.«

Ein flüchtiger Ausdruck des Erstaunens erschien auf dem Gesicht des Boten. »Mich?«

»Ihr seid mein bester Mann. Außerdem dürftet Ihr Euch mit dem, was Fürst von Hohenstein fordert, am besten auskennen.«

Giacomo schwieg einen Moment lang verwirrt. »Was soll das sein, Euer Gnaden?«

»Graf von Katzenburg nach allen Regeln der Kunst zu schaden. Wie der Fürst sich das genau vorstellt, wird er dir selbst mitteilen. Aber ich bin sicher, dass ich danach eine Sorge weniger haben werde.« Er lachte kurz auf und fügte dann hinzu: »Eigentlich will ich damit sagen, dass Martin ruhig ein wenig Unruhe bei meinem Widersacher stiften soll. Vielleicht gelingt es ihm ja sogar, diese Bella zu befreien und wirklich mit ihr zu flüchten. Wenn Graf von Katzenburg das mitbekommt, wird er seine Männer noch einmal losschicken, um sie zu suchen. Vielleicht reitet er diesmal sogar selbst mit. Auf jeden Fall wird die Katzenburg dann ihres Schutzes beraubt sein, und egal was Roland von Hohenstein vorhat, er wird leichtes Spiel haben.«

Der Graf schien überzeugt, doch Giacomo blieb weiterhin skeptisch. Was sollte er tun, um dem Graf von Katzenburg zu schaden? Er war ein Spion, und wenn es die Situation erforderte, auch ein Mörder. Aber ein Saboteur? Und das inmitten von zahlreichen Söldnern? Doch es war noch nie seine Art gewesen, vor anderen klein beizugeben. Seinem Herrn zu gestehen, dass er sich für eine Aufgabe nicht in der Lage fühlte, war für ihn daher undenkbar. »Ich werde alles tun, um Euch zufriedenzustellen«, entgegnete er also und zog sich mit einer kleinen Verbeugung zurück.

Gernot von Bärenwinkel ließ den Blick noch einmal schnell durch den Raum schweifen, so als nehme er an, dass sich Martin noch immer in den Schatten verbergen könnte. Dann wandte auch er sich um.

Nachdem er sich die ganze Nacht über im Wald verborgen hatte, trat Martin an das Ufer der Lahn. Er musste feststellen, dass zwar das Floß, nicht aber der Fährmann da war. Offenbar hatte er ein Gespür dafür entwickelt, wann er gebraucht wurde, denn bei Bedarf war er nie zu erreichen.

Ist das vielleicht die Rache dafür, dass ich ihm das Seil nicht zurückgebracht habe?, fragte sich Martin und nahm sich vor, Adam Höllerich für das Seil zu entschädigen, sobald er zurück war. Momentan blieb ihm nichts anderes übrig, als sich auf den Hauklotz der Hütte zu setzen und zu warten.

Ob Vater meine Flucht bereits bemerkt hat?, fragte er sich und blickte hinüber zur Burg Bärenwinkel, deren Turm aus den Nebelschleiern herausragte, die sich über den Wald gelegt hatten.

Martin machte sich keine Illusionen darüber, dass dies der Fall war. Immerhin hatte sein Vater angekündigt, das Gespräch mit ihm fortsetzen zu wollen. Je nachdem, wie wichtig er seinem Vater war und wie dringend das Ansinnen Roland von Hohensteins war, würde dieser ihn entweder ziehen lassen oder Giacomo nachsenden. Doch halt, dachte er sich, Letzteres ist nicht mehr möglich, denn er hat den Italiener in den Dienst des Fürsten gestellt. Vielleicht schmiedeten die beiden bereits zusammen das Schwert, das Rudolph von Katzenburg den Todesstoß versetzen sollte.

Nachdem Martin beinahe einen halben Tag gewartet hatte, ohne dass sich die Männer des Grafen gezeigt hätten, wollte er sich schon auf den Weg in eines der Dörfer machen. Vielleicht gab es ja noch eine Möglichkeit, den Fluss zu überqueren. Manche Fischer waren vielleicht ebenfalls bereit, ihn überzusetzen.

Aber im nächsten Augenblick zeigte sich, dass das nicht mehr nötig war, denn Adam Höllerich trat aus dem Gebüsch.

»Na, mein Junge, was hat dich auf diese Seite des Flusses verschlagen?«, fragte er und hätte Martin damit beinahe zu Tode erschreckt. »Ich habe dich doch erst vor kurzem noch am anderen Ufer gesehen.«

Der Junge blieb überrascht stehen. Er hatte versucht, sich dem Fährmann leise zu nähern, bis vor wenigen Augenblicken war er sich sogar noch nicht einmal sicher gewesen, ob er es wagen sollte, den Mann anzusprechen. Immerhin hatte er ihm das geliehene Seil noch nicht zurückgegeben.

»Mein Vater hat mich hergeholt«, antwortete er. »Mit seinem eigenen Floß.«

Adam wandte sich langsam um und musterte den Jungen mit seinem verbliebenen Auge aufmerksam. Wahrscheinlich dachte er sich seinen Teil, als er die feineren Kleider bemerkte. »Dann hast du es wohl doch nicht so mit dem Arbeiten gehabt, wie?«

»Das schon. Allerdings haben mich widrige Umstände dazu gezwungen, die Katzenburg wieder zu verlassen.«

»Soso, widrige Umstände.« Der Fährmann erhob sich.

Martin rechnete damit, dass Adam ihn nach seinem Namen fragen oder ihm eröffnen würde, dass er wusste, wer er war.

Doch Adam Höllerich blieb sich auch in diesem Augenblick treu. »Ich nehme an, du willst wieder hinüber.«

Martin nickte.

»Hab ich es mir doch gedacht. Aber ich warne dich, Bursche. Wer auch immer dir die widrigen Umstände verschafft hat, wird auch diesmal versuchen, dir das Leben schwerzumachen.«

»Dessen bin ich mir bewusst. Trotzdem fürchte ich mich nicht. Im Gegenteil. Ich weiß jetzt, warum ich wirklich da rübergehe, und niemand wird mich aufhalten.«

Der Fährmann blickte den Jungen lange an, als könnte er dessen Gedanken hinter seiner Stirn ausmachen.

»Also gut, dann schwing dich aufs Floß. Uns bleibt nicht mehr viel Zeit, bis es dunkel wird, bis dahin sollten wir drüben sein.« Mit diesen Worten stieg er wie damals auf die Fähre, löste das Tau und griff nach der Stake.

Martin hockte sich auf die schweren Bohlen, und wenig später ging die Reise los.

Die Lahn war an diesem Abend ruhig, und die Wellen zogen gleichmütig unter ihnen dahin. Es schien, als hätte sich die Schwermut des Tages auch auf den Fluss gesenkt und ihn verlangsamt.

Der Bursche beobachtete den Fährmann, der mit kraftvollen Bewegungen das Floß voranbrachte. Seine Augenklappe war etwas verrutscht, so dass er um die Augenhöhle herum narbiges Gewebe erkennen konnte. Die Zeit hatte es ausgebleicht, aber früher musste es einen furchtbaren Anblick geboten haben.

»Warum habt Ihr eigentlich ein Auge verloren?«, wagte Martin seiner Neugierde nachzugeben, nachdem sie das Ufer, das zum Besitz der Familie Bärenwinkel gehörte, ein Stück weit hinter sich gelassen hatten.

Wenn ihn der Fährmann dafür ins Wasser stieß, musste er eben schwimmen, aber das war es ihm wert.

Adam Höllerich stakte noch eine Weile mit nachdenklichem Gesichtsausdruck durch das Wasser, dann antwortete er: »Das ist eine sehr lange Geschichte.«

»Welche Version erzählt Ihr mir? Die Wahrheit? Oder das, was Ihr zum Besten gebt, um die Leute zu unterhalten?«

Der Fährmann betrachtete den Jungen aufmerksam, dann sagte er: »Wärst du denn auch bereit, mir zu verraten, was dich dazu treibt, wieder überzusetzen? Eine Geschichte gegen die andere, was meinst du?«

»Woher weiß ich, dass Ihr nicht lügt?«

»Das kannst du nicht wissen. Aber so wahr ich dich auf die andere Seite des Ufers bringe, werde ich dir auch die wahre Version meiner Geschichte erzählen – vorausgesetzt, du lügst mich nicht an.«

Martin hätte beinahe eingewandt, dass auch der Fährmann sich nicht sicher sein konnte, aber irgendetwas sagte ihm, dass Adam Höllerich mit seinem verbliebenen Auge mehr sehen konnte als andere Menschen mit zweien.

»Also gut, abgemacht.« Er reichte dem Flößer die Hand. »Meine Geschichte gegen Eure.«

Der Fährmann wechselte die Stake in die linke Hand, dann umschlossen seine Finger die von Martin.

»Du fängst an.«

Martin überlegte, wie schnell er sein musste, damit er zum Ende kam, bevor sie das Ufer erreicht hatten. Er konnte sich vorstellen, dass Adam Höllerich sein Versprechen rückgängig machte, wenn er erst einmal wieder festen Boden unter den Füßen hatte.

Also raffte er die Ereignisse so gut wie möglich zusammen, und einzig von seiner Liebe zu Bella und seinem Vorhaben, sie aus den Fängen ihres Vaters zu befreien, erzählte er ausführlich.

»Ah, es geht also um eine Frau.« Der Fährmann lachte auf. »Es ist doch seltsam, dass die Weibsbilder fast immer die Geschichten von uns Männern bestimmen.«

»Ist denn für Euer Missgeschick auch eine Frau verantwortlich?«, wollte Martin wissen.

»Ja und nein«, antwortete der Fährmann und spähte zum Ufer hinüber, das inzwischen schon ein ganzes Stück näher gekommen war.

Martin wandte sich ebenfalls um, in der Annahme, dass ihn Adam Höllerich wirklich um seine Geschichte betrügen wollte. Doch ihnen blieb noch genügend Zeit.

»Mein Unheil begann eigentlich damit, dass ich mir in den Kopf gesetzt hatte, ein großer Krieger zu werden. Ein Ritter vielleicht, wie man sie in den alten Liedern besungen hat. Mein Vater war der Vasall des ungarischen Königs, und als dieser eines Tages zu einem Kreuzzug gegen die heranrückenden Osmanen aufrief, lief ich meinem Vater und dem Leben als rechtschaffener Bauer davon. Zusammen mit Soldaten aus dem Burgund rannten wir gegen die Mauern von Nikopolis an, einer Festung, die damals in osmanischer Hand war. Die Belagerung brachte nicht viel ein, und erst durch Johanniter, die uns zur Seite eilten, sahen sich die Osmanen gezwungen, zu handeln. Es kam zu einer großen Schlacht, in deren

Verlauf viele meiner Kameraden getötet wurden und sich der König in Schande zurückziehen musste. Ich war unter denen, die schwer verletzt überlebten – aber meine Augen hatte ich da beide noch. Anstatt mir einen Spieß durch die Brust zu jagen, nahmen mich die Osmanen mit und bildeten mich zu einem Kämpfer aus. Sie versuchten auch, mich zu ihrem Glauben zu bekehren, doch es gelang mir, mich so gut wie möglich davon fernzuhalten. Eines Tages erblickte ich auf dem Weg zu meiner Kaserne eine junge Frau. Sie war die Schönste, die ich je in meinem Leben zu Gesicht bekommen hatte. Fürwahr, wenn sie mich gebeten hätte, den Glauben zu wechseln, ich hätte es getan. Doch sie war die Tochter des Kommandanten der Burg. Meine Leidenschaft schien also von vornherein zum Scheitern verurteilt zu sein. Doch eines Tages bekam ich die Gelegenheit, mit ihr zu reden. Heimlich und unter Androhung der Todesstrafe traf ich mich danach immer wieder mit ihr. Du musst wissen, dass es bei den Osmanen verboten ist, als Andersgläubiger ihre Frauen anzusehen. Aber mir war das egal. Eine Minute mit ihr war wie ein Jahr, eine Stunde wie ein ganzes Leben. Auch wenn über mir das Henkersbeil schwebte, war ich der glücklichste Mann der Welt.«

Martin konnte ihm durchaus nachfühlen. So war es ihm auch ergangen, wenn er mit Bella zusammen war.

»Was geschah dann?«

»Eines Tages hat mich ein missgünstiger Kamerad verraten, der uns beobachtet hatte. Man nahm mich gefangen und legte mich in Ketten, und schon am nächsten Tag sollte ich hingerichtet werden. Die Tochter des Kommandanten setzte sich jedoch für mich ein und bestand sogar darauf, nachzuweisen, dass sie noch Jungfrau war. Das war sie in der Tat, denn uns beiden war klar, was passieren würde, wenn sie ein Kind von mir empfinge. Ich weiß bis heute nicht, wie es ihr gelungen ist, ihren Vater umzustimmen, doch das Urteil wurde geändert. Vielleicht weil ich ein guter Kämpfer war, sollte ich wegen des Vergehens, ein Auge auf die Tochter des Kommandanten geworfen zu haben, das linke Auge ausgestochen bekommen. Das Urteil wurde mit einem glühenden Säbel vollstreckt.«

Der Fährmann verstummte.

Martin, der so gespannt zugehört hatte, dass er gar nicht mitbekommen hatte, wie nahe sie mittlerweile dem Ufer waren, erschrak zutiefst, als das Floß mit einem dumpfen Geräusch gegen die Anlegestelle schlug. Ein harter Ruck ging durch die Bohlen, danach schaukelten sie nur noch sanft im Wellengang.

Der Fährmann vertäute das Floß und ging an Land. Offenbar erwartete er nicht, dass sich Martin zu seiner Geschichte äußerte.

Der Bursche blieb noch einen Moment lang an seinem Platz und blickte dann zu den Bergen auf, die sich hinter ihm erhoben. Der Bergfried der Katzenburg versteckte sich unter Dunst und war bestenfalls zu erahnen. »Was ist dann geschehen?«, fragte er schließlich, als er sich aufrichtete und ebenfalls vom Floß herunterstieg.

»Bist du noch immer nicht zufrieden?«, murrte Adam, der schon auf dem Weg zu seiner Behausung war. Seltsamerweise hatte er Martin noch immer kein Geld abverlangt.

»Ich würde nur gern wissen, was danach geschehen ist. Etwa mit der Frau. Und was dich hierher verschlagen hat.«

Martin musterte Höllerichs breiten Rücken und sein Haar. Seit 1396 waren einundvierzig Jahre ins Land gegangen. Wenn Adam bei seinem Fortlaufen noch ein junger Bursche gewesen war, musste er den fünfzigsten Lenz bereits weit überschritten haben. Vielleicht stand er gar in seinem sechzigsten. Und all die Zeit über hatte er nichts anderes getan, als Menschen über den Fluss zu befördern.

»Meinst du nicht, dass du damit bis zur nächsten Überfahrt warten solltest?«

»Ich weiß nicht, ob ich den Fluss jemals wieder überqueren werde«, entgegnete Martin. »Wenn ich meine Liebste erst befreit habe, werde ich mit ihr fortgehen. Vielleicht nach Italien.«

»Bis nach Italien ist es ein gutes Stück Weg, vielleicht brauchst du unterwegs eine Geschichte, die du deinem Mädchen erzählen kannst. Also gut, dann sollst du jetzt auch den Rest erfahren«, sagte er und begann zu erzählen.

23. Kapitel

Zwei Tage später preschte die Kutsche des Grafen Katzenburg mit lautem Getöse auf den Klosterhof von Bärbach. Das Geräusch weckte die Neugier der Schwestern, und nur wenige Augenblicke später kamen sie nach draußen gelaufen.

Allen voran Sunna und Adelheid, die von der Küche aus den besten Blick auf den Platz hatten. Ein undurchdringliches Stimmengewirr umhüllte sie.

»Seid Ihr bereit, gnädiges Fräulein?«, fragte Heinrich Oldenlohe.

Bella nickte. »Selbstverständlich, Heinrich.«

Der Bote öffnete die Tür, und nachdem er ausgestiegen war, reichte er ihr die Hand.

Das Raunen wurde lauter, als die Schwestern Bella erkannten. Sogleich steckten einige von ihnen tuschelnd die Köpfe zusammen. Bella versuchte, Anna unter ihnen auszumachen, und nach einer Weile fand sie sie und las aus ihrem Blick die Frage, was passiert sei.

»Bei allen Heiligen, was steht ihr hier rum?«, peitschte eine Stimme über die Köpfe der Anwesenden hinweg. Mit wehendem Schleier eilte die Mutter Oberin zu ihnen, worauf sich die Menge augenblicklich teilte.

Die ersten Nonnen begaben sich sogleich wieder zum Weinkeller oder ins Skriptorium zurück, andere, darunter auch Anna, hielt die Neugier noch zurück.

»Los, wieder an die Arbeit! Oder wollt ihr Christus durch euren Müßiggang verärgern?«, rief die Äbtissin.

Da trollten sich auch die anderen Frauen.

Bella stand wie erstarrt neben dem Waffenmeister, denn die Blicke der Schwestern hatten sie wie Geißeln getroffen. Nicht einmal das Mitleid, das in Annas Augen aufgeflammt war, hatte den Eindruck lindern können.

Die Äbtissin war offenbar in alles eingeweiht. Sie bedachte Bella mit einem Blick, der keine Empfindung verriet, wenngleich die junge Frau wusste, dass in ihr ein regelrechter Wirbelsturm tobte. Wer konnte schon wissen, was der Graf ihr hatte ausrichten lassen.

»Ich hätte nicht gedacht, dich so bald wiederzusehen«, sagte die Äbtissin streng, was in Bella ungute Ahnungen aufkommen ließ. Offenbar hatte ihr Vater ihr allein die Schuld an den Vorgängen gegeben.

Bevor Bella etwas erwidern konnte, wandte sich die Äbtissin an den Boten. »Ihr könnt wieder abreisen, Herr Oldenlohe. Richtet dem Grafen meine Grüße aus und sagt ihm, dass für seine Tochter vortrefflich gesorgt wird.«

»Verzeiht, Äbtissin, aber der Graf hat mich angewiesen, in der Nähe des gnädigen Fräuleins zu bleiben. Er befürchtet, dass es erneut einen Versuch geben wird, sie zu entführen.«

Die Mutter Oberin blickte ihn verwundert an, dann fragte sie: »Misstraut mir der Herr Graf etwa? Glaubt er, ich weiß meine Schäflein nicht zu hüten?«

»Das schon, aber ...«

»Mein lieber Herr Oldenlohe, so lange Fräulein Bella in meinem Haus ist, wird ihr kein Unheil widerfahren. Ich werde sie wenn nötig persönlich vor Entführern und anderen Unholden beschützen.«

»Aber mein Herr ...«

»In diesem Haus Gottes bin ich die Herrin! Reist zurück zu Eurem Herrn und richtet ihm meine Grüße aus.«

Heinrich Oldenlohe schnappte nach Luft, wusste allerdings nichts zu erwidern. Daher machte er eine Verbeugung vor der Äbtissin und sah dann zu Bella hinüber, die seinen Blick nicht erwiderte.

Ihr erwartet sicher, dass auch ich meinem Vater ein paar Worte ausrichten lasse, dachte sie, denn obwohl sie nicht hinsah, spürte sie seinen Blick genau. Aber es gibt nichts, was ich ihm zu sagen hätte.

»Komm, mein Kind. Ich bringe dich zu deiner Zelle.« Die Hand der Äbtissin legte sich beschützend auf Bellas Schulter und zog sie mit sanfter Gewalt mit sich.

Während sie dem Haupthaus zuschritten, betrachtete die junge Frau das Laub auf ihrem Rocksaum und fragte sich, was Martin wohl in diesem Augenblick tat.

Nachdem die Äbtissin Bella in ihre alte Zelle geführt hatte, schloss sie die Tür hinter sich und sah das Mädchen lange an.

»Ich bin nicht betrübt, dich wiederzusehen«, begann sie. »Allerdings hätte ich nicht damit gerechnet. Du musst deinen Vater ziemlich verärgert haben.«

Bella sagte dazu nichts. Sie ließ ihr Bündel auf das Bett fallen und senkte den Kopf.

»Du bist nicht hier, um dir Vorwürfe anzuhören. Die Strafe, die dir gebührt, hast du gewiss von deinem Vater bekommen.«

Und ob ich die bekommen habe, dachte Bella trotzig. Das Kloster war aber besser als Roland von Hohensteins Bett.

»Ich will deinen Aufenthalt hier jedenfalls nicht als Strafe verstehen«, fuhr Magdalena fort. »Vielmehr bin ich dazu da, dich auf den rechten Weg zurückzuführen und deine Seele zu schützen.« Der etwas versöhnlichere Ton der Mutter Oberin konnte nicht darüber hinwegtäuschen, dass sie von nun an strenger mit Bella umgehen würde. »Du wirst dich nachher gleich im Weinkeller einfinden, wo du den Schwestern beim Weinabstich helfen kannst. Vielleicht klärt das deine Gedanken. Solltest du dein Herz ausschütten wollen, kannst du jederzeit zu mir kommen.«

»Ja, Mutter Oberin«, entgegnete Bella, wusste aber, dass sie ihr von dem Leid, das sie plagte, nicht erzählen konnte. Sie verzehrte sich vor Sehnsucht nach Martin! Auch in diesem Augenblick.

Der Abend, an dem ihr Vater zu ihr gekommen war und ihr gesagt hatte, dass Martin Graf von Bärenwinkels Sohn sei, kam ihr wieder in den Sinn. Er hätte es mir erzählen müssen, dachte sie mit einem Anflug von Ärger auf den Jungen. Er hätte mich nicht belügen dürfen.

Aber seltsamerweise kühlten auch diese Gedanken nicht die Leidenschaft, die sie für ihn empfand. Sie dachte wieder an den Brief, den er ihr geschrieben hatte. Den Brief, den sie unter ihrem Bett versteckt und dort nun leider vergessen hatte.

Martin hatte ihr Hilfe angeboten und ihr – wenn auch etwas hilflos – seine Gefühle gestanden. Das konnte nicht gelogen sein!

Die Mutter Oberin sagte noch etwas zu ihr, doch Bella hörte nicht hin.

»Nun mach dich fertig und melde dich dann bei Schwester Johanna«, waren die ersten Worte, die wieder zu ihr durchdrangen.

Wenig später klappte die Tür zu, und der Weihrauchduft, der von Magdalenas Kleidern ausgegangen war, wurde schwächer. Den Tränen nahe ließ sich Bella auf das Bett fallen. Sie vernahm das Poltern der Kutsche, die vom Hof rollte, dann wurde das Klostertor geschlossen. Kein Geräusch hätte endgültiger sein können als diese beiden.

Bella hätte es nicht für möglich gehalten, doch tatsächlich schaffte es die Arbeit im Weinkeller, sie ein wenig abzulenken.

Das tonnenartige Gewölbe wirkte wie eine schützende Kuppel, und der Geruch nach Holz, Hefe, Most und Wein verlieh ihm etwas Heimeliges.

Der Anblick der hintereinander aufgereihten Weinfässer ließ Bellas Lächeln immerhin ein wenig zurückkehren. Fackellicht tanzte über die Fassdauben und hob die Gestalten der Nonnen hervor, die sich sonst mit ihren braunen Gewändern kaum von ihrer Umgebung abhoben. Offenbar waren sie schon seit einiger Zeit beim Weinabstich. Dieser war nötig, um den Wein von seiner Hefe zu befreien, damit er seinen Geschmack besser entwickeln konnte.

Die Schwestern hatten bereits einige der Fässer, die abgestochen werden sollten, auf ein dafür vorgesehenes Gestell gehievt. Das war eigentlich Männerarbeit, doch die Mesnerin und ihre Gehilfinnen wussten sich mit Seilen und Winden zu helfen.

Als Bella zu ihnen trat, blickte Johanna auf.

»Ah, da bist du ja!«, sagte sie ohne eine gesonderte Begrüßung. »Geh an den Blasebalg, du hast kräftigere Arme als Sophie.«

Die zierliche Novizin errötete bei diesen Worten, doch sie war sichtlich froh, ihren Platz räumen zu müssen. Die Arbeit am Blasebalg, mit dem der Wein mittels eines

Schlauches von einem Fass ins andere gepumpt wurde, forderte von den Frauen vollen Körpereinsatz. Bella hatte diese Arbeit zum ersten Mal verrichtet, nachdem die Mutter Oberin sie beim Klettern am Glockenseil erwischt hatte.

»Hier kannst du die überschüssige Kraft loswerden«, hatte sie gesagt, und Bella hatte Fass um Fass auspumpen müssen, bis ihr die Arme geschlottert hatten. Das würde nun nicht mehr passieren, aber diese Geschichte kam Bella nun wieder in den Sinn.

Nachdem sie den Platz oberhalb der Fässer eingenommen hatte, begann sie zu pumpen. Bei aller Schwere dieser Arbeit war sie doch eintönig und erlaubte, dass sich Gedanken in ihren Sinn schlichen.

Gedanken an Martin. Was hatte der Sohn des Grafen von Bärenwinkel auf ihrer Burg zu suchen gehabt? Warum hatte er einen falschen Namen benutzt? Erinnerungsfetzen kamen ihr in den Sinn. Martins Wissen um den neuen Wein, seine Arbeit im Gut ... Ein schrecklicher Verdacht kam ihr. War er zu ihnen gesandt worden, um ihren Weinkeller auszuspionieren? Hatte er vielleicht sogar den Auftrag gehabt, sie zu verführen?

Unwohlsein regte sich in Bellas Magengrube. Ihr Herz beteuerte immer wieder, dass dies ganz sicher nicht seine Absicht war. Aber ihr Verstand hatte recht starke Argumente dafür.

Ach, wenn ich doch nur ein letztes Mal mit ihm sprechen könnte, dachte sie. Andernfalls erbitte ich, ihn zu vergessen, sonst werden mich meine Fragen noch zerreißen.

»Was ist, Bella, bist du gerade am Einschlafen?«, fuhr die Mesnerin sie an. »Drück den Blasebalg ruhig etwas kräftiger, sonst sind wir zum morgigen Abendläuten immer noch nicht fertig.«

Bella tat wie ihr geheißen, und während sie den Blasebalg mit kräftigen Zügen betätigte, versuchte sie die Gedanken an Martin zu verdrängen. Sie wusste, dass man beim Weinabstich sorgfältig sein musste, damit möglichst wenig von der alten Hefe mit ins neue Fass gelangte.

Der Wein, den sie jetzt abstachen, war vom letzten Jahr und erhielt heute seine letzte Klärung. Beim jungen Wein, der im Dezember ebenfalls so weit war, dass man ihn umfüllen konnte, war sogar noch größere Sorgfalt angezeigt, weil er sonst zu viel Hefe in das neue Fass mitnahm.

»Genug!«, rief die Mesnerin schließlich und riss die Hand hoch. »Ich kann hören, dass du gleich die Hefeschicht erreichst. Zieh den Balg aus dem Fass.«

Nachdem sie das neue Fass verschlossen hatten, ging es zum nächsten. Als die Mittagsglocke zum Gebet rief, konnte Bella ihre Arme kaum noch spüren. Doch irgendwie fühlte sie sich auch seltsam leicht. Hier hatte sie ihre Aufgabe, hier musste sie nicht fürchten, wie ein Pferd verschachert zu werden.

Nach dem Abendgebet und dem Abendessen begab sich Bella in ihre Zelle. Alles stand hier noch an seinem Platz, und noch immer pfiff der Wind durch die Fensterläden.

Die Nacht war unruhig, vielleicht würde sogar ein Sturm aufkommen. Langsam, aber sicher glitt dem Herbst das Zepter aus der Hand, während der Winter bereits vor der Pforte der Thronhalle lauerte.

Schwermut erfasste Bellas Seele und Schwäche ihre Glieder. Es hatte ihr nichts ausgemacht, die ihr aufgetragenen Arbeiten zu erledigen. Die Mutter Oberin hatte sie nicht anders behandelt als vorher, und wenn sie ehrlich war, tat ihr nach den Wochen der Aufregungen die Ruhe auch mal ganz gut.

Natürlich vermisste sie ihren Weinberg, doch auch das wäre zu ertragen gewesen, wenn es in ihrem Herzen nicht diese Flamme gegeben hätte, die sich durch nichts löschen ließ.

Als sie vor dem Kruzifix niederkniete, meinte sie Martins Gesicht in dem gekreuzigten Jesus zu erkennen. Sie glaubte ihn zu sehen, wie er im Kerker ihres Vaters an einem Pfosten hing und von den Bütteln gequält wurde. Obwohl sie wusste, dass ihn der Graf von Bärenwinkel in Wirklichkeit fortgeholt hatte, versetzte ihr dieses Bild einen derartigen Schrecken, dass sie sogleich von dem Gebet absah und sich auf die Pritsche sinken ließ. Tränen schossen ihr in die Augen.

Warum gibt es nur diesen Hass zwischen unseren Familien?, fragte sie sich.

Ein Geräusch vor ihrer Tür schreckte sie aus ihren Gedanken fort. Als sie aufblickte, sah sie, wie sich die Tür zaghaft Stück für Stück vorsichtig aufschob.

»Komm nur herein«, rief Bella. »Du störst mich nicht.«

Wenig später blickte sie in Annas Gesicht. Den ganzen Tag über hatte die Novizin versucht, in ihre Nähe zu kommen, doch es hatte sich nie die Gelegenheit für ein ungestörtes Gespräch ergeben. Wahrscheinlich hatte die Mutter Oberin dafür gesorgt, doch jetzt war sie nicht hier und konnte Anna auch nicht fortscheuchen.

»Ich wollte nur mal sehen, wie es dir geht«, sagte das Mädchen zögerlich.

Bella lächelte spöttisch. »Wie soll es mir schon gehen? Ich wurde aus meinem Elternhaus vertrieben und von meinem Geliebten weggerissen. Der Zustand meines Körpers dagegen ist ganz ordentlich.«

Anna senkte betroffen den Kopf, und nach kurzem Zögern stieß sie die Tür ins Schloss. Mehr als herumstehen tat sie erst einmal nicht, wahrscheinlich wartete sie darauf, dass Bella etwas sagte.

Tatsächlich klopfte die Grafentochter neben sich auf die Pritsche und sagte dann: »Setz dich nur zu mir. Über ein wenig Gesellschaft wäre ich sehr froh, dann muss ich nicht ständig an ihn denken.«

»Wie ist er denn so?«, wollte Anna wissen, nachdem sie sich neben Bella niedergelassen hatte.

Die Grafentochter unterdrückte ein Seufzen. Ihr war eigentlich nicht danach, über Martin zu reden. Doch Anna konnte weder gegen ihre Neugierde angehen noch wissen, wie viel Schmerz es ihr bereitete, von ihm getrennt zu sein. Also wollte sie ihr den Gefallen tun. Im nächsten Moment fragte sie sich allerdings, wie sie Martin eigentlich wahrgenommen hatte. Bisher hatte sie sich keine Gedanken darüber gemacht. Wenn sie ihn gesehen hatte, war es, als würde in ihrem Herzen eine Sonne aufgehen.

Jetzt fragte sie sich, was ihr eigentlich an ihm gefiel. Seine Augen? Der etwas unordentliche Haarschopf, der ihm das Aussehen eines Kobolds verlieh?

»Er hat das schönste Lächeln, das du dir an einem Mann vorstellen kannst«, hörte sie sich schließlich sagen. »Es geht beinahe von einem Ohr zum anderen.«

Anna, die offenbar etwas anderes erwartet hatte, zog verwundert die Augenbrauen hoch. »Das ist alles?«

»Natürlich sieht er auch gut aus und hat beste Manieren. Aber mittlerweile bin ich sicher, dass mich sein Lächeln dazu gebracht hat, mich in ihn zu verlieben.«

Anna dachte eine Weile darüber nach. »Ich stelle es mir wunderbar vor, einen Liebsten zu haben«, schwärmte sie dann. »Jemanden, der immer an dich denkt und der sein Leben für dich riskieren würde.«

In ihrer Begeisterung übersah die junge Frau ganz, dass

Bella mit den Tränen rang. Doch sie fasste sich sofort wieder, denn sie wusste, dass ein Weinkrampf ihr nicht weiterhelfen würde. »Ja, es kann ganz wunderbar sein und gleichzeitig auch ganz furchtbar.«

Anna ergriff nun ihre Hände, eine Geste, die Bella von ihrer neugierigen Freundin nicht erwartet hätte. »Wart's ab, wenn er dich wirklich liebt, wird er einen Weg finden, dich hier rauszuholen oder deinen Vater zu überzeugen, es zu tun.«

Das ist gut gemeint und leicht gesagt, dachte Bella bitter. Wenn mein Vater Martin noch einmal sieht, wird er ihn wahrscheinlich auf der Stelle töten.

Aber Anna zuliebe nickte sie und lenkte dann das Thema auf ihren Weinberg, über den sie auch schon zu früheren Zeiten viele Geschichten erzählt hatte.

Fast schon bedrohlich ragte die Katzenburg im Mondschein vor Martin auf. Der Bergfried wirkte wie ein aufmerksamer Wächter, die Mauern waren schützende Arme, die nichts und niemanden durchzulassen gewillt waren.

Gewiss ahnte der Graf nichts von der Bedrohung, die auf ihn zukam, dennoch rechnete Martin damit, dass er die Wachposten ein wenig aufgestockt hatte. Immerhin war es möglich, dass seine Tochter erneut zu entfliehen versuchte.

Wie es ihr wohl gehen mag?, fragte er sich. Sorge ließ sein Herz zusammenkrampfen, denn in der vergangenen Nacht hatte er einen beunruhigenden Traum gehabt. Er hatte Bella am Flussufer liegen sehen, bleich und reglos. Das Kleid, das sie trug, wirkte auf den ersten Blick wie ein Hochzeitsgewand, doch dann hatte er feststellen müssen, dass es sich um ein Leichenhemd handelte. Erschrocken war er hochgefahren und hatte die ganze Nacht über kein Auge mehr zugetan, aus Angst, dass die Bilder wiederkehren könnten.

Den ganzen Tag über hatte er sich dann im Wald um die Katzenburg herumgetrieben, immer auf der Hut vor dem Wildhüter des Grafen. In einer der Fallen hatte Martin einen Hasen gefunden, den er am Flussufer gebraten hatte. Hätte ihn der Wildhüter dabei erwischt, hätte er ihn sicher als Wilderer zur Burg geschleift.

Nun sah er sich der Herausforderung gegenüber, in die Burg und vor allem zu Bella zu kommen, ohne dass ihn jemand bemerkte. Er umrundete die Mauer, bis er an die kleine Pforte zum Weinberg kam. Der Geruch von faulen Trauben und vermoderndem Laub stieg ihm in die Nase, während er sich an dem Zugang zu schaffen machte. Sein Dolch erwies sich als wenig hilfreich, denn der Erbauer dieser Festung hatte sich ebenso viel bei der Absicherung der Tür gedacht wie sein Urgroßvater beim Anlegen des Fluchtweges.

Ein Fluchtweg!, schoss es Martin jäh durch den Kopf. Konnte es sein, dass der Urvater der Familie Katzenburg ebenfalls einen Weg nach draußen angelegt hatte?

Für einen kurzen Moment wallte Freude in ihm auf, doch diese wurde getrübt, als ihm in den Sinn kam, dass der Ausgang überall und nirgends sein konnte.

Da ertönten Schritte. Martins Überlegungen stockten augenblicklich, und er flüchtete sich hinter einen Busch ganz in der Nähe. Mit angehaltenem Atem beobachtete er, wie sich die kleine Pforte öffnete.

Er rechnete damit, dass jeden Augenblick ein Wächter erschien, der ihn vom Bergfried aus beobachtet hatte und nun stellen wollte. Fest schloss er die Hand um den Griff seiner Waffe. Doch im nächsten Augenblick sah er eine

Frau. Ihr Haar war unter einem dunklen Tuch verborgen, ihr Gesicht wirkte allerdings noch nicht so alt, wie es ihre Gestalt vermuten ließ. Sie ging ein wenig krumm und humpelte.

Nachdem er sicher war, dass von dieser Frau keine Gefahr für ihn ausging, richtete Martin das Augenmerk auf die Tür. Die Frau hatte einen Stein vor die Schwelle geschoben, denn der Türflügel stoppte eine Handbreit vor dem Türrahmen.

Das war seine Chance.

Während sein Herz freudig schneller schlug, blickte er sich nach der Frau um. Offenbar hatte sie vor, Kräuter oder Weinblätter zu sammeln, jedenfalls ging sie immer tiefer in den Weinberg hinein.

Als er glaubte, dass sie ihn nicht mehr hören konnte, tauchte er hinter dem Busch auf und lief zu der Pforte. Kurz verschluckte ihn die Dunkelheit, da der Teil der Mauer im Schlagschatten der Burg lag. Vom Tor her vernahm er Stimmen. Die Wachposten hatten sich also noch nicht zur Ruhe begeben.

Während sich Martin hinter dem kleinen Schuppen verbarg, bei dem er sich mit Thomas und seinen Spießgesellen geprügelt hatte, richtete er den Blick auf das Schloss in der Mitte. Die Fenster waren allesamt dunkel. Jene, die nicht mit zusätzlichen Läden verschlossen waren, reflektierten das Mondlicht.

Martin wusste nicht genau, hinter welchem er Bella finden konnte. Bei ihren Treffen hatte er sie nie zurück zur Burg begleitet, sondern war stets im Weinberg geblieben. Jetzt wünschte er sich, es wäre anders gewesen. Doch wahrscheinlich hätte er dann damit rechnen müssen, dass die Wachen den Befehl ihres Vaters ausführten.

Wie komme ich nun zu ihr?, überlegte Martin, während

er zwischen den Hütten hindurchschlich. Gab es eine Möglichkeit, durch das Schlosstor hineinzukommen?

Gerade als er den schützenden Schatten verlassen wollte, ertönte hinter ihm eine Stimme.

»Das würde ich an deiner Stelle nicht tun.«

Der sanfte Klang, der nicht recht zu der Warnung passen wollte, ließ Martin herumwirbeln.

Wenig später blickte er in das Antlitz der Frau, die vorhin die Burg verlassen hatte. Sie trug einen Leinenbeutel um die Schultern, stützte sich auf einen Stock und betrachtete ihn wachsam.

Alles in ihm schrie danach, er solle verschwinden, doch als ginge ein unsichtbarer Bann von ihr aus, war er nicht in der Lage, die Flucht zu ergreifen. Die Art, wie die Frau ihn musterte, gab ihm das Gefühl, dass sie ihn kannte. Und sich fragte, was er hier zu suchen hatte.

»Du bist der junge Graf von Bärenwinkel, nicht wahr? Und du kommst, um es erneut zu versuchen.«

»Ich weiß nicht, was Ihr meint.«

»O doch, mein Junge, das weißt du. Du liebst Bella. Du liebst sie so sehr, dass du bereit bist, noch einmal dein Leben für sie aufs Spiel zu setzen.«

»Und wenn es so ist?«, entgegnete Martin trotzig.

»Dann ist es lobenswert. Du magst mich vielleicht nicht kennen, aber ich war dabei, als sie dich und Bella zurückgebracht haben. Und ich habe an ihrem Krankenlager gestanden.«

Diese Worte beunruhigten Martin.

»Keine Sorge, es geht ihr gut«, sagte die Frau. »Sie ist wieder in dem Kloster, aus dem sie gekommen ist.«

»Im Kloster«, wiederholte Martin. »Dann hat der Graf den Heiratsplänen also entsagt?«

Die Frau blickte ihn vielsagend an. »Ja, das hat er. Immerhin. Auch wenn Roland von Hohenstein geschworen hat, ihn dafür zu ruinieren.«

Martin konnte darauf erst einmal nichts erwidern. Eine Vielzahl von Möglichkeiten tat sich vor ihm auf. Fernab von der Katzenburg konnte er Bella vielleicht befreien. Natürlich musste er sich darauf einstellen, dass der Graf einen Bewacher bei ihr gelassen hatte, doch es war immerhin ein kleiner Hoffnungsschimmer.

»Allerdings solltest du dich nicht zu früh freuen, junger Graf«, fügte die Frau hinzu, als hätte sie seinen Gedanken hinter seiner Stirn ausmachen können. »Ihr Vater wird zweifelsohne versuchen, einen neuen Mann für sie zu finden. Ich weiß, wer du bist, und ich weiß auch, wie Bella zu dir steht. Aus diesem Grund rate ich dir, sei vorsichtig und zerstöre nicht ihr Leben. Am besten wäre es, wenn du dich ganz von ihr fernhältst.«

»Das kann ich nicht«, entgegnete Martin unverwandt. »Ich liebe sie und werde nicht zulassen, dass sie einen anderen heiratet als mich.«

Die Frau betrachtete ihn wiederum prüfend. »Kommen diese Worte aus der Tiefe deines Herzens oder dem Ansinnen, dem Grafen in irgendeiner Weise zu schaden?«

»Sie kommen aus meinem Herzen«, entgegnete Martin sanft. »Ich will nur, dass Bella glücklich wird.«

»Glücklich mit dir?«

»Glücklich mit wem auch immer sie es sich wünscht.«

Die Frau neigte den Kopf, und zum ersten Mal sah er sie nun lächeln. »Gut, dann geh zu den Klarissen im Kloster Bärbach. Aber nimm dich in Acht. Die Äbtissin wacht streng über ihre Schützlinge. Du musst es schon geschickt anstellen, um an sie heranzukommen.«

»Keine Sorge, ich bin nicht auf den Kopf gefallen.«

Martin wollte schon der kleinen Pforte zustreben, als

die Frau ihren Stock hob und ihn ihrem Gegenüber wie ein Schwert an die Brust setzte. »Du wirst sie vor jeder Gefahr beschützen, hast du verstanden?«

Martin nickte. »Das werde ich.«

»Und nicht zulassen, dass sie wieder ins Wasser springt.«

»Wir werden diesmal einen anderen Weg nehmen.«

Martin fragte sich, ob die Frau wohl zum Grafen laufen und ihm ihr Vorhaben mitteilen würde. Doch wenn sie das vorgehabt hätte, dann hätte sie auch gleich um Hilfe schreien können.

»Bella ist das Kostbarste, was der Graf und ich haben. Sie ist die Zukunft dieses Ortes, der Menschen und des Weinbergs. Wenn du sie verlierst, machst du dich in furchtbarer Weise schuldig, und ich weiß nicht, ob selbst Gott dir vergeben würde.«

»Seid unbesorgt, ich würde für sie mein Leben geben«, entgegnete Martin.

»Dann lasse ich dich jetzt durch die Pforte.«

Martin nickte dankend, musste aber noch fragen: »Warum helft Ihr mir?«

Die Frau warf ihm einen vielsagenden Blick zu. »Es ist wegen eines Menschen, den ich einst kannte und den ich aufgegeben habe, obwohl ich vielleicht hätte kämpfen sollen. Das Schicksal hat mir die Möglichkeit genommen, es mir anders zu überlegen, aber ihr sollt sie haben. Liebe ist kostbar in diesen Zeiten, und wer sie findet, sollte alles dafür tun, um sie zu erhalten.«

Damit wandte sie sich um und ließ Martin stehen. Sie wusste, dass er den Weg kannte.

24. Kapitel

Bella arrangierte sich mit ihrem Leben in Bärbach so gut es ging, auch wenn die verzehrende Sehnsucht nach Martin blieb. Daran konnten alle Freundlichkeit und alle Arbeit nichts ändern. Wann immer sie Zeit hatte, starrte sie sehnsuchtsvoll aus dem Fenster ihrer Zelle auf den Weinberg. So war es auch an diesem Morgen.

Nebel krochen wie Geister über den Weinberg und um das Kloster herum. Der Himmel ließ kaum einen Sonnenstrahl durch. Das graue Zwielicht legte sich schwer auf Bellas Gemüt. Aber da war noch etwas anderes. Obwohl sie das Ungemach des Winters im Kloster nur allzu gut kannte, gesellte sich ein Unwohlsein hinzu, das sie sich nicht erklären konnte.

Sie fühlte sich elend, was durchaus an ihrem Herzleid liegen konnte. Doch alles konnte sie nicht damit erklären, was sie spürte. Eine Veränderung ging in ihr vor, als würde sie sich häuten wie eine Spinne.

Die anderen Schwestern schienen das nicht zu bemerken, aber sie spürte es überdeutlich.

Ein paar Tage später, als sie am Morgen ihr Hemd anzog, bemerkte sie, dass ihre Brüste spannten und schmerzten. Das Gefühl kannte sie eigentlich von der Zeit, in der ihr Blut kam. Dieses war seit einigen Tagen überfällig, doch wie sie wusste, konnte die Kälte des Flusses daran schuld sein.

Oder ein Kind.

Alles krampfte sich in Bella zusammen, und ein Schwindel erfasste sie so hart, dass sie auf die Pritsche niedersinken musste. Sie dachte an den Abend, als sie sorgenvoll durch ihre Kemenate gelaufen war und vorgehabt hatte, Martin zu fragen, ob er sie denn auch noch wollte, wenn sie ein Kind von ihm empfing. Damals hatte sie nicht den Mut dazu gehabt und ihm nur von Oda erzählt, deren Schicksal sie nicht kannte. Konnte es sein, dass ihre Sorge nicht unbegründet gewesen war?

Angst übermannte sie. Nicht nur weil sie fürchtete, aus dem Kloster gejagt und endgültig von ihrem Vater verstoßen zu werden. Sie fürchtete auch die Schwangerschaft an sich. Bilder von blutigen Tüchern und das bleiche Gesicht ihrer Mutter kamen ihr wieder in den Sinn.

Bevor diese allerdings überhandnehmen konnten, schob sie sie entschlossen beiseite. Nein, ich lasse mich davon nicht irre machen, sagte sie sich und erhob sich wieder.

Als sie sich erneut hinabbeugte, um sich zu waschen, sah sie im Wasserspiegel des Zubers jedoch sich selbst, totenbleich, mit eingesunkenen Augen und einem Blumenkranz im Haar, wie ihn ihre Mutter getragen hatte, als man sie in das Sterbelaken gewickelt und die Gruft über ihr verschlossen hatte. Daraufhin trat Schwärze vor ihre Augen und riss sie zu Boden.

»Bella, was ist denn los?«, zerrte sie eine Stimme nach einer Weile aus der Dunkelheit fort.

Als sie zögerlich die Augen öffnete, erkannte die Grafentochter das Gesicht von Anna, das rund und voll wie der Mond über ihr schwebte. Nur lag im Gegensatz zum Mond kein gemütlicher Ausdruck darauf. Die Augenbrauen waren sorgenvoll zusammengezogen und die Augen so wässrig, als wollte sie gleich losweinen.

Als sie erkannte, dass ihre Freundin erwachte, hellte sich ihre Miene etwas auf. »O Bella, was war dir nur?«, fragte sie.

Die Angesprochene realisierte nach und nach, dass sie auf dem Boden neben dem Dreibein mit dem Waschzuber lag. Sie ließ sich von Anna aufhelfen und blickte sich im Raum um, doch außer der Novizin war niemand da.

»Mir war auf einmal schwarz vor Augen«, beantwortete Bella die Frage der Novizin, als sie merkte, dass Anna sie die ganze Zeit über fragend ansah. »Wahrscheinlich habe ich mich ein wenig erkältet.«

»Das wäre kein Wunder«, entgegnete Anna und rieb ihr besorgt wie eine ältere Schwester die Schultern. »Immerhin bist du nun wieder warme Gemächer gewohnt.«

Aus dem Mund einer anderen hätte es wie ein Vorwurf klingen können, doch Bella wusste, dass es Anna nicht böse meinte.

»Vielleicht solltest du die Mutter Oberin bitten, dir noch ein Hemd zu geben. Oder noch einen Mantel, damit du nicht so frierst. Und essen solltest du mehr. Du hast in den vergangenen Tagen gepickt wie ein Spatz!«

Da Anna mit alledem recht hatte, nickte Bella, während sie sich fragte, was die Äbtissin wohl dazu sagen würde, dass der Graf ihr eine Schwangere geschickt hatte. Doch bevor noch jemand Verdacht schöpfte, rappelte sie sich wieder auf. Mit ihren Ängsten kämpfen konnte sie auch, wenn es Nacht war.

Der Weinberg war zwar noch immer nicht vollständig kahl, aber die Blätter färbten sich zusehends gelb und rot, und man begann sich auf den Winter vorzubereiten.

Auch jetzt waren noch zahlreiche Arbeiten im Weinberg zu erledigen, damit im nächsten Jahr neuer Wein wachsen konnte.

Obwohl der Winterschnitt noch nicht an der Reihe war, hieß die Mutter Oberin die Nonnen, die überschüssigen Triebe abzuschneiden. Das betraf vor allem die Geiztriebe, die im Sommer zu sehr ins Kraut geschossen waren.

Zusammen mit Anna und zwei anderen Schwestern war Bella für diese Arbeit ausgewählt. Alle hüllten sich in dicke Mäntel und strömten in den Weinberg. Weißer Nebel waberte über das Gelände und fing sich in den umstehenden Bäumen. Der Boden unter ihren Füßen war von Regenfällen aufgeweicht.

»Schneidet die Rebstöcke sorgfältig aus. Und dass ihr ja kein gutes Holz wegnehmt.«

Die Frauen nickten einhellig, dann machten sie sich an die Arbeit.

Auch Bella trat vor einen Rebstock und zückte ihr Messer. Während sie die überschüssigen Triebe abschnitt, hörte sie über sich die Krähen krächzen. Es klang, als seien sie Boten, denn die Vögel stießen nur dann ihre rauen Töne aus, wenn sie über ihr kreisten.

Oder sie beweinen mein Leid, dachte sie bitter und setzte das Messer erneut an. Wieder kam ihr in den Sinn, wie sie an gleicher Stelle Reben gelesen hatte und so ahnungslos gewesen war von allem, was auf sie zukommen würde. Jetzt wusste sie es besser, und sie wünschte insgeheim, dass Heinrich Oldenlohe nie mit der Nachricht hier angekommen wäre.

Dann hättest du auch nicht Martin kennengelernt, wisperte ihr eine kleine Stimme zu, doch Bellas Antwort darauf war ernüchternd: Dann hätte ich all das Leid auch nicht erfahren.

Als sie bei Einbruch der Dämmerung ins Kloster zurückkehrte, waren ihre Füße und Hände steif vor Kälte.

In der Küche saß Bella zitternd vor ihrer Schüssel mit Grütze. Trotz der schweren Arbeit hatte sie keinen Appetit. Die Schwestern musterten sie fragend und neugierig, Bella konnte ihre Blicke wie Nadelstiche fühlen. Doch sie sah nicht auf und hoffte nur, dass keine von ihnen eine Frage stellte.

Martin erreichte das Dorf, in dessen Nähe sich das Kloster befinden sollte, am Nachmittag. Seine Füße und sein Rücken schmerzten von dem langen Fußmarsch, und das Geräusch eines Schmiedehammers in der Ferne erweckte in ihm den sehnlichen Wunsch, ein Pferd zu haben.

Aber immerhin hatte er eine Ortschaft erreicht. Eine Ortschaft, in der er nach dem weiteren Weg fragen konnte und vielleicht etwas zu essen bekam. In den vergangenen Tagen hatte er sich damit beholfen, Kaninchen zu jagen und nach essbaren Wurzeln zu suchen. Einem Bauern hatte er einen Kohlkopf und ein paar Rüben stibitzt, und von einem Apfelbaum pflückte er jene Äpfel, die eigentlich verbleiben sollten, um den Ertrag des nächsten Jahres zu sichern.

Satt gemacht hatte ihn das alles nicht, und auch jetzt knurrte ihn sein Magen wie ein hungriger Wolf an. Das wurde noch schlimmer, als ihm aus einer der Behausungen der Geruch von Eintopf in die Nase stieg.

Martin war bereits gewillt, dort zu fragen, als er die Schenke des Ortes bemerkte. Ein paar Reiter machten gerade halt, und der katzbuckelnde Wirt nahm sie in Empfang. Sogleich überkam ihn die Ernüchterung. Geld hatte er keines mehr. Bei seiner Flucht aus der väterlichen Burg hatte er nur daran gedacht, wie er am besten zu Bella gelangen konnte. Er hatte nicht damit gerechnet, dass sie nicht mehr auf der Katzenburg war.

»He, was ist mit dir, Junge?«, ertönte neben ihm eine Frauenstimme. »Stehst die ganze Zeit rum, als wüsstest du nicht, wo du hin sollst.«

Als er sich umwandte, blickte er in das Gesicht einer recht beleibten Frau, unter deren Haube rote Locken hervorquollen. Sie war nicht hässlich, doch der enorme Busen, den sie unter ihrem groben roten Kleid vor sich hertrug, flößte Martin Respekt ein.

»Ich wollte nur ...«, setzte er zu einer Antwort an, doch das Knurren seines Magens beendete den Satz.

»Ah, du hast Hunger.« Martin konnte nichts anderes tun als nicken.

»Dann komm rein. Anna wird sich um dich kümmern.«

Das beste Gefühl hatte Martin nicht, als er der seltsamen Anna zur Haustür folgte. Aber wenn er nicht bald etwas Anständiges zu beißen bekam, schaffte er es niemals bis zum Kloster.

Im Haus strömte ihm der Geruch von Grütze und Hammelfleisch entgegen. Dass sie sich unter der Woche Fleisch leisten konnte, deutete darauf hin, dass es ihr gutging. Hatte sie vielleicht einen wohlhabenden Mann – oder einen Galan, der für ihr Wohlbefinden sorgte?

Der Raum, den er betrat, war eine Mischung aus Stube und Küche. In der steinernen Esse flackerte ein munteres Feuer, auf dem Tisch stand eine Schüssel. Offenbar war sie im Begriff gewesen, selbst zu essen, als sie ihn vor ihrem Zaun bemerkt hatte.

»Setz dich ruhig, ich tu dir auf!«

Martin, der sein Glück trotz des seltsamen Gefühls nicht fassen konnte, ließ sich auf dem Stuhl nieder. Er sah zu, wie die Frau vor ein hölzernes Regal trat und eine weitere Holzschüssel holte. Die stand wenig später mit Grütze und Fleisch gefüllt vor seiner Nase.

»Greif zu, Junge, kannst es brauchen«, sagte Anna und trat mit ihrer Schüssel erneut ans Feuer.

Was mag wohl der Preis dafür sein?, fragte sich Martin, während er sich den ersten Löffel in den Mund schob. Doch die Frage trat angesichts des köstlichen Mahls in den Hintergrund. Sein Magen nahm das Essen mit einem wohligen Grunzen auf, und wenig später zog ihm die Wärme des Breis durch sämtliche Glieder. Müdigkeit übermannte ihn und das Verlangen, sich nach dem Mahl einfach auf einem Fell langzumachen und all den fehlenden Schlaf der vergangenen Tage nachzuholen.

Doch dann fiel ihm wieder ein, was der eigentliche Grund für seine Anwesenheit hier war. »Wie weit ist es bis zum Kloster?«, fragte er und legte den Löffel ab.

Anna, die den Brei ebenfalls mit Appetit verspeist hatte, blickte ihn erstaunt an.

»Was will denn so ein kräftiger Bursche im Kloster?«

»Ich … will jemanden besuchen«, antwortete er schnell, denn er wollte seine wahre Absicht niemandem preisgeben. »Meine Schwester ist dort, ich habe sie schon seit sehr langer Zeit nicht gesehen.«

»Deine Schwester?« Die Frau musterte ihn gründlich, als hätte sie ihn beim Lügen ertappt. »Deine Eltern müssen ziemlich reich sein, wenn sie die Mitgift fürs Kloster aufbringen konnten.«

Martin war auf einmal zumute, als würde ihm jemand die Luft abdrücken. Ich wusste, ich hätte nicht herkommen dürfen, dachte er, als sich die Frau erhob.

»Wie dem auch sei«, sagte sie, während sie sich ihm näherte. »Deine Schwester wird dem Kloster sicher nicht weglaufen. Was hältst du davon, wenn ich mich jetzt mal um den anderen Hunger kümmere?«

Martin wusste zunächst nicht, was sie damit meinte. Sein Magen war voll, seine Glieder waren erstarkt, ihm mangelte es an nichts. Ein Licht ging ihm erst auf, als Anna ihre Brüste gegen seinen Kopf drängte.

»Du siehst aus, als könntest du noch etwas Wissen um die Liebeskunst gebrauchen.«

Ihre Worte durchzogen Martin heiß und kalt. Deshalb hatte sie ihn mit ins Haus genommen. Als Liebesdiener!

Augenblicklich sprang er von seinem Stuhl auf, worin Anna jedoch keine Ablehnung sah.

Ihre Arme schossen vor, und sie packte ihn. »Kannst es wohl gar nicht erwarten, wie?« Ehe er es sich versah, lagen seine Hände auf ihren Brüsten.

Martin riss entsetzt die Augen auf. »Verzeiht, gute Frau, ich würde niemals ...«

»Stell dich nicht so an!«, fuhr sie ihm ins Wort und kam fast drohend auf ihn zu. »Mit mir lernst du Freuden kennen, die du nicht für möglich gehalten hättest.«

Das glaube ich dir aufs Wort, ging es Martin durch den Sinn, während er sich verzweifelt nach einer Fluchtmöglichkeit umsah. Doch der Weg zur Tür war durch den massigen Leib der Frau versperrt.

»Na, mach schon«, raunte Anna ihm zu und spitzte die Lippen zum Kussmund. »Zeig mir deine Leidenschaft!«

Immer panischer sah Martin sich um und bemerkte, dass die Läden eines Fensters ganz in seiner Nähe nur angelehnt waren.

»Ähm ... schließ die Augen«, sagte er schließlich. Er wusste nicht, ob sein Plan funktionieren würde, aber einen Versuch war es wert.

Tatsächlich schloss Anna voller Vorfreude die Augen. »Was hast du mit mir vor?«, fragte sie lachend.

Martin verriet es ihr nicht, sondern reagierte blitzschnell. Mit einem Satz stürmte er zum Fenster und kletterte hinauf.

Anna stieß einen wütenden Aufschrei aus, als er die Fensterläden aufstieß.

Angst peitschte durch Martins Körper, als er Anna hinter sich hörte, doch dann war er draußen. Er verlor das Gleichgewicht und landete auf dem Boden. So schnell es ihm möglich war, kam er auf die Beine und rannte los. Dabei machte er sich nicht die Mühe, ums Haus herumzurennen, er sprang einfach kurzerhand über den Gartenzaun und lief so schnell er konnte in den Wald.

Die beiden Reiter hielten sich so gut es ging im Schatten des Waldes. Die mondhelle Nacht war ungünstig für ihr Vorhaben. Auf dem Bergfried gingen die Wächter auf und ab und hatten sicher auch das Gelände rings um den Weinberg im Blick.

Die Baumkronen hatten mittlerweile einiges an Laub verloren und boten nicht mehr den Schutz wie im Sommer. Deshalb machten sie halt, als sie in Gefahr gerieten, entdeckt zu werden.

»Vermutlich ist der Graf aufmerksamer geworden seit der Sache mit Gernot von Bärenwinkels Sohn.«

Roland von Hohenstein zog sich die Kapuze noch ein Stück tiefer ins Gesicht. Eigentlich hätte er auch einen seiner Soldaten mit dem Italiener losschicken können, aber als geschickter Kriegsherr wollte er den Ort der Schlacht selbst in Augenschein nehmen.

Selbst bei Nacht wirkte der Weinberg imposant. Als er mit dem Grafen hindurchgeschritten war, war es ihm nicht so erschienen, aber da hatte er ja auch eher über dessen Mitgift für Bella nachgedacht.

Jetzt allerdings erkannte er den wahren Reichtum der Burg. Den Reichtum, der bald ihm gehören würde.

»Davon können wir ausgehen«, beantwortete Giacomo seine Frage, während er den Blick nicht von der fernen Burg abwandte. Er dachte aber seltsamerweise nicht an Rudolph von Katzenburg, sondern an Heinrich Oldenlohe.

Ich habe dir damals gesagt, dass du dich nicht mit den Ketzern einlassen sollst, ging es ihm durch den Sinn. Doch du wolltest nicht hören. Angesichts seines persönlichen Hasses auf die Hussiten war es ihm nicht schwergefallen, die Kirche anzustecken. Auch die Tatsache, dass die Frau darunter war, die Heinrich Oldenlohe begehrte, hatte ihn nicht gekümmert. Sie ist Abschaum, dachte er. Früher oder später wäre sie ebenso wie Johannes Hus auf dem Scheiterhaufen gelandet.

Die Worte seines Begleiters holten ihn aus seinem Nachdenken fort.

»Was glaubt Ihr, wie kommt man dem Grafen am besten bei?«, fragte Roland von Hohenstein, dessen schwarzer Mantel die prächtige Kleidung nicht vollständig bedecken konnte.

Giacomo legte den Kopf schief. »Ihr solltet ihn bei seiner Einnahmequelle packen. Dem Weinberg.«

Der Fürst zog überrascht die Augenbrauen nach oben. »Ihr wollt ihn vernichten?«

Der Italiener nickte. »Ich glaube, dies ist der größte Verlust, den der Graf erleiden könnte.«

»Wie wollt Ihr das anstellen?«

»Durch Feuer«, entgegnete Giacomo. »Wenn der Weinberg niederbrennt, ist Katzenburg ruiniert.«

»Feuer?«, fragte der Fürst ungläubig. »Jetzt, wo es beinahe jeden Tag regnet?«

»Es gibt Mittel und Wege, dennoch einen Brand zu legen«, gab Giacomo zurück. »Wir müssen nur eine trockene Nacht abwarten, dann können wir das feuchte Holz mit Hilfe von Donnerkraut in Flammen setzen. In manchen Gegenden wird es auch schwarzes Pulver genannt. Es dient nicht nur zum Abfeuern von Kanonen, es brennt auch recht ordentlich. Wenn erst einmal das Wasser aus den Rebstöcken herausgedampft ist, wird es nicht lange dauern, bis auch sie in Flammen aufgehen.«

Diese Vorstellung gefiel Roland von Hohenstein, und ein breites Lächeln trat auf sein Gesicht.

»Woher gedenkt Ihr dieses Donnerkraut zu nehmen?«

Man merkt, dass er lange schon nicht mehr im Felde war, dachte Giacomo, sparte sich allerdings eine Bemerkung dazu. »Ich kenne ein paar Männer, die es mir beschaffen können. Allerdings wird es eine Weile dauern. Solange solltet Ihr Eure Leute irgendwo unterbringen, wo sie keinen Verdacht erregen.«

»Die Unterbringung sollte keine Schwierigkeit darstellen, oder?« Der Fürst deutete mit einer ausschweifenden Handbewegung auf den Wald ringsherum.

»Auf den ersten Blick mag das so scheinen, allerdings solltet Ihr bedenken, dass der Graf Wildhüter hat, die sehr wachsam sind. Ihr solltet Euch also eine Stelle tief im Wald aussuchen, wo es keine Fallen gibt, denn sonst könntet Ihr leicht aufgespürt werden.«

Roland von Hohenstein sah seinen Begleiter einen Moment lang nachdenklich an, dann nickte er. »Ein guter Ratschlag. Überhaupt scheint Ihr recht bewandert zu sein. Wie wäre es denn, wenn Ihr in meine Dienste treten würdet, sobald die Katzenburg mir gehört?«

Giacomo blickte den Fürsten überrascht an. »Meint Ihr wirklich, ich könnte Euch von Nutzen sein?«

»Nur keine falsche Bescheidenheit«, gab der Fürst zurück. »Ihr seid mir bereits von großem Nutzen. Und ich bin sicher, dass ich für Euch noch eine bessere Verwendung habe, als mein Spion zu sein. Wie wäre es, wenn ich Euch zum Truchsess der Katzenburg erklärte?«

Damit hatte Giacomo nicht gerechnet. Misstrauen machte sich in ihm breit, und sein über die Jahre geschulter Instinkt fragte sich, was der Preis dafür wäre. Allein die Hilfe beim Vernichten des Grafen konnte ihm solch einen großen Lohn nicht wert sein. »Es wäre mir eine Ehre, Euer Gnaden«, antwortete er vorsichtig. »Allerdings frage ich mich, ob ich dafür geeignet bin. Immerhin bin ich nicht von Adel.«

»Adel kann verliehen werden«, hielt Roland von Hohenstein dagegen. »Ich genieße die Gunst des Königs und auch die seines Schwiegersohns Albrecht, der wahrscheinlich in Bälde den Thron einnehmen wird. Es kostet mich nicht mehr als ein gutes Wort, und schon könnt Ihr Euch mit einem Titel schmücken.«

Giacomo zögerte dennoch mit seiner Zusage. Der Graf von Bärenwinkel war ein guter Herr, der ihm stets auch Fehler nachgesehen hatte. Außerdem stand da noch eine Fehde mit Heinrich Oldenlohe aus. Der Kampf zwischen ihnen würde eines Tages kommen, und er wollte seinem Widersacher keinesfalls den Triumph gönnen, sagen zu können, dass er vor ihm weggelaufen sei. »Ich werde noch eine oder zwei Nächte darüber schlafen«, entgegnete er und deutete eine Verbeugung an. »Erst einmal werde ich es zu meiner Aufgabe machen, Donnerkraut zu besorgen. Wenn der Weinberg erst brennt, können wir noch immer über meinen Lohn sprechen.«

Roland von Hohenstein grinste breit. »Ihr seid ein vorsichtiger Mann, das gefällt mir. Also gut, warten wir Graf von Katzenburgs Ruin ab. Aber Ihr werdet um eine Belohnung nicht herumkommen, das verspreche ich Euch.« Mit diesen Worten wendete er sein Pferd und tauchte wieder in die Dunkelheit ein.

Giacomo ließ den Blick noch einen Moment auf der Burg ruhen, dann schloss er sich ihm an.

25. KAPITEL

Wieder erwachte ein neuer Tag, wieder rief das Tagwerk im Kloster. Zuvor nahmen sie jedoch das Morgenmahl ein. Der Geruch von Milchgrütze waberte den Schwestern aus der Küche entgegen, doch so sehr sie ihn früher gemocht hatte, so unerträglich fand ihn Bella jetzt.

Liegt das an dem Kind, das in mir wächst?, fragte sie sich. Am Morgen war ihr nicht schwarz vor Augen geworden, doch ihre Abneigung gegen die Speise sprach für ihren Verdacht.

Bella fühlte sich beklommen und hatte wiederum das Gefühl, alle würden sie anstarren. Wenn es sich bestätigt, dachte sie, was wird dann aus mir werden? Was werden die Schwestern von mir halten?

Natürlich konnte sie behaupten, dass der Fürst sie vergewaltigt hatte, aber das änderte nichts daran, dass sie ein uneheliches Kind in sich trug.

Ich muss fort von hier, dachte sie. Fort aus dem Kloster, fort aus dem Bannkreis meines Vaters. Alles ist anders gekommen, als es sollte, aber vielleicht hat es auch seinen Sinn. Wenn ich doch nur noch einmal mit Martin reden könnte, setzte sie stumm hinzu und schob die halbleere Schüssel von sich.

»Hast du keinen Appetit?«, fragte Anna, wofür sie sich einen rügenden Blick der Mesnerin einhandelte.

Bella schüttelte den Kopf.

»Vielleicht solltest du doch mal Schwester Johanna aufsuchen, die hat sicher ein Kräutlein für dich.«

Für meinen Kummer gibt es kein Kraut, dachte Bella traurig. Jedenfalls keines, das Gott billigen und mich nicht in Teufels Küche bringen würde. Dennoch nickte sie und wartete dann, bis die Mahlzeit vorüber war.

Am heutigen Morgen ging es nicht hinaus in den Weinberg. Der Bischof hatte Abschriften einiger Bücher bestellt, und da Bellas Schreib- und Malkünste recht gut waren, wurde sie zusammen mit ein paar anderen Schwestern an die Pulte des Skriptoriums beordert, um Pergamente zu kopieren.

Diese Arbeit mochte Bella nicht so sehr wie die Tätigkeit im Weinberg, weil sie dann den ganzen Tag nicht an die frische Luft kam. Aber es war schon Tradition, dass sie im späten Herbst und im Winter kaum noch den Schreibsaal verließen.

Auf ihrem Pult lag bereits ein Packen Papier, Federn und Tinte sowie Farbpigmente, die die jüngeren Schülerinnen zermahlen hatten.

Bevor Bella das Kloster verlassen hatte, hatten Gerüchte die Runde gemacht, dass der Bischof seine Bücher bald nur noch von den Brüdern der Männerklöster kopieren lassen wollte. Doch der neuerliche Auftrag ließ hoffen, dass sie auch weiterhin andere Bücher und Schriftrollen kopieren durften als jene, die in ihrer Bibliothek lagerten.

Wie immer teilte die Mutter Oberin die Schwestern und Schülerinnen in zwei Gruppen ein. Die einen kopierten für den Bischof, die anderen für das Kloster. Auf diese Weise eignete sich Magdalena nach und nach die gesamte Bibliothek ihres Kirchenherrn an. Bedenken, dass dies Diebstahl sei, wies sie stets zurück.

»Wie sonst sollen wir an unser Wissen kommen?«,

pflegte sie dann immer zu antworten. »Außerdem könnte die Bibliothek des Bischofs doch von einem Feuer heimgesucht werden.«

Als Bella an ihr Pult trat und das ihr zugedachte Pergament aufrollte, entdeckte sie einige Zeichnungen von Adam und Eva sowie einen Text über den Sündenfall. Es war eine sehr schöne Passage und nicht allzu schwer zu vervielfachen. Dennoch erstarrte Bella, denn eine der Eva-Figuren trug unter ihrem blauen Gewand ein Kind.

Der Sündenfall, ging es ihr durch den Sinn. Auch du bist eine Sünderin, deren Vergehen bald offenbar werden wird. Ist es Zufall oder Absicht, dass ich gerade diese Rolle bekomme? Ahnt die Mutter Oberin etwas?

Bella blickte zur Äbtissin hinüber, die sich gerade mit der Mesnerin unterhielt. Die anderen Schwestern hatten ihre Plätze an den Pulten bereits eingenommen. Einige zupften ihre Federkiele zurecht, andere überprüften die Spitzen ihrer Federn.

Vielleicht ist es aber ein Fingerzeig Gottes …

Diese Erkenntnis ließ ihre Hände zittern, als sie zur Feder griff. Sie versuchte, sich zur Ruhe zu zwingen, doch immer wieder zog die Angst in Wellen durch ihren Leib. Mit Mühe und Not schaffte sie es, das Initial zu zeichnen und die dazugehörigen Sätze abzuschreiben. Dann sagte sie sich, dass sie vielleicht ruhiger werden würde, wenn sie mit blauer Farbe das Initial ausmalte.

»Du solltest etwas weniger Farbe auf den Pinsel tun, sonst ruinierst du das Initial«, ertönte hinter ihr die Stimme von Magdalena.

Bella war dermaßen in Gedanken versunken, dass sie um ein Haar einen großen Klecks auf das Pergament gemacht hätte. »Verzeiht, Mutter Oberin«, entgegnete sie. Damit machte sie sich wieder an die Arbeit, doch besser wurde es nicht. Die Zeichnungen bereiteten ihr ungewohnte Schwierigkeiten, und besonders vor dem Bild mit der schwangeren Eva scheute sie sich.

Ich hätte zu Hause vielleicht ein wenig üben sollen, ging es ihr durch den Sinn. Doch konnte ich wissen, dass ich eines Tages wieder hierher zurückkehren werde?

Natürlich fiel der Mutter Oberin auf, dass Bella bei ihrer Arbeit viel fahriger war als sonst. Das Mädchen hatte das Gefühl, dass Magdalena sie seit dem ersten Fehler besonders gründlich im Auge behielt – oder lag es doch daran, dass die Äbtissin von ihrem Zustand wusste? Hatte Anna ihr von dem Zusammenbruch erzählt?

Nachdem sie sich ihre innere Unruhe und die Fehler, die sie bei der Arbeit machte, eine Weile angesehen hatte, zitierte die Mutter Oberin sie schließlich in ihre Schreibstube.

Beklommen krampfte Bella die Hände in den Rock ihres Kleides. Früher hatte sie nur selten den Blick eines Menschen gemieden, doch jetzt fürchtete sie, dass die Äbtissin ihr die Schwangerschaft ansehen konnte. Sie erinnerte sich an Oda, die plötzlich verschwunden war, sie erinnerte sich an die Schatten und die Angst im Blick der Magd. Wahrscheinlich sehe ich jetzt auch so aus, sagte sie sich.

»Was ist nur mit dir, mein Kind?«, fragte Magdalena, während sie die Hände über einer Pergamentrolle faltete. Ihr Tonfall war dem von Anna neulich nicht unähnlich. »So kenne ich dich gar nicht. Bevor du von hier fortgegangen bist, warst du fröhlich und arbeitsam. Jetzt ziehst du dich immer mehr zurück. Dein Blick wirkt entrückt, deine Hände sind unsicher … Welcher Kummer nimmt dein Herz gefangen?«

Das wisst Ihr nicht?, fragte sich Bella verwundert.

Offenbar hatte Vater der Äbtissin doch nicht in vollem Umfang mitgeteilt, was passiert war. »Vielleicht liegt es daran, dass mich die Wochen außerhalb des Klosters verändert haben«, entgegnete sie leise.

Die Mutter Oberin runzelte daraufhin die Stirn. »Dein Vater hat mir berichtet, dass du dich gegen deine Heirat aufgelehnt hast. Und dass du hierbleiben sollst, bis er einen anderen Mann für dich gefunden hat.«

»Ich liebe den Fürsten nicht«, entgegnete Bella. »Warum sollte das heilige Sakrament der Ehe auf einer Lüge aufbauen?«

Ein Lächeln huschte über die Miene der Äbtissin, wie ein Windhauch eine Kerze für kurze Zeit zusammenzucken ließ. »Wie ich sehe, ist dein Verstand immer noch scharf. Und wie ich dich kenne, hast du dich mit aller Kraft gewehrt.«

»Was hätte ich denn tun sollen?«, fragte Bella und spürte, wie ihre Unsicherheit wieder dem Zorn wich. »Der Mann, den mein Vater ausgesucht hat, hatte einen schlechten Charakter und war unmoralisch. Er hat eine meiner Mägde geschwängert, die daraufhin aus Angst vor Schande von der Burg geflohen ist. Und er hat …«

»Er hat versucht, dir Gewalt anzutun, nicht wahr?«

Bella nickte.

Die Äbtissin schwieg nachdenklich, während es hinter ihrer Stirn heftig arbeitete. »Nicht immer können wir uns aussuchen, wie unser Schicksal aussehen wird«, sagte Magdalena schließlich. »Viel zu oft bestimmen andere Menschen unseren Weg. Auch du wirst nicht um die Heirat mit einem Mann herumkommen, den dein Vater dir aussucht. Nicht einmal Bauernmädchen haben diese Wahl.«

Bella senkte den Kopf. Da mochte sie vielleicht recht

haben, aber musste man sich denn unweigerlich seinem Schicksal fügen?

»Komm näher, Mädchen«, sagte die Mutter Oberin und streckte die Hände nach ihr aus. Als Bella direkt vor ihr stand, sah sie ihr einen Moment lang in die Augen. »Wisse, dass Gott dich prüft. Er stellt dich vor diese Herausforderung, weil er sehen will, wie du dich verhältst. Tust du das nach seinem Gefallen, wird er dich eines Tages dafür belohnen.«

Das fiel Bella schwer zu glauben. Was hatte sie Gott denn getan, dass in letzter Zeit alles schiefging? Missbilligte er es, dass sie sich in Martin verliebt hatte?

»Was soll ich tun, um ihm zu gefallen?«, fragte sie. »Ich weiß es mittlerweile nicht mehr. Ich gehe nur nach meinem Gewissen, und das sagt mir, dass ich mich auf eine Heirat mit dem Fürsten nicht einlassen soll.«

Wieder folgte ein langer Blick der Mutter Oberin. »Sei wie der Wein, Bella«, lautete ihre ebenso überraschende wie vielsagende Antwort. »Kein anderes Gewächs ist wie er in der Lage zu leiden und trotzdem Schönes entstehen zu lassen. Manchmal glaube ich sogar, dass der Rebstock das Leid braucht, um Vollkommenheit zu erlangen. So ergeht es vielen Menschen, vielleicht auch dir. Nutze das Leid, um stark zu werden.«

Die faltige Hand der Frau ruhte noch eine Weile auf ihrem Arm, dann zog sie sich zurück. Bella entgegnete nichts. Sie konnte einfach nicht.

»Gut, geh wieder an deine Arbeit. Und scheu dich nicht, um Rat zu fragen, wenn du ihn brauchst.«

Diese Worte durchzuckten Bella wie ein Peitschenhieb. Wie meint sie das? Sie blickte auf, in der Befürchtung, einen wissenden Ausdruck auf Magdalenas Gesicht zu sehen. Doch diese hatte den Blick schon wieder auf das Pergament gesenkt und sah auch nicht auf, als Bella knickste und ihre Schreibstube wieder verließ.

Seufzend ließ sich Martin auf den riesigen Feldstein hinter ihm sinken. Sein Blick wanderte zum Glockenturm der Klosterkirche, den einige Fledermäuse umkreisten. Die geflügelten Jäger flatterten unstet umher, unberechenbar in der Richtung, die sie als Nächstes einschlagen würden.

Geschichten von Unheil und Verderben kamen Martin wieder in den Sinn. Als Kind hatte er einmal gesehen, wie ein Bauer eine Fledermaus an seine Haustür genagelt hatte. Als er den Mann fragte, wozu das gut sein sollte, sagte der, dass die Fledermaus das Unglück von seinem Haus fernhalte. Doch konnte sie das? Wenn ja, war das Kloster ein Ort, an dem es kein Unheil gab.

So oft Martin das trutzige Gebäude auch schon umrundet hatte, er entdeckte keine Möglichkeit hineinzukommen. Es gab zwar einige Pforten, die in den Garten führten, aber sie waren allesamt verschlossen. Am großen Tor waren keine Wachposten aufgestellt, wie es bei einer Burg der Fall gewesen wäre. Dennoch passte gewiss jemand auf, dass sich kein Unbefugter auf den Burghof schlich.

Diesmal werde ich es richtig machen, dachte er, während er den Blick über die Mauern schweifen ließ. Diesmal werden wir uns nicht auf das Schicksal und unsere Füße verlassen. Auch wenn die Äbtissin sicher keine Hunde hat, die sie uns hinterherschicken kann.

Er machte kehrt und ging zurück ins Dorf.

Das einzige Gebäude, in dessen Fenstern noch schummriges Licht brannte, war die Schenke. Schon von weitem konnte Martin die Stimmen der Gäste vernehmen. Obwohl es beinahe Mitternacht war, schienen sie noch immer fröhlich zu zechen. Das war ihm nur recht, denn jemand, der Humpen stemmte, dachte nicht an sein Pferd.

Während er das ferne Gejaul eines Hundes vernahm, schlich er um das Gebäude und strebte den Ställen zu. Bist du sicher, dass du weißt, was du hier tust?, dachte er sich. Als ehemals Studierender der Rechtslehre wusste er genau, was mit Pferdedieben geschah, wenn sie erwischt wurden. Aber dieses Risiko wollte er für Bella gern eingehen.

Nachdem er sich vergewissert hatte, dass niemand auf dem Hof war, huschte er zum Stalltor. Der Gestank nach Mist und Pferden strömte ihm entgegen, und außer dem Schnauben der Rösser waren keine Geräusche zu vernehmen. Dafür brannte Licht. Wo die Öllampe genau hing, war nicht ersichtlich, aber ihr Schein drang recht weit in die Dunkelheit vor.

Schon beim Eintreten spürte Martin die Anwesenheit eines Wächters. Wo genau der Mann sich befand, konnte er nicht sagen, aber gewiss hielt er Augen und Ohren offen. Da er keine Lust verspürte, durch die Nacht zu flüchten, womöglich mit einer Horde wütender Dorfbewohner auf den Fersen, musste er sich etwas einfallen lassen. Sich als der Reitknecht eines der Besucher auszugeben, kam ihm in den Sinn, doch den Plan verwarf er bald wieder, denn gewiss konnten sich von den Leuten, die hier einkehrten, nur die wenigsten einen Reitknecht leisten.

Der nächste Gedanke war, den Bewacher zu überwältigen. Ein besserer Kämpfer war noch immer nicht aus ihm geworden, aber vielleicht gelang es ihm mit einer List.

Zunächst musste er den Mann aber erst einmal ausfindig machen. So vorsichtig wie möglich schlich er zwischen den Pferden hindurch, um sie auch ja nicht zu erschrecken. Einige Tiere scheuten ein wenig zurück, während andere stoisch stehen blieben oder die Köpfe in die Futterkrippe steckten.

Da er schon mal hier war, suchte Martin auch gleich nach Tieren, die ihm für die Flucht aus dem Kloster geeignet erschienen. Stark und schnell mussten sie sein und vor allem ausgeruht. Im Stillen bedauerte er, sich nicht besser mit Pferden auszukennen. Schließlich machte er zwei Tiere aus, die ihm geeignet erschienen, einen Rappen und einen Braunen. Bevor er sie jedoch abbinden konnte, machte sich der Wächter bemerkbar.

Schritte ertönten über Martin, und wenig später erschien der Bursche in der Stallluke. Er kletterte ein Stück weit die Leiter hinunter, hielt inne, um sich am Hintern zu kratzen, und setzte seinen Weg dann fort.

Martin duckte sich hinter die Pferde. Der Rappe stieß ein unwilliges Schnauben aus, blieb aber stehen. Als er den Kopf zur Seite wandte, strich der Atem, der seinen Nüstern entwich, über Martins Kopf hinweg.

Doch in diesem Augenblick hatte er nur Augen für den Wächter. Der Mann war beinahe doppelt so breit wie er, hatte einen Kopf, der eckig wie ein Kasten war, und grobe Gesichtszüge. Seine Hände waren groß wie Pfannen, und schon von weitem konnte Martin die Hornhaut auf den Fingern erkennen. Der Bursche war es gewöhnt, Lederriemen zu halten und störrische Pferde zu besänftigen. Mit einem wie Martin würde er gewiss im Handumdrehen fertig werden.

Während der Wächter sich schnäuzte, sich die Nase an seinem Ärmel abwischte und dann mit den Händen durch sein zotteliges rotblondes Haar fuhr, schaute sich Martin nach einem Gegenstand um, der schwer genug war, um den Wächter damit niederzuschlagen. Er entdeckte einen

Eimer und einen Besen, doch beides wirkte nicht massiv genug. Schließlich konnte er im schummrigen Licht ein Holzjoch ausmachen. Nachdem er sich noch einmal zu dem Wächter umgesehen hatte, huschte Martin geduckt auf die andere Seite. Dort lehnte er sich an die Wand und regte sich nicht.

Der Wächter schien einen Laut vernommen zu haben, denn er hielt inne und lauschte. Martin drückte sich so fest er konnte an die Wand und hoffte, dass der Schatten ausreichte, um ihn zu verbergen. Der Bursche blickte sich noch eine Weile um, dann schob er den Finger in die Nase.

Martin, der die Luft angehalten hatte, atmete so geräuschlos wie möglich aus und beugte sich nun wieder etwas vor. Der Wächter hatte ihm nun den Rücken zugewandt.

Wenn ich schnell bin und ihm mit dem Joch eins überziehe, könnte es klappen.

Rasch erhob er sich und schlich zu der Ecke, in der das Joch stand. Doch er hatte das Gehör des Wächters unterschätzt.

»He, du da!«, fuhr der Mann ihn an, kaum dass er sich gebückt hatte, um nach dem Joch zu greifen.

Die näselnde Stimme fuhr Martin durch Mark und Bein. Er holte tief Luft, umklammerte das Joch fest und wartete, dass der Bursche näher kam.

»Was hast du hier zu suchen?«, verlangte er nun zu wissen.

Martin tat, als hörte er nichts. Das Herz schlug ihm bis zum Hals, und seine Finger wurden kalt. Wenn du jetzt versagst, warnte ihn seine innere Stimme, wirst du deines Lebens nicht mehr froh sein. Dann kannst du auch Bella nicht mehr helfen.

Dem Wächter wurde es irgendwann zu bunt. Mit riesigen Schritten kam er auf Martin zu, der das Joch noch fester umklammerte.

Gott, hilf mir, betete er leise. Dann wirbelte er herum und hob das Joch an, obwohl es recht schwer war. Der Wächter riss erschrocken die Augen auf, als er Martins Absicht erkannte. Die Möglichkeit, sich wegzuducken, hatte er aber nicht mehr. Das Joch traf ihn an der Wange und schleuderte ihn beiseite. Stöhnend prallte er auf dem Boden zwischen den Pferden auf.

Doch wenn Martin gedacht hatte, dass es damit getan sei, irrte er sich. Zu seinem Entsetzen rappelte sich der Wächter wieder auf, und zwar schneller, als er gedacht hätte. Erneut riss er das Joch hoch, doch der Bursche streckte eine Hand in seine Richtung aus und ergriff es an einem der Enden. Er riss es zur Seite und schaffte es, Martin, der wesentlich leichter war als er selbst, von den Füßen zu holen.

Der Junge stürzte, verlor das Joch aus den Händen und verfehlte nur knapp den Wassertrog hinter ihm. Das Pferd, das dort gestanden hatte, schreckte wiehernd zusammen, und Martin wälzte sich herum. Damit entging er nicht nur den Hufen des Pferdes, sondern auch einem Hieb mit dem Joch, den der Wächter gegen ihn ausgeführt hatte. Das Holzstück bohrte sich in den Boden. Durch Martins Körper zog ein nachträglicher Schreck, denn der Kerl hätte ihm den Schädel einschlagen können!

Blitzschnell rappelte er sich auf, musste aber einem neuerlichen Hieb des Wächters ausweichen. Verzweifelt blickte der Junge sich nach etwas um, womit er sich verteidigen konnte. Er griff nach dem Eimer, doch der zerbrach unter einem wuchtigen Hieb des Wächters in tausend Stücke. Ein dumpfer Hall zog durch seinen Arm und machte ihn für einen kurzen Moment gefühllos.

Martin stieß einen Fluch aus, und im nächsten Moment trat ihm wieder die Niederlage vor Augen, die er gegen Roland von Hohenstein hatte einstecken müssen. Und das vor den Augen von Bella.

Jetzt war sie zwar nicht da, dennoch fühlte er die gleiche Scham in sich aufsteigen wie damals. Wenn sie sehen könnte, was der Kerl mit mir anstellt, würde sie ganz sicher nichts mehr von mir wissen wollen …

Der Gedanke an seine Liebste wirkte allerdings beflügelnd auf seinen Geist, und als er zur Seite blickte, erkannte er, dass sie schon sehr nahe bei den Pferden waren. Nachdem er einem weiteren Hieb mit dem Joch ausweichen konnte, griff er nach dem Besen.

Das entlockte dem Wächter ein raues Lachen. »Meinst doch wohl nicht, dass du mich damit schlagen kannst.«

»Nein, das meine ich nicht!«, entgegnete Martin grinsend. Dann trat er blitzschnell neben das Pferd und stach ihm mit dem Besenstiel in die Flanke. Das Tier wieherte und schlug prompt aus.

Der bullige Wächter hatte keine Chance, sich wegzuducken. Die Hufe trafen ihn an der Brust, und der Schlag schleuderte ihn weit durch den Stall. Martin sog scharf die Luft ein und kniff die Augen zusammen, als der Mann irgendwo in der Dunkelheit zu liegen kam. Ein paar Pferde in seiner Nähe stampften unruhig auf und zerrten an ihren Stricken.

Martin hätte es nach dem Kampf egal sein können, was mit dem Wächter geschehen war, aber nun überkam ihn doch das schlechte Gewissen. Vorsichtig tastete er sich an den Ort heran, an dem er den Mann vermutete. Immerhin war es möglich, dass er ihn nur täuschte und gleich wieder auf ihn zustürmte. Den Besenstiel behielt er deshalb in der Hand.

Wenig später machte er den Burschen am Boden aus. Nachdem sich seine Augen an die Dunkelheit gewöhnt hatten, konnte er erkennen, dass er eine blutende Wunde an der Schulter hatte. Als er ihm die Hand auf den Bauch legte, spürte er jedoch, dass er noch atmete. Da er auch nach der Berührung nicht zu sich kam, zog sich Martin wieder zurück.

Ich muss zusehen, dass ich hier wegkomme, ging es ihm durch den Sinn, während er sich den Pferden zuwandte. In der Schenke hatte offenbar niemand den Tumult bemerkt, aber es konnte sein, dass in Kürze jemand sein Pferd holen wollte.

Martin band den Braunen und den Rappen los und führte die Tiere durch das Scheunentor. Nachdem er noch einen prüfenden Blick gen Wirtshaus geworfen hatte, befestigte er die Zügel des Braunen am Sattel des Rappen. Anschließend schwang er sich auf den Rücken dieses Tiers und ritt in die Dunkelheit.

26. Kapitel

In dieser Nacht fand Bella keinen Schlaf. Mit offenen Augen lauschte sie in ihren Körper hinein, als könnte sie so das Leben, das in ihr wuchs, aufspüren.

Die Worte der Äbtissin hallten durch ihren Verstand. Sei wie der Wein, Bella. Der Wein hat die Fähigkeit zu leiden und dennoch Schönes hervorzubringen.

Vielleicht habt Ihr recht, dachte sie. Vielleicht ist dieses Kind etwas Schönes. Immerhin wurde es in Liebe gezeugt und nicht in Zwang, wie es mit Roland von Hohenstein passiert wäre.

Doch wer außer ihr würde das so sehen? Die Mutter Oberin ganz sicher nicht. Und ihr Vater? Würde er sie dazu zwingen, das Kind wegzugeben, wenn es geboren war? Oder sie davonjagen und verkünden, sie sei nicht mehr seine Tochter. Eine Antwort wollte sie nicht finden, und auch der Wind, der raunend gegen die Fensterläden ihrer Zelle drückte, gab ihr keine Antwort.

Der Junge aus ihrem Traum kam ihr wieder in den Sinn. Konnte es sein, dass Martin damit gemeint war? Wenn sie recht darüber nachdachte, hatte der Kleine ihm ähnlich gesehen. Dass er ebenso wie sie weggerissen wurde, konnte nur für ihre Väter stehen, die ihre Verbindung missbilligen würden.

Bella wusste, dass die Äbtissin nichts auf Traumdeuterei gab, dennoch hätte sie den Sinn dieses Traumes nur zu gern verstanden. Vielleicht will er mir sagen, dass ich etwas tun muss?, ging es ihr durch den Sinn. Außerdem bringt es nichts, wenn ich hierbleibe und einen Tag um den anderen verstreichen lasse. Wenn ich zusehe, wie mein Bauch wächst und mein Zustand immer offensichtlicher wird. Irgendwie muss ich einen Weg finden, mit Martin zu sprechen. Auch wenn das bedeutet, dass ich dem Kloster entfliehen und mich in Gefahr begeben muss, indem ich zur Burg Bärenwinkel übersetze.

Dieser Gedanke beherrschte sie so sehr, dass sie sich schließlich von ihrem Lager erhob. Ich habe es schon einmal versucht, ging es ihr durch den Sinn. Schon einmal bin ich aus dem Kloster entkommen. Damals hatte ihre Flucht unter keinem glücklichen Stern gestanden, aber damals war sie ja auch noch ein Kind. Vielleicht hatte sie bei einem neuerlichen Versuch mehr Glück.

Nachdem sie eine Weile unruhig hin und her gegangen war, begab sie sich zu der kleinen Truhe, in der sie ihre Hemden und Kleider aufbewahrte. Mehr als ihr Ordenskleid und einen Mantel hatte sie nicht, dafür aber zwei neue Hemden. Die zog sie rasch über jenes, das sie bereits trug, dann warf sie sich Kleid und Mantel über.

Bella war sich dessen bewusst, dass die Nächte empfindlich kühl waren. Gewiss gibt es hier in der Gegend Scheunen, in denen ich schlafen kann, sagte sie sich. Vielleicht hat ja ein Bauer Mitleid mit mir und gibt mir etwas zu essen.

Das Risiko, in die Küche zu schleichen, wollte sie nicht auf sich nehmen, denn Sunna und Adelheid schliefen in der Kammer nebenan und bekämen gewiss mit, wenn sie dort rumorte. Als sie alle Kleider am Leib trug und das kleine Bündel mit den Andenken unter dem Bett hervorgeholt hatte, schlich sie zur Tür.

Das Dormitorium war von gespenstischer Stille erfüllt. Der Wind raunte hier viel leiser als in den Zellen, die der Außenseite des Wohngebäudes zugewandt waren.

Nachdem Bella eine Weile mit angehaltenem Atem an der Tür verharrt hatte, trat sie aus ihrer Zelle und zog dann die Tür zu. Glücklicherweise achtete die Mutter Oberin stets darauf, dass die Angeln sorgfältig geschmiert waren.

Vorsichtig setzte Bella einen Schritt vor den anderen, darauf bedacht, nicht einmal ein Scharren zu verursachen. Dieses hätte vermutlich hundertfach von den Wänden widergehallt und die Hellhörigen unter den Schwestern geweckt. Nachdem Bella sich ein Stück von ihrer Zellentür entfernt hatte, meinte sie, ein Geräusch zu hören. Es klang fast so, als würde ein Tier gegen Holz kratzen.

Sie blieb stehen und ließ den Blick über den Boden schweifen. Wie sie Ratten hasste! Auch wenn es Gottes Geschöpfe waren, saß Bellas Abneigung gegen die Tiere tief. Doch auch nach mehrmaligem Umdrehen konnte sie keine Ratte erblicken. Dafür wurde das Geräusch nun stärker und entpuppte sich als das Schnarchen von Schwester Gunhild. Bella hatte die Beschwerden von deren Zellennachbarinnen immer für Unfug gehalten, doch nun wusste sie es besser. Bella erlaubte sich ein erleichtertes Lächeln und setzte ihren Weg fort.

Dabei ließ sie dieselbe Vorsicht walten wie zuvor. Wie viel Zeit sie brauchte, um an die Außentür zu gelangen, wusste sie nicht. Aber sie hoffte inständig, dass noch nicht die dritte Stunde herannahte und Schwester Hulda, die für das Glockenschlagen zuständig war, erwachte. Schließlich, nach schier endlosen Augenblicken, erreichte sie die Außentür des Dormitoriums und öffnete sie.

Eisiger Nachtwind schlug ihr entgegen, als sie auf den Hof trat. Irgendwo flatterte ein Vogel auf, und ein leises Maunzen drang aus einer dunklen Ecke.

Wohin soll ich nun gehen?, fragte sie sich, während sie den Mantel enger um die Schultern zog. Zu meinem Vater kann ich nicht zurück. Und zur Burg Bärenwinkel?

Sie schüttelte den Kopf. Nein, dorthin konnte sie auch nicht. Martin war zwar wieder bei seinem Vater, aber der Graf achtete sicher genau darauf, dass der Junge nicht mit ihr in Kontakt trat.

Ich könnte mich als Magd dort einschleichen, ging es ihr durch den Kopf. An ihrem Gewand war sie zwar als Angehörige des Klosters zu erkennen, aber vielleicht war unterwegs ja jemand gewillt, es ihr gegen ein anderes einzutauschen. Außerdem hatte sie noch die Brosche und das Haarband ihrer Mutter. Wenn sie damit nach Koblenz ging, bekam sie dafür sicher etwas zu essen und ein Gewand.

Es würde ihr zwar weh tun, die Schmuckstücke herzugeben, aber sie wusste, dass ihre Mutter trotz allem in ihrem Herzen wohnte. Gewiss würde sie wollen, dass Bella den Schmuck zu diesem Zweck verwendete.

Nachdem sie den Blick noch einmal über den Hof hatte schweifen lassen, strebte sie dem großen Tor zu. Vermutlich hatte die Mutter Oberin abgeschlossen, einen Versuch war es Bella dennoch wert. Während sie so leise wie möglich weiterlief, lauschte sie aufmerksam und sah sich immer wieder um. Über ihre Anspannung bemerkte sie zunächst nicht, dass die Kälte allmählich durch den Wollstoff ihres Mantels und Gewandes kroch.

Am Tor angekommen, erblickte sie die schweren Riegel und sah auch, dass die Schlösser davor zugeschnappt waren. Offenbar rechnete die Mutter Oberin doch damit, dass jemand einen Fluchtversuch wagte. Während leise Enttäuschung sich in ihr breitmachte, begannen ihre Zähne nun doch zu klappern. Was sollte sie jetzt tun?

Die Gartenpforte!, schoss es ihr plötzlich in den Sinn. Gewiss war sie ebenfalls verschlossen, doch der freie Raum über der Pforte konnte reichen, um sich hindurchzuzwängen.

Bella zögerte nicht lange und schlich los. Sie stockte, als sie meinte, hinter einem der Fenster einen Lichtschein aufflammen zu sehen. Ihr Herz pochte wild in ihrer Brust, und während sie die Luft anhielt, wirbelten die Gedanken nur so in ihrem Kopf herum. Wo sollte sie sich verbergen? Was würde passieren, wenn die Frauen ihren Fluchtversuch bemerkten?

Doch dann stellte sich die vermeintliche Kerzenflamme als Täuschung heraus, hervorgerufen vom Mondlicht, das hinter einer Wolke hervorblitzte.

Sie rang den Schrecken nieder, setzte ihren Weg fort und stand schließlich vor der Gartenpforte und schleuderte kurzerhand ihr Bündel durch das Loch. In der Nähe entdeckte sie ein Fass, das hoch genug war, um die Oberkante der Pforte zu erreichen. Sie klammerte sich daran fest und versuchte sich daran hochzuziehen. Dabei kam es ihr vor, als würden sich ihre Muskeln wie Seile spannen, die Pferde mit einem Fuhrwerk verbanden. Ihr Körper erschien ihr mit einem Mal unglaublich schwer, als hätte ihr jemand Steine an die Füße gebunden.

Ein Geräusch in der Ferne, das klang, als öffnete jemand eine Tür, trieb sie an. Die Angst ließ sie ihre Schwäche vergessen, und ehe sie es sich versah, fand sie sich oberhalb der Torkante wieder. Die Öffnung war gerade groß genug, dass sie hindurchpasste. Allerdings musste sie mit dem Kopf voran. Bella drehte sich zur Seite und versuchte, ihre Schulter und ihr Gesäß hindurchzuschieben. Dabei rutschte sie ab und stürzte in die Tiefe. Seitlings prallte sie auf dem Boden auf, und für einen kurzen Moment war es ihr, als hätten ihre Lungen vergessen, wie sie die Luft einsaugen sollten.

Als sie sich von dem Moment der Atemlosigkeit wieder erholt hatte, richtete sie sich stöhnend auf. Das Bündel, das sie zuvor über die Pforte geworfen hatte, hatte zumindest ihren Kopf davor bewahrt, hart auf dem Boden aufzuschlagen.

Der nächste Gedanke, der sie durchzuckte, war der an das Kind. Was, wenn es Schaden genommen hat?, fragte sie sich. Die kleine Stimme, die ihr riet, froh zu sein, wenn es abginge, drängte sie energisch zurück. Das Kind sollte leben! Wenn sie schon seinen Vater nicht haben konnte, so wollte sie wenigstens etwas, das sie daran erinnerte, innig geliebt zu haben.

Nach einer Weile war sie so weit, dass sie sich auf die Beine stellen konnte. Sie lauschte in ihren Körper hinein, konnte allerdings keine Veränderung ausmachen.

Sie lief den Weg zum Weinberg hinunter und erreichte nur wenig später die Weinstöcke, die ihrem Winterschlaf entgegendämmerten.

Weit kam sie nicht, denn eine Stimme hinter ihr rief: »Bella!«

Die Grafentochter schnappte erschrocken nach Luft und blickte sich gehetzt um. Zunächst glaubte sie, jemand aus dem Kloster sei ihr gefolgt, doch dann wurde ihr bewusst, dass es sich nicht um eine Frauenstimme gehandelt hatte. Wenig später ertönte neben ihr ein Rascheln, und ein paar welke Blätter stoben zu Boden. Es war, als würde sich ein Keiler durch den Weinberg wühlen. Im nächsten Moment stand Martin vor ihr. Er wirkte hohlwangiger und fahler, als sie ihn in Erinnerung hatte, aber er war zweifelsohne Martin, ihr Liebster und der Vater ihres Kindes. Martin, der sich unter falschem Namen in die Burg ihres Vaters eingeschlichen hatte.

Der letzte Gedanke hielt sie davon ab, sogleich zu ihm zu laufen und ihm um den Hals zu fallen.

»Was ist denn, Bella?«, fragte Martin beinahe schon flehend. »Erkennst du mich denn nicht?«

»Doch«, antwortete sie beklommen.

»Warum kommst du dann nicht zu mir?«

Bella fiel es schwer, die Arme, die er nun ausbreitete, um sie aufzufangen, nicht zu beachten. Sie umschlang ihre Schultern, als müsse sie sich selbst zurückhalten. »Was hattest du auf unserer Burg zu suchen, Martin von Bärenwinkel?«, fragte sie so ruhig, wie es ihr in dieser Situation nur möglich war.

Martin atmete tief durch. Die Stunde der Wahrheit war also gekommen.

»Wage ja nicht, mich noch einmal zu belügen!«, setzte Bella gleich hinzu.

Der Junge senkte einen Moment lang verlegen den Kopf, und als er wieder aufblickte, sagte er: »Mein Vater wollte, dass ich das Geheimnis eurer Weinmacher ausspioniere.«

Bella zog die Augenbrauen hoch, überrascht darüber, dass sie mit ihrer Vermutung recht gehabt hatte. »Geheimnis? Was als Trauben und einen Keller sollte es bei uns schon geben?«

»Frag das nicht mich, sondern meinen Vater«, gab Martin schulterzuckend zurück. »Er glaubt, euer Erfolg beim Weinkeltern gehe auf ein Geheimnis zurück. Ein Zauber, besondere Zutaten oder ein bestimmter Dung für die Reben. Er hat alles in Erwägung gezogen und mich gezwungen, bei euch herumzuschnüffeln.«

»Gezwungen? Warum sollte er das tun?«

»Weil er nicht wollte, dass ich ein Wirtsmädchen heirate. Ich habe in Padua studiert und mich dort verliebt. Alles hätte wunderbar sein können, doch mein Vater hatte einen Spion auf mich angesetzt. Er zitierte mich zurück und drohte, mich zu verheiraten, wenn ich nicht tue, was er verlangt.«

Bella schob nachdenklich die Unterlippe vor. »Wenn du ein Geheimnis gefunden hättest, hättest du es ihm verraten?«

»Vermutlich ja«, gab Martin freimütig zu. Bella hatte ein Recht darauf, alles zu erfahren. »Wenn ich ehrlich bin, hatte ich sogar schon begonnen, deinem Vater das Geheimnis zu entreißen. Der neue Wein ... Ich habe einen Ableger angelegt.«

Bella legte den Kopf zur Seite. »Du weißt, dass es einige Wochen dauert, bis der Ableger Wurzeln bildet.«

»Das hatte ich bedacht. In der Zwischenzeit ...«

»Wolltest du dir ein wenig die Zeit vertreiben, indem du dich an die Tochter des Grafen heranmachst«, vollendete sie seinen Satz.

»Nein, das nicht, ich ...« Martin schämte sich jetzt fast dafür, dass er kurz nach dem Rauswurf aus der Burg daran gedacht hatte, Bella nur deshalb fortzuholen, um es ihrem Vater heimzuzahlen. »Es war Zufall, dass wir uns begegnet sind. Ich sah dich an meinem ersten Tag auf der Burg und hielt dich zunächst für eine Magd. Erst bei dem Zusammenstoß mit deinem Vater im Weinberg wusste ich, wer du warst. Du musst zugeben, dass wir uns auf Anhieb verstanden haben.«

»Dennoch könntest du dich mir nur genähert haben, weil du etwas herausbekommen wolltest.«

»So war es nicht!«, hielt Martin dagegen. »Du wusstest ja nicht mal etwas von den neuen Rebstöcken.«

»Damit hast du nicht gerechnet, was?«

Martin seufzte auf. Zu keinem Zeitpunkt hatte er damit gerechnet, dass eine Lüge so viele Schwierigkeiten machen könnte. »Nein, das konnte ich nicht wissen. Aber ich hatte nie vor, dich auszunutzen. Was ich in Erfahrung bringen wollte, habe ich selbst herausgefunden. Falls es dich beruhigt, mein Vater hat den Ableger nicht bekommen. Er steckt noch immer im Boden eures Weinbergs, und nun werde ich meinem alten Herrn ganz bestimmt nicht mehr helfen.«

Bella brauchte eine Weile, um die Worte zu verarbeiten. Ist das die Wahrheit?, fragte sie sich, und endlich erlaubte sie ihrem Herzen, die Antwort zu geben. Aber die Frage nach dem Grund seines Aufenthaltes auf der Katzenburg war im Moment die kleinere ihrer Sorgen.

»Bella, glaubst du mir?«, fragte Martin flehend. »Bitte, ich wäre nicht hier, wenn ich es böse mit dir meinen würde. Ab sofort sage ich dir die Wahrheit, egal, worum es geht.«

Bella sah ihn nun direkt an. »Dann will ich dir auch etwas mitteilen. Du kannst entscheiden, ob du mich danach noch willst.«

Martin versuchte sich an einem empörten Lachen, das sich allerdings anhörte, als atmete er stoßweise. »Natürlich will ich dich noch! Warum bin ich wohl hier? Ich wollte gerade über die Mauer klettern und dich aus diesem vermaledeiten Gefängnis holen.«

»Auch wenn ich dein Kind unter dem Herzen trage?«

Jetzt klappte Martin die Kinnlade herunter. »Du tust … was?« Er rang nach Worten, fand aber keine.

Bella nickte und umschlang fröstelnd ihre Schultern.

Martin schnappte überrascht nach Luft und wusste einen Moment lang nicht, was er sagen sollte. Was bist du so erstaunt?, überlegte er. Immerhin hast du ihr die Unschuld genommen. Dann riet ihm eine leise Stimme in seinem Innern: Na los, du Dummkopf, geh zu ihr.

Ohne ein Wort zu sagen, ging er auf Bella zu und schloss sie in seine Arme.

Bella sah ihm in die Augen und verharrte noch eine Weile in ihrer Pose. Dann ließ sie ihre Schultern los und fiel weinend in seine Umarmung. Auch Martin stiegen die Tränen in die Augen. Es waren allerdings nicht wie bei Bella Tränen der Verzweiflung, sondern der Freude. Ich werde Vater, dachte er. Bella trägt mein Kind.

»Da gibt es doch nichts zu weinen«, flüsterte er ihr leise ins Ohr. »Ich werde zu dir halten, egal was kommt.«

Darauf weinte Bella nur noch heftiger. Fast fürchtete Martin schon, dass sie damit die Klosterfrauen aufweckte, und am liebsten hätte er sie auf der Stelle auf seine Arme gehoben und mitgenommen. Doch solch eine harsche Geste scheute er nun, da er um ihren Zustand wusste.

»Bella«, flüsterte er und strich ihr beschwichtigend über den Rücken. »Beruhige dich. Ich habe doch gesagt, dass ich mich zu dem Kind bekennen werde. Und wenn du willst, heiraten wir auf der Stelle. Mir ist egal, wer dein Vater ist und was der meine dazu sagt. Wir bleiben zusammen, auch wenn wir dann von hier weggehen müssen. Allerdings ...« Martin brach ab. In seinem Überschwang hätte er ihr beinahe von dem Unheil erzählt, das ihrem Vater und ihrem Weinberg drohte. Aber obwohl sie es erfahren musste, hatte es noch einen kleinen Augenblick Zeit. Jetzt hatten sie andere Sorgen.

»Allerdings?«, horchte sie dennoch auf.

Martin schüttelte den Kopf. »Später. Komm, wir suchen uns erst mal eine Unterkunft. Du hast wohl kaum das Bedürfnis, da wieder reinzugehen.« Er deutete auf das Kloster, worauf Bella inbrünstig den Kopf schüttelte.

Nachdem sie eine Weile geritten waren, entdeckten sie an einem Feldrain eine verlassene Scheune. Darin lagen ein paar Strohhocken, die Martin nun auflöste und sie zu einem Nachtlager schichtete.

Der Wind pfiff durch sämtliche Ritzen des maroden Unterschlupfs, und über den Boden huschten Ratten und Mäuse. Ein Feuer entzünden konnten sie nicht, daher blieb ihnen nichts weiter übrig, als sich eng aneinanderzukuscheln und ihre Mäntel umeinander zu schlingen. In diesem Moment hätte Martin am liebsten an nichts anderes als ihre gemeinsame Zukunft und ihr Kind gedacht.

»Ich habe es dir vorhin nicht gesagt, aber es gibt noch einen zweiten Grund, weshalb ich dich aus dem Kloster holen wollte.«

Bella zog überrascht die Augenbrauen hoch, und bevor sie nachfragen konnte, erklärte Martin: »Dein Vater ist in Gefahr. Roland von Hohenstein hat meinem alten Herrn einen Pakt angeboten. Er will deinen Vater ruinieren, indem er dem Weinberg Schaden zufügt.«

Bella wurde kreidebleich. In den vergangenen Tagen hatte sie mit ihrem Vater abgeschlossen gehabt, doch jetzt merkte sie, dass sie ihre Gefühle für ihn nicht leugnen konnte, auch wenn er sie nicht erwiderte. »Wie will er das anstellen?«, fragte sie besorgt.

»Ich weiß es nicht«, entgegnete Martin. »Doch mein Vater hat ihm angeboten, unseren Spion Giacomo für ihn arbeiten zu lassen. Soweit ich weiß, kam er zu uns, nachdem er seinem Feldherrn beim Kreuzzug gegen die Anhänger von Johannes Hus entflohen ist. Heinrich Oldenlohe hatte mit ihm im kaiserlichen Heer gedient, die beiden kennen sich und sind sich spinnefeind.«

Bella erinnerte sich an die Geschichten, die sich die Leute vor nicht allzu langer Zeit über die Hussitenkriege erzählt hatten.

Der böhmische Priester Johannes Hus hatte begonnen, in seinen Predigten Kirchenreformen zu fordern. Er verurteilte den Ablasshandel und griff sogar den Papst an, weshalb man ihn seiner Ämter in der Prager Universität enthob. Die darauf folgenden Aufstände seiner Anhänger wurden blutig niedergeschlagen, und es kam zum Krieg.

Bella hatte nicht gewusst, dass auch Heinrich Oldenlohe an den Kämpfen teilgenommen hatte. Soweit sie wusste, war er in die Dienste ihres Vaters getreten, als sie noch ein kleines Kind war.

»Wir sollten deinen Vater warnen«, sagte Martin.

Bella presste die Lippen zusammen. Sie versuchte sich sein Gesicht vorzustellen, wenn sie mit Martin in der Burg auftauchte. Außerdem war es fraglich, ob die Wachen sie durch das Tor ließen.

»Du weißt, dass es gefährlich ist, dich in der Burg meines Vaters blicken zu lassen.«

Martin nickte. »Aber dich wird er anhören.«

Bella seufzte traurig. »Das kann ich nicht mal mit Gewissheit sagen, nach allem, was geschehen ist. Ich habe meinen Vater während meines Aufenthaltes in der Burg nicht wiedererkannt. Wer kann schon sagen, was inzwischen mit ihm geworden ist.«

»Das werden wir sehen. Und ich werde mich auch nicht feige verdrücken, sondern kämpfen, wenn es sein muss.«

Bella lächelte ihn ein wenig zweifelnd an, dann strich sie ihm zärtlich über die Wange. »Wie lange bist du schon unterwegs?«, fragte sie.

»Vielleicht sechs oder sieben Tage.«

»Dann reiten wir am besten gleich los«, schlug Bella vor. »Mit einem Gespann sind es nur zwei Tage bis zur Katzenburg, mit den Pferden werden wir etwas länger brauchen. Außerdem sollten wir nicht den direkten Weg nehmen, denn ich bin sicher, dass die Mutter Oberin meine Flucht bereits bemerkt hat. Heinrich Oldenlohe wird uns gewiss suchen und mich zu meinem Vater bringen. Und dann …«

Martin lächelte, dann berührte er vorsichtig ihren Bauch. »Was das angeht, brauchst du dir keine Sorgen zu machen. Sollte er dich nicht freundlich aufnehmen, nachdem du ihn gewarnt hast, werden wir nach Italien gehen. Wir werden unseren eigenen Weinberg haben und mit unserem Kind zufrieden und glücklich leben. Ich lass dich nicht im Stich, egal was passiert.« Damit beugte er sich vor und küsste sie.

Bella erwiderte den Kuss und schwieg dann nachdenklich. Die Vorstellung, einen eigenen Weinberg zu haben, gefiel ihr zwar, aber die Angst blieb. Wenn ich denn die Geburt überlebe, geisterte es durch ihren Kopf, dann erhob sie sich und ging zu den Pferden.

Roland von Hohenstein blickte zufrieden über die Lagerstätte seiner Männer, die einem Feldlager glich, wenngleich sie nicht so große Ausmaße hatte. Seine Begleitreiter waren letztlich auch kein Heer, doch immerhin besser als nichts. Es wird nicht viele Leute brauchen, um Rudolph von Katzenburg zur Hölle zu schicken, sinnierte der Fürst. Wenn erst einmal der Weinberg brennt, werden wir leichtes Spiel haben.

Wie um seinen Gedanken zu unterstreichen, flammte in der Lagermitte ein kleines Feuer auf. Die Nächte waren kühl, und obwohl es besser gewesen wäre, keinerlei Aufsehen zu erregen, wollte er seinen Männern und sich selbst nicht die Wohltat eines Feuers versagen.

Hans von Uhlenfels hatte er vorsorglich in der Burg Bärenwinkel gelassen, denn er wusste, dass der Bote kein Mann fürs Feld war. War die Sache hier erst einmal erledigt, würde er ihn erneut ausschicken, diesmal allerdings in andere Lande. Roland von Hohenstein hatte gehört, dass in den Herzogtümern weiter nördlich auch ein paar hübsche Töchter herangewachsen waren. Notfalls nahm er sich eben eine Braut aus dem Österreichischen oder Böhmischen. Die Abneigung von Bella biss ihn immer noch in die Seele, aber die Rache an ihrem Vater sollte reichen, um ihn die Schmach vergessen zu lassen.

Gedämpfter Hufschlag drang an sein Ohr und ließ ihn zur Seite blicken. Der Reiter, der sich dem Lager näherte und den er von seinem Aussichtsposten gut ausmachen konnte, verschmolz beinahe mit dem Zwielicht. Nur der Stille im Wald war es geschuldet, dass man ihn überhaupt hörte.

Giacomo hatte die Hufe seines Pferdes mit Lumpen umwickelt, um weder Räuber noch Wildhüter auf sich aufmerksam zu machen. Der Fürst war noch immer davon überzeugt, dass der ausgebuffte Italiener sich in seinen Diensten ganz passabel machen würde. Er konnte den Mann sicher noch brauchen.

Schließlich hatte es schon immer Momente gegeben, in denen der Fürst von Höherem geträumt hatte. Selbst die Königskrone zu tragen war ein Wunsch, den er seit langem hegte. Sollte es ihm irgendwann vergönnt sein?

Wenn ich erst einmal den Einrich beherrschte, wäre das vielleicht möglich, ging es ihm durch den Sinn. Erst fällt Rudolph von Katzenburg, dann Gernot von Bärenwinkel, und als Letztes werde ich mir den Grafen von Katzenelnbogen vornehmen. Mit noch mehr Land und Macht ausgestattet – und einem fähigen Spion, der für die rechte Bezahlung keine Skrupel kannte, den Herrscher aus dem Weg zu schaffen –, konnte er sich eines Tages sicher den Purpur über die Schultern legen. Doch erst einmal musste der Anfang gemacht werden.

»Habt Ihr das Donnerkraut?«, fragte er, als er hörte, wie Giacomo auf ihn zukam.

Der Italiener blieb in gebührendem Abstand neben ihm stehen. »Ja, Herr, ich habe genug, um den Weinberg und sogar einen Teil des Waldes in Brand zu setzen.«

»Wann wäre es deiner Meinung nach günstig, zuzuschlagen?«

»Es wird eine Weile dauern, bis das Donnerkraut ausgebracht ist. Wir müssen vorsichtig sein, damit niemand auf der Burg etwas bemerkt. Unmittelbar nach dem Ausbringen sollten wir das Feuer entfachen, denn bei dieser Witterung kann das Kraut recht schnell durchweichen und wird dann unbrauchbar.«

»Gut, was hältst du von morgen?«, fragte Hohenstein, nahm einen Ast vom Boden auf und wandte sich um.

»Ich glaube nicht, dass die Witterung günstig sein wird«, entgegnete der Italiener und deutete gen Himmel. »Bereits jetzt zieht Nebel auf, der die Weinblätter und das Gras darunter mit einer Wasserschicht überzieht. Wir sollten einen Sonnentag abwarten.«

Roland von Hohensteins Blick wurde misstrauisch. Zögert er absichtlich?, fragte er sich. Spielt er ein falsches Spiel mit mir? »Du willst doch nicht etwa Zeit schinden?«, fragte er schließlich.

Auf Giacomos Gesicht trat ein überraschter Ausdruck. »Warum sollte ich das tun, Herr?«

»Weil du vielleicht Mitleid mit Graf von Katzenburg hast. Weil du den letzten Schritt nicht wagst.«

Der Italiener zögerte kurz. »Euer Gnaden, ich gebe zu, dass ich keinen Grund habe, den Grafen von Katzenburg zu hassen. Doch ich bin meinem Herrn verpflichtet und würde für ihn alles tun.«

»Auch die Klinge gegen Rudolph von Katzenburg führen? Ihn töten? Ich könnte jemanden gebrauchen, der ihm im Trubel der Ereignisse ein Messer ins Herz sticht.«

»Sicher würde ich das tun, wenn ich ihm gegenüberstünde«, entgegnete Giacomo sofort, denn er spürte, dass sein Gegenüber misstrauisch wurde. Zu Unrecht, aber das konnte der Fürst nicht wissen. »Es gibt auf der Burg allerdings einen Kämpfer, dem ich noch lieber gegenüberstehen würde.«

»Wem?«

»Heinrich Oldenlohe.«

Der Fürst runzelte die Stirn, schien mit dem Namen aber nicht viel anfangen zu können.

»Er ist der Waffenmeister des Grafen«, erklärte Giacomo daraufhin. »Auf der Burg seid Ihr ihm sicher begegnet. Er macht kein großes Aufhebens, und es gibt nur zwei Gelegenheiten, bei denen man ihn wahrnimmt. Entweder er hat den Auftrag, jemanden zu seinem Herrn zu geleiten, oder ihn zu töten.«

»Dein Gegenstück also«, entgegnete Hohenstein nachdenklich.

»Könnte man so sagen. Wenngleich in seinem Herzen, wie ich befürchte, eine halbe Ketzerseele haust.«

»Das würde mich nicht stören«, gab der Fürst zurück. »Vielleicht sollten wir diesen Mann für uns gewinnen.«

Giacomo schüttelte den Kopf. »Das wird selbst Euch nicht gelingen. Nicht mit Gold und auch nicht mit allen

Titeln der Welt. Er hat sich dem Grafen Katzenburg fester verschrieben als beim Kreuzzug gegen die Hussiten dem Kaiser. Er wird lieber sterben, als einen Herrn zu verraten, der ihm wohlgesonnen ist.«

Wieder folgte ein Moment Nachdenklichkeit.

»Das ist schade, denn ich vergeude äußerst ungern einen guten Kämpfer. Ich stimme auch nicht mit dir darin überein, dass sich dieser Mann nicht kaufen lässt. Aber wenn du ihn töten willst, so töte ihn.«

»Ich danke Euch, Herr.«

»Solltest du jedoch Rudolph von Katzenburg begegnen und die Gelegenheit dazu haben, dann tötest du ihn.«

»Das werde ich tun«, entgegnete Giacomo und verneigte sich untertänig. »Wie lautet Euer Beschluss nun bezüglich des Donnerkrauts?«

»Ich werde deinem Vorschlag folgen und auf Sonnenwetter warten«, sagte Hohenstein, und sein Blick verlor sich nun in der Ferne.

Giacomo schien zu merken, dass dies das Zeichen war, sich zurückzuziehen. Auch wenn er wusste, dass der Fürst nicht hinsah, verneigte er sich noch einmal und verschwand so lautlos wie ein Schatten in Richtung Lager.

27. Kapitel

Gegen Morgen erreichten sie eines der Dörfer, die zum Lehen von Bellas Vater gehörten. Es befand sich etwas abseits, so dass der diesjährige Ritt zur Weinlese nicht bis hierher geführt hatte. Kahle Bäume reckten ihre Äste wie Knochenfinger in die Luft. Nebel waberte auf den Feldern, und die Dächer der Behausungen schimmerten feucht im Morgenlicht. Ein sumpfiger Geruch legte sich schwer auf Bellas und Martins Lungen.

Auf der Straße war bis auf einige Hunde, Hühner und Schweine noch niemand zu sehen. Angesichts der herrschenden Kälte waren die Leute nicht darauf erpicht, zu dieser Stunde vor die Tür zu gehen. Lediglich das Schlagen eines Schmiedehammers war zu vernehmen, und der Schornstein der Schmiede war der einzige, der bereits heftig rauchte.

»Lass uns dort fragen, ob wir etwas Proviant und Wasser bekommen können«, schlug Martin vor.

Bella schüttelte den Kopf. »Hier gibt es eine Schenke. Der Wirt kann uns sicher besseres Wasser geben, außerdem müssen wir der Familie des Schmieds dann nichts wegessen.«

Martin stimmte ihr zu und trieb sein Pferd wieder an.

Die Straße entpuppte sich als ein schlammiges Band, auf dem die Pferde nur mühsam vorankamen. Hier und da war der Boden so stark aufgeweicht, dass die Tiere mit den Hufen tief einsanken. Die Jauche, die aus den Misthaufen floss, und die ausgeleerten Nachtgeschirre taten ein Übriges. Der Geruch, der durch die feuchte Luft strömte, hätte sie auch zu Nachtzeiten und ohne eine Fackel sicher ans Ziel geführt.

Die Schenke, die den Dorfmittelpunkt bildete und neben einer mächtigen Eiche stand, wirkte baufällig, trotzte aber tapfer Wind und Wetter. Das Schild mit dem großen Eber, das neben der Tür baumelte, schaukelte verwittert im Morgenwind.

Wie sie sehen konnten, war auch hier schon jemand bei seinem Tagwerk. Eine junge Magd stand in ein dickes Wolltuch gehüllt vor der Tür und fegte den Fußtritt.

Als die Reiter vor der Schenke haltmachten, blickte die Frau beinahe furchtsam auf, dann stellte sie den Besen weg und huschte in die Schenke.

»Nette Begrüßung«, meinte Martin nur und saß ab.

Bella, die es ihm gleichtat, entgegnete: »Ich glaube nicht, dass das Mädchen weggelaufen ist. Sie wird nur dem Wirt Bescheid geben, dass Gäste da sind.« Damit schritt sie durch die offenstehende Tür.

Genau in diesem Augenblick versetzte der Wirt seiner Magd eine Ohrfeige. »Wie oft habe ich dir schon gesagt, dass du die Tür bei diesem Wetter nicht …«

Bevor er die Tirade beenden konnte, bemerkte er Bella und Martin, der ebenfalls eintreten wollte. Augenblicklich fiel die zornige Miene von ihm ab und wich der Maske aufgesetzter Freundlichkeit. »Willkommen, meine Herrschaften, wie kann ich zu Diensten sein?« Mit einer knappen Handbewegung scheuchte er die Magd hinter den Vorhang jenseits des Schanktisches.

Angesichts der Behandlung, die er dem Mädchen zuteilwerden ließ, wallte in Bella der Zorn auf. Doch wenn sie hier Proviant haben wollten, musste sie wohl oder übel darüber hinwegsehen. »Wir wären Euch sehr verbunden, wenn Ihr uns zwei Schläuche sauberes Wasser und etwas zu essen überlassen könntet. Wir sind auf der Durchreise, und weit und breit seid Ihr die einzige Schenke.«

Dem Wirt schienen ihre Worte zu schmeicheln, denn sogleich schob er seine Brust vor, als gelte es, eine Frau zu umwerben. »Bei mir sollt Ihr alles bekommen, was Euer Herz begehrt. Nehmt nur an einem der Tische Platz, ich kümmere mich sofort um Euch.«

Bella ließ den Blick durch den Raum schweifen. Dies ist kein Ort, an den ich mich zu Nachtzeiten allein wagen würde, dachte sie. Die Fenster verschluckten das Licht mehr, als sie es durchließen, und die geschwärzten Balken verliehen den nachlässig gekalkten Wänden zusätzliche Finsternis, und der Boden war nur schlecht gefegt. Aber auch wenn nicht so viel Schmutz herumgelegen hätte, hätte die Schenke keine Gastlichkeit verströmt.

Bella warf Martin einen unbehaglichen Blick zu. Ihr Gefühl sagte ihr, dass sie an diesem Ort nicht bleiben sollten. Ihr Gefährte ließ sich allerdings nichts anmerken. Um die Aufmerksamkeit des Wirts, der Bella unverhohlen anstarrte, ein wenig abzulenken, trat er zu ihm an den Tresen.

»Ich muss schon sagen, dass in letzter Zeit allerhand merkwürdige Leute in unser Dorf kommen«, bemerkte der Wirt, während er den ersten Wasserschlauch füllte. Das Wasser dazu nahm er aus einer Tonne unterhalb des Schanktisches. Wie sauber es war, konnte Martin nicht beurteilen, wahrscheinlich musste er es erst kosten, bevor Bella davon trank. »Wie meint Ihr das?«, fragte er und folgte jeder Bewegung des Wirtes. Obwohl die Haustür nun geschlossen war, wehte der Vorhang, der den

Schankraum von den anderen Räumlichkeiten trennte. Wahrscheinlich stand die Magd dort und lauschte.

»Erst vor einigen Tagen waren hohe Herrschaften bei mir. Zwei Edelmänner mitsamt ihren Dienern und Soldaten. Sie sind nach dem ersten Mal sogar noch einmal zurückgekehrt. Ich nehme an, dass es königliche Beamte waren.«

»Ihre Namen haben sie Euch nicht genannt?«

»Nein. Ebenso wie ich Euch und Euer reizendes Fräulein nicht fragen würde, habe ich auch sie nicht gefragt. Sie haben mit guter Münze bezahlt, das war alles, was mich interessiert hat.«

Das glaubte ihm Martin aufs Wort. Gleichzeitig überlegte er, wie er die Zeche zahlen sollte.

Das hatte der Wirt mit seinen Worten wohl auch bezweckt, denn nun strich sein Blick begehrlich über sein Wams. »Wie steht es mit Euch?«, fragte er dann. »Für das Wasser verlange ich nichts, aber Ihr werdet verstehen, dass ich eine kleine Entschädigung für die Speise verlangen muss.«

»Woran habt Ihr denn gedacht?«, fragte Martin.

»Ich nehme nicht an, dass die kleine Nonne Münzen bei sich trägt. Aber Euer Wams sieht aus, als hättet Ihr es einem Edelmann beim Würfeln abgeluchst.«

Angesichts dieser Worte hätte Martin den Wirt am liebsten am Kragen gepackt und geschüttelt. Aber sie passten zu einem Menschen wie ihm. »Das Fräulein ist keine Nonne, und ich bin kein Spieler, aber wenn Ihr das Wams haben wollt, sollt Ihr es bekommen.«

Während er die Schnürungen löste, kam es ihm in den Sinn, dass er das Wams schmerzlich vermissen würde, wenn sie erst einmal wieder draußen waren. Aber der Weg zur Katzenburg war ja nicht mehr allzu lang.

Als er das Kleidungsstück auf den Tisch legte, griff der Wirt gierig danach, doch Martin gab es noch nicht aus der Hand.

»Für dieses gute Stück sollte allerdings mehr drin sein als etwas Speise. Beschreibt mir die Männer, die Euch aufgesucht haben.«

Der Wirt betrachtete Martin mit einem Anflug von Wut, dann glitt sein Blick auf den Knauf des Dolches in Martins Gürtel. »Eine feine Waffe habt Ihr da.«

»Die allerdings nicht als Bezahlung dienen soll«, entgegnete Martin bestimmt und legte seine Hand auf den Griff. »Was ist, erzählt Ihr mir für dieses prächtige Wams, was ich wissen will?«

Martin gab das Kleidungsstück nun frei, und der Wirt ließ sofort die Hand darüber gleiten, als wollte er der Wärme nachspüren, die noch immer in dem Stoff war.

»Einer der Männer war klein und dick«, sagte er schließlich. »Der andere größer und wahrscheinlich höher gestellt. Beide trugen sehr teure Kleider und hatten die Taschen voller Gold.«

Das war für den Wirt offenbar bedeutsam, aber Martin interessierte nur der erste Teil. »Welche Farbe hatte ihr Haar? Und wie viele Reiter hatten sie dabei?«

Die Augen des Wirts verengten sich zu schmalen Schlitzen. »Ihr habt doch wohl nichts angestellt, oder?«

Martin schüttelte den Kopf. »Nein, und hätten wir das, würde ich es Euch nicht sagen.«

Der Blick des Mannes hinter dem Schanktisch blieb misstrauisch.

»Also, habt Ihr noch ein wenig mehr für mich, oder muss ich dem Wams die Ärmel abschneiden?«

Für einen Moment wirkte der Wirt, als wollte er das Kleidungsstück an sich reißen, um es zu schützen. Dann sagte er: »Der Feiste sah einem Schwein ähnlich, hatte aber dunkle Borsten auf dem Kopf. Seine Nase war platt, und seine Augen waren wässrig blau. Der andere war blond und bärtig, ein Gockel, wie er im Buche steht. Er hatte einen guten Bau, trug die Nase aber so hoch, dass man ihm in die Nasenlöcher schauen konnte.«

Martin konnte nicht anders, als ein belustigtes Grinsen aufzusetzen. Die blumige und wenig schmeichelhafte Beschreibung der Männer gefiel ihm nicht nur, er konnte auch treffsicher darauf schließen, wer die beiden waren. »Habt vielen Dank, das Wams soll Euch gehören«, sagte er und trat ein Stück zurück.

Der Wirt nahm das Kleidungsstück an sich, dann sagte er: »Geduldet Euch einen Augenblick, ich hole Euch den Proviant.«

Kaum war der Mann hinter dem Vorhang verschwunden, kehrte Martin zu Bella zurück, die ihn mit einem erwartungsvollen Blick bedachte. Ein wenig von dem Gespräch hatte sie mitbekommen, jedoch fehlte ihr die Erklärung für das breite Lächeln auf seinem Gesicht.

»Was ist geschehen, dass du so guter Dinge bist?«

»Offenbar haben Roland von Hohenstein und Hans von Uhlenfels hier übernachtet. Ist das zu glauben?«

Bella verzog erstaunt den Mund. »Wahrscheinlich hat sich der Wirt angesichts der Begleitreiter nicht gewagt, sie auszurauben.«

»Möglich wäre es«, gab Martin zu. »Der Herr von Hohenstein scheint jedenfalls nicht zimperlich zu sein, wenn er hier abgestiegen ist.«

»Er wird ein mieses Lager und schlechte Verpflegung noch aus Kriegszeiten kennen«, entgegnete Bella spöttisch.

Bevor Martin noch etwas hinzufügen konnte, kehrte

der Wirt zurück. In der Hand einen Leinenbeutel, in dem er wohl den Proviant verstaut hatte. »Nehmt, ich hoffe, es reicht für eine Weile«, sagte er, während er an Martin vorbei auf Bella schaute.

Die Grafentochter erwiderte seinen Blick trotzig und erhob sich. Sie wäre froh, wenn sie von hier fort wären.

Martin wollte sich gerade mit dem Proviant und den Wasserschläuchen umwenden, da schrie Bella auf. Geistesgegenwärtig sprang er beiseite und hörte nur noch, wie ein Knüppel an ihm vorbeisauste. Sogleich wirbelte er herum und ließ seine Last fallen. Offenbar hatte es sich der Wirt anders überlegt und wollte sie nicht einfach so für ein Wams ziehen lassen. In der Hand hielt er eine Keule, mit der er sogar einem Rind hätte den Schädel einschlagen können.

Martin riss seinen Dolch hervor. »Was soll das?«, fuhr er den Wirt an. »So war es nicht vereinbart.«

»Ich weiß von keiner Vereinbarung«, entgegnete der Wirt und sprang mit einem kraftvollen Satz, den Martin ihm gar nicht zugetraut hätte, über den Schanktisch. Der Boden erzitterte unter seinem Gewicht, als er landete und die Keule erneut hochriss.

Martin tänzelte zur Seite. Offenbar hatte Bella recht. Der Wirt sah in ihnen wohl leichte Beute. Obwohl er nicht die Absicht hatte, dem Mann etwas zuleide zu tun, riss er sein Messer hoch.

Der Mann lachte angesichts dieser Geste auf. »Was willst du schon ausrichten mit deinem Zahnstocher? Ich werde mir damit den Dreck unter den Fingernägeln wegkratzen. Und dein Mädchen bringe ich zu dem Kloster zurück, aus dem du es geholt hast. Aber vorher werde ich mich noch ein wenig mit ihr vergnügen.«

Martin warf Bella einen Blick zu, die inzwischen aufgesprungen war. Er hätte ihr am liebsten zugerufen, dass sie fliehen sollte, doch dazu kam er nicht. Der Wirt nutzte den kurzen Moment der Unachtsamkeit aus, schlug nach Martin und traf ihn an der Schläfe. Sterne blitzten vor den Augen des Jungen auf, und er taumelte zur Seite. Dabei prallte er gegen einen der Tische, der sofort umfiel.

»Siehst du, Bürschchen, was habe ich gesagt?«, höhnte der Wirt und riss die Keule erneut hoch.

Obwohl er von dem Schlag immer noch benommen war, wälzte sich Martin zur Seite. Gerade rechtzeitig, um der niedersausenden Keule auszuweichen. Hart krachte sie auf die Bretter und wirbelte eine Schmutzwolke auf. Plötzlich tauchten hinter dem Kopf des Wirtes vier Stuhlbeine auf. Ein wilder Schrei ertönte, dann krachte das Sitzmöbel gegen seinen Hinterkopf. Der Mann hielt in der Bewegung inne, ließ die Arme sinken und verdrehte die Augen wie ein abgestochenes Schwein. Dann kippte er um. Das Geräusch ähnelte dem eines Kornsackes, der vom Heuboden gefallen war.

»Guter Hieb«, lobte Martin und griff nach dem Messer. »Du hast offenbar gelernt, dich zu verteidigen.«

»Ich wollte nicht, dass dich der Kerl umbringt«, entgegnete Bella entschlossen, während sie die Reste des zerbrochenen Stuhls von sich warf. »Aber du solltest mehr üben. Immerhin wirst du bald Vater!«

Martin rappelte sich auf und klopfte sich den Staub von Hemd und Beinkleidern. »Wenn mir der Fürst unter die Augen tritt, werde ich mich besser schlagen.«

Bella hob zweifelnd die Augenbrauen. »Wollen wir hoffen, dass wir meinen Vater schneller überzeugen, als Roland von Hohenstein an unsere Pforte klopfen kann.«

»Vertraust du etwa nicht auf meine Kampfkraft?«

Bella blickte vielsagend auf den Mann vor ihr. An der

Stelle, wo sie ihn getroffen hatte, bildete sich langsam eine dicke Beule. »Du solltest dich besser auf List verlegen. Ich fürchte, du hast zu viel Zeit in der Schreibstube statt im Weinkeller verbracht.«

»Mag sein. Aber mit der richtigen Waffe in der Hand überrasche ich dich vielleicht.«

»Bevor du das tust, sollten wir von hier verschwinden«, schlug Bella vor. »Die Magd könnte jeden Augenblick zurückkommen.«

Martin griff nach seinem Wams, das immer noch auf dem Schanktisch lag. Nachdem er es übergezogen hatte, schulterte er die Wasserschläuche und den Beutel, den ihnen der Wirt hatte vorenthalten wollen.

»Also gut, lass uns weiterreiten. Bis zur Katzenburg ist es noch ein Stück, und es ist sicher besser, wenn wir nicht gleich mit der Tür ins Haus fallen.«

Dem konnte Bella nur beipflichten.

Gemeinsam stiegen sie über den Körper des Wirts und traten vor die Tür. Die Nebelschwaden waberten noch immer zwischen den Häusern, aber mittlerweile hatte sich die Straße ein wenig belebt. Die Leute warfen ihnen zum Glück nur kurze Blicke zu, und niemand schien Verdacht zu schöpfen.

Bella blickte dennoch unbehaglich zurück in die Schankstube und sah das Gesicht der Magd hinter dem Vorhang auftauchen. Offenbar hatte sie nicht vor, Alarm zu schlagen, denn als sie den Bewusstlosen erblickte, huschte ein Lächeln über ihr Gesicht.

Bella nickte ihr zu, dann schloss sie die Tür.

Gernot von Bärenwinkel stand vor dem Fenster seiner Kemenate und blickte mürrisch auf den Fluss, der wie eine große Ader an seiner Burg vorbeifloss. Er beobachtete, wie gerade ein Floß vom anderen Ufer her übersetzte. Wen Adam Höllerich da transportierte, war nicht zu erkennen, doch der Graf machte sich keine Hoffnung, dass es sich um seinen Sohn handeln könnte.

Martin war nun seit fünf Tagen weg. Die Reiter, die er dann doch ausgesandt hatte, waren ergebnislos heimgekehrt. Offenbar hatte er sich nicht auf den Weg nach Padua gemacht, sondern den Fluss überquert.

Will er erneut zu dieser Metze?, überlegte er. Oder will er sein Vergehen ausgleichen, indem er mir den Ableger des Weinstocks bringt?

Für einen kurzen Moment richteten sich seine Gedanken begehrlich auf einen Weinberg voller neuer Rebstöcke, die ihm den Keller mit edelsten Tropfen füllen würden. Doch die Hoffnung wurde davon verdrängt, dass sich sein Sohn wohl nie wieder bei ihm blicken lassen würde.

Diese kleine Metze hat ihn verhext, dachte er zornig. Aber gnade dir Gott, Rudolph von Katzenburg, wenn mir durch sie auch mein Sohn genommen wird.

Ein Kratzen an der Tür riss ihn aus seinen Gedanken.

»Komm herein!«, rief er ärgerlich. Er war sicher, dass es sich nur um einen handeln konnte.

»Ihr habt mich zu Euch befohlen?« Giacomo verneigte sich tief.

Sogleich löste sich die Miene des Grafen ein wenig. »Gewiss, berichtet mir, wie weit die Vorbereitungen gediehen sind.«

Auf seinen Wink trat der Italiener näher und ließ sich auf einen der Stühle neben dem Schreibpult nieder. Als Bärenwinkel näher trat, gewahrte er den Geruch von Schießpulver. Schießpulver und Schlamm. Wie im Feldlager, kurz bevor die Schlacht begann.

»Der Fürst hat zusammen mit mir und ein paar Männern übergesetzt und ein geheimes Lager in den Wäldern nahe der Katzenburg aufgeschlagen.«

»Werden das die Wildhüter nicht bemerken?«

»Nein, ich glaube nicht. Die Zeit zur Hubertusjagd ist noch nicht gekommen. Und selbst wenn, so tief in die Wälder werden sich die Hüter nur dann wagen, wenn es einen Anlass gibt. Da im Moment aber weder Wilderer noch große Wolfshorden die Gegend unsicher machen, werden sie in der Waldhütte bleiben.«

Graf von Bärenwinkel nahm diese Information mit einem Nicken auf. »Was gedenkt er, mit dem Lager zu tun?«

»Seine Gnaden hat meinem Vorschlag entsprochen, zunächst den Weinberg in Brand zu stecken. Danach will er sich um den Grafen kümmern.«

»Er will mit seinen wenigen Männern die Katzenburg erstürmen?«

Zum einen bewunderte Gernot von Bärenwinkel diese Tollkühnheit, aber die Weisheit der Jahre, die er auf seinem Rücken herumtrug, sagte ihm, dass dieses Vorhaben töricht und zum Scheitern verurteilt war.

»Erstürmen will er sie nicht«, entgegnete der Italiener. »Aber er will versuchen, an den Grafen selbst heranzukommen. Nur den Weinberg zu vernichten, ist ihm zu wenig. Er will die Burg herrenlos machen.«

»Er will Rudolph von Katzenburg töten?«

Giacomo nickte.

Der Graf wusste nicht, ob er das gutheißen oder ablehnen sollte. Die Fehde zwischen ihm und seinem Widersacher schwelte nun schon so lang, und insgeheim hatte er immer gehofft, dass er dem anderen eines Tages den Garaus machte. »Wie will er das anstellen?«

»Der Fürst will das Feuer ausnutzen und mit ein paar Männern in die Burg gelangen. Während alle den Weinberg zu retten versuchen, wollen sie den Grafen umbringen. Die herrenlose Burg gedenkt Roland von Hohenstein sich dann selbst zu nehmen.«

»Ihr vergesst Graf von Katzenburgs Tochter.«

»Die ist wieder im Kloster, wenn ich es in den Dörfern richtig vernommen habe. Falls sich Euer Sohn aufgemacht hat, um sie zu holen, ist er entweder auf der Katzenburg gefangen oder auf dem Weg zum Kloster.«

Gernot von Bärenwinkel wusste, welche von den beiden Möglichkeiten ihm die liebere war. »Mag sie auch ins Kloster geschickt worden sein, den Anspruch auf die Burg hat sie dennoch.«

»Aber wie will sie ihn durchsetzen?«, hielt der Spion dagegen. »Vielleicht mit der Fürsprache der Grafen von Katzenelnbogen?« Giacomo schnaubte spöttisch. »Glaubt mir, Herr, sie wird nichts gegen Roland von Hohenstein ausrichten können. Um ihren Anspruch zu erhalten, kann sie ihn nur ehelichen. Und da sie ihn mittlerweile zweimal verschmäht hat, wird der Fürst ganz sicher nicht darauf zurückkommen wollen.«

Graf von Bärenwinkel musste zugeben, dass das alles so weit recht gut klang, dennoch machte sich in seiner Brust ein schales Gefühl breit. Was gab seinem Leben noch einen Sinn außer dem Hass auf Rudolph von Katzenwinkel? Würde er wirklich Ruhe finden, wenn der andere tot war? Was wurde dann aus der Gegend, wenn sich Roland von Hohenstein hier niederließ?

Der Graf hatte dem Fürsten angesehen, dass er keinerlei Ahnung vom Wein hatte, dennoch konnte er fähige Leute anstellen. Gierig, wie er nach Profit war, würde er gewiss alles tun, um den anderen Weinbauern die Kundschaft streitig zu machen. Das ist dann genauso gut, wie den Teufel mit dem Beelzebub auszutreiben, überlegte der Graf. Doch das waren keine Gedanken, die er mit Giacomo bereden wollte.

Dem Italiener schien es ausnehmend gut in der Gesellschaft des Fürsten zu gefallen. Vielleicht verlor er nach diesem Ereignis sogar seinen besten Mann. Dann konnte sich Roland von Hohenstein zum Herrn dieser Gegend aufschwingen, während sein Haus, zumal ohne einen Nachkommen, zur Bedeutungslosigkeit verkam.

»Wie wollt ihr den Weinberg bei dieser feuchten Luft in Brand stecken?«, fragte er, um die beunruhigenden Gedanken zu vertreiben.

»Mit Donnerkraut, Herr«, entgegnete Giacomo.

»Donnerkraut«, wiederholte der Graf. »Warum bin ich eigentlich nicht auf die Idee gekommen?«, fragte er dann. »Martin hätte den Weinberg niederbrennen sollen, dann wäre es nie zu dem ganzen Ärger gekommen. Ich hätte Rudolph von Katzenburg einen weiteren Streich gespielt und ihn in den Ruin getrieben.«

Giacomo sagte dazu nichts. Er wusste, dass sein Herr in dem Streit niemals so weit gegangen wäre. Dies stand eher einem Fürsten von Hohenstein zu.

»Lass mich wissen, wie es ausgegangen ist«, sagte der Graf schließlich und bedeutete Giacomo zu gehen.

Der Italiener verneigte sich und verließ das Gemach.

Gernot von Bärenwinkel blieb mit seinen Gedanken allein zurück.

28. Kapitel

Einen Tag später, als die Abenddämmerung bereits über die Lahn hereinbrach, erreichten Bella und Martin die Katzenburg. Der Himmel hatte etwas aufgeklart, so dass der Bergfried ihnen in den letzten Strahlen der Abendsonne bereits von weitem entgegenleuchtete.

Vergessen war der Morgen, der ihr erneut Übelkeit beschert hatte, und zwar so heftig, dass Martin ihr das Haar aus dem Gesicht hatte halten müssen, als sie sich erbrochen hatte.

Er hatte sich sehr besorgt um sie gezeigt, doch Bella spürte und wusste, dass dies nichts Unnormales war. Ihr Körper musste sich an das Leben, das in ihr wuchs, erst gewöhnen, deshalb ging es ihr so schlecht. Jedenfalls hatte ihr das vor Jahren Katrina so erzählt, als sie sich über das Unwohlsein ihrer Mutter gewundert hatte.

Wenn die Übelkeit vorüber war, drängte Bella den Gedanken an das Kind einfach beiseite, damit die Angst sie nicht lähmte. Ihr Vater und der Weinberg waren in Gefahr! Auch wenn der Graf sie vielleicht verdammen würde für das, was sie getan hatte, sie wollte nicht, dass Roland von Hohenstein ihm etwas antat.

Gebannt von diesem Anblick brachte Bella ihr Pferd zum Stehen. Nach einer Weile konnte sie auch den Weinberg ausmachen, der wie ein rotgelber Flicken im grünen Waldteppich wirkte. Schon bald würde der Herbstwind das Laub davontragen, und der Flicken würde wie ein Loch wirken, das erst im nächsten Frühjahr mit sattem Grün gestopft wurde.

Auf den ersten Blick schien noch alles so, wie sie es verlassen hatte. Doch Bella wusste, dass der Eindruck täuschen konnte. Weinberg und Bergfried würden auch dann ruhig wirken, wenn es in der Burg brodelte.

Ach, Vater, dachte sie seufzend. Warum hat nur alles so kommen müssen? Hättest du nicht versucht, mich zu vermählen, würdest du jetzt nicht in Gefahr schweben.

»Wo wollen wir heute nächtigen?«, fragte sie Martin, der ebenfalls stehengeblieben war. Als sie sich zu ihm umwandte, bemerkte sie, dass er sie die ganze Zeit über versonnen betrachtet hatte.

»Es wäre wohl ein Fehler, die Burg deines Vaters in Erwägung zu ziehen, oder?«

Bella nickte. »Ja, das wäre es wohl. Wir wollten doch nicht mit der Tür ins Haus fallen.«

»Aber irgendwann müssen wir ihm die Warnung zukommen lassen. Wer weiß, vielleicht lauern der Fürst und Giacomo schon auf eine Gelegenheit. Gewiss beobachten sie die Burg.«

»Dann hätten sie auch uns bemerkt.«

»Davon gehe ich aus.«

Bella presste die Lippen zusammen und überlegte eine Weile. »Es soll einen alten Geheimgang geben, der zur Burg führt. Mein Vater hat ihn erwähnt, aber ich weiß leider nur, dass er irgendwo im Wald endet. Nie hat ihn jemand benutzen müssen.«

Martin grinste schief. »Den Gedanken hatte ich auch schon. Auf diesem Wege wollte ich eigentlich in die Burg gelangen, um dich zu retten.«

»Du wolltest in die Burg?«, fragte Bella erstaunt. »Obwohl mein Vater dir angedroht hat, dich zu töten, wenn du dich noch mal blicken lässt?«

»Das habe ich in Kauf genommen. Ich war sogar da, dank einer alten Frau mit einem Stock, die mich nicht verraten hat.«

Ein Lächeln schlich sich auf Bellas Gesicht. »Dann hast du meine Kinderfrau getroffen. Katrina.«

»Sie hat mir erzählt, dass du im Kloster bist.«

Bella nickte. »Sie hat wohl gewusst, wer du bist.«

»Du hast ihr von uns erzählt?«

»Nein, aber das brauchte ich auch nicht. Sie kennt mich seit meiner Geburt und hat gespürt, wie sehr du mir am Herzen liegst.«

»Ich liege dir also am Herzen?«, fragte Martin neckend.

»Sei nicht albern!«, schalt ihn Bella spielerisch. »Ich trage dein Kind darunter, falls du es schon vergessen hast.«

»Wie könnte ich das«, entgegnete Martin und betrachtete Bella einen Moment lang schweigend. Wie schön sie ist, dachte er. Und unser Kind wird es auch werden. Doch wird das den Zwist zwischen unseren beiden Familien beilegen? Oder müssen wir gemeinsam fliehen? Sie waren beide die einzigen Erben eines Grafenhauses, ihre Väter würden sie überall finden, wenn sie wollten.

»Vielleicht sollten wir den Fährmann um Quartier bitten«, schlug Martin vor. Soweit er es erkennen konnte, war an der Burg alles ruhig. Der Fürst mochte vielleicht auf der Lauer liegen, aber der Junge hätte gewiss gespürt, wenn der Edelmann und seine Getreuen in der Nähe gewesen wären.

»Du meinst Adam Höllerich?« Bella wirkte nicht überzeugt.

»Er ist kein übler Kerl«, sagte Martin. »Bei meiner letzten Überfahrt hat er mir sogar erzählt, wie er sein Auge verloren hat.«

»Und wie?«

»Man hat es ihm herausgeschnitten, weil er sich in eine Osmanin verliebt hatte.«

»Er war bei den Osmanen?«

»Ja, er hat im Heer des ungarischen Königs gegen sie gekämpft und ist in Gefangenschaft geraten.«

Bella zweifelte noch immer. »Das kaufst du ihm ab?«

»Er hat die Geschichte sehr glaubhaft erzählt. Und warum sollte es nicht stimmen?«

»Weil er viel Zeit hat, sich Geschichten auszudenken. Das würde ich jedenfalls tun, wenn ich die Menschen von einer Flussseite zur anderen bringen würde.«

Martin zuckte mit den Schultern. »Wie dem auch sei, Adam Höllerich ist gewiss kein Ungeheuer und zudem genauso gastfreundlich wie jeder andere hier. Mir hat er jedenfalls schon einige Male geholfen.«

»Nun gut, dann hoffe ich auf deine Menschenkenntnis«, entgegnete Bella. »So geschickt, wie du gerade ausgewichen bist, könntest du glatt ein Jurist sein«, setzte sie nach einer Weile hinzu.

»Aber das bin ich!«, entgegnete Martin, und nun fiel ihm wieder ein, dass er ihr noch gar nichts über sich erzählt hatte. Über den richtigen Martin, dem Sohn des Grafen von Bärenwinkel. Sie kannte bisher nur die Geschichten, die er sich in seiner Verkleidung als Pflücker aus den Fingern gesogen hatte. »Ich habe in Italien die Juristerei studiert, in Padua.«

»Das erklärt, warum du so schlecht kämpfst«, entgegnete Bella mit einem schelmischen Leuchten auf dem Gesicht. »Vielleicht hast du doch mehr Menschenkenntnis als vermutet. Lass uns also zum Fährmann gehen. Der wird uns am ehesten sagen können, ob und wann der Fürst die Lahn überquert hat.«

»Ich glaube nicht, dass Adam ihn übergesetzt hat – immerhin besitzt mein Vater sein eigenes Floß.«

»Aber er könnte es gesehen haben«, hielt Bella dagegen. »Und wenn nicht, so haben wir einen guten Vorwand, nach seiner Gastfreundschaft zu fragen, oder?«

Da konnte Martin ihr nur zustimmen.

Nachdem sie noch einen kurzen Blick auf den Bergfried geworfen hatte, trieb Bella ihr Pferd an.

»Hast du eigentlich je den Brief gelesen, den ich dir nach dem Lesefest gegeben habe?«, fragte Martin, als sie sich dem Pfad näherten, den sie bei ihrer Flucht aus der Burg entlanggelaufen waren. »Du hast ihn nie wieder erwähnt.«

»O ja«, entgegnete Bella. »Ich habe deshalb sogar mein gutes Kleid mit Wein verdorben.«

»Mein Gestammel war lächerlich, nicht wahr?«

»Nein, dein Gestammel war sehr schön. Es hat mir Hoffnung gegeben.« Und es hat mir geholfen, meine Zweifel im Zaum zu halten, fügte sie stumm hinzu.

Martin lächelte versonnen vor sich hin.

»Hättest du auch versucht, mit mir zu fliehen, wenn Roland von Hohenstein mich nicht überfallen hätte und du auf der Burg geblieben wärst?«

Martin nickte. »Ja, das hätte ich getan. Ich hätte nicht zugelassen, dass du ihn ehelichst.«

»Was das angeht, hast du ja Erfolg gehabt«, entgegnete Bella und strich mit einer unbewussten Geste über ihren noch immer flachen Bauch.

»Alles Weitere werden wir auch hinbekommen, das verspreche ich dir«, sagte er und lenkte sein Pferd so dicht neben sie, dass er sie berühren konnte.

Die Hütte des Flößers wirkte auf den ersten Blick verlassen, doch Martin wusste mittlerweile gut, dass der Eindruck täuschen konnte. Das Floß war am Steg festgemacht, also war der Bewohner vermutlich da.

Bella und Martin saßen ab und blieben eine Weile vor dem Haus stehen.

Der Junge erinnerte sich an den Tag, als er ein Seil besorgen wollte. Ob der Fährmann sich, wenn er ihn nun um ein zweites bat, daran erinnerte, dass er das erste noch nicht zurückerhalten hatte?

»Da brennt Licht«, sagte Bella und deutete nach vorn.

Offenbar war es gerade aufgeflammt, denn zuvor hatten sie es nicht ausmachen können.

Noch während sich Martin umwandte, trat der Flößer heraus. Sein weißes Hemd hing unordentlich herunter. Hatte er sich bereits zur Nacht begeben gehabt?

»Guten Abend, Fährmann!«, rief Martin ihm zu.

Adam antwortete nicht. Er brauchte offenbar eine Weile, um zu erkennen, wer da vor seinem Haus stand.

Der Junge wollte ihm gerade wieder ins Gedächtnis rufen, wer er war, als der Mann eine Miene aufsetzte, als hätte er einen Geist gesehen.

»Ist das dein Mädchen?«, fragte er, ohne den Gruß zu erwidern.

Martin wusste nicht so recht, was er mit diesen Worten anfangen sollte. »Ja, das ist es.«

»Sie sieht aus wie die selige Gräfin«, kam es Adam Höllerich stockend über die Lippen.

Bella überraschten seine Worte ebenso wie Martin. Nach all der Zeit erinnerte er sich an ihre Mutter?

»Das kommt vielleicht daher, dass ich ihre Tochter bin«, entgegnete sie.

Augenblicklich und ohne einen Zweifel an ihren Worten zu zeigen, verneigte sich der Fährmann. »Gnädiges Fräulein.«

»Erhebt Euch, Herr Höllerich. Ihr braucht Euch nicht vor mir zu verneigen.«

Adam richtete sich wieder auf. Der seltsame Ausdruck lag immer noch auf seinem Gesicht, als er fragte: »Wie kann ich Euch zu Diensten sein?«

»Indem Ihr uns etwas zu essen anbietet. Und uns ein Seil leiht.«

Bella entging nicht, dass Martin bei diesen Worten unbehaglich dreinschaute.

»Alles, was Ihr wünscht, gnädiges Fräulein. Tretet bitte ein.«

Martin bekam vor Staunen den Mund nicht zu. Ihn hatte der Mann beinahe umgebracht, als er um sein Haus herumgeschlichen war. Bisher deutete nichts darauf hin, dass der Flößer ihn als Sohn des Grafen Bärenwinkel erkannte. Bella dagegen empfing er wie seine Herrin. Dabei diente er doch beiden Ufern und war seinem Vater ebenso verpflichtet.

»Was stehst du herum wie ein Ölgötze!«, rief der Fährmann Martin zu. »Komm rein, ich fresse dich nicht auf. Auch wenn du mir noch immer das Seil schuldest.«

Obwohl eine leichte Empörung in ihm aufstieg, folgte Martin dem Ruf und betrat die Fährhütte.

Auf den ersten Blick unterschied sie sich nicht von anderen Wohngebäuden in der Gegend. Der große Raum verfügte über eine Esse, in der das Feuer nur noch schwach glomm. Auf dem grob gezimmerten Eichentisch leuchtete eine Kerze, die etwas ungelenk auf die andere draufgepfropft war. Weiter hinten, vom Schatten verschluckt, musste das Bett stehen, denn der Geruch nach Daunen und fettigen Laken strömte ihnen entgegen.

Adam Höllerich schloss hinter ihnen die Tür und deutete auf die Schemel vor dem Tisch. Dann holte er etwas Brot, Speck und einen Weinschlauch.

»Habt Ihr vor kurzem ein paar Männer übergesetzt?«, fragte Bella und riss sich ein Stück von dem Brot ab.

»Ich setze beinahe jeden Tag irgendwelche Leute über«, gab der Fährmann zurück und goss Wein aus einem Schlauch in drei Becher, die er von einem Regal an der Wand geholt hatte.

»In diesem Fall wird es ein recht wohlhabend aussehender Mann gewesen sein.«

»Und Giacomo der Lombarde«, fiel Martin ein. »Den kennt Ihr doch sicher, oder?«

Der Fährmann nickte bedächtig. »Ja, den kenne ich. Er ist die rechte Hand des Grafen von Bärenwinkel.«

»Meines Vaters«, platzte es aus Martin heraus.

»Das weiß ich«, gab der Fährmann mit einem versonnenen Lächeln zurück. »Glaubst du wirklich, ich hätte dich nicht erkannt? Beim ersten Mal hast du mich noch narren können mit deiner Geschichte. Beim zweiten Mal ahnte ich es schon. Ich habe dich auf dem großen Floß deines Vaters gesehen.«

Martin wollte etwas entgegnen, aber es gelang ihm nicht. Warum hatte der Fährmann nichts gesagt? Nicht, dass er auf Ehrenbezeigungen aus war, dennoch hätte der Flößer zeigen können, dass er Bescheid wusste.

»Ich weiß auch, dass ihr versucht habt, bei mir überzusetzen, um vor euren Vätern wegzulaufen«, fuhr der Fährmann fort und nahm einen Schluck von dem Wein.

Bella probierte ebenfalls und musste zugeben, dass der Tropfen nicht schlecht war. Beinahe wie der in unserem Keller, kam es ihr in den Sinn.

»Nur leider war ich nicht auf der richtigen Seite. Aber

es ist nicht so, dass ich dir das nicht gesagt habe, junger Bärenwinkel.«

»Das habt Ihr. Und es tut auch jetzt nichts mehr zur Sache«, entgegnete Martin, denn ein unangenehmes Gefühl beschlich ihn. Hatte Adam den Verstand verloren, oder warum kam er jetzt auf dieses Thema?

»Wir wollen nur wissen, ob Giacomo und der reiche Herr hier übergesetzt haben«, fuhr Bella sanft fort. »Und mit wie vielen Männern. Die Burg meines Vaters und der Weinberg sind in Gefahr. Der Fürst von Hohenstein plant einen Anschlag auf unsere Familie.«

Die Miene des Fährmanns wurde ernst. »Was diese Männer angeht, so habe ich sie tatsächlich übergesetzt. Zweimal, einmal hin und nach einem Tag wieder zurück. Sie hatten eine schwere Kutsche bei sich, die sie wieder mitgenommen haben, aber einer der Männer muss drüben geblieben sein.«

»Der Heiratswerber«, wisperte Bella, lauschte dann aber weiter den Ausführungen des Fährmanns.

»Natürlich haben sie mir ihre Absichten nicht offenbart, und ich habe nicht danach fragt. Aber ich habe gemerkt, dass sie in kriegerischer Absicht unterwegs waren. Ihre Pferde haben sie hinter dem Floß herschwimmen lassen.«

»Haben sie etwas darüber verlauten lassen, was sie vorhaben?«, wollte Martin wissen.

»Welcher gute Soldat würde das schon tun?«, fragte Adam Höllerich zurück. »Nein, sie haben die ganze Zeit über geschwiegen.«

Bella blickte zu Martin. Dass Roland von Hohenstein mit seinen Soldaten über den Fluss gefahren war, bewies noch gar nichts. Um ihrem Vater glaubhaft zu versichern, dass Gefahr bestand, brauchten sie mehr. Doch woher nehmen?

»Wenn Ihr meine Hilfe benötigt, gnädiges Fräulein, so stehe ich zu Euren Diensten. Allerdings bin ich nur ein abgehalfterter Soldat mit einem verbliebenen Auge.«

»Ihr braucht uns nicht zu helfen«, entgegnete Bella sanft. »Wenn wir meinen Vater warnen, wird er sich mit seinen Männern schon zu verteidigen wissen. Aber vielleicht könntet Ihr darauf achten, dass niemand den Fluss überquert. Natürlich nur, wenn Ihr nicht auf die andere Seite müsst.«

Der Fährmann lächelte, wodurch die Augenklappe hochrutschte und die vernarbte Haut zu sehen war. »Wenn ich auf der anderen Seite bin, wäre es wohl das Beste, was passieren kann.«

Bella verstand, was er damit sagen wollte, und lächelte ihm zu. »Tut, was immer Ihr tun wollt. Wir werden versuchen, noch heute zu meinem Vater zu gelangen und ihn zu warnen.«

»Viel Glück, gnädiges Fräulein. Möge er auf Euch hören. Er soll in letzter Zeit vor lauter Verbitterung nicht mehr wissen, wer Freund und wer Feind ist.«

Diese Äußerung stand dem Mann eigentlich nicht zu, aber Bella wusste nur zu gut, dass er sich von niemandem den Mund verbieten ließ und stets ehrlich sagte, was ihm durch den Kopf ging. Offenbar war ihm zu Ohren gekommen, was auf der Burg vor sich gegangen war. »Vielen Dank, das hoffe ich auch.« Damit griff Bella erneut zu dem Brotkanten und verschlang hungrig ein zweites Stück.

Nachdem den ganzen Tag über die Sonne geschienen hatte, war Giacomo sicher, dass der richtige Zeitpunkt gekommen war, um den Weinberg in Brand zu stecken. Die Blätter des Weinbergs waren abgetrocknet, und die

Nacht versprach kühl und trocken zu werden. Die besten Bedingungen für das Donnerkraut.

Zum ersten Mal war der Italiener froh über das Wetter. Sonst war es ihm immer egal, denn es gab für ihn kaum Arbeiten, die daran gebunden waren. Doch in den vergangenen Tagen hatte er gespürt, dass der Fürst immer ungeduldiger wurde.

Das Misstrauen in seinen Augen war nicht mehr zu übersehen, selbst die Soldaten hatten sich bereits gefragt, wie lange ihr Herr wohl noch auf die Dienste des Fremden baute.

Aber nun war es so weit. Er verteilte das Donnerkraut auf mehrere Säcke und gab sie den Männern, die ihn begleiten würden. Er selbst band ein Säcklein an seinem Sattel fest und blickte sich dann nach den anderen um.

»Ein Stück vor dem Weinberg machen wir halt und laufen den Rest zu Fuß. Jeder von euch wird das Donnerkraut auf eine Reihe verteilen. Danach wartet ihr auf mein Zeichen zum Anzünden.«

Die Männer nickten einhellig und zogen ihre Mäntel fester um die Leiber.

Wenig später gesellte sich Roland von Hohenstein zu ihnen. Auch er trug wieder seinen einfachen Mantel, doch diesmal klapperte ein Schwert an seiner Seite. Die Art, wie er die Hand auf den Griff legte, deutete auf einen erfahrenen Waffenmann hin. »Hast du die Männer eingewiesen?«, erkundigte er sich und sog mit einem tiefen Atemzug die klare Luft ein. Es war nicht zu übersehen, dass er bester Laune war.

»Das habe ich, Euer Gnaden. Mit etwas Glück werden wir den Weinberg bald brennen sehen.«

»Wohlan, reiten wir los!«, gab Hohenstein zurück und schwang sich auf sein Pferd.

Giacomo folgte ihm, und nachdem alle im Sattel saßen, bewegte sich der Zug in Richtung Weinberg.

Als die Dunkelheit hereingebrochen war, verließen die beiden das Fährhaus wieder.

»Du bist sicher, dass es funktionieren wird?«, fragte Martin zweifelnd, als sie den Weg zur Burg hinaufritten.

»Ganz sicher«, gab Bella zurück. »Über das Seil werden wir in die Burg gelangen und dann zum Schlafgemach meines Vaters gehen. Wenn wir Glück haben, wird er uns anhören. Er muss es einfach!«

»Ich hoffe sehr, dass du dich nicht irrst«, entgegnete Martin. »Immerhin könnte er auch nach den Wachen rufen. Oder nach seinem Schwert greifen.«

»Mein Vater hat noch nie mit dem Schwert neben dem Bett geschlafen«, gab Bella zurück. »Wenn sich an ihm auch vieles geändert hat, das sicher nicht.«

Nach einer Weile tauchte die Burg vor ihnen auf. Noch waren sie weit genug entfernt, dass die Torwächter sie nicht ausmachen konnten.

»Reiten wir zum Weinberg«, schlug Bella vor. »Oberhalb der Pforte kommt man am besten über die Mauer. Außerdem braucht da nur einer von uns zu klettern, dann kann er dem anderen die Pforte öffnen.«

»Das werde dann wohl ich sein«, gab Martin zurück. »Ich kann unmöglich von dir verlangen, dass du kletterst.«

»Warum denn nicht?« Bellas Stimme klang herausfordernd. »Immerhin bin ich aus dem Fenster der Burg geklettert.«

»Dennoch solltest du mir das Klettern überlassen«, sagte Martin bestimmt. »Ich will nicht, dass dir etwas geschieht.«

Bella setzte ein trauriges Lächeln auf, als wollte sie sagen, dass ihr Leben nun ohnehin in Gottes Hand lag, dann erwiderte sie: »Na gut, klettere du!« und drückte ihrem Braunen die Hacken in die Flanken.

Am Rain des Weinbergs angekommen, machten sie halt und saßen ab. Den Aufstieg konnten sie unmöglich mit den Pferden wagen. Zu groß war die Gefahr, dass sie ausrutschten.

Martin schulterte das Seil, das er von Adam Höllerich unter der Bedingung bekommen hatte, es diesmal wirklich zurückzubringen, dann fasste er Bella bei der Hand.

»Was soll denn das?«, fragte sie. »Denkst du, ich kann nicht allein laufen?«

»Nein, ich wollte dir nur etwas Halt geben«, entgegnete Martin, ohne sie loszulassen.

Daraufhin lächelte sie nur stumm und ließ sich von ihm mitziehen. Während sie zwischen den Rebstöcken vorbeieilten, behielten sie den Bergfried im Auge, der jenseits der Burgmauer vor ihnen aufragte.

Plötzlich hielt Bella inne. Ihr war, als hätte sie etwas gehört und gleichzeitig einen fremdartigen Geruch wahrgenommen. Einen Geruch, der nicht zu den Reben passen wollte. Hier roch es im Herbst nach absterbendem Laub, verfaulenden Trauben, feuchter Erde und Moder. Aber diese Gerüche kannte Bella. Was konnte es sein? »Riechst du das auch?«, fragte sie und blickte sich um.

Anstatt einer Antwort ertönte ein dumpfes Geräusch neben ihr. Als Bella herumwirbelte, sah sie gerade noch, wie Martin zu Boden fiel. Bevor sie allerdings aufschreien konnte, packte jemand sie und hielt ihr ein Messer an die Kehle.

»Ruhig, meine Schöne, du willst doch wohl nicht, dass ich dir den Hals durchschneide.«

Die Stimme des Mannes war Bella unbekannt, dennoch jagte sie ihr einen eisigen Schauer über den Rücken. Das musste der Italiener sein. Hatte er etwa den Sohn seines eigenen Herrn niedergeschlagen? Oder hatte er irgendwelche Spießgesellen angeheuert?

Bevor sie eine Antwort finden konnte, zerrte der Fremde sie von Martin weg. Den Schrei, der in ihr aufstieg, drängte die Angst in ihre Kehle zurück, als sie den zweiten Mann bemerkte, der vor ihr aus dem Gebüsch trat.

Es war Roland von Hohenstein, und das Grinsen auf seinem Gesicht verhieß ihr ein schlimmeres Schicksal als den Tod.

29. Kapitel

Als Martin wieder zu sich kam, fand er sich auf Waldboden wieder. Sein Gesicht hinterließ einen Abdruck auf dem Moos, aus dem ihm ein feuchter Modergeruch entgegenströmte. Aufstöhnend versuchte er, die Arme und Beine zu bewegen, doch es war ihm nicht möglich. Man hatte sie ihm fein säuberlich zusammengeschnürt.

Während er langsam die Augen aufschlug, fragte er sich, was geschehen war. Die vergangenen Augenblicke waren wie ein dunkler Turm, in den kein Strahl Sonnenlicht fiel. Dann kam ihm jedoch wieder in den Sinn, dass er mit Bella durch den Weinberg gelaufen war, um von dort in die Burg zu gelangen.

Da war es passiert!

Bei der Erinnerung an den Schlag, der ihn ins Reich der Träume geschickt hatte, durchzuckte es ihn eisig. Bella!, schien ihm plötzlich eine innere Stimme zuzurufen. Sogleich sah er sich nach ihr um, konnte sie allerdings nicht neben sich entdecken.

»Bella?«, fragte er also in die Dunkelheit hinein, doch die einzige Antwort, die er erhielt, war das Rufen eines Kauzes, der sich in die Lüfte schwang.

Martins Herz begann zu rasen. So laut, dass er den Flügelschlag des Vogels nicht mehr wahrnahm. Die Angst schnürte ihm die Kehle zu, und schreckliche Bilder von dem, was Giacomo Bella antun könnte, stiegen vor ihm auf. Wenn Roland von Hohenstein bei ihm war, hatte sie ihr Leben gewiss bereits verwirkt.

Stöhnend wälzte sich Martin herum. Über ihm schob sich der Mond durch die Wolkendecke und beleuchtete das gelbe Laub des Baumes, unter den man ihn gelegt hatte. Einige Lichtstrahlen fielen auch auf sein Gesicht, als ihm einfiel, dass er noch immer sein Messer bei sich hatte – vorausgesetzt, Giacomo hatte es ihm nicht abgenommen. Da der Italiener ihm die Hände vor dem Körper gefesselt hatte, tastete sich Martin ab, bis er etwas Hartes fühlte. Offenbar war ihm beim Fallen der Dolch weiter in den Hosenbund gerutscht.

Rasch versenkte er die Hände in seinen Beinkleidern und zerrte die Waffe hervor. Während er den Griff mit den Händen festhielt, zog er mit den Zähnen die Scheide herunter. Bald blitzte die Klinge im Mondschein auf, und wenig später schob er sie sich zwischen die Knie, um das Seil daran zu reiben.

Er hatte es fast geschafft, da rutschte er ab, und das Messer durchtrennte nicht das Seil, sondern verletzte seinen Arm. »Verdammt!«, schrie Martin und schreckte damit einen Vogel aus dem naheliegenden Gebüsch.

Er versuchte den brennenden Schmerz zu vertreiben, indem er an Bella und das Kind dachte, und machte weiter. Kurz darauf waren die ersten Fasern durchtrennt, und Martin gab nicht eher auf, bis sich die Fessel löste und er sie endlich abstreifen konnte.

Da das Blut von der Schnittwunde inzwischen seinen Ärmel getränkt hatte, zerrte er rasch sein Hemd aus dem Hosenbund und trennte einen Streifen ab, mit dem er die Wunde verband. Er schob den Dolch wieder in den Hosenbund und versuchte sich zu orientieren, bis er wusste, welche Richtung er einschlagen musste.

Bella musterte die beiden Männer, die sich vor ihr aufgebaut hatten, zornig. Drohend standen sie da, und es gab keine Möglichkeit, ihnen zu entfliehen.

Nachdem Martin zu Boden gegangen war, waren noch weitere Gefolgsleute des Fürsten zwischen den Rebstöcken aufgetaucht. Roland von Hohenstein hatte sie angewiesen, den Sohn des Grafen fortzuschaffen, während der Italiener Bella in Schach gehalten hatte.

Nun brauchten sie sich nur noch um die junge Frau zu kümmern. Sie hatten ihr Fesseln angelegt und sie dann zu Boden gestoßen.

Dort hatte Bella ein feines schwarzes Pulver entdeckt, und sie war sich nun sicher, dass der seltsame Geruch davon stammte. Wozu hatten es die Männer hier ausgestreut? Um den Weinberg unfruchtbar zu machen? »Was habt ihr vor?«, fragte sie, während sie von einem zum anderen schaute.

Der Italiener wirkte belustigt, in Roland von Hohensteins Augen wechselten sich Lüsternheit und Zorn ab.

»Der Kleine ist also doch in dich vernarrt«, gab der Fürst zurück, ohne auf ihre Frage einzugehen.

»Das geht Euch nicht das Geringste an«, sagte Bella. »Was habt Ihr hier zu suchen? Und seit wann benötigt Ihr die Dienste anderer Leute?«

Diese mutigen Worte waren allerdings nur Schein, denn die Angst krallte sich wie ein Ungeheuer in ihre Seele. Ihre Kehle wurde eng, und ihr Herz raste. Fieberhaft suchte sie nach einer Möglichkeit, sich aus dieser Lage zu befreien, aber sie war den beiden ausgeliefert und hatte nicht einmal eine Waffe, um sich zu verteidigen.

»Das sind sehr viele Fragen«, entgegnete Roland von Hohenstein mit der Überlegenheit des Siegers. »Zu viele für ein Weib. Ich wüsste allerdings eine Sache, für die

Ihr besser geeignet seid. Vorausgesetzt, Euer Wissen hat Euch nicht vertrocknen lassen.«

Bella brauchte einen Moment, um zu begreifen, was er meinte. »Da kommt Ihr zu spät.« Sie lachte auf und hoffte, dass er ihr die Angst, die sie beinahe wahnsinnig werden ließ, nicht anmerkte. »Ihr werdet keinen Samen mehr in mich pflanzen, weil ich bereits ein Kind erwarte. Meinetwegen könnt Ihr mich töten, aber Euer Weib werde ich nicht.«

Der Fürst musterte sie zornig, und sein Gesicht schwoll dunkelrot an. »Wenn dir an dieser letzten Möglichkeit, dich zu retten, nichts liegt«, sagte er und gab dem Italiener einen Wink. »Bring sie in den Weinberg und leg Feuer! Ich will, dass von ihr und ihrem Balg nur noch Asche zurückbleibt.«

Mit diesen Worten beugte er sich vor, und ehe Bella sich wehren konnte, drückte er seine Lippen auf ihren Mund. Da ihre Hände gefesselt waren, konnte sie ihn nicht abwehren. Speichel floss über seinen Mund, und ihr blieb nichts weiter übrig, als den Ekel stumm und zitternd zu ertragen.

Nachdem der Fürst sich zurückgezogen hatte, beugte sich Giacomo über sie. Seine Augen wirkten kalt wie Stein, die von einer Eisschicht überzogen waren. Ein Griff genügte ihm, um sie auf die Füße zu zerren. Dass Bella schmerzvoll aufstöhnte, interessierte ihn nicht.

»Ihr seid Graf von Bärenwinkels Spion, nicht wahr?«, fragte Bella, während er sie erneut grob voranstieß. In ihrer Verzweiflung hatte sie eine List ersonnen und hoffte, dass er darauf hereinfiel.

Der Mann sagte nichts und blickte an ihr vorbei, als hätte er sie nicht gehört.

»Ich weiß es. Martin hat es mir erzählt.«

»Halt den Mund, Weib«, brummte Giacomo und versetzte ihr einen neuerlichen Stoß. Als sie stehen blieb, packte er sie grob am Arm. »Komm mit, sonst …«

»Sonst was?«, blaffte Bella. »Werdet Ihr mich auf der Stelle töten, anstatt mich den Flammen zu überlassen?«

Der Italiener antwortete nicht, aber seine sonst reglose Miene veränderte sich. War es Zorn, der in seinen Augen aufblitzte? Oder bestätigte er nur ihren Verdacht?

Obwohl Bella das Herz bis zum Halse schlug, beschloss sie, einen Versuch zu wagen. Wenn er seinem Herrn noch immer treu ergeben war, konnte er nicht so einfach über ihre Worte hinwegsehen. »Wenn Ihr mich tötet, so richtet Ihr auch den Enkel Eures Herrn. Ich trage Martin von Bärenwinkels Kind unterm Herzen. Auch wenn ich nicht die Braut bin, die sich Euer Herr ersehnt, es ist sein Nachkomme.«

Der Italiener erstarrte. Schließlich wanderte seine Hand zum Griff des Dolches, den er am Gürtel trug.

»Bitte, das könnt Ihr nicht tun!«, flehte Bella, denn sie war sicher, dass er sie erstechen wollte. »Ihr tötet Martins Kind!«

Giacomo musterte sie einen Moment lang finster, dann zog er den Dolch aus der Scheide.

Martin rannte wie von Sinnen. Weder von seinen Angreifern noch von Bella war eine Spur auszumachen, es schien, als hätten sie ihn einfach unter dem Baum abgelegt, um ihn den Wölfen zu überlassen – oder um sich später um ihn zu kümmern.

Als er die ersten Flammen zwischen den Rebstöcken auflodern sah, stieß er einen verzweifelten Schrei aus. Sein Herz schmerzte, als hätte jemand einen Dolch hineingetrieben. Bella, das spürte er, war in großer Gefahr, denn es war Fürst von Hohenstein zuzutrauen, dass er sich auch der Tochter des Grafen entledigte.

Martin ignorierte den Schmerz in seinem Kopf und beschleunigte seine Schritte. Wenn Roland von Hohenstein Bella töten wollte, hatte er sie sicher in die Flammen schaffen lassen. Kurz durchzuckte ihn der Gedanke, dass der Fürst ihr schon vorher sein Schwert in die Brust gejagt haben könnte, doch er drängte ihn rasch beiseite. Wenn sie nicht mehr am Leben wäre, hätte ich es gewiss gespürt, dachte er und setzte seinen Lauf fort.

Als er wenig später den Rain des Weinbergs erreichte, erkannte er, dass sich die Flammen von innen heraus auszubreiten schienen. Der Gestank von Donnerkraut stieg ihm in die Nase, und als er auf den Boden schaute, erblickte er tatsächlich das schwarze Pulver, nach dem die Kanoniere in Padua immer gerochen hatten, wenn sie in die Schenke gekommen waren. Ein eisiger Schauder überlief Martin. Das war Giacomos Handschrift!

Doch jetzt ging es ihm nicht mehr um den Italiener, und auch Roland von Hohenstein war ihm egal. Er musste Bella finden, und zwar so schnell wie möglich.

Es dauerte nicht lange, bis das Feuer in der Burg bemerkt wurde. Bevor die Flammen die Mitte des Weinbergs erreicht hatten, strömten die ersten Männer mit Löscheimern aus. Die Glocke der Burgkapelle wurde geschlagen und lockte auch den Letzten von seinem Schlaflager. Die Hunde neben dem Tor bellten panisch, da ihnen der Rauch in die Nase stieg.

Wenig später erschien Rudolph von Katzenburg auf dem Burghof. »Was ist geschehen?«, begehrte der nachlässig gekleidete Graf von Heinrich Oldenlohe zu wissen, der gerade in aller Hast sein Schwert gürtete.

»Das werden wir gleich herausfinden, Euer Gnaden.«
»Könnte mein Widersacher dahinterstecken?«
Der Waffenmeister zuckte mit den Schultern. »Ich weiß es nicht. Aber wir werden den Schuldigen finden.« Mit diesen Worten rannte Oldenlohe zu den Wachquartieren, wo sich die Bewaffneten sammelten.

Noch während er ihnen nachsah, überkam den Grafen ein seltsames Gefühl. Es war, als würde ihn der Flügel des Todesengels streifen. Ein Schauer lief sein Rückgrat entlang, und erst jetzt bemerkte er, dass er keine Waffe bei sich trug. Seltsamerweise kam ihm als Nächstes Bella in den Sinn. Ist das die Strafe, weil ich sie fortgeschickt habe? Weil ich ihr meine Liebe nicht zeigen konnte. Jetzt werden die Flammen ihr Erbe vernichten. Doch dann ging ein Ruck durch ihn, und es war, als würde eine Stimme hinter ihm rufen: »Kämpfe! Kämpfe für deine Tochter.«

Ohne zu zögern, rannte der Graf Heinrich Oldenlohe hinterher. Die Männer waren erstaunt, ihren Herrn hier zu sehen, doch er ließ ihnen keine Zeit zum Gaffen. »Gebt mir ein Schwert!«, rief er den Männern zu und versuchte sich die Verzweiflung nicht anmerken zu lassen. »Lasst uns die Strolche fangen, die unseren Weinberg vernichten wollen.«

Verzweiflung überkam Martin, nachdem er die Hälfte des Weinbergs abgesucht hatte. Die Flammen breiteten sich immer weiter aus, und in seinen Augen dauerte es viel zu lange, bis das Wasser die Rebstöcke erreichte.

Wenn nun Bella sieht, wie der Ort, den sie liebt, zugrunde geht, dachte er, und ihn überkam tiefe Scham, dass er sich um ein Haar ebenfalls zum Werkzeug dieses Untergangs hätte machen lassen.

Fieberhaft suchte er den Boden ab und entdeckte tatsächlich Spuren. Sein Herz machte einen Satz, und er rannte weiter. Sie lebt noch, redete er sich ein. Ich werde sie finden!

Nach einer Weile traf er auf die ersten Leute mit Eimern und Butten, begleitet von Soldaten, die sicherstellen wollten, dass die Löschenden nicht von den Angreifern überfallen wurden. Unter ihnen befand sich auch Heinrich Oldenlohe, und für einen Moment dachte Martin daran, sich vor ihm zu verbergen. Wenn Graf von Katzenburgs Waffenmeister ihn hier sah und glaubte, dass er das Feuer gelegt hatte, rammte er ihm sein Schwert gewiss in die Brust. Andererseits war er der Einzige, der Giacomo aufhalten konnte.

»Herr Oldenlohe!«, rief Martin dem Waffenmeister schließlich zu. »Roland von Hohenstein steckt dahinter. Und Giacomo ist bei ihm.«

Heinrich Oldenlohe starrte den Jungen verwundert an.

»Bitte glaubt mir, ich bin hier, um zu helfen«, fuhr Martin fort. »Bella ist in der Gewalt des Fürsten, ich muss sie suchen.«

Einen Moment brauchte der Waffenmeister, um diese Nachrichten zu verkraften. Dann brüllte er seinen Begleitern Anweisungen zu.

Martin rannte sogleich weiter. Die Flammen näherten sich, und der Rauch biss ihm in den Lungen. Hustend hielt er sich seinen Hemdsärmel vor die Nase und kniff die Lider zusammen, um die Tränen zu vertreiben.

Schließlich meinte er, eine Frauenstimme zu vernehmen. Zunächst hielt er den Schrei für eine Täuschung, die das Prasseln der Flammen hervorrief, doch dann war er sich sicher, dass es Bella war.

Obwohl er sich kaum noch auf den Beinen halten konnte, beschleunigte er seine Schritte. Unterwegs kam er an einem von Graf von Katzenburgs Männern vorbei, der tot dalag, das Schwert noch in der Hand. Ohne lange zu überlegen, nahm Martin es an sich.

Dann sah er, dass die Schreie gar nicht von Bella stammten. Eine junge Frau, die beim Löschen geholfen hatte, war von den Flammen erfasst worden, und ihre Begleiter mühten sich nun, das Feuer zu ersticken.

Im Vorbeilaufen machte Martin auch Thomas und seine Freunde aus, die angesichts der sich unerwartet rasch voranfressenden Flammen das Weite suchten.

Elende Feiglinge, dachte er kurz, und während er ihnen nachsah, nahm er aus dem Augenwinkel eine Bewegung auf der gegenüberliegenden Seite wahr. Die Gestalt trug einen dunklen Mantel und war offenbar im Begriff, in Richtung Burg zu laufen.

War das Giacomo?, fragte sich Martin. Der Italiener hatte ihm zwar einen Knüppel über den Schädel gezogen, war aber noch immer der Diener seines Vaters. Vielleicht würde er ihm verraten, wo Bella war. Notfalls muss ich eben mit dem Schwert nachhelfen, ging es ihm durch den Sinn, als er der Gestalt folgte, die mit langen Schritten den Weg hinaufeilte. Hier hatte offenbar niemand Donnerkraut verstreut.

Ganz in der Nähe befanden sich die neuen Weinreben, so viel hatte sich Martin vom Weinberg gemerkt. Da ging ihm auf, welchen Plan Roland von Hohenstein verfolgte. Die Erkenntnis, dass er die neuen Reben verschonen wollte, traf ihn dermaßen überraschend, dass er beinahe nicht bemerkt hätte, wie nahe er der Gestalt war.

»He, Giacomo!«, rief Martin.

Der Mann wirbelte herum, wobei ihm die Kapuze halb vom Kopf glitt, und bevor Martin die Gesichtszüge erkennen konnte, sah er das rotblonde Haar.

»Fürst von Hohenstein!«, rief Martin zornig und riss das Schwert hoch.

Eine seltsame Verwandlung ging in ihm vor. Mochte er mit dem Knüppel und dem Dolch lausig kämpfen, sobald er den Griff des Schwertes umklammerte, wurde es zu einer Verlängerung seines Armes. Mit einem Mal hatte er keine Angst mehr, er wollte nur noch Rache nehmen für das, was der Fürst Bella angetan hatte.

Roland von Hohenstein, der in ihm noch immer keine Bedrohung sah, lachte auf und ging in Kampfstellung. »Du begehrst wohl, deinem Liebchen zu folgen«, höhnte er. »Du solltest sie nicht lange warten lassen.«

Mit einer raschen Bewegung hieb er auf Martin ein, der jedoch gekonnt parierte und zur Seite auswich.

»Ihr solltet besser nicht so große Töne spucken«, gab der Junge zurück, als er einen Hauch von Überraschung auf dem Gesicht des Fürsten aufflammen sah. »Wenn herauskommt, dass Ihr hinter dem Feuer steckt, werdet Ihr auch vor dem Kaiser keine Gnade mehr finden.«

»Es wird nicht herauskommen, denn wer soll mich beim Kaiser anklagen? Gewiss nicht du!« Mit einem wütenden Aufschrei holte der Fürst aus und traf Martins Klinge mit voller Wucht.

Dem Jungen gelang es, die Schläge abzuwehren und seinerseits einen Ausfall zu wagen, wie es ihn sein Fechtmeister einmal gelehrt hatte. Die Klinge schrammte über Roland von Hohensteins linke Seite, und im nächsten Moment tränkte Blut den Stoff. Der Fürst wich erschrocken zurück und tastete nach der Wunde.

»Ich werde dir die Haut von den Knochen schälen!«, schrie er wütend.

Seine Schläge waren nun noch kraftvoller und unberechenbarer, und obwohl es Martin nicht wollte, wurde er weiter in Richtung Gebüsch gedrängt. Das Gelände unter seinen Füßen war zunehmend unwegig, und schließlich stolperte er, was dem Fürsten ein höhnisches Lachen entlockte.

»Na, Milchbart?«, spottete er und stieß mit einer raschen Bewegung nach seiner Brust.

Trotz aller Schwierigkeiten parierte Martin den Hieb und wand sich unter der Klinge des Fürsten seitlich weg. Nun stürzte er richtig, und Roland von Hohenstein sah seine Chance gekommen. Er riss das Schwert hoch, nahm den Griff in beide Hände und stürzte sich mit einem wilden Aufschrei auf Martin, um die Klinge in seiner Brust zu versenken.

Dem Jungen war es auf einmal, als hörte er Bella rufen, was ihn dazu brachte, zur Seite auszuweichen.

Roland von Hohenstein fiel auf ihn, und wenig später bohrte sich ein Schwert an Knochen vorbei in weiches Fleisch.

Heinrich Oldenlohe hätte Giacomo selbst dann ausgemacht, wenn sie in dichtem Nebel gestanden hätten.

Während er nach ihm gesucht hatte, hatte er sich von den Bildern leiten lassen, die ihn seit vielen Jahren nicht losließen. Bilder, die der in Flammen stehende Weinberg erneut wachrief. Zwischen den Flammen meinte er immer wieder, Milenas Gesicht vor dem Kirchenfenster zu sehen. Ihre flehenden Augen und der Mund, der um Hilfe bat. Hilfe, die er ihr nicht hatte geben können, weil er zu spät gekommen war.

Schließlich entdeckte er Giacomo zwischen den Rebstöcken. Es war, als hätte Milena ihn zu ihrem Mörder geführt. »Lombarde!«, brüllte er und riss sein Schwert hoch.

Der Mann blieb augenblicklich stehen. Die Flammen hinter ihm kamen bereits bedrohlich nahe, denn die Katzenburger konnten nicht viel gegen das brennende Donnerkraut ausrichten. Als sich der Italiener umwandte, erkannte Heinrich Oldenlohe denselben wahnsinnigen Blick wie damals.

»Nun, wie gefällt dir das Feuer?«, rief ihm der Italiener grinsend zu. »Erinnert es dich an dein Ketzer-Liebchen?«

Heinrich Oldenlohe zwang sich zur Ruhe. Am liebsten hätte er sich sogleich auf sein Gegenüber gestürzt, aber er wusste, dass dieser genau das erwartete. »Um mich an Milena zu erinnern, brauche ich kein Feuer«, entgegnete er. »Und um zu wissen, was ich dir geschworen habe, brauche ich es auch nicht.«

»Gewichtige Worte«, entgegnete Giacomo spöttisch. »Die Kleine wird sich in der Hölle darüber freuen. Besonders, wenn du gleich zu ihr kommst.«

Damit riss er sein Schwert aus der Scheide und stürmte auf den Waffenmeister zu, der sofort sein Schwert zur Verteidigung hob. Wenig später traf Stahl auf Stahl.

Zunächst schrammten die Klingen aneinander vorbei, dann machte Heinrich Oldenlohe eine Seitwärtsbewegung und hieb mit aller Kraft auf den Italiener ein. Dabei sah er Milenas schwarzes Haar im Wind wehen und ihre braunen Augen leuchten. Alle Geräusche ringsherum traten in den Hintergrund, und auch die Schläge, mit denen Giacomo seine Hiebe parierte, spürte er nur beiläufig. Das hättest du längst tun sollen, ging es ihm durch den Sinn, dann meinte er, Milenas Stimme zu vernehmen. Was sie sagte, verstand er nicht, aber sie verlieh seinem Arm neue Kraft.

Mit einem mächtigen Hieb, der die Klinge tief in die Hand des Italieners trieb, entwaffnete er seinen Widersacher, dessen Schwert zwischen die Weinstöcke auf das welke Laub fiel.

Der Verwundete schrie auf und sank auf die Knie, während das Blut nur so aus der Wunde sprudelte. Eilig presste Giacomo die Hand darauf und blickte Heinrich Oldenlohe an, der sogleich die Schwertspitze auf ihn richtete.

»Das war die Hand, mit der du die Kirche angezündet hast, nicht wahr?«, fragte der Waffenmeister eisig. »Und den Weinberg!«

Giacomo sagte nichts dazu, er überließ das Geständnis seinem Blick.

»In wessen Auftrag hast du es getan?«, fragte Heinrich Oldenlohe weiter. »War es Gernot von Bärenwinkel?«

Ein Gedanke schien flüchtig hinter der Stirn des Italieners aufzutauchen. »Es war Roland von Hohenstein«, antwortete er dann. »Er wollte Rudolph von Katzenburg vernichten und sich die Burg aneignen.«

Der Waffenmeister atmete zitternd durch. Das Blut tobte wie flüssige Glut durch seine Adern, sein Zorn verlangte nach Rache, doch in ihm war noch immer Milenas Stimme. Richter, die keine Gnade kennen, sind nicht besser als die Mörder, über die sie urteilen, wisperte sie.

»Nun mach schon, beende es«, schrie Giacomo gepeinigt auf. »Und dann überlass mich den Flammen, wie du es vorgehabt hast.«

»Nein, ich werde dich dem Grafen vorführen«, raunte Heinrich Oldenlohe. »Du sollst vor den Augen aller, denen du Schaden zugeführt hast, sterben.«

Giacomo lachte auf. »Das war schon immer dein Fehler, Heinrich. Du hast einfach zu viel Gnade im Herzen.«

Plötzlich sprang er auf, und Heinrich Oldenlohe wappnete sich augenblicklich gegen einen Angriff, doch darum schien es Giacomo nicht zu gehen. Obwohl er die Möglichkeit gehabt hätte, sein Schwert zu ergreifen und erneut nach seinem Gegner zu stoßen, wirbelte er herum und rannte auf die Flammen zu.

Als der Waffenmeister realisierte, was der Lombarde vorhatte, folgte er ihm in die Flammen.

30. Kapitel

Das Feuer war wie ein Ungeheuer, das mit jedem Weinstock, den es fraß, größer wurde. Geschützgeruch strömte Bella in die Nase und brachte sie zum Husten – jedoch nicht zum Innehalten.

Nachdem sie das Klirren von Schwertklingen ganz in der Nähe vernommen hatte, hatte es sie nicht länger in ihrem Versteck gehalten, dabei hatte Giacomo ihr etwas ganz anderes geraten.

An diesen Ort war sie geflüchtet, nachdem der Italiener ihre Fesseln durchtrennt hatte. Zunächst hatte sie freilich geglaubt, dass er sie töten wollte, als er den Dolch gezogen hatte. Doch dann hatte sich die Klinge in die Fesseln gebohrt und sie zerfetzt.

»Flüchtet zu den neuen Reben«, hatte er ihr zugeraunt. »Versteckt Euch dort. Wenn alles vorüber ist, geht fort von hier. Und seht zu, dass Ihr Roland von Hohensteins Männern nicht über den Weg lauft, die werden nicht so viel Gnade zeigen wie ich. Mehr kann ich nicht für Euch tun.«

Bella verstand, was er damit sagen wollte. Er rechnete damit, dass ihr Vater in diesem Kampf unterlag. Was den Weinberg anging, hatte er recht. Sicher sprang das Feuer auch bald auf die Reben über, die noch von ihrem feuchten Gehölz geschützt waren, und dann wäre alles zerstört.

Sie hatte sich bedanken wollen, doch da war der Italiener schon verschwunden gewesen. Als Bella bemerkt hatte, dass die Leute ihres Vaters den Brand zu löschen versuchten, hatte sie sich auf die Suche nach Martin machen wollen, doch ihr war nichts anderes übriggeblieben, als zu den neuen Reben zu laufen, denn das Feuer breitete sich in rasender Geschwindigkeit aus.

Nach einer Weile hatte sie die Klingen vernommen und später auch die Stimmen, von denen sie hätte schwören können, dass eine davon Martin gehörte.

Nun war das Schwerterrasseln verstummt. Wer auch immer hier gekämpft hatte, einer davon war unterlegen und entweder tot oder schwer verletzt.

Nachdem Bella weitere Rebstöcke hinter sich gelassen hatte, erblickte sie im gespenstisch lodernden und sich beständig nähernden Feuerschein etwas Dunkles am Boden.

Zunächst konnte sie nicht erkennen, was es genau war, als sie jedoch näher kam, erkannte sie zwei Männer, und dann sah sie auch das Gesicht des einen.

»Martin!«, brüllte sie. Ihr Herz krampfte sich zusammen, und sie hatte das Gefühl, zwei harte Hände würden ihr die Kehle zudrücken.

Er darf nicht sterben!, durchzuckte es flehentlich ihren Verstand.

Den Mann, der auf ihm lag, konnte sie nicht erkennen. Und ebenso wenig, ob einer von ihnen noch am Leben war.

Während ihr Herz panisch raste, lief sie zu den beiden, und als sie neben ihnen in die Hocke ging, sah sie, dass es sich um Roland von Hohenstein handelte. Aus dem Rücken des Fürsten ragte eine blutverschmierte Schwertspitze hervor. Doch was war mit Martin?

Indem sie ein angstvolles Schluchzen unterdrückte, packte Bella den Fürsten, der schwer wie ein Feldstein war, an den Schultern und versuchte ihn von Martin herunterzuzerren. Ungeahnte Kräfte schossen durch ihren Körper, und endlich bewegte sich Roland von Hohenstein. Auf den ersten Blick konnte sie nicht erkennen, ob ihr Liebster eine schwere Verletzung davongetragen hatte. Sie beugte sich über ihn, strich ihm übers Gesicht und tätschelte ihm ein wenig unbeholfen die Wangen.

»Martin, wach auf«, presste sie verzweifelt hervor. »Bitte, du darfst nicht tot sein. O Gott, du darfst nicht …« Schluchzend beugte sie sich über ihn und küsste ihn. Mit den Lippen strich sie ihm über die Stirn, die Augen, die Wangen und erreichte dann den Mund. Sie küsste ihn, als wollte sie ihm ihren Atem einflößen und ihn damit wieder zum Leben erwecken.

Da riss er die Augen auf und fuhr nach Luft schnappend in die Höhe. Bella wich zurück. Sie brauchte einen Moment, um zu realisieren, was geschehen war. Dann juchzte sie freudig auf und fiel ihm um den Hals. »Du lebst! Lieber Gott, du lebst!«

Martin wusste im ersten Moment nicht, wo er war. Er vernahm ihre Stimme und bemerkte auch die Berührungen, aber dem konnte er zunächst kein Ereignis zuordnen. Verwirrt blickte er sich um, dann stieg ihm der Brandgeruch in die Nase, und auch Bella, die sich fest an seinen Körper presste, erkannte er wieder. »Wie kommst du denn hierher?«, fragte er und nahm ihr Gesicht zärtlich in seine Hände.

»Giacomo hat mich gehen lassen, nachdem ich ihm erzählt habe, dass ich ein Kind von dir erwarte«, antwortete Bella, beugte sich vor und küsste ihn.

»Einfach so?«, fragte Martin verwundert, nachdem sie wieder von ihm abgelassen hatte.

»Ja, offenbar hat er mir geglaubt, dass ich schwanger bin. Er wollte deinem Vater den Enkel nicht nehmen.«

Martin schnaufte verächtlich. »Da kennst du ihn aber schlecht. Giacomo hat kein Gewissen.«

»Dennoch hat er mich freigelassen«, beharrte Bella.

Eine riesige Erleichterung überkam Martin, doch er wusste, dass das noch nicht alles war. Er hatte lediglich Bella zurück und Roland von Hohenstein besiegt. Wie durch ein Wunder hatte ihm der Fürst mit seinem Schwert keine Blessuren beigebracht. Vielleicht war der Kampf so etwas wie ein Gottesurteil?, ging es ihm durch den Sinn.

Nachdem sie sah, dass er einigermaßen fest auf den Beinen stand, packte Bella seine Hand. »Wir müssen zu meinem Vater!«, rief sie und zerrte ihn mit sich. »Er muss erfahren, was hier geschehen ist.«

Martin war nicht wohl bei der Sache, aber letztlich sagte er sich, dass es wohl nicht mehr schlimmer kommen konnte. Also folgte er ihr.

Auf dem Burghof wimmelte es nur so von Menschen, die mehr oder weniger panisch umherliefen. Noch immer waren die Burgbewohner damit beschäftigt, das Feuer zu löschen. Wasser schwappte über die Ränder von Eimern, die eilig durch die Pforte zum Weinberg geschleppt wurden, und nässte die Beine der Träger. Jene, die das Wasser aus dem Brunnen schöpften, schufteten so unermüdlich, dass ihnen der Schweiß nur so über den Rücken lief.

Bella hielt vergeblich Ausschau nach ihrem Vater, dafür erblickte sie Bernhard Wackernagel, der an ihr vorbeirannte und ein paar Knechten zurief, sie sollten Wasser in Fässer füllen und diese hinaus zum Weinberg schleppen. Erschöpfung und Fassungslosigkeit standen auf seinen Gesichtszügen.

Auch einige Soldaten waren auf dem Hof. Manche

waren verletzt, andere wuschen sich den Ruß von den Gesichtern, weil sie gerade aus dem Feuer kamen, wo sie sich mit den Männern des Fürsten geschlagen hatten.

Da sie hier waren, ging Bella davon aus, dass die Meute des Fürsten besiegt worden war. Was war mit dem Italiener? Sie hoffte, dass er nicht getötet worden war. Er sollte sich vor ihrem Vater und vielleicht auch dem König verantworten.

»Da ist die Tochter des Grafen!«, rief plötzlich jemand. »Der junge Herr von Bärenwinkel ist bei ihr!«

Nun kam wieder Bewegung in die Männer, und innerhalb weniger Augenblicke waren die beiden umstellt.

Bella trat schützend vor Martin. »Hört auf!«, rief sie ihnen entgegen, obwohl ihre Stimme noch immer kratzig war von dem Rauch, den sie eingeatmet hatte. »Er trägt keine Schuld an dem, was geschehen ist.«

Ein Raunen ging durch die Soldaten, von denen keiner wagte vorzurücken.

Bella blickte entschlossen in die Gesichter der Männer. Wo bleibt nur mein Vater?, dachte sie panisch. Er muss kommen und ihnen Einhalt gebieten.

»Zurück mit euch!«, tönte auf einmal Heinrich Oldenlohes Stimme über die Menge hinweg.

Die Soldaten machten Platz, und wenig später stand der Waffenmeister vor ihnen. Auf der Schulter trug er die halb verkohlte Leiche eines Mannes, die er auf dem Boden ablegte.

»Giacomo«, raunte Martin. Er hatte den Mann nicht an den Kleidern erkannt, auch von den Haaren war nichts übrig geblieben, aber die Konturen des Gesichts hatte das Feuer verschont.

Auch Oldenlohe hatte einige Brandwunden auf dem Arm und der linken Wange davongetragen, die nun Blasen warfen. Seine Kleidung war rußgeschwärzt und von Brandlöchern durchsetzt. Offenbar hatte er versucht, Giacomo aus den Flammen zu zerren. Obwohl er sicher Schmerzen litt, klang seine Stimme klar und fest. »Dieser Mann hier hat den Weinberg in Flammen gesteckt! Früher stand er mal in den Diensten des Grafen von Bärenwinkel.«

»Dann sollten wir den jungen Bärenwinkel zu seinem Schöpfer schicken!«, rief jemand.

Bejahendes Johlen der anderen Soldaten folgte, doch Heinrich Oldenlohe riss die Hand hoch. Kurz blickte er zu Bella und Martin hinüber, dann sagte er: »Den Jungen trifft keine Schuld. Der Fürst von Hohenstein hat diesen Mann angestiftet. Er hat es mir gestanden, bevor er sich in die Flammen gestürzt hat. Ich wollte ihn retten, aber das Feuer hat ihn sofort ergriffen.«

»Somit ist er seinem Herrn gefolgt«, setzte Martin hinzu. »Ich habe Roland von Hohenstein erledigt, denn er wollte die Tochter Eures Grafen töten!«

In dem Augenblick teilte sich die Menge erneut, und wenig später trat der Graf vor sie.

»Vater!«, rief Bella erleichtert aus, doch Rudolph von Katzenburg reagierte nicht. Mit der Hand auf dem Schwertknauf ging er an dem toten Italiener vorbei direkt auf Martin zu.

»Vater, bitte, er trägt wirklich keine Schuld!«, stellte sich Bella ihm in den Weg. Der Graf bedachte sie mit einem düsteren Blick. »Er hat mich gerettet und damit auch deinen Enkel!«

Überraschung trat auf das Gesicht des Grafen und brachte ihn augenblicklich von seiner Raserei ab. »Was soll das heißen?«, fragte er fassungslos.

»Dass ich sein Kind unter dem Herzen trage. Deinen

Enkel. Oder auch deine Enkelin, je nachdem, was Gott für mich vorgesehen hat.«

Der Graf brauchte einen Augenblick, um diese Nachricht zu verdauen. »Zieht euch zurück!«, rief er dann seinen Männern zu, die wie angewurzelt dastanden und das Gehörte ebenfalls nicht fassen konnten.

»Seid ihr taub?«, fuhr Heinrich Oldenlohe sie an. »Zieht euch zurück. Das hier ist des Grafen Sache.«

Murrend trollten sich die Männer.

»Ich hatte eigentlich nicht vor, dem Jungen etwas anzutun«, sagte Graf von Katzenburg. »Aber ich weiß nicht, ob ich meine Meinung jetzt noch ändere!« Damit schob er Bella beiseite und packte Martin am Kragen. Der hätte sich mit seinem Schwert verteidigen können, aber das wollte er nicht. »Wie kommst du Milchbart dazu, meine Tochter zu schwängern?«, zischte er ihm zu. »Du bist ein Bärenwinkel.«

»Was tut das zur Sache?«, gab Martin unerschrocken zurück. »Ich liebe Eure Tochter und werde sie mit Eurer Erlaubnis vor den Altar führen. Mich kümmert nicht, welch lächerlichen Händel Ihr mit meinem Vater ausfechtet. Ja, ich bin sein Sohn, aber ich bin nicht er. Ich bin ein anderer Mann. Ich stehe zu dem, was ich tue!«

Einen Moment lang blickten sich die beiden Männer direkt in die Augen.

Bella sah zwischen Martin und ihrem Vater hin und her und meinte auf den Gesichtern die gleiche Unnachgiebigkeit zu erkennen. »Martin hat recht«, sagte sie, und zu ihrer eigenen Überraschung war ihre Stimme bemerkenswert ruhig. »Der Streit zwischen euch ist unsinnig. Ihr solltet ihn beilegen, denn genau das hätte Mutter gewollt. Wenn du dich nicht mit Graf von Bärenwinkel einigen kannst, werde ich fortgehen und Martin mit mir. Dann habt ihr beide keinen Erben mehr.«

Der Graf stand da wie vom Donner gerührt. So entschlossen hatte er seine Tochter noch nie erlebt.

Bella blickte ihm unverwandt in die Augen und forderte damit eine Entscheidung von ihm. Wehe, wenn er jetzt an seinem Starrsinn festhält, dachte sie.

Rudolph von Katzenburg atmete tief durch. Seine Schultern senkten sich, und auf einmal wirkte er unheimlich müde. »Geht in die Burg und säubert euch«, sagte er, was für Bella, die mit einem großen Donnerwetter gerechnet hatte, sehr überraschend kam.

Auch Martin war sprachlos.

Doch bevor es sich der Graf anders überlegte, zog Bella Martin mit sich.

Als der neue Morgen heraufdämmerte, standen Martin und Bella auf dem Bergfried und blickten hinaus auf den verbrannten Weinberg, von dem immer noch Rauchschwaden in den Himmel aufstiegen.

Bella blutete das Herz, ihn so zu sehen. Er wirkte jetzt nicht mehr wie ein fehlender Flicken auf dem Waldteppich, sondern wie ein unschönes Brandloch.

Das Gefühl, als sei mit den Rebstöcken auch ein Teil ihrer Kindheit verbrannt, übermannte sie wie eine riesige Welle. Tränen rannen ihr übers Gesicht und zeichneten schmutzige Schlieren in den Ruß, der trotz des Waschens auf ihren Wangen zurückgeblieben war.

Martin zog sie fest an sich. »Wir werden ihn neu erstehen lassen«, flüsterte er ihr zu und deutete auf einen Teil der Fläche, der von dem Feuer verschont geblieben war.

Als Bernhard Wackernagel erkannt hatte, dass es sinnlos war, die bereits brennenden Weinstöcke zu löschen, hatte er seine Knechte und die anderen Helfer angewiesen, die unversehrten Stöcke zu begießen. Das Donnerkraut wurde dabei durchnässt, weshalb das seiner Nahrung beraubte Feuer gegen Morgengrauen ausbrannte. Zu den geretteten Rebstöcken gehörten zum Glück auch die neuen Setzlinge, die Roland von Hohenstein warum auch immer verschont hatte.

Rudolph von Katzenburg hatte einfach behauptet, einer seiner gefallenen Soldaten habe den Fürsten getötet, weil er ihn für einen Räuber gehalten habe. Die Wahrheit würde dem König wohl nie zu Ohren kommen, doch das war nebensächlich. Gewiss hatte der Fürst genügend Feinde, ebenso sicher würde sich schon bald ein anderer Adliger zum Günstling des Herrschers aufschwingen.

»Immerhin ist das Hochzeitskleid nicht verschwendet«, bemerkte Bella, nachdem sie sich eine Weile schweigend an Martin geschmiegt hatte. Die Tränen benetzten noch immer ihre Wangen, aber der Gedanke an das Gewand ließ neue Hoffnung in ihren Augen aufleuchten.

»Welches Kleid?«, fragte Martin, denn angesichts ihrer vorherigen Worte hätte er nicht damit gerechnet.

»Na, jenes, was für die Vermählung mit Roland von Hohenstein gedacht war. Die Schneiderin hatte schon Maß genommen. Mein Vater hat es gewiss nicht zurückgeschickt, sondern verwahrt, falls ich mich doch einmal vermählen sollte.«

»Daran hat er recht getan, denn ich werde von meinem Vorhaben nicht abrücken.«

Bevor Bella noch etwas sagen konnte, ertönte Hufschlag, und ein Trupp Reiter kam den Weg zur Burg hinauf. Im erstarkenden Morgenlicht konnten sie erkennen, dass es fünf Bewaffnete waren.

Martin stöhnte kraftlos auf, als er die Männer erkannte. »Lieber Gott, warum gönnst du mir nicht mal einen Moment Ruhe?«

Bella wollte schon fragen, was er damit meinte, dann erkannte sie das Purpur und Gold der Gewänder. Es waren die Männer des Grafen Bärenwinkel.

Wenig später ertönten Schritte auf der Treppe, die in das Turmzimmer führten, und schließlich erschien Heinrich Oldenlohe vor ihnen.

»Ihr solltet besser runterkommen«, sagte er ruhig. »Der Graf von Bärenwinkel ist da. Seine Gnaden meint, dass es einiges zu bereden gibt und dass ihr zugegen sein solltet.«

Bella blickte zu Martin, der auf einmal kalkweiß geworden war. Natürlich hatte er gewusst, dass dieser Moment einmal kommen würde. Als Sohn des Grafen Bärenwinkel hätte er unmöglich einfach auf der Burg dessen Widersachers bleiben können.

»Ist gut, wir kommen«, sagte Bella und griff nach Martins Hand. Die beiden sahen sich kurz an, dann folgten sie Heinrich Oldenlohe die Treppe hinunter.

Wie nicht anders zu erwarten, befanden sich die beiden Grafen wieder in heftigem Streit miteinander. Die Haut unter Rudolph von Katzenburgs Rußschlieren war ebenso dunkelrot wie die unter den Schweißperlen Gernot von Bärenwinkels, und sie funkelten einander an wie zwei Raubtiere.

»Ich weiß, dass Ihr mit diesem Roland von Hohenstein gemeinsame Sache gemacht habt!«, brüllte Rudolph von Katzenburg.

Die Männer im Hintergrund hatten die Hände auf ihre Schwerter gelegt, bereit, blankzuziehen, wenn es die Situation erforderte.

Es verwunderte Bella allerdings, dass sie noch nicht aufeinander losgegangen waren. Angesicht der Übermacht ihres Vaters hätte es für den Graf von Bärenwinkel schlecht ausgesehen.

»Ihr habt uns gerufen?«, sagte Bella und näherte sich den beiden Streithähnen. Aus dem Augenwinkel nahm sie Katrina wahr, die den Streit beobachtete.

Als Gernot von Bärenwinkel Bella erblickte, sog er beinahe erschrocken die Luft ein. Mit den Lippen formte er ein Wort, doch niemand wusste, was er sagen wollte.

Die Grafentochter konnte sich allerdings denken, woher sein Erstaunen rührte. Zum ersten Mal seit langem war sie froh darüber, dass sie das Aussehen ihrer Mutter geerbt hatte. »Euer Gnaden«, sagte sie und verneigte sich vor ihm.

»Vater«, sagte Martin und nickte demütig.

Einen Moment lang herrschte Sprachlosigkeit zwischen allen, weder der eine noch der andere Graf hatte genug Wind in den Segeln, um diesen Streit fortzuführen.

Dann ergriff Martin das Wort. »Vater, ich möchte dir meine Braut vorstellen.«

»Deine Braut?«, fuhr Gernot von Bärenwinkel ihn an. »Sie ist eine Katzenburg.«

»Und die Tochter der Frau, die Ihr begehrt habt!«, entgegnete Bella furchtlos. »Ist Euer Herz denn so verhärtet, dass Ihr Eurem Sohn nicht das Glück gönnt, das Euch versagt geblieben ist?«

Bella blickte zu ihrem Vater hinüber, in der Annahme, dass er sie zum Schweigen bringen würde. Aber das hatte er offenbar nicht vor. Vielmehr schlich sich ein wehmütiger Ausdruck in seine Augen. Bilder der Erinnerung, die nur er kannte, schienen zurückzukehren.

»Ich weiß, dass ihr niemals Freunde werdet, aber haltet wenigstens Frieden«, redete Bella weiter. »Männer wie Roland von Hohenstein haben nur deshalb leichtes Spiel, weil sich Nachbarn wie ihr wegen Kleinigkeiten uneins sind. Ich liebe Euren Sohn, und ich erwarte sein Kind. Denkt darüber nach, ob das Gründe sind, Frieden zu schließen und zu vergessen, dass sich meine Mutter einst für meinen Vater entschieden hat.«

Keiner der beiden Grafen sagte etwas. Ob das ein gutes Zeichen war, wusste Bella nicht. Doch sie fasste Martin einfach bei der Hand und zog ihn zu der kleinen Pforte, die zum Weinberg führte.

Sie waren dort noch nicht angekommen, als Gernot von Bärenwinkels Stimme über den Hof donnerte. »Könnt Ihr Euch vorstellen, wie sehr ich gelitten habe, als ich von ihrem Tod erfahren habe?«

»Euer Leid kann nicht größer gewesen sein als mein eigenes!«, entgegnete Rudolph von Katzenburg.

Damit war Bella und Martin klar, dass es um die Frau ging, die sie beide liebten.

»Ihr hattet sie all die Jahre«, feuerte Graf von Bärenwinkel zurück. »Ich hatte nichts.«

»Dennoch habt Ihr einen Sohn«, entgegnete Bellas Vater. »Ihr könnt Euch also nicht beklagen«

»Sollten wir nicht besser bleiben?«, fragte Martin, als sie sich noch einmal umschauten.

Noch immer standen sich die beiden Männer gegenüber, doch es sah jetzt nicht mehr so aus, als wollten sie mir ihren Soldaten aufeinander losgehen.

Bella verdrehte die Augen und schüttelte den Kopf. »Die beiden sollen allein miteinander fertig werden. Wie du hörst, gibt es keinen anderen Grund für den Streit als meine Mutter.«

»Mein Vater hat sie eben geliebt.«

»Und nun bekommt sein Sohn ihre Tochter«, hielt Bella dagegen. »Wenn unsere Väter klug sind, wird der

Streit noch heute enden. Wenn sie dagegen beide starrsinnig bleiben, werden wir noch in dieser Nacht die Burg verlassen.«

»Aber dein Vater …«

»Er kann uns nicht hindern, und das weiß er. Lass uns nach deinem Ableger sehen. Sollten sich dein Vater und meiner heute Nacht noch einigen, ist das wohl ein geeigneter Vorschuss auf meine Mitgift.«

Epilog

»Diese Fässer hier können vielleicht noch gerettet werden, aber jene dort hinten würde ich an Eurer Stelle ersetzen lassen.«

Martin deutete auf die Fässer, die er vor einem Jahr noch selbst mühevoll geschrubbt hatte.

Der Graf von Katzenburg zog ein missmutiges Gesicht. Angesichts der Weinstöcke, die er bei dem Brand verloren hatte, hieß es an allen Ecken sparen. Die neuen Stöcke gediehen prächtig, allerdings würden sie noch keinen besonders hohen Ertrag bringen. Neue Fässer waren teuer, allerdings konnten sie den Wein von den neuen Stöcken nicht in die Fässer füllen, von denen der alte Weinstein nicht zu entfernen war.

»Also gut, neue Fässer«, seufzte Katzenburg. »Aber achte auf die Kosten, Schwiegersohn.«

»Das tue ich, verehrter Schwiegervater«, entgegnete Martin spöttelnd.

Er war sich darüber im Klaren, dass er den Bogen nicht überspannen durfte. Zwischen ihm und Rudolph von Katzenburg herrschte kein herzliches Verhältnis, sondern eines, das von gegenseitigem Respekt geprägt war. Aber das genügte.

Dem Grafen war klar, dass er wesentlich mehr über Wein wusste als Martin, aber der Junge beriet ihn in juristischen Fragen bestens, und so sah der alte Herr dem Jüngling die eine oder andere Besserwisserei – und manchmal auch Späße auf seine Kosten – nach.

Mittlerweile hatte sich auch das Verhältnis zwischen den beiden ehemaligen Widersachern etwas gebessert. Wie es Bella vorhergesagt hatte, wurden sie keine Freunde, aber sie schafften es, nicht loszukeifen wie alte Weiber, wenn sie sich trafen. Mittlerweile schien sich Gernot von Bärenwinkel auch an den Gedanken gewöhnt zu haben, Großvater zu werden.

Überraschenderweise hatte der Tod von Roland von Hohenstein keinerlei Folgen für sie gehabt. Der alte Kaiser war mittlerweile verstorben, sein Schwiegersohn Albrecht hatte zwar nicht die Krone übernommen, wohl aber die Königswürde. Wahrscheinlich war es diesem Umstand geschuldet, dass kein Hahn mehr nach dem ehemaligen Günstling krähte. Lediglich ein Herold erschien und verlangte ein Schreiben, ward danach jedoch nicht mehr gesehen.

Auf dem Weg aus dem Weinkeller trafen Martin und der Graf auf Thomas und seine Freunde. Zunächst hatten sie nicht fassen können, wen sie da drangsaliert hatten. Als Martin am ersten Tag nach der Vermählung auf dem Hof an ihnen vorbeigegangen war, hatten sie sich die Mützen heruntergerissen und die Köpfe so tief gesenkt, dass ein jeder die Läuse auf ihren Scheiteln sehen konnte. Hin und wieder hatte es so ausgesehen, als wollten sie sich entschuldigen, aber das hatten sie dann doch nicht gewagt. Mittlerweile hatten sie sich an den Umstand gewöhnt, dass Martin irgendwann ihr Herr sein würde. Wäre er rachsüchtig gewesen, hätte er dem Grafen ans Herz legen können, sie zu entlassen, aber er wusste, dass es eher in Bellas Sinne war, ihnen Tag für Tag aufzuzeigen, dass man Menschen nicht schlecht behandeln sollte.

Da kam Lies mit kreidebleichem Gesicht über den Hof gerannt. Mittlerweile war sie Bellas Kammerzofe, nachdem die Suche nach Oda ergebnislos geblieben war.

»Euer Gnaden, die Wehen haben eingesetzt!«, rief sie, am ganzen Leib zitternd.

Rudolph von Katzenburg und Martin blickten sich an und rannten beinahe gleichzeitig los.

»Herr Oldenlohe!«, rief der Graf, als er unterwegs auf seinen Waffenmeister traf. »Holt die Hebamme!«

Der Mann zögerte nicht lange und rannte in den Stall, um nur wenig später auf seinem Rappen wie vom Teufel gehetzt durch das Tor zu sprengen.

Martin stürmte derweil atemlos in Bellas Kemenate. Der Graf hielt sich zurück, und obwohl er sich um seine Tochter sorgte, wusste er, dass Martin besser dazu geeignet war, sich um sie zu kümmern.

Bella lag auf dem Bett, der Bauch gerundet wie ein Weinfass, und versuchte, gegen die Schmerzen anzuatmen. Katrina war bei ihr, und ihr war es wohl auch zu verdanken, dass ein angenehmer Kräuterduft in der Luft hing. Als die ehemalige Kinderfrau Martin erblickte, zog sie sich mit einem Lächeln zurück.

In Bellas Augen trat ein Leuchten, als sie die Hand nach ihm ausstreckte. »Du hast dir nicht viel Zeit gelassen.«

»Warum sollte ich das tun, meine Liebe?« Martin beugte sich über sie und wollte sie küssen, da schrie sie von einer neuerlichen Wehe gepeinigt auf. »Kann ich dir irgendwie helfen?«, fragte er besorgt, obwohl er wusste, dass er als Mann nichts tun konnte.

Da griff Bella nach seiner Hand. »Für den Fall, dass ich bei der Geburt sterben sollte, sollst du wissen, dass ich dich über alles liebe.«

Martin unterdrückte die Tränen, die ihm bei ihren

Worten in die Augen geschossen waren, und strich ihr zärtlich über die Stirn. »Du wirst nicht sterben, das versichere ich dir.«

Bella sah ihn zweifelnd an, doch sie wollte ihm keinen unnötigen Kummer machen.

»Du kannst etwas tun«, sagte sie schließlich. »Bleib einfach bei mir, bis die Hebamme kommt.«

Die Hebamme, die Oldenlohe nach einer Stunde in die Burg brachte, war noch recht jung und auch resolut genug, Martin ebenso wie dem Grafen die Tür zu weisen.

»Bitte wartet hier. Was sich in diesem Gemach abspielt, ist nichts für einen Mann.«

Martin wollte widersprechen, doch er wagte nicht, gegen die Hebamme aufzubegehren. Zusammen mit seinem Schwiegervater, der so blass war, als hätte ihn der Schlag gerührt, ließ er sich auf die Holzbank sinken.

»Es wird gutgehen«, raunte Martin ihm nach einer Weile zu, als wüsste er, was in ihm vorging. »Bella ist eine starke Frau.«

»Das war ihre Mutter auch.«

»Mag sein. Aber Bella wird es schaffen.«

Schweigen hüllte die beiden ein, während sie den Geräuschen aus Bellas Schlafgemach lauschten.

Einige waren so furchterregend, dass die Männer aufsprangen und drauf und dran waren, in den Raum zu stürmen. Die Zeit verrann zäh wie Honig, der über einen Löffel fließt, und irgendwann wich das Tageslicht vor der roten Dämmerung zurück.

Als plötzlich ein lauter Schrei ertönte, zuckten die beiden Männer erneut zusammen. Diesmal war er lauter als alles zuvor und klang, als hätte jemand Bella die Seele aus dem Leib gerissen.

Während der Graf zitternd die Hände zum Gebet faltete, fuhr Martin auf.

Wenig später erschien die blasse Lies in der Tür. »Euer Gnaden …«

Martin wartete nicht ab, was sie zu sagen hatte. Er stürmte durch die Tür, sah Bella bleich inmitten blutverschmierter Tücher – und erblickte dann das schönste Lächeln, das er je gesehen hatte.

Trotz der Erschöpfung strahlten Bellas Augen, während sie zärtlich über den kleinen, blutverschmierten Leib strich, der auf ihrer Brust lag.

»Du hast eine Tochter«, sagte sie mit heiserer, aber überglücklicher Stimme und betrachtete zärtlich den haselnussfarbenen Haarflaum des Kindes, das leise vor sich hin wimmerte. »Eine kleine Rebenprinzessin.«

Nachwort

Kein Romanautor kommt umhin, Fakten mit Fiktion zu vermischen, um eine spannende Geschichte zu erzählen. In meinem Fall war einiges an Fiktion im Spiel.

Weder die Familie Katzenburg noch die Familie Bärenwinkel gab es tatsächlich. Das wirklich existierende Geschlecht derer von Hohenstein hat jedoch nichts mit meinem schurkischen Fürsten zu tun.

Obgleich es unglückliche Liebe, verschmähte Heiratsanträge, Rachegelüste und bei der Geburt sterbende Frauen gab, ist die Liebesgeschichte zwischen Martin und Bella meiner Fantasie entsprungen.

Das Lied von den Königskindern war mir eine nette Inspiration. In meiner Geschichte trennt aber nicht nur die Lahn die beiden Liebenden, sondern auch der Streit zwischen den Familien. Und im Gegensatz zu den Königskindern bekommen meine ein glückliches Ende.

Folgende Fakten waren wichtig für den historischen Kontext meiner Geschichte.

Im Jahr 1435 baute man nahe Rüsselsheim, das zur Katzenelnbogener Grafschaft gehörte, den ersten Riesling an – eine neue Weinsorte, die bis heute eine der berühmtesten weltweit ist, war geboren.

Das Klarissen-Kloster Bärbach existierte bis 1566, als man es wegen Verfalls der Sitten schloss, und verfügte über einen eigenen Weinberg, der nach der Auflösung an das Kloster Gronau ging.

Bei dem im Roman erwähnten Grafen von Katzenelnbogen handelte es sich um Johann IV., der bis 1444 lebte. Eigentlich war er als Held meiner Geschichte geplant, doch die Recherchen ergaben, dass sein Leben nicht im Entferntesten so spannend war wie das fiktive Leben der Katzenburgs. Also entlehnte ich einen Teil des Namens und schuf eine völlig neue Figur.

Sigismund von Luxemburg war bis zu seinem Tod am 9. 12. 1437 deutscher König und Kaiser des Heiligen Römischen Reiches.

Die Hussitenkriege, die Giacomo und Heinrich Oldenlohe zu Feinden machten, waren zum Zeitpunkt der Geschichte gerade vorüber und hatten seit 1419 gewütet.

Der Kreuzzug von Nikopolis, der Adam Höllerich das Auge kostete, endete 1396 mit der Niederlage des ungarischen Königs.

Das Antonius-Feuer, das von einem Schimmelpilz im Mutterkorn hervorgerufen wird, war eine medizinische Geißel des Mittelalters und trat häufig auf.

Einen Flößer wie Adam Höllerich hat es sicher gegeben, gewiss auch geschickte Kellermeister wie Bernhard Wackernagel. Ebenso gab es auch damals schon die Weinberge, die die Herzen der Winzer mit Leidenschaft erfüllten und ihnen Tag für Tag die Kraft verliehen, das sinnlichste Getränk der Welt herzustellen.

Ihnen und all ihren heutigen Nachfolgern widme ich die Geschichte der *Rebenprinzessin*.

Corinna Neuendorf

Marion Henneberg

Die Tochter des Münzmeisters

Historischer Roman

Originalausgabe

ISBN 978-3-548-26960-3
www.ullstein-buchverlage.de

Goslar im 11. Jahrhundert: Die junge Hemma, Tochter des Vogts, muss nach der Enteignung der Familie und dem Tod des Vaters durch die Hand eines adligen Verehrers aus Not den Sohn des örtlichen Münzmeisters heiraten. Gleich bei der Geburt ihres ersten Kindes stirbt Hemma. Ihre Tochter Henrika wächst ohne Mutter bei dem sie liebevoll umsorgenden Vater auf. Als Henrika sich in einen Gefolgsmann des Königs verliebt, erlangt sie Zugang zu gesellschaftlichen Kreisen, in denen sich auch der Mörder ihres Großvaters bewegt ...

UB523

ullstein

Petra Durst-Benning

Das Blumenorakel

Historischer Roman

ISBN 978-3-548-28047-9
www.ullstein-buchverlage.de

Baden-Baden, 1871: Die junge Flora trifft in der weltoffenen Kunststadt ein. Ihr größter Traum geht in Erfüllung: Sie wird das Handwerk der Blumenbinderei erlernen. Die vornehmen Kunden sind begeistert von ihren geschmackvollen Arrangements. Doch als Flora sich unsterblich verliebt, fordert sie das Glück heraus.

»Petra Durst-Benning versteht es wunderbar zu unterhalten und vergessene Orte mit Leben zu füllen.« *SWR*

Beate Maly

Das Versprechen der Hebamme

Historischer Roman

Originalausgabe

ISBN 978-3-548-28004-2
www.ullstein-buchverlage.de

Wien 1683. Die junge Hebamme Anna und ihre Tante Theresa helfen den Frauen der Stadt bei schwierigen Geburten. Dem Prediger Abraham a Santa Clara ist ihre Arbeit verdächtig: Kann es mit rechten Dingen zugehen, dass sie so oft Mutter und Kind retten können? Ist da Hexenwerk im Spiel? Doch ehe er die Hebammen auf den Scheiterhaufen bringen kann, überfallen die Türken die Stadt. Und es gibt einen Mann, der Anna liebt und die beiden Frauen unbedingt retten will.

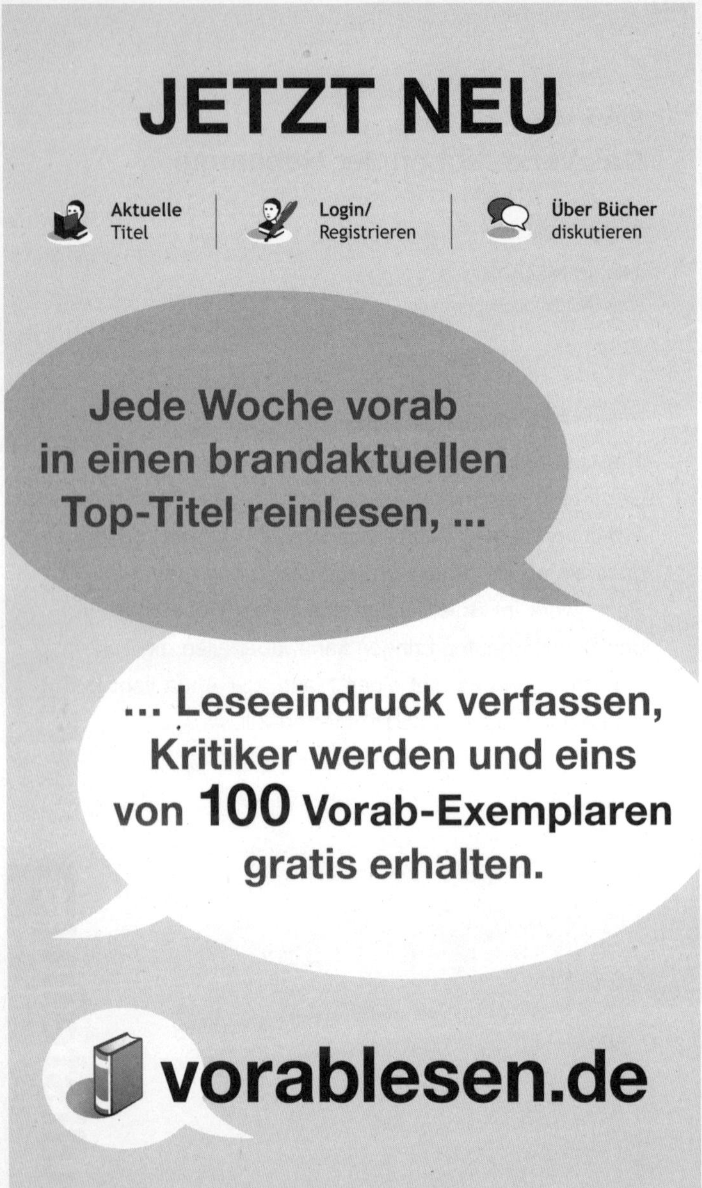